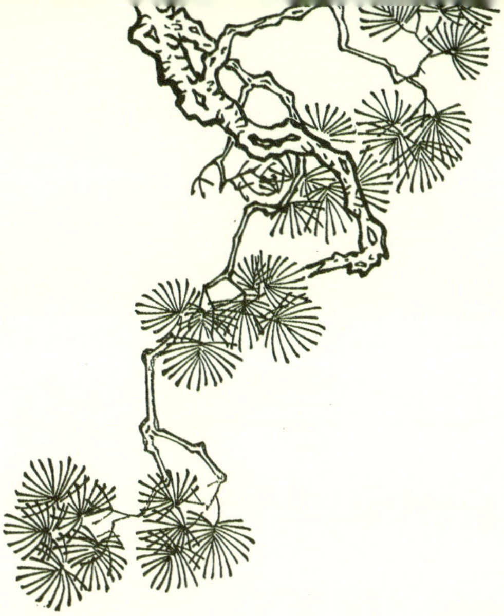

沈鹏诗书研究

蒋力余 著

人民出版社

蒋力余（1956～　），曾用名蒋力馀，字隆琳，别署畅神斋主。汉族，大学文化，湖南省桃江县武潭镇杨家坪村人。湘潭大学艺术学院教授，语文教学专家，诗书画美评家，诗人，中国李白研究会会员，中国韵文学会会员。在《文学遗产》《光明日报》《人民画报》《中国文化报》《中国艺术报》《中华辞赋》《中国书法》《世界艺术》《中国书法报》《求索》《南京师范大学学报》《湖南大学学报》《湘潭大学学报》《书法报》《书法导报》《创作与评论》《艺术中国》及《国文天地》（中国台湾）、《东方汉文学》（韩国）、《东洋礼学》（韩国）、《澳中学术》（澳大利亚）等海内外学术刊物发表论文一百四十余篇，多篇论文为中国人民大学书报资料中心《复印报刊资料》转载。书画美评有两篇荣获全国素质教育论文竞赛一等奖。撰有《林凡评传》《诗书画探微》《情系中原》《中国历代梅花诗抄》（合著）等著作多部。

作者与沈鹏先生

沈鹏，别署介居主，著名书法家、诗人、美术评论家、编辑出版家，首批国务院有突出贡献专家。

1931年9月1日出生于江苏江阴一个教师家庭，先后就读于城南小学（外祖父王逸旦捐资首创）、南菁中学（外叔公王心农曾任校长）。先生幼年时因患麻疹、百日咳等服用有毒药物反受摧残，遂罹痼疾，从五六岁起，便常常浑身疼痛，头痛，咯血，肠胃不好。二十来岁就要服安眠药方能入睡，服药六十余年。坚毅之意志，写字、读书和写作是先生长期与病魔、与死神作顽强斗争的良方。十五岁时发起创办文学刊物《曙光》并任主编，发表散文二十篇。十七岁入大学攻读文学，投身爱国学生运动，后转学新闻（北京新闻学校）。十九岁起，长年从事美术出版工作，由他编辑出版的著作不下五百种，同时撰写评论。四十岁以后投入诗词、书法创作。历任人民美术出版社编辑、副总编、编审、编审委员会主任，中国书法家协会副主席、代主席、主席。现为全国政协委员、中央文史馆馆员、中国文联荣誉委员、中国书法家协会名誉主席、中华诗词学会名誉会长、中国国家画院书法篆刻院院长、中国美术出版总社顾问，并兼任多种社会职务。

书法精行草、善隶楷等多种书体，有强烈的时代风貌，开启一代风范，多写自作诗，形式和内容高度统一和谐，寓刚健古拙于潇洒俊逸之中，追求书法美学的崇高品格，“不让明贤”（赵朴初语），“无一旧时窠臼”（启功语），在国内外享有盛誉，书法作品遍及亚、欧、美各大洲，镌刻于各地名胜古迹。金秋之年致力于书法高研人才之培养，制定并贯彻“十六字方针”（宏扬原创，尊重个性，书内书外，艺道并进），提出中国书法可持续发展的理念。创作发表古典诗词逾千首。专注美术、书法理论和实践研究，撰写评论文章百余篇。先后出版诗词选集《三馀吟草》《三馀续吟》《三馀再吟》《三馀笺韵》，散文集《桃李正酣》，评论文集《书画论评》《沈鹏书画谈》《沈鹏书画续谈》《书法本体与多元》及各类书法作品集凡五十余种。荣获“造型艺术成就奖”、“中国书法兰亭奖”终身成就奖、“全国第三届华夏诗词奖”荣誉奖、“中华艺文奖”终身成就奖、“中华诗词”荣誉奖、联合国Academy“世界和平艺术大奖”等，并获得“十大感动诗网人物”“卓有成就的美术史论家”“编辑名家”“爱心大使”“中国十大慈善家”“中国十大魅力英才”等荣誉称号。热心公益事业，长期大量捐款，捐赠名人字画、文物等，出资举办“沈鹏诗书画奖”。

沈鹏先生近影

沈鹏自画像

张肇达先生画沈鹏像

回到童年生活过的地方

不忘为社会公益做事

合家欢

2017 年 5 月 20 日偕夫人殷秀珍同往“林艺山庄”——新中国成立之初新华社训练班学习处，朱门不胜沧桑之感

沈鹏诗书画艺术启蒙之师章松庵先生画作。章松庵（1869.2.12～1950.1.30），江阴人，名锡奎，字仰苏，因敬仰宋代大诗人苏轼，故字之；号松庵，又号席帽山农，以崇拜江阴元代诗人王逢，因其隐居于江阴黄山席帽峰，故号之；出身名门望族（2005年发现家藏光绪年间赏赐章家夫人诰命圣旨三件），家学渊源，为晚清最后一代举人。幼喜丹青，长学翰墨，光绪十二年（1886）科举考中秀才，二十八年（1902）中举，河南候补知县、署汝宁府汝南埠通判。晚年远离仕途，设堂收徒，教授童蒙，性情宽厚，清雅淡泊。

响应赵朴初（左）号召，协同启功（中），为赈灾出力，时在 1998 年

陪同李可染（中）看展览

与老艺术家在一起。前：吴祖光；后左起：李世济，吴冠中，沈鹏，吴祖光女儿

连续六届担任国家图书奖评委、副主任。后坐者季羡林、刘杲等

听季羡林先生谈北京大学沧桑

向美学家王朝闻先生请教

2006 年 4 月在大觉寺举办的“沈鹏诗词研讨会”上，刘征先生很开心

1987 年在瑞典国家图书馆写书法

1989 年率团赴苏联编大型画册

1990年12月，在镇江北固山，沈鹏同日本国书道会会长田中冻云先生（中）分别用中、日文合书阿倍仲麻吕诗碑，白土吾夫先生（右）出席揭碑仪式。

2009年，与韩国书法家赵守镐先生（右一）举办专题展

2007 年为中国国家画院书法班学生授课

莫言先生与沈鹏、殷秀珍伉俪畅谈后合影

江阴“沈鹏艺术陈列馆”，藏有沈先生捐赠的大量名人书画、汉以来文物、工艺品与他本人的书法作品，自著诗、书、文集，历史资料。另馆藏六千余册图书。

吴为山为沈鹏先生塑像

三十五件书法作品无偿捐赠中国人民大学

2015 年 11 月 20 日，举办《三馀笺韵》沈鹏自书诗词新作展暨新书首发式，郑伯农先生、郑欣淼先生参加并讲话。

2017 年 8 月 13 日“霞客行”。沈鹏长篇草书《徐霞客歌》启动仪式举办，集体合影。

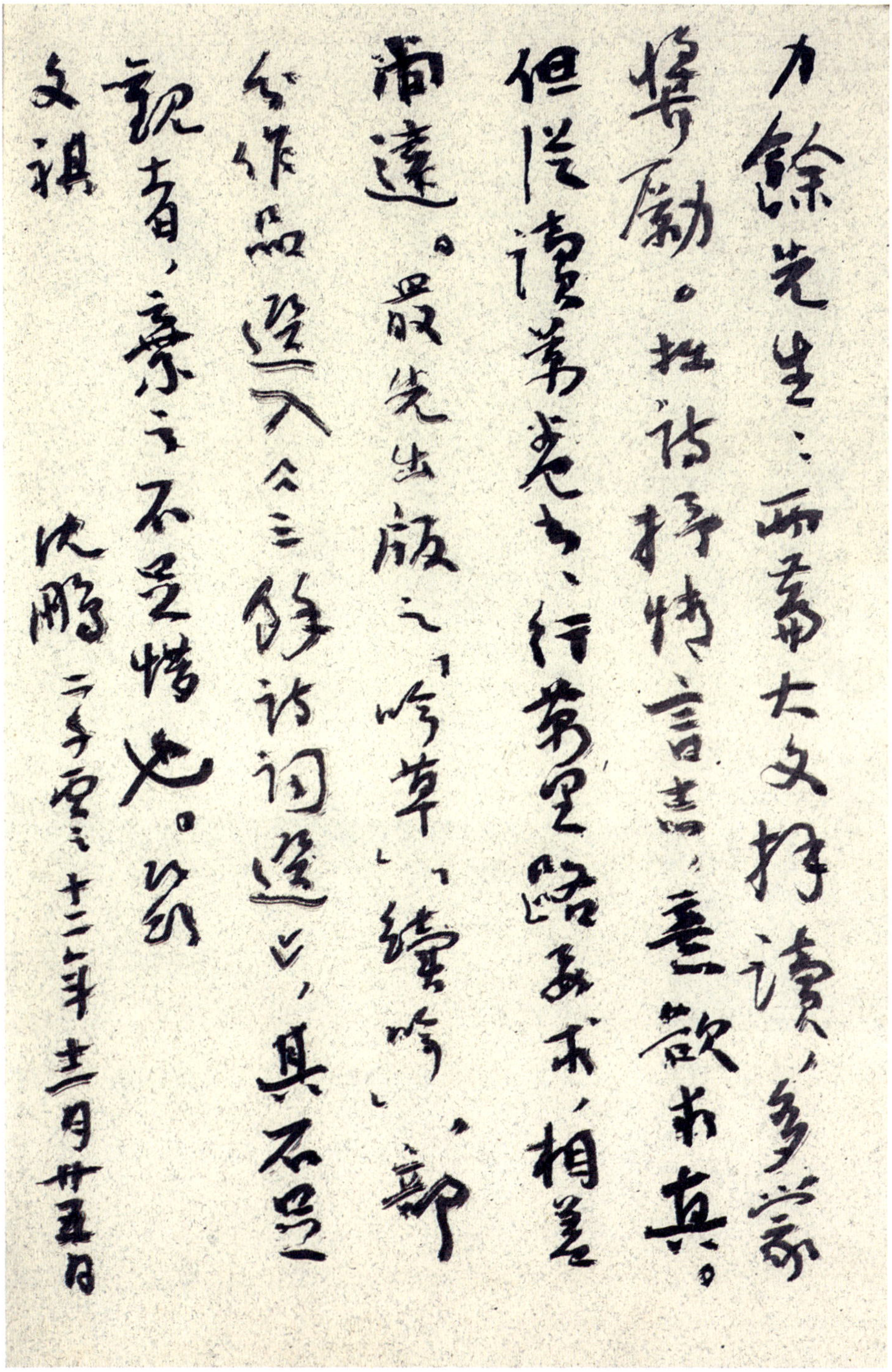

力餘先生：兩篇大文拜讀，多蒙
獎勵。拙詩抒情言志，意欲求真。
但從讀萬卷書、行萬里路要求，相差
尚遠。最先出版之「吟草」、「續吟」，部
分作品選入《三餘詩詞選》，其不足之
觀者，棄之不足惜也。敬
文祺
沈鵬 二〇〇二年十二月廿五日

沈鹏先生致作者手札之一

释文

力馀先生：

两篇大文拜读，多蒙奖励。拙诗抒情言志，意欲求真。但从读万卷书、行万里路要求，相差尚远。最先出版之《吟草》《续吟》，部分作品选入《三馀诗词选》，其不足观者，弃之不足惜也。即颂

文祺

沈　鹏

二千零十二年十二月廿五日

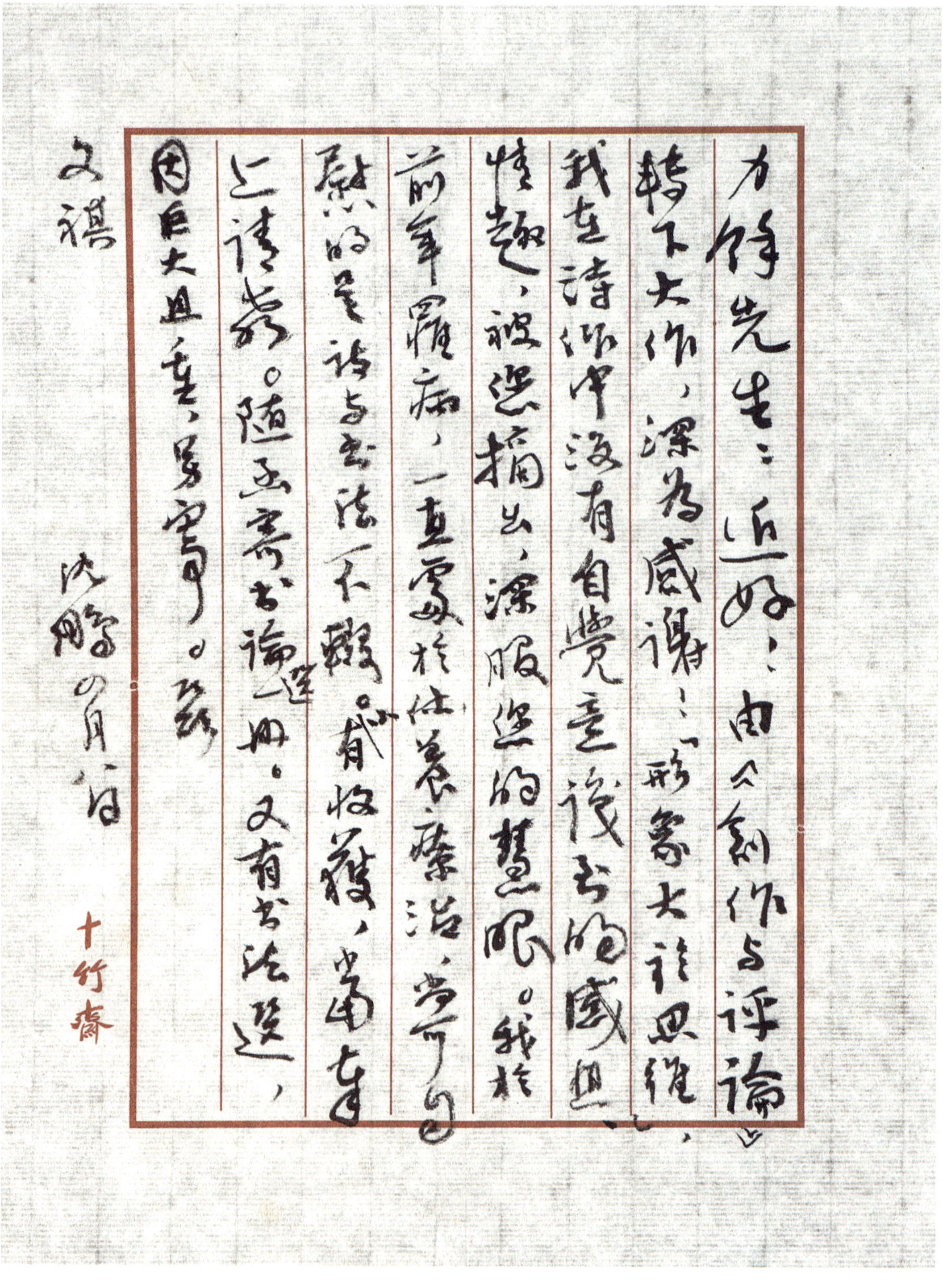

力侍先生：近好！由公創作与評論上轉下大作，深為感謝！！形象大於思維，我在詩作中沒有自覺意識到的感想、情趣，被您摘出，深服您的慧眼。我於前年罹病，一直處於休養療治，常可自慰的是：詩与書法不斷，並有收穫，常寄上詩稿。隨函寄書論選一冊。又有書法選，因巨大且重，另寄。

文祺

沈鵬 四月八日

十竹齋

沈鹏先生致作者手札之二

释文

力馀先生：

近好！由《创作与评论》转下大作，深为感谢！“形象大于思维”，我在诗作中没有自觉意识到的感想、情趣，被您摘出，深服您的慧眼。我于前年罹病，一直处于休养疗治，尚可自慰的是诗与书法不辍。小有收获，当奉上请教。随函寄书论选一册。又有书法选，因巨大且重，另寄。即颂

文祺

沈 鹏

四月八日

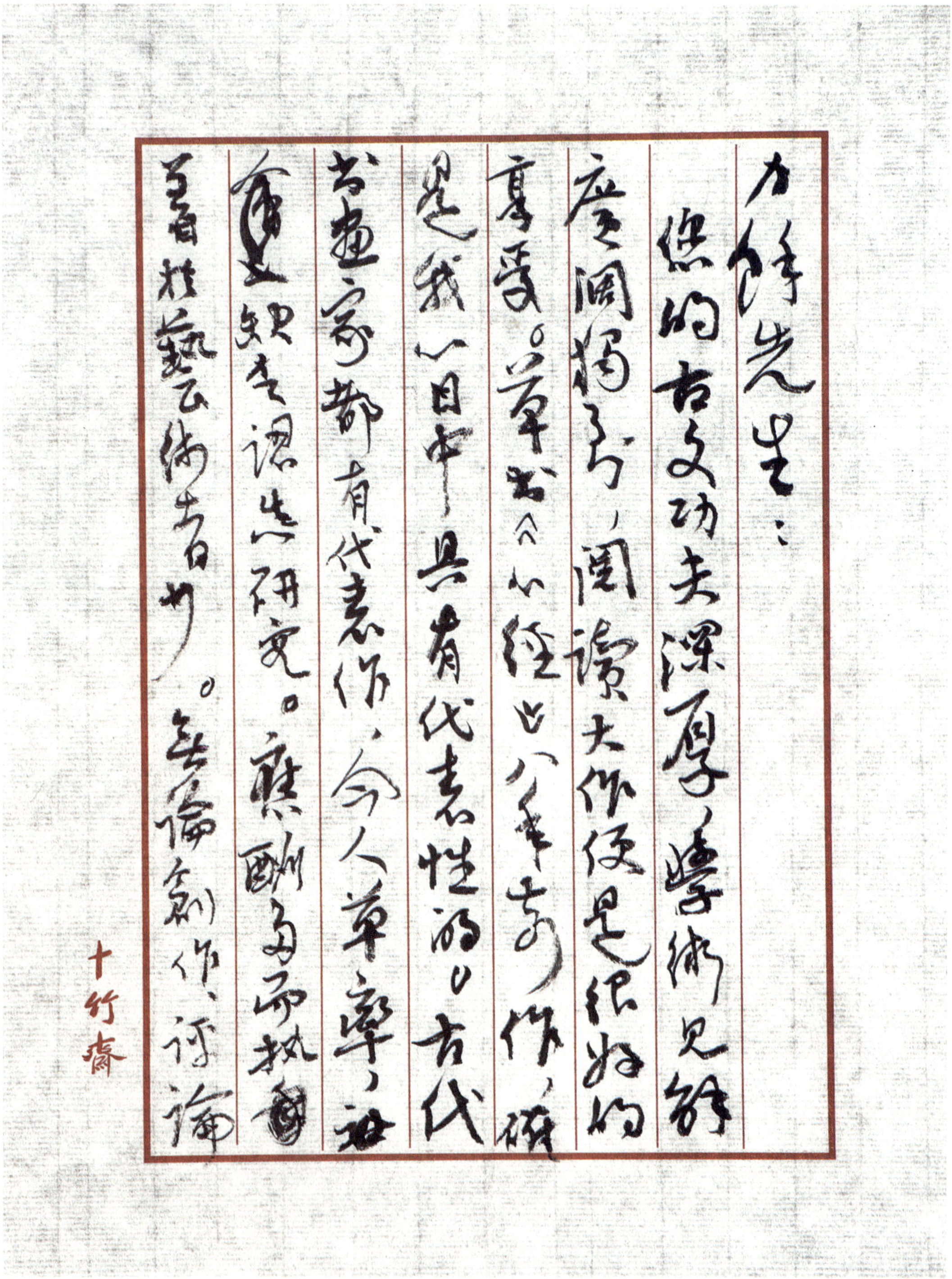
方诗先生：
您的古文功夫深厚，学术见解
广阔独到，阅读大作便是很好的
享受。草书六公经过八年之作，确
是我心目中具有代表性的。古代
书画家都有代表作，今人草率，甚
重史知者谓先研究。应酬多而执着
着推艺术者也。无论创作、评论

沈鹏先生致作者手札之三

都受到时代影响。
「书法不是一门独立的艺术」，此说实在不敢苟同。东汉时代便出现了「书法」词，张、蔡、孙过庭到康有为，数不清的学问家都将书法作为一门艺术进行独立的、专门的研究，因为它有特殊性。偏因重视「文化」的「共性」而将「书法」的「个性」排除在外，不得已

十竹斋

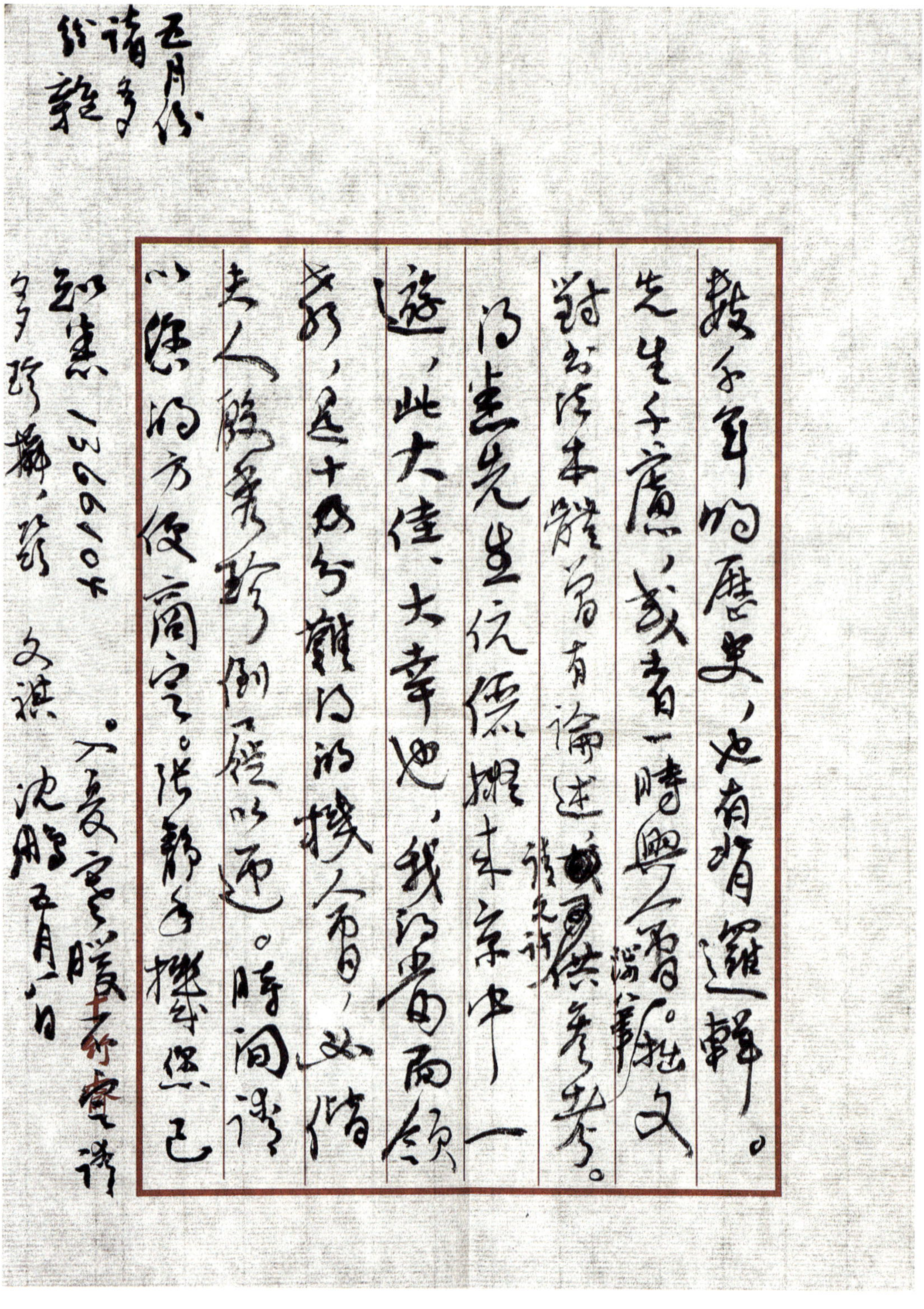
數千年的歷史，也有指邏輯。
先生千慮，或者一時興之所觸，擬文
對於詩本體有論述，供參考。
的素先生依據本宗中一
遊，此大佳、大幸也，我們要兩領
教，還十分難得的機會，如借
老人能看到後以面述。時間請
以您的方便商定。你靜等擬然已
入夏，望多保重

多珍攝，並請 文祺 沈鵬 五月八日

释文

力馀先生：

您的古文功夫深厚，学术见解广阔独到，阅读大作便是很好的享受。草书《心经》八年前作，确是我心目中具有代表性的。古代书画家都有代表作，今人草率，缺乏认真研究。应酬多而执着于艺术者少。无论创作、评论，都受到时风影响。

“书法不是一门独立的艺术……”此说不敢苟同。东汉时代便出现了“书法”词语，从孙过庭到康有为数不清的学问家都将书法作为一门艺术进行独立的、专门的研究，因为它有特殊性。倘因重视“文化”的“共性”而将“书法”的“个性”排除在外，不符合数千年的历史，也有背逻辑。先生千虑，或者一时兴会涉笔。拙文对书法本体曾有论述，请允许供参考。

得悉先生伉俪拟来京中一游，此大佳、大幸也，我得当面领教，是十分难得的机会，必偕夫人殷秀珍倒屣以迎。时间请以您的方便商定。张静手机您已知悉……入夏寒暖不定，请多珍摄。

即颂文祺

沈　鹏

五月八日

五月份诸多纷杂

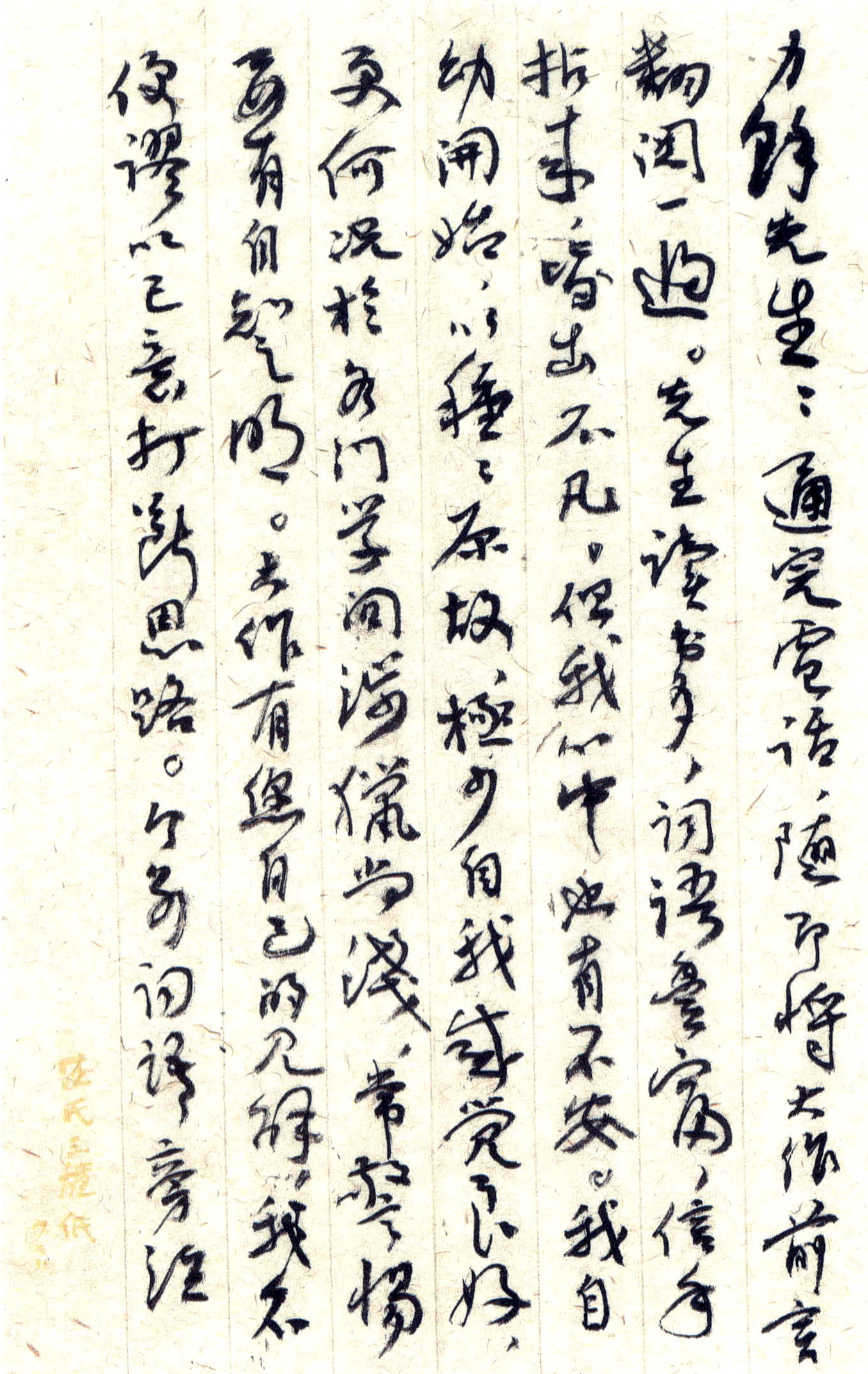

力钧先生：通览宏论，随即将大作前言翻阅一过。先生读书多，词语丰富，信手拈来，皆出不凡。但我心中也有不安。我自幼开始，以种种原故，极少自我感觉良好，更何况于我们学问瀚海，犹觉浅，常常惕励有自知之明。大作有您自己的见解，我不便谬以己意打断思路。今将词语旁注

沈鹏先生致作者手札之四

诗作等等。尤其是高度的评价，一定要实事求是，面对读者、对历史负责。以您的心胸，必定於理解。「知我者罪我」。看大作与来信，您的身体状况当属良好，皆於其中又能领会着坚毅的意志，超越了自我。进入耄耋之年，尤希多多保重。尊夫人均此。又家珍嘱笔请安。致

暑祺

沈鹏 六月廿日

释文

力馀先生：

通完电话，随即将大作前言翻阅一过。先生读书多，词语丰富，信手拈来，皆出不凡。但我心中也有不安。我自幼开始，以种种原故，极少自我感觉良好，更何况于各门学问涉猎尚浅，常警惕要有自知之明。大作有您自己的见解，我不便谬以己意打断思路。个别词语旁注，请作参考。尤其是高度的评价，一定要实事求是，对读者、对历史负责。以您的心智，必定能理解。“知我者罪我”。

看大作与来信，您的身体状况尚属良好，当然其中更饱含着坚毅的意志，超越自我。进入耄耋之年，尚希多多保重。尊夫人均此。又秀珍嘱笔请安。即颂

暑祺

沈　鹏

六月廿八日

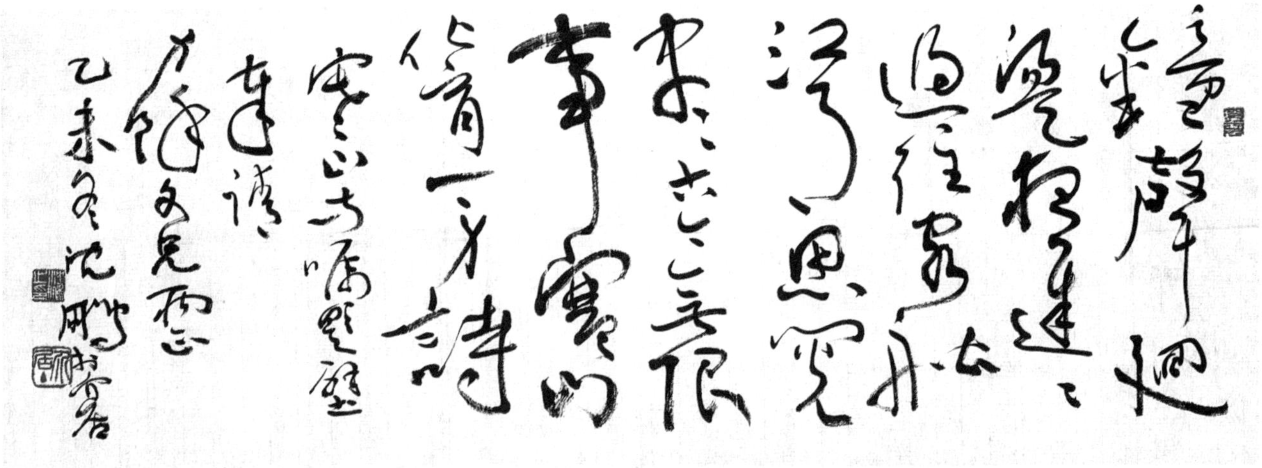

沈鹏先生惠赐墨宝之一

释文

钟声回荡夜迟迟，过往客船江月思。
阅尽古今无限事，寒山化育一身诗。

寒山寺嘱题壁，奉请力馀文兄两正。
乙未冬沈鹏于介居。

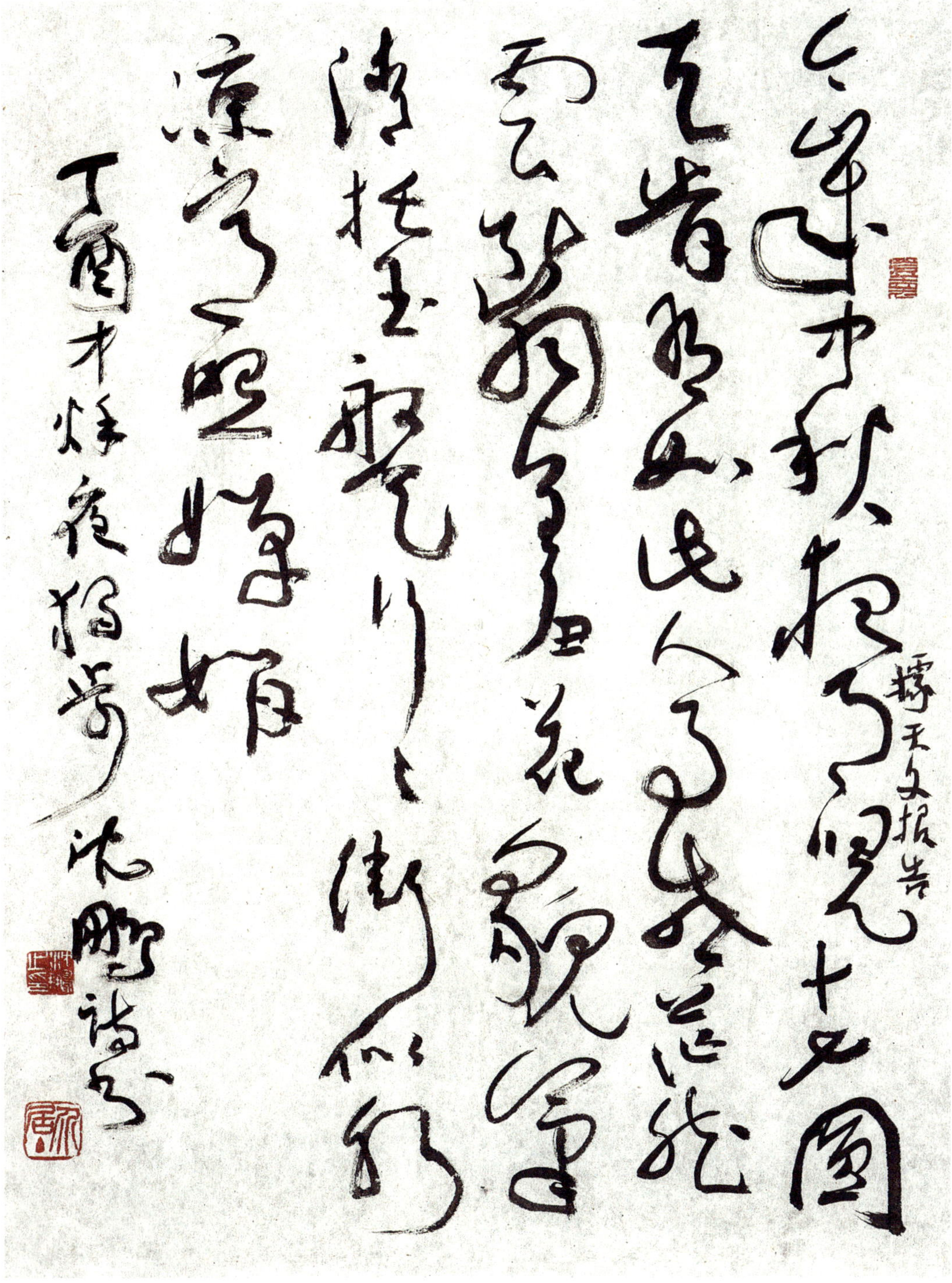

沈鹏先生惠赐墨宝之二

释文

据天文报告

今岁中秋夜，月儿十七圆。

天时有如此，人事或茫然。

云翳羞花貌，气清托玉盘。

行行街似水，凉意照婵娟。

丁酉中秋夜独步。

沈鹏诗书。

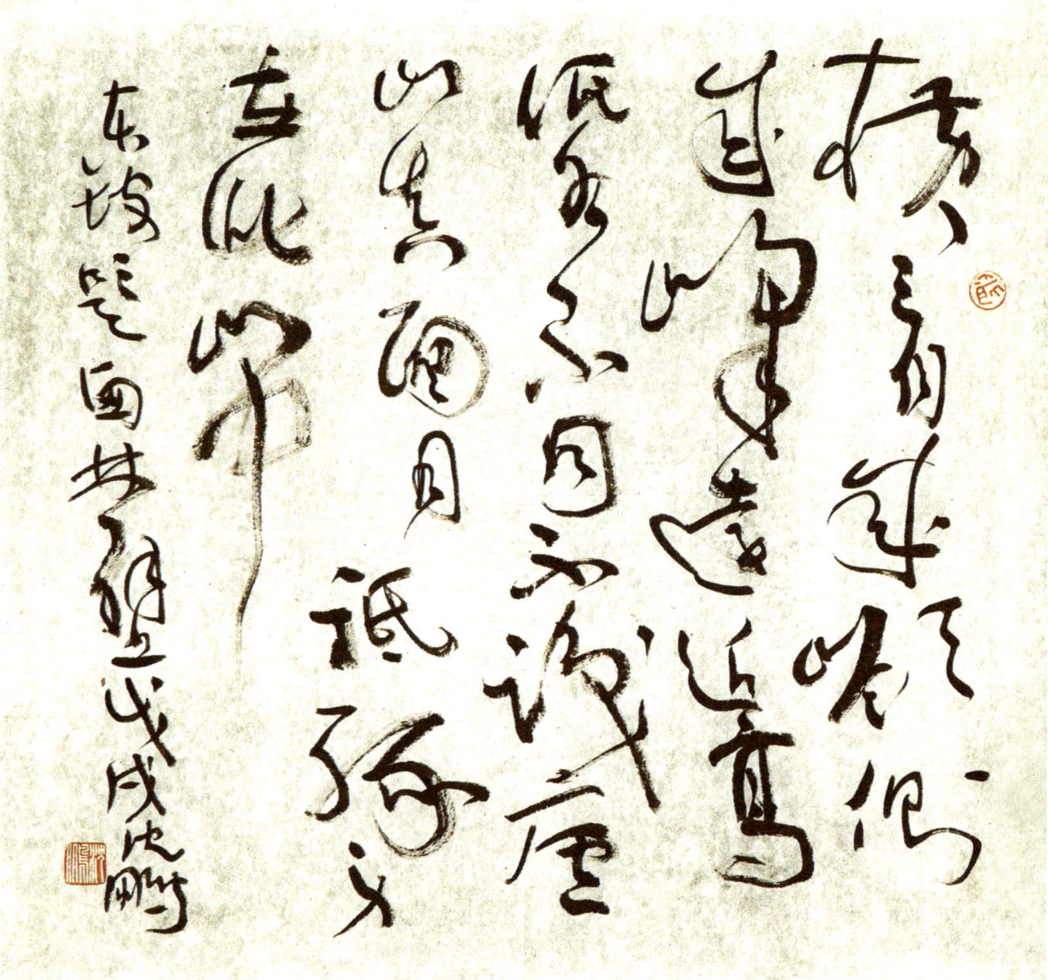

沈鹏先生惠赐墨宝之三

释文

横看成岭侧成峰，远近高低各不同。

不识庐山真面目，只缘身在此山中。

东坡题西林壁。戊戌沈鹏。

目　录

书学思想研究

隶书研究

行书研究

行草研究

大草研究

整体感悟

特　载

百丈飞流大写“人”

——沈鹏先生诗词读后

马　凯

诗是心灵的窗户，读沈先生的诗词，感受到的是纯、真、静的心境。他长期做编辑工作，为读者服务，却无怨无悔，有诗云：“为人作嫁心头热，处事无私天地宽”；他成就斐然，却不事声张，有诗云：“老谋实事厌张扬”。面对浮躁的世风，他不为所动，有诗云：“名利是非身内外，声光杂沓影徘徊”，“洁来洁去了牵挂，有际无涯归自然”；他赞扬孔繁森“心存天地独遗我，路到家门偏失踪”，这也是他自己心灵的独白。

是大家常说家常话。沈先生提倡作诗要“宁肯浅近不故弄玄虚，宁可平实不故作深奥”。他的诗，清新、简洁，不用生字，更无诡怪造语，但常能平中出奇，俗中见雅。许多诗句，看似平淡，读来清香满齿。请看：“花落花开都是画，风吹雨打总成诗”，信口哼来，饶有回味。再请看：“久雨初晴色色新，山光峦表逐层分。路回忽听风雷吼，百丈飞流大写‘人’”，这是诗？这是画？正是诗中有画，画中有诗。沈先生很赞赏聂绀弩，其实沈诗与聂诗似有相通，写来似不经意，读起耐人寻味。有诗云：“日日挤奶，质量平常。为人作嫁，有时瞎忙。但问耕耘，忘看夕阳”，谐中见庄。又云：“无担可挑僧不少，九龙治水首长多”，切中时弊。再云：“愧对白衣频嘱咐，贪灯开卷又清狂”（《吊瓶输液》），忍俊不禁。

适应而又超越。这是沈先生诗词之道的重要见地。对此，我十分赞成。“适应”，就是要符合中华诗词格律的基本规则，否则就不成其为“中华格律诗词”，而是变成别的什么文体如新诗、顺口溜、散文等；“超越”，就是要与时俱进，融入时代的内容和特点，顺应语言的变化，否则就会失去广大读者。不“适应”，无异于自我异化；不“超越”，无异于作茧自缚。二者殊途同归，都会使中华格律诗词丧失生命力。

功夫更在诗外。作诗，沈先生十分重视诗内功夫，认为写诗，首先要立意、求真，“宁可十年不作，不可一作不真”；强调要“炼字”，为此，要熟读好诗、多读韵谱、长于推敲。一次，他拿出与霍松林先生的和诗，其中“岂惟韵语接唐音”一句，究竟用“接”好，还是用“继”好，多方与人切磋，这种“吟安一个字，捻断数茎须”的精神，真堪学习。他更重视诗外功夫，认为“诗外功夫诗内得”。何谓诗外功夫？人品、情操、悟性、阅历、文化底蕴、洞察能力等等皆是。当然，正如先生所云：“诗人首先应该是一个真正的人。”

前 言

司空图在《诗品》中对艺术的高华之境有这样的描写:“月出东斗，好风相从；太华夜碧，人闻清钟。”品读沈鹏先生的诗书艺术，总是想起司空图的绘境名句，因为先生的创作确已臻此境界。创作是心灵的诉说，美评是情感的沟通，对典型个案的深入研究，于艺术创作无疑有较大的启迪作用。沈老是当代著名的编辑出版家、学者、诗人、文艺评论家、书法家，对我国艺术事业的发展贡献卓越。笔者不揣浅陋，对沈老的诗书艺术作一些感悟性的论述，完全是一种自发行为，表达对中华文化的由衷热爱之情。诚然，我们景仰高山的壮丽巍峨，而对于山中的品类之盛、景色之奇很难作出具体的描述，其实任何描述往往是有限的、肤浅的，因为大美难言。

心折沈老，在于他坚韧不拔的意志。艺术境界主于美，而传承文化、光照人格、充盈浩气的瑰美艺术，更具震人心魄的力量。沈老长年超负荷地工作，在编辑出版、学术研究、诗书创作、艺术活动诸多方面成就卓越，是长期与病魔斗争的结果。沈老幼年时得麻疹、百日咳而未得到有效治疗，遂成痼疾，有六十余年的严重失眠，长年咯血，而先生以热爱文化、热爱艺术为精神支柱与病魔斗争，在不懈的追求中实现自我超越，这种坚毅意志令人感佩不已。笔者少年时代深为病魔所苦，成年后又有四十余年的严重失眠，疾病的折磨使我苦不堪言，因而对沈老的艰难感受甚深。至于先生在风雨如晦的岁里所经受的煎熬，就可想而知了。欧阳修提出“穷而后工”的美学观点，这是有道理的，暗香飘荡于严寒之节，雪莲妍笑于坚冰之中，这种美最有感染力、震撼力。

心折沈老，在于他对中华文化的热爱与坚守。沈老是卓越的书家，但首先是著名学者、诗人。从沈老的诗书艺术及学术专著中，可以窥见先生学问之渊深。沈老于文学、历史、哲学、音乐、绘画等极为广泛的领域均有较深的研究，尤为可贵的是对天文、地理、物理、生物等自然科学均有浓厚的兴趣。他对儒释道哲学情有独钟。沈老说：“中国书法如果失去了深广的哲学、美学底蕴，便失去了灵魂。”从其《傅山书学的原创精神》一文中可以看出，他不是就书论书来研究傅山，而是从历史、文学、哲学等多个角度来综视傅山。他对韩国书圣金正喜的研究也是从宏观审视，从微观论证，指出金正喜受苏轼影响甚深，将中国盛行的朴学思想带到韩国，推动碑学的发展，摒弃颓靡书风，革新韩国书法，在韩国书史上有里程碑之意义。对诗书画一体的艺术传统，沈老极为珍视，多有论述。我最早读到的他的题画诗是《诉衷情·题画鹰》：“俄观素练起风霜，落笔尽苍苍。纵横逸气精到，神态慨而慷。瞵四野，瞩微茫，据山岗。岂嗜追搏？只以尚存，社鼠狐帮。”他对自然科学有浓厚的兴趣。沈老说：“如果我们的艺术家能够多一点将艺术与天地万物相沟通的良好感觉，多一点对人文科学与自然科学共性的认识，我们的灵感可能大为增加。”（《理与情再探》）他写过长篇七言古风《朝阳化石歌》，也写过物理学中的“中微子”：“或超光速中微子，世纪群贤启异思。设若新翻相对论，爱因斯坦乐闻疑”。他借助科普知识打开思维空间，插上想象的翅膀。

沈老热爱传统文化，吟诗作赋，妻毫子墨，而他性格开朗，思维开阔，将创作与理论打通为一，有自己独到的书学思想。大量论文从不同角度、不同层次论述了书法与文化的关系，他不薄西方爱东方，不薄篆隶爱狂草。他提出了

“可持续发展”的书学理念，认为除了深入研究技法以外，还必须根植于传统文化之中。20 世纪 80 年代“书法热”刚开始，先生就提出要警惕浮躁、急于求成等不良现象的产生，要实现“可持续发展”，首先在思想，软件重于硬件。他提出了一个著名的书学观点是“书法的形式即内容”，这对书法研究与创作将产生深远的影响。这个观点是对书法本体的强调，对唯美境界的描述，对书史研究的妙悟，这里的“形式与内容”有特殊的内涵，大致是指饱蕴审美情感的意象，是一个艺术的“活体”。此说的提出，旨在强调艺术家应将胸次、修养、才情、功力诸多元素糅合为一，如此方能臻至艺术之高境，有的先生误解这一观点，认为沈老重技法、轻学养，其实沈老历来是学养与技法并重。

沈老论艺，重视天机的重要性。所谓“天机”多指悟性与才情。他认为学艺光凭刻苦是不够的，还必须培育悟性才情，尤其是草书，没有悟性才情是困难的。而这种“天机”应为灵气、才气、逸气、浩气的外化，这种“气”不可学而能，但可养而致，应努力从博大精深的传统文化中吸取营养，正如陆机所说：“游文章之林府，嘉丽藻之彬彬”。书家还要感悟生活，外师造化，中得心源，长期的文化熏陶与对生活的感悟可以培植天机，触发天机。沈老极富才情，读中学时的作文《农业国必须实现工业化》获江阴第二名，这应是他最早的论文。他与同学顾明远、薛钧陶创办进步文艺社团“曙光文艺社”，任《曙光》总编，出版文学刊物《曙光》二十多期，发表散文二十多篇。他在江阴南菁中学毕业时刚满十六岁。没有奇高的悟性与丰美才情，先生就不可能有如此大的突破。沈老论艺又特别强调表达真情，其有名的一首论艺诗为：“五色令人目眩昏，我从诗意悟书魂。真情所寄斯为美，疑是穷途又一村。”(《笔殒・之二十》）这里的“真情”是指通过线条墨法所营构的书法意象将思想载体以及特定时空中的主观感受表达出来的一种情绪体验，实为艺进于道、心手双畅的和谐之境。沈老的创作追求真善美的和谐统一，书尚“真情”这一观点的表达，对艺术家的澹泊情怀、综合素养、艺术功力提出了极高的要求。

诗为华夏艺术之魂，我们的时代需要充满诗意的精神产品。艺术有诗的浸润，意境幽深，方能勾起读者丰美的想象和联想，大大地拓展我们的思维空间。沈老的书法语言能准确追蹑载体的情感运动，百变不穷，高华精绝，语言的丰富性与诗境的圆融性有机统一。沈老的创作，对推进我国高雅艺术的发展具有历史性的意义。有人视辞章为小道，殊不知诗词艺术是中华文化的象征。十年浩劫，诗教、易教的优良传统近乎处于断流状态，这应是造成道德沦丧的一个重要原因。当然，对今天的艺术家来说，能写出像样的诗是不容易的。诗有很强的专业性，艺术家在精研专业的前提下还要精通诗，本来是极为困难的。入声在普通话中基本消失，普通话的推广为古体诗词的创作增加了更多的难度。现在不仅仅是很多书法家、画家不知诗为何物，连研究古典文学的专家、美评家也大多不能写诗，理论上可以雄辩滔滔，但真正进入创作，往往徒有躯壳。

继承传统文化，言之甚易，为之甚难。现当代有些书画大家自称诗人，诗为第一，旨在强调文化品位的重要性，从题材、语言、时代感等方面来衡量，与真正的诗人相距较远，观其所作，称为画家之诗或书家之诗比较合适，但他们的导向是正确的。沈老对优秀文化的坚守堪为时代之典范，一千余首清新高雅的旧体诗词，题材广泛，语言丰富，以真情胜，以意美胜，不是艺者之诗，而是诗人之诗，沈老无愧于真正的诗人称号。随意撷取其中的句子："大江容蜀水，北固卧吴烟""关河回望远，岁月渐知深""海阔鱼并跃，天高鹰与齐""窗含长绿山，绝顶孤鸟飞" "忽闻布谷三啼唤，恍似天仙一奏鸣"，境界壮阔，辞旨幽深，这些佳句与明清以来大诗人的诗相比也是毫不逊色的。

心折沈老，在于他的艺术创作别开生面，雄视古今。沈老治艺，整体推进，各体皆能，而以险绝厚涩、雄秀高华的大草鹰扬天下。品读沈老的书品杰构，感受最深的是两个方面。

一方面，书境的诗化。有人认为书境诗化是一件很容易的事，不就是写自己的诗吗？这有什么难的？其实这是极为艰难的。写出工稳流畅、时代感强烈、意境圆融的诗很难，把书法写好，达到诗书合一更是难上加难。沈老说："废纸千张犹恨少，新诗半句亦矜多。"这是由衷之言，表达了艺术大家对创作的严肃态度。艺术创作加大难度是必要的，形式有难度，审美方有高度。广场舞人人可跳，水上冰上有几人可为？好诗还要好书法，书法是尚技的艺术，技法上升一厘米也要付出汗血的代价。诗书融合极为艰难，纵观唐宋以来的书法家，真正做到辞翰双美、诗书合一的书家少之又少，笔者认为只有苏轼、黄庭坚、徐渭、王铎、傅山、于右任、郭沫若等大家才真正达到了交融的境界，而沈老的创作，诗书意境达到了高度的和谐，真正做到了既去他人之陈言，又去自我之陈言，有形之诗与无形之画交织一片。

另一方面，沈老的艺术语言极富力感，极富写意精神。这里特别值得指出的一点是：篆籀古法的成功引入，使书法的力感更沉实，变化更丰富，风格更鲜明。篆籀中锋有别于以"二王"为代表的帖系中锋，帖系中锋主要是力在字中，适宜于写手札一类的小字，而篆籀中锋是用整个笔毫，更适宜于写大字，这种用笔之法是从怀素、黄庭坚一路而来。沈老对帖系中锋和篆籀中锋的运用已臻出神入化之境，他长年用长锋羊毫作书，锋长不易驾驭，毫软难于使转，正因为难于驾驭、难于使转，掌控自如就容易出现不可重复的奇险之美，这是沈老最为属意之处。在笔者熟悉的书家中，沈老是坚持时常磨墨作书的书家，故其墨色层次丰富，意象瑰玮。

《易经》中说："神无方而易无体"，"阴阳不测之谓神"。《易经》的卦象是变动不居的，尚变的思想包蕴了艺术创新的美学观念。沈老是创新意识极浓的艺术家。创新需要才气和功力，沈老具备了创新的良好条件。他的书法做到语言新、意象新、境界新，不重复别人，也不重复自己。他最近出版的《三馀笺韵》诗书合辑，一百零三幅作品，烟云满纸，气象万千，观其意境，或如长鹏击水，洪涛怒翻；或如佳人起舞，惊鸿游龙；或如幽鸟鸣春，清音独远，无不新人耳目，摇人心旌。书法高度抽象，书家囿于学识与功力，容易出现思维定势，书法创作形成风格本来不易，让风格不断变化而又意境圆融更难。而沈老总是在不断地挑战自我，推陈出新。他的创新，从语言本体来看，线性的沉实清雄、萧散纵逸大致稳定，而随墨色、结体、布局的变化而仪态万方。书法最容易搞重复劳动，但沈老那里没有。

写作是艰辛的劳动，在艺术评论中，以书论至难，线条的高度抽象，专业语言的相对贫乏，很难拓展出想象与联想的空间。书法又是综合艺术，它的载体离不开文学、哲学、史学，它的写意精神又与绘画、舞蹈、音乐相通，理解不容易，准确表达尤难。论书须将哲学、美学、诗书画打通，形成一个立体空间，对书法的审美方有可能准确地把握。写作中遇到的困难是可想而知的，病魔总不肯离开我，沈老在《始于四十》中说的一句话坚定了我的意志："人活着有什么条件便做什么，能做多少便做多少，只要对社会有点益处。"我终于把此书写出，颇感欣慰。我从沈老那里感悟到最深的一点是静下心来，坚强地活着，已过耳顺之年，别无所求。

沈老的诗书艺术是创作主体真品格、真性灵的具象表达，周俊杰论及沈老的书艺时指出："他实际上已将自己与书法溶化到一起，他从事书法活动和创作，是国家和民族的需要，也是他自己生命的需要。"（《生活、艺术的强者——论沈鹏先生及其艺术思想、书法创作》）沈老于书如此，于诗亦然。拙作于沈老的诗书创作，只能作浅层的解读，譬如盲人摸象，摸到的永远只是部分的真，并非整体的真。此书之作，由衷表达了作者对中华文化的热爱与崇敬之情，为沈鹏研究奉上一片铺路石而已。由衷祝愿沈老生命之树常青，艺术之花常开！

沁园春·致沈鹏先生

蒋力余

沈鹏先生，江苏江阴人也，著名编辑出版家、学者、诗人，书法艺术大师，为我国艺术事业之发展繁荣贡献卓越。先生献身艺术，其坚韧顽强之精神令人心折。先生垂髫之年，因患麻疹、百日咳未得有效治疗，遂成痼疾，病魔缠身，困苦不堪，服用安眠药物六十余年，而竟然以病为友，战而胜之，于编辑出版、诗词书法之创作硕果丰盈，以险绝厚涩、雄秀高华之大草鹰扬天下，以意志才情创造生命之奇迹、艺术之奇观，年登耄耋，精进不止。先生为人，谦和儒雅，古道热肠；先生为学，旁搜远绍，融贯中西。仆一芥之微，深蒙青顾，忝列门墙，何幸如之！高山长仰，清芬难揖，慨然吟成俚词一阕以达中怀云尔。

吴越云霞，

六朝烟雨，

滋沐心胸。

慕鸿鹄远举，

“曙光”① 初露；

体为弱质，
志凛苍松；
佩芷披兰，
餐英饮露[②]，
铸就清辞旷代雄。
传薪火，
遍神州大地，
满目春红。

一支健笔如龙，
吐五色灵光化彩虹。
看楷情隶意，
霞飞烟合；
行书大草，
鸾舞蛇惊；
画境诗心，
庖刀轮斧[③]，
孤鹤凌霄入碧穹。
长系念，
那故园红豆[④]，
耸翠云中！

自注：

①“曙光”，沈鹏先生在江阴南菁中学读书时，创办进步文艺社团“曙光文艺社”，任《曙光》主编，出版文学刊物《曙光》二十多期，发表散文二十余篇。南菁毕业时沈鹏先生年仅十六岁。

②餐英饮露，化用屈原《离骚》：“朝饮木兰之坠露兮，夕餐秋菊之落英。”

③庖刀，化用《庄子·养生主》语意：“今臣之刀十九年矣，所解数千牛矣，而刀刃若新发于硎。彼节者有间，而刀刃者无厚，以无厚入有间，恢恢乎其于游刃必有余地矣。”轮斧，化用《庄子·天道》语意：“桓公读书于堂上，轮扁轮于堂下”。此处指代高超之技艺。

④红豆，沈老写过《江阴红豆》一诗：“最动相思是故乡，故乡此物世无双。坚贞浥透殷红色，密叶交柯不吐芳。”

形神兼得　意境圆融

——吴为山、沈鹏《斥笔图》赏析

诗书画的和谐统一，为华夏艺术最富特色的表达形式之一，也可以说是华夏民族高雅艺术的典型特征。三者有机统一的核心要素是内在意境。由吴为山先生作画、沈鹏先生题款的人物画《斥笔图》，是当代两位艺术大家合作的大写意人物佳品，出神入化，妙趣横生，多象外之意，韵外之旨。画品见于《三馀笺韵》，此书由人民美术出版社出版，创作时间为2015年，画题为《斥笔图》，斥者，纵恣也；斥笔者，纵笔挥洒也，此图为草书大师沈鹏先生之造像也。

吴为山（1962～　），男，汉族，江苏东台人，著名雕塑家，中国美术馆馆长。吴为山首次提出“写意雕塑论”“中国雕塑八大风格论”的创作理念，并以“诗风荡漾、文气堂堂”“形神兼备、气象万千”的独特风格而驰誉天下。吴为山综合素养甚高，妙悟诗理，精于丹青，善于书法，与沈鹏先生为忘年之交，故而此作形神兼得，意境圆融。

画作主体为沈鹏先生之造像。大写意以草书笔法入画，非妙于书者莫敢问津，此作体现华夏民族独特的造型观和境界观，既为高度自我的艺术，又是高度忘我的艺术，有我与忘我浑然为一。无论是人物还是山水花鸟，大写意往往以粗犷、豪放为意境追求，以干笔、枯笔为基调，以勾擦大胆、点面隐约、墨彩交融、夸张巧拙为鲜明风格，强调意象的典型化，表达逸笔草草的抒情体验，给读者以心灵的震撼。此作以深挚的情感驱使笔墨，因意成象，以形写神，艺术语言极为简约，寥寥数笔勾勒出主体意象纵笔挥毫之风神。绘画以人物为难，人物以传神至难，此作之传神多有妙笔。顾恺之论画极重传神写照，《世说新语·巧艺》："顾长康画人，或数年不点目睛。人问其故，顾曰：'四体妍蚩本无关于妙处，传神写照正在阿堵中。'"此作造型准确，传神生动。

传神之处大致有四：首先在眼睛。眼睛为心灵之窗户，绘眼的精妙是整幅成功的关键，画家所绘梦中人物，迷离恍惚，极难绘眼，而此作状绘甚为奇妙，似闭而开，似实而虚，怡然微敛，莹然有光，准确状写出艺术家意在笔先之神情。

其次在颧颊。苏轼论画，取神须重颧颊，他在《书陈怀立传神》中说："传神之难，在于目。……其次在颧颊。吾尝于灯下顾见颊影，使人就壁画之，不作眉目，见者皆失笑，知其为吾也。"写真佳品既要从颧颊读出人物之表情，又须做到不失外部轮廓之真实，此乃苏轼评画的一条美学原则。欲达此目的，苏轼认为画家要高度熟悉所绘对象的本质特征："画竹必先得成竹于胸中。"此作遗貌取神，线条简括，用墨浓淡相宜，尤精于施用淡墨，所绘主体意象衣着随意、颧颊逼肖，而清宁萧散之意态朗然入目。又次在须发。顾恺之说："颊上加三毛，觉精采殊胜。"细品佳构，鬓发稀疏而多动感，作冲冠之状，仿佛让我们看到书家"解衣磅礴"之气势，深品画境，生命之气郁勃，灵气湛发，逸气充盈。

再次在毫颖。为草书大师造像，毫颖之状写殊多不易，画家运用变形夸张之手法，强化主体情感之表达，毫颖微曲灵动，仿佛生命之气、灵气、逸气从颖芒湛发而出，化为龙蛇飞动的艺术意象。统而观之，画作之传神写照已臻妙笔通神之境，书家意气昂奋，神情萧散，颖芒的动感似带灵性，让人油然想见书家挥毫落纸如云烟的风姿神采。

主体造像极富匠心，而画旨的题写亦为点睛之笔：“沈先生常于我梦中”。寥寥八字，意蕴无穷，既表达画家对一代山斗的景仰之情，又准确点明画作之风格特征。梦中系念，表达了对书家高山长仰、清芬难揖之心情，与写意人物简约迷离的艺术风格高度吻合。写意人物贵在灵气氤氲，白居易在《论画》中指出：“天地间有粹灵气焉，万类皆得之”，此作之妙在于灵气畅流，自然生动。艺术尚真，绘画之真，乃意韵之真，神采之真，故白居易说：“画无常工，以似为工；学无常师，以真为师”，此作的传神写照确臻神妙莫测之境界。此画的意象极为简约，而联想空间广阔。为了突出主体意象，描写梦中人物之神情，略去一切背景的描写，没有以万卷诗书、文房四宝等物作背景而突出人物的雅意高致，仅仅截取人物创作之前的精彩瞬间展示其风采，以此强化抒情的纯粹性、浓郁性。吴为山是雕塑大家，此作似以雕塑手法入画，背景的略去，拓展出浩茫的联想空间，睹此画作，书家翰逸神飞的艺术形象朗然耀目，而其胸次之超旷、学养之渊深、技法之精湛、意境之萧散见于笔墨之外。

沈老深通画理，题款强化了诗意之表达，抒情意韵与主体意象遥相呼应，形成一个有机整体。题款分小序与诗作两部分。小序对吴氏造像的传神之妙予以高度肯定：“得东坡传神记之三昧”，“所谓众中阴察之萧然有意于笔墨之外者也”。苏轼善于丹青，论艺多有灼见，尤重笔墨之传神，他在《书鄢陵王主簿所画折技二首》中有句云：“论画以形似，见与儿童邻。赋诗必此诗，定非知诗人。”诗画相通之处在于联想空间之拓展，画能传神，则含不尽之意出于言外。序中“阴察”一词，语出苏轼《书陈怀立传神》：“传神与相一道，欲得其人之天，法当于众中阴察其举止。今乃使具衣冠坐，注视一物，彼敛容自持，岂复见其天乎？”所谓“阴察”，指平时的观察；这里的“天”，大约指自然之神态，通过细节描写体现人物的性格特征。吴为山外师造化，中得心源，观此造像，描写梦中人物，得性情之天，盖由长期观察而遗形取神者也。从苏轼的传神理论来看，吴为山的人物造像无论是阿堵、颧颊、鬓发等都准确地传达出人物的内在精神。

所题之诗为五言绝句，驰骋想象，强化抒情，突出个性，升华画境。诗云："斥笔龙蛇走，冲冠鬓发邪。苍茫惟独立，旷达致无涯。"起笔点题，描写画中人物创作之时的神态。"龙蛇"比喻书品意象的纵恣飞动，令人想起韩偓描写怀素的诗句："怪石奔秋涧，寒藤挂古松。若教临水照，字字恐成龙。"米芾评张旭："旭如神虬腾霄，夏云出岫，逸势奇状，莫可穷测。"草书进入运斤成风之艺术境界，心与象随，意与境合，龙蛇飞动，不知其然而然。承句："冲冠鬓发邪。"描写主体意象之鬓发，势欲冲冠，此以夸张笔墨描写人物之忘我神情，对画作的"神似"予以充分肯定。"冲冠"往往描写盛怒之状，语出《史记·蔺相如列传》："相如因持璧却立倚柱，怒发上冲冠"，此处用"冲冠"二字描写书家进入抒情高潮之形状。转句："苍茫惟独立"，描写画作主体意象超旷萧散之神情，艺术创作进入高潮，是潜意识的唤取、灵感的触发，斤斧之挥运以神遇而不以目即，所谓进入独立苍茫之境者，乃处于一种高度忘我之状态也。合句："旷达致无涯"，进一步描写主体意象精骛八极、心游万仞之情形。诗作以极为简约的语言，状绘主体意象进入自由无羁之境的风采，含蓄地告诉读者：作为书艺皇冠之明珠的大草创作，艺术家只有疏瀹五脏，澡雪精神，充分调动潜意识，方能达到心手双畅、运斤成风之境界。诗作运用典故、白描等手法，拓展出广阔的联想空间。

画作的书品意象与人物造像构成鲜明的对比，一静谧，一飞动；一萧散，一浓郁，激越中见沉稳，雄强中见清宁，节奏鲜明，相映生辉，彰显境界的圆融之美。画题"斥笔图"三字用凝重高古的隶书书写，从波磔淡化、气势沉雄的特点来看，似以《乙瑛碑》为基，融入《石门颂》之韵致，肃穆中见清逸，高浑中见疏荡，与书品意象构成静与动、纵与敛的对比。书品意象五行七十六字，为行草，笔者未见原件，从画幅布白的情形来看，书品意象似为小草。观其用笔，深得二王之神髓、米芾之遗韵，线条的内在骨力虽然暗含篆籀中锋的圆劲清苍、碑版的雄强力感，而更多的是帖系书风的潇洒灵便、妍逸清畅。那因势生形的结体、连绵飞动的气势、灵气畅流的章法，蕴含羲之《长风帖》《游目帖》之遗意，仿佛于高山飞瀑，倾泻而下，冲崖刷石，溅珠喷玉，将人们的心垢洗涤得干干净净。微观细品，提按、起止和运行，在点画形态上笔笔清晰，干净利落，与前贤所说的“善用笔者清劲，不善用笔者浓浊”的观点暗含，结字或俊朗，或苍润，或舒展，或紧结，或妍媚，或拙朴，一任自然，不计工拙，在奔泻的激流中将读者带入心灵的宁静，强化了画境的抒情色彩。

“形神兼得，意境圆融”，可用八字概括《斥笔图》之美感特征。此作以高度概括的语言，诗书画三者的有机结合，准确生动地塑造了意蕴丰富、妙趣横生的艺术形象，有形之画与无形之诗完美统一，展现出广阔的联想空间，此作无疑为两位大家灵犀相通的艺术杰构。

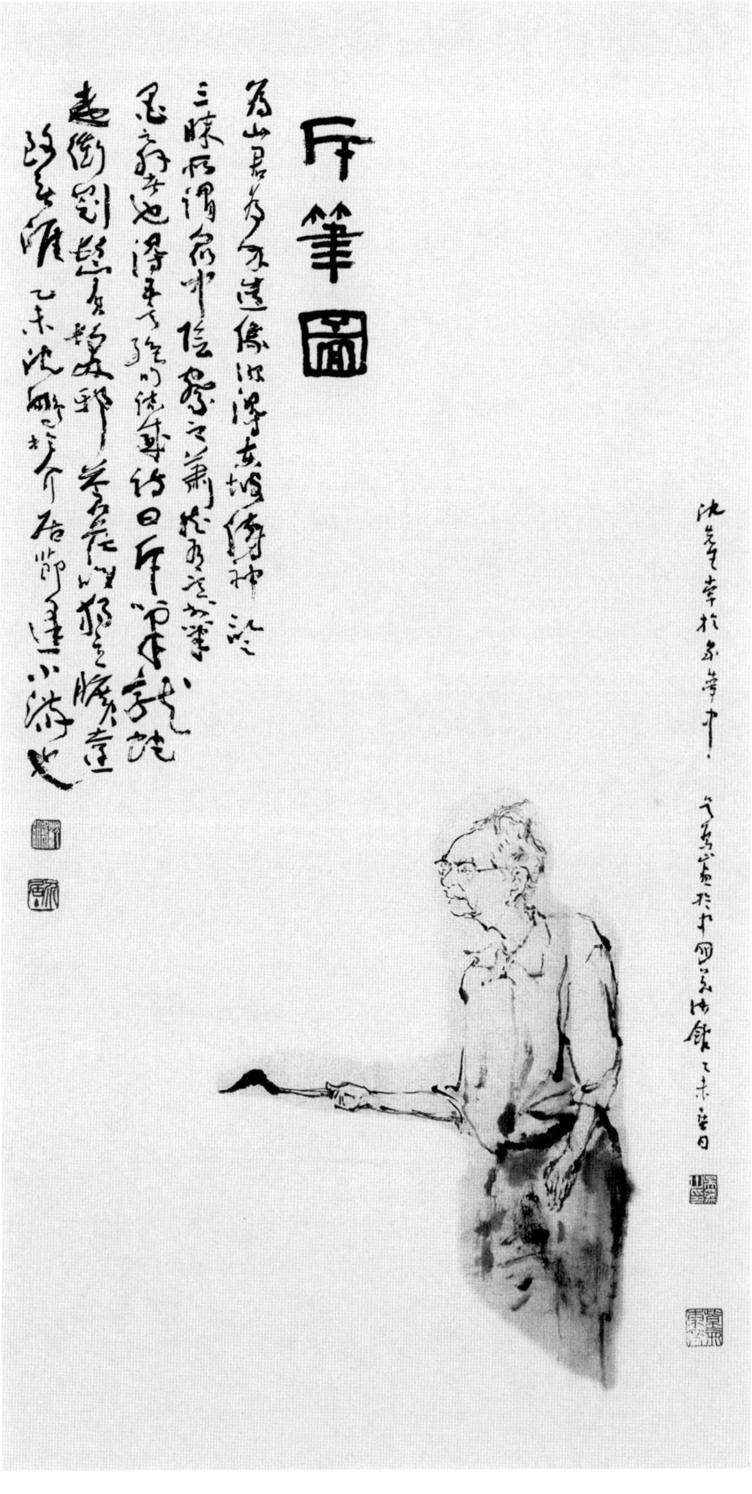

诗词研究

写我真性情　含泪自汩没

——沈鹏诗词艺术略评

当代书坛领军人物、著名美术评论家、编辑出版家沈鹏先生，以高洁的品格、顽强的意志、杰出的才华为我国艺术事业的发展繁荣作出了卓越贡献。先生本色是诗人，长期以来，病魔缠身，而凭其惊人的意志和毅力，在为学为艺之余，在繁杂的社会活动之余，不辍吟咏，以之记录心迹历程，描摹风云月露，讴歌崭新时代，抒发人生感慨，真体内充，英华外发，从不惑之年至今，出版有《三馀吟草》《三馀续吟》《三馀诗词选》等诗词选集。沈鹏的创作秀句云来，英词雨集，意境幽邃，春风大雅，为当代诗坛之重大收获。文怀沙先生读其《跋自书行草〈古诗十九首〉长卷》喟然叹曰："情韵直逼十九首，堪共十九首不朽矣。"著名学者、诗人霍松林指出：沈鹏的诗词创作能"从深层蕴含中洞察多种姊妹艺术的血缘关系及其精微奥妙，从而融会贯通，形于笔墨，发为吟咏"。笔者细品沈鹏的诗词艺术，感觉语语从肺腑中流出，绽情愫之芳华，焕哲思之异彩，把读者带入清气畅流、清香馥郁、清音独远的艺术境界之中。

沈鹏的创作弘扬了华夏艺术崇尚真善美和谐统一的优良传统。诗贵真情，情感的真，理趣的真，这是美的母体。《易·乾·文言》："修辞立其诚。"诚者，实也，诚心便是真心。庄子明确提出了尚“真”的美学主张：“真悲无声而哀，真怒未发而威，真亲未笑而和。真在内者，神动于外，是所以贵真也。”以禅宗为代表的释家思想对中国艺术境界的影响是彻入骨髓的，释家的修炼以明心见性为指归，外化为艺术，自然脱尽尘滓，独存孤迥，这与艺术尚“真”在本质上是相通的，故范泰、谢灵运认为：“六经典文，本在济俗为治耳。必求性灵真奥，岂得不以佛经为指南邪?”儒、释、道对人生的理解虽有较大差别，而美学理想在尚“真”这一点上有相通之处。前人多以尚“真”为艺术内在情感的审美标准。唐代诗评家司空图的《二十四诗品》有十一处以“真”为美，“饮真茹强，蓄素守中”“是有真宰，与之沉浮”。这里的“真”，多指情感之真，理趣之真。德国美学家约·封·谢林指出：“绘画只应满足内在范畴的要求——忠实于真和美，对所有人来说具有表现力和富有内涵。”艺术是心灵之花的绽放，情动于中而形于言，无真情便无真诗。沈鹏为艺，尚“真”的美学理想甚为明确，论书：“血泪文章掷地声，沉雄郁勃异《兰亭》。”(《题颜真卿〈祭侄文稿〉》）论诗：“春去秋来多善感，海枯石烂决精诚。”(《接刘征函，对余新作颇多嘉评，因报一律》）沈鹏的创作实践了自己的美学理想，寄慨遥深，摇人心旌。

家国之真爱。真情是产生美的母体，往往与善是联系在一起的。章学诚说过：“文非情不得，而情贵乎正。”(《文史通义》）沈鹏的创作取象万殊，情无不雅，而最扣人心弦者是对亲人、对故乡、对祖国倾注的深情。沈鹏极富才情，有一颗赤子之心，望秋云，神飞扬；临春风，思浩荡，而因病魔缠身，深知激情之燃烧将对孱弱的身体不利，于是往往加以理性控制，况其创作多在不惑之年以后，故绚烂之极归于平淡，闪烁着生命的冷光，真挚而幽邃，丰富而隽永。爱情是人类圣洁崇高的一种情感，是最为绚丽的心灵之花，沈鹏与夫人殷秀珍女士相濡以沫、灵犀相通，携手走过了漫长的人生之路，他对爱情的吟唱多得风人之旨，饶“白露”“蒹葭”之意绪，蕴“柏舟”“汉广”之情思，缠绵悱恻，超旷空灵。“秋水伊人何处在，雪泥鸿爪杳无痕”（《整理旧相册》），这是诗人对青春岁月爱情生活之追忆。“斜阳好，天朗气温凉。已越横空穿海岳，还输热力送流光。雁影总成双。”（《望江南·赠秀珍二首·之一》），读这样的诗作，我们仿佛看到一双爱侣在明丽的秋光中相携相挽、喁喁私语的情景。诗人爱亲人，爱朋友，对人民大众更是一往情深。《古诗十九首》是东汉无名氏所作，笔深意长，凄清感伤。诗人书此，感觉“上下二千载，墨渍和泪垂”，真切表达了对弱势群体的关爱之情。好鸟恋故林，人情怀旧乡。人情之所以系念故乡，大概是对生命本体无比挚爱、对文化之根至为珍视的缘故。诗人的故乡在江苏江阴，那是风光如画、人杰地灵的地方，诗人对故乡的一草一木魂牵梦萦，他在诗中写道：“最动相思是故乡，故乡此物世无双。坚贞浥透殷红色，密叶交柯不吐芳。”（《江阴红豆》）此诗自书数过，借那龙蛇飞动的线条、淋漓酣畅的墨色、诡谲瑰丽的意象，将诗人眷恋故园的情愫抒发殆尽。诗人系念故园，遗憾的是离乡四十载仅返乡三次，每次瞻恋故土，把臂亲人，百感交织，哽噎难言：“手捧家门土，含泪洒襟袍。”（《返里吟》）为了报答父老的厚爱，诗人慨然相许：“回报众乡亲，此身何惮劳！”（《返里吟》）诗人尽其所能为故乡的经济繁荣、文化发展作出较大的贡献。诗人热爱故乡，特别景仰故乡的先贤，讴歌故乡的文化。在故乡的前哲中，诗人最为景仰的是著名地理学家、旅游家、诗人徐霞客。沈鹏的辞章以五古、长调成就最高，而五古《徐霞客歌》为热血沸腾、激情澎湃的杰构之一。全诗八十六句，四百三十言，雄词壮采，荡气回肠：“‘世间真文字’，秉笔无矫饰。‘世间大文字’，目遇不暇给。‘世间奇文字’，惊天动河岳！”其豪荡苍凉之风神似可追蹑杜甫《北征》《自京赴奉先县咏怀五百字》之意境，非至真至性之情何以有如此之至文？

诗人的真情更多地是表达对国家民族的深深热爱。自屈原以来，眷恋故国、系心黎元是文人士大夫抒情遣意的重要主题，沈鹏的创作很好地继承了这个传统，故闪烁着思想的灵晖。诗人明确表达了以身许国的心迹："报国及时堪九死，壮心宿愿舍三生。"（《读方志敏〈可爱的中国〉》）他吟唱祖国江山的多娇："两水明镜开，风静凝绿玉"（《溧阳天目湖》），"窗含长绿山，绝顶孤鸟飞"（《桂林行》）；讴歌民族团结、经济繁荣的崭新时代："正喜轮台庆而立，畅观边塞添春色。亚克西各族舞蹁跹，齐心力"（《满江红·天山》）。而最为感人的是对两岸统一的渴望，对阳光下阴影的忧患。两岸统一，是炎黄儿女的最大心愿："和约分疆留重宝，却今大统众心归"（《台北博物馆赏散氏盘》），"零丁洋近叹文相，两岸源长仰哲人"（《瞻仰孙中山先生故居》）。沈鹏对国家民族的热爱，特别表现在常怀深浓的忧患意识。诗人说："万里漫游忧患意，一囊快语古今情。"（《刘征以〈霁月集〉见赠读后感赋》）应不忘先烈创业之艰难："雨花台上殷红血，但幽潜、芳草凝绿。"（《桂枝香·金陵凭高》）应毋忘国耻，振兴中华："卢沟晓月若吴钩，记取当年国难秋。我唤桥头狮醒立，桥前河水永安流！"（《卢沟桥建桥800年》）倭寇祸害中华，达数百年之久，至今仍觊觎钓鱼岛，

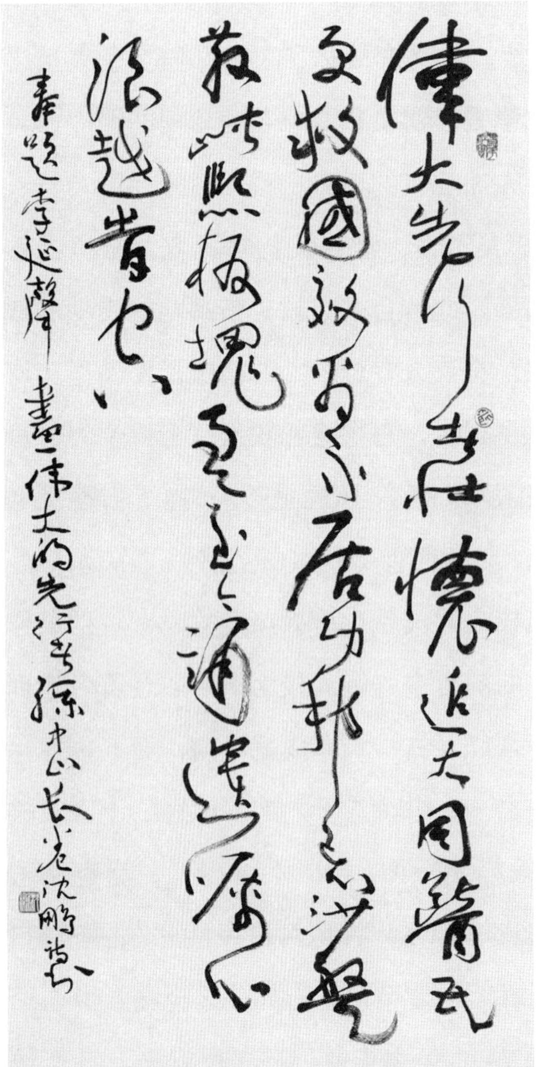

捧读此诗，国人应为之猛醒。而诗人最为忧虑的是腐败，腐败的滋生有亡国之祸，诗人登上岳阳楼，远眺洪波浩渺，画舫争游，提醒世人："画桡漫恋春光永，万顷平波慎覆舟！"（《岳阳楼》）在《跪告》一诗中也写道："为官不识水性柔，一旦狂涛川决壅！"先哲有言，水可载舟，亦可覆舟，清除腐败为立国之本，居安思危，方可长治久安。

艺术之真知。沈鹏为著名美术评论家，能将创作与评论二者打通，诗人的创作，形象而深刻地抒发了对艺术的挚爱之情，同时又表达了对艺术的真知灼见。在五百余首诗词中，诗书画均有论及，而以书论为多。大器成于坚忍，卓越出自艰辛："朝涂夜抹几时休，汗水长年冰底流"（《日本佐渡岛拙书展览开幕》），"十年一剑真如此，宁惜馀年鬓发斑？"（《笔殒二十・之一》）这是诗人最为深刻的创作体会。艺术以自然真率为高："浮华散尽真淳现，剪醉西风未落花"（《题画菊》），"宛对南宫疾运时，天真振迅出奇姿"（《2002 年 6 月 8 日与书界同仁共赏米芾〈研山铭〉真迹》）。书肇于自然，优秀的书法作品能聚天地万物之灵气，体现生命的张力，即如诗人所云"一画"精神，又同创作浪漫主义诗歌、乐曲一样，因缘偶发，浑然天成。从哲学上看，这与老庄道法自然的思想是相通的。庄子有"和以天倪"之说。郭象注："天倪者，自然之分也。"沈鹏对托名王羲之的观点提出了质疑。王羲之说："欲书者，先干研墨，凝神静思，预想字形大小、偃仰、平直、振动，气脉相连。意在笔前，然后作字。"诗人认为进入高境界之艺术创作应"临时从宜"，只有这样方能臻至得鱼忘筌、得意忘言之境界。诗人写道："九朽一罢忘筌蹄，虽在新奇不自欺。笔冢如何论了得，揉沙激泪泪招讥。"（《笔殒・之十九》）艺术非雕不美，不雕之雕、大朴不雕乃近于自然之美。艺贵独创、艺贵真情。"探险岂有穷，可贵在开辟"（《徐霞客歌》），由徐霞客的探索精神想到艺贵独创的道理，这与诗人提出的"原创・艺术・诗意・人本"的创作理念是一致的。所谓"原创"，应指那种能继承前人、能和时代相和相依、能迸发出优雅追求、能使人怦然心动的作品，它是个体精神的艺术创造，又是迥然不同于以往的惯性所在。能开辟，能原创，方有超越古人之可能。沈鹏认为书贵真情："真情所寄斯为美，疑是穷途又一村"(《笔殒·之二十》)，书画创作贵在真情，这是从诗歌创作中领悟到的。诗歌的真情是通过意象、意境、韵律来抒发诗人出自肺腑的具有较高审美价值的情绪体验，书法作为线条艺术，只有通过线条编织的意境来抒发创作主体在特定时空中的真挚丰富的情绪体验，方能深深唤起读者的情感共鸣。书法是尚技的艺术，当然，拥有轮扁斫轮的技法方可追蹑情感的运动。沈鹏认为，书法能抒真情，技法无疑是前提，而主体的人文修养亦至为重要，书内书外之功要忻合为一。沈鹏明确指出："从诗歌转入书法，或从书法转入诗歌，能否成为一件易事？我想最重要的是广博的文化基础，潜通的艺术素质。"沈鹏提倡写自作诗，实际上强调为真情实感自由畅达的表达创造条件，这对广大书家的艺术创作提出了甚高的要求。

自然之真意。陶潜诗云："此中有真意，欲辨已忘言。"这里的"真意"应为诗人从宇宙人生感悟到的一种理趣。作为艺术家，要善于感悟社会、感悟自然。王安石在《游褒禅山记》中说："古人之观于天地、山川、草木、虫鱼、鸟兽，往往有得，以其求思之深而无不在也。"沈鹏善于感悟社会、感悟自然，他的诗作多有感悟自然的真意。诗贵抒情，但这种情是以理为内核的。白居易说："诗者：根情，苗言，华声，实义。"(《与元九书》）义便是理。别林斯基说："要想诗句成为诗的，不但只有圆熟和铿锵的音调不够，只有感情也是不够的，还必须有思想，正是思想构成了一切诗的真实内容。"当然，这种理并非抽象的概念，而是正如钱锺书所说的："理之在诗，如水中盐，花中蜜，体匿性存，无痕有味。"(《谈艺录》）沈鹏的创作饶有理趣，启人心智，情感与理趣达到了完美的结合，诗人对山川风物、花鸟虫鱼多有深刻的理性思索。首先，诗人礼赞独立、高洁的人格："久雨初晴色色新，山光峦表逐层分。路回忽听风雷吼，百丈飞流大写人！"（《黄山人字瀑》）由"人"字形瀑布想到人，想到人的独立人格，可见诗人对自然的观察、对美的发现独具慧眼。在人类历史长河中，尤其在中国数千年的封建社会里，在史无前例的十年浩劫中，个体的人格尊严被无情践踏，哪有尊重人格可言？要大写"人"，意蕴丰富。"济州岛上花千树，独立相倚是此松"（《海树》），"殷红一颗谁人摘，留着高枝便是诗"，均表达了对高洁人格的景仰之情。其次，对自由的由衷向往。自由之花最为美好，自由精神最为可贵。挣脱名缰利锁便能进入精神的天国。诗人期盼远离尘世的喧嚣，神往"也无风雨也无晴"的人生境界，更希冀在"独与天地精神往来"的艺术境界里留连忘返，乐而忘归："海阔鱼任跃，天高鹰与齐"（《海鸥》），"夜月秋风皆适意，并无一朵领群芳"（《友人赠花束发兴》），海鸥在天宇中自由飞翔，鲜花在清风中怡然独笑，这是多么清宁适意的境界！"花落花开都是画，风吹雨打总成诗"（《题白石老人画·荷塘图》），自由是美，自由是诗！"忽闻布谷三啼唤，恍听天仙一奏鸣"（《过闹市闻布谷声》），自由是天籁之音！又次，人生要投身实践，不经风雨，岂见彩虹？《浪遏》诗云："浪遏群礁去复回，朝朝暮暮不停催。礁群兀立任磨击，瘦漏青苍丑亦佳。"诗人由礁姿之美领悟到只有通过磨炼方能成才之道理，人的意志坚韧不拔，创作能备历艰辛，艺术才会炉火纯青。经历磨炼，虽丑亦佳，既充满哲学的辩证法，又充满艺术的辩证法，非有对生活、对艺术的深度感悟，不能道也。

高境界的艺术是内容与形式的完美结合。对诗歌来说，情感的真往往朗现为美感的清。庄子说："朴素而天下莫能与之争美。"朴之极方清之极，清之极方美之极。古代的诗评家多以"清"作为重要的审美标准，"清"有本体论之意义，钟嵘的《诗品》有清雅、清便、清远之说。李白云："清水出芙蓉，天然去雕饰。"杜甫云："清新庾开府，俊逸鲍参军。"古人还往往将"清""真"

并提。李白云："所愿得此道，终然保清真。"（《古风五十九首·之三十五》）司空图云："绝伫灵素，少迴清真。"（《二十四诗品·形容》）"清"的内涵应指澄澈、幽邃、雅致、空灵。沈鹏的创作，着意追求清与真的和谐统一。

语言之清雅。语言是思维的物质外壳，文学是语言的艺术，真情的表达必须依赖语言的清纯典雅。沈鹏为诗、为书、为文着意追求清雅之美。诗歌创作是织情鸟迹之中，镂心鱼网之上，难在语言的朴素自然。日本佛学大师铃木大拙用一首小诗描绘禅诗的语言特征："天然存娇姿，肌肤洁如玉。丹铅无所施，奇哉一素女。"（《禅宗与精神分析》）语言像不施丹铅的素女一样清丽纯美，那完全靠本色取胜。王国维在《人间词话》中说诗要"不隔"，主张尽量少用典故和代字，尽可能让艺术形象自由畅达、毫无阻碍地跃现，这无疑是有道理的，沈鹏的优秀作品做到了这一点。"勺沧溟一滴，能窥怀抱；吉光片羽，已足流连"（《沁园春·读周总理青年时代诗感作》），既写前哲之诗作、怀抱，又写自我之雅趣、诗风，表达准确自然。"异卉香幽远，凉风夜暗浓"（《庚午端午鼓浪屿垂暮》），"椰风阵阵催春雨，蕉叶融融隐玉楼"（《海南三首·叠翠》），情景历历如画。诗歌的语言重白描，尚本色，但不可能完全不用典，因为诗贵含蓄，十分的话，作一分说，完全靠白描是很难达到言有尽而意无穷这个效果的。用典贵在自然，不着痕迹。"偶羡沙鸥飘碧海，甘随孺子作黄牛"（《夏日偶成》），这里的"沙鸥""孺子"无疑是化用杜甫、鲁迅的诗意，表达甘作人梯、乐于奉献的精神。"我羡湖水清，临流濯双足"（《溧阳天目湖》），既实写天目湖水光山色之美，还可让读者联想到"沧浪之水清兮，可以濯吾缨；沧浪之水浊兮，可以濯吾足"的古代歌谣，表达对盛世清时的热爱和赞美。诗词的格律本质上也属于语言问题。写旧体诗是戴着锁链跳舞。朱光潜说："一切艺术的学习都须经过征服媒介困难的阶段，不独诗于音律为然。'从心所欲，不逾矩'是一切艺术的成熟境界。"（《诗论》）诗是高难度的艺术，不是人人可以作诗，也不是人人可做诗人。格律掌握达到冥发妄中、珠圆玉润的境界难乎其难，对北方诗家而言，入声在普通话中的消失，使其不易清晰辨别。书家为诗属“字外功”，即是当今研究古典文学的专家又有几人能写出像样的诗章？诗与商品无涉，高境界的创作者甚少，实为一种文化的断层。笔者还认同朱光潜的观点，字面的更改、音韵的推敲，实际上牵涉思想、情感的表达，更改一个词实际上更移了一种思想、一种意境。音韵的和谐，意境的圆融是胸襟学养的综合表达。细读沈鹏的诗，工稳流畅，音律圆润。诗集中有不少“和人”“和己”原韵的律诗、词中的长调，无一字不工稳，无一词不雅切，如珠走泉流，呈化机之妙。当然，个别作品也作了突破性的尝试。如五古《桂林行》二十二韵，一韵到底，只有“岩洞藏幽胜，险境多瑰丽”两句用仄韵，其他均用平韵，可见诗人的语言功力已臻炉火纯青之境界。

意象之清奇。我国传统诗论里的意象，多指通过诗人的精神外射和情感渗透而组合的物象，它是主体的审美意识与客体的审美特征有机统一的产物，意象是构成诗歌意境的基本元素。沈鹏的创作美在意象的清奇。奇与美有密切的联系。《孙子兵法·势篇》：“凡战者，以正合，以奇胜。故善出奇者，无穷如天地，不竭如江河。”《鬼谷子·权篇》：“听贵聪，知贵明，语贵奇。”艺术也是如此，钱起《江行无题》：“笔端降太白，才大语终奇。”奇景奇思能产生奇美，而笔者认为，艺术尚奇非有大才力、大学问莫可问津。人们常说，粗头乱服不掩国色。这是以奇制胜，国色本身已具高雅之美，故粗率之外形不掩内质之瑰丽。若为东施之姿、无盐之色，加之粗头乱服，岂不为魔鬼？因此非大匠莫可以奇为艺。沈鹏的部分创作以奇制胜。诗人自云：“年来诗思入清奇。”（《东行》）这种奇，整体来看，首先应指意象之奇，意象清奇可以表现奇境、奇思、奇理。沈鹏的尚奇并非灵均、太白神游天国，翱翔仙界，而是善于从寻常景物中发现独特风光，领悟奇理。艺术尚奇要独具慧眼。生活中不是缺少美，而是缺少发现，取材能于平中见奇，殊多不易。沈鹏的取材极为丰富，且善于发现生活中的奇美：定陵墓门的自来石，宁夏荒山中的岩画，三星堆文物上的飞鸟、鱼纹，都是诗人遣意抒情的载体。五古长诗《鱼化石》取材极奇，看到化石的新鲜银鳞、细鬣骨刺，片刻之间神游亿万年前地裂山崩、微躯永塞的情形。人猿同为鱼殖，而人类竟以鱼为食。诗人由这一方化石寄寓微物亦有美德、万物皆为刍狗的人生感慨。袁枚诗云："夕阳芳草寻常物，解诵皆为绝妙诗"，信哉斯言！其次，想象之奇。想象是天才的标志。想象之于诗歌，如羽翼之于飞鸟，诗歌的创作与欣赏离不开想象，诗人论艺，反复强调想象比知识更重要。沈鹏对自然科学，如物理学、生物学均有浓厚的兴趣，这大大拓展了他的想象空间。《夏虫四绝》观察入微，思出意表。外星人谁见过？诗人在梦中见到了外星人，描绘得那样真切，颇具浪漫色彩："雾破云车落地来，惊看目瞪口难开。我心已寄浩天外，宇宙无穷实费猜。"（《外星人·之二》）最后，理趣之奇。诗人对宇宙的微观、中观、宏观都有浓厚的兴趣，并由此感悟到奇妙之理："斑斓疑是女娲遗，万击千磨水下奇。不补昊天甘委地，归来携袖夕阳西。"（《海边拾石·之二》）漫步海滨，偶见斑斓小石，诗人神思飞越，想到了女娲炼五色石而补苍天的神话故事，但此石不愿做补天之良材，而甘委海滨养目怡人，作观赏之凡品，这深刻地表达了诗人对平凡人生的赞美与神往。

意境之清空。意境是以诗书画为代表的华夏艺术最重要的美感特征，是诗人主观情感的抒发与其对客观景物的描写臻至和谐统一的一种境界，应为偏于抒情的一种审美形象。王国维论艺术极力倡言意境说，论诗、论词、论元曲之美感，一言以蔽之曰：有意境而已矣。人生有各种境界，艺术境界主于美。它以宇宙人生为具体对象，赏玩它的色相、秩序、节奏、和谐，借以窥见艺术家隐秘幽邃的心灵世界。中国艺术意境的构成，既须得屈原的缠绵悱恻，又须得庄子的超旷空灵。意境的美感特征为空灵，空灵就是有广阔的想象空间。宗白华说："一个充满音乐情趣的宇宙（时空合一体）是中国画家、诗人的艺术境界。"（宗白华《艺境》）艺术作品的审美大多是对这种想象力的欣赏，故莱辛说："……凡是我们在艺术作品里发见为美的东西，并不是直接由眼睛，而是由想象力通过眼睛去发见其为美的。"（莱辛《拉奥孔》）沈鹏对中国艺术的理解是极为深刻的，他的诗歌意境或雄浑、或幽邃、或瑰丽、或苍深，独特性与多样性和谐统一，而有共同的特点：空灵。读沈鹏的诗作，思超神忽，天马行空，精骛八极，心游万仞，灵气畅流，逸兴遄飞。细品其诗作，诗人大致从三方面努力创造空灵的意境。其一，比兴的运用。自《诗经》《楚辞》以来，比兴是诗歌创造审美形象、拓展思维空间的重要手法。沈鹏的比兴运用甚为成功，如前所述，由洞庭洪波思及水可载舟、亦可覆舟的治国之道；由海滨顽石思及平凡人生之美好；由海中礁群思及人才的培养须经磨砺之必要，均收到了其辞微、其旨远的美感效果。其二，赋的运用。朱熹云："赋者，铺也，铺陈其事而直言之也。"严格地说，赋与比兴不能分开，但偏于用赋，同样可以拓展思维空间。汉赋就曾将铺陈的手法推向极致。其实，诗词短章用赋尤难，因为不能铺叙，只能直陈，往往通过设置"断层"来引发读者丰美的联想。王维的诗很难句摘，多用赋法，而美不胜收，那些"辋川五绝"，仿佛把读者带入远离尘世喧嚣的佛国净土之中，表达了某种难以言说的人生感悟。沈鹏的创作也多用赋法，五古《闻吾乡鲥鱼绝种有作》、七古《枫树歌》、长调《望海潮·尼亚加拉大瀑布》等，铺采摛文，体物写志，淋漓酣畅，言近旨远。一些短章用赋亦饶有余味："华竿在手喜翻新，小饵微香惑众鳞。且看纷纷垂钓者，幽情不到渭河滨。"（《华竿·之一》）由翻新之华竿而深惜众鳞之被惑，感叹钓徒少有渭滨姜尚之雅怀，从而表达对不为利诱、超然物外的高洁情操之赞美，有一唱三叹之妙。其三，意象群的暗示。电影里往往用蒙太奇手法来表达特定时空中人物之意绪，拓展丰富的想象空间，这种抒情方式在李贺的诗作中颇为常见，现在人们一般称之为通感。诗贵抒情，而一些丰富而幽微的情感难以言说，直接用意象群来暗示往往能收到良好的表达效果。沈鹏论艺的诗作有时采用这种手法："肃杀秋光摇落树，融和春色满环滁"（《题萧龙士书〈醉翁亭记〉》），"干裂秋风风带雨，润含春雨雨飘风"（《林散之百年诞辰》），这里有秋光肃杀、春色融和，干裂秋风、润含春雨几组意象群，要表达的是书法境界的灵气畅流、生机勃勃，真乃匠心独运。

"写我真性情，含泪自汩没。"（《余不善饮，诗以自解》）诗人以如椽之笔记录了数十年自强不息、献身艺术的心迹历程，表达了对生命本体的无比珍视，对人生哲理的深刻领悟，对国家民族的无比热爱，的确实践了他的美学理想。沈鹏的创作为当代诗坛的重大收获是无疑的。沈鹏的诗词情感内敛，偏于清隽、幽邃，他对司空图"浓尽必枯，淡者屡深"（《诗品·绮丽》）的美学思想领悟甚深，故其诗作不细加品味难知其妙。沈鹏以豪荡感激、厚涩险绝的大草书风鹰扬天下，他的自书诗，能化素淡为瑰丽，化平凡为神奇，将内敛的情感、浓缩的信息外化强化，故往往能把读者带入长风浩荡、瀑流飞泻、鸿鹄高翔、芳林月照的艺术意境之中，读者只有诗书合观才能真正领略到沈鹏诗词艺术的无限风光。

"侬家自有麒麟阁，第一功名只赏诗。"（司空图《杏花》）诗词是国粹，是高雅艺术，读沈鹏诗词，可以窥见诗人丰富美丽的内心世界、雪洁冰清的高尚情操、学富五车的综合素养、运斤成风的艺术造诣。诗道幽渺，高境难臻，沈鹏深明此理，为此甚为珍视自己的艺术创作，仍在不懈攀登艺术的峰巅。他说："废纸千张犹恨少，新诗半句亦矜多"（《自遣》），这是由衷之言。诗人从未自比前人，诗作若非完美，总是反复推敲。当今时代是一个浮躁的时代，是文化出现断层的时代，沈鹏的创作，其意义远远超出了诗作本身。鲁迅说过"一切好诗，到唐已被做完"的话，这是说唐诗之境后人难企，并不是说后人不必写诗，只是开拓新境甚为艰难，鲁迅、郭沫若就为近体高手。写诗不是炫才，不是自比古人、时贤，而是对精华文化的继承和发展。笔者的忘年之交、著名书画家林凡讲过这样一件事，新中国成立之初拜访白石大师，临行时大师反复嘱咐："诗书画都要上，不能搞单打一。"林凡记了一辈子。齐白石自评诗为第一，言下之意他的画品饶有诗意，这里更重要的是体现艺术家的潜通修养、珍视文化。当代艺坛真正做到诗书双美、诗书画兼工者有几人？力戒浮躁，超乎功利，方能臻至前哲艺术之高境。沈鹏诗词艺术之可贵，还在于表达了热爱生命、直面人生的坚定信念，讴歌了坚韧不拔、自强不息的探索精神。人一生中遇到的最大困难是什么？是缺乏健康的体魄。霍金、张海迪、史铁生笑对病魔，他们才是真正的英雄。沈鹏自幼年时代起，多病缠身，死神多次光顾，而在这样的处境中，他仍不懈努力，贱尺璧而重寸阴，为我国的出版事业呕心沥血，数十载辛勤研耕，参加繁杂的社会活动，甘作人梯而乐育英才，三馀之时还将心血吟成如此瑰美的诗篇，这是何等艰难，多么可贵！沈鹏瘦弱矮小，实际上他是贫贱不移、富贵不淫、威武不屈、死神不惧的伟丈夫！沈鹏创造了生命的奇迹、艺术的奇观！读沈鹏诗词，最大的收获是一种精神力量的鼓舞，是一股沛然而至的清气、灵气、逸气、浩气。拜读沈先生宏著，感慨系之，撰文至此，凑成俚句一首以祝先生青山不老、芳华永葆："膏壤生材耸翠微，赖为梁栋立崔巍。千秋文府由心历，万里书山独羽飞。妙悟百家多智慧，勤滋九畹尽芳菲。霞辉姑射如花貌，长伴松乔笑语归！"

（此文刊发于《艺术中国》2013年第5期）

挂在青天是我心

——沈鹏诗词艺术意境之管窥

《诗纬》云:“诗者,天地之心”,此言不虚。中华文化追求人与自然的和谐统一,在中国人看来,大自然充满生香活意,大化流行,处处宣畅一种蓬勃的生机。天地有大美而不言,它并非仅仅是物质集聚的场所,更是生命繁衍的息壤、道德充盈的园地、诗意盎然的境界,正因为华夏民族能洞彻自然之灵妙,故法天则地,热爱生命,热爱生活,热爱艺术,创造种种神奇。中华的艺术往往趋向于诗,诗之美在意境。意境为主观情感与客观外物水乳交融的一种境况,是偏于审美的一种形象。意境作为华夏艺术的重要审美范畴,王国维对此颇多精辟论述,他说:“何以谓之有意境?曰:写情则沁人心脾,写景则在人耳目,述事则如其口出是也。”(《宋元戏曲史·元剧之文章》)品读灵光四射的诗章,深味圆融幽邃的意境,往往能于刹那中见终古,于微尘中见大千,于有限中见无限!宇宙以万物之灵长的人类为心,人类以玄远的灵想、浓郁的诗意为心。

我们的生活需要诗,美应是人类的终极追求。数月以来,笔者有幸品读了沈鹏先生的《三馀续吟》《三馀诗词选》《三馀再吟》等诗集,在那瑰美的诗国里流连,那种难以言说的意境之美使笔者油然想起清人蔡宗茂在《拜石山房词抄·序》里的一段文字:“夫意以曲而善托,调以杳而弥深。始读之则万萼春深，百色妖露，积雪缟地，余霞绮天，此一境也；再读之则烟涛澒洞，霜飙飞摇，骏马下坂，泳鳞出水，又一境也；卒读之而皎皎明月，仙仙白云，鸿雁高翔，坠叶如雨，不知何以冲然而淡， 然而远也。”正如宗白华所说，艺术意境不是一个单层的平面的自然再现，而是一个境界层深的创构。沈鹏先生在“三馀”之时，将心血吟成一千余首诗篇，或素淡，或雄浑，或幽邃，或高华，无不轮扁运斤，境生象外，这无疑为当代诗坛的重要收获。沈老的创作为继承民族艺术的优良传统指明了方向。

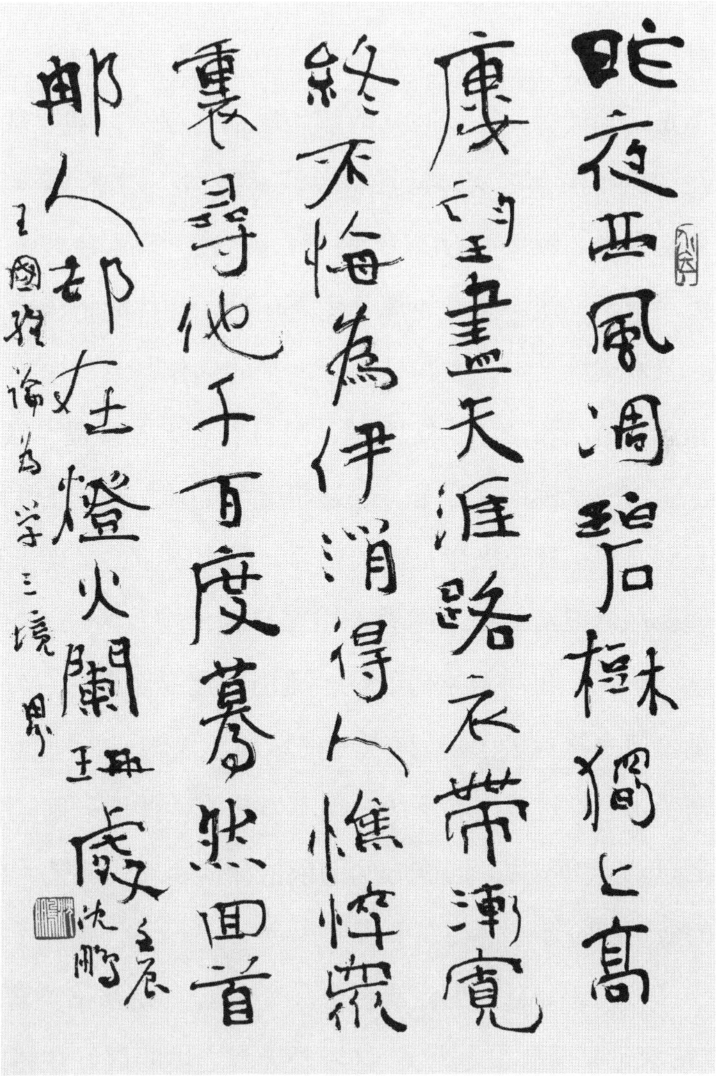

平淡天真。沈老的创作，始于不惑之年，自古稀至耄耋为高峰期。高洁之人格、清雅之意绪、渊深之学养，外化为艺术，自然臻至落花无言、人淡如菊之境界。花之淡者其香清，友之淡者其情厚，意境中的淡远决不是肤浅浮泛，而是淡而弥永，渊然而深。丘迟《思贤赋》：“目击而道存，至味其如水。”司空图在《诗品》中强调：

“浓尽必枯，淡者屡深”，“神出古异，澹不可收”。诗人善于品味这种至淡至纯的人生境界、艺术境界：“寂坐池塘欲破纹，东风拂断远山痕。春归病懒疏摇管，淡味潜从纸上生。”（《淡味》）诗人的创作着意追求清淡高远之韵致：“淡抹微云抱本真，一枝斜影独占春。元章洗砚池头见，不与他家弄粉人。”（《题画梅》）平淡的艺术何以能产生美？若从美学的高度审视，它更接近于生活的真、艺术的真，而真是产生美的母体，真悲无声而哀，真亲未笑而和。庄子说：“朴素而天下莫能与之争美”，这种“淡”就是高度的朴素，既能表达思想情感的真，又能朗现艺术境界的清。这种“淡”亦可视为一种情感的提纯、浓缩，绝不是情感的稀释、淡化，故耐人咀嚼、寻味。刘熙载说：“白贲占于贲之上爻，乃知品居极上之文，只是本色。”（《艺概·文概》）《易经》中的《贲卦》为谈美之专卦。《贲·上九》：“白贲，无咎。”言素色装饰为至高之美，实乃绚烂之极而归于平淡。沈老的部分优秀作品，往往能把读者带入澄深精致、无言独化的艺术意境之中，尤其是晚近以来的创作，或用白描，或用赋法，其旨远，其辞微，清淡雅洁，委婉幽深，映射着诗人一颗晶莹灵澈的道心。“推窗漠漠隐平湖，夹岸桃花有若无。苔湿方知昨夜雨，频年难得听鹧鸪。”（《镇江·晨起》）平湖漠漠，桃花夹岸，夜雨初霁，鹧鸪鸣叫，呈现于读者眼前的是一幅超旷淡远、声色俱清的山水图卷，主客交融，物我为一。“血缘两岸浓于水，铁骨毛锥铸墨魂。相问君家何处住？厦门咫尺是金门。”（《中国书法第四届正书展会见金门书法代表团》）沈老为书坛领军人物，长期致力于我国艺术事业之发展繁荣，为推进两岸和平统一而不懈努力。此诗一问一答，诗人身世之感、乡国之思，交织一片。同胞之间的依依深情，对民族艺术的无比珍爱，对统一大业的殷切期盼，一切均在不言中。

天真者，自然也，清新也。李白云：“清水出芙蓉，天然去雕饰。”歌德说：“艺术无非是自然之光。”这皆是天真之境的最好注释。艺术家若能在人与自然和谐统一的意境中求真，则艺术品往往呈现出潇洒空灵的美学特征。沈老的美学理想多以天真自然为指归，他说："浮华散尽真淳现，剪醉西风未落花。"(《题画菊》) 这无疑化用金元好问《论诗三十首》论陶渊明之句："一语天然万古新，豪华落尽见真淳。"论及诗歌，他说："大师诗偈水云襟，一语天然适我心。"(《韩国釜山·读西山大师诗》) 诗尚天然的美学思想无疑源自老庄。老子强调道法自然，庄子提出"和以天倪"之说，"天倪"者，自然也。道法自然，归真返璞，发为艺术，可以让读者品赏符合事物本性之真味、正味。艺术不可伪，真味、正味是其深层审美特质。叶维廉认为诗歌创作臻至自然之境，其妙处正在于"使他们原始的新鲜感和物性原原本本地呈现，让它们物各自然地共存于万象中……甚至化入物象，使它们毫无阻碍地跃现"。诗歌语多不隔，意象鲜活，情感饱和，句中有余味，篇中有余意，方能味之者无极，闻之者心动。艺术是相通的，德国美学家谢林论素描时说："对素描最终的和最高的要求在于它只是把握最美好的、最必要的、最本质的，而摈弃偶然的、多余的。"当然，艺术邻近自然甚为艰难，穷尽诗家毕生之心力亦难臻于极致。自然并非粗率，艺术非雕之美，大朴不雕，不雕之雕，方入自然之境。读沈老的诗，时见铅华落尽、孤迥独存之句。试读《海鸥》一诗："拂浪轻身过，冲霄昂首飞。晴光耀白羽，疾雨浴蓑衣。海阔鱼任跃，天高鹰与齐。昊天无织网，何事恋林羁?"这是诗人描写在温哥华维多利亚海港所见，语言雅洁清丽，意境雄阔清空，这里的海鸥意象应暗示诗人对壮岁豪情的记忆，又可能表达对年青一代在充满自由的空间应尽舒鹏翼的殷切期望。"惠风催嫩绿，微雨发新篁"(《第15届书法兰亭节》)，和煦的东风催绿了万山佳木，泠然的微雨滋沐着万竿修篁，这是多么清新自然的境界，初读以为仅仅是兰亭四围景色的绘神描写，然仔细玩味，难道不是描写书坛国手们灵气畅流的书境么？难道不是描写兰蕙争妍、英才辈出的景象么？难道不是表达对艺术春天来临的热切期盼么？空灵的意象能唤起读者丰美的想象和联想。

雄浑瑰奇。沈老的诗作时入海波涌沸、鞭云勒风的雄浑境界之中。雄浑为艺术的至高之境。司空图品诗，首列雄浑，他这样描写道："具备万物，横绝太空。荒荒油云，寥寥长风。"杨廷芝《诗品浅解》："大力无敌为雄，元气未

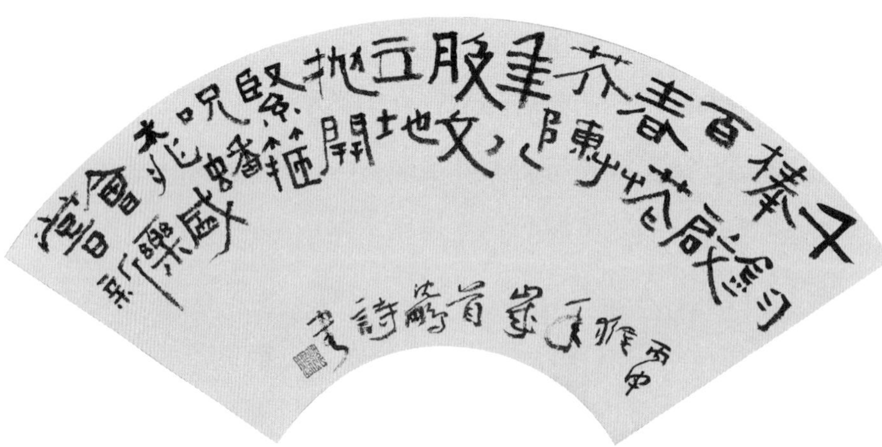

分曰浑。"荒荒油云，浑沦一气；寥寥长风，鼓荡无边。雄浑属于壮美，属于阳刚之美，清人姚鼐认为得于阳与刚之美者，则其文如霆如电，如决大川，如奔骐骥。雄浑近乎美学上的崇高。朱光潜在《谈美书简》中说："对象以巨大的体积或雄伟的精神气魄突然向我们压来，我们首先感到的是势不可挡，因而惊惧，紧接着这种自卑感就激起自尊感，要把自己提到雄伟对象的高度而鼓舞振奋，感到愉快。……一个人多受崇高事物的鼓舞可以消除鄙俗气，在人格上有所提高。"雄浑之境的产生，无疑是创作主体才气、英气、浩气的物化和外化，是昂扬奋进的时代精神之折光。诗是激情的燃烧，激情的燃烧必须依赖强健的体魄。司马相如、李白、辛弃疾、陆游以豪荡文风、诗风著称于世，除胸襟开阔、学养渊浩以外，其生命之气亦甚为旺盛。司马相如少年时学击剑而多豪气；李白学纵横术，尚游侠；辛弃疾于万人之中轻取叛将；陆游与老虎搏斗，

可谓文武双全，英气逼人。沈老胸襟广阔，学养渊博，而健康状况欠佳，他何以能神往豪荡之境呢？大致是因其美学理想趋向崇高又善于养气的缘故。孟子说：“我善养吾浩然之气。”刘勰说：“神居胸臆，而志气统其关键。”（《文心雕龙·神思》）“意气骏爽，则文风清焉。”（《文心雕龙·风骨》）文以气为主，气盛为文则小大皆宜，沈老的草书或如长鹏击水，洪涛怒翻，或如杨柳迎风，春花映日，均为这种清气、浩气、逸气的艺术表达。书法抒情的强烈性、直观性胜于诗，诗歌抒情的浓郁性、持续性胜于书法。沈老极富才情，亦富理性，其浩气豪情多发于书，亦发于诗歌，其诗歌创作，虽多杏花春雨，而更神往塞马秋风。“水天浩淼开宫阙，日月沉浮孕夏秋”（《岳阳楼》），“大江容蜀水，北固卧吴烟”（《纪念阿倍仲麻吕诗碑建立15周年》），鸟瞰取景，雄阔伟丽，块视寰宇，浩气四溢，读这样的诗章油然想起魏武“日月之行，若出其中，星汉灿烂，若出其里”之诗意。“五湖交汇，美加连壤，波涛诡谲奔腾，绝壁悬崖，神工劈削，横陈百里银屏。”（《望海潮·尼亚加拉大瀑布》）波涛如怒，群山如赴，磅礴气势，震人心魄。诗人所追蹑的雄浑之美，更体现在人格之伟大崇高，他对民族英烈张自忠将军的丰功伟绩热情讴歌：“一战临沂捷，板垣神话捐；再战随枣役，率师凯歌还；三战敌胆丧，惊呼活神关。”对其磊落胸怀由衷礼赞：“胸中怀日月，军令仗明蠲。”诗人的景仰之情历历如见：“我读回忆录，字字动心弦；我忆龙战史，热泪催诗篇。”（《张自忠将军冥诞百年祭26韵》）

艺术创作要有较大的突破，必须以奇制胜。沈老的部分优秀作品往往能把读者带入风雨争飞、鱼龙百变的艺术意境之中。宇宙万象无奇不有。好奇心是人类最重要的心理特征，范德机评李白之诗：“迢递险怪，雄峻铿锵……方以为正，又复为奇，方以为奇，忽复是正，奇正出入变化，不可纪极。备此法者，唯李杜也。”黄山谷评李白的书法：“及观其稿书，大类其诗，弥使人远想慨然。”（范德机《诗评》）皎然明确提出：“采奇于象外。”尚奇能刺激思维感官，尚奇能调动创造潜能，人类就是在不断觅奇景、发奇思、悟奇理中开拓进取，创造辉煌。当然，艺术创作光有奇思妙想是远远不够的，还必须修养、学问、功力三者到位，否则不为奇美，反为奇丑。沈老曾作《辨丑歌》一诗，那种“丑”其实是大巧若拙之美，非狂怪恣肆之丑。一段时间艺坛有些先生为利所惑，以奇为高，而学问功力不及，东施无盐，弄姿斗丑。已故美术界泰斗蔡若虹先生曾批评有人总以外国人的好恶来衡量中国艺术家水平的高下。其实，真正理解、欣赏中国文化的外国人不是太多，有些外国人还别有用心，希望中国人把自己画得越丑越好，楚人不识凤，重价求山鸡，这也刺激了尚丑之风的盛行。而沈老挚爱中华文化，根植于传统艺术，真体内充，英华外发，以追光蹑影之笔，写通天尽人之怀。诗人自云：“帆过五亭云水阔，垂杨细雨入清奇”（《扬州瘦西湖泛舟》），诗境也是如此。读沈老的部分优秀作品，有如王安石游褒禅山，入之愈深，其见愈奇。又如置身极地，奇葩异卉，灿然耀目，极光闪烁，五色交辉。诗人热爱自然，致仕之后特喜游历，足迹半天下，名山胜水的万千气象汇于笔端，尤其对异域风光的描写，奇情异采，动心骇目。试读《旅美杂咏·旧金山金门桥》：“激荡宏声千叠浪，送迎驳色万吨船。金门宽坦疑天近，隧道幽深恐狱边。”诗人对文化最为关注，如访西夏王陵，观三星堆遗址，赏吴哥古窟，表达对人类文明的赞美、惊叹，这些诗也多奇语奇境。沈老的尚奇并非屈原、李白的神游天国、翱翔仙界，而往往体现在平中见奇、微中见幽。试读《金鱼》一诗：“变种绝夸颜色好，悠悠尾大总难调。可怜两眼琉璃罩，不识江湖与海潮。”金鱼是通过变异原理培养出来的一种观赏鱼种，诗人所见的金鱼颜色虽佳，而尾大难调，两眼如罩，有一种病态之美，生机活力远不能与江海中的其他鱼类相比，诗人由此联想到人类应在急流轰浪中锻炼自己，才可能彰显强劲的优势，真是思出意表。沈老的尚奇，还带有科幻色彩。先生为大艺术家、大诗人，但对物理、化学、生物、天文等自然科学具有浓厚兴趣，他提倡艺术家多读科学著作，开启既多艺术灵性又合乎科学原理的思维空间。他写过《鱼化石》《朝阳化石歌》两首长诗，神思飞越，时空浩渺，诗人仿佛看到远古鱼游鸟飞、龟伸龙啸的情景，仿佛看到天崩地裂、微躯永隔的一幕，把读者带入科幻境界，赞赏人类对大自然的探索精神。诗人题材的新颖、想象的丰富、意境的瑰奇，大大拓宽了传统诗词的表现空间。诗人对微观世界的探索也有浓厚的兴趣："或超光速中微子，世纪群贤启异思。设若翻新相对论，爱因斯坦乐闻疑。"（《中微子》）艺术性与科学性的统一，为沈老的艺术创作打上了深深的时代烙印。

悲慨苍深。诗是心灵之歌的吟唱，情动于中而形于言，哀婉悲慨之诗往往深挚感人。陈子昂《登幽州台歌》："前不见古人，后不见来者。念天地之悠悠，独怆然而涕下。"那种天地无穷、人生短促、知音难遇、壮志难酬的悲慨之情，千百年来深深摇撼着无数士子的心灵。孔子最早提出了"诗可以怨"的美学命题，钱锺书以此为题撰写过美学论文，自己英译为《感伤的诗是甜美的诗》。席勒在《论朴素的诗与感伤的诗》一文中写道："诗人或就是自然，或者追寻自然；前者成为朴素的诗人，后者成为感伤的诗人。"席勒认为，朴素诗人反映现实，感伤诗人表达理想。悲慨之所以至美，源于情感发自肺腑，本质上表达对生命的热爱、对理想的憧憬、对人生价值的肯定。悲慨作为一种美的诗境，司空图作过这样的描绘："大风卷水，林木为摧。……壮士拂剑，浩然弥哀。萧萧落叶，漏雨苍苔。"悲慨中含有感伤、沉思、壮烈等多种情感因素。沈老家深受儒影响，常以悲天悯人之情怀看待社会人生，其仁爱之心、赤诚之心折射于艺术之中，自然吟唱至真至纯、哀婉凄恻的心灵之歌。诗人云："不惜杜鹃啼血红，心无二用亦称雄。东阳太守吾先祖，辛苦早生华发中。"（《自述杂诗·之十八》）故乡是生命的根源、文化的摇篮，诗人回到故乡，百感交织："手捧家门土，含泪洒襟袍。"（《返里吟》）爱情是人类圣洁崇高的一种情感，莎士比亚热情歌颂过生死不渝的纯真爱情。诗人漫游异域，经过传为罗密欧与朱利叶相会之处曾这样低吟：“哀史不期离咫尺，传闻故事丛林侧。频频回首寄神驰，决眦夕阳终入黑。”（《法国、意大利纪游·车经凡隆尼，罗密欧与朱利叶相会处》）通过“频频回首”“决眦夕阳”两个细节的描写，含蓄地告诉读者：真情伟大，真情感人，真情难得！战争最大的破坏是对生命的毁灭，诗人于1988年5月访问苏联哈顿，该村在第二次世界大战中村民全遭杀戮，今天在废墟上建立起纪念碑雕塑，每隔两分钟即有钟声长鸣，昼夜不断。诗人登临此地，五内俱伤：“炊烟俱散绝，人迹音尘灭。日夜警钟鸣，飞来秋雁咽。”（《哈顿纪念地》）山川肃穆，秋雁啼悲，滔天罪恶，千载难销！

苍深的诗篇蕴含凄清和感伤，但更多的是唤取读者的沉思，沉思使我们更好地认识历史，珍爱生活，感悟时代。沈老的部分诗作往往把读者带入笔深意长、独立苍茫的艺术意境之中。关于这种苍深的艺术意境，顾翰在《四演补》中作过这样的描述：“别君隔年，思君暮春。……池上独酌，愁对清樽。”“易水萧萧，送君白衣；歌声变徵，曲终歔欷。”苍深与悲慨甚为接近，但情感的强度大致没有那样激烈，多蕴理性。苍深意境之所以美，仍以真为根本，抒情颇具厚度，颇具深度，含蓄内敛，使读者在情感共鸣之余，深刻感悟人生之意义。沈老是深于情、丰于情，同时也是富有理性精神的艺术家，因受杜甫影响较大，其部分作品寄慨遥深，可用他的两句诗来描绘这种诗境：“关河回望远，岁月渐知深”（《过长沙橘子洲》）。沈老的苍深大致表现为三个方面：其一，对高洁情操的礼赞。诗人怀有一颗仁爱之心，他爱自己的亲人，爱弱势群体，爱故乡，爱国家和民族，这部分诗作大多凄清深婉，关于这点，笔者在《写我真性情，含泪自汨没》一文中已作详细的论述，此处不赘。诗人的部分诗作表达了对巾帼英豪高洁人格的讴歌。明末李香君为有侠骨柔肠的奇女烈女，有人因其校书身份而轻视之，诗人却甚为钦敬其气节：“倚水香君旧阁厢，玉奁锦被沁馀芳。只缘误识侯公子，扇溅桃花血未凉。”（《李香君故居》）凄清感伤，深切动人。其二，对艺术的感悟。艺术是苦涩的，大器成于坚忍，卓越出自艰辛，对此诗人感触良多：“艺术真筌含隐痛，雾云诡谲谓谐和。”（《天琪君赠〈梦棠吟痕〉》）诗人从优秀的艺术作品里读出浓郁凄恻的情愫：“湖水沉沉云欲伫，旧俄辛苦深如许。柴氏悲怆普氏诗，画境诗情凝冻雨。”（《中国美术馆观俄罗斯画·列维坦〈湖〉》）该画是19世纪俄罗斯社会生活的反映，诗人将多种艺术打通，深悟到了画作意境的沉郁悲凉，巧妙勾连，点明画家的创作与柴可夫斯基的《悲怆交响曲》，普希金的一些凄清诗章有异曲同工之妙。其三，对历史的深入思考。诗人是艺术家，更是思想家，对历史的思索较多。他的许多咏史之作，寄托无端，直逼刘长卿、杜牧之的艺术境界。《桂枝香·金陵凭高》一词，意象壮阔，浩气如虹，绚丽的色彩反衬出一种历史的肃穆感、苍凉感。试读下阕：“任昼夜，江涛竞逐。恨一百余年，国耻频续。卅万头颅落地，几多羞辱。雨花台上殷红血，但幽潜、芳草凝绿。舞台歌榭，应犹未忘，奏英雄曲！”品读如此苍深词章，中华民族的热血男儿，谁不拔剑击案，中宵起舞？全词用王安石原韵，珠圆玉润，浑然天成。

高华幽邃。高华是艺术的灵境。高华之境多为创作者浩博胸襟、高洁情怀的艺术表达。宗悫“芙蓉露下落，杨柳月中疏”是高华，李白“日落长沙秋色远，不知何处吊湘君”是高华，杜甫“片帆天共远，永夜月同孤”是高华。高华是澄澈、超旷，但也不乏沉思和感伤。司空图这样描绘高华境界：“月出东斗，好风相从；太华夜碧，人闻清钟。”（《诗品》）高华之境仿佛万象明澈，万籁俱寂，读来肝胆冰雪，神游太古。此境能净化灵魂，陶铸心性，使我们的生命更具纯粹感、超然感。高华之境的出现应为庄禅美学思想的灵晖在艺术意境中的折射。艺术的本质是净化灵魂、鼓舞意志，是对生命本体的吟唱。庄禅哲学是养心的哲学，庄禅的美学理想更接近艺术的本质。庄子笔下那肌肤若冰雪、绰约若处子的与天地精神往来的姑射仙人形象，应为中华文化中超逸精神的象征。释家站在时空的制高点来俯瞰人类，观古今于须臾，抚四海于一瞬，近乎是绝对的空观，此种精神映射于艺术意境之中，无疑空明超旷。诗人是艺术家，但他首先是哲士，他畅饮庄学之琼浆，饱啜禅露之甘霖，诗如其人，书如其人，因而追求高华之境是自然的。“两水明镜开，风静凝绿玉”（《溧阳天目湖》），“窗含长绿山，绝顶孤鸟飞”（《桂林行》）。长天一空，水碧如玉，群山耸翠，孤羽高翔，清旷之极，幽静之极，绚烂之极。读这样的诗章，仿佛一股清风吹拂我们的心扉，仿佛一泓清泉洗涤我们的灵府。“日落衔山去，杳然万籁暝。范公舟楫远，今夕满天星。”（《太湖泛舟归晚》）夜幕降临，繁星满天，平湖浩渺，扁舟一叶。天宇是如此幽邃、清宁，晚归的诗人体会到了远离尘世喧嚣的乐趣，寻觅到了心物为一的自由之境。此刻，诗人想到了大业已成、飘然远去的范蠡：范公为旷代奇才、逸才，他将功成身退的老庄哲学成功运用，诗人为前哲的超凡智慧、高洁情怀而心折不已。若为自由故，尘世皆可抛，异代知音，心灵相通。读此华章，可以想见诗人超然物外之神采。诗人当然更神往气格高华的艺术意境：“竹无朱色便施朱，映日红荷着白裾”（《题画荷》），“干裂秋风风带雨，润含春雨雨飘风”（《林散之百年诞辰》）。白日红荷，秋风春雨，诗画交融，诗书为一，艺术意境如此鲜活清奇，自然灵澈高华。

艺术的境界美在幽邃。静境能养心，静思能出智慧。艺术家的心灵只有虚廓静寂，才可能天机自流，才可能把握玄解之宰，窥意象而运斤。在中国传统艺术的深层审美结构之中，道之认同往往是通过超象超类、凌虚观实的思维方式进行体悟，故其审美意象正如唐代虚中在《流类手鉴》中所说：“诗道幽远，理入玄微”，“心含造化，言含万象”。静寂境界也是美的境界，贺裳评孟浩然的诗：“诗忌闹，孟独静；诗忌板，孟最圆。”幽邃之境应与庄禅的修炼方式和修炼境界有较多联系。庄子倡导“心斋”“坐忘”，修炼时无听之以耳，而听之以心，无听之以心，而听之以气，嗒然丧我，调动潜能，这可从医学、艺术心理学的角度作出解释。禅的涵义本来就是静思，禅定入静是释家获得般若智慧的主要法门，《大智度论十七》：“……常乐涅槃。从实智慧生，实智慧从一心禅定生。譬如然灯，灯虽能照，在大风中不能为用，若置之密宇，其用乃全。散心中智慧亦如是”。由此我们还可以想到苏轼经由虚静之心以观纳宇宙万物的理论。当然，艺术品中的幽邃境界是静中的极动，动中的极静，寂而常照，照而常寂，是“此时无声胜有声”的境界。试读寒山的诗句：“我心如秋月，碧潭清皎洁。无物堪比伦，教我如何说！”（《我心》）齐己的诗：“红霞禅石上，明月钓船中”（《寄江居耿居士》），“心清槛底潇湘月，骨冷禅中太华秋”（《忆旧山》），这是极幽、极雅、极飘逸之境。沈老于庄禅之学领悟甚深，我们在《沈鹏书画续谈》中可以读到《禅语西证》《平常心——赵朴初先生给我的启示》等美学论文。他的艺术创作也在自觉不自觉地追求禅境。诗人在静谧中颐养心神：“龙舟息竞渡，鸥鹭戏相从。异卉香幽远，凉风夜暗浓。”（《庚午端午鼓浪屿垂暮》）“此地尘嚣远，萧然夜雨声。一灯陪自读，百感警兼程。絮落泥中定，篁抽节上生。驿旁多野草，润我别离情。”（《雨夜读》）夜雨潇潇，孤灯荧荧，心交贤哲，遗世独立。柳絮自落，修篁节抽，无意识的云朵在自由飘忽，智慧之花在欣然绽放，于此清宁幽寂之中，仿佛刹那间洞知了宇宙的神秘，这是多么静美的诗境！诗人自言当时身在何处，所读何书，均不复记忆，诗句汩汩而出，这近乎是一种禅悟境界的描写，与王维“雨中山果落，灯下草虫鸣”，与齐己“云无空碧在，天静月华流”诸意境有异曲同工之妙。诗人还在静谧中悟理：“满塘莲叶碧田田，熠熠红芳映日边。何处飞来岸前柳，故教垂老亦吹棉。”诗人看到田田荷叶，熠熠红蕖，依依杨柳，大自然的生机使其慧心湛发，对自然、对生命、对美的热爱之情油然而生。沈老的幽邃之境很少凄寒，而是一股暖流在暗中奔腾，闪烁着生命的冷光。

幽默诙谐。幽默诙谐既是语言风格，也是美学意境。朱光潜在《诗论》中论及诙谐，大致分为悲剧的诙谐和喜剧的诙谐。悲剧的诙谐是拿命运开玩笑，在悲剧中洞彻人生世相，这种诙谐出于至性深情，而骨子里是沉痛的，这是一种大智慧、大胸襟的表现，笔者所论的幽默偏于这种悲剧的诙谐。王国维说：“诗人视一切外物皆游戏之材料也。然其游戏，则以热心为之。故诙谐与严肃二性质，亦不可缺一也。”（《人间词话·删稿》）沈老颇具幽默品格，两种诙谐形式兼而用之。他的诗歌创作深受聂绀弩的影响，曾以力助聂氏《马山集》的出版作延陵之剑。聂为一代奇才，他以杂文入诗，独辟新境。聂诗中多有悲剧的诙谐，他蒙冤获刑在北大荒服苦役，而仍苦中作乐，调侃自己：“如笑一双天下士，都无十五女儿腰”（《拾穗同祖光》），“眠于软软茅堆里，暖过熊熊篝火边”（《草宿同党沛家》）。白天拾麦穗，夜晚睡草堆，可谓惨绝人寰，而诗人竟然在苦难中寻找欢乐，凄苦的笑声把我们带入黄钟毁弃、瓦釜雷鸣的岁月之中。沈老是极具哲学智慧的艺术家，他的诗中也不乏这种笑中有泪的幽默。诗人在“文革”中亦饱受苦难，而最使他痛苦不

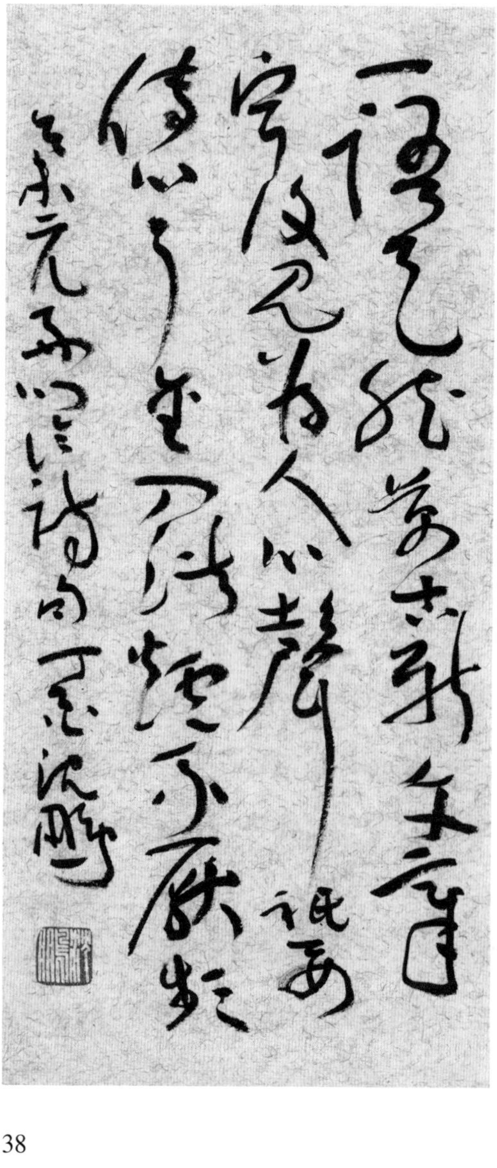

堪、终生难宁的是疾病的折磨，他与困难、与病魔作抗争的精神最令人钦佩。他与病魔开玩笑："数九寒天异常暖，成群细菌不畏冬。"（《辛巳病起》）寒气能把细菌冻坏一点就好了，然而细菌们在暖和的身子里还更人丁兴旺，一点儿也不怕冷哩，实际上为病魔所缠困苦不堪。眼里出了"飞蚊"，肯定不是好事，而诗人笑语自嘲："举世目盲因五色，平生心累为深情。"（《目疾"飞蚊"》）五色令人目盲，五音令人耳聋，世人为利所惑昧于心，盲于色，万劫不复，而自己为深情所累，眼睛也出现"飞蚊"，怜世又嘲世，悲己又慰己，一语双关，妙趣横生。环境之破坏使诗人殷忧不已，诗中写道："昨日阳和春丽，彻夜西风狂起。觉醒找棉衣，触手黄沙笼被，沙细，沙细，任尔门窗关闭。"2012年冬北京阴霾天气不少，风沙逼近北京城，诗人在苦笑之余，忧患之情见于言外。

诙谐偏于语言的风趣，带有较多的喜剧色彩。鲁迅说："喜剧是将无价值的东西撕破给人看。"而诙谐具有喜剧色彩而非喜剧，近乎北方人说的俏皮话，让我们在劳作之余，在烦恼之余，得到一种放松，让我们的生活充满阳光和欢笑。宗白华说："在伟大处发现它的狭小，在渺小里却也看到它的深厚，在圆满里发现它的缺憾，但在缺憾里也找出它的意义。于是以一种拈花微笑的态度同情一切，以超越的笑，了解的笑，含泪的笑，惘然的笑，包容一切又超脱一切，使灰色黯淡的人生也罩上一层柔和的金光。"宗白华的话，概括了悲剧诙谐与喜剧诙谐的共同特征。沈老心许聂绀弩，其实聂氏既善悲剧的幽默，又善喜剧的诙谐。聂氏的诗，比喻、对偶、双关的适用，出神入化，还把富有现代感的新词用在精工高雅的艺术形式之中，灵光四射，妙趣横生："小姐香江百分百，先生昏事拖复拖"（《请祖光为慎之写一字幅……》），"昏"古通"婚"，"百分百"，意为真正的淑女，"拖复拖"即言爱情长跑，诗句充满戏谑之意，语言近乎生造，但沁人心脾。"嵩衡泰华皆0等，庭户轩窗且Q豪"（《九日戏柬迩冬》），言五岳虽为名山，空中鸟瞰，与零相等；诗人住处虽为简陋，而有阿Q

似的自豪，真是奇语、奇诗。沈老的创作，颇多喜剧的讽刺意味，2012 年传言所谓“世界末日”，国外的一些媒体故加炒作，造成一种恐惧心理，而先生为诗道：“末日临头倒计时，吾今安在故吾思。风从空穴骤掀浪，事出无端定限期。畏死贪生怜本性，悲天悯地仰真知。敬崇玛雅超人慧，伊甸家园共护持。”诗人在微笑之余，表达了对愚昧的卑视、对怯懦的揶揄、对真理的坚信之情。“汽车深巷驰金笛，宠物高楼搭电梯”（《七二初度午醒》），写闹市之喧嚣，时风之不古，几分谐趣，几分苦涩。“金圆早盼月银圆，揽抱金银倾盖欢。银圆哪比金圆好？此夜清光不共看。”（《居京杂诗·黄金月饼》）中秋佳节送月饼本来是传递一份美好的情感，而送的是极品——黄金月饼，这就不是一般的传递感情了，而是变相的行贿受贿，有此月饼连月亮清光也不清了。在语言上诗人也着意求新求奇，显得别有风趣：“诵经新进 CD 片，净土往生都靠它。”（《无题》）凡此种种，不一而足。

诗道幽渺，高境难臻，韵外之致，美在无言。诗人用汗水、用深情、用热血催开的这株株艺术之花，将在华夏民族的艺苑永放沁人的幽香。寒山诗云：“圆满光华不磨莹，挂在青天是我心。”（《众星》）的确，这些意境圆融的诗篇，均为诗人仁心、赤心、壮心、慧心之折光，是其清气、灵气、浩气、逸气之湛发。正如王夫之说：“天壤之景物，作者之心目，如是灵心巧手，磕着即凑，岂复烦其踌躕哉？”先生以雄迈俊爽、险绝厚涩的草书独步天下，而其诗章多为书法载体，诗书双美，淋漓酣畅，先生以其艺术实践告诉读者：大用外腓，真体内充，拥有潜通的素质方可能养出艺术的高境。在先生的诗国里流连，春花妍笑，月华皎洁，长风浩荡，溪水潺湲，方知美原来是那么丰富，那么多彩，那么畅神，那么洗心，方觉天空更蓝，阳光更灿。

（此文刊发于《创作与评论》2014 年第 22 期）

人间汗血化文藻
——沈鹏《三馀再吟》读后

南国孟冬，苍松如盖，枫叶如丹，虽寒潮时袭，而觉气爽神清。我们的生活需要诗，近些天来，拜读沈鹏先生的新作《三馀再吟》，如沐清风，如品佳茗，如饮醇醪，在那清俊瑰奇、高华幽邃的诗国里流连，其乐何如！这是先生继《三馀吟草》《三馀续吟》《三馀诗词选》之后的第四部诗集，由线装书局出版，装帧朴素、雅致。全书收录诗人自2000年至2011年间的创作，初步统计为332题496首，其中诗463，词26，联7。先生为当代书界山斗，诗集附收自书精品43幅，友人书品1幅，诗书双美为此书之重要特色。诗集从体式而言甚为完备：四言2，五古12，五绝17，五律35，七古5，七绝289，七律96。其词长调5，中调7，小令14。从内容而言甚为丰富：记游220，论艺100（其中论诗23，论书49，论画16，论音乐2，论戏剧3，论雕塑7），咏物56，酬答12，其他108。诗人长期为疾病折磨，死神多次光顾，而在如此艰难之中顽强奋起，热爱生命，热爱生活，热爱艺术，在编辑出版、艺术活动、艺术创作诸多领域硕果丰盈，为我国文化事业之发展繁荣贡献卓越，还在“三馀”之时将心血吟成量多质高的瑰美诗篇，这难道不是生命的奇迹、艺术的奇观？笔者与先生无一面之缘，每诵其诗，而感慨系之，昂然奋起。这些诗作是诗人人生境界、艺术境界的形象描写，是心血的凝结、生命的物化，既给人以心灵的滋润，又给人以智慧的启迪。

先生是诗者，其实他首先是仁者、艺者、智者，品读其诗，我们仿佛看到了先生四者为一的崇高形象。先生是极为仁爱的人，其艺术创作追求真善美的统一，绽放着情感的火花，闪烁着智慧的灵晖。先生年高耄耋，《三馀再吟》无疑是诗人情感沉淀、智慧提纯到至高境界的自然流露。诗歌的本质是抒情，先生的吟唱以极为含蓄的语言表达了对亲朋、对故园、对生命的挚爱以及对人生之理的彻悟。百善孝为先，父母之恩山高海深，先生虽入金秋之年，慈容早已远离，而依然那样深挚怀念，深感春晖未报。慈恩永如阳光雨露：“音容共与尧天在，养育能胜雨露恩。”（《辛巳春扫母坟》）母亲给予了诗人生命，同时也是恩师，是知己，母亲养育了诗人，诗人由念母恩而想到应努力报效国家与民族：“告别慈容九阅年，至今一念一潸然。墓前宿草春应发，枥下老骀宵未眠。家累何如安社稷，人和毋忘近研田。节逢小雪迎飞雪，点滴须能到地泉?”（《念慈》）笔者的母亲也长辞人世，每诵此诗，泪水潸然。先生深

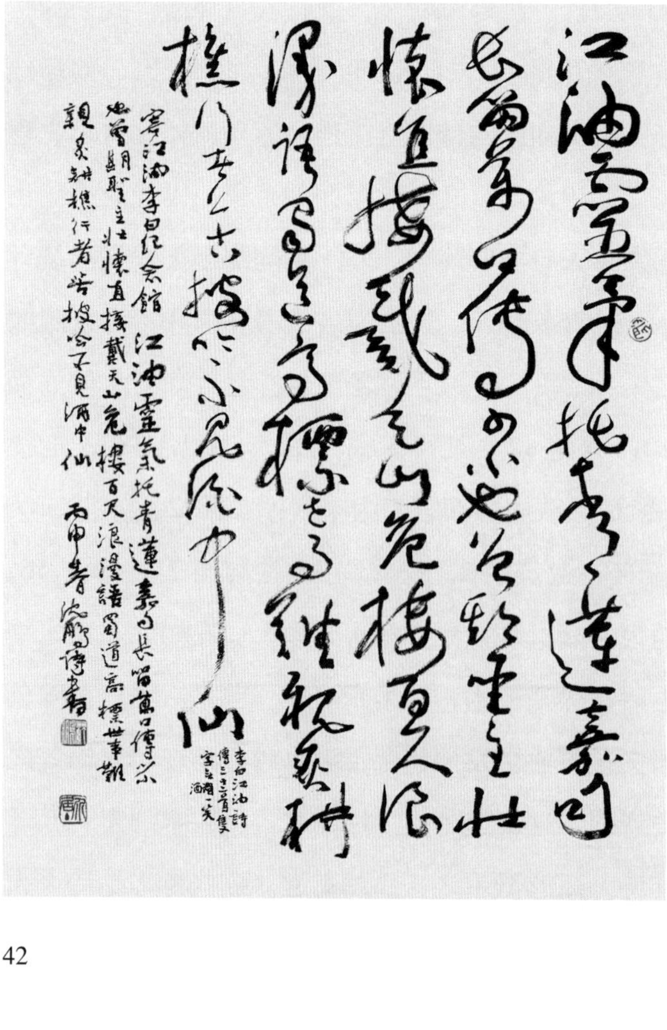

爱自己的鸳侣，夫人殷秀珍女士是他的精神支柱，也是挚友、知己，在先生的四本诗集中都有篇章吟唱了他们至真至美的爱情。《金婚》一诗写得一往情深：“曾储佳酿酬佳日，正值今朝共举觞。婚有金银红钻石，人期肝胆热心肠。夕阳斜照怜光好，老马骞行怕瞎忙。细沫相濡多少事，悠悠江海不相忘。”诗人还有不少诗作表达了对亲人、对朋友、对后学的一片诚挚之心，表达了对弱势群体的深切关注与理解同情。眷恋故园，许身故国，也是诗人一以贯之吟唱的重要主题。《致乡友》四章表达了对故园的眷恋之怀。几粒瓜子，数只螃蟹，一丛野菜，都勾起了诗人的美好记忆，“君问年来何所事，依然本性向阳倾”（《致乡友・谢赠葵花籽》），这是肺腑之言。诗人爱亲友，爱故乡，爱一切生命，《水调歌头・印度洋海啸》就表达了先生博爱的情怀。他为生命之花的突然凋谢深深叹息：“人命竟如蚁，十五万冤魂！”他期望吉祥的云朵永远在人类家园的上空飘荡：“温室温须降，共建地球村。”

先生笔下的山水风光绚丽多彩，美不胜收。诗人青壮年时代因忙于工作，虽热爱山水田园，一心想入名山游，而未能如愿。而年晋古稀以来，漫游天下的夙愿得以实现。《三馀再吟》以二百二十首诗作记录了诗人海北天南的雪泥鸿爪，足见先生对山水田园的热爱之深。诗人继承了陶渊明、谢灵运、王维、苏轼以来山水田园诗的艺术传统，又因其哲学、美学、文学、艺术的综合素养极为深厚，故其记游之作达到了写景、抒情、悟理三者完美结合的高度。生命来自自然，而作为万物灵长的人类又能在对自然的观照中领悟生命的最深神秘。诗人的记游仿佛是寓目即书，涉笔成趣。大壑崇峦，碧海清溪，数朵山花，几竿修篁，二三翎鸟，一坪芳草，都可以成为抒情遣意的载体。春寒料峭，诗人漫步颐和园，从和风垂柳中感悟到时序变化之倏忽：“积雪湖滨暖未消，鹅黄轻染柳枝条。和风拂面游人醉，昨日相迎似利刀。”（《颐和园昆明湖即句》）登临泰岱，一览众山，想到前哲“泰山不让土壤，故能成其大”的古训感慨系之:“博大不让土，崇高不求同。不以群山小，群山仰一宗。”（《咏泰山》）在安徽采石矶登牛渚太白楼，面对波涛汹涌的长江之水，缅怀诗仙太白，表达异代知音的相惜之情:“空传投水处，不绝逐江流。”（《牛渚》）在黄帝故里心谒中华始祖:“又从北国访中原，地拥新装可仰源。往古来今多少事，丹心一片叩轩辕。”（《黄帝故里》）再访宝岛台湾，诵读老人怀乡之诗章，品尝阿里山之佳茗，欣赏书法重宝《散氏盘》，诗人深切地期盼两岸早日和平统一:“此行不作离乡梦，但愿航程一线连。”部分记游之作，表达了诗人对社会主义革命和建设有关重大问题的深入思考。2005 年 5 月，重游扬州高邮，四十七年前诗人曾在此处劳作，抚今追昔，慨然写道:“驾雾腾空千里马，瞒天过海万斤门，只今十亿笑驱神”（《浣溪沙之三》）。最后一句寓意极深，一个“笑”字表现了亿万人民思想解放之后欢欣鼓舞的神情，形象地告诉人们:只有推进民主，改革开放，中华民族才有可能走向伟大复兴。还有不少诗作描写了瑰奇壮丽的域外风光，同样在审美怡情之余给人以深刻的理性思考。泰国的暹罗湾风景如画，让人惊叹大自然伟力之神奇:“波平大海真如织，蓦然雪浪倾天遏。”（《菩萨蛮・暹罗湾》）柬埔寨的吴哥古窟鬼斧神工，动心骇目:“斧钺天开，国师谋略，牛鬼蛇神到此狂。”这一切的一切，是千千万万劳动人民智慧之结晶:“文明史，尽苍生汗血，睿智流芳!”（《沁园春・吴哥古窟》）他旅游时注重艺术审美，对书画、建筑、雕塑甚为留意，在这些大量的记游之作中，发表了不少关于艺术的真知灼见，表达了对人类文明的高度珍视，如《三星堆》八首，临对神坛、神树、飞鸟、鱼纹，诗人浮想联翩，礼赞中华的古老文明，表达民族的自豪感和自信心。

先生对诗歌、书法、绘画、音乐、戏剧、雕塑等领域都有深入的研究，他是书坛领军人物，论书的诗作自然更多，他以诗的形式对书法的用笔、结体、布局、风格、继承与创作、书法名家的评价等方面作了广泛而深刻的论述，关于这，笔者在《写我真性情　含泪自汩没》一文中已有论及，本文再作补充论述。其一，艺以传道。技进于道，艺以传道，这无疑出自庄子的美学思想。道是对艺术规律的把握，道是天人合一的境界。诗人云："倚马千言未足奇，一言传道即吾师。"（《笔殒》）为了臻此境界，诗人认为艺术创作应从必然王国进入自由王国，即"九朽一罢忘筌蹄"（《笔殒》），"诗情禅意两难分，云影涛声纸上闻"（《长野东山魁夷纪念馆》）。创作应如鱼忘水，得意忘言："悟得人天同合一，道通技法始精湛。"（《题李从军画琴棋书画四艺图》）其二，多元共存。昊天有众星之罗列，大地有万物之运载；一花独放不是春，万紫千红春满园。故诗人说："万类无一体，万物竞自陈。"（《甲申绍兴第20届兰亭书法节用王逸少韵》）"篆隶真行皆一体，北碑南帖耻分宗。"（《中国国家画院成立书法精英班，予忝导师》）梅花之素淡何逊牡丹之富丽，雪莲之高洁岂让水仙之芬芳？只要能装点时代之春色，各种花都有开放的资格。其三，潜通的素质。创作主体的综合素质是极为重要的。在诸种素质中，人格素质是第一位的，人品不高，用墨无法。巨贪和珅之诗书虽有可观者，然诗人

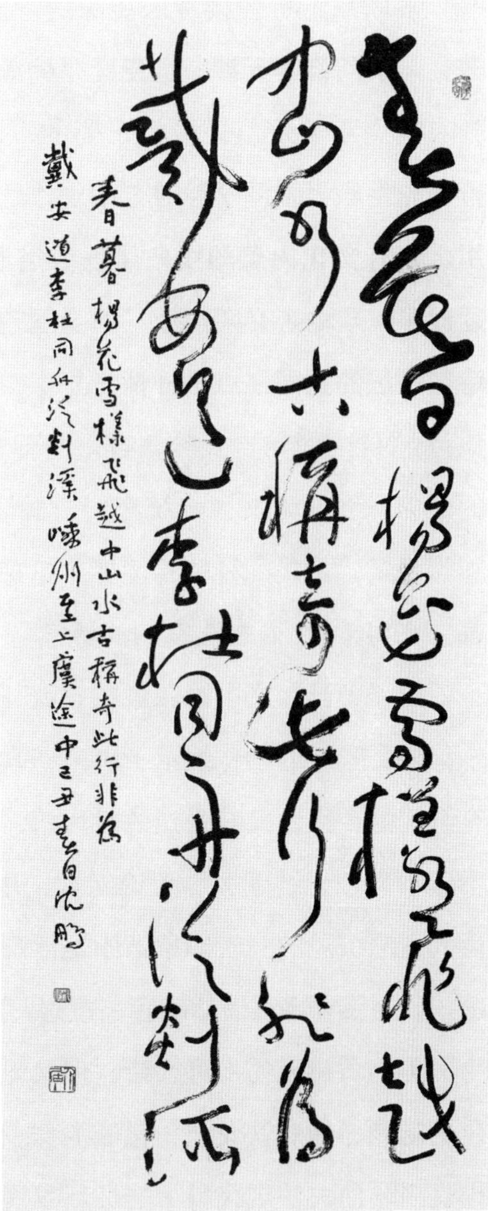

深恶其人格之卑下："礼佛慈悲相，入朝魑魅魂。"(《读和珅诗觉人性之复杂》)一切艺术通向音乐，通向诗，书法也是如此。书法作为一门独立的艺术形式，从本体而论其审美特征有相对独立性，先生多次引用英国美学家克莱夫·贝尔的话论证中国书法也是属于"有意味的形式"，认为书法的美感与思想载体没有太多联系，有些读者未能深透理解这话的含义，而认为书法纯粹是一种技艺，与学问修养无涉，这无疑是偏颇的。从技的角度来看，先生强调线条本身具有较高审美价值是极为正确的，这可以和世界艺术接轨；但从道的角度而言，先生一再强调学养对艺术创作的重要性，认为综合素质具有潜移默化的作用，没有文化内蕴的线条是苍白空洞的。他告诉青年应广取博采："无限风光须放眼，塞聪未必郑声淫。"(《全国首届青年书法篆刻展得句》）在诸种艺术中，诗与书法的共同之点是抒情，先生甚为重视书家的美学、文学造诣，提倡写自作诗："自书俚句自长吟，自采葑菲抵万金。"(《笔殒》）关于书法家潜通素质的培养，在其论文《传统与"一画"》中明确指出：书法家的人文素养，既是知识积累，也是一种精神境界、精神状态在书写中的直接流露。从事各类艺术都要"博学"，而书法家的"博学"有书法家所要求的特殊性，直至渗透到数不清的"一画"之中，深藏在一波三折之中。

先生晚近的创作继承了唐宋诗歌的优秀传统，尤其受苏轼的影响较深，既有鲜明的个性，又有强烈的时代感，饶有理趣，耐人寻味。他的一些咏物之作不即不离，无缚无脱，无论宏观、中观还是微观，都极富理趣，读这些诗作，诗人清癯沉思的高士形象清晰地浮现在读者眼前。诗人有丰富的想象力，寂然凝虑，思接千载；悄然动容，视通万里。先生的咏物，善于发现生活中寻常事物的美，仿佛无物不可入诗，但又无诗不雅，诗人的思维仿佛有很强的冶炼净化的功能，能点铁成金，化砾为珠。先生对物理学、化学、生物学、天文学兴趣良多，他关注现代科学的最新发展，对宇宙的奇妙抱有浓厚的兴趣，他在七古《朝阳化石歌》里神思到了远古洪荒时代，仿佛目睹了“巨虾触须待舒伸，禽龙呼啸施诡谲。可怜鹦鹉戏双双，交颈拥抱竭欢悦”的情形，而突然间乾坤摇撼，火山崩裂，这些可爱的动物们“刹那动静入永恒，亿载沉睡梦日出”，诗人由古化石的形成领悟到“古生物，我祖先，敬畏大自然，予也欲无言”的道理。看到大雁孤飞，哀鸣不已，诗人写道：“清清湖水失光盈，湿地相间杂草坪。隔岸琼楼插云起，雁群忍向故乡鸣”（《离雁》）。由离雁想到了人生的寂寞，想到了游子对故乡的深切思念，更想到了环境的破坏使得人类与动物不能和谐相处，人类在大自然中虽有所得，而有时可能失去更多，一种莫名的忧思油然而生。在蚁穴旁边，诗人静观良久，人们赞美蚂蚁的勤劳，赞美蚂蚁超过自身数十倍的负载能力，而诗人由蚁战的情形却想到人类为名利的争夺，想到人类自私贪婪的可怕：“绿茵芳草地，白骨尸骸丛。槐树争蜗角，珍馐入后宫。”（《蚁战》）而今的一些贪赃枉法之徒、寡鲜廉耻之辈，与这些卑微的蚁族有何异？麻雀是人们常见的小鸟，当年被作为“四害”之一险些被消灭，于是诗人深有叹焉：“飞鸣啄食在田塍，枉直由人岂力争？不记当年除害急，喧天锣鼓误苍生。”（《麻雀》）在那风雨如晦的时代里，所误苍生者岂止消灭几只麻雀？这些咏物之作，对人类历史进程中的重大问题进行了深入思考，的确发人深思。

诗人的创作，从艺术风格而言，体现了独特性与多样性的统一，呈现出清俊瑰奇的美感特征。艺术创作能传达一种生命情调，朗现个性，便形成风格。风格即人，风格即情。先生披兰佩芷，抱玉怀珠，学富五车，依仁游艺，虽体弱多病，而坚韧不拔，勇于探索，这种气质、学养、意志发之于诗，自然会形成风格的独特性与多样性。细品先生出版的几部诗集，他的主要诗风是清俊瑰奇，偏于豪放，偏于崇高，塞马秋风与杏花春雨、大漠孤烟与小桥流水和谐统一。有人说，先生的诗词从数量而言婉约多于豪放，为何不是偏于婉约，偏于优美呢？笔者认为，风格应不以多寡论，应看风格中的精神内核。苏词豪放，而数量仍以婉约为多。人们赞美雄山大壑，巨流轰浪，而生活又离不开桃含宿雨，柳带朝烟。要知善豪放者可为婉约，而善婉约者未必能豪放，故司空图品诗首列“雄浑”，良有以也。

先生的性情偏于豪放。诗人善于养气，只有其气浩然方可为大智者、大艺术家。文以气为主，诗书画为天地之至文，气盛则文小大皆宜。孟子说：“……我善养吾浩然之气。”宋濂说：“人能养气，则情深而文明，气盛而化神，当与天地同功也。”先生为人宽厚刚毅，修养已臻不为物累、旷然无忧的至美境界，故其为诗为书为文能纵情挥洒，进入自由无羁之境。先生论书明确强调“气”贯于隔行，这种“气”是一种意蕴、一种精神。诗人描绘过创作时豪气勃发的情景：“满堂人气聚吾身，屏息丹田通鬼神。蓦地运斤风起舞，掌声雷动报阳春。”（《赴日贺刘洪友出版中国书法名碑名帖选，席间书狂草“盛会”二字得句》）这种创作豪气与斐旻舞剑，张旭、怀素醉书大致相似。其实不善于养气者，不可为草书，尤其不可为狂草。狂草是生命精神淋漓酣畅、匠斤独运的艺术表达，真气不充，何以能进入天马行空之自由境界？先生以险绝厚涩的狂草独步天下，正因为有此浩气逸气映射于书法意境，挥翰或如长鹏击水，鸿涛怒翻，或如杨柳迎风，春花映日。书法的抒情的直观性、强烈性甚于诗，而时效性则诗胜于书法。书法的抒情似乎言尽意止，而诗歌的抒情余音绕梁。情感的燃烧赖乎健康的体魄，先生富于情，深于情，然因身体单薄，浩然之气发之于书尚可，发之于诗则较难承受，而又不得不发，故见于诗者壮词少而柔词多，而壮词虽少亦难掩精光四射之英气。在《三馀再吟》中，先生虽年事已高，却时现“荒荒油云，寥寥长风”的雄词壮采。前文所论《朝阳化石歌》一诗，想象飞腾，色彩绚烂，意象瑰奇，时空浩渺，无疑为雄浑豪荡之杰构。诗人笔下的山水也如此雄秀：“山如巨斧千般劈，人似清流不舍停”（《夏日南行》），“石块高悬积麦团，蹑高舒臆上云端”（《积麦山》），“波平绿如镜，蓝天一色看”（《越南下龙湾》），“一岛分吴越，三山落太湖”（《太湖》），巨丽之美历历在目。部分叙事之作也充分显示华夏民族雄狮睡醒般的英雄豪气。你看！诗人赞美中华骄女：“东亚病夫全雪耻，意气竞云天薄。奥运精神，回归雅典，崛起尊东岳。”（《念奴娇·奥运会女排》）你听！诗人放歌五号飞船：“金风送爽，晴空报捷，河汉迢迢出没。一人一步上云梯，引亿众、神驰揽月。”（《鹊桥仙·“神舟”五号飞船》）诗人奏出了时代的最强音。当然，诗人更多的时候是其言蔼如，柔情依依，漫步山村，但觉杨花如雪，鸟语如诗：“竹丛黄雀声声噪，拂面杨花人意闹。好雨疏风一夜间，山村围着馀芬绕。”（《山村》）深秋时节，盘桓泽畔，追思前哲，感慨系之：“日落怜光暖，鱼游饮水寒。”诗人对唐代才女鱼玄机的不幸遭遇表示深切同情，对其绝代才华赞赏不已：“红叶丝丝语，巫山一段云。”（《读唐女郎鱼玄机诗集》）独特性与多样性的艺术风格折射了诗人丰富美丽的心灵世界。

先生的意境为高华幽邃。风格和意境多有相通之处，但又有区别。二者都是情感、气质、学养的物化和外化，更是人格之光的一种折射。司空图所标二十四诗品，既指风格，又指意境。但笔者认为两者还是有较多的区别，风格偏于整体的势，情感色彩，审美趣味，而意境偏于整体的象，情感形态，美感深度。风格仿佛可寓之于目，而意境多会之于心。意境是景与情、景与理水乳交融的一种境界，是偏于审美的一种形象。司空图指出意境的特点是象外之致。王国维受叔本华超功利主义美学观的影响，把意境这一美学范畴予以强化，将之作为品评艺术的至高标准。关于意境说，王国维在他的著作中论述甚为深入，他说：“何谓之有意境？曰：写情则沁人心脾，写景则在人耳目，述事则如其口出是也。”（《元剧之文章》）宗白华论艺亦以意境为高，论述情与景的关系时，他说：“在一个艺术表现里情和景交融互渗，因而发掘出最深的情，一层比一层更深的情，同时也透入了最深的景，一层比一层更晶莹的景；景中全是情，情具象而为景，因而涌现了一个独特的宇宙，崭新的意象，为人类增加了丰富的想象，替世界开辟了新境。”（《中国艺术意境之诞生》）

根据王国维的说法，意境主要分为两类，即“泪眼问花花不语，乱红飞过秋千去”的有我之境与“寒波澹澹起，白鸟悠悠下”的无我之境。细品先生之诗作，二者兼之，圆融、幽邃、高华。有我之境是物皆着我之颜色，是移情作用的结果。美感经验的移情是宇宙的人情化，诗人睹鱼跃鸢飞而欣然自得，闻胡笳暮鼓而黯然神伤，情动于中而形于言。诗人年登耄耋，洞彻人生，智慧灵澈，但并没有忘怀时代、忘怀社会、忘怀祖国和人民。先生的部分作品感情色彩较为鲜明。他的艺术杰构《跋自书〈古诗十九首〉》凄恻苍深。我们还不妨试读这样的诗句：“园中桂子庭前月，白发依然赤子心”（《中央电视台为余摄制〈岁月如歌〉，返里得句》），“庭园灼灼凌霄树，应念子规啼血深”（《子规庵》），乡国之思，人生之慨，寄托无端。而诗人的情感有时非常含蓄，经过岁月的沉淀仿佛碧流冰雪，灿然跃目：“花无绿叶先绽黄，点缀新春好著装。吐蕊避离蜂蝶累，早开早落又何妨？”（《迎春花》）淡黄的迎春花并无绿叶之烘托，又无蜂迷蝶恋之牵累，早开早落，报道新春的消息，由此诗人想到了甘于寂寞、乐于奉献的人们，由衷赞叹这种生命形式是多么美好。“莽苍大地布新奇，树列银屏溪路迷。飞雪一宵经两岁，冰心玉骨报春泥。”（《2007年元日雪》）一夜飞琼，万里银屏，冰融雪消，春光弥望。读这样的诗章，我们自然想到王昌龄“一片冰心在玉壶”和张于湖“孤光自照，肝胆皆冰雪”的心灵境界，更可由此窥见到先生血荐轩辕的高洁情怀。

《三馀再吟》亦多无我之境，应为庄禅美学思想在艺术意境中之折射。中华的诗书画艺术以儒家的“气”、老庄的“道”、释家的“禅”为精魂，高境界的艺术创作无疑折射着庄禅美学思想之灵光。魏晋玄学崇尚自然之化，把人的有限生命与无限的自然之化相合视作人生的最高境界，神往“乘天正而高兴，游无穷于放浪，物物而不物于物”的精神天国，对中国艺术境界的影响是极为深远的。唐代是中国历史上佛道最为繁荣、艺术进入高度自觉的时代，哲学上远儒宗而近释老，艺术上远建安而近六朝，以清淡虚静为至高理想，这对后世艺术意境的影响也是极深的。审美是超于功利的，庄禅之学，不落言筌，在拈花微笑中参悟人生之理，这与以象尽意的艺术表达是相通的。况且，禅庄的修炼方式对艺术创作的灵感湛发、意境形成也有直接影响。疏瀹五脏，澡雪精神，方可能天机自流，灵心焕发，故庄子倡言“心斋”“坐忘”，释家主张渐修、顿悟，以期明心见性，悟见真如，这种心境物化为艺术方现物我两忘、物我为一之高致。王国维说：“无我之境，人惟于静中得之。”“无我之境”是一种直观中的感受，是一种直觉描写，体现禅宗一沙一世界、一花一天国的哲学思想。禅境是长期修炼的结果。艺术的高境赖乎学养，赖乎技法，更赖乎创作主体心性之修炼、人格之陶冶，如此境界自高。先生情钟释老，雅好修身，心游方外，情甘寂寞，故操翰油然湛发一股清气、逸气，神往“静故了群动，空故纳万境”的艺术境界。试读《雨夜读》一诗：“此地尘嚣远，萧然夜雨声。一灯陪自读，百感警兼程。絮落泥中定，篁抽节上生。驿旁多野草，润我别离情。”夜雨孤灯，心交前哲，柳絮飘落，篁节自生，极静极幽，百感交织，莫可言状，这近乎是禅境的描述，诵读此诗，自然想到王维“雨中山果落，灯下草虫鸣”的境界描写，想到齐己参禅悟道时的情景：“静坐云生衲，空山月照真”。关于这首诗的写作，诗人在《志在探索》一文中自叙：那年春天一个细雨蒙蒙的晚上，郊外偏僻的角落，独处斗室，灯下读书，读什么，身在何方，竟完全失去记忆。朦胧模糊之中，瞬间萌发叫作灵感的东西，诗句汩汩而出，不费斟酌，很少修改，潜意识的积累进入意识层面，于是一切置之度外，遗忘，留下的只有四韵八句。从此诗的创作情景、创作过程、艺术境界来看，笔者认为诗人的创作已自觉不自觉地进入了庄禅境界。根据日本佛学大师铃木大拙的论述，参禅就是生命潜能的调动，禅境多为悟道情景的描写。当然，这种境界是可遇而不可求的。诗集还有颇饶禅意的诗句："梦里依稀泉映月，客中空数雨敲萍"（《腕底》），"森森松柏重重叠，点点荆花曲曲藏"（《夏山》），幽邃空灵，声无哀乐，仿佛觉破人生的迷妄，开显真实的知见，身心荡尽尘垢习染，孤迥迥地、光皎皎地、活泼泼地与自然忻合为一。

诗的语言便是诗的自身。文学是语言的艺术，追光蹑影，镂月裁云，要臻至了然于目、了然于胸、了然于手之境界何其艰难。杜甫"为人性癖耽佳句，语不惊人死不休"，良有以也。《三馀再吟》与前三部诗集比较，语言更加清纯、幽默，落尽尘滓，独存孤迥。近五百首诗作，色彩清丽，极少用典和代字，注释大大减少，真是"却嫌脂粉污颜色，淡扫蛾眉朝至尊"。语言用白描最难，白描指语言鲜活清丽，而又情感饱和，信息浓缩。诗人的语言浅中见深，俗中见雅，言简意丰，言近旨远。"笔底家常话，人间风雨声"（《读马凯诗词集》），移用于诗人自己，也甚允当。"轻薄杨花风扑面，深情种子雨潜泥"（《入夏抒怀》），"柳树迎风风染绿，沙洲照日日雍熙"（《博鳌南行途中》），饶有画意，历历如见，而诗人自得之神情、超旷之意绪见于言外。诗人的语言精工。精工的语言是美的语言，言而无文，行之不远。刘熙载说："诗能于易处见工，便觉亲切有味。"（《艺概·诗概》）这种精工，主要表现为对各种诗体语言风格的准确把握。诗各有体，能言随意遣，舒卷自如，必赖精湛的功力与学养，来不得半点装腔作势。整体而观，诗人对"诗庄词媚"的语言风格把握准确，而又不受约束，自出机杼。微而察之，其风格又有细微的差别。其短章能"咫尺应须论万里"，其长篇能"万斛之舟行若风"。其四言多得风人之韵，取法魏武、嵇康，高古苍茂，笔深意长："伟哉绿洲，何处攸同；赖此绿洲，生在福中。……自今而后，敬畏苍穹；心中法则，旭日升东。"（《有专家称外星生命事属无望》）古人云：诗不善于五古，他体虽工弗尚也。先生于五古用功甚深，高远寥旷，平淡天真。其律诗华不伤质，整而能疏，处处打得通，又处处跳得起，得摩诘之雅、子美之深、务观之畅，既绵密典丽，又疏荡空灵。其长短句亦见工力，长调善铺，淋漓酣畅。最使人心折者在于能以小令、中调抒写重大题材，而遣词用语，举重若轻。如《浣溪沙》四阕、《卜算子·第29届奥运会开幕》等佳作，“麦苗丛里长新楼”“只今十亿笑驱神”“长路漫漫越万重，今夕飞长虹”等佳句，非斫轮之手不能为。诗人的语言朗畅。朱光潜说：“艺术返照自然，节奏是一切艺术的灵魂。”（《诗论》）诗是直接打动情感的，许多意象可以借声音唤起，没有朗畅圆润的节奏则不为好诗。诗人的语言功力甚深，入声字的使用甚为审慎，试读诗一首：“吾国吾民竟若何？仁人铁砚万千磨。闷雷爆发掀天地，霹雳一声闻一多。”（《读林语堂〈中国人〉》）此诗有感于闻一多的《一句话》而作。闻诗开头说：“有一句话说出就是祸，有一句话能点得着火……突然青天里一个霹雳，爆一声：‘咱们的中国！’”其主旨是反独裁，争民主。诗人将闻诗提炼创造，以“闷雷爆发掀天地”形容政治高压下必然会爆发革命的闷雷，形象生动，节奏响亮，气势磅礴。细品此诗，“国”“发”“一”均为入声字，两个“一”字的反复表现出一种雷霆万钧的气势，的确是难得一见的佳作。

“世外仙家骖仙鸾，人间汗血化文藻”（《贺孙轶青、霍松林、叶嘉莹、刘征、李汝伦五家获中华诗词终身成就奖》），用这两句诗来形容诗人自己的艺术创作是十分恰当的。诗人用心血催开的这些高洁芬芳的智慧之花，将永远开在时代的春天。品读《三馀再吟》，我们可以窥见一代大匠的人格魅力、渊深学养及探索精神。的确，任何生命都不过是茫茫宇宙中的一颗微埃，然而，智慧的灵光可化作浩浩长空的万丈闪电。中华民族的伟大复兴，就赖乎千千万万仁人志士湛发这种智慧之光，集聚这种智慧之光，传递这种智慧之光，以此照亮前进的征程，开启历史的新元！撰文至此，试引笔者的师长、著名诗人、湖南师大文学院教授张会恩先生的《网上点读沈鹏诗书作品感赋》一诗作结："闲来网上点之无，书海诗江识峻舻。行草刊行盈二万，性情吟吐话三馀。裁成一象凝千类，积健为雄又返虚。姑射王乔迎娶日，天人共赏尽屠酥！"

（此文以《情动于中而形于言》为题，刊发于《书法导报》
2015 年 11 月 26 日第 10 版）

精骛八极　心游万仞

——沈鹏《朝阳化石歌》赏析

朝阳化石歌

辽宁朝阳，化石物种丰富，保存精美，显现生命演化之连续，被誉为“世界中生代古生物化石宝库”。

盘古邈矣安可测，创世焉能仅七日？
四六亿年地球史，物理运行循天力。
时当白垩纪后期，小球轻击恐龙灭。
地天开辟新纪元，湖海山陵重纠结。
朝阳区域气温高，树丛茂密水网集。
飞禽游鳞自在身，行天入地生不息。
更有原始孔子鸟，冲天翱翔争独立。
乾坤摇撼阴阳羞，火山崩坏毁裂缺。
烈焰浓烟喷九霄，覆盖千里何仓猝！
狼鳍鱼儿首尾摇，辽龟伸颈方欲直。
巨虾触须待舒伸，禽龙呼啸施诡谲。
可怜鹦鹉戏双双，交颈拥抱竭欢悦。
真情相爱共死生，超越时空长抚恤。
刹那动静入永恒，亿载沉睡梦日出。
地幔震怒无尽已，祸从遐迩遍八极。
树丛花草听惊雷，万钧霹雳又何急！

老树拱抱大树围，小枝亭亭美琴瑟。
切磋琢磨光鉴人，横竖观察细毫发。
又有被子类鲜花，娉婷婀娜美通脱。
地面花开万万千，此花堪称第一色。
火山灰尘落纷纷，花嵌岩层若绿玦。
噫嘻一亿五千万年至于今，
我来摩挲化石巧相识。
沧海变桑田，海枯石不烂。
虽然奇形怪状已长眠，生命代代赋新篇。
化石石不化，与我身心永不隔。
地球生物二百万种之伟观，
人类过客匆匆仅其一。
古生物，我祖先。
敬畏大自然，予也欲无言。
但又痴想再越一亿五千万年后，
与汝相期身为化石奉献作科研，
无穷极！

2011 年 7 月末～ 8 月 2 日

想象和联想是人类最美的思维之花。爱因斯坦曾言，想象力比知识重要。刘勰说："寂然凝虑，思接千载；悄焉动容，视通万里。"美的创造、科学的发现，总与想象和联想密切相关，屈原之赋、庄子之文、李白之诗，无不闪耀着琼思玉想之灵晖。大草为书法之明珠，大草书家为诗坛之李白，大草书境不能拓展出浪漫恢宏之联想空间，就不可能进入超轶绝尘之艺术境界。沈鹏先生以险绝厚涩、雄秀高华的大草鹰扬天下。读其大草，灵光四射，含宏万汇，囊括万象，志狭四裔，云烟缥缈，浩气淋漓，何以故？思出意表也。何以拓展思维之空间？先贤读书养气，游历增识，或用酒精之刺激，今人读书游历不可少，而对自然科学之浓厚兴趣尤为重要。近读沈老的长篇七古《朝阳化石歌》，似可窥见拓展思维空间之奥秘。

《朝阳化石歌》为笔者所读沈老诗作中最长的一首，凡 403 言。沈老一生被病魔缠身，创作此诗时已年高八秩。诗序交代写作之缘起与背景，2011 年 7 月，诗人参观辽宁朝阳古生物化石国家地质公园。该园内古生物化石丰富多样，迄今为止已发现最早的鸟类和开花的植物，朝阳因此被誉为“第一只鸟飞起的地方，第一朵花绽放的地方”，此处化石在国际上具有独特性、完整性、稀有性的特征，是世界级的古生物化石宝库，出产的化石主要有中华龙鸟、狼鳍鱼、中华鲟、恐龙、蝴蝶、蜻蜓等，动物化石尤多，具有极其重要的科研价值。作者为之神游远古，浮想联翩，天机湛发，写就此诗。

全诗大致可分四个层次。1～8 句为第一层，写宇宙运行循其天理，交代化石形成的年代、环境。起笔引用盘古开天和《圣经・旧约》中创世纪的神话传说，意指宇宙形成的时间极为久远。《太平御览・三五历纪》：“天地浑沌如鸡子，盘古生其中，万八千岁，天地开辟，阳清为天，阴浊为地，盘古在其中。”盘古的传说表明华夏民族的先贤对宇宙形成进行探索，此神话中残留人类童年时代的某些记忆。《圣经・旧约》中说神用六天时间创造了天地、水、阳光、空气、人和动植物，第七日为安息日，这是西方民族对宇宙形成的早期解释。还是荀子说得有哲理：“天行有常，不为尧存，不为桀亡”，天地按其自身的规律发展变化，距今地球已形成大约46亿年之久。“小球轻击恐龙灭”一句是有科学依据的，在白垩纪后期，大致在6500万年前的某一天，一颗直径为7～10公里的小行星坠落在地球表面，引起一场大爆炸，导致植物的光合作用暂时停止，恐龙因食物中断等系列原因而灭绝，于是地球开辟了历史的新纪元，湖海山陵出现了新的气象。

从9句“朝阳地区气温高”至26句“亿载沉睡梦日出”，为第二层，描写动物化石形成的情景。从9句至12句为过渡层，描写朝阳地区当时的环境：气候温暖，树木茂盛，水网密集，天上飞禽，地上走兽，水中游鳞，自由自在，生生不息。从13句至26句，具体描写四种动物变成化石，突出它们生前之欢悦，死时之猝然。你看：孔子鸟展翅蓝天，纵情翱翔；鹦鹉双双交颈，欢悦拥抱；狼鳍鱼在快意舒伸；禽龙在呼啸追逐，这是一幅多么自由自在而又生机盎然的画卷！然而，突然间，乾坤摇撼，山岳崩摧，烈焰冲天，岩流覆盖，可怜的动物们来不及挣扎，体内的水分已被岩流烤干，躯体顷刻之间碳化，亿万年之后成为晶莹的化石，人类至此方一睹它们的尊容。诗中所说的“孔子鸟”是现今发现最早的具有角质喙、牙齿退化的原始鸟类，距今约1.2亿～1.25亿年，狼鳍鱼是原始的真骨鱼类，种类很多，为中生代后期东亚地区的特有鱼类，现已绝灭。禽龙属于蜥形纲鸟臀目脚下目的禽龙类，是一种大型鸟脚类恐龙，身长约9米至10米，高4米至5米，前手拇指有一尖爪，可能用来抵抗掠食者，生存于白垩纪早期，距今约1亿4000万年前至1亿2000万年前。

从27句“地幔震怒无尽已”到40句“花嵌岩层若绿玦”，为第三层，描写植物类化石的形成。当时的环境：电闪雷鸣，地幔震怒，岩流四溢，祸遍八极，一切生物面临灭顶之灾。顷刻之间，岩流吞没树木花草，植物们没有被烈焰烤焦，而是保持原来的形态碳化。一亿多年之后，我们看到它们的芳姿：合抱之树，已为顽石，小枝亭亭，美如琴瑟，涤洗泥沙，清光鉴人。尤其是被子类鲜花，娉婷婀娜，还有许多花瓣镶嵌于岩层之中，像一片片晶莹的碧玉。植物们以原生态的形式保存下来，依然那样鲜活，仿佛可以觉知它们的动感，闻到它们沁人心脾的芬芳。大自然以魔手制作了一件件富有生命气息的标本！看到它们，品赏它们，研究它们，定能探究地球变化的无穷奥秘，这是大自然多么丰厚的馈赠！诗中所说的“地幔”，属于地质学专业术语，是指地壳和地核之间地球的中间层，厚度约 2900 千米，主要由致密的造岩物质构成。所说的“被子类花”，即被子类植物的花，被子类植物也叫显花植物、有花植物，它们拥有真正的花，这些美丽的花是繁殖后代的重要器官，也是区别于裸子植物及其他植物的显著特征。这一时期被子类植物约有 30 万种，它们形态各异，包括高大的乔木、矮小的灌木及一些草本植物。

从“噫嘻一亿五千万年至于今”至末尾为第四层，抒发感慨，升华题旨。诗人面对丰富瑰美的化石，观古今于须臾，抚四海于一瞬，想到宇宙的过去、现在、未来，思绪纷飞，感慨万千。在艺术创作中，艺术家的灵异思维贵在能放能收。所谓放，即“上穷碧落下黄泉”；所谓收，即“万物静观皆自得”。能放，思维有张力、有广度；能收，思维有定力，有深度。第二、三层描写化石的形成，追思形成的情景，是放；而第四层兼用议论抒情感悟化石，是收。诗人长于悟理，此刻他悟到了什么呢？其一，偶然中有必然，生命是生生不息的。诗人与化石相遇是“巧相识”，带有偶然性，而人为万物之灵长，也是生物进化的结果，人类从自然中来，不懈探索宇宙的奥秘，因而从进化的角度而言，诗人与化石的因缘又是必然的。生命在不断进化，正如诗人所说：“生命代代赋新篇。”其二，敬畏自然。人类也是匆匆过客，是自然的一部分，任何个体生命在历史长河中不过是短暂的一瞬，人类与自然相较，永远是渺小的，因而只有遵从自然的规律，敬畏自然，方能达到一种物我和谐的境界。其三，奉献自我。化石为远古生命的遗骸，它是大自然馈赠的灵物，人类作为自然的一部分，同样微如尘埃，假如我们完成生命历程之后，也能像化石一样为科研作奉献，那该多好。诗人的感慨层层深入，闪耀着思想的光芒、美德的光芒、智慧的光芒。艺术的美在灵魂的披露，读此诗作，我们能清晰地看到诗人那晶莹的灵魂！

《朝阳化石歌》气势之豪荡，意象之瑰玮，辞旨之幽渺，读来使人魂悸魄动，荡气回肠，此诗无疑是浪漫主义杰构。诗作最大的特点是“奇”，奇情异彩，动心骇目。诗人面对一方化石，驰其千回百折之丰富联想，用赋的手法，极尽铺叙之能事，描写那梦幻中所见的景色：花木争荣，翎羽舒翅，走兽奔逐，游鳞嬉戏，顷刻之间，乾坤摇撼，天崩地裂，烈焰冲霄，浓烟蔽日，岩流飞溅，吞灭万物，世界归于一片沉寂，这是一幅色彩斑斓而又瞬息万变的画卷。诗人善用反衬手法强化表达效果，以天地的动反衬品类之静，以动物之悠然自得反衬灾难的猝然而至，以地震之刹那反衬生命之永恒，这真是震人心魄的美！艺术贵奇，此诗选材奇，造象奇，立意奇，用语奇，读来令人灵心湛发，七窍洞开。尚奇是人类探索自然、征服自然的内驱力。王羲之论书喜欢以兵法作喻，其实兵家著作就充分体现了尚奇的美学理想。《孙子兵法》云：“故善出奇者，无穷如天地，不竭如江河。”另一部智慧奇书《鬼谷子》云：“听贵聪，智贵明，语贵奇。”出奇制胜，方为大家，但艺术尚奇必须以大才力、大学问、真功夫为前提，否则不为奇美，反为奇丑。对书法家而言，书法创作以线立骨、以线传情，技上去了，就有形美；诗上去了，就有意美；思维打开了，就有神美。没有学养作支撑，美为无源之水、无本之木。沈老作为中国书坛勇于担当、勇于开拓的领军人物，他是著名学者、文艺评论家、编辑出版家，诗书创作为其“馀事”，而于文学、历史、哲学、音乐、绘画、雕塑、考古等广泛领域均有研究，尤为可贵的是对天文、物理、化学、生物、地理等科学领域兴趣浓厚。沈老提倡多读自然科学方面的著作，他说：“我以为艺术工作者多

‘参与’向宇宙奥秘的探索，多分享一份现代科学文明的思想成果，其‘有用’价值远远超出为创作增添一些可以触及的‘题材’。”（《书法本体与多元·理与情再探》）他的诗作多有涉及自然科学之内容，试读《对称》一诗：“黑洞相间疑白洞，雄风之外有雌风。如何无限潜规则，对称弥漫宇宙中。”此诗涉及天体物理学方面的知识。沈老论艺，强调以文养墨，以学砺笔，书内书外兼修。

《朝阳化石歌》最大的艺术价值是思维空间的拓展。奇美来自奇思，沈老的诗词创作多有奇思妙想，比如由“人”字瀑想到封建专制时代对个体人格的践踏；由海边拾石想到精卫的执着；由景山的假古槐想到明王朝的覆灭，想到当今道德的滑坡；由“神州”五号飞船想到寂寞的嫦娥，想到超级大国对空间资源的争夺，从宏观而言想到外星人，从微观而言想到中子夸克，凡此种种，不一而足，拓展出极为广阔的联想空间。因此读沈老之诗，如置身极地，但见极光闪烁，五色交辉。视觉艺术的功用是愉目、畅神、养心，但其实最重要的是拓展思维空间，人类征服自身就是思维空间的拓展。沈老的思维是空灵的、浪漫的，他的联想方式有独特性。古人写诗喜欢运用比兴和联想，品读楚辞，我们仿佛看到南国鲜花的美丽，闻到南国香草的芬芳，领略到天国风光的美好，欣赏到羲和驾日、凤鸟飞腾、九嶷缤迎、云旗逶迹的壮丽图景，这种思维空间的开拓大致是南方的灵山秀水、古老的神话传说刺激了诗人的想象。诵读太白的天仙之词，那“黄河如丝天际来”的浩荡气势，那“足萦虹霓，目耀日月”“喷气则六合生云，洒毛则千里飞雪”的大鹏形象，那“霓为衣兮风为马，云之君兮纷纷而来下”的仙界风光，令人油然而生块视三山、杯观五湖之感。沈老的创作无疑从屈赋、李诗中汲取了丰富营养。前人的艺术联想一般有相似联想、接近联想、对比联想、变形联想，这些在沈老诗作中已被广泛运用，而《朝阳化石歌》运用的是因果联想，由果及因，由化石的鲜活精美而想到它们形成的原因，并幻想再现当时的情景，丰富的科普知识为诗人插上了想象的翅膀，这些梦幻情景不仅是瑰奇的、绚美的，应该还是真实的。沈老的创作求真，即生活的真、情感的真，还有科学的真，他的联想带有浓厚的科幻色彩，对科学的热爱极大地拓展了他的思维空间。《易经》中说："天下一致而百虑，同归而殊途。"科学和艺术可以合流，沈老对此体会甚深。热爱自然科学，不仅仅是博闻广识的问题，更重要的是有利于思维空间的拓展。

陆机论文："精骛八极，心游万仞"（《文赋》）。以此描绘沈老的思维特征比较恰当。品读《朝阳化石歌》，我们仿佛神游远古，侣龙鸟而友禽龙，阴茂木而醉芳菲，惊山崩而骇烈焰，悲刹那而获永恒，陶醉于艺术之奇景，深慨于艺术之微旨。此诗无疑是当代诗坛的一枝奇葩。笔者最近观看电视节目，得以了解著名雕塑家钱绍武先生的艺术人生，钱老取得如此卓越成就，秘诀是一生不忘老师的教诲："不懂诗，画的画、写的字就没有意义。"诗为华夏艺术之魂，沈老年高八秩而写出如此瑰美的诗篇，我们景仰其学识才情，更心折其执着精神、献身精神。领略沈老的诗国风光，我们胸次开阔，神清气爽，其乐何如！

（此文刊发于《书法导报》2016 年 6 月 8 日第 19 版）

一曲吟唱殉道精神的凄美之歌

——沈鹏组诗《笔殒》二十章读后

笔　殒

巨幛书成面壁观，锥毫脱落忽成残。
十年一剑真如此，宁惜馀年鬓发斑？

梦笔生花笔散花，笔兮辛苦亦堪嗟。
一从秦将搜三窟，多少儒生格上爬。

春归懒读《瘗花铭》，却数锥毫伴落英。
尤物还从天地去，随行随葬过清明。

非是江郎已尽才，流光容与尚徘徊。
爰移黄土埋残管，一夕能催百卉开。

乐此吾疲罢亦难，心花欲放此花殚。
要津不与雕虫事，况是凭几独暮寒。

方圆曲直枉由人，工具曾充驯服身。
散发扁舟归去也，秋风乍起忆鲈莼。

力耕不觉鬓毛衰，勤拂案头细积埃。
弃我无痕应有意，勉将凡骨换金胎。

一毫脱落万毫颓，齐力犹须逆水推。
旧学无多新进少，新年又入旧年催。

亦恶时风亦尚同，有时兴至挟清风。
笔残总为多承力，力在其中是藏锋。

散入乾坤混迹尘，云霄万古一毛新。
若言此去无余憾，报与群芳共惜春。

予欲无言欲敛言，毛锥挥去又跟前。
今朝定与君相约：作罢斯篇不续篇。

陟彼高冈苦负荷，年来翻是出新多。
辉煌盛世居安日，毋忘思危夕枕戈。

倚马千言未足奇，一言传道即吾师。
擘窠巨榜蝇头字，小大由之识所归。

盗跖寿终颜子夭，中山兔颖竟先凋。
力穿纸背因招损，苟利生民不避劳。

朝发传真暮速催，王生耻听说“嗟来”。
高山流水无人会，能事无能谢不才。

入得专门无足观，不遑谈戏不暇餐。
烟斯庇里纯消减，容膝宽余却少安。

自书俚句自长吟，自采葑菲抵万金。
才近糟床若沈湎，已迟发愤但求心。

作嫁为人人笑痴，悬梁刺股已非时。
蝇成误墨闲喷饭，不悔年年得句迟。

九朽一罢忘筌蹄，虽在新奇不自欺。
笔冢如何论了得，揉沙激泪泪招讥。

五色令人目眩昏，我从诗意悟书魂。
真情所寄斯为美，疑似穷途又一村。

2002 年 5 月～2003 年 5 月

吴冠中说：“学美术等于殉道”，“如果学画的冲动就像往草上浇开水都浇不死，这样的人才可以学”。此言论艺入木三分，以诗书画为代表的华夏艺术是一个整体，学美术如此，学书法亦然，没有殉道精神不可为艺，更难臻至超轶绝尘之高境。王国维说："诗歌者，描写人生者也。"近读沈鹏先生七绝组诗《笔殒》二十章，至精至诚，欲说还休，是诗人生涯回首、言艺悟道的艺术总结，是殉道精神的具象表达，凄清幽邃，摇人心旌。沈老是艺术大师，全面的修养与深入的实践有机结合，理论与创作打通为一，为我国艺术事业的发展贡献卓越。曹植说："盖有南威之容，乃可以论于淑媛；有龙渊之利，乃可以议于断割。"此语用于沈老至为恰当，沈老言艺，准确形象，入木三分。其组诗《笔殒》二十章受元好问论诗绝句的影响甚深，识见卓远，发皇耳目，致广大而尽精微，焕华彩而启哲思。

《笔殒》见于《三馀诗词选》，由北京图书馆出版社出版，是研究沈老最为可靠的资料，在当代书法史上具有史诗般的意义。关于组诗写作的缘起与读者的评价，在沈老新著《三馀笺韵·再游京西之一·埋笔》释文的"作者言"中有这样的说明："余于二〇〇二年春宿京郊，随身带羊毫笔一支，年久敝残，遂就地掩埋，此后一年间得七言绝句《笔殒》二十首。诗友称：《笔殒》表达了一个有良知的知识分子面对每况愈下的当今世情的怨愤与不满，感人至深、至切、至痛，读之不觉热泪盈眶。"关于此诗的创作，笔者于 2016 年 10 月 20 日下午拜访沈老，谈及此诗，他说："那支羊毫笔随我多年，写残了不忍随意丢弃，于是择地埋了，还依依不舍。一年之后来寻瘗笔之处，有种莫名的冲动，于是又把笔挖了出来，而笔毫全没有了，只有笔杆，当时有些怅然，忽而仿佛见到埋笔之处开出了一朵硕大的花，什么花呢？说不明白，之后我写了那首《再游京西之一·埋笔》，后来陆续写出《笔殒》二十章。"谈到那朵无形的花，我说："您大致受鲁迅小说《药》的影响较大吧？《药》的结尾，描写夏四奶奶在夏瑜的墓茔上发现了花环而激动不已。花是美的象征，而夏四奶奶见到的花与您在笔冢之处见到的花是不相同的：《药》里面的花是希望之花，鲁迅说要给寂寞中的前驱者以心灵的慰藉，而先生的花是艺术之花，给自己和殉道的人们以精神的鼓舞，二者均是象外之意，韵外之旨。”沈老以为然。诗作以“笔殒”为题，取羲之怀素墨池笔冢之旨，而寓意更为深广，是艺术家风雨人生的真实写照，是殉道精神的艺术表达。艺术是主体生命的重要部分，一支小小的毛笔深蕴了艺术家喜怒哀乐极为复杂的情感，诗题确为全诗的诗眼。

组诗二十首，创作时间前后一年，诗人对艺术人生的感悟是全方位的，沈老的思维尚自由，美学理想尚自然，组诗的创作非一时一地，看似吉光片羽，散金碎玉，而细加梳理还是有内在的逻辑联系的。组诗大致可分四个层次，每层较为集中地谈了几个问题。首章至之四为第一层，点明诗题，讴歌殉道精神。首章：“巨幛书成面壁观，锥毫脱落忽成残。十年一剑真如此，宁惜馀年鬓发斑？”首章点题，甘心殉道。从创作谈起，诗人欣赏自己满意的艺品，确有舐犊之爱，这些创作都是生命的物化、汗血的凝结。贾岛诗云：“十年磨一剑，霜刃未曾试。今日把示君，谁有不平事？”（《剑客》）艺术需要十年磨剑的精神，这就是殉道精神，诗人结缘楮墨，辛勤耕耘，年逾古稀，矢志不移，体现出对艺术的执着追求，首章为组诗奠定了苍凉幽邃的基调。之二：“梦笔生花笔散花，笔兮辛苦亦堪嗟。一从秦将搜三窟，多少儒生格上爬。”此章论述甘于殉道为中国艺术家的优良传统，有志者应弘扬这一传统。“梦笔生花”喻才思大进，相传李白梦所用之笔，头上生花，从此才情横溢，文思丰富，此处以“梦笔生花”比喻书境佳妙。艺术创作不能否认悟性、天赋的存在，但艰辛的付出是最重要的。“秦将”，即指秦将蒙恬，曾以兔毫改良毛笔。这里以“三窟”指代兔毫，代毛笔。毛笔的真正发明者为谁，年代甚为久远，很难考证到具体的人，大致夏商时代就出现毛笔了，能见到的毛笔实物，是战国时代的遗存。大篆金文写得如此精妙，无疑是当时的书法高手所作，书写没有形成社会风气，不可能出现书艺高手，没有长期的艺术实践，不可能写出如此浑然天成的金文。因此，从文字的定型到毛笔的出现，古往今来的儒生们就与楮墨结下了不解之缘，为艺术献身是古往今来从艺者的优良传统。

之三："春归懒读《瘗花铭》，却数锥毫伴落英。尤物还从天地去，随行随葬过清明。"此诗写对残管的挽悼，具体写埋笔。"落英"，落花，语见屈原《离骚》："朝饮木兰之坠露兮，夕餐秋菊之落英"，此处以"落英"比喻脱落的笔毫。"尤物"，优异的物品，指代写残之笔。《瘗花铭》为梁代庾信所作，原文今已失传，此处应指《红楼梦》中"葬花辞"一类的诗文，化用此典，意即古人葬花，我今埋笔，在情理上似有相通之处。其实葬花与埋笔表达的情感是不同的：黛玉葬花是对爱情的绝望，而先生埋笔是对艺术的执着。之四："非是江郎已尽才，流光容与尚徘徊。爰移黄土埋残管，一夕能摧百卉开。"此诗强调春耕夏耘，必会迎来秋日的一片金黄。"江郎才尽"实际上是缺少对艺术的执著精神，诗人勉励自己，也勉励后昆不作江郎，坚信辛勤的汗水必然浇出硕大芬芳的艺术之花。执着，再执着，上下求索，辛勤耕耘，就不会江郎才尽，就会灵心湛发，锦绣成篇。四首诗从不同角度强调了献身精神的重要性。

之五至之十一为第二层，论述艺术创作中的心境、学养、技法等有关问题。之五："乐此吾疲罢亦难，心花欲放此花殚。要津不与雕虫事，况是凭几独暮寒。"这是过渡之诗，旨在强调热爱艺术的重要性。孔子说，"好之者不如乐之者"，从事艺术创作是极为艰辛的劳动，辛勤劳作不一定有所得，而没有辛勤的付出必无所得，只有热爱艺术的人才会心甘情愿地付出，才会甘于寂寞，有这种爱好作动力，才有攀登艺术峰巅之可能。"雕虫"一词，见扬雄《法言·吾子》："或问：'吾子少而好赋？'曰：'然，童子雕虫篆刻。'俄而曰：'壮夫不为也。'"后以"雕虫"比喻小技末道，此处强调不可卑视自己从事的事业。之六："方圆曲直枉由人，工具曾充驯服身。散发扁舟归去也，秋风乍起忆鲈莼。"此诗表达对自由心境的神往。艺术的高境是主体胸次的具象表达，故古人论书强调胸次的陶冶、学养的充实。蔡邕说："书者，散也，欲书先散怀抱，任情恣性，然后书之。"(《笔论》) 诗人热爱自由，新中国成立之后一段时间"驯服工具论"的观点颇为盛行，诗人也作了一辈子的驯服工具，深感这种观点对个体人格之尊重、个性之发展起了很大的负面作用，不利于艺术的发展。"散发扁舟"，见李白诗句："人生在世不称意，明朝散发弄扁舟"(《宣州谢朓楼饯别校书叔云》)。"鲈莼"，本义指鲈鱼和莼菜，此处用张翰见鲈莼而起乡思之典，表达了对自由心境的神往。草书的最高境界是入禅入道，实为一种自由心境的表达，明清以来，思想上的锁链、高墙、篱笆太多，思维受到制约，故天马行空的大草书家寥若晨星。之七："力耕不觉鬓毛衰，勤拂案头细积埃。弃我无痕应有意，勉将凡骨换金胎。"此章论述在继承优秀传统的前提下搞创新的道理。创新必须继承传统，表现自我个性，没有继承的创新是无源之水、无本之木；没有创新的继承是重复古人，食古不化。"勉将凡骨换金胎"之句化用黄庭坚的诗意而来："世人竞学兰亭面，欲换凡骨无金丹。谁知洛下杨风子，下笔便到乌丝栏。"

之八："一毫脱落万毫颓，齐力犹须逆水推。旧学无多新进少，新年又入旧年催。"之九："亦恶时风亦尚同，有时兴至挟清风。笔残总为多承力，力在其中是藏锋。"这两首诗比较集中地论述了中锋用笔和力感的问题。历代书家强调中锋用笔，近代以来，包世臣和林散之也多有论述，此论看似老生常谈，其实中锋用笔达到出神入化之境极为艰难。中锋又有帖系中锋与篆籀中锋之别。以二王为代表的帖系中锋，多用笔尖，宜于写小字；而以怀素、黄庭坚为代表的篆籀中锋，用整个笔毫，使线条更浑厚圆劲，多用于写大字。中锋用笔纯熟了，方可能出现技法的千变万化，达到一波三折、万毫齐力的审美境界。"齐力犹须逆水推"，强调万毫齐力、中锋用笔的逆入。林散之说："用笔要沉稳、劲挺、虚灵，杀纸力度要强，善于逆锋涩势。""力在其中是藏锋"，即指常说的中锋用笔。周星莲说："盖藏锋、中锋之法，如匠人钻物然，下手之始，四面展动，乃可入木三分。……字法亦然，能中锋自然藏锋，如锥画沙，如印印泥，正谓此也。"线条的力感与中锋的使用密切相关，多力丰筋者胜，无力无筋者病，沈老在论述李可染书法的论文中谈到了用笔与结体的问题，认为线条的"力度"是审美与创作中最具体的关键之处，如何使线条有力度，防止坠与飘，他认为应当将线理解为无数点的延长，积点成线，笔画便会毛涩，而不致庸俗浮滑。之十："散入乾坤混迹尘，云霄万古一毛新。若言此去无余憾，报与群芳共惜春。"此章表达对至高艺术境界的追求之情。独特性与多样性的有机统一，书卷之气与精湛技法的有机统一，才是创新的理想境界。"云霄万古"句化用杜甫诗意而来："三分割据纡筹策，万古云霄一羽毛。"(《咏怀古迹五首·之五》）以"云霄万古"状写风格的卓异之美、高华之美。十一："予欲无言欲敛言，毛锥挥去又跟前。今朝定与君相约：作罢斯篇不续篇。"此章为过渡，承上启下，表达对艺术不懈追求的坚定意志。

之十二至之十四，为第三层，集中论述艺术的时代感、传道悟理等有关问题。之十二："陟彼高冈苦负荷，年来翻是出新多。辉煌盛世居安日，勿忘思危夕枕戈。"此章强调艺术创作时代感的重要性。"陟彼高冈"属比兴意象，陟者，登也，语出《诗经·魏风·陟岵》："陟彼岵兮，瞻望父兮"。此处以登山比喻攀登艺术高峰。王岳川论沈老的创作："通过草书创作抒情达意，表现心灵深处最强烈的感情来反映人文精神，展示时代风貌。"创新是沈老的最大亮点，语言新，境界新。韩愈为文，强调唯陈言之务去。沈老对笔者说过："艺术创作应以新的语言、新的境界示人，不仅要务去古人之陈言，还须务去自我之陈言。"真正达到务去陈言的境界是极为艰难的。时代感是衡量艺术高境的重要标志，书法要表达时代感，从载体内容而言，应唤取国民的忧患意识。孟子说，"生于忧患而死于安乐"。和平时代容易滋生奢靡之风，沈老是多忧患意识的艺术家，他希望通过诗书艺术唤起人们的忧患意识，体现出艺术家的社会责任感。

之十三："倚马千言未足奇，一言传道即吾师。擘窠巨榜蝇头字，小大由之识所归。"此章论述书法与明道悟理的关系问题。书法是尚技的艺术，以形而下之技表达形而上之道，从宇宙观、人生观、艺术观升华技巧，"技"才可能达到更高的"道"之境界。关于以技传道的思想，周韶华在《书为心画》一文中对沈老的书法艺术作了这样的论述："书法艺术的形式体现，主要是以抽象线条的变化所产生的空间结构，以线条的张力所呈现的节奏美，以及由情感元素所驱动的随手万变，是笔法空间构造的任心所成，是超自然的风度气骨与精魂，是书法艺术的魅力之所在；这种形式表现的是神思神韵与天地通流，与万物同游，化一而成氤氲。"沈老所言的"道"，是指什么呢？简而言之，应指空灵自由之境界，天人合一之和谐，诗中具体提到了写擘窠巨榜与蝇头小楷，各体都要符合审美客体的规律，以天真自然为高。关于这，下文还有论述。之十四："盗跖寿终颜子夭，中山兔颖竟先凋。力穿纸背因招损，苟利生民不避劳。"此章论述艺术家应有崇高的奉献精神。盗跖是庄子笔下十恶不赦的恶人，孔丘弟子颜回，德行高尚而早卒，为恶者善终，为善者早夭，我们怎样为人为艺？沈老坚定地回答：为善！造福国家，造福民族。"力透纸背"指代艺术创作的至高之境，这是通过辛勤劳动获得的。艺术家要向社会奉献精美的精神食粮，不为污浊横流的时风而改变初衷，爱国家、爱民族、爱人民是艺术家的底线，不以粗劣低俗之作忽悠老百姓，要永葆艺术家的良知。

第四层为之十五至之十七，强调艺术创作的严肃态度与文化底蕴之重要。之十五："朝发传真暮速催，王生耻听说'嗟来'。高山流水无人会，能事无能谢不才。"此章论述艺术创作要保持平静的心态。艺术是寂寞之道，艺术创作要保持心态平静，不为利诱，等待灵感的自然湛发，不以粗劣之作示人。艺术难免走向市场，艺术家的劳作应体现劳动价值，但又不能为利所惑而粗制滥造。首句写求艺者甚急，朝索而暮取，这不符合艺术创作的规律。孙过庭在《书谱》中谈到了“五合”的问题，有“神怡务闲”“时和气润”，可见心境对艺术潜能的发挥甚为重要。“王生”，指唐代画家王宰。杜甫《戏题王宰画山水图歌》：“十日画一水，五日画一石。能事不受相促迫，王宰始肯留真迹”，这强调艺术创作要高度入静。李世民说：“夫欲书之时，当收视反听，绝虑凝神，心正气和，则契于玄妙。”“嗟来”即“嗟来之食”，意即为利所动，有钱就可以搞流水线作业，产量高而质量低。诗人慨叹知音甚少，因为收藏家真正懂得艺术的不多。

之十六：“入得专门无足观，不遑谈戏不暇餐。烟斯庇里纯消减，容膝宽余却少安。”此章论述灵感的重要性。“烟斯庇里纯”，英文“灵感”一词的译音。艺术需要灵感，灵感来自潜意识，灵感是对生命精神、创造意识的整体唤起，灵感一至，瓜熟蒂落，水到渠成，没有灵感的创作，往往是空洞苍白的次品。书法史上以《兰亭序》《黄州苦雨诗贴》为代表的艺术杰作，无一不是灵感之花结出的硕果，是难以超越的极致。灵感的培植在于心境的淡泊，“容膝宽余却少安”，化用陶潜明“审容膝之易安”的语意而来，“容膝”，言其住所的窄陋，甘于淡泊，有助于灵机的培植。之十七：“自书俚句自长吟，自采葑菲抵万金。才近糟床若沈湎，已迟发愤但求心。”此章强调文化底蕴的重要性，提倡艺术家写自己的诗文。以诗书画为代表的华夏艺术，其核心是传承文化，表达思想，抒发情感。沈老说过：“写自己的诗，可以避免专写古人现成文字，就书法的表情达意来说，更高一个层面。”“书法中透露了深厚的诗人气质，诗、书从不同的方向实现融合。”“葑菲”，本义是指蔓菁一类的菜，语出《诗经·邶风·谷风》：“采葑采菲，无以下体”。此处比喻自作诗文。“才近糟床若沈湎”，“沈湎”，即“沉湎”，陶醉之意。此句以酒设喻，言其只闻到酒香，还没有真正饮到美酒，还不能自我陶醉，还须发愤，比喻热爱诗歌，热爱书法，但造诣还不深，此为自谦之词。诗书为一，辞翰双美，这是华夏文化的优良传统，这是长期的修炼才能达到的高度，今人要达到这个高度极为艰难。写自己的诗更有利于真挚情感的抒发，但所写必须是诗，是好诗才行，不是诗，不是好诗，还不如抄古人的名句名篇。

第五层为最后三首，照应诗题，再次强调殉道精神，并提出书境诗化的美学思想。之十八："作嫁为人人笑痴，悬梁刺股已非时。蝇成误墨闲喷饭，不悔当年得句迟。"此章自述甘于奉献，此生无悔。沈老一生甘于奉献，乐作人梯，他是编辑出版家，一生编辑出版艺术类著作五百余种，校勘严苛，无有差错，保证了精品力作的出版。沈老担任中国书协的掌舵人，为促进我国艺术事业的可持续性发展，做了大量开拓性的工作，滋兰九畹，树蕙百亩，体现了对艺术事业的殉道精神。"悬梁刺股"这一典故人所共知，指用功之刻苦。"蝇成误墨"一词比喻技艺精湛，语出张彦远《历代名画记》中的记载：孙权"使曹不兴画屏风，误落笔点素，因就成蝇状，权疑其真，以手弹之"。此处指代艺术创作臻至运斤成风之高境。之十九："九朽一罢忘筌蹄，虽在新奇不自欺。笔冢如何论了得？揉沙激泪泪招讥。"此章再次强调大器成于坚忍、卓越出自艰辛的道理，艺术的空灵自然，来自汗血的凝结，回首艰辛的为艺生涯，不禁泪水潸然。"九朽一罢"，语出邓椿《画继》："画家于人物必九朽一罢。谓先以土笔扑取形似，数次修改，故曰九朽；继以淡墨一描而成，故曰一罢。""忘筌蹄"，见《庄子·外物》："筌者所以在鱼，得鱼而忘筌；蹄者所以在兔，得兔而忘蹄。"诗人化用这两个典故，旨在极言艺术创作之艰辛，只有功穷造化、脱落凡近，方能臻至华妙精深、清空自然之境。

尾章："五色令人目眩昏，我从诗意悟书魂。真情所寄斯为美，疑似穷途又一村。"这是全诗的点睛之笔，集中论述书境诗化的问题，这是沈老艺术生涯最简约、最精妙的总结。关于此诗所表达的书学思想，笔者拟以专文论述，此处仅言其大略。以汉字为基，以文质兼美的辞章为载体，书法传承的无疑是文化，是思想。书法是线条艺术，用笔、结体、章法这些物化形式，本身具有独立性的审美功能，载体与形式的和谐统一才构成书法之高境。书与诗偕、意与境合是书法境界最佳的表现形式之一，而纵观元明以来的艺术创作，尤其是近现代以来书法大家的艺术创作，极少有人真正到达了这种和谐，往往是善诗者不善书，善书者不善诗，诗书兼善者艺术境界也很难融合，书法语言不能追蹑思想载体的情感运动，书境雷同化的情形较为普遍。而沈老的创作，以极为丰富的艺术语言，从书体、意象、风格等不同角度追蹑载体的情感运动，或用独特的物化形式抒发特定时空中的主体情感，形成真情流淌、仪态万方的书品境界，这是他不让前贤、高于前贤的精妙之处，这是他取得成功的最大秘诀。老子说，“五色令人目盲”。人们容易受利诱的迷惑而失去本心，心性浮躁，就不能探究艺术的真谛。诗书达到一定的境界甚难，而能融合为一、抒遣真情更是难上加难。没有真正的殉道精神，要直逼古人、超越古人是不可能的。

组诗《笔殉》内蕴极为丰富，每首诗可以发散为一篇言艺的专论。沈老是艺术的殉道者。书道之道，可从不同的视点切入，从审美客体而言，从哲学、美学的本体而言，这种“道”是人与自然的一种和谐。艺术家对宇宙自然的观察，将自然万象进行抽象概括，物化为书品意象，其物化形式、艺术境界体现一种和谐之美。书法是华夏民族独有的古老艺术，表达华夏民族的美学思想和心灵境界，或高华，或瑰奇，或浑厚，或苍凉，读来摇人心旌，启人心智。这种道又折射时代风云，既给人以心灵的慰藉，又给人以精神的鼓舞，艺术只有体现时代感，方能闻之动心，味之无极。从创作主体而言，这种“道”是献身艺术的精神。自从毛笔这种富有抒情灵性的书写工具产生以来，“多少儒生格上爬”，从赵壹《非草书》中描写的书家到今天的书法爱好者，妻毫子墨，乐此不疲，创造了无数华光四射、穿越时空的艺术佳品，没有这种超于功利的执着精神，就不可能臻至夺造化之工的艺术境界。坚韧执着，超于功利，方能感悟艺境之高致，诗人对此作了较多的强调。诗人所言之“道”，也可视为文化的传承，诗意的表达。法国前总统希拉克称中国的书法是“艺中之艺”。书法最主要的一点是传承文化，表达诗意，形成境界的幽深、瑰奇、圆融、清新，让欣赏者产生丰美的想象和联想，为此道而殉，无疑需要澹泊之怀、坚毅之志，否则很难入道，不能悟道。

抒情的深挚是组诗的最大亮点。艺术贵在情真、情深，黛玉葬花是殉情，沈老埋笔是殉道，都发于一片赤诚。诗的本质是抒情。刘勰云，“诗者，持也，持人情性”。无情便无诗，无真情便无真诗。“真情所寄斯为美，疑似穷途又一村”，道出了艺术的共同本质。情感以真为美，但并非任何真情都可入诗、入艺术，只有抒发真情、深情、雅情的艺术方有震人心魄的力量。组诗《笔殒》，其情至真、至深而至雅，因而感人至深。组词的整体风格是凄清幽邃，因为表达了一种苦涩苍凉的情感。艺术是苦涩的，这种苦涩表现在两方面。一方面是指从入门到登堂入室之艰难，诗中所言“磨剑”“埋笔”“葬花”等意象，就是艺术家艰辛为艺的形象描写。把笔写残，埋笔成冢，以生命为代价，不苦涩吗？不凄清吗？另一方面是指艺术境界的苦涩，即意境的凄清之美。诗人回首从艺生涯，有为驯服工具的悲慨，有凭几独立的寂寞，有无人可会的怅惘，有遭人讥讽的伤痛，凡此种种，不一而足，倾吐赤诚，凄清悲凉。书家不忍轻易废弃写残之笔，择地而埋，埋之又掘，这是干什么呢？于艺术彻入骨髓之爱也，所废之笔已为生命的一部分，艺术家敢于殉道，因而十年磨剑，锥颖成残，鬓雪盈巅，手足胼胝，依然甘之如饴，乐此不疲。诗境还有一种静谧之美，静谧的观照和飞跃的生命，构成艺术之二元，诗人叙说为艺之艰辛，抒发苍凉之情感，心态平和，富有理性，把读者带入心灵的宁静。诗中所言之人格陶冶、学养充实、技法淬砺、书境诗化等诸多观点甚为深刻，为艺术家长期实践的深切感悟。深品《笔殒》，艺术家的高洁品格、执着精神、创新理念，历历如见，字字句句均从肺腑中来，体现了真纯之美。

旨趣之幽邃，境界之圆融，必以表达手法之精熟为前提。《笔殒》二十章意象鲜明，情感饱和。品读组词，一位坚毅顽强、百折不挠的艺术家形象依稀在目。“笔冢如何论了得，揉沙激泪泪招讥”，我们看到了一位敢于殉道、乐于殉道的艺术家形象。艺术不能直说，只能含蓄地说、委婉地说，“不着一字，尽得风流”才是高境。组诗多用比兴，比兴是中国诗歌艺术的一种传统，山川草木，花鸟虫鱼，无物不可入诗，形象而贴切，鲜丽而深刻，能触发读者丰美的想象与联想。品读《笔殒》，比兴意象如繁花闪烁，珠玉生辉，埋笔瘗花、凡骨金胎、葑菲自采、误墨成蝇等意象蕴含丰富的言外之意。诗中典故的运用，也可视为一种特殊比兴的延伸，能产生言在此而意在彼、言有尽而意无穷的审美效果。诗中所用典故如李白之散发扁舟、王宰之画山绘水、曹不兴之蝇成误墨，均与殉道精神有内在的联系。诗的语言是高度浓缩的语言精华，要达到高度的简约，用典是必要的。王国维论词，贵在不隔，语语如在目前，其实在一首诗中完全使用白描，而要达到言近旨远的效果是很难的。诗中的名句不能离开语言环境，中国古代诗歌的名句多用白描，但语言环境仍然离不开用典，李白的《古风》五十九首、杜甫的《北征》等诗作就是明证。用典贵在贴切，含而不露，《笔殒》的用典准确含蓄，不见斧凿之痕，足见语言的丰富性、纯粹性，诗作的语言朴素无华，如清水芙蓉，落花依草。

《笔殒》是一曲吟唱殉道精神的凄美之歌，凄清幽邃，也是沈鹏先生艺术生涯的形象总结，深入品读，给人以深刻的启迪。

真情所寄斯为美

——沈鹏《三馀笺韵》略评

《易》曰："修辞立其诚。"（《易·乾·文言》）诚者，赤子之心也，纯真之情也。庄子云："真者，精诚之至也。不精不诚，不能动人。"（《庄子·渔父》）艺术的高境永远是真情、深情、雅情的具象表达。追求真善美的和谐统一为华夏艺术的优良传统。近读沈鹏先生的《三馀笺韵》，高情雅韵，平淡天真，真正感受到了纯情艺术、高雅艺术震人心魄的力量。《三馀笺韵》为自书诗词辑，由人民美术出版社出版，装帧朴素高雅。初步统计，全书收录艺品 108 幅。于诗体而言：五绝 2，五律 7，五排 1，五古 4，七绝 40，七律 40，七古 1，新诗 1，词 6，联语 6。于书体而言：隶书 2，行书 7，行草 23，大草 76。细品兹编，诗书为一，词翰双美，传统与现代，大气与精微，朴素与高华，厚重与空灵，忻合为一。

《诗大序》云："情动于中而形于言。"中华是诗的国度，华夏艺术若不以儒释道哲学为内核，以诗意为精魂，纵施庖丁之技，依然空洞苍白，难入高境。沈老为书坛盟主、艺术大家，但他首先是学者、诗人，他的诗作是一往深情的自然流露。笔者认同陈振濂的观点：一流的书法家，可以不是政治家、思想家、经济家，但必须是诗人。沈老论书，强调以文养墨，艺道并进，其诗以纯情胜，以本色胜。《三馀笺韵》所选为2002年至2015年之间诗品，题材广泛，意蕴丰富。部分佳品表达了先生的大爱之心。“汶川地震”是中国人民永远的痛，诗人系念汶川：“五一二之前，汶川无所闻；五一二之后，汶川即近邻。”（《绿茵》）地震发生，顷刻之间山岳崩摧，城郭丘墟，鲜活的生命化为乌有，诗人在极度悲伤之余，更多地想到了中华民族的凝聚力，一方有难、八方支援的精神，并在地震之后的第四天写了一首新诗《汶川》，这是笔者迄今读到的沈老唯一的一首新诗，诗中直抒胸臆，气壮山河，连用六个排比句描写地震虽大，但仍有震不垮的东西，那就是中华民族的坚定意志，诗人指出：“汶川中心的地震波 / 震动人们心底的脉冲 / 激动亿万援助的双手 / 合成心连心的板块 / 一个顶天立地的巨人 / 从血火中崛起”。部分佳作表达对民族统一大业的深情系念。作为艺术活动家，诗人热爱国家民族，为两岸的文化交流作出了杰出贡献。文化交流是沟通两岸同胞的桥梁和纽带。诗人到台北博物馆欣赏书法重宝《毛公鼎》，写下：“炎黄两岸同呵护，毋使子孙蒙杂尘。”在《题富春山居图》中诗人寄寓了美好的愿望：“盛时两岸趋同日，完璧同光大智恢。”

部分佳作表达对平凡生活中某些哲理的深刻领悟。诗人幼年时期得顽疾未能治愈，长期与病魔斗争，常年抱病，但坚强乐观，多奇思妙想，能从寻常生活中领悟某些深刻的哲理。试读《黄山人字瀑》：“久雨初晴色色新，山光峦表逐层分。路回忽听风雷吼，百丈飞流大写‘人’”。苏轼的诗词善于借景抒情，景中寓理，沈老的创作多受苏轼的影响，由人字瀑想到人类的历史。诗人热爱自由，讴歌自由，长期生活在闹市之中，有次偶然听到布谷鸟的鸣叫而激动不已，他的神思仿佛回到故乡的山水田园之中，那是自由的天国：“忽闻布谷三啼唤，恍听天仙一奏鸣”（《过闹市闻布谷声》）。布谷鸟在自由飞翔，声声吟唱春光的美好，那样清纯流丽，真如天籁之音。

部分诗作表达诗人的美学理想。诗人趣尚高雅，贬斥低俗：“愚翁厌听流行曲，智叟融通太极经。”（《余非好辩竟何能》）强调艺术注重本体，多元共存：“无限风光须放眼，塞聪未必郑声淫。”（《篆刻展得句》）强调艺术美在纯情，美在天然，对东床高卧的书圣王羲之景仰不已：“笔冢墨池惊鬼神，换鹅写扇性情人。一千六百馀年后，书圣陵前师本真。”（《乙丑清明祭王羲之墓》）

诗人的创作个性鲜明，风格多样。风格即人，即创作主体的气质、情感、学养、功力的综合表达，是艺术创作高度成熟的重要标志。笔者系统拜读过沈老的四部诗集，诗人将渊深的学养和丰美的才情倾注于辞章之中，或雄浑，或清新，或幽邃，或苍深，或幽默，言随意遣，舒卷自如。部分诗作气势豪荡，格调雄浑。沈老心游文府，神交屈原、曹植、李白，胸次开阔，其气浩然，部分佳作把读者带入想象飞腾、纵恣壮浪的艺术境界之中。读其名篇《徐霞客歌》《望海潮·尼亚加拉大瀑布》《朝阳化石歌》，思接千载，视通万里，意象伟丽，色彩绚烂，气势磅礴，时空浩渺。《三馀笺韵》中所选《居庸关》一诗，也以雄词壮采抒写浩然逸气：“沉云八面拥崇台，燕赵悲歌壮士怀。关内晴峦关外雪，远方宾客五洲来。”部分诗作清新自然。沈老取法陶渊明、谢灵运，追蹑“采菊东篱下，悠然见南山”“池塘生春草，园柳变鸣禽”的清新自然之境。试读《珠海庚寅元日晨起即句》：“醒来一觉已庚寅，异地春寒讶此身。断续涛声催我早，荡胸今与海涯亲。”此诗一经发表，和者如云，唱和集今已出版，是新中国成立以来罕见的一次高雅艺术的醉舞狂欢。诗人久居闹市，拘束烦闷，偶临海滨，心旷神怡，莽然苍者与目谋，訇然砰者与耳谋，悠然空者与心谋，不觉心胸为之洗涤，人格为之净化，坚毅之情、超逸之志、浩然之气油然而生，涌动的神思仿佛化作精灵的海燕在凌空飞翔。

部分诗作幽邃空灵。沈老神交王维、寒山、皎然，诗作时现王国维所说的以物观物的无我之境，幽邃空灵，寄抚无端，是庄禅美学思想的灵光照射而外化的艺术境界。庄子的“心斋”“坐忘”，释家的明心见性，在这里得到具象显现，他的名篇《雨夜读》，静谧清宁，为人称颂。我们不妨读其《己丑寒山寺题壁》：“钟声回荡夜迟迟，过往客船江月思。阅尽古今无限事，寒山化育一身诗。”此诗应寒山寺方丈之嘱而作，今已勒碑于寺内。诗人神驰千载，仿佛看到张继所见的江枫渔火，听到清穆悠扬的夜半钟声。“寒山夜色”已衍化为诗的渊薮，关于诗的文化符号，品此诗作，一种禅意、一种穿越时空的历史感油然而生，整个诗境于宁静中荡漾着勃勃生机。沈老的部分佳作饶有苍深之美。钱锺书说：“感伤的诗是甜美的诗。”感伤之诗为何甜美？盖由深情发于灵台之故也。“苍茫惟独立，旷达致无涯”（《斥笔图》），这是诗人心境的真实写照。《〈古诗十九首〉长卷跋》：“上下二千载，墨迹和泪垂。何以慰游子，报与明月知。”深沉悠远，凄清感伤。不妨再读《山居夜静》：“苍茫暮色山如铁，万里无云月似钩。诗思潜蛩吟断续，凉风初透入清秋。”暮山如铁，新月如钩，万里无云，金风轻拂，孤独的诗人在月下漫吟，此时此刻，有陈子昂《登幽州台歌》的感伤，多苏子瞻沉吟赤壁的浩叹。部分诗作亦多幽默之趣。幽默是一种极高的智慧，幽默是语言风格也是艺术风格。诗人受聂绀弩的影响较大，造语尖新，思出意表：“性向A型贪看表，身由独处懒闻鸡。”（《咏表》）“好了歌如何好了，荒唐诗益转荒唐。”（《红楼梦馆促题匾额》）冷隽之语，灵异之思，彰显出思维的诡谲之美。

扬雄说：“书，心画也。”书法的本质是抒情，故孙过庭说：“情动形言，取会风骚之意；阳舒阴惨，本乎天地之心”（《书谱》）。沈老说：“书法本体价值，说到底在情感的美，情感的纯真无邪。”（《书法，回归“心画”的本体》）沈老论书倡言“诗意”“真情”，书法的“诗意”大致是指书法语言能准确追蹑思想载体的情感运动，意境圆融，空灵超旷，而书法的“真情”则更高，大致为通过线条墨法所营构的书法意象将思想载体以及特定时空中的主体感受表达出来的综合性情绪体验。《三馀笺韵》既为有声之诗，更为有形之诗。书家是怎样抒发真情的呢？大致可从两方面考察。其一，内容与形式和谐统一，借用诗歌美学的术语为“情景交融”，这里的“景”是指书法的思想载体，体现在他的隶书、行书、行草中。其二，抒情更具纯粹性、联想性，借用诗学术语为“意溢于境”，主要体现在他的大草中。先说“情景交融”。大诗人与大书家合而为一，对素养、胸次、识见、功力的要求是极高的。沈老的创作确已臻至意与境合、书与诗偕的极高境界。先说隶书。《三馀笺韵》有隶书两幅，风格为高古疏荡。沈老学书能溯其流而探其源，穷其本而畅其叶，穷研篆籀而肆力于隶楷行草。《悠悠不绝联》为其过舟山定海先祖桑梓之地而作：“悠悠吾祖桑蓬志，不绝人间鱼米情。”沈老的隶书取神于汉碑。他取法汉碑，于《乙瑛》之清穆灵和、情文流畅，《礼器》之瘦劲苍秀、清圆超妙，《曹全》之秀丽典雅、圆劲高古，无不精嚼细咽，消化吸收，而最得力于《石门颂》。杨守敬评《石门颂》：“其行笔真如野鹤闲鸥，飘飘欲仙，六朝疏秀一派皆从此出。”此联取《石门》之神韵，融入大篆笔意，凝练中见流动，清穆中见疏荡，深切地抒发了追思先人懿德、恢宏先人遗烈的思想感情。

以新诗《汶川》为代表的行书，风格清雄俊逸。细观此品，以碑意入行押，追蹑二王之灵和清逸，融入米芾之诡谲英迈，豪荡恣肆，气盛力满，仿佛一股激流在字里行间奔注冲突。书法的高境是美在意象，美在神采，这往往泯灭了技法的痕迹，但并非不重技法。沈老说：“‘笔法’最单纯也最丰富，最简易也最艰难，是起点也是归宿，有限中蕴藏无限。”（《书法的环境变化与持续发展》）观其用笔，提接转折瞬息多变，中锋入纸，沉着痛快，结字因势生形，熟而不俗，纵而能逸，险而不怪，奇正相生，妙造自然。七个“有”“不”，八个“一”，九个“震”，无一雷同，风神潇洒。布局独特，山峙塔矗，中华儿女

“天垮下来擎得起，世披靡矣扶之直”（郭沫若词句）的英雄群像依稀在目，读来激情澎湃，热血沸腾。而行草佳品《目镜遭吾压损》又是一番风貌：那化百炼钢为绕指柔的线条如杨柳婀娜，古藤摇曳，潇洒妍逸之姿，天真烂漫之象，璨然跃目。观其笔意，王右军之高华、孙过庭之清拔、苏子瞻之萧散、傅青主之郁勃、林散耳之清雄，已糅合为一，倾侧欹斜，揖让自如，或妍或丑，毕效衽席。用墨枯润杂糅，轻重相间，五色纷披，淋漓酣畅。清劲之线条，潇洒之结体，飞动之体势，灵和之意象，自然臻至风行雨散、润色开花之境界，将其超旷之怀、幽默之趣、冲和之意抒发殆尽。

大草为《三馀笺韵》的最大亮点。大草艺术为书法之明珠，大草名家为书坛之李白，沈老以险绝厚涩、雄秀高华的大草独步天下。观其大草的取法，渊源甚广：篆籀之高古，碑版之雄强，晋韵之清旷，旭素之狂逸，米黄之率真，铎山之恣肆，凡此种种，博采众芳，英辞独铸。艺术的高境在于拓展广阔的联想空间，沈老最为欣赏爱因斯坦的一句名言，想象力比知识重要。品赏沈老的大草意境，油然想起赵弼对李白诗歌意境的描写：“豪吟吐万丈之虹，醉吻涸三江之水，啸歌玩空界之日月，震荡驻人寰之风雨。”沈老体格孱弱，病魔缠身，何以神往元气淋漓的大草意境？大致为胸次开阔、浩气充盈之缘故。书家善于养气，气盛则言之小大皆宜。沈老雅爱音乐，经常陶醉于贝多芬《英雄》《命运》《田园》等乐曲或豪迈、或深沉、或轻快的旋律之中。沈老多次论及书法意境的纯粹性，有时仿佛可游离于思想载体之外，有人错误理解为单以技法称奇，其实此乃草书大家之独特感受。艺术创作一旦进入自由无羁之境，灵机湛发，思维有如天马行空，列子御风，抒情造象，一无依傍，又如九方皋相马，不辨牡牝骊黄，此种境界，只可与郢人论斤，不可与族庖品刀也。

《三馀笺韵》中的大草佳构，多为思想载体与特定时空中的主体情感外化、物化、强化的艺术表达，故“意溢于境”。品《读柏杨诗集》，深为其雄迈的魄力与猛厉的气势所震摄。整体意象有如匡庐瀑布，顺流直下，冲崖激石，喷珠溅玉，那挺劲的中锋、氤氲的飞白、狂逸的气势、淋漓的墨色，把读者带入“海风吹不断，江月照还空”（李白诗句）的意境之中。那飞腾跳掷的笔触、清穆苍茫的意境、饱蕴复杂的情感色彩。透过书品意象，我们仿佛看到挥毫落纸如云烟的情景，随着心灵的宣泄和节奏的起伏，那高山滚石般的点画，那万岁枯藤般的长线，那变形夸张的“梦”字，仿佛是情感在裂变燃烧，真真切切地将“字字行行烈火烧”的情感推向极致。《己丑寒山寺题壁》，从诗境而言，静谧空灵，而物化为书境则豪荡清逸。全篇以完美的形式、宏伟的气魄、高美的精神，展开一幅生气勃勃、雄伟壮阔的画卷。布局大开大合，大放大收，行文跌宕，动静交错，波澜起伏而又秩序井然，雄肆厚重而又疏荡清空，时而低昂回翔，翻转奔逐，时而狂风大作，骏马奔腾，壮其声萧飒澎湃，抒其情超旷清纯，一书读罢，我们的心灵仿佛经过狂风暴雨洗礼之后，但见雨霁云开，朗月高挂，归入平和宁静。而《七律·秋蚊》则以冷隽颖秀的风格扣动读者的心弦。思想载体多具讽刺意味，描写的秋蚊面目可憎，它猖狂无忌，无孔不入，伺机吮血，以饱其腹，使人油然想起那些中饱私囊、祸国殃民的贪腐之徒。全幅采用纤劲瘦挺有如钢丝般的线条遣意抒情，中锋空运，绝少顿挫，仿佛有无数的钢针掷向那如阵的秋蚊，我们似乎看到秋蚊们纷纷坠落的情景，感受到阴霾尽扫、玉宇澄清的由衷喜悦，又如一股清风吹拂我们的心扉，意会其鲜明的写意性与强烈的时代感。

沈老诗云：“真情所寄斯为美，疑是穷途又一村”（《笔殒》）。《三馀笺韵》是沈鹏先生美学理想的准确表达，是纯情艺术、高雅艺术的典范之作。作为与病魔、与死神搏斗了数十春秋的艺术家，他在耄耋之年还向广大读者提供如此精美的精神食粮，这是生命的奇迹、艺术的奇观，其献身艺术的精神、坚定顽强的意志更使我们心折不已。这同时告诉读者：以诗书画为代表的华夏艺术，若能根植于传统，根植于文化，根植于良知，根植于时代精神，一定会得到持续发展，艺术的高地上一定会耸立座座高峰！

（此文刊发于《创作与评论》2015 年 4 月号下半月刊）

书学思想研究

“书法的形式即内容”之臆测

——沈鹏书学思想管窥之一

沈鹏先生是集创作、学术、教育于一身的完全意义上的艺术家，他将理性与激情、理论与创作打通为一，提出了一些鞭辟入里、前瞻性强的书学观点，对当代书坛产生了较大影响，对推进书法艺术的发展有深远的指导意义，其中“书法的形式即内容”的观点颇具震撼性。

此说多见于沈老的论文和授课教案。在《书法，在比较中索解》一文中他写道：“书法的形式可说即书法的全部。”“书法既是一门独立的艺术，就应当从自身的形式与内容为对偶范畴。”在《书法，回归“心画”本体》一文中他写道：“书写一篇美文或者美的诗词，满意于综合性的欣赏，但是书法仍是独立的存在，书写的诗文只是‘素材’。”《沈鹏书画续谈·授课实录（六）》说：“书法的形式就是它的内容。我认为，书法有它自身的形式，也有它自身的内容。书法它是一种形式美，它有形式就有它的内容。19 世纪西方美学家汉斯立克说：‘音乐是乐音的运动形式’，乐音本身在运动，既是音乐的形式，也是音乐的内容。那么，书法线条的运动形式，也就是书法的内容，而不是我们所写的素材。”2016 年 11 月 11 日在《光明日报》发表的演讲稿《漫谈国学修养与书法》一文再次强调了这一观点：“书法的本体究竟是什么？这种讨论与思考是必要的。……我认为书法是纯形式的，它的形式即内容。把书写的诗文等等与‘书法艺术’当作统一体中内容与形式的关系，是常见的误解。”

对于此说书学界多持肯定态度。叶朗说：“我想书法艺术的形式，它的线条美、形体美、节奏美，也直接诉诸人的灵魂。”周韶华说：“所谓‘形式即内容’，可以理解为内容美对形式追求的终极表现，即‘有意味的形式’，这是很实在的理论建树”。周俊杰指出：“沈先生这一观念，为书法作为独立艺术而非文字（诗、文）的附庸，为艺术家集中精力进行书法本体的艺术探索提供了理论上的根据。”关于这个问题，笔者请教了著名书画家林凡先生，林凡和沈老有一共同特点：书法创作大多写自己的诗文，而在“书法的形式即内容”的美学主张上，林凡与沈老一致。但无可讳言，书法界对这一观点仍有见仁见智的看法。有的先生认为此说偏重技法，对学养的强调不够；与某书家论书，他明确地说，“书法就是技法问题，与学问无关”，无疑对这一观点进行了片面的理解。

笔者系统拜读了沈老的书学论著，并结合他的艺术实践，认为此说是在特定语境、针对特定对象而提出，旨在强调书法审美的独立性、纯粹性，是对书艺本体的一种强调，对唯美境界的一种描述，鞭策广大学人深刻认识书法的本质规律，攀登艺术高峰，为书法美学大厦的构建提供理论上的依据，无疑是正确的，此说与吴冠中“笔墨等于零”的观点有某些接近。诚然，语言的表达离不开语境，语言本身具有模糊性，书法作为一门博大精深的学问，要用寥寥数字概括其本质规律是极为困难的，而此说一语破的，如天翠浮空，明霞秀野，新人耳目，启人心智。然而，因为舍弃的信息太多，接受对象层次不同，出现见仁见智的理解也是正常的。此说强调了技法的重要，也强调了书法的唯美特征，而丝毫没有轻视学养的重要性，从沈老的理论与实践相结合的情况来看，其书学思想仍然是学养、技法并重。

对书艺本体的强调。这个观点的提出是有种针对性的。针对什么呢？是针对技法缺失的书坛现状。沈老明确说：“我感慨书法本体的缺失。”进一步指出：“只要承认书法是独立的艺术，书法家的那支笔是个体的存在，那么，书法家就不应当简单地被称为‘笔杆子’，书法家按照艺术自身的规律发挥所长。”作为书法家，书内和书外两方面的功夫不可或缺，如车之两轮、鸟之双翼，而如果把书法作为一门独立的艺术来研究，必须从本体的高度予以认识。沈老把“书法的形式即内容”这样来强调，无疑是首先着眼于书法本体。这里所说的“内容”即书法本体，这个本体不仅仅是由线条、结体、章法等营构而成的物化意象，还包括意象中所深蕴的文化内涵、审美情感，与常说的“思想内容”是两个不同的概念，不能等量齐观。沈老在《始于四十》一文中说：“书法是‘有意味的形式’之一种，书法本体的‘内容’全部融于形式，或者说与形式合一。”书法的物化意象是艺术家灵性思维的具象表达，本身具有审美功能。书法作为一门独立的艺术，有其自身的体系，它的审美由技入道，技进于道。作为真正的书法家，对技法必须进行严格系统的训练，技法语言既要有精纯性，又要有丰富性，技是第一位的。作为书法家，在技的层面突破极为艰难，这要付出毕生的心血，技法缺失，书法的美无从谈起。当代艺坛浮躁之风颇盛，或舍弃楷隶，直奔行草，或取法一家，以奇制胜。功利性太强容易造成心性的浮躁，心性的浮躁容易造成语言的贫乏，语言的贫乏容易造成风格的单一，黄茅白苇易生视觉之疲劳，姹紫嫣红方见春光之灿烂。韩愈说：“根深者叶茂，膏沃者光烨。”书法亦然。其实只有博观才能约取，取法一家更要有很深的功力才行。一千多年来，学书者多以二王为宗，沈老说二王的风格极为丰富，单纯的形体克隆不易，而精神追蹑尤难。傅山论书从篆籀入，溯源而正本，操千曲而后晓声，观千剑而后识器。博采众芳，独铸新辞，要有甘于寂寞的殉道精神，即使取古人的一瓢饮，也须付出汗血的代价。

书法要创新，但启老、沈老都强调必须以深入继承传统为前提。周俊杰说：“日本的前卫书家，他们的传统功力是甚深的。”朝学执笔而暮称大家，天下哪有这么容易的事？沈老学书，强调取法要高，要融会贯通，没有精湛的技法淬砺不可能在创新上有所突破。书内书外是不可分割的整体，书法的外延远远大于书法的内涵。以文养墨，以学砺笔，这是必须的，但不能以文代墨，以学饰笔。随着社会的发展，分工越来越细，书法越来越专业化，不可能要求每位书家都成为文学大师。当代的艺术家着眼点还是在当代，技的含金量应当高，书外功夫也要跟上，要求今天的书家与古人比文化修养、诗词功力，客观地说很难做到，但要迎难而上。也要正确看待学问与书法的关系问题，闻道有先后，术业有专攻，这是客观的。有人动辄以学问自高，以文人书法、学者书法自许，大量的宣传炒作与书法本体无关，大有醉翁之意。其实不管是谁的创作，有技法含金量的才叫书法。书法家要读书，要有学问，但并不是有学问、能写字的人就是书家。书读得多，在书法本体上不下功夫，书法水平处于初级阶段，以知名度代技法，以官本位代技法，以学问代技法，狂言为名家、大家，这是英雄欺人的行为，这是混淆审美标准从而忽悠消费者。既然以书家、书画名家、大家自许，就拿出过硬的东西来看看，这过硬的东西必须体现技的含金量，体现风格美。沈老倡言此说，我们不难体会到先生对艺坛不良风气的激愤之情。

对入室书家的鞭策。沈老是卓越的书法教育家，“书法的形式即内容”的观点，在很多场合对其入室弟子说过。真正的书家，技法的淬砺不能浅尝辄止。书法家的修炼要务本，这个“本”一方面是技法的淬砺，另一方面是学养的提升。没有技法的淬砺一切无从谈起。沈老论书，强调本体与多元，那个本体是指情感，书法的抒情是以精湛的技法为前提的，技法不精哪来抒情的自由？不能离开技法而奢谈学问，奢谈抒情。沈老是老师，是书家的老师，不是书法初级培训班的老师。韩愈在《师说》中提出教师的职责是“传道、授业、解惑”，所说的“道”不是“句读之不知”的道，而是究天人之际的大道；他要做的“师”也非“童子之师”，而是士大夫之师。沈老此说的提出，针对的对象是学养功力较深的书家，是对他们的鞭策。沈老在国家画院给书法精英班学员的授课教案上，多次强调书法本体的重要性，强调技进于道的重要性，这无疑是正确的。书法的初学者乃至有一定造诣的专业工作者，对这个观点的理解和接受可能有难度。当时听课的学员，多为全国各省的书界精英，他们自然明白学养的重要性，也会自觉努力提高综合修养。《中国国家画院导师工作室教学文献·沈鹏导师卷》一书收录了二十篇教师和学员写的文章，这些文章，对沈老的书学思想、教育理念作了深刻的论述。陈洪武在《走进墨香的诗丛——三月三读沈鹏先生诗词有感》一文中说：“诗歌是语言的艺术，书法则是线条的世界，虽然形式不同，但其共同之处都是抒发情感。……诗书结合不仅仅是写自作的诗词，更多的是深层的交融与神会。”白锐在《走书法的发展》一文中说：“根据沈先生的解读，一个成功的书法家，除了纯熟的书法技法之外，一定是一个有高尚品德，在文史哲方面有较高素养，对姊妹艺术有较好领悟，有较全面修为的人。”从这些文字可以看出，精英班的教员、学员准确理解了沈老的书学理想，技法与学养是并重的。

对唯美境界的描述。“书法的形式即内容”，这是对书法唯美境界的一种描述，突出了书法的唯美特征，表达了对艺术高境的执着追求之情。书法的这个“内容”为书法本体，也可视为体现诗意的艺术“活体”。英国美学家贝尔提出“有意味的形式”这个观念，应是对艺术的唯美特征的强调。科学家、思想家、艺术家，借用自然科学中公理、定理的表达形式来概括事物本质，描述某种境界，化繁为简，化深为浅，体现出极强的思辨能力。关于哥德巴赫猜想，人们简单地概括为“1+1”，陈景润解决了“1+2”，吴冠中论艺提出“笔墨等于零”的观点，沈老论书提出“书法的形式即内容”的学说，笔者认为，它们都是对事物本体、高层境界的描述，并非寻常意义上的逻辑判断。如果真可用简单的数理逻辑说明问题，问一问幼儿园的小朋友就行了，何必多费口舌？这种概括，这种描述，舍弃了许多枝叶的东西，或者说舍弃了一些非本质的东西，并不是说舍弃的东西不重要，而是说很难做到既兼收并蓄，又简洁形象地表达出来。“九方皋相马”的故事与此类似。《列子·说符》中讲了一个故事。秦穆公请伯乐推荐相马专家，伯乐力荐九方皋，于是穆公请这位先生广求名马，三月而返报告穆公，说是在沙丘找到了一匹好马，问是一匹什么马，他答道：“一匹黄色的母马”。穆公派人牵来一看，原来是一匹纯黑色的公马。于是穆公很不高兴，深责伯乐所荐非贤，而伯乐深深叹息，极赞九方皋说：“若九方皋之所观，天机也，得其精而忘其粗，在其内而忘其外”。后来一试，果为骐骥。这说明真正有卓识的人，看问题有独到的眼光，直入本体，一语破的，有些普遍性的东西可能处于“遗忘”状态，不是不知，而是视而不见。你想想，九方皋真的不知马的颜色和性别吗？是知道的，但其目光集中在马的性能上，那些非本体的东西处于“遗忘”状态。沈老此说也是对本体的一种概括，对唯美境界的一种描述，其他方面有些“遗忘”。

“书法的形式即内容”，是对唯美境界的一种描述，其着眼点是鼓励学人攀登艺术高峰，追求艺术的高境。艺术源于功利而又超于功利，其最高层次是唯美的。舞蹈家通过姿态和面部表情来诉说与表达思想情感，一旦进入抒情高潮就会进入唯美境界，古典芭蕾舞剧《天鹅湖》中美丽的白天鹅见到王子时欣喜若狂，单腿立起脚尖，连续做了 32 个旋转，你能说明白每个旋转表达的含意吗？不可能的。书法不可能离开交流思想、抒发情感这个功利层次，离开了就没有书法，但进入审美层次，拓展出广阔的联想空间，就体现出唯美的特征。艺术意境本来是朦胧模糊的，云遮雾绕的，准确表达极难。沈老论艺着眼点极高，着眼于空灵的唯美境界。朱光潜论书，指出书法呈现四种境界，原文较长，略而言之：初学书者握笔未稳，字体歪斜，笔锋稚拙，所书之作，应为疵境；功夫渐深，渐入门道，手腕灵活，书写工稳，此为稳境；多临碑帖，荟萃各家，奇正肥瘦，端正自然，此为醇境；学问修养，忻合为一，情感理趣，一寓于书，此为化镜。沈老论书，着眼点在醇境、化境之间。艺术进入自由的抒情，就出现唯美的特征了，行草、大草此种表现尤为突出。

为了说明唯美境界的重要性与难度，不妨拿另外的东西来作参证。湖北省博物馆藏有越王勾践的“自佩之剑”，笔者曾亲见，两千多年了，依然锋利，而今很多铸剑高手仿制此剑，最大的难度不是钢材的配方，而是剑柄上纹饰的处理。剑是杀人的武器，这些纹饰有什么用？这是审美的。我们现在很难弄清楚这些纹饰的具体含义，可感知的是，欧冶子铸剑从性能的优良上升到了审美的高度。这些纹饰的附加，是铸剑的至高境界。书法也是如此，文字表达的思想内涵是基本层面，而进入唯美境界，一切的一,一的一切，交融为一。尤其进入大草境界，像张旭、怀素酒后作书，天马行空，风扫云烟，而于书品意象的某一根线条具体表达何种意义、何种情感，恐怕他们自己也说不清楚；某一点施力多少，某一撇捺的倾斜度为多少，笔墨的枯润度、余白的分割率为多少，书家自己肯定说不明白。沈老是大草书家，操觚染翰，以神遇而不以目视，官知止而神欲行，这时形式与内容已成为一个整体。我们若作理性的还原处理就可得知，这种唯美境界的出现是长期修炼的结果，是无数量变而引起的质的飞跃。这种体验对大草书家来说感受极深，为此他提出这种描述性的观点是可以理解的。

对书史研究的妙悟。老子说：“道可道，非常道；名可名，非常名。”道是什么？老子感受到它的存在，但说不出，要你自己领悟。严羽论诗：“大抵禅道惟在妙悟，诗道亦在妙悟。”书法高度抽象，微妙之理当然要靠妙悟了。沈老是极善妙悟的艺术家、艺术评论家，“书法的形式即内容”的观点是从书法创作、书史研究中妙悟得来，此说之提出，有足够的理论依据。对书法艺术的本体研究，即书法的“内容”研究，古人的大量著作多有启示。沈老列举了蔡邕《笔论》中的文字：“为书之体，须入其形，若坐若行，若飞若动，若往若来，若卧若起……”又引述李阳冰《上李大夫论古篆书》、韩愈《送高闲上人序》及康有为《广艺舟双楫·碑评第十八》，后者从《爨龙颜》《石门铭》到《苏慈碑》一口气举了46种碑，列举他们的意蕴，诸如古圣、散仙、贤达、佛子等。这些比喻性的说法，论述的是书法的唯美特征，没有论及与文辞素材有多少联系。大量研究书法的理论著作，是从书法本体着眼的。沈老强调这一点，与古人的论书观点有相通之处，突出了书法的本体，强调书法审美的独立性与纯粹性。揭示事物的本质特征，对一门独立学科理论大厦的构建是有必要性的，有利于系统研究，便于人才系统训练，便于书艺的提高形成有序性，克服盲目性。书法作为一门独立学科，还很年轻，理论体系有待健全，新中国成立之初郑振铎等先生对书法作为一门独立艺术还提出否定性的意见，当代某些艺术评论家甚至某些书法教育家还不把书法看作一门独立的艺术，还把书法视为文辞的附庸，因而沈老此说的提出，意义就更深远了。

“书法的形式即内容”，这个美学命题的提出，强调了对艺术的整体把握，包蕴了艺术的诗意表达，对艺术家的综合素质提出了更高要求。先生高度重视技法，但无意标举为技法而技法的审美导向。书法的“内容”从表层来看，的确是指物化了的线条、结体、章法，是表达美学理想的审美意象，本身具有审美功能；而从深层来看，这“内容”又包蕴了思想载体与创作主体在特定时空中的情感，还隐含了书法意象所暗示的联想空间。可以说，书法的“内容”是艺术的“活体”，不是艺术的“标本”。近读2016年8月24日《书法导报》所载张锡良《形式分析方法之批判》一文，笔者对他的观点非常认同，更心折于他敢说真话的勇气。书法的技法研究极为艰难，为了探索其内在奥秘，将书法意象作“标本”来研究也是可以的，用形式分析的方法把这个“标本”进行解剖，看看其骨骼与脉络的结构，甚至用数学统计法计算出外接圆的重接率，比如王羲之的《丧乱帖》为4.8%，《兰亭序》为14.3%，苏轼《黄州寒食诗帖》为42%，这种方法体现了可贵的探索精神，可为一家之言，但不具备普遍意义，因为艺术的美永远带有神秘性、不可知性，解剖后的“标本”永远失去了生命，这种方法容易扼杀艺术的灵机，可能使中国文化的精魂——“诗意”荡然无存。现代的科学分析法不一定适用于古老的民族艺术。以形式分析法消解本民族的美学传统而与国际接轨，这种审美导向笔者认为是错误的，每个民族的文化都有自己的审美体系，有自己的审美传统，从天空俯瞰的确殊途同归，但深层品赏还是雾里观花，要西方人学中国的书法，可能是“橘生淮南则为橘，橘生淮北则为枳”。一位经济学家谈到经济学的研究和经济的管理时，说学者们研究经济学的论文可以打满分，而在实际操作中可能是零分。书法的诗意之美与诗画相通，仿佛是天空的一片云彩，墙头的一枝红杏，佳丽的一次回眸，你能准确说明云彩、红杏、回眸表达的丰富内涵吗？不可能的。书法创作进入高境，必须与文化、与诗打通。现在我们的书家、书评家真正懂诗者甚少，因此沈老反复强调学养的重要性。沈老在很多场合、很多文章中深刻地论述了学养对于书法艺术的潜在作用，最近发表的文章，先谈的是国学，谈诗与哲学对艺术的重要性，然后才提出书法的本体问题。强调书法审美的独立性与纯粹性，并非意味着否定文化学养对书法的意义。

“书法的形式即内容”，这个观点对书法的技法有所强调，有所偏重，也是客观的，因为人们的着眼点首先还是落在书法的物化形式之上，其次才深品这种形式的美学内涵，联想意蕴，而此说无意否认学养的重要性。书法传承文化、表达思想、抒发情感的整体功能，严格地说是不能分开的，从不同视点切入，仅仅是为研究的方便。试想想，没有思想组织的语言文字，没有联想意蕴的书品意象，能有不朽的书法经典出现吗？古人那些近乎今天手机短信的手札，虽不是什么经典的文学作品，但仍然表达了某些思想，抒发了特定时空中的主体情感，如果把这些内容抽离出来，这些杰作还有流传的可能性吗？没有的。因此，将书法的思想载体与物化形式绝对分割开来是不可思议的，这一点沈老是很清楚的，他强调读万卷书、走万里路的重要性，还特别强调书法家应把文化修养化为一种潜意识渗透于书艺的物化形式之中，彰显书法本体的书卷气。著名雕塑家钱绍武说："不懂诗，画的画、写的字就没有意义。"这带有夸张的成分。钱先生的雕塑、书法、绘画诗意浓郁，但我们很少读到他写的诗，这说明艺术家最关键的在于有诗质，有深厚的文化修养，当然技法之精湛是不可或缺的。皮之不存，毛将焉附？语言的表达本来具有模糊性，脱离了语境，脱离了审视事物的具体角度，孤立片面地理解，容易出现盲人摸象的情况。盲人所摸的象都是真的，只是局部的真，不是整体的真。秦穆公的智慧应该是可以的，而他对九方皋的话也出现误解，我们不一定比得上秦穆公，因而对沈老这一观点的见仁见智，自然在情理之中了。

"书法的形式即内容"，是极为重要的美学命题，有丰富的美学内涵，是对书法本体的揭示，对唯美境界的描述，对书史研究的妙悟，启迪广大学人注重本体，攻坚克难，艺进于道，勇攀高峰。笔者之言，仅为臆测，是愚者千虑之得，就教于方家同好。

（此文刊发于《书法导报》2017 年 3 月 8 日第 10 版）

试论书艺中的“诗意”

——沈鹏书学思想管窥之二

“诗意”与“真情”，在沈鹏先生的书学体系中，近乎为内蕴丰富的美学范畴，并且两者交融为一，很难截然分开，但也有相对的独立性。为了论述的方便，本文就书艺中“诗意”的美学内涵试作较为深入的探讨。

这个观念的明确提出，见《笔殒·之二十》：“五色令人目眩昏，我从诗意悟书魂。真情所寄斯为美，疑是穷途又一村。”此诗的主旨是论书法的“真情”，真情乃书艺之魂，而书魂是从“诗意”中感悟而来的，言下之意，书艺中的境界与诗歌中的诗意相通。论及诗意的重要性，沈老说：“诗意应是诗人生活的全部，是诗人的躯体和灵魂，也就是诗人自身。”他把“诗意”作为审美标准运用于书法之中，在《“诗意”一以贯之——读刘征诗书画集》一文中说：“诗书画结合又是一种在我国历史上形成的特殊的文化现象，我们不必因为有的作品徒具‘结合’的外壳，而否定这个良好的传统。……问题何在？就是缺少了‘诗书画’结合的灵魂，那就是诗意。”沈老在《探索“诗意”——书法本质追求》一文中，从诗书画为艺术整体的角度论述了诗意的重要性，认为“书法形式美的可贵在于它有我们民族素来的灵魂……诗、书、画、印结合决不应当停留在形式本身，‘诗歌’是这种形式至高无上的灵魂。时下我们从展览会、画册看到许多中国画还保持着诗、书、画、印结合的面貌，可能缺少诗意，存留躯壳而乏象外之旨，画外之意，不能令人激励和给人美感”。这里指出诗意是诗书画艺术的象外之旨，画外之意。2011年2月26日，由中国书法家协会主办的沈鹏书法艺术学术研讨会，主题为“原创·艺术·诗意·人本”，对书法艺术追求诗意美的提法就更加明确了。

“诗意”很可能是从佛教用语中转化过来的，释家多用“意”与“境”等概念描述修炼时的心态。关于“意”，《心经》中有“无眼耳鼻舌身意”的说法，《景德传灯录》中常有“佛法大意”的讨论。关于“境”，《金刚经六祖口诀》中说：“性无违顺，心境俱空。”唐代的诗人受佛学影响甚深，常常把佛学的有关名词术语引入诗中。“诗意”一词见刘禹锡《鱼复江中》：“客情浩荡逢乡语，诗意留连重物华。”朱庆馀《送吴秀才之山西》：“东湖发诗意，夏卉竞如春。”这里的“诗意”大致是指某种美好的情趣。作为一个带有审美意味的概念，“诗意”的内涵比较宽泛，主要适用于诗与画。朱光潜在《诗论》中说：“所谓诗就包含一切纯文字……其实一切艺术到精妙处都必须有诗的境界，我们甚至于说一个人、一件事、一种物态，或一片自然风景都含有诗意。”这里的关键词是“精妙处”，怎样才算精妙，大致与他所说的境界相通：“情景相生而且相契合无间，情恰能称景，景也恰能传情，这便是诗的境界。”看来他所说的“诗意”与“意境”大致相通。关于诗意的特征，曾景初在《中国诗画》中指出：“在某篇作品上或某一形象上，只要具有意切而深、境实而远、辞丽而婉，这三点中含有某一点或二三点因素，能形成和谐的统一整体，就不失为有诗意。”何其芳说：“诗意似乎就是这样的东西：它是从社会生活和自然界中提供出来的、经过创作者的感动而又能够激励别人的、一种新鲜优美的文学艺术的内容的要素。”（《〈工人歌谣选〉序》）诸位先生从不同角度阐释了诗意的美感特征。笔者认为，所谓诗意大致是对主观情感的抒发与对客观景物的描写臻至水乳交融的一种境界，应为饱蕴审美情感的一种形象。“诗意”与意境大致相通，但范围相对较窄，意境偏于象，诗意偏于情。诗意应有几个特征。其一，形象性。诗意是意象与情感的和谐统一体。古人常用“情景交融”“借景抒情”“寓情于景”等词语来描写诗意，这里的“景”是指诗情依附的“象”，离开了象的存在就无所谓诗意。其二，暗示性。诗意不能直说，只能通过意象暗示，这与诗的“言在此而意在彼、言有尽而意无穷”的美感特征有直接的联系，这种暗示，既有意象的暗示，又有联想的暗示，还有微妙难言的理的暗示，没有联想空间的艺术形象便无诗意。其三，独创性。诗意贵新，贵独创，每首诗、每幅画、每曲音乐都有独立的诗意，重复的东西没有多少美学价值，因而缺乏新的诗意。

书艺中的“诗意”，与其他艺术门类的“诗意”有较多的联系，但又不能画等号的。何以故？艺术形式不同也。书法中的“诗意”这一概念的提出，严格地说是对诗歌的审美范畴的借用，与诗歌有较多的联系，而不等同，比诗歌所涉及的范围要大。中华是诗的国度，一切艺术以诗意为精魂，古人对各门艺术的研究以诗最深，著作也最丰富，由诗品派生的词品、文品、赋品、书品、画品甚多，便为明证。古人论艺，多为直观的把握、审美的感知、意象的描绘，体现东方的灵性思维，甚少西方的理性缕述。其实美感的东西确如水月镜花，可望而不可即，多寓于形象之中，理性的缕述容易丢失信息，消解美感，而为了文化的传承，理性的缕述又是必要的。根据沈老认为诗意是“象外之旨、画外之意”的说法推断，书法的诗意大致是由线条、结体、章法等书品意象唤起的某些审美情趣，它是意与象交融的一种形态，它是对万物万象的遗形取神，饱蕴了创作主体复杂的难以言说的审美情感，能勾取读者丰美的想象和联想。书法诗意的产生是整体性的情感激活，能让读者览古今于须臾，抚四海于一瞬，闻之动心，味之无极，实现书法的审美功能。书法的诗意除了具备形象性、暗示性、独创性的特征之外，还有直视性、模糊性的特征。书法是最没有遮掩的艺术，它是有形之诗、无声之乐，其美感常有天际孤鸿、飘渺如烟的模糊特征。

诗意源于浩气之颐养。书法是体现民族精神的高雅艺术，艺术境界的高雅赖乎创作主体综合素质之优良，综合素质之优良赖乎文化之陶冶，文化之陶冶赖乎浩气之颐养。古人倡言养气之说，孟子尝言“我善养吾浩然之气”，这种气为宇宙万物的本体和生命精神。曹丕始以“气”作为审美概念论艺术。钟嵘在《诗品序》中说：“气之动物，物之感人，故摇荡性情，形诸舞咏。”韩愈认为“气盛则言之短长与声之高下者皆宜”，意即生命之气旺盛，化为艺术可形成不同的境界和风格。怎么养气？途径是多方面的，中国艺术家多从儒释道中颐养浩然之气。游于孔孟，养其正气；游于老庄，养其逸气；游于释迦，养其清气。真体内充，英华外发，以诗书画为代表的华夏艺术，以儒释道哲学为内核，以诗意为精魂，故而境界自高。任何一门艺术，如果没有哲学作本体的支撑，其理论大厦是构建不起来的。沈老在《漫淡国学修养与书法》一文中，深刻论述了国学修养对书法创作的重要性，对孟子的“养气”之说甚为推崇。他认为书法家要培养自己的独立人格，独立人格的培养与儒释道思想的陶冶有密切的联系。孔子说：“文质彬彬，然后君子。”具有高雅的素质方有高雅的艺术创造。孔子重视诗教，通过诗意形象的暗示开启人们的智慧。道家的无为，释家的尚空，是对心灵的洗涤，精神澹泊方能湛发艺术的灵机。儒家的高雅，道家的飘逸，释家的空灵，历来是华夏艺术取之不尽、用之不竭的思想源泉。诗意的表达与儒释道美学思想有极深的渊源关系。对中国哲学一无所知，便不能欣赏前贤高境界的艺术创造，不能感悟那幽微诗意，更谈不上艺术创作具有多少诗意诗情了。沈老出入经史百子，在古代文化中陶冶性灵，培植灵机，为我们起到了表率作用。沈老论艺，强调优秀文化的传承、个体人格的培养。他说：“对当代书坛而言，我们尤其要注意弘扬传统文化中的精华部分，即传统文化中包含的人文精神，同时，要尊重艺术个性，尊重艺术发展的客观规律。”艺术家对儒释道哲学、美学尽可能深入参悟，对艺术本质规律的探索就有可能进入更高层次。

诗意源于阅历之丰富。读万卷书与行万里路是艺术家提高综合素质的必经之路，诗意之灵源多为阅历之丰富。陆机云：“笼天地于形内，挫万物于笔端”（《文赋》），艺术家要反映生活，取神于物，既要师古人，又要师造化。古代的书法家，往往就是诗人，诗人气质的培养与读书游历有密切的联系。苏辙在《上枢密韩太尉书》一文中说：“太史公行天下，周览四海名山大川，与燕赵间豪杰交游，故其文疏荡，颇有奇气。”游历不仅仅增长知识，拓阔视野，更重要的是在名山大川的观照中陶冶心性，把天地氤氲之气化为艺术之灵源，物化为艺术之境界。李白“五岳寻仙不辞远，一生好入名山游”，山川之助激活了他的创作灵感，他的许多名作是在旅途中写出来的，故下笔多天仙之词。沈老在《漫谈国学修养与书法》一文中说：“学习书法，不仅要师法古人，还要师法造化，要善于在大自然中发现美，‘与天地精神往来’，参赞天地化育。”林散之晚年在其《林散之书法选集·自序》中回忆远游的经历：“行越七省，跋涉一万八千里，道路梗塞，风雨艰难，亦云苦矣”，然而苦则苦，此行“得画稿八百余幅，诗二百余首”，对其眼界胸襟之拓展，其意义更是无法计量。张旭观公孙大娘舞剑器而书艺大进，黄庭坚从船夫的摇橹荡桨中悟笔法，说明对山川风物的观照，可以转化而为艺术灵源，成为诗意。笔者认为，这种游历、观照，将所见所闻、所思所想转化而为艺术灵源殊多不易，必须具备相应条件：艺术功力深厚，文化素养较高，既有善于发现的慧眼，又有善于表达的功力，否则，游历再多也是一无所得。

诗意源于文学之浸润。文学即人学，是描写人生的艺术。文学描写人的生活，人的经历，人的情感世界，与书法有最直接的联系。文学中最善于抒情的莫过于诗，书法与诗联手，容易产生无穷的艺术魅力。孔子说：“不学诗，无以言。”也可以说不学诗、不懂诗、不赏诗就不懂书法，书法的意境美是直接源于诗的。古代的书家多是诗人，《全唐诗》所记的2000余位诗人，有640余位是书家，诗人的气质、学养、郁郁芊芊之气，发之于诗，发之于书，自然超轶绝尘，诗意盎然。有志于成为大书家，还要努力成为大诗人。当然，书家做诗人，古人容易做到，今人却很困难。在这个快节奏的时代，分工越来越细，书法越来越向专业化的方向发展，要求我们的书家都出入经史百子，游弋于唐诗宋词的茫茫艺海，的确有些过苛。然而，攀登艺术的高峰本来要付出汗血的代价，艺术创作有难度、有高度，方有美的震撼力。在广场上跳舞人人可会，而在冰上、水上跳舞有几人敢为？书法进入高境就是在水上、冰上跳舞。写作旧体诗词是戴着锁链跳舞，现代书家写出工稳自然、清新流畅的诗词极为艰难，沈老说的“废纸千张犹恨少，新诗半句亦矜多”是真话。文学的浸润最好是有创作实践，深入实践了解得更准确深透。其实，能懂诗、能赏诗也是很好的，能将诗意之美渗透于书品意象之中，也是不错的。没有欣赏诗的能力，就不能感悟书法载体的诗意之美，哪来诗意的创造？诗乃语言艺术之精华，诗的形象美、抒情美、音韵美容易激活创作主体的灵感。陆机云：“游文章之林府，嘉丽藻之彬彬”，这强调了文化浸润的重要性，书法是养出来的，是从哲学、美学、文学的营养液中养出来的。

书法的载体为诗意的触发点和联想点。写自作诗，感悟诗意相对容易，抄写古人的名篇名作，诗意的营构其实更难，因为必须深入感悟载体的诗情，然后方能营构新的意境。笔者提出这个观点，可能会有人立即反驳：甲骨文、金文的思想载体有诗意吗？这些载体与文学相距甚远，现在有的文字残缺，无法读懂，也觉得很美，它的载体与诗意有关联吗？两汉碑版多为墓志，墓志属于应用文，能触发诗意的联想吗？古人写过大量的非文学作品，有诗意吗？能触发诗意的联想吗？我的回答是：任何事物没有绝对，只有相对，古人这些艺品的载体大多是可以触发诗意的联想的。甲骨文、金文应为那个时代的顶级高手所作，无疑深蕴了创作主体的思想情感，他们可能不知诗为何物，但那古朴之意、童真之美、氤氲之气与今人所说的清新自然之诗境是有相通之处的，他们的创作可视为最早的无声之诗。古今不少名家以非文学素材进行书法创作，抒情难度更高，首先要将非文学载体在大脑中转化为诗方能激活创作的灵感，方可营构诗的意境。凡可视为书艺的佳品，思想载体不可能是一堆杂乱无序、浅薄低俗的文字垃圾，高雅的书艺承载的只可能是文化，是思想，是情感。

诗意源于技法之精湛。书法的诗意美从物化的书品意象中感悟而来，体现或雄浑、或纵逸、或苍深、或幽邃等极为丰富的风格特征，诗意是以精湛的技法为前提的。技法不精，任何佳文妙诗不可能产生书法的诗意之美。书法的线条、结体、章法等物化形式本身具有审美功能，线条的流畅、浑厚、苍劲，结体的清秀、诡谲、英迈，气势的飞动、豪荡、纵逸，布局的浑成、独特、空灵，墨色的浓淡、轻重、枯润，与诗意的营构有直接的联系。音乐是声音之诗，绘画是色彩之诗，书法是线条之诗，书境的诗化体现在意象的诗化。古人对书法本体的论述就充满诗意的描述。崔瑗论草书："观其法象，俯仰有仪，方中不矩，圆不中规，抑左扬右，望之若崎。兽企鸟跱，志在飞移，狡兔暴骇，将奔未驰。"（《草书势》）王珉论行书："邈乎嵩岱之峻极，烂若列宿之丽天。伟字挺特，奇书秀出；扬波骋艺，余妍宏逸；虎踞凤跱，龙伸蠖屈。"（《行书状》）这些描写体现了书法为线条之诗、生命之诗的美感特征，寄寓了艺术家对生命精神的深切理解，把读者带入联想丰富的诗意之中。以线条表达诗意情感，若其质量不佳，哪来诗意之美？因此在技法上，没有真功夫示人，佳诗妙文只能体现文学的诗意，不能体现书法的诗意。线条语言的精纯性与丰富性，是表达诗意的最重要的两个方面，世人景仰二王，观其线条，点曳之工，裁成之妙，烟霏露结，状若断而还连；凤翥龙蟠，势如斜而反直。深品二王之书，揖让礼乐，森严有法，神采攸焕，正奇混成，呈现风格的丰富性与多样性，诗意有如万斛泉涌，不择地而出，文理自然，姿态横生。

诗意源于诗书之融合。诗书合一、辞翰双美是我们民族艺术的优良传统。诗书结合起源于唐，成熟于宋，繁荣于明清。优美的诗词最容易激发创作主体的灵感，其内在的节奏美与书法的旋律美有相通之处；诗歌的意象往往含蓄、瑰丽，能唤起人们丰美的想象和联想，好诗与佳书融合，使诗意之美更完整、更瑰奇，使联想空间更容易拓展，古人的创作将这两种艺术的交融推到了美的极致。李白的《上阳台》诗卷，以明快的节奏、遒逸的笔致、瑰美的意象遣意抒情，高视阔步，物我两忘，天马行空，一无羁勒，心闲笔纵，舒卷自如，宛然酒后狂歌，声震林木，响遏行云，但见白鸟翻飞，烟雾缭绕，落絮纷飘，让我们栖神于飘飘欲仙的诗歌意境之中，仿佛看到诗人飘然潇洒的诗仙形象。杜牧自书诗《张好好诗并序》，萧散率意的韵致得二王之神理，那灵便流丽的线条，婀娜多姿的意象，惊鸿游龙的体势，让我们仿佛看到张好好那闭月羞花、罗衣飘摇的豆蔻风姿。苏轼的《黄州寒食诗帖》，线条的苍劲，字形的欹侧，行气的错落，意象的苍浑凝重，体势的飞动纵逸，准确地追蹑了思想载体的情感运动，形成苍劲沉郁的艺术风格，让人仿佛看到东坡在凄苦岁月中洒然自适、超然高举的风仪神采。徐渭的《赋得夜雨剪春韭》等自书诗作，以老笔纷披、散点狼藉的笔墨意象来抒遣胸中勃然不可磨灭之气、英雄失路托足无门之悲，那种强烈的艺术感染力，如嗔如笑，如水鸣峡，如种出土，如寡妇之夜哭，如羁人之寒起，深深震撼读者的心灵。

沈老的创作弘扬优良传统而独出机杼，超旷的胸次、渊深的学养、丰富的语言为书境诗化打下坚实的基础，灵心湛发，锦绣成篇，丰富的情感物化而成气象万千的艺术意境。书家从不同的视点切入，书品意象物化、强化了思想载体的情感，流淌着浓郁的诗意。《徐霞客歌》大草长卷，那豪纵的气势、瑰玮的意象给读者以心灵的震撼，让我们仿佛看到徐霞客身许六合、思归八表的伟大旅行家的形象，幻现出如黄河之磅礴、长江之浩荡的巨龙意象，感受到那如霆如电、如崇山峻崖、如大河奔流的壮美，由衷景仰徐氏献身科学、英雄无畏的精神。而《观公孙大娘舞剑器行》大草八条屏，以蛟腾凤起、鸾舞蛇惊的书品意象追蹑思想载体“烁如羿射九日落，矫如群帝骖龙翔”舞蹈意境，幻现大唐王朝鼎盛时期的壮观景象，与寒月余辉、风凄云冷的衰败乱世构成对比，强烈地抒发了感事伤时的悲慨之情，杜甫那老病交加、忧国思家的形象历历在目。沈老的自书诗《丁亥新秋偶成》行草中堂，以清雅的笔触描绘金秋之年的自我形象，抒发醉心文化、超然物外的审美情感，书与诗偕、意与境合，书品意象有如一群须发如雪、貌若童颜的老者在打太极掌，凝神静气，意态安详，诗人甘于寂寞、遗世独立的风仪神采自然浮现。而自书诗《雨夜读》行草条屏，心忘于物，手忘于笔，让洗涤了烟埃的语言为点为线、为象为意，营构出潇洒出尘的书品意象，朗现出飞鸟不鸣、白云时起的超逸之境，准确表达书品载体幽寂淡远、空灵飘逸的禅境。沈老书境的诗化，体现出了深厚的文化底蕴，产生了让人回味无穷的艺术魅力，这是他不让前贤甚至超越前贤的最大亮色。

我们的生活需要诗，充满诗意的艺术是高雅的精神食粮，读来使我们的灵魂净化、人格升华！

（此文刊发于《书法导报》2017 年 3 月 15 日第 10 版）

试论书艺中的“真情”

——沈鹏书学思想管窥之三

徐悲鸿认为要想成为真正的艺术家，应满足三个条件：一、精锐之目光，灵妙之手腕；二、明确之思想，清晰之思维；三、不寻常之性情与勤奋。这些条件在沈鹏先生的身上得到了完美的体现。沈老是有卓识的艺术家。书艺的“诗意”与“真情”是沈老书学思想中的两个重要概念，为沈老美学理想的集中表达，为其诗书艺术的最大亮色之一，也是其不让前贤、甚至高于前贤的地方。“诗意”与“真情”是融合在一起的，沈老论书往往将二者对举，而“真情”的表达应为艺术至高境界的重要标志。二者虽然交融，但仍有区别。笔者对“诗意”的美学内涵已作专文论述，本文对书艺中的“真情”试作深入探讨。

书尚“真情”这一审美观念最明确、最集中的提出，见于沈老诗作《笔殒·之二十》：“五色令人目眩昏，我从诗意悟书魂。真情所寄斯为美，疑是穷途又一村。”此诗是沈老结缘艺术的理论总结，对书法的可持续性发展有指导性的意义，强调了书艺与华夏文化的密切联系。诗为华夏艺术之魂，“诗意”为华夏艺术的普遍特征，从诗意的营构进而表达真情，这对艺术创作提出了至高的审美要求。有真情的表达，艺术创作方能与读者产生深深的情感共鸣，沈老的创作实践，实现了这一美学理想。书艺创作崇尚“真情”，这在沈老的诗文中多有明确表达。情真者至美：“独崇山谷轻流俗，偏爱襄阳任率真”（《跋自书宋词长卷》）；情伪者至丑：“鹿马无分非病目，鱼龙混杂不同形”（《讲座·之二》）。情真者境界至高，王羲之的创作是真品格、真性情的表达：“一千六百余年后，书圣陵前师本真。”（《乙丑清明祭王羲之墓》）颜鲁公的创作是至美真情的流露：“血泪文章掷地声，沉凝郁勃异《兰亭》。”（《题颜真卿〈祭侄文稿〉》）沈老在《书法，回归“心画”本体》一文中说：“书法的本体价值，说到底在情感的美，情感的纯正无邪。”

书法的“真情”，作为一个美学概念来审视，其内涵、外延、美学意义、表达方式等意蕴极为丰富，本文试从多点切入予以论述。

“真情”之理论渊源。艺术的本质是抒情。刘勰在《文心雕龙》中说：“情以物迁，辞以情发。”白居易说：“感人心者，莫先乎情……”（《与元九书》）汤显祖说：“世总为情，情生诗歌，而行于神。”（《耳伯麻姑游诗序》）中华是诗的国度，一切艺术的美感特征趋向于诗，诗的本质就是抒情。刘勰、白居易、汤显祖的话是针对诗歌而言的。音乐、舞蹈的抒情性也是如此，《诗大序》中说：“情动于中而形于言”，“言之不足故嗟叹之，嗟叹之不足故咏歌之，咏歌之不足，不知手之舞之足之蹈之”。著名画家吴冠中说得形象：“艺术发自心灵与灵感，心灵与灵感无处买卖，艺术家本无职业。”书法作为表达民族精神的古老艺术，抒情是其本体元素，故蔡邕说：“书者，散也。欲书先散怀抱，任情恣性，然后书之”（《笔论》）。孙过庭说：“情动形言，取会风骚之意；阳舒阴惨，本乎天地之心。”（《书谱》）西方的艺术家、美学家对艺术的这一本质同样有着深刻的认识。托尔斯泰说：“人们用语言互相传达思想，而用艺术互相传达感情。”英国美学家赫伯特·里德说：“艺术是一种情感系统，而情感，正是产生优美形式的温床。”（《艺术的真谛》）

艺术的本质是抒情，但只有表达真情、深情、雅情方有动人心魄的力量。

古人提出“为情而造文”的美学主张，不精不诚，不能动人，只有发自灵魂深处的东西方能引起人们的情感共鸣。《易经》中说：“修辞立其诚”。“诚”者为真挚之情感，语言的准确表达在于体现诚心。庄子从哲学的高度认识到了“真情”的美学意义，借渔父之口说：“真悲无声而哀，真怒未发而威，真亲未笑而和。真在内者，神动于外，是所以贵真也。”（《庄子·渔父》）明人李贽从美学的高度倡言“童心说”，他指出：“夫童心者，真心也，若以童心为不可，是以真心为不可也，夫童心者，绝假纯真，最初一念之本心也。”（《童心说》）他以童心论艺，认为发之于赤诚者，其诗必佳，其文必美，达自然之高致，臻瑰奇之境界：“旷达者自然浩荡，雄迈者自然壮烈，沉郁者自然悲酸，古怪者自然奇绝”（《读律肤说》）。司空图论艺，以尚真为美：“真力弥满，万象在旁”，“饮真茹强，蓄素守中”。（《诗品》）袁枚说：“诗难其真也，有性情而后真。”（《随园诗话·卷七》）书境与诗境相通，元人陈绎曾认为真情的抒发，直接影响书艺的抒情色彩：“喜即气和而字舒，怒则气粗而字险，哀即气郁而字敛，乐则气平而字丽。”（《翰林要诀·变法》）解缙认为真情之抒发，直接影响书法的意象与风格，他说：“喜而舒之，如见佳丽，如远行客过故乡，发其怡；怒而夺激之，如抚剑戟，操戈矛，介万骑而驰之也，发其壮；哀而思之，低回戚促，登高吊古，慨然叹息之声；乐而融之，而梦华胥之游，听钧天之乐，与其箪瓢陋巷之乐之意也。”（《春雨杂述》）书法与真情确有最直接的联系。

书法的“真情”与善与美是融合在一起的，华夏艺术以真善美为和谐的整体，沈老的创作追求真善美的有机统一。艺术以真情为美，但并不是所有的真情都可入诗入书，成为审美对象，对情感必须选择，必须雅化。屈原、曹植、李白、杜甫，其艺术之光辉永如旭日之升于晴空，朗月之挂于夜天，因其抒发了带有普遍意义的至真至善至美的情感。情感必须通过净化、雅化的处理方可入艺。毛毛虫与罂粟花，色彩再艳丽也是排除在审美对象之外的。“人不为己，天诛地灭”，“顺我者昌，逆我者亡”，在某种意义上说也是“真情”，但没有审美价值。

艺术作品表达的情感应带普通性的审美意义。里德指出：“莎士比亚剧作中的人物，不仅仅是具有个性的人物（因为他们对生活持有一种现实而忠诚的态度），而且是代表人类激情与热望的典型。”（《艺术的真谛》）苏轼对贾岛、孟郊的啼饥号寒的诗风持负面评价，应是从审美的共同性而言的。强调审美的共同性并非排斥个性，而是排斥偏执与低俗。中华艺术有尚善尚雅的传统，华夏民族的精神图腾是飞龙和凤凰，龙凤之美体现了善与雅的思想内涵，朗现绚烂高华的美，尽善尽美，这是华夏民族的理想追求。尚雅是儒家美学思想的体现。孔子说：“《诗》三百篇，一言以蔽之，曰‘思无邪’。”“无邪”即雅。风格是情感的艺术表达，雄浑、自然、苍凉、高华、冲和、淡远等，这些风格是高雅之美的体现，应为时代之主流，而粗砺、荒率、老辣、稚拙、诡谲、妍媚等风格同样具有美学价值，可以形成风格的丰富性与多样性。不可否认这两类风格的美学意义还是有区别的，长河之与幽涧，松柏之与垂柳，牡丹之与苔花，给人的美感还是有差异性的。每个人的修养、学识、阅历、兴趣等不同，而审美爱好也各异。书法作为线条艺术，表达的情感似乎无一不可入书，而实际上物化为美的艺术，必须经过雅化的处理。韩愈在《送高闲上人序》中说：“往时张旭善草书，不治他技，喜怒窘穷，忧悲愉佚，怨恨思慕，酣醉无聊，不平，有动于心，必于草书焉发之。”而我们品赏张旭之书，气势豪荡，意象高华，并无粗砺荒率之痕，说明任何情感进入艺术创作，物化为艺术意象，雅化的处理是必要的。有人以狂怪粗砺刺激读者之眼球，认为此亦为真情之表达，不知真正的丑劣是与艺术无缘的。所谓“大巧若拙”，其内核还是尚雅。傅山论书，宁拙毋巧，宁丑毋媚，宁支离毋轻滑，宁真率毋安排，似为矫枉过正之言、愤世嫉俗之语。尚雅还是傅山的主导理想。他说：“真行无过《兰亭》，再下则《圣教序》。”诗云：“从来老笔不降钱，不信于今会点铅。提礶礶提纷众妙，休教野鹜入云烟。”清人杨宾《大瓢偶笔》云：“(傅) 山书法晋魏，正行草大小悉佳，曾见其卷幅册页，绝无毡裘气。”

“真情”之美学内涵。书法的真情具体何所指，这是值得探讨的问题，这种“真情”幽隐难言，妙处难与君说。“真情”这个词无疑是从文学中，尤其是从诗歌中借用而来，沈老是大诗人，他的论书往往与论诗融合在一起，他将“真情”与“诗意”对举，说明书法中的真情与诗歌中的真情有直接的联系。有真情方有真诗，屈原之求美人，曹植之哀黄雀，李白之游天姥，杜甫之悲曲江，无不是借物抒怀，无一不真切地表达了诗人在特定历史情境之中系心家国、感叹身世的丰富情感，千万年来摇人心旌，盖由一腔赤诚之倾吐也。所谓书法的“真情”，大致是指通过线条墨法所营构的书品意象将思想载体以及特定时空中的主观感受表达出来的一种情绪体验，实为艺进于道、心手双畅的和谐之境。欣赏书法，即是通过其纵逸的线条、诡谲的结体、空灵的布局来深味其中的丰美情感。书艺真情的内涵远远大于载体表达的内在情愫。这里特别值得注意的是书法的物化形式具有强烈的抒情功能，当然，这种抒情功能只有在技法臻至运斤成风的境界之时方能实现，粗劣的技法不可能表达书艺的“真情”。书法的真情大致具有如下美感特征。

清纯之美。真情之美，美在洁净无尘。书法的清纯之美，表现在两个方面：一是指思想载体表达的真纯情感。思想载体文质兼美，真情的抒发方有触发点和联想点。一是指技法之精湛，语言之朴素，这是书法的本体，抒情的清纯之美，必须依赖精熟的技法、丰富的语言。德国美学家谢林说，艺术“最终的和最高的要求在于：它只是把握最美好的、最必要的、最本质的，而摈弃偶然的、多余的”(《艺术哲学》)。形式与内容忻合为一，真挚的情感方能自由畅达地抒发。书法抒情的浓郁性、直观性胜于诗，而这种情往往又离不开载体的触发。《诗经》作为不朽的艺术经典，其中的十五国风多为民间歌谣，青年男女们歌唱他们纯真的爱情，无一不清新自然，虽然经过了孔子等人的删削处理，但读来仍如清风之吹拂，如清泉之流淌。屈原在《离骚》中大量运用神话传说来表达对理想的憧憬，今人读来语言上有些“隔”，然倾吐的是一片爱国赤诚，故能如此摇人心旌，真与纯是密切联系在一起的。书法也是如此，高境界的艺术创作是落尽铅华，独存孤迥，真情流淌，诗意盎然。《散氏盘》以奇崛古朴的艺术魅力震人心魄，看不到多少装饰性的线条，看不到精美华丽的铸铭技艺，呈现于眼前的是一派天机。造型奇姿百出，妙趣横生，令人目不暇接，宛如一群活泼可爱的顽童欢腾雀跃，呼之欲出。读米芾的《蜀素帖》《箧中帖》等妙品，学养与技法忻合为一，朗现芳草葳蕤、倚风自笑的无心之境，万毫齐力，八面出锋，侧锋的使用给整个书境平添了千般风流，万种仪态，那种爽健、潇洒、超逸的意志，在笔锋的任意播弄中表现得淋漓尽致。

深挚之美。艺术的真情之美必须体现纯度、深度、厚度。情感的纯洁固然是美的，但必须耐人回味，心灵深处流淌出来的甘泉，方有摇荡性情的力量。里德说：“艺术的抽象性充满着个性的特质，艺术的价值有赖于人类情感的深度。”（《艺术的真谛》）这也适用于书法。这种深挚情感往往从生活历练中来，是从灵魂深处自然涌出。韩愈说：“……欢愉之辞难工，而穷苦之言易好也。”欧阳修提出“穷而后工”的观点，西方还有“愤怒出诗人”的说法，这道出了深挚之美的重要性。欢愉之辞往往浅薄，粉饰之辞往往虚假，感伤之辞往往缠绵，因为经过风雨人生之后写的诗，画的画，作的书，已经荡涤了杂质，朗现一种本色之美，故建安风骨、边塞诗歌、徐霞客的游记、纳兰容若的吟唱，是那样感人至深。这种深挚的情感与创作时的情绪也有密切的联系。孙过庭在《书谱》中谈到“五合”的问题，其中强调“神怡务闲”“感惠徇知”，意思是说创作时情绪必须进入最佳状态方有佳作之产生。“神怡务闲”是轻松自由，“感惠徇知”是怀着感恩情愫、欣赏心态进行创作，从生理到心理进入昂奋状态，这便于从灵魂深处激发真挚情感。古人的书法创作就证明了真情表达的重要性，逸少的超逸、鲁公的悲慨、徐渭的苍凉、王铎的激越，都是生命本体的物化和外化。

纵逸之美。书法的审美具有纯粹性的美感特征，尤其是行书和大草，是以空灵纵逸的庄禅境界为指归的。王国维论词，有“有我之境”与“无我之境”之别，“有我之境”即万物着我之主观色彩，杜甫“感时花溅泪，恨别鸟惊心”，主观的色彩比较鲜明，这是“有我之境”；而宗悫诗云：“芙蓉露下落，杨柳月中疏”，看不到多少主观色彩，是以物观物的“无我之境”，这种境界近乎是生命本体的自然流露，看似“无情”，实际上是净化了的情感，是纯粹真情的表达，体现“孤光自照、肝胆皆冰雪”的本色之美。书法的纵逸之美，多为“无我之境”的自由表达，是生命之花在空山幽谷中的自由绽放。古代的书画家结缘庄禅，心境超逸方能表达艺境之萧散。晋韵以玄学思想为精神内核，以二王为代表的晋代书家大多受玄学思想影响甚深，草书大师怀素本为一介禅子，黄庭坚多以禅论书，庄学精神的颐养，释迦禅露的浸润，使其情感净化纯化，物化为艺术，更是真情中的真情。品读沈老的《般若波罗蜜多心经》大草八条屏、自书诗《雨夜读》行草条屏，清逸的线条，萧散的意象，清空的布局，自然把我们带入超轶绝尘、白云缭绕的艺术境界之中。

“真情”之表达方式。任何艺术都有情感的表达方式，艺术家能想到不易，能说出为难，而物化为艺术尤难，能将胸中之竹化为手中之竹，是以精湛的技法、丰富的语言为前提的。佳诗美书的和谐统一，难度是极高的。沈老倡言艺术的“真情”，实际上对艺术家的综合修养提出了极高的要求。佳诗自然要体现抒情美、意象美、音韵美等美感特征，而通过线条墨象物化为书法意境，因素是多元的，操作的复杂性是难以言说的，妙悟至为重要。沈老的艺术创作，着意追求真情的表达、书境的诗化，体现了原创精神，这是我们学习的典范。

沈老是如何切入而表达真情的呢？这很难作准确的描述，运用之妙，存乎一心，只能言其大略。

从书体切入。各种书体有相对独立的抒情功能，即使在同一书体中，形态变动不居，而抒发的情感、形成的风格也有较大的差异。沈老治艺整体推进，各体皆能，而以清雄纵逸的大草独步天下，语言的丰富性是沈老自由抒情的过硬条件。细品其书法作品集，各体佳妙，连绵大草并不是太多，选择何种书体最为合适，往往由载体的诗意和创作时的主体情感来确定。《景山古槐·之三》凭吊历史遗迹，对崇祯皇帝自缢于景山这段史事感慨不已，告诉读者：一个政权腐败而不加整治，就有亡国破家的危险。为了表达庄严肃穆的情感，用清穆高古的隶书表达比较合适。《瞻仰孙中山故居》一诗，深切缅怀孙中山先生这位中国民主革命的伟大先驱，表达继承先烈遗志，早日实现两岸和平统一的强烈愿望，用清逸典雅的行书表达最为恰当。品此佳构，艺术语言仿佛用清泉洗过，无丝丝尘滓，朗现清纯的本色之美，抒发对民族脊梁的景仰之情。而《黄山人字瀑》以狂逸的大草遣意抒情，纵恣的线条如长河天落，急流倾泻，通过描写黄山人字瀑这一巨龙般的奇特景观，由“人”字想到人类在追求平等自由的进程中所付出的极大代价，情感复杂而悲凉，于豪纵苍茫的意境中，可以感受到书家雄视古今、肃穆苍凉的情感。沈老对书体语言的驾驭可说是以神遇而不以目即，同样是行书、行草，而书境无一雷同，皆深切地表达丰富深挚的情感。

从意象切入。书法的意境主要由意象与气势构成，意象是抒情的媒介，从意象切入，是从意境切入的一个方面。从意象切入有多种切法：诗书合一，为正向切入；诗书迥异，为反向切入；载体为非文学作品，为移情切入。以行书、大草为代表的书法艺术，是对自然万象的遗形取神，书法是抽象艺术，但抽象并非无象，书法之象是模糊的流动的多层的象，书法家表达的思想、情感，隐含在这些书品意象之中，以象达意、以象传情，方能勾起我们丰美的想象和联想，这种象虽以物化的形式出现，然只有对载体的准确把握方能构象抒情。品读沈老的《同学聚会》大草中堂，诗作由同学聚会引发对如烟往事的追忆，有金色年华的回首，有风雨人生的感喟，书品载体多用瘦劲苍涩的线条、形散神聚的结字、纵恣飞动的意象来抒情遣意，仿佛把读者带入一片迷离的幽林之中，但见繁柯掩映，古藤缠绕，杂木枯枝，野花异卉，迷离仿佛，交织一片，那种迷惘的情愫，很容易令我们想起秦观的词句“多少蓬莱旧事，空回首，烟霭纷纷”。这是正向切入。沈老的自书诗《〈古诗十九首〉长卷跋》用行书、行草、大草三种书体书写，而细加品读，虽是同一题材，书体不一，表达的情感是不同的。诗作是一曲缠绵悱恻、感人至深的悲歌，诗人借历史题材来抒发对古往今来的士子们、弱势群体的理解与同情，表达尊重生命、热爱生命的大爱之心，体现仁者的情怀。行书为手稿，风格为遒逸凄清、真率自然，透过书品意象，我们仿佛看到一群流落异乡、孤苦无依的游子，在西风古道之上踽踽独行，衣服褴褛，神情迷惘，书品意象表达了凄清感伤的情愫，这是正向切入。而用大草书写，书境则为疏荡高华、清空飘逸，书家的情感由凄切苍深而变为清朗超旷，让人仿佛看到一群群游子欣遇明时，脱去褴褛，尽着新装，迎着多彩的阳光，迈着轻盈的步履，行进在返乡的途中，书品意象表达了欢快明丽的意绪，说明诗人的情感已从苦涩迷惘中解脱出来，看到了丽日蓝天，这是反向切入。至于一些以非文学作品为载体的创作，构象抒情的难度更高，书家创作时将载体物化为诗，融进特定时空中的主体情感，或旷达，或英迈，或静谧，或苍凉，仿佛可以游离于载体的思想内涵之外，而进入唯美境界，抒发了超逸之情，这以《般若波罗蜜多心经》大草八条屏与《庄子·徐无鬼》篇行草横幅比较典型，囿于篇幅，不再赘述。

从气势切入。象与势是书法意境的主体元素，二者往往是融合在一起的，分而言之，仅因论述之方便。书法尚情、尚力，是生命精神的具象表达，所说的“势”是个体意象作定向运动产生的势能与静能，是力感的集中表达，从这种力感势感的表达中，体现创作主体或豪迈、或激越、或纵逸、或沉思等极为复杂的真情。沈老的艺术创作尚“势”，而这种势感的表达又体现出丰富性多样性的特征。里德说得好：“中国艺术便是凭借一种内在的力量来表现有生命的自然，艺术家的目的在于使自己同这种力量融会贯通。”(《艺术的真谛》)品赏沈老的书艺，生命精神化为多姿多彩的意象，仿佛来到湖南的张家界，但见奇峰耸立，千姿百态，松之独秀，篁之袅娜，蔓之蒙络，无不绽发蓬勃生机。试读沈老的自书诗《珠海庚寅元日晨起即句二首·之一》行草中堂，书品以简约的语言、多层的意象、磅礴的气势抒遣怀抱，读来如关西大汉，执铜琵铁板，唱大江东去，在我们面前展现一幅丰姿跌宕、豪纵瑰玮的壮美图卷，仿佛在珠海岸边观涛，但见腾波触天，高浪贯日，吞吐百川，泻泄万壑，不禁豪情勃发，壮气凌霄。而品读其自书诗《乙丑寒山寺题壁》大草条屏，动势与静势忻合为一，既表达意象飞动的气势美，又表达幽邃清宁的禅境美。全篇行文跌宕，动静交错，大开大合，大放大收，谨严中见疏荡，纵恣中见伟丽，气势飞动而意境幽邃，波澜起伏而秩序井然，有如夏日骤雨将至，雷声轰鸣，狂飙突起，俄而浓云翻滚，雨泻如泼，百尺修篁，颠狂起舞，而风销雨霁，云开日出，清风徐来，柔枝摇曳，在清澈的月华中，在流淌的清流中归入静谧安和，创作主体的丰美情感得到淋漓尽致的抒发。

“真情”是艺术创作的至高境界。情感的深挚，构成艺术意境的幽邃；情感的丰富，构成艺术风格的独特性和多样性。从水管里流出来的都是水，从血管里流出来的都是血，我们不断地淬砺技法，倾注真情，就能浇灌出高洁芬芳的艺术之花。

(此文刊发于《书法导报》2017年3月22日第10版)

喜诵梅花白雪篇

——沈鹏散文集《桃李正酣》读后

2017 年 10 月 13 日，笔者晋京拜谒沈老。先生亲笔签名惠赐了一本最近出版的散文集《桃李正酣》，并说："我的散文都在这里。"手捧此书有一种沉甸甸的感觉。

沈老与文学结缘甚早，也甚深。先生少年时拜无锡的清末举人章松庵先生为师，为学为艺的"开口乳"吃得好，而获得成功更赖其天赋与勤奋。先生在南菁中学读书期间和同学创建了一个"曙光"杂志社，自任《曙光》主编，发表散文 20 篇。《桃李正酣》这部散文集收录作品 58 篇，创作时间为 1984 年至 2016 年。此书由海天出版社出版，32 开本，装帧精致，朴素大方，全书没有他序，没有自序，铅华落尽，素面朝天，而细加品读，其旨远，其辞微，其韵雅，仿佛看到一位清癯的老者在叙说对自然、对社会、对人生、对艺术的感悟，真有清风扑面、清泉洗心之感。

散文是写心写志的一种文体，艺术创作最大的感染力来自情感的深挚。《诗·大序》中说"情动于中而形于言"，刘勰强调"为情造文"，卑视"为文造情"，因为艺术的美来自情感的真挚，矫情的东西不可能唤起读者的情感共鸣。沈老的散文无一不是倾注真情、深情的艺术佳品。他说："无论参加唱歌跳舞，我都抱着纯正的态度，倾注真挚的情感，把自己对艺术的一点理解放进去。”（《转益多师》）《宏观与微观的——访苏联散记》写于1989年10月，作者深入观察的目光令人心折，此文通过典型细节的描写，让读者深深感受到苏联卫国战争的惨烈，也见微知著地感受到一场巨变正向苏联袭来。白俄罗斯共和国的布列斯特城堡这个军事要塞的某些景物给作家留下了极为深刻的印象：“要塞红色的地堡和红色的围墙，几乎每一平方英寸（1英寸≈0.025米）都布满弹痕。”“我又在哈顿墓地看到铁制的树，每一片象征树叶的铁片上铸刻着受害者的姓名。”他对陪同旅行的苏联朋友尤利亚颇感好奇，印象甚深。这位先生48岁，他“阔大的嘴轮廓分明，眼窝深陷，过早地秃顶”，举止有些特别，“沉默不语，却不免轻声叹息”，后来从侧面了解到的情况使人震撼之极、感伤之极：尤利亚在二战期间，尚处襁褓的年龄，父亲和四个兄弟竟被德国法西斯残忍地杀害。读这样的文字，心中顿时有滴血之痛，让人想到一个政权的建立和巩固是何等艰难，和平多么来之不易。至于文中对往事的沉思、对师长挚友的追忆（如写了两篇怀念启功先生的文章）、对故园的眷恋、对艺术的执着、对自然环境与学术环境的忧患等，寄情之真、之深，便可想而知了。

散文的高境近于诗，言情言志，交融为一，而美学价值更多地体现在文化的传承，思想的表达。兹作表达思想有广度、有深度、有力度。

沈老是编辑出版家，由他编辑出版的书籍不下五百种，为我国出版事业的发展贡献卓越，体现了崇高的敬业精神。编辑为他人作嫁衣裳，最需要奉献精神与渊深学养，此书的部分文章对怎样做好编辑工作谈得甚为深入。关于编辑学的一些观点给读者以深刻的启迪：书籍的设计与编辑要给人以亲切感，封面的严肃与活泼、沉重与轻快、充实与空灵、写意与工细、绚丽与平淡自有广阔天地。书籍设计的民族性与现代感甚为重要，大型美术图书的总体设计与建筑艺术多有相通之处：“如果说封面类似于宫殿的大门，那么环衬应是宫门内的广场，扉页相当于‘影壁’，后面有正殿、侧厢、大小院落、廊柱、装饰……宫殿群的最后必定还有一座大殿或花园。”（《编辑设计的再创造》）进而指出："一个好的编辑，在专业知识不见得比作者强，但积累了丰富的经验、学识，可以提出作者想不到的问题，补作者之不足。”强调出版事业的发展，编辑人才的培养甚为重要："我们事业的根基，最重要的是人才的培养。”（《我在人民美术出版社的最初几年》）

兹作以散文的形式谈艺术，与宗白华的《美学散步》相仿佛。艺术要发展，理论应先行，沈老强调艺术批评要真正起到“磨刀石”的作用，认为“评论受生活与艺术制约，又对生活与艺术起催化作用”。为了发展艺术，我们需要评论，呼唤严肃的批评。“批评”应寓炽热的情感于冷静的理智之中，理智与情感高度的一元化是评论者良好素质的体现。艺术创作要真诚，艺术批评更要真诚："褒扬而非溢美，针砭而不泄私愤。”（《沈鹏书画谈》“后记”）沈老认为“精神文明建设是不能仅以硬件计算的，光靠‘打造’不行，提高全民族的文化素质，比之经济指标上升更难，更为任重道远”（《2003年春夏之交的随想》）。怎样提高创作主体的综合素质，他认为读万卷书、行万里路是行之有效的办法："我越发相信古人说的‘读万卷书，行万里路’是永恒性的真理。”论及其内在原因引用黄宾虹的话说："凡病可医，唯俗病难医，医治有道：读万卷书，行万里路。读书多，则积理富，气质换；游历广，则眼界明，胸襟扩，俗病可去也。”（《边学边思（二)》）

沈老谈艺，集中在诗书画三个方面，认为三者的统一是华夏民族的优良传统，应努力发扬。他说："诗书画结合又是一种在我国历史上形成的特殊的文化现象，我们不必因为有的作品徒具‘结合’的外壳，而否定这个良好的传统。”（《“诗意”一以贯之》）先生对诗词艺术有自己的独到见解。他强调诗为书画之魂，诗与书画的结合，是一种高层境界的融合，艺境的诗化，是将诗意作为一种潜意识自然而然地渗透在物化形式之中。他赞赏诗词的审美价值："诗词独立的艺术功能、艺术价值、艺术魅力，一代又一代的人们为之倾倒。"(《三馀吟草》"余话"）他认为真正的好诗"常常是最强烈的感情直觉与最高的理性思维碰撞的结晶"(《寻求通感》)。他对先烈遗作予以极高评价："作者绝大多数不以诗人名世，那种惊天地泣鬼神、杀身成仁、义无反顾的不朽精神，使他们成为真正意义上的诗人，留下的少数诗作成为后继者宝贵的精神财富。"(《志在探索》）旧体诗词要辞微旨远，又要中规中矩。他说："旧体诗词同样自律性十分严格；除却'镣铐'，不称其为格律诗；仅以屈从'镣铐'为能事，写不出好的格律诗。"艺术的高境须从必然王国走向自由王国。

谈得最多的当然还是书法。先生认为"中国书法是一门独立的艺术，它的形式美建立在几千年汉字的特殊形式的基础上，线条在运动中构成活泼的生命"(《边学边思（一)》)。书法以汉字为载体，以线条为物化形式来传承文化、抒发情感、表达思想，没有良好的综合修养，尤其是没有文学修养，艺术境界是无法提升的。书法走向专业化虽成必然趋势，但兼文墨的传统不能丢，不能只做"誊文公"，应努力书写见性灵、见境界的自作诗。艺术家要善于博取。先生明确指出："博取，应是成为大器的必由之路。"书法的博取大致有两方面的意思：文化的博取，书法技法、风格的博取。论及书法的审美，他说："书法是'有意味的形式'之一种，书法本体的内容，全部融于形式，或者说与形式合一。"(《始于四十》）这就是他的著名观点："书法的形式即内容。"关于这个观点，笔者已有专文论述，大致是强调书法创作内容与形式的有机统一，对书法意境的具象描述，以形而下之技来表达形而上之道，这对创作主体的综合修养提出了更高的要求。

作为一门艺术，技法的精湛当然是根本，技法的含金量不高，"书外"功夫再高也不能创作出高境界的艺术品。沈老对技法本体高度重视："'笔法'最单纯也最丰富，是起点也是归宿，有限中蕴藏无限……书法最原始的秘密深藏于技法之中。”（《书法的环境变化与持续发展》）技法本身具有强烈的抒情性，运斤成风的技法可以上升到哲学境界，“技”的高境与“道”相通。沈老说：“道之于艺，意味着更高的哲学层次，美从属于道并有相对的独立性。……审美从根本上说是纯粹的，具有普遍性，摆脱功利性。”（《美育的渴求与纯化》）技法进入抒情的自由至为艰难，应从传统中汲取丰富营养，艺术创作标新立异是可以的，但不能彻底推翻传统而另起炉灶，还须将艺术之根深植于传统之中。书法是“有意味的形式”，具有无穷魅力，可以从古今中外的文化中获得创作的灵感，借他山之石以攻玉，在新形式中保持固有的灵魂。他特别强调：“书法家要有思想上的自由和独创精神。”（《〈书圣王羲之〉开机仪式上的讲话》）

沈老对绘画艺术多有真知灼见。中国的绘画艺术，是与诗、与书法联系在一起的，三者有机融合方能臻至艺术的高境。中国的艺术家如果不懂诗，不知书，不对儒释道哲学有较为深刻的理解，艺境很难圆融幽深、超凡脱俗。作者在多篇文章中谈到了儒释道哲学对中国艺术的深远影响。作为画家，师传统固然重要，而师造化更难、更重要。画家做到技法的精湛与观察的入微，方能将眼中之竹、胸中之竹转化为手中之竹。沈老对苏轼的“阴察”之说甚为首肯。“阴察”是人物画创作的一种方法，通过平时的观察，对人物的描绘由“默写”而形神兼得。苏轼说：“欲得其人之天，法当于众中阴察之。”（《传神记》）画家李琦与先生一同参加中国文联组织的采风团，李琦通过对先生的平时观察创作了一幅形神兼得的人物造像，沈老看了赞叹不已，由此想到中国画的默写方法甚为重要，不限于人物，应体现在从观察到再现的一整套画理、画法之中，方能臻至“以己之神取人之神”“用吾之气韵取人之气韵”的艺术境界。（《由李琦的一幅“默写”谈起》）先生对小品画的艺术价值予以高度评价，认为齐白石以大写意绘小品画，很有人情味，很有幽默感，是古代小品画的继承和发展，齐老为当代小品画的艺术大师。(《也说小品画》) 沈老谈艺，特别强调时代感的重要性，艺术创作要为时代输进正能量。他在《魂系河山赞》一文中指出:“时代孕育豪情，艺术呼唤崇高”，艺术家应为时代提供体现崇高美的精神食粮。他对李延声《魂系河山》这一历史长卷中国画予以高度评价，认为此作能站在时代的高度追思历史，寓深广的历史感于强烈的爱国主义之中，最成功之处是将形象的探索与历史的思索相统一，将历史人物的肖像置于当今时代的认识之中，体现出凝重浑厚的悲壮之气，阳刚之美。

沈老是极富前瞻性与担当精神的艺术家、思想家，此书蕴含深沉的忧患意识。“忧患”一词最早见于《周易·系辞下》:“作易者，其有忧患乎?”《周易》以卜筮之书的形式表达了古人的哲学思想，体现了先民的忧患意识:“是故君子，安而不忘危，存而不忘亡，治而不忘乱，是以身安而国家可保也。”(《周易·系辞下》) 孟子提出了“生于忧患，死于安乐”的哲学命题。沈老指出:“我们不喜欢‘危机’这个字眼，‘莺歌燕舞’要比它好听好看得多。我们喜欢说‘大好’‘越来越好’，既可以麻醉别人也可以谎骗自己。……我们宁肯加入‘诺诺’的行列，不肯担当‘一士之谔谔’的风险。”他深有感触地说:“人类如果不分青红皂白地一味与天地相斗，到头来，干旱无雨，良田荒芜，土地沙漠化，就会连个立锥之地都没有了。”他在多篇文章中谈到了环保问题，要重视持续发展:“我们的行为表明，在追求某个目标的时候以表现出的短视、急切、利欲熏心，使我们很可能离目标更远。”(《2003年春夏之交的随想》)

沈老对文化的发展多具深远的目光。他说:“文化产品是精神产品，绝对不能以量胜质。”(《求其友声》)“精神产品的效应，并不总以数量衡定。”现代的“大师”头衔似乎可以批量生产。习近平总书记在文艺座谈会上的讲话中指出:当代艺坛有“高原”而少“高峰”。的确，拜金主义盛行，心性浮躁，艺术家哪能静下心来攀登艺术的高峰?什么是高峰?沈老说:“‘高峰’历来非常少，它的可贵在于能够体现一个时代的人文精神，引领风骚而历久不衰，给后代无穷的启发。”（《志存高远》）文化是一种软实力，文化的繁荣是国家强大的重要标志之一。社会的进步，更多地体现在和谐自由的人文环境之营构，这样才能更好地调动艺术家的生活积累，调动潜意识，创造出更多的艺术佳品。沈老说：“我觉得更重要的在于学习传统文化中的精华，不局限于知识层面，要提倡人文思想。”先生对“五四”精神予以高度肯定。他说：“新文化运动时期的‘德先生’和‘赛先生’还要请。”“尊重人，尊重个人人格的独立性，尊重人的创造意识，是核心的问题。”“要尊重并且善于开发自己的创造意识，还要尊重别人的个性创造，真正树立自由、民主、平等的学术空气，多元化由此形成。”（《边学边思（一）》）

沈老的散文创作着意追求诗的意境：言在此而意在彼，言有尽而意无穷。最大的特色是通过隐喻、象征或以某一件小事为触发点等多种方式拓展出广阔的联想空间，闪烁着智慧的灵光。语言风格也甚为鲜明，或朴素，或幽默，或典雅，无不以自然出之。

刘勰论文：“寂然凝虑，思接千载；悄焉动容，视通万里。”狄德罗说：“精神的浩瀚，想象的活跃，心灵的勤奋：这就是天才。”沈老论艺，对爱因斯坦的名言特别欣赏：“想象力比知识更重要。”先生的创作，仿佛随意撷取生活中的一片树叶、一朵幽花来凝神观照，深思遐想，题材的广泛性与抒情的自由性达到了有机的结合。作家是生活的有心人，他的观察是细致的，联想是丰富的，旨趣是幽远的。小中见大、平中见奇、浅中见幽是此书的重要特色。先生由打篮球想到了草书的美。他说：“运动员从跑步上篮到腾身跃起钩手投球入网，动作规范连贯，形成完整的健与美的统一。”“无论什么球赛（田径运动在内），凡是取得优异成绩的，运动员的形体动作几乎总是美的。”（《美在其中——世界杯足球赛随想》）这就形象地告诉读者：技进于道自然产生美，与庄子所说的庖丁解牛的道理相通。他对社会生活的感悟甚为深刻，比如现代化的城市，高楼到处都装有“鼻孔”，这些“鼻孔”是指空调的室外机，主要功能是把楼房里污浊的热气排出，由此作者想到了一个问题：空调排“热浪”对室内的环境虽有改善，而对室外环境并无改变，甚至造成污染，“热量仍旧存留着，但是转换了空间与形态”。进而作者想到了环保问题，想到了“杞人忧天”的故事，想到了“太空是人类赖以生存的除陆地、海洋、大气之外的‘第四环境’，可是人类亲手造成的‘宇宙垃圾’，又给自己造成了威胁，真正是应该忧天了”（《暑天》）。

语言是思维的物质外壳，此书的语言朴素简约，可以读出沈老雪洁冰清的品格与谦和平易的精神。启功先生有副对联：“作文简、浅、显；做事诚、平、恒。”这副对联是启老自我形象的高度概括，他的多数著作，把深奥的学识用浅近的语言表达出来，用平等的语气与读者交流，而真正的创造性即寓其中。沈老的语言风格与启老甚为相近，清新自然，简约流畅，将抽象之理形象化，深奥之理浅易化，繁富之理典型化，读来齿颊芬芳，境生象外。如《悼王叔晖》一文寥寥数百字，而深情饱蕴，形象生动。王叔晖是沈老的一位邻居，是著名女画家，作者在挽诗中对这位艺术家作了绘神的描写：“一管串联红锦线，百年来去白荷花”。“白荷花”的形象给人印象极深。

先生的语言时而幽默，时而典雅。沈老说：“幽默是智者对人生的感悟，是审美情操，是深层的感染力，不是洒在食品上的调料。”2012年闹得沸沸扬扬的所谓“末日”风波给一些人造成了恐惧感，沈老写过一首《“末日”》的诗发在《新华每日电讯》，其中两句“畏死贪生怜本性，悲天悯地仰真知”幽默风趣而又意味深长，结合此诗还撰有《“末日”谣传及想象》的长文，既对谣言邪说予以揶揄，同时也警醒世人：应爱护我们的地球，保护我们的“伊甸家园”，否则，真正的“末日”就会来临。他的语言脱尽尘滓，独存孤迥，闪烁着生命的冷光，时而也湛发绚烂的华彩，体现典雅之美。《跋自书〈前后赤壁赋〉》为书法作品集的序言，用文言写成，珠辉玉璨，美不胜收，如论及二赋之背景时这样写道："积平生块垒与眼下郁闷，发而为文，写景，写情，写哲理，文笔之曲折与心绪之摇落合而为一；世事之沧桑与词翰之跌宕相互感激。千载之下，予览斯文也，吟诵之，冥悟之，终于慷慨震撼，情思浩荡，不能自已，似与东坡相对而坐忘，相顾而悲喜。"真是灵光闪烁，文采飞扬。

"遥思故园陌，桃李正酣酣"，这是唐代著名诗人崔融的名句，沈老化用此句为题自有深意：眷恋故园，心系国家与民族，期盼故乡的桃李争妍斗艳，更期盼中华民族的优良传统一代代发扬光大，体现了先生的献身精神和崇高理想。此书所表达的雅意诗情与我们昂扬奋进的时代精神是合拍的。品此佳构，获益良多，由衷希望广大学人用心研读。试以《读沈鹏先生〈桃李正酣〉感赋》为题，吟成小诗一首以作结："饮露餐英未计年，素怀挥洒着孤妍。芙蓉国里冬阳暖，喜诵梅花白雪篇！"

隶书研究

高古疏荡　浑穆清奇

——沈鹏隶书艺术略评

王羲之云：“群籁虽参差，适我无非新。”新与美是天地山川最为华彩的一面，更为艺术之本质特征，若无新变，不能代雄，以崭新的意境示人方能调动审美者的激情。沈鹏先生是极富创新精神的艺术家，赵朴初先生盛赞其诗“清新挺健”，赞其书“大作不让明贤，至所欣佩”，启功先生评其书“所作行草，无一旧时窠臼，艺贵创新，先生得之”。沈老的创作的确是语言新、意象新、境界新。艺术创新最大的难度是语言。韩愈说“唯陈言之务去”。沈老对笔者说：“创作不仅仅要务去他人之陈言，还要务去自我之陈言。”沈老的艺术创作个性鲜明，书境诗化，语言兼融，他以险绝厚涩、雄秀高华的大草驰誉天下，而他的语言多从篆隶中来，他的隶书高度成熟，体现高古疏荡、浑穆清奇的美感特征。

艺术创新极为艰难，创新必须根植于传统，启功先生说过“必须在深入继承传统的前提下搞创新”。其水之不深则难负万吨之舟，其本之不固则难长参天之木。艺术创作必须有丰富的语言，语言之丰富必须溯源，源流之水仅可浮觞，而至为清澈者也，为创新提供最佳之养料。魏徵说：“求木之长者，必固其根本；欲流之远者，必浚其源泉”此言与艺术相通。沈老论书力主原创，强调从源头上拓宽视野，获取灵机，找准突破口。甲金篆隶是书法之源，古往今来不少大家以此为关捩而取得重大突破。傅山说："不知篆籀从来，而讲字学书法，皆寐也。"康有为云："上通篆分以知其源，中用隶意以厚其气，旁涉行草以得其变，下观诸碑以备其法。"隶书上承甲金篆籀之余绪，下启真楷行草之丰神，隶书的创作取境甚高，对行草书的创作影响甚深。沈老的艺术创作整体推进，诸体皆能，他的成功，与在隶书上用功甚深是分不开的。沈老的隶书创作甚为少见，笔者从各种资料中搜集到了二十余幅，虽为吉光片羽、散金碎玉，而从中可以窥见沈老深厚的隶书功底，自然对其行草风格的审美有更准确的把握。

沈老的隶书往往把读者带入太羹玄酒、钧天广乐的高古之境。窦蒙释高古："超然出众曰高，除去常情曰古。"这种高古之境的产生，与其取法甚高关系密切。取法高就奠定了创作的起点高，沈老的创作取法甚高，隶书体现兼融性的美感特征，多融篆意入隶。笔者还很少读到沈老的大篆创作，但品读了他的《散氏盘》《虢季子白盘》等临品，这些临品不单纯是形体克隆，更多的是精神追蹑，彰显了写意精神。这体现了一个学习的方法问题，沈老学书，青少年时代打的基础甚为坚实，在晚清最后一代举人章松庵先生的教导下临习名碑法帖，自然"开口乳"吃得好。笔者有幸在沈老家中看到了这位举人先生的画作，画境高古淡远，其书苍秀飘逸。沈老进入不惑之年以来，务求博览，寻找与自己性情相对应的经典研习，化为潜意识形成自己的语言。袁枚论诗认为取法古人在于取意取神，他说："我有禅灯，独照独知。不取亦取，虽师勿师。"（《续诗品》）沈老在《始于四十》一文中说："如果说学古人要'打进去'，那我的确做得不够。……我可能有一点长处，对自己真爱的经典，会反复揣摩，感染气息，默念其中的某个字，某一笔法，当创作时，不期而然地从笔底流出。"沈老这种学习方法对我们深有启迪。沈老对大篆珍爱有加，着意追蹑其浑穆苍茫之气，高古自由之境。读其《屈原〈离骚〉句》隶书斗方，形超神逸，古意盎然，雄厚奔放之气，闲鸥野鹤之姿，浑穆苍茫之意，靡不毕现，用笔来去无迹，看不出行笔起讫的矜持与造作，观其结体，疏密大小，自然安置，于静穆中见飞动，于森严中见疏朗。读其《陶渊明〈读山海经〉》隶书中堂，以恣肆宽博的线条、冲和淡雅的意象抒遣陶潜高逸淡远之诗意，用笔豪放质朴，敦厚圆润，字形扁平，体势攲侧，蚕头雁尾虽已淡化，而隶书翩然欲飞的势感依然强烈，结字寄奇隽于纯正，蕴刚毅于冲和，或大或小，或正或攲，或庄重，或严谨，或俊爽，神采飞扬，变化万端。

沈老隶书取法《开通褒斜道》《石门颂》和《杨淮表记》等汉代摩崖，清雄疏荡的美感特征甚为突出。疏者，清朗也，灵气充盈；荡者，豪纵也，骨力雄健。沈老对汉代摩崖情有独钟，摩崖多蕴古雅疏荡之美，而学摩崖难度甚大，没有深厚的篆隶功底，没有雄健的体魄，没有坚毅的意志是不可问津的。沈老的功力坚实，而孱弱的体格学摩崖似乎不太合适，其实沈老本来就是胸襟广博、浩气充盈的艺术家，读其《徐霞客歌》《黄山人字瀑》等诗书佳构，以巨刃摩天的手段抒发长风浩荡、洪涛怒翻的激情，体现出胸罗万象、气吞八荒的壮怀逸气，雄阔之美震人心魄。惜乎身体的孱弱使其豪气的抒发受到很大制约，因而沈老的诗作大多偏于理性，偏于平和，他的逸气豪情多倾泻于书，书法多清刚之气，不乏雄浑伟岸之作。沈老善于养气，为其诗书之境的阳刚之美提供了丰富的能源。沈老于《石门颂》入之甚深。祖翼跋此碑云：“三百年来司汉碑者不知凡几，竟无人学《石门颂》者，盖其雄厚奔放之气，胆怯者不敢学，力弱者不能学也。”杨守敬《平碑记》：“其行笔真如野鹤闲鸥，飘飘欲仙，六朝疏秀一派皆从此出。”读沈老的《海边拾石二首》隶书中堂与自撰《龙孙凤羽》隶书联，立即为其俊爽疏秀、潇洒野逸的意趣所折服，书品因势谋篇，随意布阵，自然变化，无拘无束，豪放不羁之姿，超然纵逸之态，呼之欲出，如野仙散圣，虽粗头乱服，不衫不履，形骸放荡，却神情清癯，道骨仙风，有一种飘飘欲举之丰采。其结字非篆非隶，沉着圆劲，纵横挺拔而草情篆意毕现于毫端。读其隶书《自作诗联语立轴》与《〈易传〉句》隶书横幅等佳品又呈现另一番风貌：结体宽博，用笔圆劲，笔力内含，笔势疏朗，骨气洞达，秀丽多姿。透过那清劲悠然的意象，我们眼前仿佛浮现这样的景观：疏林、峻崖、平湖、远山，山高月明，天朗气清。

沈老隶书多浑穆之美。浑者，雄强朴茂；穆者，凝重庄严。这种风格与取法小篆、汉碑有密切的联系。沈老的隶书，高古的意趣，雄强的力感，多得《散氏盘》《虢季子白盘》等为代表的大篆遗意，而又从斯相《琅琊刻石》《峄山刻石》等杰构中汲取丰富营养，张怀瓘评李斯之书："画如铁石，字若飞动，作楷隶之祖，为不易之法。"(《书断》）李斯《用笔法》云："凡书非但裹结流快，终藉笔力轻健。"读沈老隶书《阳泉使者舍熏炉铭》临品，以基本等粗的笔画线条为骨架构筑字形，以极为开张的撇捺向左右延伸，自然生动，各尽其态，字里行间，充溢、流动着一种郁勃浑穆之气，强烈地冲击着人们的心神。

沈老隶书的浑穆风格于汉碑取法尤多，于《礼器》之瘦劲苍秀、清圆超妙，《乙瑛》之清穆灵和、情文流畅，能精嚼细咽，消化吸收，而得力甚深者应为《曹全》，于其圆劲秀逸、萧散自适之美感特征感悟甚深。这种雄浑清穆之美，又与邓石如之古茂朴厚、虚和遒丽，伊秉绶之高古博大、秀劲古媚有一定的联系，从沈老的书学论文中可以清楚地看出，他对邓、伊两位大家是作过深入研究的。当然，沈老的艺术创作，与特定时空中的情绪、与载体的意境又有较多联系，沈老无论书写何种书体，既突出本体特征，又与书境诗化有密切联系，书家的艺术语言能准确追蹑载体的情感运动，自然形成独特的艺术风格。《悠悠不绝联》为书家途经浙江舟山定海先祖桑梓之地有感而作，由书品意象之疏荡浑朴、俊逸秀朗，可以读出《石门颂》《杨淮表记》之笔意，融雄健于纵逸，寓圆劲于清穆，深切地表达了对先人的景仰之情。而品读其《骥蹄羊角》隶书联，以清癯俊迈、遒逸飞动的艺术语言抒发老骥伏枥、志在千里的壮志豪情，用笔的坚劲如铁，多近斯相；其圆劲超逸的风神接近《曹全》，其雄肆苍茫之气韵令人想到邓石如、伊秉绶。撇捺波挑淡化蚕头雁尾，而翩然飞扬的韵致仍准确地表达隶书的美感特征，体现出一种沉凝之美、飞动之美、静穆之美。而品其《杜甫〈登高〉》隶书横幅，又呈现另一番景象：高古中见清奇，浑穆中见苍秀，将杜甫悲慨苍凉的诗境镀上一层落日熔金的霞光，仿佛可见书家超旷萧散的神采。

清奇为沈老隶书的又一美感特征。清奇为艺术之高境，司空图描述清奇之意境："晴雪满汀，隔溪渔舟。……载瞻载止，空碧悠悠。"（《诗品》）沈老的创作，标举创新，往往以"神出古异，澹不可收"的清奇之美折服读者。沈老的尚奇并非以狂怪丑拙刺激读者的眼球，而以卓异秀雅新人耳目，纵观历史上的艺术大家，无不以奇制胜。王羲之论书喜欢以兵法设喻，其实尚奇就是兵家美学思想的体现。《孙子兵法·势篇》："故善出奇者，无穷如天地，不竭如江河。"沈老对傅山作过深入研究，受傅山的书学思想、艺术风格影响甚深。傅山学书力主从篆隶入，取法高古，尚奇的思想也比较明确。傅山诗云："饕餮蚩尤婉转歌，颠三倒四眼横波。儿童不解霜翁语，书到先秦吊诡多。"诗中指出先秦书法看似颠三倒四，却很妩媚。他强调这种奇美的产生源于正拙，说："写字无奇巧，只有正拙，正极奇生，归于大巧若拙已矣。"沈老隶书的清奇之美，在于通会，在于兼融，意综篆籀，气摄简牍，化入行草，强化写意精神，故而奇姿独显，风神飘逸。

读其《成都武侯祠》隶书中堂，古拙瑰奇，天真罄露，笔力清劲，气势开张。溯其渊源，疏荡之骨力来自《石门》《杨淮表记》，而其风神多取《居延纪年签》《居延误死马驹册》《始建国木牍》《西汉木简》等简牍遗意，多用露锋落笔率意为之，毫无矫揉造作之态，用笔舒展恣肆，能放能收，书写流畅，点画内含筋骨，力在字中，表现了雄浑的气势美和刚健的笔力美，结字方扁取横势，撇画逸笔甚远，垂笔的长伸和重墨的使用，势如长戟长矛，气势雄伟，整个章法错落中重心不偏，整齐中欹正互补，不平衡中寓平衡，平衡中见变化，产生了多样统一的美的感染力，表达了对智慧之神诸葛武侯的景仰之情。此外如《康乐》《春和》《自作诗联语立轴》等隶书佳构，主要取神于简牍和《开通褒斜道》等摩崖笔意，用笔浑凝简直，痛快率真，点画丰筋力满，趣味横生，并融篆籀之古意写隶，天真烂漫之趣溢于笔墨之间，抒发了载体的诗意幽情。

沈老的隶书高古疏荡，浑穆清奇，形成了独特的艺术风格。观其隶书虽为吉光片羽，散金碎玉，而让人深切地感受到沈老对隶书的浸淫之深，艺术创作风格成熟，个性鲜明。沈老于篆隶用功甚深，很少用于创作，但对行草的影响甚深，他的行草线条沉实遒逸，变幻莫测，无不从篆籀语言中变化而来，这是值得深入研究的地方。

（此文刊发于《书法导报》2017 年 4 月 7 日第 10 版）

独立苍茫慨古今

——沈鹏自书诗《景山古槐·之三》隶书中堂赏析

景山古槐·之三

古槐毁去易新槐，随处移来随意栽。

苦嘱后人常记取，乔装陈迹隐疑猜。

欲云真假真痴绝，不识存亡存劫灰。

今日新枝苍翠滴，槐花应记几回开！

文字传承文化，书法创作必须以汉字为基础。鲁迅论中国文字有三美："意美以感心，音美以感耳，形美以感目。"书法以文字为载体，而这绝不是杂乱的堆积，唯有思想深邃、情感饱和之作，艺术审美方可进行，文化传承方可实现，艺术的高境永远是内容与形式的和谐统一。近年来，沈鹏先生提出"诗意·人本"的创作理念，这从传承文化的高度强调了书法的审美功能，这一理念可视为审美标准，从广义上来理解，美的书法应能传承、传播中华文化；从狭义上来理解，书法高境为诗书合一，词翰双美。书法日趋专业化，这个标准于当代书家而言有些过苛，因为就诗而言，象诗不易，意境圆融、风格独特甚为艰难；于书而言，专精不易，语言丰富、独标清格甚为艰难，而诗书合一，词翰双美，难乎其难。然而，艺术高原上高峰的出现本来是艰难的，综合素养至为重要，根深者叶茂，膏沃者光烨，表达形式有难度，审美境界方有高度。而今“艺术大师”之头衔似可批量生产，朝学执笔，暮称大家，以技为尚，于诗无涉，创作主体浮躁浅薄，艺品境界空洞苍白，此风之盛行对优秀文化之传承、高雅艺术之发展极为不利。近读沈老自书诗《景山古槐·之三》隶书中堂，诗书合璧，浑然天成。于诗而言，独立苍茫，寄慨遥深；于书而言，清穆高古，疏荡雄逸。一诗读罢，百感交织。

《景山古槐》为咏怀古迹之作，七律组诗三首，创作于1996年7月至1997年10月之间。景山位于北京市的中轴线上，是明清时的皇家园林，元代此处有座小山丘叫青山，明代修建皇宫时此处堆放过煤，故又称煤山，明朝永乐年间用拆除元代宫殿之渣土与挖掘故宫护城河之泥土堆积于此，逐渐成山，初叫镇山，后为万岁山，清顺治十二年（1655）改名为景山。明崇祯十七年（1644）李自成率领四十万农民起义军进攻北京城，走投无路的崇祯皇帝在皇后上吊之后，砍伤长平公主，刺死昭仁公主和几个嫔妃，随之在景山寿皇亭下的一棵歪脖老槐树上吊死。这株古槐在20世纪60年代被当作“封资修”连根拔去，补种过一棵小槐树，半死不活，老长不大，改革开放初期从别处找来一棵盛年期的歪脖槐树移植于此，这就是诗题所咏的“景山古槐”。诗人创作了七律三首，从不同角度对这一历史遗迹抒发感慨。第一首中心句为“八国联军欺铁索，十年浩劫拔根茎”，极言外寇入侵与十年浩劫对我们国家破坏之惨重。第二首中心句为“一袭白绸歪脖树，后宫红粉堕楼人”，追叙崇祯自缢的情景，含蓄地告诉读者：一个政权的昏庸腐朽，必然导致亡国破家。第三首中心句为“欲云真假真痴绝，不识存亡存劫灰”，告诉读者：治国以德，长治久安；丧失诚信，为国大患。

《景山古槐·之三》的诗境清新自然，苍深淡远。沈老的艺术创作，追求真善美，贬斥假丑恶，以情真胜，以意美胜，以朴素胜，此诗充分体现出这一特点。不妨细品此诗的意境之美。首联:“古槐毁去易新槐,随处移来随意栽”,贬斥景点造假、文化造假之现象,愤懑叹息之情见于言外。一个“毁”字,言其肆意破坏;一个“随”字,言其漠视历史。十年浩劫,连一棵有历史警示意义的树都毁掉了,可见破坏之大、之深、之惨重,这是中华民族的巨大灾难。这由什么造成的?由专制造成的,专制而生极左,极左而生愚昧,愚昧而生破坏,记取这一惨痛教训,对于促进社会文明之发展意义重大。改革开放之后,有关部门为了吸引游客的眼球,以新代古,景点造假,这是极不正常的现象。虽是一棵树,但它是一个王朝覆灭的见证者,以假充真,实际上是漠视历史,伪造文化。造假极为可怕,而今造假之风颇盛,用品造假,学历造假,连人命关天的食品、药品也造假,无处无假,无物无假,道德沦丧到了何等程度,诚信的缺失可以导致什么坏事都可做,这也是一个民族的悲哀!颔联:“苦嘱后人常记取,乔装陈迹隐疑猜。”指出以新槐易古槐这种造假行为产生的负面影响。“景山古槐”并非简单的一棵树,而是记录一段惊心动魄的历史。唐太宗说:“以史为鉴,可知兴替。”一个政权的建立何其艰难,而建立之后,仁义不施,腐败滋生,水可载舟,亦可覆舟,老百姓把你推翻,连皇帝的小命也保不住,前事不忘,后事之师,当政者应谦冲自牧,清廉自守,国家方能长治久安,社会方能文明进步。然而连这个历史遗迹也是伪造的,怎么能产生良好的教育意义呢?这是对历史极不严肃的态度。“后人哀之而不鉴之,亦使后人而复哀后人也”,假的东西后人质疑,何哀之有?劝鉴何来?

颈联:“欲云真假真痴绝,不识存亡存劫灰。”强调真实的历史遗迹方能产生警示意义,让人深省存亡之理。此诗借古喻今,借物言理,层层深入,精辟透彻。“痴绝”,愚昧之极,以假充真为愚昧,视假为真更愚昧,这样重要的历史遗迹竟不可信,还有多少东西可信,诗人甚为愤懑。“劫灰”,劫火的余灰,比喻大灾难、大动乱留下来的遗物、遗迹，此处指崇祯自缢处，指古槐。此联对仗精巧，两个“真”，两个“存”，字虽相同，词义各异，间接反复强化了表达效果：以假充真，何真可言？伪造遗迹，意义何有？中国的传统道德讲仁义礼智信，美国军官荣誉准则规定有三条：1. 决不说谎；2. 决不欺骗；3. 决不偷窃。这都是道德底线，丢失底线，何以修身？何以齐家？何以治国？保存一棵有警示意义的槐树，不管它是大是小，是高是矮，是直是歪，真的东西留下来，后人方识存亡之道，生兴替之感，这棵树即使枯死了，宁愿空着立个标记，总比假的东西好。历史是真实发生过的事件，是不可再造、不可重复的，而为了满足游客的好奇心，随意移栽，以假充真，从一个侧面反映了整个社会道德风尚的严重滑坡，也说明以真为美殊多不易。尾联：“今日新枝苍翠滴，槐花应记几回开？”古槐不古，无真可信，对此赝品，殷忧不已。诗作以景语作结，拓展出广阔的联想空间，诗题为“景山古槐”，实为景山新槐，虽然枝繁叶茂，苍翠欲滴，仿佛以历史见证人的身份在向后人诉说着什么，其实这是历史赝品、文化赝品，不仅不能让凭吊者发思古之幽思，生无穷之感慨，反而让人嘲笑那些造假者多么愚昧、多么无知、多么低俗、多么浅薄！这些道理谁懂得呢？谁重视呢？懂得的人不多，重视的人尤少，槐树还是年年岁岁春荣秋谢，送往迎来，诗人欲说还休，感伤不已。

白居易说：“文章合为时而著，歌诗合为事而作。”强烈的时代感与浓郁的诗意往往构成艺术高境之二元。《景山古槐·之三》言近旨远，寄托无端，由一棵假古槐想到了大明王朝灭亡的史实，想到了十年浩劫，想到了改革开放以来经济发展、道德滑坡的社会现状，寄意幽微，无疑是一首时代感强烈而又诗意盎然的精品力作。真正的艺术家首先是思想家，必须乐以天下，忧以天下。魏徵在《谏太宗十思疏》中说：“凡昔元首，承天景命，善始者实繁，克终者盖寡。”创业艰难，守业尤难，何以故？腐败易生之故也。当今之世，窃居高位者如周永康、徐才厚之流，满口马列，满腹坏水，假仁假义假面孔，黑肝黑胆黑心肠，导致腐败滋生，造假之风盛行实为腐败之藤结下的恶果，为我们的党和国家造成了多大损失。读此诗作，我们仿佛看到诗人在“古槐”之前独立苍茫、感慨今昔的情景，诗人的愤怒之情、忧患之思寄寓于“古槐”意象之中，真是“知我者谓我心忧，不知我者谓我何求”。诗贵含蓄，十分的话作一分说，方有回味的余地，方能让读者产生强烈的情感共鸣。此诗的结构华不伤质、整而能疏，起笔平淡自然，着手成春；两联对仗不偏枯，不板弱，精切而浑成，工密而古雅，抒情言理，逐层深入。景语作结，耐人寻味，余音绕梁，三日不绝。语言朴素自然，珠圆玉润，深得杜甫、刘禹锡、杜牧怀古诗之遗韵。

好诗无好字，好字无好诗，均非艺术的完美境界，意与境合、书与诗偕方为艺术之高境。作为大书家的沈老，自作诗往往是艺术创作的思想载体，他是激情与理性、才华与功力高度统一的艺术家，用何种书体表达诗意是经过审慎思考的。沈老以险绝厚涩、雄秀高华的大草驰誉天下，而《景山古槐·之三》却用隶书来表达，旨在强调诗旨的严肃性，引发读者对重大社会问题的深入思考。艺术家超旷的胸次、丰美的才情、深刻的思想、精湛的功力融合为一，外化为艺术，自然意境幽邃，五色交辉。沈老草书的主体风格为豪荡纵恣，萧散清逸，而于具体作品而言，情感相殊，风格各异，神采璨然，百变不穷。他的草书语言导源于篆隶，独特的中锋用笔完全是从篆隶中来，他的隶书也是广取博采，独铸英辞，神采意境，变动不居。

《景山古槐·之三》的书境为清穆高古，疏荡雄逸。品读此作，立即被这天真雄放的气势、古雅苍秀的意象、清穆飘逸的境界所折服。宏观圆览，浮现在我们眼前的书品意象仿佛蔡邕《隶书势》中的描写：焕若星陈，郁若云布……纤波浓点，错落其间，若钟虡设张，庭燎飞烟……似崇台重宇，层云冠山。远而望之，若飞龙在天……又如观赏南山之春林，草木欣荣，森然葱郁，云蒸霞蔚，景色壮观，但见嘉树竞秀，尽态极妍：或高或低，或大或小，或静或动，或青或紫，或轩昂如豪士，或精短如悍侠，或娟秀如淑姝，或灵诡如黠孩，神光离合，仪态万方。天机浮动，灵气氤氲，沉雄豪荡之势，拙朴疏秀之姿，清穆苍深之意，令人油然想起霍去病墓前古拙肃穆之浮雕，想起黄钟大吕合奏之雅乐，想起陈子昂登幽州台之苍凉诗歌，铁马秋风与杏花春雨融合为一，体现艺术境界的崇高之美。微观细品，敏思藏于胸中，巧态发于毫颖，因势谋篇，随意布阵，自然变化，无拘无束，舒展疏朗，萧散空灵。结字非篆非隶，似篆实隶，如野仙散圣，脱略形骸，不衫不履，道骨仙风，无一字不飞动，无一字不规矩，气度随意、稳重、敦厚，有纵而横列不拘，有正而奇诡多变，极尽疏密、斜正、开合之趣。细观用笔，以基本等粗之笔画线条构筑字形，抒情浓郁之撇捺左伸右展，将字体之美感发挥得淋漓尽致，其结构以均匀组合为标准，画多者伟岸，画少者扁平，自然生动，各尽其态，字里行间，充溢流动着一种郁勃之气，强烈地冲击着人们的心神。造型笔画并非绝对的直或曲，而以斜、曲、弧为基调，有些字形笔势作了局部夸张，如“记”字左大右小，左高右低，“枝”字左小右大，左低右高；有些作了斜度夸张，如“毁”字右边低而移位，“隐”字右下部凝神斜展；有些笔画作了长度夸张，如“人”字之捺笔，“灰”字之撇笔纵情延伸。用墨浓淡适宜，意象清逸，全幅亦用浓墨八处，墨渖淋漓，灵气满纸。总之，书品意象追蹑载体的情感运动，将庄严的辞旨、清穆的情愫、萧散的意趣作了准确表达。

细品兹章，深觉沈老的隶书语言渊雅灵动，高古苍秀，溯其渊源，主要有三。首先，取法大篆。篆参隶势奇姿可生，隶参篆势形质高古，此品多用中锋圆笔，蚕头燕尾多已淡化，从结字布局来看，深得《散氏盘》《虢季子白盘》之遗意。深品兹章，呈现于我们眼前的是一派天机，扁圆的字形，无一字不欹侧，而字间呼应，随势生发，又无一字不稳妥，造型奇姿百出，妙趣横生，令人目不暇接，如一群活泼可爱的顽童，欢腾雀跃，呼之欲出。其线条豪放粗犷而又凝重含蓄，章法朴茂而又空灵。其次，取法汉碑。沈老于汉代几大名碑下过甚深的功夫，于《乙瑛》的骨肉匀适，情文流畅，《礼器》的清圆超妙，瘦劲如铁，《曹全》的秀丽典雅，风神逸宕，均能精嚼细咽，消化吸收，而最得力于《石门颂》。这里特别值得指出的是，从沈老所书《陶潜·读山海经》《万物四时联》等隶品来看，他对汉代摩崖情有独钟，主要取法三大摩崖：《开通褒斜道》《石门颂》《杨淮表记》。摩崖最不易学。沈老是卓识勇毅而富有激情的艺术家，虽长年抱病，体质孱弱，而出入经史百家，善养浩然之气，以深厚的篆籀功力为基，故敢问鼎《石门》等摩崖，遗形取神，不落言筌。细观此品，《石门》的遗意依稀可见，行笔如野鹤闲鸥，飘飘欲仙，体势纵恣圆劲，灵动洒脱，线条清劲而气韵绵长，善于从大自然的给予中找到灵感，读来深觉雄肆、清爽、秀逸，仿佛在我们眼前浮现疏林、峻崖、平湖、远山，空阔无边，历历在目。又次，取法简牍。此作之笔意得《阳泉使者金熏炉铭》尤多。沈老钟爱简牍，此品纵逸的撇捺，萧散的结体，自然的风神，令人想起《居延纪年简》和《玉门花海汉简》，结字落落大方，从容有度，稚拙而葆天真之趣，欹侧更增绰约之姿，藏锋使精气内敛，密结致神情凝聚，体态流美，章法天成。此外，整体布局一气流贯，神采飞扬，又体现出甚浓的草意。

独立苍茫慨古今。《景山古槐·之三》以饱蕴深情哲理的诗歌意境和高浑疏荡的书法神采，构成一幅辞微旨远、意象瑰玮的壮美图卷，沉雄中见灵秀，浑穆中见疏荡，飞动中见清宁，豪放与婉约、诗意与哲理浑然一体，体现出一种崇高之美。罗马美学家朗吉弩斯在《论崇高》一书中指出构成崇高的因素主要有三：庄严伟大的思想、强烈激动的情感、高雅精美的措辞。沈老的艺术创作，以崇高为宗，这些因素在此诗中得到了具体而微的体现。尝一脔肉，能知一鼎之羹，一镬之味，读此佳品，无疑可窥沈老壮丽多彩的诗国风光与奇谲瑰美的书品意境。沈老年高耄耋，仍在自强不息，深慨艺道幽渺，高境难臻，强调以文养墨，以学砺笔，其谦虚品格与执着精神激励我们在艺术的崎岖山径中不懈攀登。

（此文刊发于《书法导报》2016 年 4 月 20 日第 13 版）

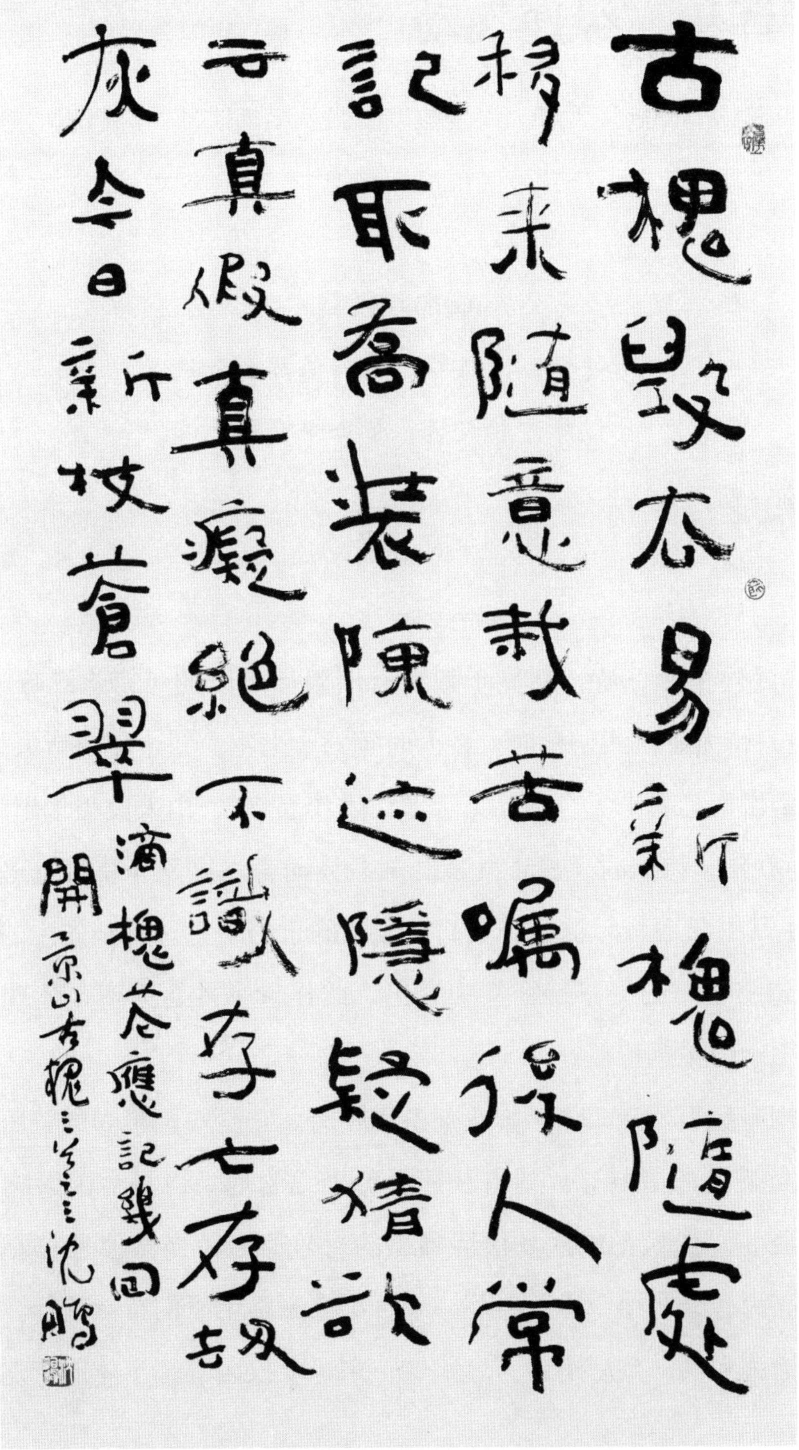

苍深浑穆　纵逸飞动

——沈鹏自书诗《成都武侯祠》隶书中堂赏析

成都武侯祠

廿年重到武侯祠，廊庙依然鬓有丝。

宁远堂中惟谨慎，辍吟梁甫更无诗。

《成都武侯祠》一诗，初见于荣宝斋出版社出版的《三馀续吟》，创作于1998年10月诗人重游武侯祠时。诗人时年六十七岁。二十年前诗人始游于此，可能有诗记游而笔者未见。书品见于《沈鹏作品集》，由人民美术出版社出版，创作于2000年，诗人时年六十九岁。从载体而言，这是一首寄慨遥深的咏怀古迹之作；从书品而言，这是一幅简意颇浓的隶书中堂。沈鹏先生的创作，辞翰双美、诗书合一的美感特征甚为突出，此作诗书妙合无痕，体现出苍深浑穆、纵逸飞动的美感特征。

武侯祠始建于公元223年修建刘备惠陵时，它是中国唯一的一座君臣合祀祠庙和最负盛名的诸葛亮、刘备及蜀汉英雄纪念地，也是全国影响最大的三国遗迹博物馆。武侯祠以武乡侯诸葛亮的封号命名，当然他是主要的纪念对象。诸葛亮为智慧之神、忠臣典范，千百年来激励士子们奋然前行。诸葛亮在世时被封为武乡侯，卒后追谥为忠武侯，东晋政权因其军事才能特追封他为武兴王。

诗作起笔点明游览古迹的地点和时间："廿年重到武侯祠"，没有描写，直接叙事而寄慨遥深。二十年前曾游于此，二十年后旧地重游，可见诗人对此名胜系念之深。二十年在历史长河中只是一瞬，而在人的一生中是漫长的。诗人景仰武侯、昭烈等三国英雄的伟大人格、丰功伟德，睹物思人，思绪万千。承句"廊庙依然鬓有丝"，抒发岁月催人的深深感喟。"廊庙依然"，言其风物依旧，而诗人早已鬓雪飞来，俯仰今昔，感慨系之。生命个体与宇宙时空对比，苏轼有"哀人生之须臾，羡长江之无穷"之慨叹，而作为思想家、艺术家、诗人，这种苍凉之感的产生也是自然的，陈子昂不是慨叹"前不见古人，后不见来者"吗？"鬓有丝"，语出鲁讯诗句"惯于长夜过春时，挈妇将雏鬓有丝"，诗人第二次游武侯祠是六十七岁，身体孱弱，华发早生，这时当然鬓雪盈颠了。缅怀古人，往往想起自己，三国时的风流人物多是年少英雄，景仰他们，有激励亦多感伤。

"宁远堂中惟谨慎"，转句拓开一笔，转入议论，表达对武侯人格个性的仰慕。"静远堂"（"宁远堂"误）中塑着诸葛亮像，堂名取自诸葛亮《诫子书》中的句子："澹泊以明志，宁静以致远"。这两句话最早见于《淮南子·主术训》："非澹薄无以明德，非宁静无以致远，非宽大无以兼覆，非慈厚无以怀众，非平正无以制断。"诸葛亮的话意思是说：只有排除杂念，荡除俗虑，方能专心致志，将智能、灵感调动起来，方能有所创造，有所成就。武侯祠景物众多，单称"静远堂"颇有深意，这是突出诸葛亮的高洁人格，诸葛亮位高权重，而清廉自守，故能明志致远。诸葛亮是智慧之神，多奇谋异策，而思维缜密，办事谨慎。"谨慎"一词，语出《出师表》"先帝知臣谨慎"。有一副名联："诸葛一生惟谨慎，吕端大事不糊涂。""谨慎"是一种优秀品质，一种生活态度和倾向，谨慎的人会对事物作整体的、细节的考虑，评估得失，决定取舍，大大增加成功的可能性。谨慎也是一种很高的智慧，人生没有彩排，只有直播，应向前哲学习处世的经验。

合句“辍吟梁甫更无诗”，强调人才之可贵，智慧对于人生的重要意义。辍吟：停止吟咏。“梁甫”是指诸葛亮隐居时常吟的一首诗。《梁甫吟》一诗，讲的是战国时齐国相国晏婴二桃杀三士的故事。诗云：“步出齐东门，遥望荡阴里。里中有三坟，累累正相似。问是谁家冢？田疆古冶子。力能排南山，文能绝地纪。一朝被谄言，二桃杀三士。谁能为此谋？国相齐晏子。”齐景公麾下有三位勇士，名叫田开疆、古冶子、公孙捷，文武双全，他们为景公立下过汗马功劳，景公宠爱有加。而三人挟功恃勇，傲视公卿，晏子深以为患。晏子说服景公派人给三人两个桃，让他们计功食桃。三人争论后，相继自刎。从《梁甫吟》最后两句诗来看，“谁能为此谋，国相齐晏子”，虽对晏婴过人智慧表示赞叹，而多寓讽刺，含蓄地表达了对一代英杰误中“阴谋”、身死而不自知的怜惜之情。二桃杀三士的故事，历来史评家贬多于褒。而笔者认为晏子之谋乃不得已而为之，三人的悲剧自己应负主要责任。晏子为人，谦冲自牧，清廉自守，智慧过人，为千古英杰，而三位猛将，不能自谦，实为少德，易于冲动，实为无智。无德无智，虽勇而愚，愚而有勇，易为祸患。晏子之谋从情感道义而言，实乃狠毒；从国家稳定而言，实乃明智。此事告诉我们，对人才而言，既要重才，更要重德，重智慧，重理性。人才发现不易，用之驭之尤难。诗人由《梁甫吟》想到诸葛亮，想到蜀汉之兴亡，想到民族脊梁之重要性，欲说还休，给人以回味无穷之感。

《武侯祠》词微旨远，寄托遥深，在极为狭小的艺术空间，蕴涵极为丰富的思想，引起读者丰美的想象和联想，表达了对智慧之神诸葛亮的仰慕和取法前贤、许身于国的强烈愿望。诗作运用接近联想的思维形式，让人仿佛看到蜀汉英雄君臣相遇、情同鱼水、出奇制胜、功昭日月的一幕幕情景。诗人以平实的语言遣意抒情，体现很高的理性与智慧。诗作善于用典，所用典故为人熟知，含而不露，幽深飘渺，的确是一首耐人寻味的佳作。

《武侯祠》一诗，通过概括性的描写与联想的展开，用大写意的手法刻画了一代智慧之神诸葛亮的形象。诗作的意境为苍深浑穆，而物化为书境为拙朴瑰奇。沈老的艺术创作脱尽窠臼，别开生面，追求书境的诗化，朗现甚高的文化品位，此作的意境极具典型性。书品用简意较浓的隶书来表达，大致是从对前哲由衷折服的情愫切入，形成庄严肃穆、朴茂瑰奇的艺术意境。沈老的隶书虽然少见，而语言丰富，风格鲜明，以《石门颂》等汉代摩崖为基而广取博采，千变万化而莫能穷其源。此作独铸清辞，以居延、武威汉简为主调，融进《阳泉使者金熏炉铭》《五凤刻石》《马王堆帛书》等经典之遗意，化入大篆、行草的某些元素，追求拙朴与高华、诗意与童真的和谐统一。品此佳构，仿佛来到武侯祠漫步，但见古柏森森，苍藤摇曳，廊庙庄严，碧草映阶，不觉神思飞动，幻现武侯指挥若定、羽扇纶巾的形象，诗人感慨今昔、超然物外之神采亦见于言外。

沈老以简意为主的隶书仅见此作。汉简多指两汉广为流行使用的文字，并非为书法艺术而创作，大多具有粗糙荒率和信笔草草之特征，孕育着八分、章草、楷书、行书之胚芽，体现人民群众的无限创造力。沈老学汉简，取其精气内敛、神情凝聚之意韵，追蹑其朴茂自然、灵动纵恣之格调，糅以学养，润以才情，将整个书境予以雅化。此作时而露锋落纸，时而藏锋遣意，或施圆劲苍秀的大篆线条，偶露悬针垂露之行草笔意，真草隶篆相掺，端庄浑厚、雄秀瑰奇的简书风貌新人耳目，摇人心旌。细品笔法，主笔沉稳有致，次笔舒展自如。康有为在《广艺舟双楫》中说："精于篆者能竖，精于隶者能画，精于行者能点。"竖是小篆中最基本的线条，为主笔；隶书以纵向收敛而横向分展而取势，蚕头燕尾，一波三折，提按轻重变化最为丰富，故以横画为主笔。此作意象兼融，境臻通会，主笔沉稳，次笔纵逸。"廿""年""有""梁"的横画虽已淡化燕尾，而气势飞动，呈千里阵云之势；“到”“廊”“慎”的主笔为竖画，似为悬针垂露，如苍崖耸翠，古木凌霄；“武”字的戈挑苍劲清雄；“远”“更”的长捺纵意舒展，笔意应从《阳泉使者金熏炉铭》和《居延纪年签》中来，充溢、流动着一股郁勃之气。结字多以移位变形来抒发似敛而纵的主体情感，如“侯”左低右高，“然”左高右低，“重”字紧结，“丝”字疏荡，“廿”“无”扁平，“廊”“更”修长，千变万化，意韵十足，让人仿佛看到情感的清泉在山涧流淌，冲崖刷石，溅起朵朵浪花。此作的用墨亦见特色，浓墨十五，枯笔九，润如春雨与干裂秋风相映生辉，强化了主体情感的抒发。

苍深浑穆，纵逸飞动，这是《成都武侯祠》诗书之境的基本特征，既彰显了甚高的文化品位，又体现了丰饶的创新意味，是沈老书艺中难得一见的隶书珍品，细品此作，对沈老创新意识的理解、风格的把握，都有重要的意义。

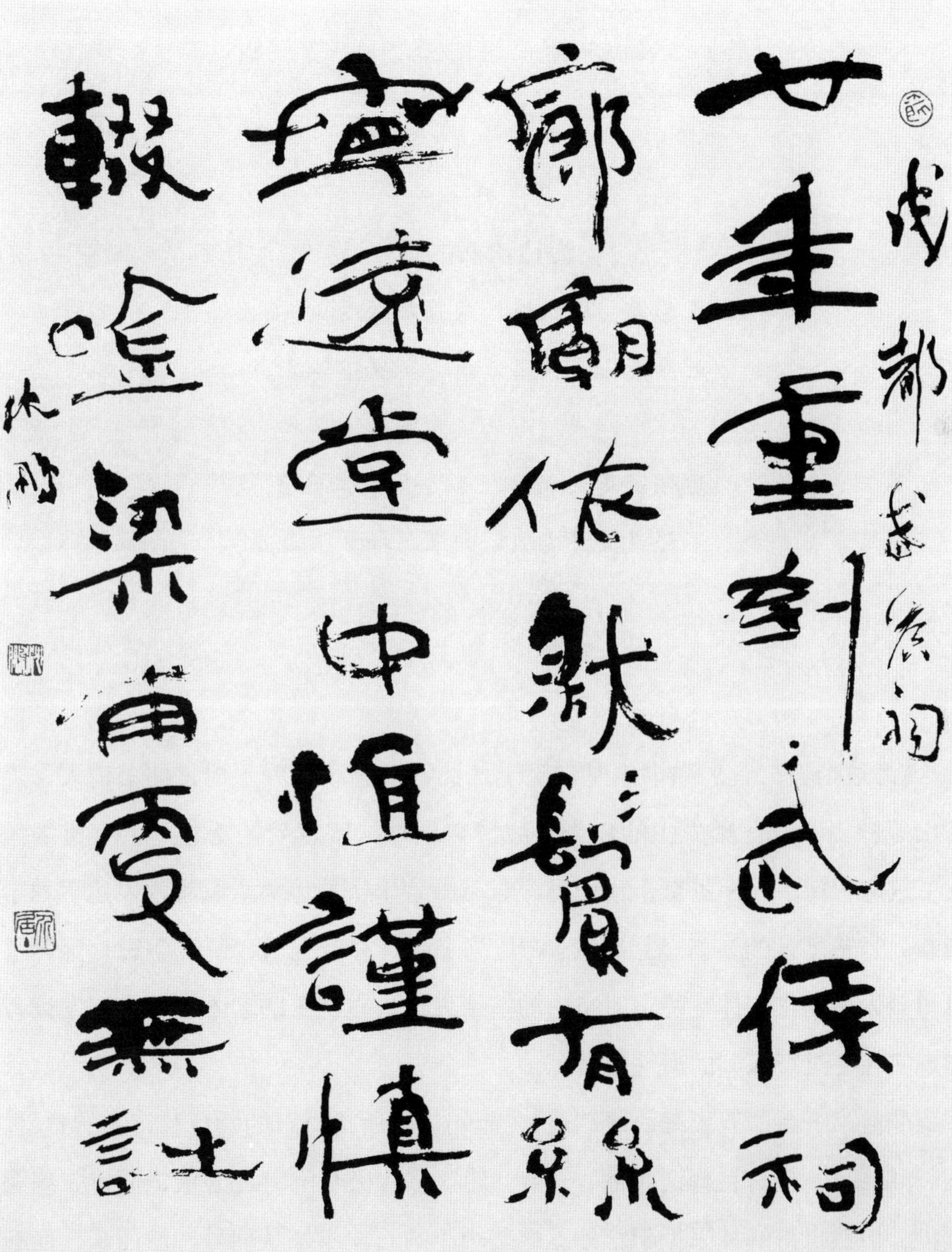
廿年重到武侯祠
寧遠堂中惟謹慎

超旷淡远　疏荡飘逸

——沈鹏自书诗《海边拾石二首》隶书中堂赏析

海边拾石二首

五彩缤纷眼欲迷，欢腾跳跃返孩提。
此身恍若成精卫，填海不嫌躯体微。

斑斓疑是女娲遗，万劫千磨水下奇。
不补昊天甘委地，归来携袖夕阳西。

《海边拾石二首》隶书中堂，见于《沈鹏书画续谈》下册，此书由人民美术出版社出版。沈鹏先生的创作，激情与理性、诗意与技法达到了有机的统一。这两首诗，平中见奇，浅中见深，飞腾着丰富的想象与联想，表达了甘于奉献、甘于平凡的崇高思想感情；物化为书品，朴茂苍秀，疏荡飘逸，强化了思想载体与创作主体在特定时空中的情绪表达，在瑰美的艺术意境中引发读者对现实人生进行深刻的理性思考。

先赏第一首。“五彩缤纷眼欲迷”，起句描写所拾奇石的颜色和诗人的感受。“五彩缤纷”，极言色泽之绚丽；一个“迷”字，极写陶醉之心情，而诗人高蹈尘世、怡然自得的神采见于言外。这些小小的石块不知从何处冲激而来，而在海水冲击力的作用之下洗涤了泥沙，打磨了形态，绚烂多彩，玲珑可爱。沈老作为诗人和艺术家，美是他的终极追求，这方奇石是天工之作，他看到自然惊喜不已。承句“欢腾跳跃返孩提”，极写欢悦之心情，诗人仿佛回到了天真无邪的少年时代，不觉心花怒放。一个“返”字佳妙，片刻之间仿佛忘却了尘世的纷扰，感知到了久违的童心。好奇心是人类最为普遍的一种心理，儿童至真至纯，好奇心尤为强烈。“欢腾跳跃”状写欣喜之神态，看到奇石而回到童年，这说明诗人童心未泯。永葆童心，这是艺术家最为可贵的一种审美心理，是艺术创作追求真善美的心理基础。明代李贽说：“夫童心者，绝假纯真，最初一念之本心也。若失却童心，便失却真心；失却真心，便失却真人。”（《童心说》）童心未泯，发而为艺，自然朗现真纯高华之美感特征。

“此身恍若成精卫”，转句荡开一笔，进入议论，由奇石想到了传说中的“精卫填海”。精卫填海的故事见于《山海经·北山经》。相传精卫本是炎帝神农氏的小女儿，名唤女娃，一日女娃到东海游玩，溺于水中，死后其不平的精灵化作花脑袋、白嘴壳、红色爪子的一种神鸟，每天从山上衔来石头和草木，投入东海，然后发出“精卫、精卫”的悲鸣，好像在呼唤着自己的名字。这个故事可从不同角度解读。原意为复仇，而今演化出丰富内涵。茅盾说：“精卫与刑天是属于同类型的神话，都是描写象征百折不回的毅力和意志的，这是属于道德意识的鸟兽精神。”结句“填海不嫌躯体微”，点明诗旨，表达诗人甘于奉献的愿望。按常理而言，以石填海，无补于事，个体是渺小的；从意志的重要性而言，这种“填海”精神甚为可贵，而甘作填海之石，无疑是奉献精神的艺术表达。人心齐，泰山移，无数个“精卫”持之以恒地“填海”，就有可能创造人间奇迹。沈老竭尽心智推动我国艺术事业的发展而取得辉煌成就，不正是发扬了坚韧不拔、甘于奉献的精卫精神吗？

第二首从另一角度来透视奇石。“斑斓疑是女娲遗”，还是从奇石的绚烂多彩说起，对此灵物，诗人忽而想到了女娲炼五色石以补苍天的传说，这个物品莫不是女娲剩下的那个宝贝吧？进一步写出了诗人对奇石的喜爱之情。女娲的故事初见《淮南子·览冥训》："往古之时，四极废，九州裂，天不兼覆，地不周载……于是女娲炼五色石以补苍天。"《〈太平御览〉五二引王歆之〈南康记〉》亦有记载："归美山，山石红丹，赫若采绘，峨峨秀上，切霄邻景，名曰女娲石。"女娲补天是中国上古神话传说之一，女娲为创世女神，是华夏民族人文先始，福佑社稷之正神。相传女娲抟土造人，化育万物，使天地不再沉寂，因此被称为大地之母。转句"万劫千磨水下奇"，感慨奇石形成不易。奇石虽美，形成极难，一块小小的石头玲珑璀璨，是经过海水的"万劫千磨"的特殊加工而形成的，没有千年万载水流冲击力的洗涤打磨，就没有它的奇形异色，这也暗喻特异之才是从艰辛中磨炼而成的，没有艰辛的付出，要想取得成功是不可能的。只有对生活感悟至深的人，方会对一方奇石有这么多的奇思妙想。

转句"不补昊天甘委地"推进一层，对奇石进一步思考，以石喻人，表达诗人的人生见解。"昊天"指广阔的天空。诗人沉思：这些奇石如此瑰美，莫不是女娲补天剩下的五色石？如果是剩下来的补天良材，而今不去补天，甘于委落在地上，漂泊到海滨，这是什么原因呢，大概是它甘于平凡的缘故吧？结句"归来携袖夕阳西"，赞美甘于平凡是一种高境界的美。这么美的石头可补苍天而不去补，让其他的奇石去补，甘于平凡，与老人小孩为伴，又是多么可爱。正因为它甘于平凡，方能遇到我这样平凡的人掇拾欣赏。这句诗描绘了诗人在晚霞中拾石、赏石而怡然自得的神情。奇石似乎告诉读者：甘于平凡是高尚的情操、超凡的智慧。整个社会是一个和谐的整体，正像建一栋房子，既需要栋梁之材，也需要立基之石、栏楯之木，并非所有的优质木料都得去做栋梁，也可以做门窗，做藻井，否则这房子就无法建成。大材可以大用，可以小用，大材小用自得其乐，小材大用尚有危机。孔子告诉我们：德薄而位尊，智小而谋大，力小而任重，是很少能躲避祸患的，中国古代的真正隐士大致是这样的甘于平凡的海滨之石吧？

《海边拾石二首》对奇石感触良多，驰其千回百折之精神，讴歌了坚毅的意志，甘于奉献、甘于平凡的精神，更深一层地告诉读者：人生需要智慧，需要磨炼。儒家哲学告诉我们：昂然奋起，知其不可而为之，这是一种勇气，一种力量，人类在征服自然、改造自然中就需要这种勇气和力量，只有发扬积极进取的精神，方能推动社会向前发展。个体的力量虽然微弱，但有千万块石头可以垒成高山，千万棵树木可形成森林，千万条溪流可汇成大海，中华民族的伟大复兴有赖千千万万个体的不懈奋斗。老庄哲学也告诉我们：当进则进，当退则退，热爱生活，热爱生命，向往伟大，固然可敬，而耽于宁静，甘于平凡，愿守孤高，亦应堪钦。两首诗都湛发一种哲思之光芒，而又有共同的美感特征。其一，想象丰富。一方奇石，诗人能展开这么多的奇思妙想，体现悟性之超凡，胸次之豁达。其二，比兴手法。比兴是诗歌创作中的传统手法，丰美的情感附丽于物象，使诗歌表达形象生动，委婉幽深。比兴实际上是暗喻隐喻。《海边拾石二首》实际上是多边设喻（钱锺书在《谈艺录》中指出比喻有两柄而又多边的特征），体现了诗人的艺术匠心。其三，典故的运用。用典贵于贴切自然，用人们习见习闻的典故而生发无穷感慨，不露痕迹，不掉书袋，而给人许多新的启示。

同一题材，从不同视点切入，表达了旨趣迥异的思想内涵，而艺术风格大致相近，那就是超旷淡远，而物化为书境则为疏荡飘逸。沈老为艺，语言丰富，技艺精湛，具有强烈的创新意识，因而每幅作品都有不可重复的美感特征。纵观数百年来的书法史，真正做到书境诗化、新境叠现的书家甚少，而沈老则是当代最有代表性的一位。沈老是当代狂草大师，而此诗用朴茂疏荡的隶书来写，很有深意，表达悟理的深入性与抒情的肃穆感。沈老的隶书创作相对较少，而此作风格独特，书家选择最拿手的摩崖语言来表达思想，抒发情感。

沈老的隶书境臻通会，语言丰富，根植于《礼器》《乙瑛》《曹全》等名碑，旁及简牍，游心大篆，而从《石门颂》《杨淮表记》等汉代摩崖中获得灵感，异彩纷呈，百变不穷。以《石门颂》《杨淮表记》为代表的汉代摩崖，特点为雄强朴茂，高古苍茫。品此佳构，集宽博灵秀于一体，多雄厚奔放之气，少雕琢刻镂之痕，非篆非隶，沉着圆劲，纵横挺拔而草情篆意毕现于毫端。雄纵的骨力，疏荡的气象，遒逸的韵致，给人以豪纵疏朗、飘逸空灵之感。

此作的用笔，以方为主，时施圆笔，“女”“水”“补”“昊”四字引入枯笔飞白，使整个意境平添几分逸气，藏锋逆入时见蚕头，燕尾多已淡化，而飞动的气势依然强烈。纵观此品，有篆书的圆劲，隶书的飞动，楷书的方正，行草的纵逸，苍秀的线条，宽疏的布白，畅达的行气，营构出古雅清宁的氛围。舒展灵和的字形，清雅雄秀的意象，纵恣排宕的气势，朗现一种超旷萧散、清俊自然的生意。细品此作，每作横画，翘势翩然，空灵远引，刚劲中含柔韧，古朴中见清新，所作波撇，峻峭秀拔，风度翩然，俯仰欹侧，顾盼有情，转折处提笔翻毫，灵光闪烁，神采奕奕，英气勃发。结字从意蕴而言，内圆外方，内紧外松，于方刚遒逸的风气中，保持沉凝圆劲之活力，于沉稳雄健的体势中，时见飞动纵恣之神采。从形体而言，或大或小，或高或低，时而正襟危坐，时而移位变形，或如苍松之挺拔，或如修篁之袅娜，或如青萝之摇曳，将书家俯仰自得、游心八方的雅意抒发殆尽。

超旷淡远，疏荡清逸，这是《海边拾石二首》诗书之境的主要特征，也是诗情雅意的艺术表达、智慧灵光的自然湛发。细品此作，美感与理性、智慧与才情达到了和谐的统一，是创新思维的艺术结晶，让我们看到了艺术家淡远超旷的心灵境界、蝉脱尘世的超凡智慧。

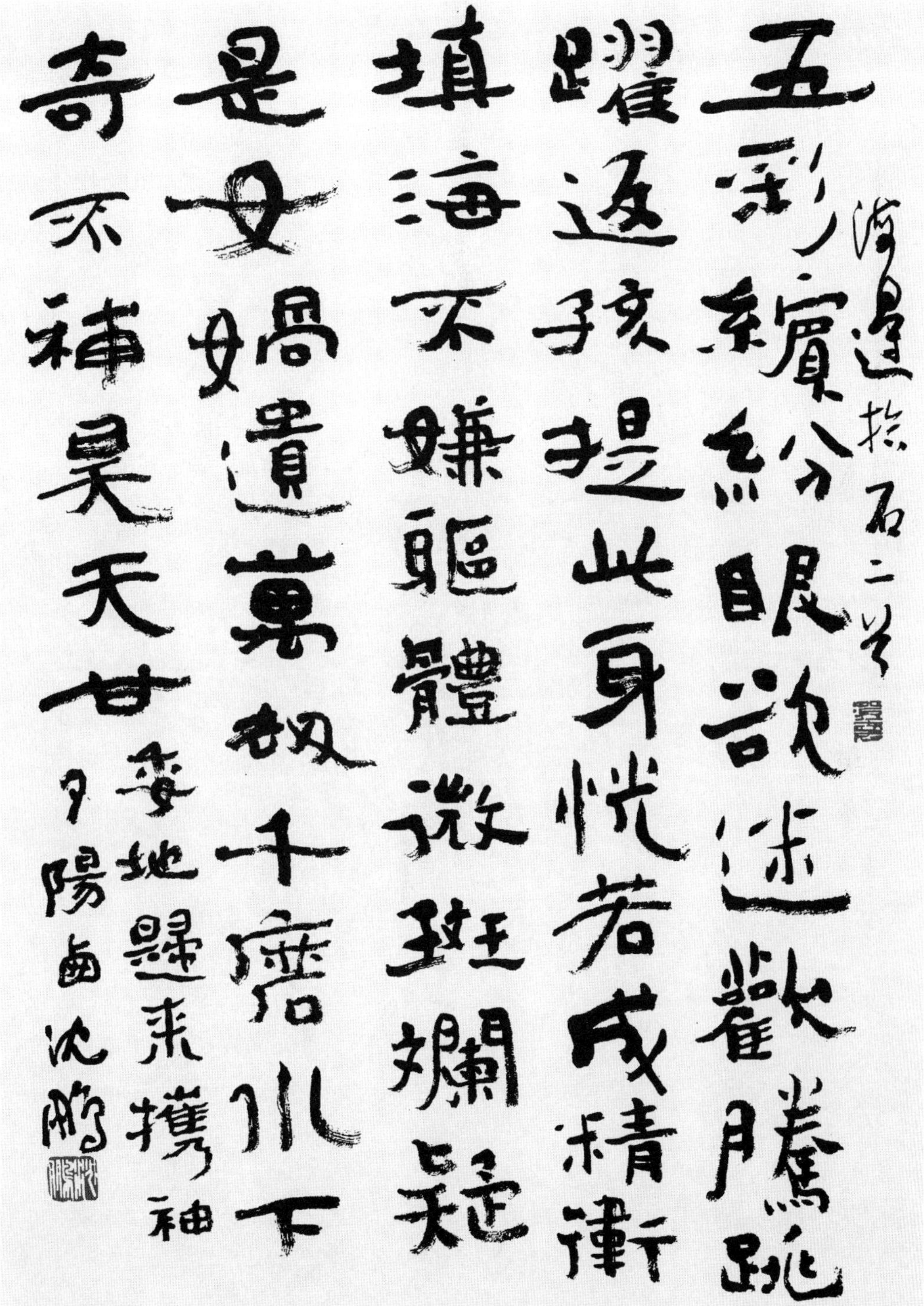
五彩繽紛眼欲迷歡騰跳
躍返孩提此身恍若成精衛
填海不嫌軀體微斑斕疑
是女媧遺萬數千磨兀下
奇不補昊天甘
委地疑來攜袖
夕陽西 沈鵬

行书研究

霞飞烟合　气象万千

——沈鹏行书艺术略评

孙过庭说："适时趋变，行书为要。"行书之为体，深见心性、功力、学养、才情，体现书法作为"艺中之艺"的美感特征。行书书写便捷，易于辨认，应用性广，风姿神采，变幻莫测，艺术性强。无论从实用还是从艺术审美角度而言，行书极具适应性，极具魅力。一代有一代之文学，一代有一代之书风，晋人尚韵，唐人尚法，宋人尚意，明人尚态，这些风格，多从行书中体现，历代大家宗匠，无不以独具风神的行书而领时代之风骚。一般说来，行书中近楷者为行楷，近草者为行草，此文所论沈老之行书，偏于楷意行书与隶意行书。行草另文专论。沈老以险绝厚涩、雄秀高华之大草鹰扬天下，而其行书的创作亦取得了卓越成就。所论沈老的行书，严格地说不能用"行楷"来概而论之，沈老的行书风格独特，以帖化碑，真正的楷意行书不是太多，而较多的是隶意行书，还有篆意行书，而此种行书又不是人们常说的"草隶"或"草篆"，而是独特的"这一个"。统观沈老的行书，各体兼融，境通神会，筋莹肉洁，五色交辉，体现出"霞飞烟合、气象万千"的美感特征。

品赏沈老的行书，摇人心旌的是浓郁的诗意和真挚的情感。沈老的行书是心灵的吟唱，理想的高歌，诗意的表达，全方位展示了书家美丽丰富的心灵世界。沈老既是杰出书家，又是著名诗人，横溢的才华与精湛的技法忻合为一，书境诗化是其艺术创作最为重要的美感特征。诗与书法的相通之处在于抒情的深挚。清人袁枚论诗：“诗者，人之性情也；近取诸身而足矣，其言动心，其色夺目，其味适口，其音悦耳，便是佳诗。”（《随园诗话·补遗》）林散之诗云：“不随世俗任孤行，自喜年来笔墨真。写到灵魂最深处，不知有我更无人。”沈老说：“真情所寄斯为美，疑是穷途又一村。”这就明确强调抒发真情的重要性。艺者道之器，艺术的高境还是传递文化，表达思想，抒发情感。沈老的创作，思想载体大多为自作诗，这些诗作是从灵魂深处涌动的情感之泉，故那样纯然一色。沈老说：“好的书法肯定与诗意相通。”“诗的深邃意境，丰富的情感，简练的语言，有韵律的节奏……书家笔下的线条，全自然运行，流露出来的情感、意境、黑白、节奏，都与诗相通，与诗共鸣。”

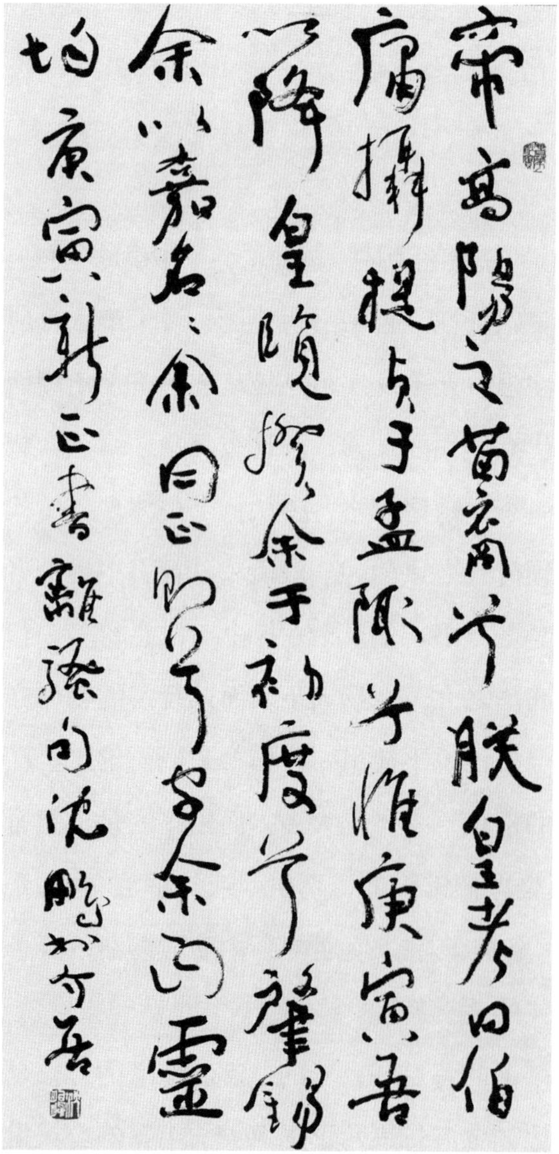

艺术是一种诉说，书法是用蕴含诗意的线条来表达情感，沈老说过他的创作往往表达一种真挚的爱，爱别人、爱自己、爱国家、爱民族。读其自书诗《台北

博物馆赏毛公鼎》行书横幅，书品意象妍逸而不柔媚，矫捷而不轻佻，求雄强而不强作怒张，得巧妙而不矜造作，纵横逸宕，婉转自如，风骨清爽，气韵生动，将萧散妍逸寓于跌宕奇肆之中，天机独运，神态自然，抒发了一种庄严肃穆的情感，表达了对中华文化的敬畏之心。读其自书诗《霍金》行书中堂，那遒劲纵逸的线条，古雅清雄的意象，构成一幅长风吹拂、青松挺拔的画卷，幻现科学奇才的独特形象，表达了对科学巨人伟大人格、坚毅意志、超凡智慧的景仰之情。而读其自书新诗《汶川》行书中堂，那伟岸沉雄的书品意象，仿佛在我们眼前幻现那高耸的电塔、矗立的楼房、绵亘的山脉、奔腾的河流，这一切的一切都是汶川人民、抗灾战士英雄群像的化身，深切地表达了对灾区人民的系念之情，讴歌了华夏民族坚毅顽强、不屈不挠的精神。

风格是艺术创作高度成熟的标志，是创作主体胸次、才情、学养、技法的综合体现，沈老的创作，风格的独特性与多样性达到了高度的和谐。当然，风格的审美是横看成岭侧成峰，远近高低各不同，不同的读者有不同的见解，这是正常的。在沈老的行书中，朴厚的线条，瑰玮的意象，横溢的才情，是独特的、恒定的，是沈氏艺术的标志；而其书品意象追蹑载体的情感运动，抒遣独特时空中的审美情感，形成的风格是瑰奇的、多变的，可谓神无方而易无体，呈现变动不居、仪态万方的景象，这是最富创新精神、最具艺术魅力的地方。

楷书为行书之母体，楷法不精，行书难见高致。苏轼云：“书法备于正书，溢而为行草。未能正书，而能行草，犹未尝庄语，而辄放言，无是道也。”古人认为行书直接源于楷书，张怀瓘说，行书“即正书之小讹，务从简易，相间流行，故谓之行书”。刘熙载说：“盖行者，真之捷而草之详。”沈老对传统的行书有颠覆性的突破，别开生面，独抒性灵，多有楷意、隶意，又葆有行书潇洒灵便的特征，增添了更多的坚质浩气，行中见留，畅中见涩。传统意义上的行书不能离开楷书，沈老带有楷意的行书虽然不多，但很精妙，因而论及沈老的行书，有必要先论其楷书。沈老的楷书代表作应首推《楷书千字文》，深观此作，用笔在“有法与无法”之中游弋，一改唐楷的循规蹈矩、岸然肃穆、法度谨严的传统模式，在吸纳了简书、帛书、篆、隶、楷、行书多种笔意的基础之上，又彰显了魏碑楷书笔法流畅、骨丰肉润之特征，结字的阳刚与阴柔之美融合为一。

清雄遒逸是沈老楷意行书的主体风格。自书诗《小雪》行书条幅，似为诗作之手稿，为先生楷意行书的代表作之一。此诗为深切缅怀慈母逝世九周年而作，春晖寸草，衷怀难诉，洒泪和墨，倾吐愫心，灵源泉涌，清新自然。通章而观，大有清峻幽邃、庄严肃穆之景象。用笔中侧兼施，方圆并用，以羲之《神龙本兰亭》《何如帖》为基，时掠篆籀之高古苍茫，融入南宫之自然真率，倾情纵意，不计工拙，在含蓄的主调中让清纯深挚之情感汩汩流出，意象多蕴沉郁、感伤的意绪，透过书品意象，让人仿佛看到一位游子归家向慈母依依细诉的情景。品其自作诗《五律·雪》行书中堂，诗作立意极巧，以久旱望雪而隐喻对廉政党风之期盼，“已卜春神近，当知社鼠邪”，诗人对祸国殃民的“社鼠”深恶痛绝，对国

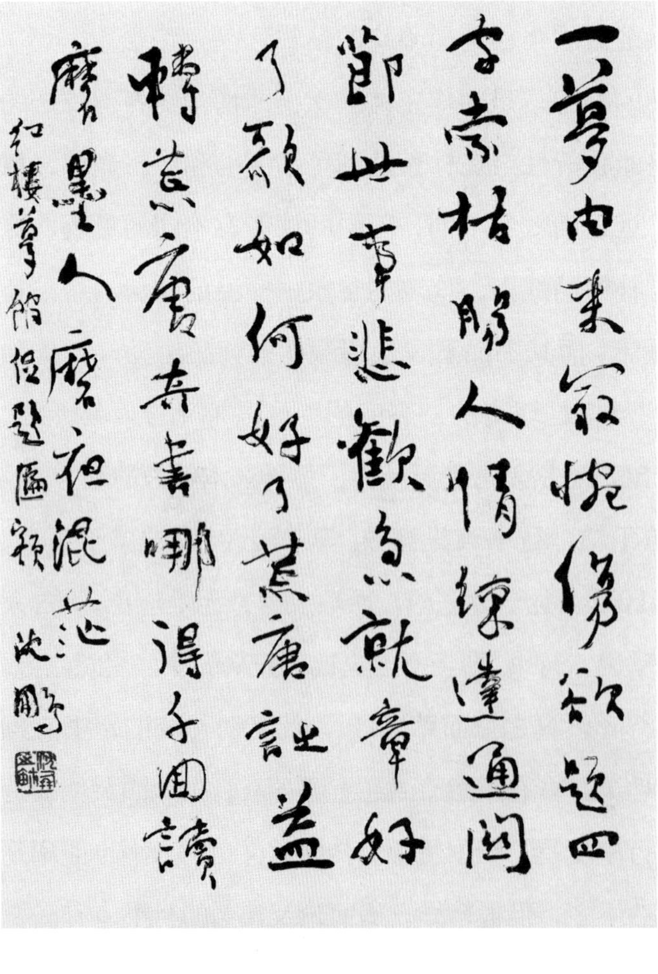

家民族的未来怀有深切的忧思。书品楷意居多，多蕴郁勃清刚之气，书家对二王予以改造，其书体势方而顿挫圆，笔力雄俊，气度舒缓，逶迤自律，纵横开合，风采动人而不离法度。用笔将魏碑楷法融入行书，使之于婉转流畅中增添了古拙，笔画拗峭，风格雄健。品读其自作诗《红楼梦馆促题匾额》行书中堂，以羲之《兰亭序》的笔意为基，又掠取杨凝式《韭花帖》之风神，用笔方圆结合，中侧兼施，方不露骨，圆不柔媚，融入碑意的劲健与简牍的灵动，结字俯仰映带，气脉连贯，苍郁雄畅，变化多端，落笔峻逸而结体庄和，行墨多变而取势排宕，雄恣的气势，寓巧于拙的用笔，内在挺劲的动感，让人感受到一种精神在流动，一种思想在跳跃。从气韵而言，笔意清劲，点画多姿，体现闲庭信步的悠闲，有意无意，走走停停，创造性捕捉那种旷达、高远的情怀韵致，形成清雄遒逸的艺术意境。

沈老的行书，大多体现隶意、篆意，以二王的灵和清逸为基，博采篆籀之高古，简牍之灵动，鲁公之雄杰，景度之萧散，润以学养，驰以才情，词必己发，言必我出。苍郁拗峭是沈氏行书中最具个性、最具震撼力的一种风格，在自书诗《甲午海战》行书中堂之中体现突出。书家满怀激愤之情、忧患之意构此佳品，线条的刚狠坚硬取神于《开通褒斜道》《石门颂》等汉代摩崖，又融入颜鲁公的雄肆厚重，黄庭坚的拙朴拗峭，那狼藉披离的意象、兵戈相斗的体势，仿佛把我们带入一百二十年前黄海海战的江面之上，让我们看到那如狼似虎的倭寇舰队疯狂扑来，北洋水师的将士们英勇抵抗，他们一个个倒下了，江水为之含悲，风云为之变色。品读此作，我们的心灵为之震撼，生出强烈的忧患意识。在这里见不到二王行书的一丝丝踪影，让人感受到鲁公《祭侄稿》的悲壮苍凉。这种碑意行书还有《行书自作诗立轴》，风格为稚拙清逸，诗作表达了艺术创作必须外师造化、中得心源的美学思想，诗风带有讽刺意味，书品线条饶有碑意的厚重与疏秀，而更多地荡溢着一种清刚之气、朴茂之气，刚中有柔，雄中有逸，形成一种稚拙清逸之境。

诡谲灵秀又为沈氏行书的另一种风格，以其自书诗《目镜遭吾压损》行书中堂为代表。载体是一首别具灵性的小诗，随意撷取生活中一朵花絮而生发无穷感慨，品味五味人生的苦涩苍凉。结体或雄奇奔放，婀娜多姿，或纵横跌宕，云烟飘渺，或潇洒灵便，意态自然，仿佛把读者带入静谧的幽谷之中，看山花野卉而怡然自得，听鸟语泉流而世虑顿销。《自作诗手稿·老眼昏花若雾中》横幅与《目镜遭吾压损》风格大致相近。而《屈原〈离骚〉句》行书条幅仿佛是沈氏行书中甚为罕见的珍稀品种，风格为高古朴茂。载体截取《离骚》开篇中的八句，屈原叙其生年与身世，书品以大篆笔意入于行书，用笔多为圆笔中锋，仿佛看不到方笔侧锋，线条沉实遒逸，凝重灵动，将大篆的高古与晋韵的妍逸有机结合，撇捺多有伸展，将简牍的抒情长线成功移植于行书之中，如古藤缠绕，如灵蛇飞动，如翠蔓摇曳；结体之藏露、欹正、大小、妍媸，一笑横陈，跃然纸上。透过书品意象，我们仿佛看到三闾大夫在泽畔行吟中难得一见的微笑，其追忆先人懿德之时的自豪之神情依稀在目。

书家在行押中驰其想象，挥洒才情，囊括万殊，裁成一相，是以丰富的语言为前提的。沈老的创作湛发一片天机，很难见到技法的痕迹，而不见技法之痕便为至高技法的艺术表达。沈老论书，强调本体与多元，这个“本体”，多指书家纯正的情感；这个“多元”，既指情感的丰富性，也指语言的兼融性。博观约取是沈老成功的秘诀。关于这个道理，清代袁枚说得最为明白：“文尊韩，诗尊杜，犹登山者必上泰山，泛水者必朝东海也。然使空抱东海泰山，而此外不知有天台武夷之奇，潇湘镜湖之胜，则亦泰山之上一樵夫，海船之上一舵工而已矣，学者当以博览为工。”（《随园诗话·卷八》）博取不是兼收并蓄，而是取其菁华，去其糟粕，融会神化，变为自己的东西，这体现了艺术的远见卓识和精湛功力。沈老的行书，其神韵、气息主要来自羲之的《兰亭序》《寒切帖》《上虞帖》《十七帖》和杨凝式的《韭花帖》，而其线条的篆意主要化入《散氏盘》《虢季子白盘》《毛公鼎》。书家对《石门颂》《杨淮表记》等汉代摩崖线条悟入甚深，对那雄强的力感、古朴的形象、浑苍的气息，已作精嚼细咽的消化吸收，仿佛化为一种潜意识从笔端汩汩流出，形成沈氏行书的雄杰之气。书家对晋韵的取法，主要体现在贯注全篇的清雅超逸的诗化境界。他学二王更多的是精神追蹑，因此我们读沈老的行书佳品，会发现无论是苍郁拗峭、诡谲灵秀，还是高华妍逸、高古朴茂，都葆有一种清新自然的情调。

歌德说过，“艺术无非是自然之光”。品读沈老的行书佳品，让人领略到霞飞烟合、气象万千的瑰奇景色，仿佛是走进春天的山野，万紫千红，争妍斗艳，鸟鸣嘤嘤，清风习习，充满诗意，充满幽情，给人以回味无穷的美感。这一片迷人的春光是先生用汗血浇灌出来的，闪烁着诗意的灵晖，湛发着智慧的幽香。

（此文刊发于《书法导报》2017 年 4 月 19 日第 10 版）

境随情现　清新自然

——沈鹏自书诗《〈古诗十九首〉长卷跋》行草书三品赏析

《古诗十九首》长卷跋

古诗溯悠远，音响一何悲！

世路或可逆，物事与心违。

念彼浪游子，无枝可凭依。

天寒复日暮，人马相困疲。

欲采芙蓉去，远道又多歧。

漫云客行乐，聊自解忧思。

我书《十九首》，生年不共时。

上下二千载，墨迹和泪垂。

何以慰游子，报与明月知。

孔子曰：“不学诗，无以言。”诗为华夏艺术之魂，华夏艺术若不以儒释道哲学为内核，以诗意为精魂，纵施庖丁之技，依然空词苍白，难入高境。书法是最能体现民族精神的高雅艺术，以形而下之技表现形而上之道，高境为辞翰俱佳，诗意盎然。艺术臻至抒情自由之诗境极为艰难，只有当创作主体的胸次、学养、才情、功力高度统一，方有实现之可能。近读沈鹏先生的自书诗《〈古诗十九首〉长卷跋》（以下简称《长卷跋》）行草书三品，诗书合一，情文流畅，不觉长思远慕，感慨万端。于诗而言，辞微旨远，情真意切，泉咽鹃啼，幽邃凄清；于书而言，载体相同，风格各异，情生象外，佳境叠现，读此佳构，油然产生强烈的情感共鸣以及丰美的想象和联想。

沈老的创作追求抒情之自由，意境之空灵，此诗为行草长卷《古诗十九首》所写跋语，即品读、书写《古诗十九首》的深切感受。所谓“古诗”，是晋南北朝时代对古代诗歌的统称。梁代萧统编《文选》时，把已失去作者姓名的十九首五言古诗编在一起，题作《古诗十九首》。关于古诗的作者和年代，学术界普通认为非一人一时之作，大约为东汉后期桓帝、灵帝时代一些中下层知识分子的作品。《十九首》均为无题诗，以首句为题，为我国古代早期文人五言诗的典范之作，思想内容大多抒写游子思妇的离别相思之苦，下层士子们仕途失意的苦闷与悲哀，风格平易淡远，语言浅近自然，没有刻意雕饰的痕迹，却往往表达出十分复杂曲折的思想感情。后人对此评价极高。刘勰在《文心雕龙·明诗》中誉为“五言之冠冕”。鲁迅在《汉文学史纲要》中论述最为深刻：“其词随语成韵，随韵成趣，不假雕琢，而意志自深，风格或近楚骚，体式实为独造，诚所谓‘畜神奇于温厚，寓感怆于和平，意愈浅愈深，词愈近愈远’者也。”沈老以此为载体创作行草长卷，一书作罢，意犹未尽，得五言九韵于其后。此诗可称为沈老五古之代表作，文怀沙先生致函云：“细加品读，一往深情，发自肺腑，堪共十九首不朽矣。”品赏此作，所言不虚，语浅情深，寄托无端，诚为旷代之佳构也。

《长卷跋》为古往今来的下层士子们一洒同情之泪，描绘了一幅凄清悲凉的游子漂泊图。全诗可分为三个层次。起笔四句写古诗之历史悠久，意蕴感伤，风格凄清。落笔如奇峰突起，总摄全篇。“古诗溯悠远”，极言产生历史之悠久，一个“溯”字，表明对古诗作者与时代的探究。“音响一何悲！”总写读古诗的感受。“音响”，音节韵律，此处包含诗作的思想、情感、风格；“一何”，多么，表程度的副词；一个“悲”字极言诗风之凄清感伤。起笔概括古诗的内容风格，也奠定全诗抒情基调，读来仿佛见到诗人涕泪交垂、深深叹息之情状。“世路或可逆，物事与心违”，交待悲情产生之原因。“世路”，世间人事的经历。“或”，有的，有时，表肯定意义的无定代词。“逆”为多义词。“逆”者，迎也，承受也；“逆”者，转也，改变也。人生经历有时必须承受，生活环境通过主观努力也可改变，从而实现追求的目标，然而失败和挫折也是难免的，何况他们生活在那灰暗的时代，遭世偃蹇实为寻常。“物事与心违”，“物事”，事情，动机与结果往往出人意料，于是理想破灭，悲情产生。古诗之作，源于生活，无限辛酸，发于吟咏，分析产生的原因，表达深切的理解与同情。

第5句至第12句为第二层，具体描写游子们的苦况与心悲。“念彼浪游子，无枝可凭依”，一个“念”字，心游千载，仿佛看到游子们漂泊的情景。“浪游子”即游子，离家远行的人，这些人大多是当时的下层知识分子，他们有文化、有才能、有理想，为了一展宏图，辞亲远游。“无枝可凭依”，用比兴手法描写游子们像孤飞之鸟，有时连息止的树枝也没有，极写他们的无助、迷惘，未知的遭遇，化用《古诗十九首·之一》“胡马依北风，越鸟巢南枝”的诗句而来，此句原意极言游子对故乡的思念，化用入诗状其流落无依之苦。“天寒复日暮，人马相困疲”，描写漂泊途中困苦之情形，语出曹操《苦寒行》“行行日已远，人马同时饥”和曹丕《善哉行》“上山采薇，薄暮苦饥”，间接化用《古诗十九首·之十六》的诗句“凛凛岁云暮，蝼蛄夕鸣悲。凉风率已厉，游子寒无衣”。游子们流落异乡举步维艰，人困马饥，生活上的困难不少，而无人施以援手，这是肉体方面的困苦，还有精神方面的。“欲采芙蓉去，远道又多歧”，写游子们精神的苦闷，迷惘之悲，语出《古诗十九首·之六》“涉江采芙蓉，兰泽多芳草。采之欲遗谁，所思在远道”。芙蓉为莲花之别称，采莲干什么呢？此处应与男女情事无涉，余冠英认为是“以芳草送人是结恩情的表示”，应指寻找知遇之人，如李白所称许的韩荆州一类的人物，“远道又多歧”应指知遇难求，找到目标，找准目标，殊非易事。这两句诗蕴含多层悲情：芙蓉虽美，水深难采，此为一悲；所思远隔，芳草难赠，此为二悲；歧路众多，知遇难求，此为三悲。诗作采用赋的手法，反复铺叙，极言游子们的种种悲情之事，生活的艰难与精神的迷惘交织一片，其心之悲苦可想而知。

“漫云客行乐，聊自解忧思”，“漫云”，不要说，“聊”，暂且。对不知情者而言，远游为行乐之举，其实是不得已，困苦不堪，此句设想游子们努力消除别人的误解，在无奈之时自我安慰，实写其孤独寂寞。漂泊异乡，没有亲人的关爱，没有知交的援手，没有知音的同情，如不自解忧思，可能精神崩溃，想象入微，笔致细腻。第三层为最后六句，表达对游子的理解同情。“我书《十九首》，生年不共时。”两句过渡，诗人神驰千载，仿佛亲见游子们的困境，又从浮想中回到现实，脉络清晰，结构完整。“上下二千载，墨迹和泪垂。”这是全诗的点睛之笔，直抒胸臆，表达对游子的遭遇感同身受，不禁泪水潸然。游子们漂泊天涯，实不得已；处境维艰，情何以堪？诗人书写古诗，品读古诗，情动于中，潸然泪下，这泪水之中有理解，有悲愤，有同情，一切均在不言中。“何以慰游子，报与明月知。”“何以”，以何，凭什么，拿什么来抚慰古往今来的游子们呢？诗人没有回答，也无法回答，其实诗人也无可奈何，只有一片理解同情之心。诗作以“明月”意象作结，清空瑰奇，寄意幽微，月为灵物，常用常新。诗作化用古人遗意入诗，寓意大致有三。其一，以明月为知音。韦庄词云：“除却天边月，没人知！”（《女冠子》）苏曼殊诗云：“我本将心比明月，谁知明月照沟渠。”（《燕子龛随笔》）一片素心，世莫能知，明月依依，照我知我，以明月为知音，反衬诗人心境之寂寞悲凉。其二，以明月衬离情。晏殊词云：“明月不谙离别苦，斜光到晓穿朱户。”（《鹊踏枝》）王安石诗云：“春风又绿江南岸，明月何时照我还？”（《泊船瓜洲》）游子漂零，孤苦无依，见月思家，黯然销魂，深切表达对游子之同情。其三，以明月喻高朋。李白诗云：“明月不归沉碧海，白云愁色满苍梧”（《哭晁卿衡》），“我寄愁心与明月，随风直到夜郎西”（《闻王昌龄左迁龙标，遥有此寄》）。李白以明月喻挚友晁衡、王昌龄，诗人化用以喻古诗作者。古诗如月，永放清晖，我与游子，心灵相通，表达对游子之赞美与挚爱。诗境之美，在于空灵，亦此亦彼，即此即彼，可能是，亦可能不是，无限深情，见于言外。

著名书画家、诗人林凡先生和笔者谈过这样的感受：“没有深切的人生体验，做的诗，写的字，画的画，情感表达往往浮浅，艺术不可为伪。”的确如此，沈老的创作一往情深，他是仁者、智者、艺者，经历坎坷，又长期与病魔作斗争，故为诗为书，一字一句皆为真情，皆从肺腑里流出。《长卷跋》亦为悲歌一曲，诗人由古代的游子，也想到今天社会底层的弱势群体，千千万万的打工者，这些弱势群体最需要全社会的关怀。辞章之美，美在意境，品读兹章，我们浮想联翩，仿佛目睹那世积乱离的社会无数游子漂泊异乡的情景，他们或息于高冈而人马困疲，或行吟月下而神情憔悴，或乞食权门而泪湿青衫，不禁悲从中来，涕泪交垂。刘熙载评《古诗十九首》时说：“凿空乱道，读之自觉回顾踌躇，百端交集”，《长卷跋》直逼《十九首》古直悲凉之意境。语言是思维的物质外壳，旧体诗之创作，突破五古往往是制胜的关键。刘熙载说：“故诗不善于五古，他体虽工弗尚也。”沈老的诗词以五古为突破口，各体均佳，其情真，其辞微，其韵雅，《长卷跋》清丽自然，音韵婉转，荡气回肠，感人至深。

诗是无形画，书是有形诗，诗书双美，方为佳构。《长卷跋》一诗，书家用行书、行草、大草书写，追蹑载体的情感运动，融入特定时空中的主体感受，朗现由感伤到沉思而最终释怀的情感历程。

行书《长卷跋》俊逸凄清，真率自然。行书《长卷跋》见于《大师之路》，为创作的手稿。先生是艺术语言极为丰富的书家，他的创作强化本体的抒情功能，此品借清劲灵秀的线条来抒发内心深处以至每根血管每根神经所蕴藏的情愫，整幅作品给人以节奏鲜明、气韵连贯之感。书家采用笔断意连之法，以二王为基，融入大篆、章草和《书谱》笔意，以思想载体为联想点，运斤成风，意象飞动，气脉贯通，风神潇洒。宏观圆览，不矜而妍，不束而严，不轶而豪，萧散容与，霏霏如甘雨之霖；森竦掩映，熠熠如从月之星；纡徐宛转，纚纚如萦茧之丝，一切都在有法无法之间，让人感受到晋韵的萧散妍逸之美。古人论书，最重结体，此作之结体最具匠心：奇正相生，情至境现，偃仰顿挫，揭按照应，参差起伏，腾凌射空，雄爽妍逸，诡厉灵便，透过书品意象仿佛看到一群游子流落异乡，或踽踽独行，或翘首乡关，或月下长吟，或凝思默想，他们的神情多有沮丧，但眉宇间透露出灵气和英气。一切艺术以逼近音乐为指归，品其乐象，仿佛杜鹃啼血，幽咽泉流，依稀听到他们的抽泣之声。艺术创作进入高境往往泯灭技法，而技法之精湛自蕴其中。沈老多次引证过李可染先生的一句话："中国书法艺术最重要的是结体，最难的是笔法。"观其用笔，多为圆笔中锋，时施侧锋方笔，线条圆劲沉实，跳脱遒逸，篆隶遗意甚为清晰，稚拙老辣的线条应取神于《散氏盘》《虢季子白盘》，而野鹤闲鸥之结体，朴茂空灵之布局，高浑疏秀之神采无疑深得《石门颂》之遗意。此章的用墨极见功力，多用浓墨，时露飞白，润如春雨与干裂秋风有机统一，强化了感伤意绪的表达，营构出哀怨凄清的艺术意境。

行草《长卷跋》纵恣激越，绵渺苍深。此品见于《三馀笺韵》，横幅。沈老说："书法本体价值，说到底在情感的美，情感的天真无邪。"从抒情角度来看，行草《长卷跋》与前者比较，可以感受到创作主体的感伤意绪还没有消解，有时甚为浓郁，但更多的转入沉思，呈现出纵恣激越、绵渺苍深的艺术风格。全幅依然以行为主，糅进较多草意，多有牵丝引带，行笔迅捷而带涩势，流畅而不漂浮，壮浪而见法度，一波三折，一气流贯，体现出强烈的运动感。至“天寒复日暮”“聊自解忧思”等处，字组勾连，婉转翻覆，随态运奇，仪态万方，抒情高潮，跌宕起伏，数处抒情长线清劲灵秀、古朴苍浑，将哀怨沉思之意绪推向极致，仿佛将读者带入“夜闻陇水兮声呜咽，朝见长城兮路杳漫”（蔡文姬《胡笳十八拍》句）的艺术意境之中。赏其书品意象，佳构与深采并流，灵心共逸气俱发，神光离合，百变不穷：时而激流奔注，时而冰泉冷涩，时而暴雨骤至，时而清风吹拂，时而游丝袅于秀野，时而灵鸟入于春林。观其神采，王右军之高华，孙过庭之清拔，苏子瞻之萧散，傅青主之郁勃，林散耳之清雄，熔于一炉，妙合无痕。结字或大或小，或欹或侧，或藏或露，或紧或松，纵恣飞动，光焰璨然，深情流露，天真浪漫。用笔瘦劲挺拗，筋力圆转，寓刚于柔，袅娜多姿，寓巧于拙，殷殷尽情。用墨别具匠心，与行书《长卷跋》相比，浓墨大大减少，枯笔飞白增多，让我们感受到创作主体的意绪由感伤转入更多的沉思，形成意境的苍深之美。

大草《长卷跋》疏荡高华，清空飘逸。此作为中堂，见于《沈鹏作品集·笔墨春秋》，由人民美术出版社出版。沈老的大草是当代书坛最为壮丽的风景，读其大草，异雨灵风，惊雷激电，波诡云谲，霞飞烟合，腾踔万象，动心骇目。观其取法，渊源甚广，篆籀之高古，碑版之雄强，晋韵之清旷，旭素之狂逸，米黄之率真，铎山之恣肆，博采众芳，独标清格。而品此作，体现生命精神的力感贯注全篇，摧刚为柔的线条使狂肆之气弱化，线性清逸流丽，枯笔飞白的大量引入形成意境的疏荡高华。从情感角度看，书家由凄清感伤到悲慨沉思，至此已悟道释怀，书境由凄切苍深而至清朗超旷，进入灵气往来、萧散清空的庄禅境界，此为大草的本体境界。书品以独特的形式，高美的精神，在我们眼前展现一幅壮美清奇的画卷。书家倾情而发，天机流淌，翰逸神飞，舒卷自如，节奏时而谨严，时而疏荡，时而静谧，时而纵恣，波澜起伏，动静交错，仪态万方，秩序井然。用笔取神于傅山，圆劲清雄的线条淡化了旭素的火气，平添了董赵的清逸，枯笔淡墨的施用更增添了整个书境的清空潇洒，联想意象清逸瑰奇：时见瀑流飞泻，骏骥奔驰，龙蛇飞动，古藤缠绕，更饶白云飘荡，瑞气氤氲，絮雪飘飞，落英缤纷，仿佛把我们带入泰岱之巅，赏素练千寻，奇峰万仞，烟霭迷蒙，飞鸟出没；听天风浩浩，涧水訇訇，百鸟欢鸣，梵音缭绕，一种特有的禅意油然而生，感受到创作主体释怀之后的欢悦，蓬心荡涤尽净，浩气油然而生，但见云淡天高，青且无际。品读大草《长卷跋》，情感亮色使人欣慰，使人振奋，从中可见沈老对当代、未来游子们的美好明天寄寓期待之情。

李白诗云："清水出芙蓉，天然去雕饰。"艺术的至高境界是抒情自由，朴素高华，品读沈鹏先生的《〈古诗十九首·长卷跋〉》，浓郁的诗意，精湛的笔墨，与灵感和谐统一，的确臻至平淡天真、心手双畅之艺术境界。管中窥豹，我们也可以领略到先生诗词艺术、书法艺术的壮美风光。"看似寻常实奇崛，成如容易却艰辛"，一个与死神搏斗了几十年的先生有如此精妙的艺术创造，这真是生命的奇迹，艺术的奇观！

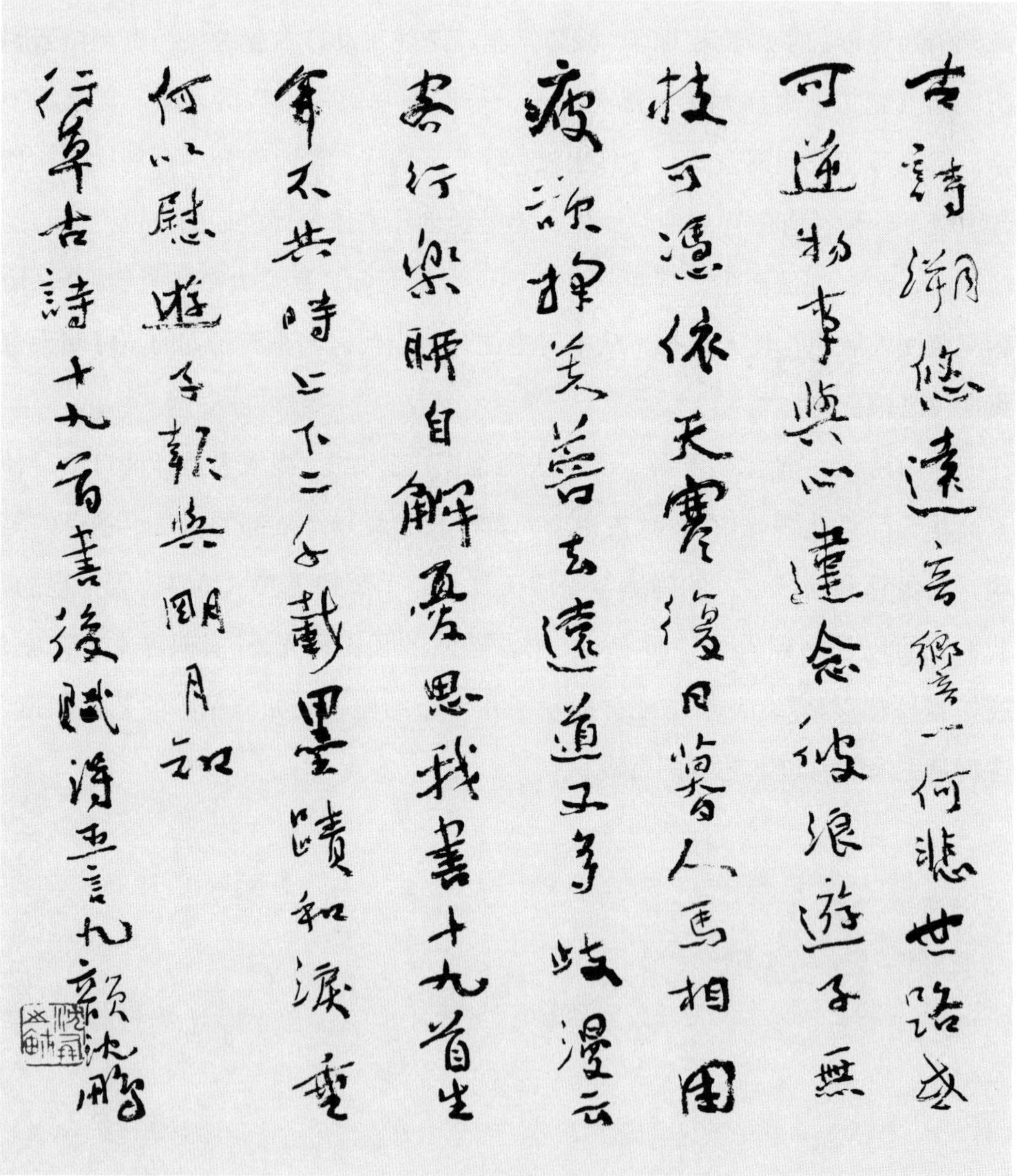

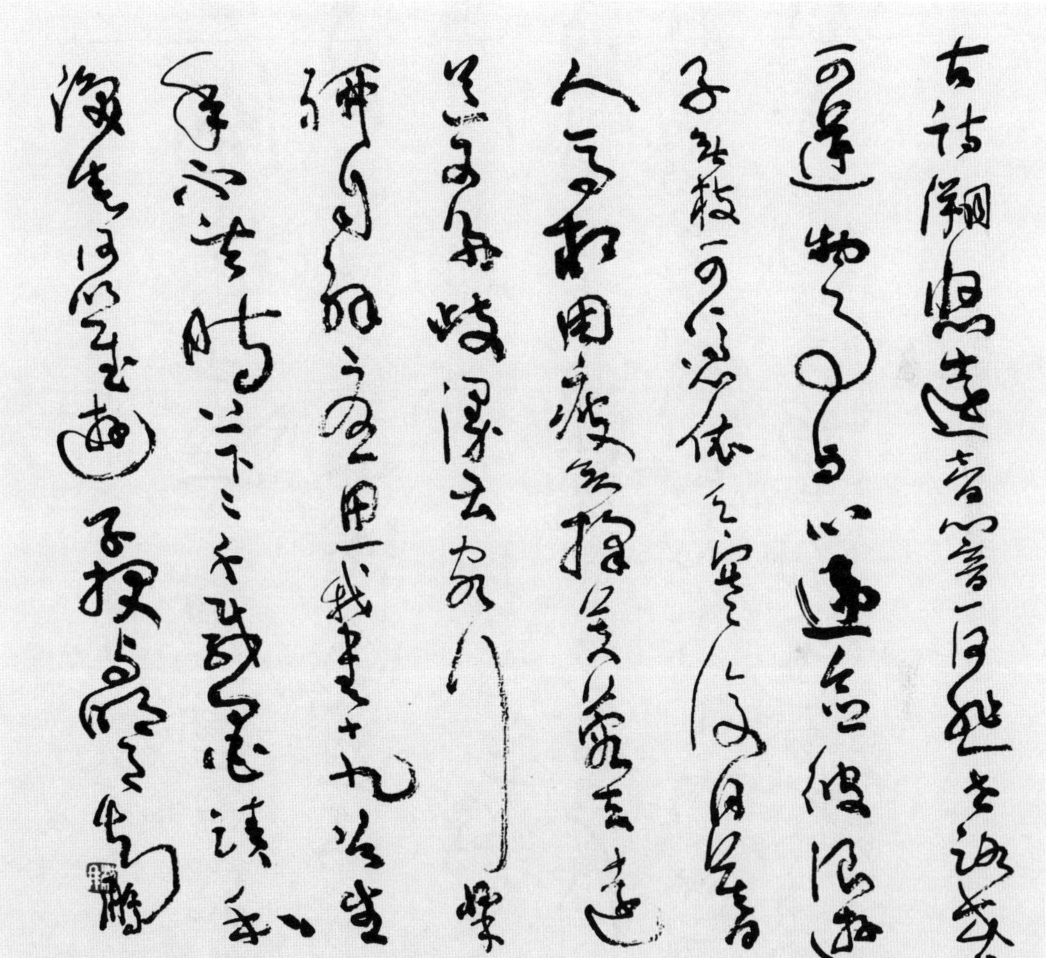

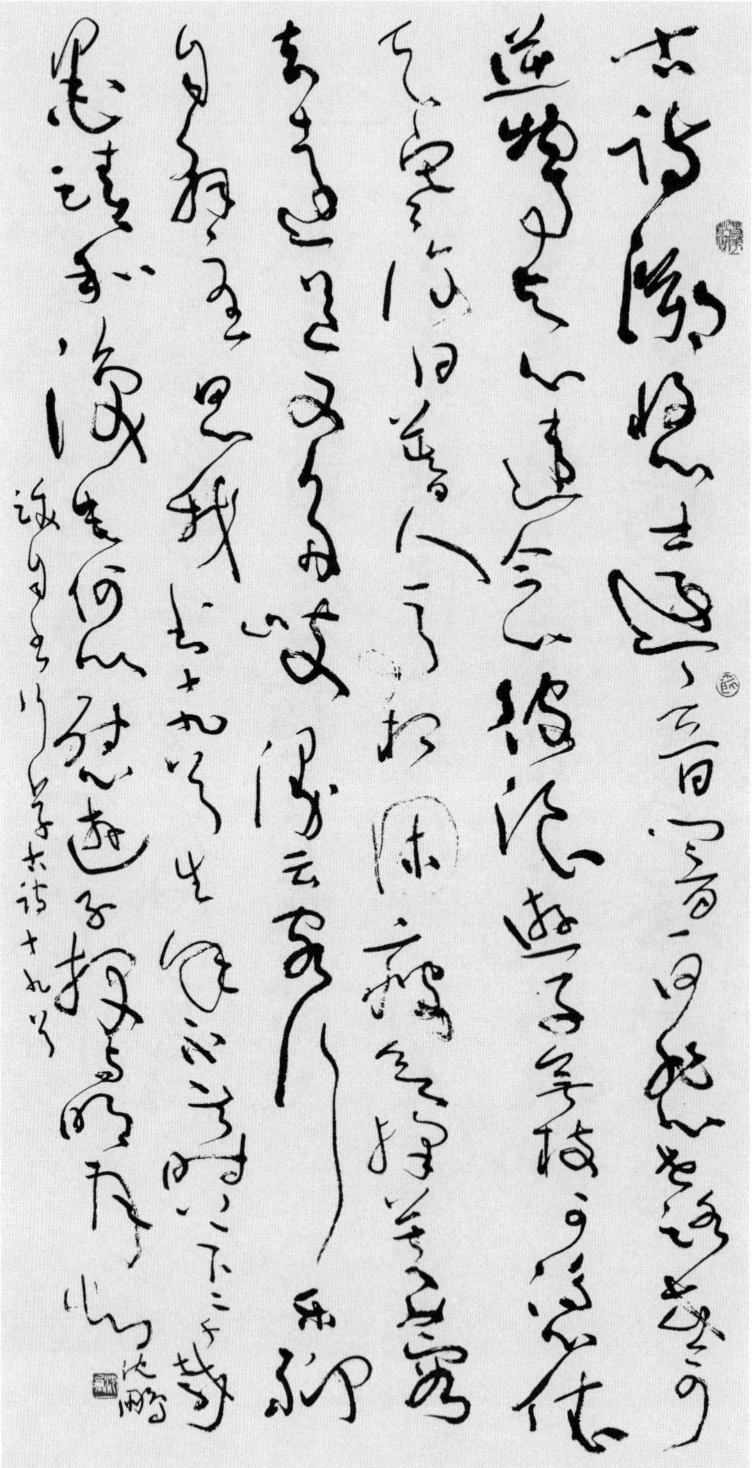

一曲多难兴邦的悲壮之歌

——沈鹏自书诗《汶川》行书中堂赏析

汶 川

有一条公路震不断。

有一顶拱桥震不垮。

有一架电塔震不倒。

有一座大厦震不弯。

有一列火车震不翻。

有一派河流震不坏。

有一群山脉震不开。

汶川中心的地震波，

震动人们心底的脉冲，

激动亿万援助的双手，

合成心连心的板块。

一个顶天立地的巨人，

从血火中崛起。

2008年5月16日

汶川是中国人民心中永远的痛，那伤心惨目的情景不堪回首：地动山摇，雨暴风狂，山谷成湖，城郭丘墟，数万生命，化为乌有。在那举国同悲的日子里，全世界有良知的人们无不系心汶川，在肝肠摧折之余，每为搜救中出现的生命奇迹而惊喜不已。有大爱的民族才是有希望的民族，有大爱的艺术家才是人民的艺术家。地震发生之后，艺术界的系列义举深深震撼国人的心。常年抱病、耄耋高龄的沈鹏先生情牵汶川，积极捐献，数日寝不安席、食不甘味，地震之后的第四天，创作了《汶川》（题目为笔者所加，艺品见于《三馀笺韵》）这首新诗，表达对灾区人民的深切系念，讴歌我们民族的巨大凝聚力，颂扬一方有难、八方支援的精神，表达多难兴邦的强烈愿望。沈老为著名书家，这首新诗以行书中堂的形式表达，诗书合一，辞翰双美，既震人心魄，又新人耳目。

汶川地震于2008年5月12日14时28分4秒发生，持续时间2分钟，之后发生余震数百次。震中位置为四川省汶川县映秀镇，震级为里氏8级，最大烈度为11度，震源深度为10～20千米，地震类型为逆冲、右旋、挤压型断层地震。汶川地震伤亡惨重，据民政部报告，截至2008年9月25日12时，确认有69227人遇难，374643人受伤，17923人失踪。面对如此严重之灾情，胡锦涛、温家宝等中央领导同志亲临一线指挥救灾，全国各族人民在党中央的正确领导下，以军队为主，全民支援，取得了抗震救灾的辉煌成就。

沈老是书法大家，首先是著名学者、诗人。沈老创作的诗，大多是精致典雅的格律诗，而《汶川》是笔者至今读到沈老唯一的无韵新诗。沈老的诗歌创作，以情真胜，以意美胜，以朴素胜，他的诗词大多清逸、瑰奇、淡远、典雅，而这首无韵新诗仿佛冲破了一切形式的束缚，直抒胸臆，气势沉雄，意象苍郁，意境悲壮，我们仿佛看到诗人的悲慨之情像烈焰一般喷发，但又不失理性的制约，读来极具震撼力与感染力。全诗十三行，大致可分三个层次。1～

7行为第一层：震余所见，劫灰尚存。按常规思维来写，震后所见应是一片废墟，满目疮痍，但诗人没有这样写，而是从反向着笔，描写地震之后的“劫灰”：没有震坏的道路、桥梁、电塔、大厦、火车、河流、山脉等等。这种反向描写的手法应受杜甫的影响，试读《春夜喜雨》首联：“国破山河在，城春草木深。”杜甫描写战乱之后所见景象，唯有青山依旧，河水安流，城中寓目，草木欣荣，其破坏程度可想而知。这种写法是特殊的反衬，大致与《诗经》中以乐景写哀的手法有较多的联系。诗作起笔没有议论，没有叙述，而直接以描写入题，有如电影的特写镜头，展现一幅幅情景。这种写法的深意大致有三：其一，强烈地震已造成全方位的破坏；其二，“劫灰”尚存，说明人类仍有较强的抗击特大自然灾难的能力；其三，以系列描写构成意象群，象征英勇无惧的汶川人民，象征我们民族铁铸钢浇般的坚定意志。

诗作的8～11行为第二层：万众抗灾，多难兴邦。温家宝总理到灾区为学生上课，写了四个字：“多难兴邦”。中华民族英勇顽强，民族的伟大复兴，往往和与各种灾难作斗争有密切的联系。诗作采用拈连、对比、比喻等手法，营构典型性的诗歌意象，赞美我们民族的大爱之心、协作精神、不屈意志。8级地震，震中高达11级，这简直是无法抗拒的自然灾害，它震坏了山川，震垮了房屋，震毁了生命，但是还有震不垮震不坏的东西，那就是我们民族的凝聚力！“合成心连心的板块”，这是多么形象的比喻！地球的板块是由岩石泥土构成的，板块之间的撞击，释放的能量产生巨大的破坏力，而我们民族无形的精神板块是由千千万万人的大爱之心构成的，坚如铁，硬如钢，释放的能量足以抗击地震波。最后两行为第三层：火中更生，昂然崛起。诗人对灾后重建充满期待，坚信不久的将来一个崭新的汶川将在西南大地崛起。诗作巧妙设喻，以“血火”比喻遭受严重破坏的灾区，以“巨人”比喻即将出现的崭新汶川，准确生动，鼓舞人心。的确，大自然是无情的、残酷的，受灾最为严重的汶川映秀镇，当时一片血火，仿佛吞灭了一切，惨状依稀在目：地面撕裂，房屋倒塌，生命荡然。但是，奇迹是可以创造的，无数个体凝聚为一就成“巨人”，就有抗击灾害、战胜妖魔的巨大力量，地震之后，全国人民援助灾区，开发性救灾，今日汶川，一派生机，诗人的预见已成现实。

《汶川》一诗气势沉雄，意境苍郁，通过象征性的描写，仿佛带我们走进山崩地裂、满目疮痍的地震灾区，在撕肝裂胆、泪湿衣襟之余，振作起来，投入抗震救灾的战斗之中。诗作表达了多难兴邦的强烈愿望，赞美我们时代团结协作的优良传统，讴歌我们民族的凝聚力与不屈精神。此诗最大特色是以意象群来遣意抒情，朗现出浮雕式的美感特征。诗人将排比、借代、象征糅合为一，构成群体意象，那高耸的电塔，矗立的楼房，绵亘的山脉，奔腾的河流，仿佛都是汶川人民、救灾战士英雄群像的化身。这种手法，从传统诗学的角度考察是赋的运用，赋中有兴，赋中有比，通过铺陈渲染气氛，塑造典型化形象，强化情感的表达。这种手法，作为新诗而言，无疑也受中外诗风的影响。莱蒙托夫在《祖国》一诗中多以意象群的形式抒发对祖国深深的爱，试读这样的诗句：“我爱那野火冒起的轻烟 / 草原上过夜的大队车马 / 苍黄的田野中小山头上 / 那一对闪着微光的白桦。”莱氏以风俗画、风景画的形式抒写对祖国的深深眷恋之情。也受艾青《大堰河——我的保姆》的影响甚深，艾诗中运用大量的排比句组成意象群来抒发情感。艾青善于摄取典型细节来刻画人物形象，比如描写大堰河因为有乳儿在身边，劳作时精神状态甚好：“她含着笑，切着冰屑悉索的萝卜 / 她含着笑，用手掏着猪吃的麦糟 / 她含着笑，扇着炖肉的炉子的火 / 她含着笑，背了团箕到广场上去”。当然，沈老的取法也是遗形取神，不落言筌。此外，比喻的运用也非常成功，把万众救灾的意志比作“心连心的板块”，把废墟重建的汶川比作血火中挺立起的巨人，大气磅礴，贴切自然，思出意表，抒情浓郁。

以新诗为载体进行书法创作，表达如此重大的主题，准确追蹑载体的情感运动，抒发创作主体在特定时空中的情绪体验，殊多不易。白话语体入书，存在一个情感浓缩、意象典型化的问题，因为白话语体诗歌意象的暗示性、意境的圆融性不及典雅的旧体诗词，联想空间难以拓展，物化为书必须作典型化处理，即化散为整，化浅为幽，化淡为浓，方能让读者产生强烈的情感共鸣。而《汶川》没用行草、大草，而用沉雄苍郁的行书，旨在表达一种庄严肃穆的情感，既寄托凝重的哀思，又表达坚定的信念。

行书《汶川》是有形的诗，悲壮的歌，风格为伟岸沉雄，古拙苍郁，既具天风海涛之势，又饶鱼龙变幻之状。书品采用现代诗的书写格式构形造象，格调古雅而多现代气息，属于行书中堂的款式，此作苍郁的意象与沉雄的气势合而为一。书法重象，以象达意，以象传情，灵动瑰奇，变动不居，古人状绘行书的象：烂若天文之布曜，蔚若锦绣之有章，玄熊对踞于山岳，飞燕相追而差池。书法重势，卫恒有《四体书势》，索靖有《草书势》，卫夫人《笔阵图》中所言“点”如高峰坠石，“戈”如百钧弩发，这就是势感的描写，所谓势，即生命精神的具象表达，内在力感的具象表达。古人状绘行书的势：郁若霄雾朝升，游烟连云；漂若清风厉水，漪澜成文。书法审美先从宏观把握，品赏《汶川》，象奇势雄，仰而望之，如山岳嵯峨，仿佛远远地看到了五岳之尊的泰山，绵亘齐鲁，苍然挺秀，高耸入云，遮天蔽日。苍穹若崩，昂然擎之；雨雪冰雹，默然承之；狂飙突至，岿然挡之；品类之盛，欣然载之。这种伟岸沉雄的意象，难道不是英勇的汶川人民的真实写照？难道不是大爱之心凝聚为一的真实写照？难道不是我们民族不屈意志的真实写照？俯而察之，如江流涌动，我们油然想起拍岸奔腾的长江黄河，“登高壮观天地间，大江茫茫去不还”，“黄河之水天上来，奔流到海不复回”，这是多么磅礴的气势！李白的诗句摄取了长江黄河之精魂，品此书作，仿佛将长江之浩荡，黄河之雄浑，漓水之澄澈化而为一，看到无形的长川汹涌澎湃，奔腾向前，雪浪如山，无坚不摧！中华民族拥有这种一往无前、不屈不挠的精神。高境界的艺术是人格精神的折光，是民族精神的折光，品读《汶川》，深为其伟岸苍郁的意象、纵恣壮浪的气势所震撼。

微观细品，神清骨俊，境臻通会。孙过庭论书："既知平正，务追险绝；既能险绝，复归平正。初谓未及，中则过之，后乃通会。通会之际，人书俱老。"通者，贯通，会者，融会，所谓通会，即融会贯通，出神入化，《汶川》已臻此境。沈老学书，少年时师从举人章松龕先生，受过严格系统的训练，而立之前，临帖的功夫下得甚深，壮岁之后，务求博览，遗形取神，外师造化，中得心源，故挥翰为书，天机自流，目无全牛，游刃有余。沈老精研篆隶而肆力于行草，他的行书，取二王为基，融入篆籀之高古，碑版之雄强，鲁公之雄俊，苏米之率真，铎山之恣肆，散耳之清雄，意在笔先，境随情现，风神超迈，莫可端倪。深品《汶川》，诡形异状，笔意飞动，灵和遒逸，丰丽俊爽，绝去姿媚，独标古劲，舒展大方，端正庄严，顿挫郁屈，精光耀目，于方正匀称之中加入欹侧、纵敛、高低、长短之体势，或大或小，或紧或松，或藏或露，或妍或媸，纯任自然，心手双畅，联想意象仿佛幻现灾区那高耸的电塔，挺拔的苍松，勇毅的军民。七个"有""不"，八个"一"，九个"震"，因势生形，神情各异，正像汶川的老弱妇孺，远而望之，个个都有困倦之容，近而观之，人人却无怯惧之色，昂然挺立，英气逼人。用笔多蕴篆隶遗意，圆笔中锋，纯以神运，清雄瘦劲，跳脱遒逸，笔势纵横，气脉贯注。概而言之，行书《汶川》是真挚情感浇灌出来的奇葩，是心灵的鸣奏曲，是肝肠摧折而发出的心声。

郭沫若词云："天垮下来擎得起，世披靡矣扶之直"，移用这两句状写《汶川》的艺术意境甚为恰当，《汶川》是一曲多难兴邦的悲壮之歌，具有史诗般的艺术价值。白居易说："文章合为时而著，歌诗合为事而作。"真正的艺术家应为时代的歌手，沈老的艺术创作卷舒着时代的风云，体现出强烈的时代感。中华民族是伟大的民族，我们的时代是伟大的时代，五千年的文化已融入我们的血液，我们民族葆有大爱之心，葆有巨大的凝聚力，葆有坚定意志与不屈精神，可以叫高山低头，叫河水让路，任何灾难、任何困难压不垮，摧不折！

（此文刊发于《书法导报》2016年6月1日第19版）

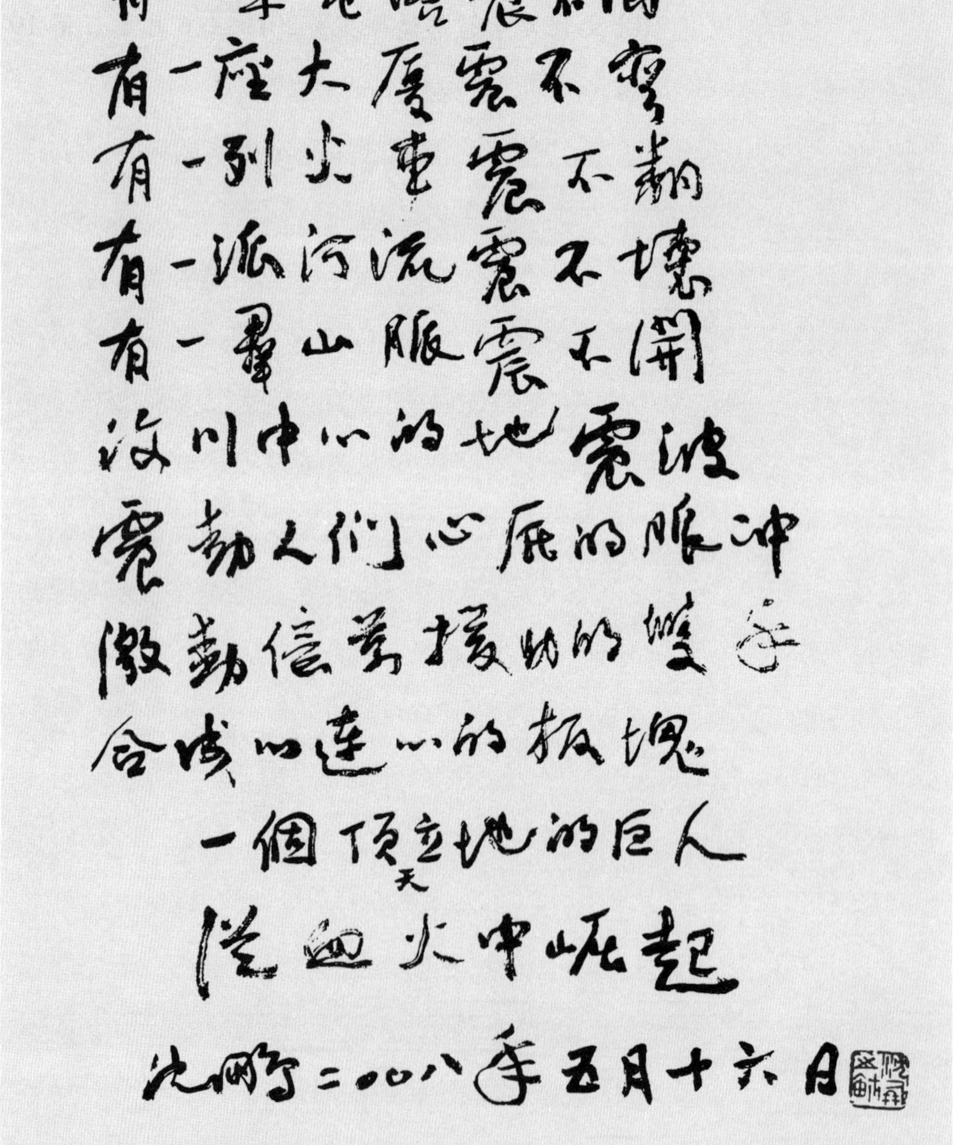
有一條公路震不斷
有一頂拱橋震不垮
有一架電塔震不倒
有一座大廈震不塌
有一列火車震不翻
有一派河流震不壞
有一羣山脈震不開
汶川中心的地震波
震動人們心底的脈沖
激動伸著援助的雙手
合成心連心的板塊
一個頂天立地的巨人
從血火中崛起
沈鵬二〇〇八年五月十六日

赫赫长如日月新

——沈鹏自书诗《台北博物馆赏毛公鼎》行书横幅赏析

台北博物馆赏毛公鼎

果是庄严不坏身，环观迫察赏天真。
煌煌直抵《书经》读，赫赫长如日月新。
开眼初惊疑入梦，过庭尚悔欠凝神。
炎黄两岸同呵护，毋使子孙蒙杂尘。

能将一个民族永久地维系在一起的精神纽带是什么？是文化。文化是一个民族的血脉。每一个民族在漫长的历史进程中都创造了独特的丰富多彩的文化，文化的积淀越深厚，民族的凝聚力就越强，民族的凝聚力越强，就越有能力雄立于世界民族之林。中华民族有五千年的文化传统，历经岁月的风风雨雨而绵延至今，仍然显示出旺盛的生命力。书法作为华夏民族的古老艺术，是中华文化的象征，湛发出无穷的艺术魅力。沈鹏先生长期致力于文化事业的发展，为两岸和平统一事业的推进作出了较大的贡献，他的《台北博物馆赏毛公鼎》一诗，就真实地记录了两岸文化交流的精彩瞬间。

《台北博物馆赏毛公鼎》一诗，原题为《毛公鼎》，创作于 1997 年 12 月，诗品初见于《三馀诗词选》，书品见于《三馀笺韵》。毛公鼎为西周晚期毛公所铸青铜器，清道光二十三年（1843 年）出土于陕西岐山，现藏于台北故宫博物院。鼎高 53.8 厘米，口径 47.9 厘米，圆形，二立耳，深腹外鼓，三蹄足，口沿饰环带状的重环纹，造型端庄稳重。鼎内铭文长达 499 字，记载了毛公衷心向周宣王为国献策之事，史料价值被誉为“抵得一篇《尚书》”，为研究西周晚期政治史的重要史料。其书法为成熟的西周金文风格，圆劲茂隽，结体方长，奇逸飞动，气象浑穆。沈老此诗盛赞了此鼎工艺之精美，高度评价了铭文的艺术成就，表达了两岸同胞应珍视文化传统、早日走向和平统一的强烈愿望。

诗作首联总写毛公鼎的艺术成就：“果是庄严不坏身，环观迫察赏天真。”艺术成就从两方面写：先写工艺水平之高。“果是”，果真是，意料之中，仿佛看到诗人初见重宝时惊叹不已的神情。“庄严”指造型风格，鼎为礼之重器，多用于祭祀，以典雅为美；“不坏身”，言其材质之佳，经历数千载而完好如初，可以窥见当时工艺水平之高，这是中华民族创造的奇迹。后写书法水平之高。铭文洋洋洒洒近五百字，为西周铭文之冠，品其意韵，从容牵裹，轩昂景然，沉雄绵亘，灵气贯通，诗人以“天真”二字状之极为精确，“天真”者，自然也。“环观”，围着观赏；“迫察”，近距离细品。见此国宝极度欣喜，细加品赏，唯恐遗漏，对中华文化的景仰之情溢于言表。颔联“煌煌直抵《书经》读，赫赫长如日月新”，极赞铭文史料价值与艺术价值之高。“煌煌”，炽盛貌。这篇铭文的史料价值，仿佛可与《书经》相比，《书经》即《尚书》，现存最早的关于上古典章文献的汇编，其中保存了商及西周初期的一些重要史料，将此文作《尚书》看，极言其史学价值之高。“赫赫”，盛大貌。《毛公鼎》之书法，气度恢宏，朴素瑰奇，如日月之光，常赏常新，诗人为我们民族的古老文明而震撼不已。

颈联“开眼初惊疑入梦，过庭尚悔欠凝神”，写观赏之后的遗憾，从侧面进一步描写国宝的艺术水平之高。毛公鼎是难得一见的艺术珍品，诗人见到它，仿佛如在梦中，不敢相信自己的眼睛，写其惊喜之极。诗人这样写，也含蓄地告诉读者：如果不是两岸文化的深度交流，这一国宝怎能见到？它的艺术之美怎能传承？“凝神”，注意力集中，诗人欣赏国宝时凝神了没有？凝神了。为什么还说“尚悔”呢？爱之深切之故也。毛公鼎仅是一件青铜器，一篇气势辉煌的书法珍品，而且是我们民族古老文明的见证，中华文化的象征。诗人热爱中华文化，自然恋恋不舍。尾联“炎黄两岸同呵护，毋使子孙蒙杂尘”，表达两岸同胞应该珍爱中华文化、发扬民族的优秀传统、走向和平统一的强烈愿望。诗中的“呵护”一词，表层来看是好好地保护这一国宝，实际上“呵护”中华民族悠久的瑰美的文化，让我们的子孙后代永沐中华文化之光辉。公民爱国，这是一个民族成员的底线，爱我们的国家，就应珍视我们的民族文化。然而，一片茂林，往往生有恶木，一片嘉禾，往往长有稗草，现在有民族的逆子贰臣要离宗叛祖，图谋不轨，炎黄子孙决不答应，决不让他们的阴谋得逞！

沈老的诗作，往往小中见大，浅中见深，真正的艺术家首先应该是思想家，没有思想深度的艺术创作，不可能产生巨大的震撼力与强烈的感染力。诗人对毛公鼎这一艺术瑰宝的审美判断是十分准确的，从工艺而言，美在庄严；从艺术价值而言，美在天真。庄子提出“和以天倪”之说，强调艺术的至高境界是自然，用苏轼的话来说是“绚烂之极归于平淡”。天真之美，是内容与形式、情感与技法的和谐统一，是诗意与童真的和谐统一。几千年前的先哲们便懂得了这个道理，他们的创作达到了高度的自然，铭文的思想载体与精湛技法妙合无痕，臻至自由抒情之高境。诗人从毛公鼎的美想到了我们民族丰富悠久的文化，想到了血浓于水的同胞之情，想到了两岸同胞珍视民族文化、弘扬优良传统的神圣职责，给人以深刻的教育意义。细品此作，情感线索十分清晰，抒情言理层层推进，言简意丰，辞近旨远，体现了强烈的时代感和使命感。

诗作表达了尚朴素、尚天真的美学理想，书境与诗境忻合为一。书家用行书，旨在表达一种庄严肃穆的情感，表达对古老文化的敬畏之心。此作的布局妙造自然，诗题凝重浑穆，与主体意象合而为一，全幅以行为主，时露草意，字多独立，形断意连，在自然真率中表现出极为深湛的艺术功力。65 个字，殊姿异态，个个龙威虎震，精神抖擞，有如两岸同胞英气勃勃的神情，对美好的明天充满必胜的信心。透过书品意象，观其气势，观其神采，有如面对台湾海峡的激流，既为其滔滔奔腾、雪浪如山的磅礴气势所震慑，又为其浪花万朵、溢彩流光的壮美景色所陶醉。台湾海峡奔流的不仅仅是海水，还流的是同种同根的渊深浩渺的中华文化，流的是两岸同胞的骨肉亲情，流的是中华一统的共同心愿。书家对民族文化的挚爱深情，也如海流汹涌澎湃。书品意象妍逸而不柔媚，矫捷而不轻佻，求雄强而不强作怒张，得巧妙而不矜揉造作，纵横逸宕，婉转自如，风骨清爽，气韵生动，雄强的阳刚之美与秀雅的阴柔之美和谐统一，表达了以晋韵为旨归的美学理想。

此作从技法而言，碑版为骨，帖系为形，诗意为神。沈老的创作，诗书合一，辞翰双美，大多泯灭技法之痕。细加品读，先生的用笔无论是行书、行草，还是大草，线条圆劲、苍秀、浑厚，取神于大篆和碑版，而用晋韵的逸情将其雅化、抒情化。此作多用圆笔中锋，几乎看不到侧锋，多用中锋而又遒逸灵秀，毫无板拙之姿，“毛”“天”“入”“使”等字的高古气息很容易使人想起《散氏盘》《毛公鼎》的风仪神采。古人论书，认为最重要的是结体，最难的是用笔。沈老的书法对结体极为重视，通篇以意传笔，从那寄情遣兴的飞动笔势中可以看出规矩绳墨，字字有源，笔笔有别，由法求意，意中有法，不为法缚，不求法脱，此篇的结字很容易使人想起羲之《何如帖》《孔侍中帖》，杨凝式《韭花帖》，米芾《苕溪诗帖》的遗意，将萧散妍逸寓于跌宕奇肆之中，天机独运，风神超骨。观其神采，如逸少坦腹，如公孙舞剑，如玉环粲齿，如虢国游春，如龙象坐禅，如真人啸歌，如古柏之苍秀，如修篁之袅娜，如春花之妍笑，无一不神态自然。先生的用墨亦以自然为宗，得其心而应其手，诗题“台北博物馆赏毛公鼎”九字，用浓墨重笔写出，把读者带入一种庄严肃穆的氛围之中，前后照应，一气流贯。此作甚少使用飞白枯笔，而整个境界仍然空灵晓畅，营构出自然真朴之艺术意境。

“赫赫长如日月新”，可以用这句诗来概括毛公鼎的艺术魅力。文化是民族的精魂，是维系精神的纽带，《台北博物馆赏毛公鼎》一诗，无疑是一首中华文化的深情颂歌，是两岸文化交流的史诗般的篇章，读来自然增强我们的民族自豪感与民族的凝聚力，坚定我们弘扬优秀文化传统、完成统一大业的意志和决心。

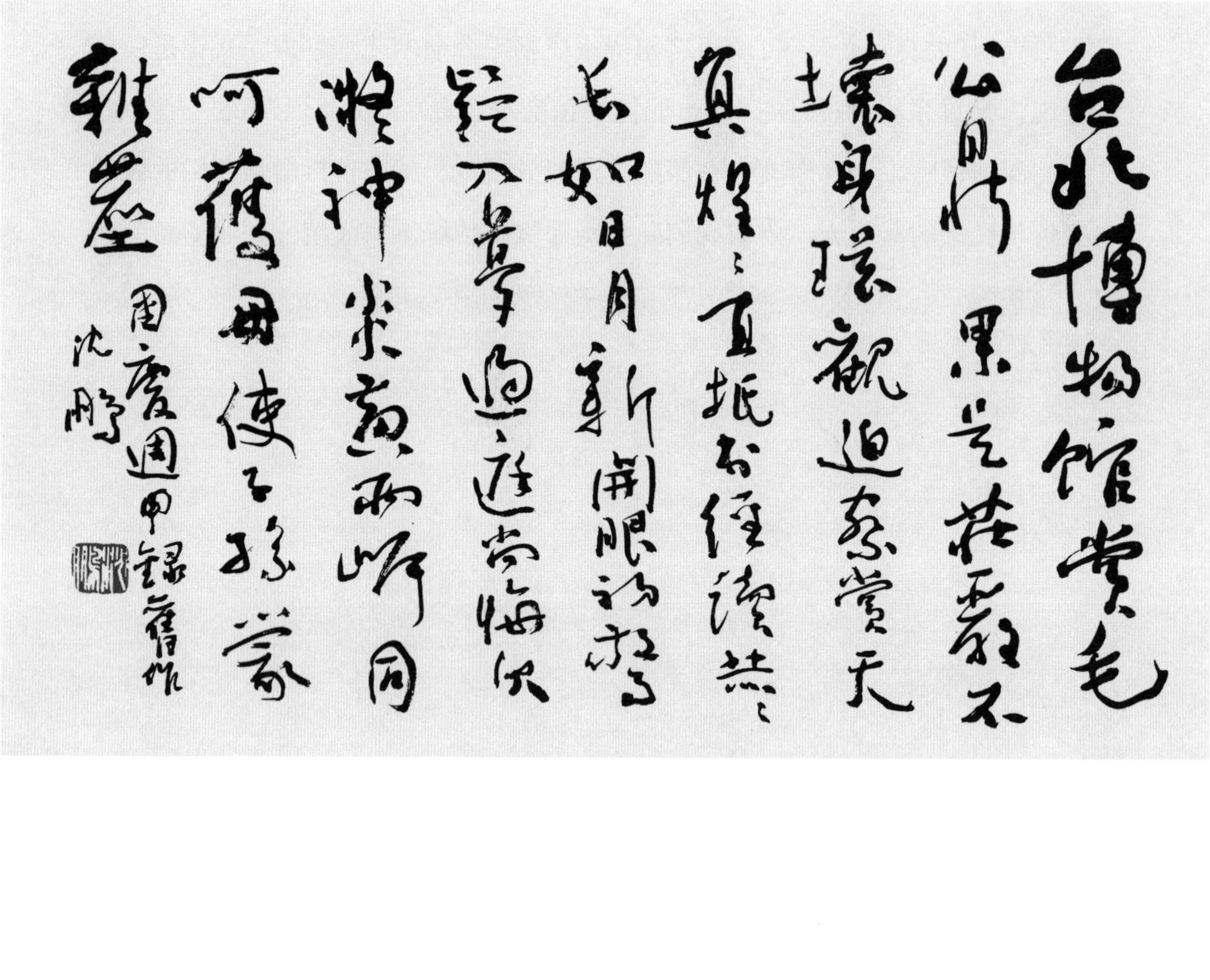

宏阔瑰奇　萧散清雅

——沈鹏自书诗《霍金》行书中堂赏析

霍　金

轮椅推进古时空，睿智巨人摇滚翁。
大爆炸从"奇点"起，众星河向几时终?
希声珠玑凭传感，异想玄黄赖慧通。
人类伊甸千载近，关怀运命发忧忡。

《霍金》一诗创作于2013年，书品见于《三馀笺韵》。书品附《作者言》："霍金以不治之症，为天体理论物理学作出巨大贡献，令人敬佩。其思维超前，紧跟时代。'摇滚翁'不止病态，更使人联想'摇滚乐'。诗末二句写霍金警世之语，幸勿故作惊人视之。"沈鹏先生艺术创作最大的特点为书境之诗化，这是艺术灵境之独创。艺术境界之提升，技法无疑为根本，而主体的综合素养是极为重要的，没有学问作支撑，艺品不能体现文化的含金量，境界难免空洞苍白。沈老指出："书外功夫越多越好，要善于把书外功夫转化为书内功夫。""文史知识、绘画、音乐、舞蹈、诗词，看得或懂得越多越好。"对于书法创作，除从传统文化中拓展灵源外，沈老还特别强调要从自然科学中汲取营养。他说："艺术家从科学著作中多获取一些求真的精神，以及关于人类终极命运的思考，将会是有益的，将会减少一些'急功近利'。"（《理与情再探》）《霍金》一诗无疑是沈老向自然科学领域拓展思维的重要作品，是沈老探索精神、忧患意识的艺术表达。

史蒂芬·霍金是英国著名的天文物理学家和宇宙学家，1942 年 7 月 8 日出生于英国牛津，20 世纪 70 年代，他与彭罗斯一道证明了著名的奇性定理，为此他们共同获得了 1988 年的沃尔夫物理奖。霍金被誉为继爱因斯坦之后最著名的科学思想家和理论物理学家，证明了黑洞的面积定理。霍金因患卢·格里克症（肌萎缩性侧索硬化症），禁锢在一张轮椅上达 50 年之久，而他克服了残疾之患而成为国际物理学界的超新星。他不能写，甚至口齿不清，以常人无法想象的艰苦努力深入探索，超越相对论、量子力学、大爆炸等理论，思想遨游到广袤的时空，探索自然的奥秘，窥探宇宙之谜，成为享誉世界的科学家。他也是科普作家，代表作为 1988 年撰写的《时间简史》。霍金学识渊博，对中国文化兴趣浓厚，他的《时间简史》的第一章《我们的宇宙图像》，就从中国古代“天地混沌如鸡子，盘古生其中”的传说和北朝民歌《敕勒歌》谈起，娓娓道来，妙趣横生。人为万物之灵长，人类的伟大不仅仅在于智慧，更在于坚毅的意志。霍金之伟大，在于意志坚毅，智慧超凡，他创造了生命的奇迹，为世界科学史写下了壮美的篇章。

诗作首联描写霍金的形象，概叙非凡成就：“轮椅推进古时空，睿智巨人摇滚翁。”“轮椅”借代霍金的形象，霍金自 1985 年起完全丧失语言能力，坐在轮椅上的僵硬形象是他给人们的第一印象，这令我想起 2015 年一部纪录片里的一幕：霍金的轮椅被推着从剑桥西路 5 号的家中出发，经过美丽的剑河、古老的国王学院，驶过一个斜坡，来到银街的应用数学和理论物理系的办公室。一块黑布条绕过霍金的额头，把那颗珍贵的大脑袋固定在轮椅靠背上以防晃动。“推进”二字，极富力量感，言其贡献具有划时代之意义。“古时空”，借代天文物理学方面的贡献，具体应指“无边界宇宙理论”。霍金在 20 世纪

80 年代初创立了量子宇宙学的无边界学说，他认为，时空是有限而无界的，宇宙不但是自洽的，而且是自足的，它不需要上帝在宇宙初始时的第一推动。宇宙的演化甚至创生都单纯由物理定律所决定，这样就把上帝从宇宙的事物中完全摒除出去，说明亚里士多德、奥古斯丁、牛顿等人曾在宇宙中为上帝杜撰的那个关于“第一推动”的神话是完全虚构的。霍金是罕见的瘫残病人，而从其意志、智慧、贡献来看又是巨人，他的科学成果有震撼性的意义。他不能活动，头部不由自主地晃动，故称“摇滚翁”，诗人由“摇滚翁”而想到摇滚乐，摇滚乐是最美的艺术，说明霍金是在怎样艰难的条件下创造生命奇迹的。

颔联“大爆炸从‘奇点’起，众星河向几时终？”概述霍金在天文物理学等方面的杰出成就。“大爆炸”是指“宇宙大爆炸”理论，这个理论诞生于 20 世纪 20 年代。所谓“奇点”，是宇宙大爆炸之前宇宙存在的一种形式，具有一系列奇异性质，如无限大的物质密度、无限大的压力、无限弯曲的时空和无限趋近于零的熵值等。霍金对于宇宙起源后 10～43 秒以来的宇宙演化图景作了清晰的阐释，宇宙的起源最初是比原子还要小的奇点，然后是大爆炸，通过大爆炸的能量形成了一些基本粒子，这些粒子在能量的作用下，逐渐形成了宇宙中的各种物质，至此，大爆炸宇宙模型成为最有说服力的宇宙图景理论。“众星河向几时终”，此句的意思是说根据霍金的无边界宇宙理论，时空是有限而无界的，宇宙根据自身的演化规律运行，由此推断，星河也有终极的一天。

颈联“希声珠玑凭传感，异想玄黄赖慧通”，写霍金意志之坚毅与智慧之超凡。诗人自注：“霍金发声凭特制的传感器”。一个活着的人，发声都如此困难，搞科研更难乎其难了。“希声”：难以听到的声音，也可以联想到《老子》里的“大音希声”。“珠玑”，珠玉，比喻珍贵的声音，言下之意，霍金每发出的一句话都是智慧的珍宝。霍金丧失语言能力以来，表达思想唯一的工具是一台电脑声音合成器。他用仅能活动的几个手指操纵一个特制的鼠标器在电脑屏幕上选择字母、单词来造句，通常造一个句子要 5 ~ 6 分钟，1988 年出版的科普著作《时间简史》就是这样写成的。“玄黄”，本义指黑色与黄色。《易 · 坤》：“夫玄黄者，天地之杂也，天玄而地黄。”此处以玄黄代天地，代宇宙的奥妙。“赖慧通”，依赖智慧去了解。霍金的想象力天马行空，他先凭直觉假设一个现象，再凭科学思维去证实。尾联“人类伊甸千载近，关怀运命发忧忡”，霍金的研究对象是宇宙宏观，而与人类社会有直接的关系。作者自注：“霍金称，如果不逃离脆弱的地球，我们将无法生存千年。”霍金的警世之语，自有其科学依据，人类对自己的未来应有忧患意识，应采取措施保护地球，保护我们的美好家园。“伊甸”，即“伊甸园”，《圣经》中指人类祖先居住的乐园，此处指地球。

《霍金》一诗，以科学家的事迹为题材，对这位科学巨匠表达由衷的敬意。诗作准确地描绘了霍金的形象，作为一个完全丧失了自理能力的科学家，战胜常人难以想象的困难，在自然科学领域作出了划时代的贡献，这是多么伟大崇高！霍金的事迹告诉人们：生命的潜能是巨大的，一个人的成功虽然离不开客观因素，但主观因素是至为重要的，意志和智慧可以创造生命的奇迹。其实，诗人与病魔斗争了数十年，也创造了生命的奇迹。《霍金》一诗还告诉我们：地球是人类赖以生存的家园，看来坚实，其实脆弱，保护环境，保护我们的家园，就是保护我们自己的生命，保护子孙后代。此诗的最大特色是高度的概括。诗的意象概括、情感浓缩，这种概括能力来自诗人的修养，也来自对霍金的深入了解，由此可知诗人的广博学识，由艺术到自然科学，真是精骛八极，心游万仞。此作成功地运用了借代手法，“轮椅”“古时空”“奇点”“希声”等词语或以特征代本体，或以部分代整体，使霍金的形象、贡献得到鲜明的体现。此作结构完整，叙事、抒情、言理层层深入，井然有序，形成意境的圆融之美。这里还须指出的是，此诗是沈老诗集中难得一见的拗体七律，或者说七言古律。沈老精通音韵，工稳典雅是其诗词艺术的重要特色，而此诗从平仄、对仗等方面来看大致符合七律的要求，但有多处有违律句的标准，比如“轮椅推进”“人类伊甸”，从音节重心来看连用四个仄声，“希声珠玑”连用四个平声，这在一般的律诗中是很难见到的。诗人并非不知，而是有意为之，读来还是畅达，不觉拗口，诗人以这种拗句强化语势，给人耳目一新之感。杜甫是七律圣手，他的七律中也时有拗体，达到一种古雅苍郁的表达效果，沈老可能受杜甫影响，作一种尝试。

《霍金》一诗，借宇宙爆炸、星河浩茫、希声珠玑、天地玄黄等意象，形成宏阔瑰奇的巨丽意境，而物化为书境则萧散清雅。艺术是一种诉说，诗人以联想意象诉说，书家以直观意象诉说，把两者打通是极为艰难的。此作为行书中堂，按照一般的理解，诗作意境宏阔瑰丽，用狂逸的大草表达比较合适，沈老又是大草高手，为何不用大草呢？我们应清楚，沈老是既富激情，又富理性的艺术家，选择何种形式来表达载体的诗意和特定时空中的主体情感，是经过了审慎思考的。书品集中表达对霍金的景仰之情，突出其人格意志的伟岸崇高，故而选择清雅萧散的行书更为合适。书品仍以篆隶雄强高古的骨力为内核，以逸少的《长风帖》《游目帖》为神采，又融合黄庭坚《花气诗帖》之遗意，化入康里子山之风神，匠心独运，清格独标。通观全篇，化古为我，格调清隽，宛转灵动，转折圆劲，以那遒劲纵逸的线条，古雅清雄的意象，构成一幅长风吹拂、青松挺拔的画卷，幻现科学奇才的独特形象。章法处理舒卷随意，荡疏中见绵密，俊逸中见清雅，秀媚中见遒劲，乍看挥洒自如，而细加品读又精到自然，诗句情感平和，线条沉着有力，字与字之间甚少牵丝连属，仿佛都为独草，而气势连绵跌宕，仿佛把我们带入剑河之畔，日暖风清，澄碧的河水静静流淌，两岸高柳迎风，苍松映日，这些景物仿佛都是霍金坚毅意志、伟大人格、超凡智慧之化身，高山安仰、清芬难挹之感见于言外。

意境的表达，风格的形成，赖乎精熟的技法。此作清雄超迈，丰姿跌宕，壮阔清奇。书家深怀清穆的情感创作此诗，用笔寓刚于柔，含蓄凝练，似杨柳婀娜，古木苍郁，轻松流畅而又涩劲沉着，其势若龙蛇飞动，古藤缠绕，超然高举。字画工稳，锋芒内敛，烟霞露结，状若断而还连；凤翥龙蟠，势如斜而反直。字内空间的处理极富特色，密处愈密，疏处更疏；字内空间与字外空间融为一体，形成丰富的节奏，其结体意态从容，气象超逸，清俊纯朴，秀异飘然，笔势流动，肥瘦相称，浑融整练而又千变万化，仪态不居而又和谐统一。时而点画浓缩，用心简古；时而意态舒展，神采飞扬，全篇以实写虚，萧然淡远，若天马行空，着想奇拔，适其情而收放，依其性而开合。或此疏而彼密，或左促而右展，或乍散而还聚，或似断而意连，如见深山幽谷，奇石异树，花开五色，风姿绰约。字里行间充满高情逸志，让我们真切地感受到霍金是人中龙凤，马中骐骥，树中楠梓，花中绝艳，倾慕之思，见于意表。

宏阔瑰奇，萧散清雅，这是《霍金》一诗艺术意境的重要特征。《霍金》是瑰奇的画卷、壮美的有形之诗，读来荡涤世虑，境界崇高。

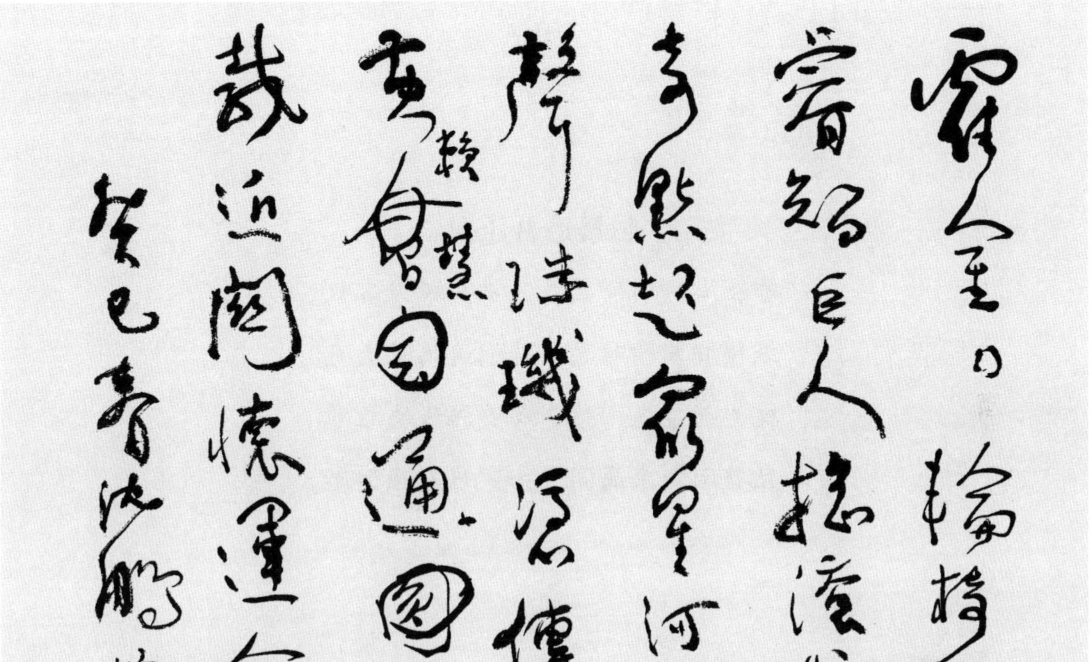

一沙一世界　一花一天国

——沈鹏自书诗《目镜遭吾压损》行书中堂赏析

目镜遭吾压损

昨夜心神何所之？无辜目镜毁容仪。
纵横扭曲情难忍，扑朔迷离景大奇。
视力苍茫羸懒惰，功夫深浅决雄雌。
且将闲杂束高阁，斗室行空独运思。

沈鹏先生善于观察，善于发现，善于提炼，艺术创作体现尚奇的美感特征。生活中的确不是缺少美，而是缺少发现，旭日朝霞，蓝天白云，一朵芙蓉，一滴清泉，从宏观至微观，无不是美的所在。高明的艺术家还可从生活的苦痛中开挖美，炼砂砾为金玉，化腐朽为神奇。当然，生活中的美并不是人人可以发现的，即使发现了也不是人人可以说出来的。苹果掉在地上，古往今来有多少人看到这种现象，而只有牛顿发现了其中的奥妙。艺术家也是如此，对于没有悟性的大脑而言，对于没有准备的大脑而言，生活中的美再多，照样既不能发现，更无法说出，因此，综合素养对艺术家来说是极为重要的。沈老善于发现，善于酿造，又能流畅自如地表达，因而他的笔下异彩纷呈，气象万千。目镜遭吾压损，这是一件极小的事，不过是窗外飞来的一颗沙尘，书房中掉下的一片纸屑，公园中飘落的一片花瓣而已，而诗人拾起来看了又看，想了又想，竟然写成了一首意蕴甚深的诗。诗作与书品均见于《三馀笺韵》。

诗作起笔点题，心多懊恼："昨夜心神何所之？无辜目镜毁容仪。"目镜即眼镜，是视力不佳者的眼睛，我们常常为其位置放错而费神寻找，一不小心遭受压损，只得重新配置，短时间内极不方便，不能读书写作了。人生总是纷扰的，不顺心的事往往十之八九。先生年事已高，记忆力已有些不如前，没有留意把目镜压损了，无法开展工作了，非常惋惜，心情烦闷。首联交待目镜受毁的原因是"心神"未能集中。"何所之"：之，到，"何所之"是到哪里去了。两句诗均用拟人的手法，强调此事是自己造成的，没管好"心神"，可爱的目镜遭殃了。起笔很风趣，有一些苦涩。颔联："纵横扭曲情难忍，扑朔迷离景大奇。"写目镜受压后的形态，观物出现意外效果。目镜受损程度较大，弯弯曲曲已经变形，看来不能重新使用。"情难忍"三字，言其心里不是滋味，目镜多年戴习惯了，已为挚友，这个样子真不忍心看。已遭压损无法恢复，但仔细发现，镜面还没有完全损坏，以此观物却出现了意外效果：迷离仿佛，景色瑰奇。镜面变形了，有如用棱镜看世界，出现绚烂多彩的物象，诗人为自己的发现而惊讶。沈老是极具智慧的人，他的诗歌受苏轼的影响较深，景中寓情，景中寓理，体现思维的深度。这句诗告诉你一个道理：事物是转化的，变一个角度，换一种目光，看事物的效果就可能不同。目镜完好，物体看得清晰；目镜坏了，物体看来朦胧，出现了特殊的美感，这真是意想不到的一个发现。

颔联"视力苍茫赢懒惰，功夫深浅决雄雌"，由目镜受损进一步悟理。目镜坏了，很不方便，对于全身心已投入学术研究、艺术创作的先生而言，只能停下来休息，"赢懒惰"，是自我揶揄，意思是没有目镜，无法工作，诗人太珍惜时间了，心里着急。"功夫深浅决雄雌"，猛然又领悟到了一个道理：离开目镜就不能读书创作，这说明自己的功夫还不够，还过多地依赖客观条件。"深浅""雄雌"，均为偏义复词，偏在"深""雄"二字之上，意即功夫极高的人，目镜受损还能照样工作，自己的艺术造诣还不是太高，还没有达到运斤成风、冥发妄中的境界，这体现了诗人自我解剖的精神与谦虚的品格。由此我们想到庄子的“庖丁解牛”，庖丁是最高明的解牛专家，对牛的每一个部位一清二楚，解剖刀入牛之体能以神遇而不以目即，官知止而神欲行，真正达到了艺进于道的境界。视力良好是书画家的重要条件，但顶级高手可凭意念进行创作，据说清代画家汪士慎，晚年先眇一目，继而双目全眇，双目失明之后仍然作画，笔墨之精不亚于目明之时，这才是进入了艺术的高境。汪士慎有没有这样的本事？我认为应该有些夸张。诗人认为自己的功夫还不够深，表达了继续攀登的强烈愿望。尾联“且将闲杂束高阁，斗室行空独运思”，收束全诗，悟理更深。

诗贵抒情，当然也可以悟理，抒情与悟理并非对立，而应交融，抒情美与理性美的融合，使诗境更幽深，更瑰奇。诗歌的理性美决非是概念的图解，依然离不开形象。理之在诗，如水中之盐，镜中之象，言有尽而意无穷，庄子说的得兔忘蹄、得鱼忘筌，大致也是这个道理。沈老情感丰富，极富理性思维，从生活的某种现象中领悟至深的道理。《目镜遭吾压损》一诗，思维不断跳跃，对生活概括提升，探索到了某些本质性的东西。想象比知识重要。美的创造就来源于想象，艺术家从一根乌发中看到那位兰心蕙质的姑娘，从一朵小花中窥见那个繁花似锦的春天。此诗从多层次多角度悟理，告诉读者：对生活我们要学会思考，学会探究。首先要明白，生活是纷扰的，要学习佛家的处世态度，坦然面对生活，保持一颗平常心。其次，看问题要改换角度。苏轼诗云：“横看成岭侧成峰，远近高低各不同。”目镜遭吾压损，是坏事也是好事，目镜完好，事物的面目看得更清晰；目镜受损，观物效果独特。单从一个平面看问题，有可能失掉发现美、创造美的机遇。又次，谦虚谨慎，继续登攀。艺无止境，不能满足于点滴成就，要知天外有天，人外有人，你的技艺再高还要学习，还要提高，没有自满的理由。诗人反思自己：我有目无全牛的功夫吗？没有。我有目瞽作画的技能吗？也没有。因此必须精进不止。

《目镜遭吾压损》的诗境为幽默瑰奇，清空淡远，而物化为书境为古拙清逸，诡谲灵秀。沈老旷放超然，学问深邃渊博，诗书相互为长，书法从诗中获得灵感，得到奇谲韵味，诗文促书法入于高境，挥运之间，诗文的流畅使翰墨的挥洒一泻无碍，一气呵成。品其意象，或俊逸飞动，或清穆古雅，或奇诡清逸，成为诗书珠联璧合之典范。张怀瓘云：“行书者……即正书之小讹，务从简易，相间流行，故谓之行书。”沈老的行书不仅仅从楷书中来，其骨力神采更多地来自篆籀的高古、汉碑的雄强，而其神韵多摄王羲之《寒切帖》《行穰帖》的自然真率、灵和流畅，行气深得杨凝式《韭花帖》的萧散，笔底源源流淌着诗人的灵气。全幅多为俊逸潇洒的独立个性，主体意象五行56字，仅一处连笔，势圆意足，充满旺盛的生命活力，无一滞拙，无一怯弱，无一媚态，转动灵活。篆隶的古雅，章草的简约，晋韵的妍雅浑然为一，异彩纷呈，饶有趣味。深品书作之神采，仿佛观赏张家界长满原始次生林的山岭，但见那些乔木灌木，丛筱荆栎，虽无伟岸的身躯，然经历了千万年风雨的滋沐，依然生气勃勃，风神超然，或高或低，或正或欹，或青或紫，无不各展其姿，各呈其态，各显其美。又如九九重阳在商山之上举行千叟宴，那些可爱的寿星们或长髯迎风，或峨冠博带，或长袍拄杖，无不精神矍铄，神采奕奕，从他们身上既可读出人生之风雨，更可读出智慧之灵光。

技法是书法的本体。诗意的表达，神采的出现，意境的彰显，离开了运斤成风的技法，一切为零，诗文再高妙只是达意的符号，与书艺无缘。沈老此作仍以篆籀为骨力，葆有高古天真之韵致，淡化浑苍拙朴之气息，以清雅的圆笔掺入行书之中，让诗意自然流淌，体现出悠悠然而不知所以然的逍遥境界。此作的结体极具特色，有的潇洒，有的奇崛，有的凝重，有的轻松，有的朴茂，有的灵秀，行气的流畅使这些鲜活的书品意象构成一个有机整体，率意而书，纯以神运，或雄奇奔放、婀娜多姿，或纵横跌宕、云烟满纸，或杂以章草之风神，或融入二王笔意，或掺入汉隶技法，无不得之于心而应之于手，如“昨”之大，“心”之小，“无”之正，“仪”之欹，“扭”之缩，“奇”之伸，忽古忽今，亦庄亦谐，信手拈来，韵味无穷，充分体现平中见奇、朴中见雅、畅中见逸的美感特征。

一沙一世界，一花一天国。可借用释家的话来概括《目镜遭吾压损》的美感特征，此诗是沈老风雨人生深刻体会的艺术表达，是心血的结晶，是心灵的吟唱，是智慧的颂歌，深入品读，启人心智。

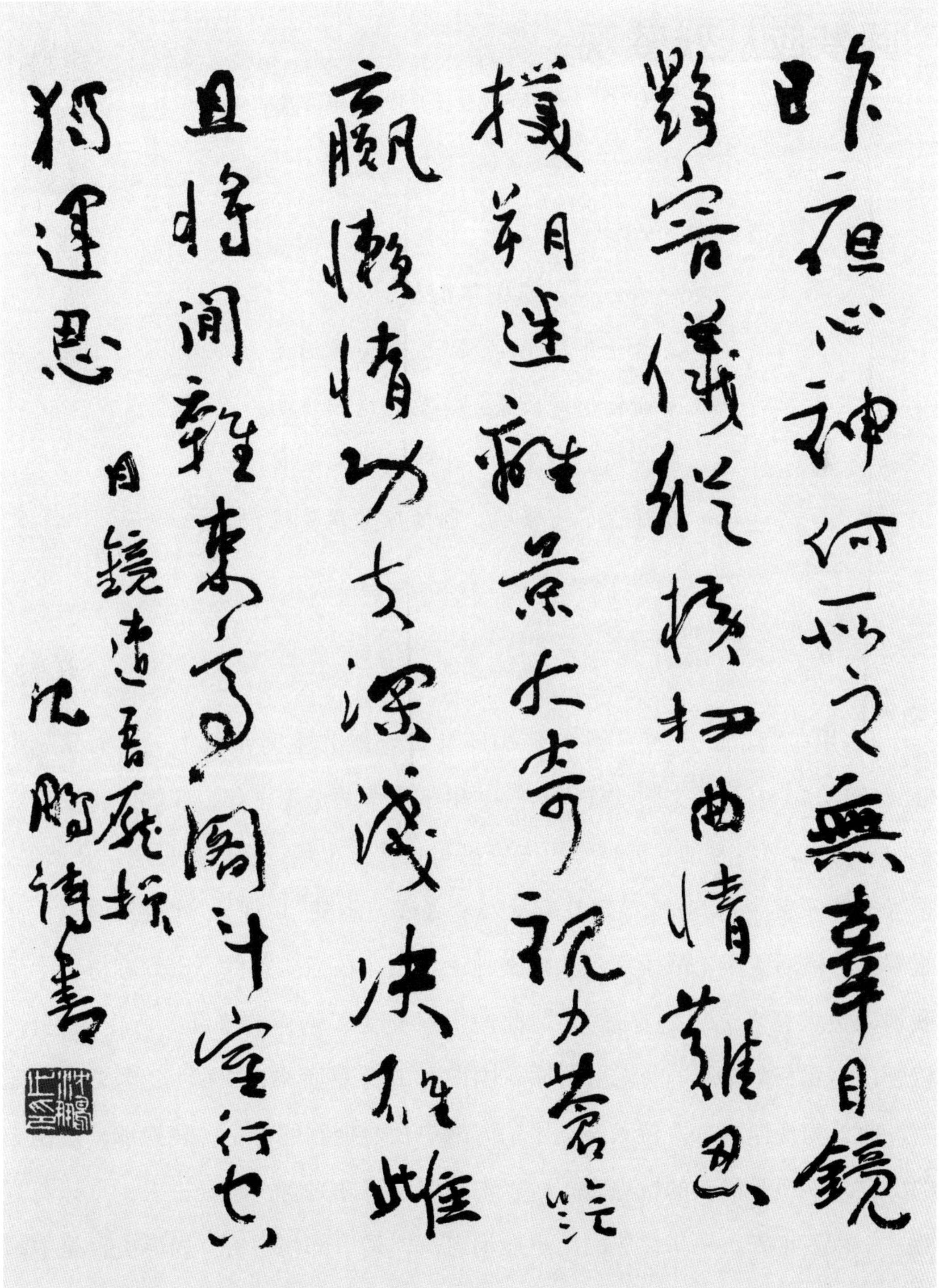

圆梦应从残梦观

——沈鹏自书诗《殇甲午海战》行书中堂赏析

殇甲午海战

百二十年弹指间，沉沉黄海浪滔天。
革新利炮蛇欺象，迂腐朝廷园戏船。
将士捐躯岂畏葸？中枢卖国保全官。
硝烟散尽何曾了？圆梦应从残梦观。

《殇甲午海战》一诗，创作于2014年，沈鹏先生时年八十三，书品见于《三馀笺韵》。书品释文附“作者言”：“甲午战争两个甲子年，媒体纷纷发表文章回顾历史。《参考消息》请军事专家撰写长文三十篇进行深刻反思。余读之，撰写七律三首今选其一。‘圆梦应从残梦（或“噩梦”）观’，此警策语也。又报端见恩格斯于甲午战争后不久撰文评论总结，在当时条件下十分难得，十足表现人类大智者之思想穿透力。”此段文字交代了创作的缘起、诗作的主旨。诗题饶有深意，“殇”字化用屈原《国殇》的诗意而来，“殇”之本义为战死者，此处为挽悼之意，诗人祭奠甲午海战中壮烈捐躯的将士，哀挽那一段伤心的历史，以唤起民族的忧患意识。以史为鉴，可知兴替，忘记过去，意味着背叛。一百多年来，中华民族的历史血泪斑斑，是一部伤心史、屈辱史。是中国共产党领导中国人民推翻了“三座大山”，方出现数千年难得一见的繁荣景象。

中华民族应怀深沉的忧患意识，牢记“生于忧患，死于安乐”的古训，不忘历史，居安思危，荡扫烟埃，清除腐败，民族的伟大复兴方有实现之可能。沈老的《殇甲午海战》一诗，以艺术形式再次向国人敲响警钟。

中日甲午战争，是日本于 1894（甲午）年 7 月至 1895 年 3 月发动的侵略中国的战争，以北洋舰队全军覆没告终。清朝战败，中日双方于 1895 年 4 月 17 日签订《马关条约》。甲午战争导致清国的垂死挣扎彻底失败，清政府再次搜刮民脂民膏，向日本支付巨额战争赔款，日本依靠两亿两白银的赔款，实现原始积累，迅速现代化，成为与欧洲并驾齐驱之列强，进而四处扩张。清政府对外出卖主权与领土，对内加紧剥削人民，最终激发民族主义大起义。甲午战争是中国近代史上耻辱的一页，也是悲壮的一页。

诗作首联“百二十年弹指间，沉沉黄海浪滔天”，点明诗题，追忆海战情景。从甲午战争爆发至 2014 年，正好是 120 年，“弹指间”，极言时间之快。战争爆发之前，日寇阴谋甚为明显，当时国内舆论和清军驻朝将领纷纷请求清廷增兵备战，朝廷以光绪帝、户部尚书翁同龢为首的主战派（帝党），以慈禧、李鸿章为代表的主和派（后党）意见相左，后党大权在握，左右政局。慈禧顽固愚钝，不愿其六十大寿为战争干扰，李鸿章为了保存嫡系淮军和北洋水师的实力企图和解，朝廷意见不一致，何以御敌？李鸿章明知日本的狼子野心，却并未认真备战，而是一味寄希望于美、英、俄等欧美列强调停，因而失败成为必然。黄海海战是甲午战争中的大战，发生于 1894 年 9 月 17 日，是中日双方海军中的一次主力决战，战斗甚为惨烈，地点发生于鸭绿江口大东沟（今辽宁东沟）附近海面，北洋舰队参战军舰 10 艘，日本 12 艘。中午开战后，北洋舰队重创日本“比睿”“赤城”“西京丸”诸舰，但北洋舰队中“致远”舰亦受重伤，管带邓世昌为保护旗舰，下令向敌先锋舰“吉野”猛冲，以求同归于尽，不幸中敌鱼雷，200 余位将士壮烈牺牲。黄海海战，从具体过程来看，应该说是打得不错的，将士们作战极为英勇，但整体兵力不如日本，武器装备落后，补给不足，结果失败。

颔联“革新利炮蛇欺象，迂腐朝廷园戏船”，分析失败之由为清廷之腐败。蛇欺象，比喻以小欺大，日寇弹丸之国敢于发动侵华战争，有如以蛇吞象。日寇之所以获胜，是早有野心、早有准备的。日本明治维新后天皇重视发展海军，目的为了扩张。明治天皇维新诏书称：“开拓万里波涛，布国威于四方”。日本发行公债1700万日元支持海军发展。日本天皇1887年从皇室经费中拨了30万日元作为海防捐款，这么一带头，日本首相伊藤博文发表演说，发动全国搞海防献金，一献献了200万日元。到了1892年，日本准备打中国，每年节省内勤公费30万日元，下令文武官员把薪水的10%都捐献出来造军舰。日本除军舰多于中国外，武器先进，舰上所置是新式速射炮，每次六发，中国是重炮，笨重，每次一发，关键时刻还是哑炮，战斗力差得多。而清政府怎样备战的呢？由于封闭，保守势力特别强，造船技术上不去，当时日本可仿西方造四千吨级战舰，质量甚好，而中国造两千吨级尚不行，守旧派维持现状，不肯接受新生事物，海权意识淡漠，最要命的是慈禧观念顽固，阻止变法，直接导致北洋水师的失败。清政府于1888年成立北洋海军，之后常年经费不足，更没有购买新舰的军费。有人统计，从光绪元年到光绪二十年（1875—1894），国库应该给北洋水师4300万两，实际只给了2200万两。更为可耻的是，慈禧为了享乐修建颐和园，花了1100万两，挪用了大量的海军经费，诗人所说的“园戏船”，就是视海防为儿戏，挪用海军经费修颐和园。腐败还直接导致军工产品的劣质，战争中引线不燃烧，炮弹不爆炸，当时天津有一个军械局，总办张士恒为李鸿章外甥，偷工减料，直接造成战场的失利。

颈联“将士捐躯岂畏葸？中枢卖国保全官”，赞美北洋水师将士之英勇，进一步分析甲午战争失败的原因为中枢卖国。畏葸：畏惧。中枢：指以慈禧为代表的后党。甲午战争战斗十分惨烈，中国军人英勇顽强，在整体实力差距甚大的情况下英勇奋战，壮烈殉国，是不朽的。在战争的第一阶段如平壤之战，高州镇总兵左宝贵登玄武门指挥，亲燃大炮轰敌，官兵感奋，奋勇杀敌，激战中左宝贵不幸中炮牺牲。在黄海海战中，邓世昌为保护旗舰，下令向敌先锋舰“吉野”猛冲，200 余位将士血染大海。威海卫之战为北洋舰队对日的最后一战,1895 年 1 月 20 日，日本大山岩大将指挥日军 2500 人，在荣成龙须岛登陆，进攻威海卫南帮炮台，清军仅 3000 人，营官周家恩守卫摩天岭阵地，奋勇抵御，壮烈牺牲。威海卫陆地悉被敌人占据，丁汝昌坐镇指挥的刘公岛成为孤岛，日本联合舰队司令伊东佑亨曾致书丁汝昌劝降，遭丁拒绝。5 日凌晨，旗舰“定远”中雷搁浅，仍做水炮台使用，继续搏战。10 日,“定远”弹药告罄，刘步蟾下令将舰炸沉，以免资敌，并毅然自杀与舰共亡。11 日，丁汝昌在洋员和威海营务处提调牛昶丙等主降将领的胁迫下，拒降自杀。这些英烈的精神是可歌可泣的，永垂不朽的。而主要问题是统治者的腐朽，卖国。在日寇虎视眈眈的时候，以慈禧为代表的清朝统治者还在追求奢侈，还在挪用海军军费修颐和园，还因为腐败制造伪劣军工产品。随着清军的节节败退，在清廷内部，主和派已占上风，大肆进行投降活动，1895 年 2 月 11 日，清廷派李鸿章为全权大臣，赴日议和。4 月 17 日，李鸿章与日本内阁总理大臣伊藤博文及外务大臣陆奥宗光在马光春帆楼签订《马关条约》。尾联“硝烟散尽何曾了？圆梦应从残梦观”，告诫人们应记住历史教训，居安思危，自立自强，才能实现民族的伟大复兴。

《殇甲午海战》是咏史之作，讴歌了北洋水师将士为保卫国家主权而壮烈殉国的悲壮事迹，痛斥了清朝统治者昏庸腐朽、卖国求全的可耻行径，对日本帝国主义的侵略行为予以挞伐，对其豺狼本性予以揭露。观今宜鉴古，无古不成今，我们对一百多年来的历史应有清醒的认识，帝国主义本身具有强烈的侵略性和野蛮性，明治维新以来，日本极力发展军国主义，大力推行侵略扩张的大陆政策，迅速走上“征韩侵华”的道路，而又看透清政府的腐朽，这是中日甲午战争爆发的根本原因。日本对华的侵略，当时得到了西方列强的支持，美国希望日本成为其侵略中国和朝鲜的助手；英国企图利用日本牵制俄国在远东的发展势力；德、法为乘机夺取在华新的权益，也极力支持日本侵略中国；俄国因未准备就绪，对日本采取不干涉政策，列强的默许和纵容，成为日本实施侵略计划的有利条件。甲午战争的失败，根本原因在于中国的封建落后，清政府腐败无能，软弱可欺，助长了日本的侵略气焰，导致战争不可避免。甲午战争的教训主要是：一个民族要立足于世界之林，必须有世界眼光，以高标准来要求自己，要跟上世界先进的水平，在内要政治清明，民族凝聚力强，吸取历史的、世界的一切先进文化来武装自己，对外要认清帝国主义的本质，不能有任何不切实际的幻想，枕戈待旦，筑固国防。此诗的特色是高度的概括，分析深刻，识见卓远。

《殇甲午海战》一诗，风格悲壮激越，诗人饱蕴深情对捐躯将士深表哀悼，对慈禧腐朽集团表示激切的痛斥，而物化为书境则是苍郁拗峭，抒发了激越悲壮的情感。沈老的书作已高度诗化，每有所作，真情流淌，形成鲜明性与独特性和谐统一的风格。此作为一幅最具典范意义的碑意行书。沈老的行书，雄强的骨力多从篆籀中来，从汉碑中来。此作线性的刚狠坚硬主要取神于《开通褒斜道》《石门颂》与《杨淮表记》等汉代摩崖，又融入颜鲁公《祭侄稿》的雄恣厚重，黄庭坚《王长者墓志铭》《戎州帖》等法书的拙朴豪纵，倾注一腔悲愤之气，形成苍郁拗峭的艺术意境。整体而观，硬瘦朴厚的线条，纵恣率意的意象，兵戈相斗的体势，仿佛把我们带入 120 年前黄海激战的海面之上，但见黑云翻滚，海浪汹涌，倭寇舰队如一群张开血盘大口的猛虎饿狼向北洋水师扑来，而水师全体将士无所畏惧，浴血奋战，奋勇争先，壮烈殉国。沈老说：

“世间无物不草书。”这里我们从书品意象中读不到一丝丝如清风流水的抒情长线，仿佛寓目的只有炮火硝烟，血雨腥风。我们仿佛看到，战舰沉下了，英雄们倒下了，群山为之肃立，海水为之呜咽，风云为之失色！120 年过去了，诗人仍在酾酒临江，呼唤英烈的忠魂归来。从那坚硬刚狠的线条中，从那拙率恣肆的结体中，从那纵散自如的布局中，我们可感受到诗人的怨愤之气，悲慨之情，锥心之痛！那个顽固愚痴的老佛爷，那些颟顸的官僚，几万万同胞的福祉断送在竖子之手，悲乎，中华民族！醒乎，中华民族！

独特的情感物化为独特的艺术意境。只有语言的精纯性、鲜明性、丰富性，方可营构仪态万方的艺术意境，沈老的语言确已臻至这一境界，这幅行书在沈老的艺术佳品中是独具风神的“这一个”。沈老的行书或多篆意，或多碑意，或多楷意，此作以碑意为主，亦蕴含篆意。线条圆劲、硬瘦、浑朴、恣肆，看不到二王书风一丝丝妍逸的神采，这与情感载体有内在的联系。线条刚硬拗峭，但我们仍感觉到苍涩中见灵动，朴拙中见精纯。此作的结体最值得深品，结体象随情生，境随意现，大小、藏露、揖让、纵敛、妍媸自然跃现，无一丝丝修饰。此作之用墨亦见匠心，全幅多施浓墨重笔，而并无润如春雨之感，感觉到黑云之翻滚，血雨之纷飞，海浪之滔天；偶施枯笔飞白，亦非干裂秋风，而是寒风之吹拂，雪花之飘荡，苦雨之飘洒，让人感受到战场的死寂，把读者带入“风萧萧兮易水寒，壮士一去兮不复还”的意境之中。书品意象依稀幻现了海战的惨烈，表达了对为国捐躯的英烈们的深切哀悼。

120 年过去，历史的尘埃已经落定，那悲壮的一幕我们不应忘记，我们必须有清醒的认识，一个政权的昏庸腐朽必然导致国破家亡，导致一个民族陷入悲剧命运。只有推进民主的进程，放眼世界，自强不息，中华民族的强国之梦才会真正实现，还是诗人说得好，“硝烟散尽何曾了？圆梦应从残梦观”！

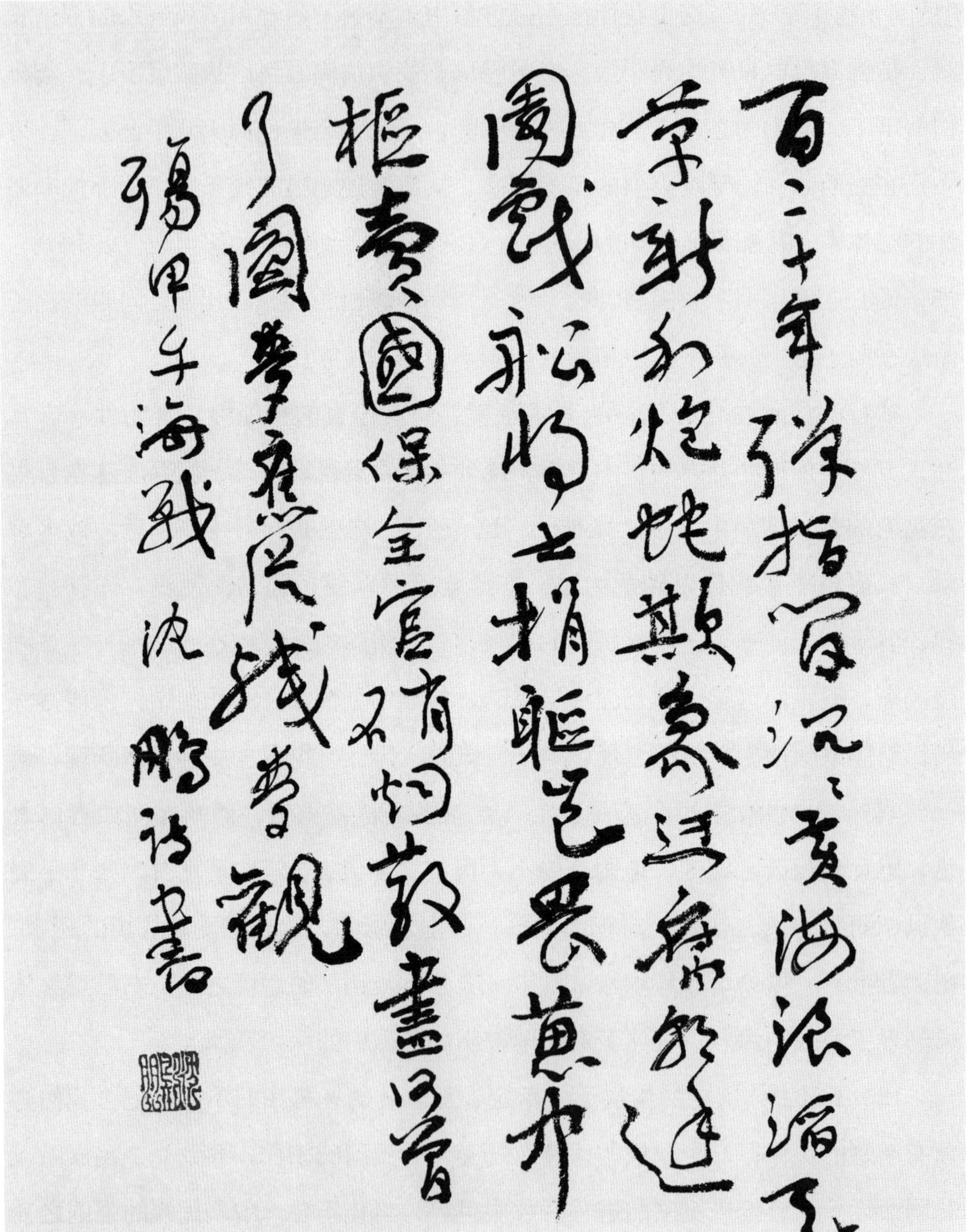

行草研究

豪纵苍郁　俊爽清逸

——沈鹏行草艺术略评

沈鹏先生的行草书风光无限，深见灵心才气，功力学养。林散之诗云：“天机泼出一池水，点滴皆为屋漏痕。”（《论书》）沈老的创作正是天机所发，妙手成春。行草是通向大草的桥梁，沈老在行草运斤成风的基础之上进入大草的自由王国，而成功摘取皇冠之上这颗明珠。英国美学家赫伯特·里德说：“东方仍然是一个充满神秘色彩的地方，其内在的精神总显得奇异遥远，深奥莫测。”（《艺术的真谛》）沈老的行草艺术就表达了这种神秘莫测的美。

行草是介于行书、草书之间的一种书体，也可视为一种书法风格，它是行书的草化或草书的行化，适应性广而独具艺术魅力。这一名称的出现，始见于唐人张怀瓘《六体书论》：“子敬不能纯一，或行草杂糅，便者则为神会之间，其锋不可当也。”苏轼诗云：“为君纸尾作行草，炯如嵩洛浮秋光。”（《郭熙画秋山平远》）明人赵宧光说得较为明白：“行草，如二王帖中稍纵体，孙过庭《书谱》之类皆是也。”（《金石林绪论》）行草的写意精神在行书的基础上得到进一步强化，开大草之先河。王羲之的最大贡献在于行书，包括行草，他一变汉魏朴质之书风，开启妍美劲健之体，创楷、行、草之典范，百代之下，深蒙其泽。其《初月帖》《长风帖》《游目帖》有如行云流水，潇洒飘逸，骨格清秀，点画遒美。献之承志继烈，推波助澜，使行草进入至高境界。张怀瓘评献之云："至于行、草兴合，如孤峰四绝，迥出天外，其峻峭不可量也。……盖欲夺龙蛇之飞动，掩钟、张之神气。"(《书断》) 行草发展至孙过庭而蔚为大观，以《书谱》为标志。张怀瓘评孙过庭云："草书宪章二王，工于用笔，隽拔刚断，尚异好奇，然所谓少功用有天才，真、行之书，亚于草矣。"(《书断》) 王世贞云："《书谱》浓润圆熟，几在山阴堂室，后复纵放，有渴猊游龙之势。"沈老的行草出入百家，独铸伟辞，养气颐情，纵学使才，形成豪纵苍郁、俊爽清逸的独特书风。

沈老的行草，个性强烈，风格鲜明，不同于历史上的任何一家，这大致有两个方面的原因。

其一，书境的诗化。沈老的艺术创作，技法之精湛自不待言，最重要的是传递了文化，表达了思想，抒发了情感，书境之高雅瑰奇可以雄视古人，后启来者。自元代以来，着意追求书境诗化这一特征的书家不多，而真正达到和谐统一者如凤毛麟角。笔者强调这一点，因为这是沈老不让前贤，甚至高于前贤的地方。书法的最高境界还是见思想，见学养，见才情，技者道之器，只有技进于道方为真正的高境。书境诗化极为艰难，诗佳不易，近代以来，不少著名书画家以诗人自许，自称诗为第一，这应该是在强调他们艺术创作的文化品位，也可能还是受扬雄"雕虫篆刻""壮夫不为"的思想影响而以诗自高，而若真正以诗人的标准来衡量他们，尚有差距。从题材而言，反映的生活面甚窄，多为艺术创作之感悟，语言的丰富性远远不够，诗作多为论艺的押韵之文，没有达到诗人腾踔万象、牢笼百态的境界。不过，这些先生的审美导向是对的，艺术家缺乏诗质诗才，纵施庖丁之技，境界依然空洞苍白。沈老名高天下，无需一芥之微滥发谀辞，客观地说，从胸襟、学养、才情、阅历诸方面衡量，从反映生活的广度、深度衡量，从诗歌创作的质与量衡量，沈老无愧于真正诗人的称号。他的一千余首诗，将山川草木、花鸟虫鱼、民风民俗、文化艺术汇于笔端。沈老的诗，对世事人生有深刻的观察，有独到的思考，可圈可点之处甚多，不是书家之诗，而是诗家之诗。这种综合素养，这种艺术灵境，是斤斤于笔墨的书工们难以企及的。

其二，笔墨精湛，语言丰富。好诗无好字，好字无好书，都未臻至完美的境界，沈老的创作，二者和谐统一，故而异彩纷呈。沈老的行草着意追求书境的诗化，形成独特鲜明的艺术风格，这得力于技法之精湛与语言之丰富。沈老的行草以孙过庭为基，取神于二王，溯源于篆籀之高古，汉碑之疏荡，游弋于黄鲁直之崛峭，文征明之苍润，于右任之清刚，而于傅山之恣肆最为属意。行草贵在简约流畅，这一特色得到葆有，而沈老认为过畅易于滑、易于俗，于是力求畅中见涩，行中见留。孙过庭的《书谱》从二王中来，纷而愈治，破而愈完，飘逸愈沉着，婀娜愈刚健，但还是有别于二王，吸收了二王以来所创造的笔法、墨法、章法，为法之大全，多蕴章草的笔意，隶书的涩味，风格苍浑劲健。沈老的行草以孙过庭为基而广取博采，他的创作，内化二王的萧散遒逸，结体以独草为多，很少见到献之的一笔书，笔断势连，灵气贯通，通过篆隶遗意的引入，涩势得到强化。他的行草少见妍逸的侧锋，多用篆籀中锋，时见篆意的浑朴高古，隶意的雄强疏荡。沈老心折傅山，对傅山的研究是极为深入的，景仰其品格的孤高，取法其书艺的古雅，篆籀中锋的用笔无疑受其影响甚深，而他最钟爱的是傅山自由无羁的精神。傅山的行草用笔圆劲，结体潇洒，从心所欲而不逾矩，看似漫不经心，而充满天机，作品以朴茂胜，以气势胜，如长江大河一泻千里，颇多奇趣，似得神助。沈老的行草，二王之神韵、虔礼之笔意、傅山之气势达到了有机的结合。沈老的创作态度是极为严肃的，他特别重视灵感在创作中的主导作用，灵感能调动创作激情，调动生命潜能，调动综合素养，翰逸神飞，真情流淌，象随情至，佳境叠现。沈老的创作，有如王宰画山水，三日一石，五日一水，他特别欣赏杜甫的“能事不受相催迫，王宰始肯留真迹”，着意追求艺术创作的天然之美、孤高之美。沈老的书法语言对诗境的切入，对真情的表达是千变万化的，笔者在《试论书艺中的“真情”》一文中多有论述，主要从书体、意象、气势等方面切入，呈现云蒸霞蔚的万千气象。从美学方面考察，沈老的行草呈现崇高的美感特征。

美在豪纵。豪纵、雄浑、豪放，名目虽殊，精神一致，均是生命精神、时代精神的艺术表达。沈老的行草体现豪纵之美、雄浑之美。雄浑偏于力感的雄强，豪纵偏于境界的壮阔。司空图品诗首列雄浑。杨廷芝释雄浑：“大力无敌为雄，元气未分曰浑。”马荣祖描述豪纵之境：“海波涌沸，晓日曈昽。烛天彻地，鞭云勒风。”(《文颂》) 沈老的创作，偏于美学意义上的崇高，行草艺术多现豪纵之美。古人论诗，大致分豪放和婉约两种风格，一般说来，能豪放者能婉约，能婉约者未必能豪放，沈老的书风，以豪放为主，时现婉约。沈老的行草将最真实的性情、最内在的激情表达得淋漓尽致，匠心独运，天机流淌。沈老的创作不斤斤于点画，一任情感如暴风骤雨般倾泻，艺术境界中充溢着这种热血豪情，与不激不厉而规风自远的晋韵是不同的，体现超凡的才气，时代的风情。这类风格的杰作，最使我们震撼不已的是他为人民大会堂创作的毛泽东的《沁园春·长沙》巨幅行草中堂，笔者曾在这幅神品面前凝神伫立，久久不能离去，不觉豪情勃发，热血沸腾。

此作气势的豪纵，笔力的雄健，意蕴的淳厚，使之成为集修养、气质、才情、技法于一体的艺术杰构。书品以崭新的形式，豪迈的气魄，瑰玮的意象，向读者展现一幅生气勃勃、雄伟瑰丽的画卷。全篇行文跌宕，动静交错，朗现一种纵逸从容、墨气淋漓之壮美。书家不借助线条的粗细浓淡和字形大小斜正的强烈对比而形成视觉冲击，而是大量运用圆劲而富于弹性的弧形线条，在紧紧围绕通篇重心和气氛的前提之下遣意抒情，让形态各异的字自然妥帖地各安其位、各得其所，若云行雨施，虎跃龙翔，万怪惶惑，毕效衽席。透过书品意象，我们眼前若幻现一幅幅联想图卷：时而万山红遍，层林尽染；时而漫江碧透，百舸争流；时而鹰击长空，鱼翔浅底。书家以伟岸纵恣的书品意象追蹑载体的情感运动，把读者带入秋色绚丽、万类自由的艺术意境之中，抒发了伟大领袖胸罗寰宇、志安天下的壮志豪情，折射着海晏河清、巨龙腾飞的时代风情，拓展出雄阔豪荡的联想空间。用笔将篆籀的高古、汉碑的疏荡、右任的清刚发挥至极，处处“屋漏”，根根“折钗”，含蓄而奔放，逸宕而雄丽，这无疑是雄视今古的艺术杰构。沈老年登耄耋以来，创作的《珠海庚寅元日晨起即句二首·之一》行草中堂，以简约的语言、巨丽的意象、磅礴的气势抒写沧海观涛的壮怀逸气，真切表达势韵合一的雄丽之美，彰显飞动、疏荡、壮浪的韵致，整体意象有如海潮汹涌，浩浩汤汤，若素车白马帷盖之张，腾涛触天，高浪贯日，吞吐百川，泻泄万壑，朗现天风浪浪、海山苍苍的壮美景色。

美在苍郁。沈老的艺术创作既体现情感的纯度，又体现情感的深度，他的行草中有难得一见的苍郁之境。艺术的本质在于抒情，在于情感的真挚，这种真挚还在于幽深。英国美学家赫伯特·里德说：“艺术的抽象性充满着个性的特质，艺术的价值有赖于人类情感的深度。”(《艺术的真谛》）苍郁之境的产生，缘于感伤悲慨的情绪。感伤悲慨的情绪是一种深挚的情感，这种情感极富美学价值。苍凉之境蕴含沉思、凄迷、悲慨等多种情感因素。司空图作了这样的描绘：“大风卷水，林木为摧……壮士拂剑，浩然弥哀。”（《诗品》）马荣祖在《文颂》中说：“空曲横盘，不可控制。奇气屈伸，倚天拔地。”这种风格与书家的忧患意识有关，与杜甫沉郁顿挫诗风的影响有关，沈老的部分诗词佳品受杜甫的影响甚深，表达对国家民族的深切系念之情，呈现悲慨苍凉的色彩。

沈老的行草，受徐渭老笔纷披、散点狼藉的独特书风的影响较深，读其自书诗《沁园春·吴哥古窟》行草中堂，气势磅礴，意象瑰奇，书品以拙朴浑厚的线条、诡谲瑰玮的意象、纵恣豪荡的气势追蹑载体的情感运动，寓目所见，烟斜雾横，气象万千。那龙蛇飞动之姿，古藤缠绕之态，山峦起伏之势，孤峰四绝之象，仿佛将读者带入莽莽丛林之中，但见长风吹拂，波涛汹涌，佛阁崔嵬，华堂驳蚀，牛鬼蛇神，狂态毕现，吴哥古窟的巍峨建筑、瑰美浮雕仿佛呈现在我们的眼前，艺品的审美情感既表达了对劳动人民无穷智慧之赞美，又表达了对专制暴政之鞭挞。《浣溪沙四首·之二》，意绪感伤，风格凄清，诗作追忆四十年前在高邮劳动的一段辛酸往事，旧地重游，感慨万千，那种凄苦无奈，思之仍有一种刻骨铭心的痛楚，这种心情折射于书境之中，呈现一种难以言说的苍郁之感。主体意象以遒逸灵动的二王笔意为主，融入米黄的率真、铎山的恣肆，书品意象仿佛把读者带入荒山幽谷之中，但见山花野卉，灌木丛筱，朝岚暮霭，交织一片，诗人的情

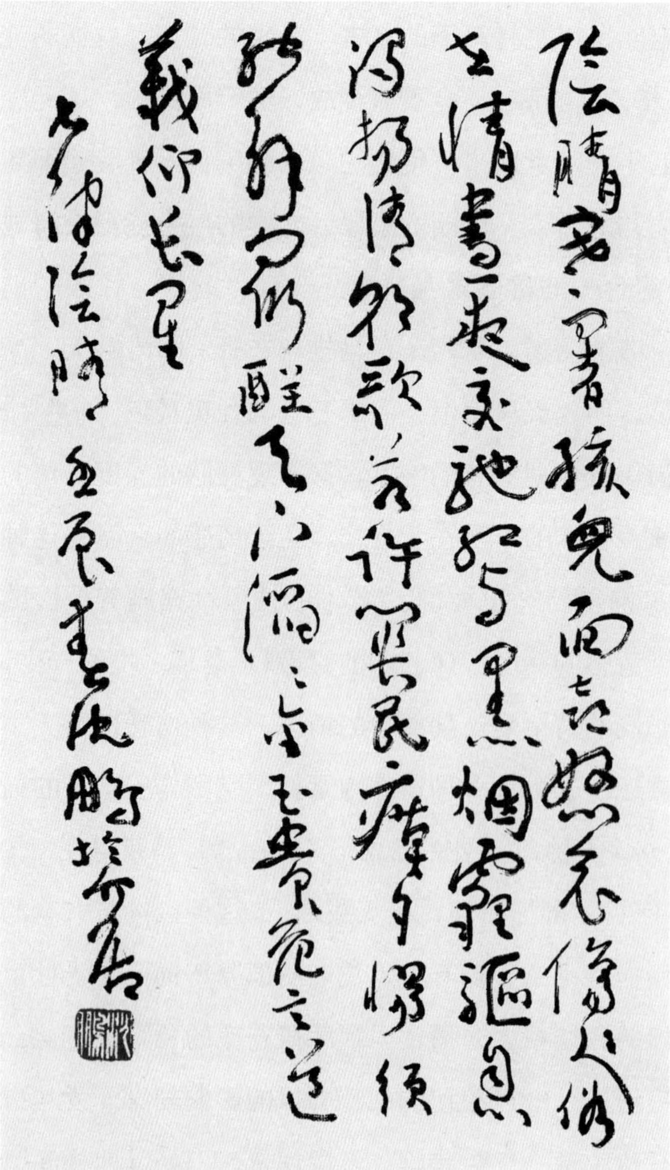

感如同山涧流泉在淙淙流淌，时而叮当激越，浪花飞溅，时而冰泉冷涩，幽咽难通，让我们油然想起风雨如晦的凄苦岁月，仿佛看到词人劳作时苦闷、困疲、无奈的神情。

美在俊爽。俊者，骨气洞达；爽者，清朗晓畅。沈老的行草体现出俊迈爽畅的美感特征。行草历来是晋韵的天下，晋韵以萧散灵和为美，而沈老的创作糅进了更多的坚质浩气、幽韵深情。沈老不迷信权威，在许多文章论述中，认为当代书法应摒却一切流派偏见与门派壁垒，向书法史全面开放。他对书法正统观念的批判表明，在史观立场上，他并不承认书法正统的存在，具体到碑帖问题，他并不认为二王帖学具有潜驾于传统书法流派之上的唯一合法性，同样，碑学对帖学的反拨也不能走向绝对化。沈老明确地说："'书圣'的地位也不像千余年来独尊一家，碑与帖的界限也不再是无可逾越的鸿沟。"（《创造·情感·技巧》）沈老着意追求崇高之美，艺术风格偏于清新刚健。他虽然不承认二王的正统地位，但对二王的研究甚为深入，其行草的韵致之美来自二王，碑版的清雄化为行草的骨力。观其所作，既有帖学的流动自然，又兼碑版的质朴遒劲，学问的滋养，诗意的浸润，更显烂漫恣肆，俊爽朴茂。观其自书诗《瞻仰孙中山先生故居》行草中堂，全幅以于右任的清雄为基，化入二王的遒逸、米黄的率真、董赵的灵秀，饱蕴深情，纵意挥洒。书品多用笔断意连之法，整幅给人以节奏鲜明、气韵连贯之感，平实自然，气清意朗，笔意灵转，缠绕洒脱，法度谨严，劲妍相济，质厚与洒脱同在，凝练共清雅齐飞，以神融笔畅、情韵两胜及庄严、强健、拙朴、雄秀等誉之，不为过也。而观其自书诗《题"周期率"》行草中堂，这一特征同样突出，从意境来看，其清雅的韵致取神于羲之《初月帖》《上虞帖》，其流畅之节奏、潇洒之风神深得杨凝式《神仙起居法》之遗意，而瑰奇之美似乎多有米芾《群玉堂米帖》《读书帖》之神采，全篇清雄取势，灵和取象，那流畅之韵致、瑰玮之神采如出水之芙蓉清逸多姿，如迎风之杨柳婀娜起舞。

美在清逸。清逸之美是沈老行草的重要美感特征。书法是高雅的艺术，是养心的艺术，从本体来看，其美学思想主要源于老庄，以二王为代表的晋韵可以说是玄学之美的艺术表达。清逸应为行草的本色之美。李世民论王羲之："观其点曳之工，裁成之妙，烟霏露结，状若断而还连，凤翥龙蟠，势如斜而反直。"这强调了羲之书法的飘逸之美。张怀瓘论献之："挺然秀出，务于简易，情驰神纵，超逸优游，临事制宜，从意适便，有若风行雨散，润色开花，笔法体势之中，最为风流者也。"（《书议》）献之行草的美感特征是飘逸。苏米的行草，率真的特色甚为突出。沈老的创作，独抒情灵，自铸清辞，碑意的融进，强化了线条的骨力，简牍的引入，强化了行草的率真，诗意的滋润，使美感的表达更含蓄，更幽雅。

试读其自书诗《鸣蝉小憩纱窗》行草中堂，那因势生形的结体，纵意飞动的体式，灵气畅流的章法，蕴含羲之《长风帖》、献之《鹅群帖》之神采，即其笔墨所未到，自有灵气空中流，笔意丰富，节奏感强。分合、扬仰、疾徐、纵敛清晰可辨。通观全篇，姿态横生，不矜而妍，不束而庄，不轶而豪，萧散容与，霏霏如零春之雨，森疏掩敛，熠熠如从月之星。独特的美感，犹如在茂林中流经奇山怪渊之溪泉，时而击崖涌澜，时而灌潭回旋，时而落渊千丈，时而入川流淌，清宁萧散，与万化冥合。而其自书诗《丁亥新秋偶成》行草中堂却别具风神：结体以二王为基，融入汉代摩崖的疏荡、米芾的诡谲、鲁直的率真，多逸少《寒切帖》、献之《鸭头丸》之雅韵，亦多摄米芾《苕溪诗》之神髓，天机独运，风神超迈，在我们眼前仿佛展现一幅瑰奇飘逸的画卷，仿佛有一群须发如雪、貌若童颜的老者在秋阳初照的郊野打太极拳，凝神静气，意志安详，营构出超逸悠游的艺术境界。

豪纵苍郁，俊爽清逸，这是沈老行草书的美感特征，沈老饱蕴诗情的行草艺术，如彩虹般瑰奇，如繁花般绚丽，很难用准确的语言作具体描述，笔者的管窥如盲人摸象，可能是部分的真，很难是整体的真，而在沈老的书林中漫步，一定会流连忘返，深深陶醉。

豪荡清逸　古雅苍深

——沈鹏自书诗《沁园春·吴哥古窟》行草中堂赏析

沁园春·吴哥古窟

热带丛林，一马平川，古窟列张。望灵岩雕琢，崔嵬佛阁；苍穹变幻，驳蚀华堂。斧钺天开，国师谋略，牛鬼蛇神到此狂。乘豪兴，有同来众侣，慷慨宫商。

千年风雨无常。念往昔、干戈动八方。纵物移星换，土埋陈迹；时来运转，璧合重光。庞贝墙垣，秦姬陵墓，万里长城一帝王。文明史，尽苍生汗血，睿智流芳！

书法的核心价值是传承、传播中华文化，书家书写的不单纯是文字符号，更多的是思想，是情感，是文学，是历史，是哲学。当代书坛不是缺少技法，而是缺少诗情。诗为语言艺术之精华，书法与诗结缘最深，在《全唐诗》所录的两千余位诗人中，有六百四十余位是书家。从历史传承来看，书家不知诗、不善诗简直是不可思议的。诚然，时代飞进，书为专门，诗书合璧，至为艰难，然而真正有志于传承中华文化的书法大家应不懈努力提升自己的诗学修养，追求艺术的高雅境界。当代书坛领军人物沈鹏先生，年高耋耋仍在自强不息，诗书双修，成就卓越。沈老提倡写自作诗："自书俚句自长吟，自采葑菲抵万金。"(《笔殒》) 沈老出版诗集四部，诗作题材丰富，体裁多样，情真语切，风格鲜明。作为书法大家，他追求艺术境界的高雅诗意为当代艺术家起到了率先垂范的作用。我们不妨对其《沁园春·吴哥古窟》一词从诗书两方面作深层解读，管中窥豹，便能领略其绚丽多彩的诗国风光和古雅瑰奇的书法意境。

2010年11月，诗人漫游柬埔寨创作诗词四首，状绘异域风情，抒写人生感慨，其《柬埔寨洞里萨湖贫民》表达了对下层劳动者的深切同情："敝舟飘荡即为家，天作穹庐衣不遮。莫谓湖光云物好，上承酷日下虫蛇。"另外三首描写吴哥古窟。吴哥古窟又称吴哥寺，位于柬埔寨暹粒市北约5.5公里，为柬埔寨国宝，是世界上最大的庙宇。建于12世纪中叶，后为高棉国王苏利耶跋摩二世（1113—1150年在位）的陵墓，15世纪上半叶，随吴哥都城废弃而荒芜，没于丛林，19世纪中叶偶然被发现，之后重新修整，成为世界著名古迹。该寺多用砂岩重叠砌成，占地约2平方公里，四周有城壕环绕。神庙围有依次增高的三层回廊，各回廊的四角配有高塔，以中心塔（高出地面65米）为顶点，形成高度依层次递减的高塔群，呈现出均衡美。吴哥寺的装饰浮雕丰富多彩，浮雕刻于回廊的内壁及廊柱、石墙、基石、窗楣、栏杆之上，题材取自印度教神话和高棉王朝的历史。

上阕记游，描写吴哥古窟的壮美风光，追叙其建造的历史。"热带丛林，一马平川，古窟列张"，起笔点题，描写古窟的地理位置与雄伟气势。吴哥古窟地处低纬度地区，属热带气候，平均气温为25℃ ~32℃，诗人去时为11月，是柬埔寨的冬季，为最佳旅游季节。举目所见，古窟耸立在一望无际的平川之上，丛林的环抱之中。"列张"，并列布张。吴哥窟正门朝西，面向日暮，据荷兰考古学家博施研究，印度和爪哇的殡葬风俗，墓地一律朝西，吴哥窟又为陵墓，故坐东朝西。过护城河进入古窟，看到吴哥寺由红土石长方围墙围住，围墙东西方向长1025米，南北方向阔802米，高4.5米，古窟正面中段是230米长的柱廊，中间矗立三座塔门，词人描写的"古窟列张"，应为正门景色。

词作起笔写出吴哥古窟的整体气势，先声夺人。“望灵岩雕琢，崔嵬佛阁；苍穹变幻，驳蚀华堂”，写古窟建筑之壮丽瑰奇，高古苍郁。“望”字为一字豆，领起下文。“崔嵬”，高大貌；“苍穹”，苍天，指代历史时空。“驳蚀”，剥落、漫漶，状其苍古。这里所说的“佛阁”“华堂”，应指吴哥窟之主体建筑。吴哥窟为佛教文化遗址，十字王台尽头是吴哥寺的中心建筑群。它基本是由大、中、小三个以长方形回廊为周边的须弥座，依外大内小、下大上小的次序堆叠而成的三个围囿，中心矗立五座宝塔为顶点，象征须弥山。第一层的须弥座由沙岩石垒成，高出地面约 3 米；须弥座之上，有高 3 米许的回廊，围绕吴哥寺如“口”字。回廊上多浮雕，这大致是词人所说的“灵岩雕琢”。巍峨古寺即为词人所说的“佛阁”“华堂”。吴哥窟“驳蚀”的特点比较突出，作为吴哥王朝的国都和国寺，举全国之力，花了 35 年建成，后经数百年风雨，从废弃到重现，又历时 476 年，并且处于没有保护的热带丛林中，尽管是石头，其驳蚀程度仍可想而知。其修复时间甚为漫长，中国政府也曾投入大量资金和人力予以帮助修复。

“斧钺天开，国师谋略，牛鬼蛇神到此狂”，追叙修建历史，赞叹精美浮雕。“斧钺”，本指两种兵器，泛指刑罚、杀戮，这里指真腊国王苏耶跋摩二世凭借武力荡平疆域，定都吴哥。“天开”，开国，建国。这里的“国师”应指婆罗门主祭司地婆诃罗，是他为国王设计了这座国庙，供奉毗湿奴。词人睹此建筑，想到了极为艰辛的建筑历程，仿佛看到千千万万工匠们艰难劳作的情景。“牛鬼蛇神”，比喻虚幻荒诞，这里应指浮雕内容之荒诞，造像之生动，也可理解为对古窟破坏者的贬斥，而以前义为优，语出杜牧《李贺集序》：“鲸呿鳌掷，牛鬼蛇神，不足为其虚荒诞幻也”。吴哥窟的山门和左右两塔门有二重檐双排石柱画廊连通，画廊的石壁，排列雕工精细的八幅巨型浮雕，每幅两米余，长近 100 米，全长达 700 余米，浮雕描绘印度两篇著名梵文史诗《罗摩衍那》《摩诃婆罗多》中的故事和一些吴哥王朝的历史，词人用一个“狂”字形容极为准确，极言浮雕之栩栩如生，高度评价吴哥窟的艺术成就。“乘豪兴，有同来众侣，慷慨宫商”，抒写词人参观古窟时豪情勃发，意气昂扬。“宫商”，指代激昂慷慨的音乐。古窟之宏伟建筑、瑰美文化激发了词人的壮怀浩气，那雄浑瑰丽的音乐更使词人逸兴遄飞。长调贵铺，上阕从形、色、声三方面铺写吴哥古窟之壮丽瑰奇，读来撼人心魄，发皇耳目。

下阕抒怀，鞭挞专制暴政，讴歌劳动人民的智慧。“千年风雨无常”，写古窟经历岁月风霜之洗礼，依然美不胜收，过片承上启下，关合紧密。吴哥古窟建于 12 世纪，1431 年暹罗破真腊国都吴哥，真腊迁都金边，次年，吴哥窟被高棉人遗弃，逐渐被森林覆盖，后经人发现至修复又近百年，词人由此想到古窟盛衰，感慨万千。“念往昔、干戈动八方。”感慨战争对人类文明的破坏之大。“干戈”，指代战争。吴哥古窟之修建，是真腊国王苏利耶跋摩用武力荡平疆域的结果，财力物力无疑是掠夺而来，而其衰落也因战争，它的修复在上世纪 60 年代也因柬埔寨政局动荡而停顿，于 1990 年才重新展开，战争是破坏人类文明的罪魁祸首。“纵物移星换，土埋陈迹；时来运转，璧合重光。”为古窟的重新发现、重放异彩而振奋不已。“纵”字领起下文，坚信人类文明永放光辉。“物移星换”，即星移物换，指时光流失，语出王勃《滕王阁诗》：“闲云潭影日悠悠，物换星移几度秋”。“土埋陈迹”，指其废弃；“时来运转，璧合重光”，言其再被发现。“璧合”，喻众美皆集，语出萧绎《言志赋》：“差立极而补天，验璧合而珠连”。“重光”，日光重明，此处指吴哥窟通过修复后重放异彩。

“庞贝墙垣，泰姬陵墓，万里长城一帝王。”此句由吴哥古窟联想到世界上的其他古迹，它们的出现都是专制暴政的产物。“庞贝”指庞贝古城，为古罗马城市，是亚平宁半岛西南角坎佩尼亚地区一座历史悠久的古城，位于意大利南部那不勒斯附近，始建于公元前 6 世纪。公元 79 年毁于维苏威火山爆发，由于被火山掩埋，街道房屋保存比较完整，从1748年起考古发掘持续至今，为了解古罗马社会生活和文化艺术提供了重要资料。“泰姬陵”，是印度知名度最高的古迹之一，全称为“泰姬·玛哈尔陵”，为一座巨大的陵墓清真寺，是莫卧儿王朝皇帝沙·贾汗为纪念他心爱的妃子而修建的，位于今印度距新德里200多公里外北方邦的阿格拉城内，全部用纯白色大理石建筑，用玻璃、玛瑙镶嵌，具有极高的艺术价值。“万里长城”人所共知，秦始皇统一六国，以战国时诸侯国原有长城为基础修筑，西起临洮，东达辽东，称万里长城。至明代又以秦长城为基础，修筑居庸关等处长城，西起嘉峪关，东达鸭绿江，全长一万二千七百余里，为世界文化遗产。词人由吴哥窟想到庞贝城、泰姬陵、万里长城这些文化古迹，深慨都是专制暴政的产物。“一帝王”，“一”字为动词，归一，归于，意即这些建筑或为满足帝王之私欲，或为筑固其统治而修建，取之尽锱铢，用之如泥沙，说明统治者的骄奢淫逸无以复加。“文明史，尽苍生汗血，睿智流芳!”卒章显志，点明题旨:这些伟大的建筑古迹，虽为暴政之产物，而客观上是劳动人民汗血之结晶，智慧之结晶，历史是劳动人民用血泪写成的，高度评价吴哥窟的历史价值、文化价值。

《沁园春·吴哥古窟》一诗为咏怀古迹之作，以饱满的激情、豪荡的气势、瑰玮的意象描写异域风光，鞭挞专制暴政的罪恶，讴歌劳动人民的无穷智慧和伟大创造力，体现了词人热爱人类文明的广阔胸怀。词人受苏辛豪放词风的影响甚深，着意追求如霆如电、如长风浩荡、如骏马奔腾的壮阔意境，同时又不乏如烟如霞、如沦如漾、如幽林曲涧之婉约优雅，体现出一种崇高之美。品读此词，那莽莽丛林、崔嵬佛阁、瑰美浮雕，仿佛一一浮现在我们眼前。瑰玮的意象，衬以雄壮的音乐，构成一幅有动有静、有声有色的壮美图卷。通过对庞贝城、泰姬陵、万里长城的联想对比，深化主旨的表达，唤起读者对人类历史的深刻思考。词人对暴政的愤懑，对人民的热爱，对艺术的陶醉，无限深情，见于言外。古典诗歌的创作，赋比兴的手法是不可不用的，长调大多用赋。“赋者，敷陈其事而直言之者也。”长调的赋法非同汉赋的“铺采摛文，体物写志”，多为环境气氛的烘托，强化抒情色彩。此词赋的手法运用成功，层层铺叙，层层推进，抒情浓郁，寄意幽微。此词的用典也很成功，贴切而自然，使语言更简约，意蕴更丰富，意境更苍深。此词写景状物准确生动，景中寓情，景中寓理，引发读者丰美的想象和联想。结构精巧谨严，疏荡有致，语言辞微旨远，朴素清新。

书品以词作为载体，诗书合一，意境圆融。沈老的创作体现出鲜明的个性，最大特点是真情流淌，诗意盎然。王国维论书，强调书中有我，个性鲜明，他说：“夫绘画之可贵者，非以其所绘之物也，必有我焉以寄于物之中。……其于书亦然，石田之书，瘦硬如黄山谷，南田之书，秀媚如褚登善，而二田之书，又非登善、山谷之书也，彼各有所谓我者在也。”（《二田画庼记》）诗书合一至为艰难，二者的灵犀相通是情感。陆机论文：“诗缘情而绮靡，赋体物而浏亮。”（《文赋》）刘勰论诗：“诗者，持也，持人情性。”（《文心雕龙》）孙过庭论书：“情动形言，取会风骚之意；阳舒阴惨，本乎天地之心。”（《书谱》）沈老论书强调深层情感的表达。他说：“书法本体价值，说到底在情感的美，情感的纯正无邪。”“书法家的情感冲破无意识的设防，由无意识上升进入创造。”（《书法本体与多元》）沈老的学养、才情、功力具备了诗书相通、情景交融的表达能力，他以自己的灵魂去感动别人的灵魂，这在《沁园春·吴哥古窟》的创作中得到体现。

书品《沁园春·吴哥古窟》，为行草中堂，见《沈鹏作品集·笔墨春秋》，由人民美书出版社出版。沈老以大草独步天下，而此作没用大草表达，而用行草，别有深意。大致大草之境豪荡纵逸、浪漫潇洒，有如庄子之文，李白之诗，而《沁园春·吴哥古窟》一词，气势磅礴，意象瑰奇，但更多的是古雅苍深，可以读出一种难以言说的苍凉意绪，这种诗境以高古清雄的行草表达较为适宜。全幅以二王为基，融入较多的章草笔意和《书谱》情韵，掠鲁公、王铎、傅山之风神，融以学养，润以才情，词必己出，言必我发，以拙朴浑厚的线条、诡谲瑰玮的意象、纵恣壮浪的气势追蹑载体的情感运动，寓目所见，烟斜雾横，气象万千。起笔以浓墨重笔入纸，如黑云压城，万鼙奔赴，顿觉狂飙突至，铁骑奔驰。字多独立，形断意连，龙蛇飞动之形，古藤缠绕之态，冈峦起伏之势，孤峰四绝之象，络绎奔会，莫可名状，仿佛将我们带入莽莽丛林之中，但见长风吹拂，碧涛汹涌，佛阁崔嵬，华堂驳蚀，牛鬼蛇神，狂态毕现。随着抒情高潮的起伏，结字或大或小，或欹或侧，或藏或露，或妍或媸，随态运奇，佳境叠现，我们仿佛随词人漫步于古寺之中，宝刹庄严，幽邃静谧，所见之象，或穆如佛陀，或秀如观音，或猛如金刚，或怪如罗汉，奇情异彩，动心骇目。从整体意象而言，依稀若见庞贝之苍古，泰陵之璀璨，长城之蜿蜒。书品节奏时而谨严，时而疏荡，时而飞动，时而静谧，随意之处，最见奇崛，平淡之间，时露惊绝。用笔以行为主，饶有隶意，时露草情，气息沉稳，笔势飞动，沉着痛快，气脉贯通，欹正、疾徐、轻重、俯仰对比强烈，破而愈完，纷而愈治，飘逸愈沉着，婀娜愈刚健，流转之极，朴素之极，擒纵互济，夷险交辉。用墨将浓逐枯，润燥适宜，生气郁勃，墨酣意足。通观此作，大令之奔放，鲁公之雄杰，虔礼之清拔，铎山之纵恣，糅合为一，既有惊涛拍岸之壮采，又有流风回雪之逸情，超轶绝尘，不践陈迹。

沈老之书，个性鲜明，风格强烈，无论何体，风格的独特性与多样性妙合无痕，这是卓越书家的重要标志。周俊杰指出："伟大书法家的可贵，在于发现和创造出独特的美，提高或扩大人的审美境界，而其关键，是一个不同的、多元的艺术观念支配多种风格、流派并存，书写者的性灵也得到充分表现。"风格的多样性来自胸次的开阔、情感的丰美、学识的渊浩和语言的丰富。沈老的行草或豪纵，或清逸，或萧散，或高华，无不舒卷如意，心手双畅。《沁园春·吴哥古窟》豪荡清逸，高古苍深，这种风格的形成，无疑与布局结体密切相关，而最重要的是用笔和用墨。观其布局，磊落分明，整中见散，密中见疏，灵气贯而奇姿显，规矩尽而变化生。观其结体，神采清逸，若行若草，隶意暗含，既多晋唐之遗意，又饶现代之风神，体现出书家尚意尚雅的美学理想："独崇山谷轻流俗，偏爱襄阳任率真"。书法难度最大的是用笔，此作体现出高古典雅的篆隶笔法。沈老是草书大家，首先是篆隶高手。沈老心折傅山。傅山说："不知篆籀从来而讲字学书法，皆寐也。""不自正入，不能变出。"所谓"正入"，主要取法篆隶，继承优秀传统。傅山还说："写字无奇巧，只有正拙，正极奇生，归于大巧若拙已矣。"沈老的书法语言正极奇生，深得篆籀碑版之遗意。他的用笔是典型的篆隶中锋。篆隶的中锋用笔与以二王为代表的以手札、简牍为长的中锋用笔有较大区别，二王的中锋多用笔尖部位，不适宜创作长帧巨制，篆隶的中锋并非单用笔尖，而用整个笔毫，用此种笔法创作，更现笔力之雄健，意蕴之浑厚，气息之古雅。故读此作，精沉猖拔之笔力，纵敛得宜之体势，贯如顶针之行气，浑化为一，爽爽飞动，呈现出豪荡雄肆、高古苍深的气象。书家精于用墨，重笔浓墨，润如春雨，枯笔渴墨，干裂秋风，强化了书品的抒情色彩。

《沁园春·吴哥古窟》诗书合璧，相得益彰，既为无形画，更是有形诗，无疑是沈鹏先生行草艺术的精品力作。词作形象而深刻地表达了对专制暴政的鞭挞和对劳动人民无穷智慧的赞美。艺品之美，美在内蕴，美在气势，美在意象，概而言之，美在意境。深品兹章，移用丹纳对意大利音乐的描写比较切合："大气磅礴，自由奔放，有时缥缈模糊，恰好最能表达玄妙的梦幻和隐秘的感情，抒发伟大的心灵在烦闷与孤独之间求索的情感。"读此佳品，管中窥豹，让我们领略一代大匠的艺术造诣，坚定我们勇攀高峰的意志和信心。

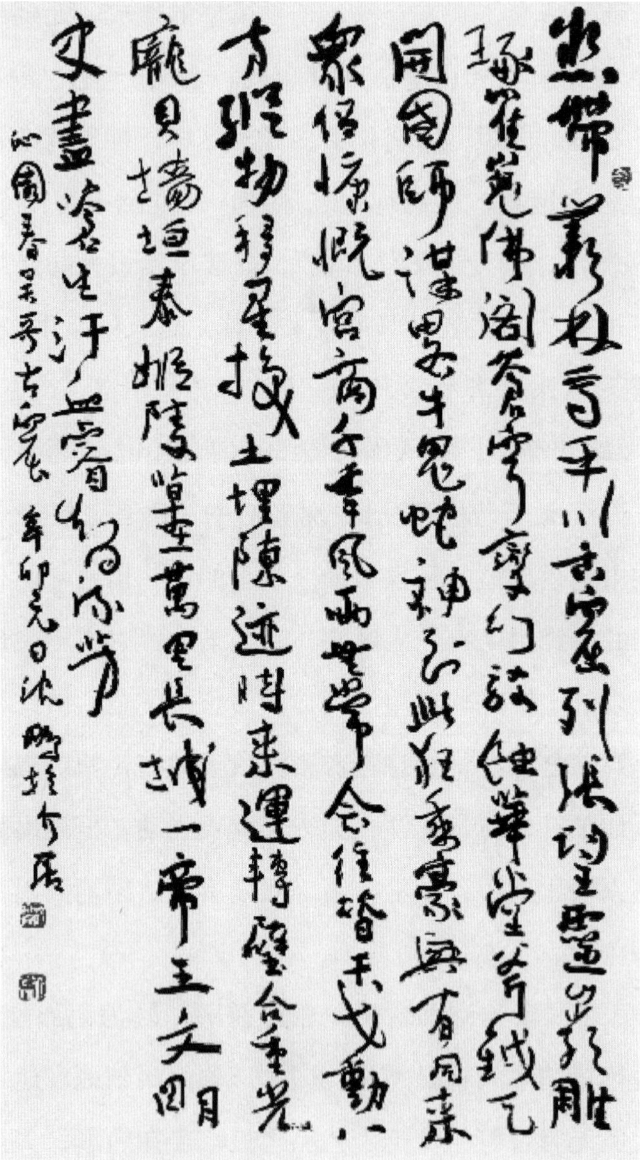

大雅果能容百物

——沈鹏自书诗《讲座二首·之二》行草条幅赏析

讲座二首·之二

余非好辩竟何能？为有情真辩欲明。

鹿马无分非病目，鱼龙混杂不同形。

愚翁厌听流行曲，智叟融通太极经。

大雅果能容百物，自当怡养学《黄庭》。

《讲座二首》创作于 2004 年 1～3 月，诗人时年七十三。沈鹏先生作为当代书坛勇于开拓、勇于担当的领军人物，既为著名的书法艺术家，又为卓越的艺术评论家、艺术活动家，他对书法艺术的可持续性发展多有深入思考，此诗为艺术讲座之后有感而作。先生当时参加了一个什么讲座，具体情况不太清楚，应与书法密切相关。诗品《讲座二首》始见于《三馀再吟》，由线装书局出版。《讲座二首·之二》书品见于《三馀笺韵》，由人民美术出版社出版。

沈老受元好问以诗论艺的形式影响较深，创作了若干论艺诗，论诗、论画、论书，其中论书的诗作较多，超越具体的论艺，借题发挥。这些论艺诗比较集中地表达了沈老的美学思想。《讲座二首·之一》内容如下："它山玉石同磨砺，白雪青丝共雅音。余勇岂惟三寸舌？不才无愧十分心。天寒如坐春风暖，巷隘难禁酒气深。漫道雕虫咸小技，穷源须探广陵琴。”此诗叙说了与后学探讨艺理的欣慰与惬意，强调对艺术的探索不能浅尝辄止，必须沿波溯源，方能进入艺术之高境。第二首进一步强调：艺术既重普及，又重提高，艺术创作一定要发扬华夏艺术尚雅的优良传统，促进我国艺术事业的发展繁荣。

这是一首工稳流畅、亦庄亦谐的七言律诗。首联总摄全篇，表达强烈的责任感、使命感。“余非好辩竟何能？为有情真辩欲明。”“辩”字为全诗之诗眼。《三馀再吟》的原句为：“余非好辩竟何能，为有文章黯浊清。”改句诗旨更明、语气更畅。两个“辩”字的间接反复，强调辩理的严肃性、必要性。“余非好辩”语出《孟子·滕文公下》：“予岂好辩哉？予不得已也。”孟子以善辩著称，有人对其“善辩”发有微辞，而孟子强调，好辩是为了坚持真理正义，抵制异端邪说。诗人化用此典，表达了坚持真理的使命感。艺术要发展，理论要先行，改革开放以来，思想的禁锢得到打破，新的思潮不断涌入，促进了艺术的繁荣，但正如清风吹来，苍蝇、蚊子也难免一同跟进。于艺术而言，现代派、行为艺术等西方的艺术思潮对传统的冲击较大，有人极端化，对体现民族精神的高雅艺术否定太多，有些先生的创作近乎恶搞，以粗劣低俗的东西刺激人们的感官，产生了较大的负面影响。沈老的艺术理念是开放的，他一再强调艺术的本体与多元。他说：“当代书法的开放性，表现为不拘一格，广泛地接受各种信息，在多层面上不断调整，提高自身的审美价值。某家某派的法则神圣不可侵犯，在今天是行不通的，碑与帖的界限也不再是无可逾越的鸿沟。”同时也特别强调继承优秀文化传统的重要性：“有情感的创造不会忽视几千年艺术的积淀。……积淀是数千年审美意识的净化与高扬，民族审美意识的结晶，新的创造若不以长期历史积淀为起点，必定走到虚无的境地。”（《创造·情感·技巧》）明了这些观点，有助于对诗的理解。

颔联:“鹿马无分非病目,鱼龙混杂不同形。”指出辩理的必要性。不想辩而又非辩不可,因为有人为达到某种目的而混淆是非,对艺术发展十分不利。此联化用“指鹿为马”与“鱼龙混杂”两个典故,说明当代艺坛混淆审美标准的现象还是存在,非辩不可。“鹿马无分”语出《史记·秦始皇本纪》:“赵高欲为乱,恐群臣不听,乃先设验。持鹿献于二世,曰:‘马也。’二世笑曰:‘丞相误邪,谓鹿为马。’问左右,左右或默,或言马以阿顺赵高。或言鹿者,高因阴中诸言鹿者以法。后群臣皆畏高。”“鱼龙混杂”见罗隐《西塞山》:“波阔鱼龙应混杂,壁危猿狖奈奸顽。”鹿马、鱼龙本来容易分辨,也非视力的问题,而混淆这种界线的人,是别有用心的,此处言人间世相,真伪不分,是非混淆,令人痛心疾首,这也反映了作者一贯坚持真理的精神。

颈联:“愚翁厌听流行曲,智叟融通太极经。”此句明确表达自己的美学理想:艺术还是以雅为尚。说到此,我想起了周俊杰说过的一话:“时代需要阳春白雪,人民群众不需要那些粗拙劣的精神产品。”沈老的创作就是高雅艺术的典范。“愚翁”与“智叟”,语见《列子·汤问》中的愚公移山故事。“流行曲”显然是比喻,指庸俗世故之风,也可能是指当时的各类流行艺术,原义是指广为流传的歌谣,相当于古代的《下里巴人》之曲。《战国策·楚·宋玉对楚王问》载:“客有歌于郢中者,其始曰《下里巴人》,国中属而和者数千人。”流行曲是通俗艺术的代名词,通俗艺术多有可取之处,诗人对此并没有太多否定,意思强调对通俗艺术要雅化提升,原生态的通俗艺术流传甚广,时间过长,不利于艺术的发展,因为艺术要有高峰方显壮观景色。其实古代也有通俗艺术,比如《诗经》中的十五国风,汉代的乐府诗,都是来自民间,但通过雅化已成经典。“厌听”二字须细品,欣赏者是“愚翁”,这是自谦的说法,欣赏水平不是太高的愚翁也听厌了,那些高明的鉴赏家更不愿听了,低俗、重复、单调的艺术使人产生审美疲劳。艺术的内容健康,表达形式有难度,有高度,美才有震撼力。“智叟”泛指审美水平较高的人。“融通”：融会贯通。“太极经”也是一个比喻，主要特点为圆融玲珑，应指高境界的艺术创作，当时确有《太极经》这样一本书，2004 年由太极文化发展有限公司出版，作者为仿佛居士陆锦川，大致为气功与医学方面的著作。从“融通”二字来理解，作者的意思是对优秀文化传统要挖掘、研究、继承，对于民间的东西要雅化、提升。周作人的话还是有道理的：“……真正的文学发达的时代必须多少含有贵族的精神……我想文艺当以平民的精神为基调，再加以贵族的洗礼，这才能够造成真正的人的文学。”（《贵族的与平民的》）

尾联“大雅果然容百物，自当怡养学《黄庭》”点明题旨：以书法为代表的华夏艺术，不排除从异域文化和其他艺术中吸收营养，博采众芳，独标清格，但尚雅的传统不能丢，这是辩理的目的。孔子曰：“《诗》三百篇，一言以蔽之，曰：思无邪。”“无邪”即雅，艺术尚雅，这是华夏民族的优良传统。雅者，正也，思想纯正，境界高华，这是高雅艺术的美感特征。大雅境界不是单一境界，而是兼融境界，是对多元文化吸纳、提升的结果。《黄庭》是道教的修炼经典，是道教文化之象征，也是中华文化之象征，王羲之创作了《黄庭经》《黄庭内景经》等书品，此处兼指。以书法为代表的华夏艺术，是以儒家的“气”、老庄的道、释家的禅为内核的。尤其是书法中的草书，其飞动、飘逸、清空之美感特征，是以庄禅境界为指归的。诗人怡养学《黄庭》，暗示从传统文化中拓展灵源，尤其是从哲学美学中吸收营养，如此方有高境界创造之可能。诗无达诂，也可能还有其他的言外之意。

此诗是一篇微型的书论，风格为清穆幽默，形象含蓄地表达了诗人的美学理想，那就是弘扬华夏艺术尚雅的传统。“百花齐放，百家争鸣”的文艺方针无疑是正确的，艺术尚雅与这一方针不相违背。各种花都有开放的资格，但作为审美对象的花，前提必须是美的，香的，无毒的，是美与真与善相统一的。美感有独特性，牡丹之富丽与素梅之高洁，玉兰之芬芳与玫瑰之鲜妍，应无轩轾。美感还是存在差异性的，“苔花如米小，也学牡丹开”，苔花的勇气是可嘉的，苔花的确可以成为审美对象，但处处种苔花，年年种苔花，夸大苔花的美而贬斥牡丹，甚至替代牡丹，这是不对的，牡丹毕竟是国色，是高雅的精神食粮。当然，美感也是可以提升的。公园里的菊花硕大而艳丽，金鱼的品种繁多而瑰奇，是人工培育出来的。以龙凤为象征的华夏艺术，根植于深厚的文化传统，是以高雅为美的。华夏民族的审美传统是一个开放性的传统，对外来的、民间的文化吸收提升，同样可以进入大雅境界。诗作以明理为主，透过字里行间，我们可以看到一个思想开放、勇于担当、勇于开拓的艺坛盟主的形象。对于艺术尚雅的问题，沈老的态度是严肃的。沈老说：“倘借高雅之名而行非高雅之实，恐怕也是对高雅艺术的一种非礼。”（《书法价值判断琐议》）诗作发扬了比兴传统，“鹿马”“鱼龙”及流行曲、太极经等意象，属特殊的比兴，给读者以言在此而意在彼、言有尽而意无穷的审美感受。

辞翰双美，诗书合一，是书法艺术最典型最完美的表达形式，体现尚雅的美学传统，沈老的艺术创作，是高雅艺术的典范。刘勰说：“韶响难追，郑音易启。”艺术臻至大雅境界是极为艰难的，是创作主体胸次、学养、才情、技法的综合表达。诗书相通的关键是情感的抒发，古人说“情动于中而形于言”，对书法来说，沈老认为“书法本体价值，说到底是情感的美，情感的纯真无邪”。此作的抒情性甚为强烈，从诗的角度来欣赏，形象鲜明，意境圆融，情感表达很含蓄，很内敛，体现清穆幽默的风格，而物化为书就不同了，以豪纵的气势胜，以浓郁的抒情胜，书品取孙过庭的《书谱》、贺知章的《孝经》为基，融入皇象《急就章》《文武帖》等章草笔意，又化入颜鲁公的雄杰、黄鲁直的率真，一无依傍，纵笔挥洒，淋漓酣畅，震人心魄。书法中的势是生命力感的具象表达，是内在激情的具象表达，王羲之论书势说“或转侧之势似飞鸟空坠，或棱侧之形如流水激来”，读此书品，深情饱蕴，天机湛发，那圆劲生涩的线条，盘旋环绕的意象，飞动纵逸的体势，裹挟风雷，气势磅礴，形成云雷聚散、河岳流峙的震撼力与冲击力。深品此作的整体意象，仿佛让我们和李白一起到庐山观赏瀑布，飞流直下，形如白龙，声如奔雷，澎湃咆哮，激湍翻腾，那冲崖刷石而激起的千万朵水花，在阳光下幻变为五彩缤纷的水珠，朗现太白“海风吹不断，江月照还空”的意境，飞瀑之下，好像天空正下急雨，千万枝银箭直射而下。透过书品意象，我们又仿佛看到了一位演说家为了坚持真理，抵制邪说，在激昂慷慨地演说，时而雄辩滔滔，势如破竹，时而侃侃而谈，春风沐人，时而挥手，时而舞臂，时而感慨唏嘘，时而掩卷沉思。品此杰构，最震人心魂的是其力感气势，由此我们自然想到怀素，想到王铎，仿佛看到书家恣情任性，翻腾飞舞，笔如风雨气如虹，积健为雄见此翁的神采。

细观此作的用笔，拙朴厚重，清雄流畅，仍以精熟的篆籀古法入草，其圆劲厚重无疑深得大篆之拙朴，而苍古雄强取神于汉碑，带有较浓的章草笔意，中锋侧锋兼施并用，线条简洁、凝重，如屈铁、如游丝、如锥画沙、如折钗股，一波三折，万毫齐力，时出遒劲，杂以流丽。用笔圆劲连绵，纡环盘曲，擒纵互济，夷险交辉，笔势挥洒如奔，如骤飘风，转折顿挫，坚劲潇洒，破而愈完，纷而愈治，飘逸愈沉着，婀娜愈刚健。瑰奇的结体或如惊蛇入草，飞鸟出林，来不可遏，去不可止，拙朴中蕴英迈，雄肆中见飘逸，或如高士之振衣长啸，挥麈谈玄，或如佳人之临镜拂花，舞袖流盼，或如艳卉之迎风泣露，好鸟之调舌搜奇，千态万状，愈出愈奇。通篇燥润浓淡相杂，疏密相间，生气郁勃，墨酣意足。整个书境如惊鸿游龙，不可端倪，使转纵横，夭矫翻腾，大有猛将当阵、凌厉无前之气概。品此矫捷飞动、气象雄肆之书作，仿佛欣赏了一曲亢奋昂越的交响乐曲。

“大雅果能容百物”，此句恰到好处地描绘了兹品的诗境与书境之美感特征。诗作表达了对高雅境界的赞美与追求之情，这一主张对我们来说有导向性的意义。书境雄肆豪荡，不计工拙，既激情洋溢，又理性内蕴，而创作主体修炼境界之高，艺术风格之高华深秀，又历历在目。

（此文刊发于《书法导报》2016 年 10 月 5 日第 10 版）

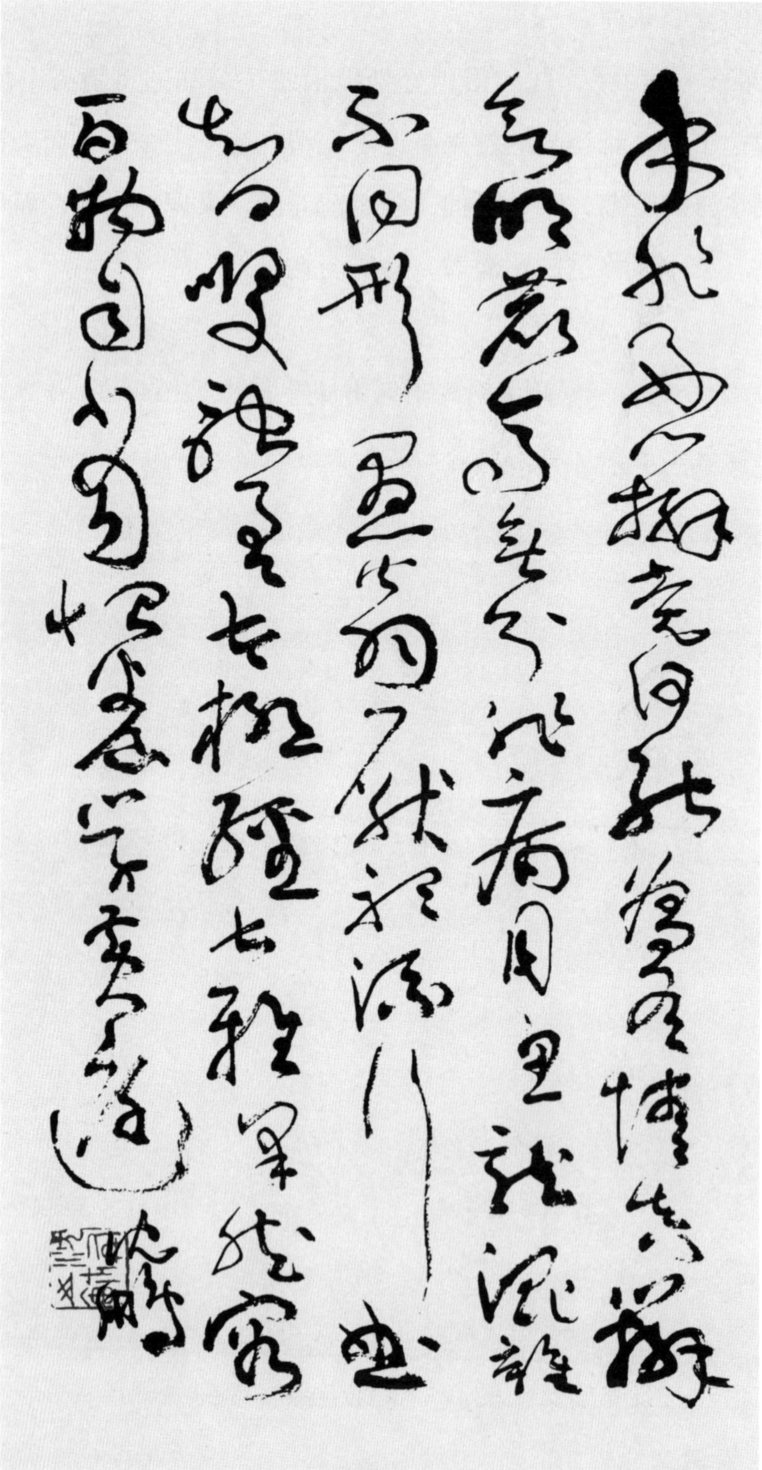

辞微韵雅　悲慨苍凉

——沈鹏自书词《浣溪沙四首·之二》行草中堂赏析

浣溪沙四首·之二

曾把他乡作故乡，不辞糠菜半年粮，锄头也厌日头长。

欲说桑麻多少事，且寻村口旧池塘，围观尽是少年郎。

《浣溪沙四首》作于2005年5～6月，诗人时年七十四。词作初见于《三馀再吟》。书品《浣溪沙四首·之二》见于《三馀笺韵》。书品附“作者言”：“下放劳动，逢‘大跃进’，晨起五时前下地，直至昏暗收工。手拿锄头，眼盯日头，困疲饥饿，焦急之状可知。‘日头’指太阳，指白昼，当地方言。此《浣溪沙》共得三首，另抄其一如下：‘誓表忠诚抵死勤，铁耙挥舞夜兼程，脱贫哪惜力微身！驾雾腾云千里马，瞒天过海万斤门，只今十亿笑驱神。’”诗人的这段自注，有助于读者把握背景与理解主旨，所抄词作中“万斤门”“笑驱神”“驾雾腾云”“瞒天过海”等语，是那个时代的特点，带有讽刺意味。但词人说组词只有三首，记忆有误，当为四首，以组词的形式追叙特殊年代的往事，寄意幽微。高邮是江苏历史文化名城，词人当时的工作单位在人民美术出版社，刚结婚四天就接到通知下放高邮劳动，时年二十七，在高邮劳动了一年有余，据沈老夫人殷秀珍女士的回忆，沈老当时瘦到九十斤，一天三顿喝粥，在插秧的时候吐血，经夫人赶到悉心照料才逐渐恢复。干部下放，与群众同吃同住同劳动，这是当时对干部锻炼培养的一种方法，词人虽值英年，然自幼痼疾缠身，强度较大的体育运动也不能参加，二十来岁就有咯血症，靠吃安眠药维持睡眠，身体之孱弱可想而知，但当时什么事都是“一刀切”，没有根据特殊情况加以照顾的余地，况且劳动时间长，劳动强度大，生活环境差，苦况可想而知。这从一个侧面反映了极“左”路线盛行时的情况，词人以小令形式对特殊经历予以理性思考，发人深思。

上片追忆当年的劳动情景。“曾把他乡作故乡”，化用贾岛《渡桑乾》诗意：“客舍并州已十霜，归心日夜忆咸阳。无端更渡桑乾水，却望并州是故乡。”把异乡当作故乡，因客居异地时间之久，对故乡思念甚深的缘故。起句一个“曾”，交待时间，这是四十年前的往事。把高邮当成故乡，说明在此生活的时间较长，也含蓄表达了无奈之情。“不辞糠菜半年粮”，极言生活之苦。“不辞”，说明词人意志坚定，愿意经受磨炼，过艰苦的生活，而艰苦的程度是始料未及的，也是无可奈何的。以“糠菜”充饥，苦况可知。当时作为干部下放劳动，当地老百姓多加优待，而在优待的生活中仍不免以“糠菜”充饥，说明当时老百姓的生活更是苦不堪言了，“半年粮”，说明苦况之久，只能在煎熬中度日。这种局面是什么原因造成的？是极左路线造成的。1958 年脱离实际搞“大跃进”，大炼钢铁，粮食烂在田里无人收割，健壮的劳动力大炼钢铁去了，虚报浮夸，吃亏的是百姓，极“左”路线破坏了生产力的发展。“锄头也厌日头长”，描写劳动时的困苦心情。锄头是用来挖土的工具，此处用拟人的手法抒情，一个“厌”，极言困苦与无奈。身体本来就孱弱，饥饿疲困交织的苦况非亲历者不能知。上片用特写镜头的形式，回忆往事，感伤不已。

下片写旧地重游，抒发感慨。四十年旧地，万千往事萦怀，此时环境、心境已完全不同，追忆之中多有理性思考。“欲说桑麻多少事”，与劳动基地的故人相见，这是词人的期待。“欲说”，想说而不知从何处说起，与何人说起，表明对故地、故人感情之深厚。“桑麻”，借代农事。陶潜明诗云：“相见无杂言，但道桑麻长。”此时的作者是著名艺术家，而仍念念不忘昔日的农友，并有道“桑麻”的共同语言，欲说还休，感慨万端。“且寻村口旧池塘”，寻找曾经生活过的地方，用典型细节表达怀旧的心情。四十年过去，人事全非，唯有“旧池塘”还在，看到池塘，自然想起当年一幕幕的生活情景。“围观尽是少年郎”，故人所见无多，恍如隔世，尽是一些青年人了，今昔之感油然而生。词人在这里生活了较长时间，熟知的人肯定不少，四十年过去，而能在一起道“桑麻”、叙往事的朋友少之又少了，围观的人尽是一些少年，有贺知章“儿童相见不相识，笑问客从何处来”之意，词句言外之意甚丰，也流露一些诙谐。那些感伤的生活已经过去了，旧时的朋友再难重聚，那样的时代也应该一去不复返了。

诗境带有苍凉色彩。苍凉是一种高境界的美，含有沉思、感伤、悲慨、凄清等多种情感因素，此作偏于感伤，风格凄清。追忆四十年前的往事，那种凄苦、无奈，有一种刻骨铭心的痛楚。以小令的形式叙写重大题材，表达深远之题旨，这是此词的重要特色。词人以典型意象、典型细节来反映生活，浩渺的时空，复杂的人事，重大的题旨，通过简约的叙述描写而能清晰地表达，这说明词人的胸次才情与诗学造诣非同寻常。从渊源来看，词境的诗化始于苏轼，突破了浅吟低唱之藩篱，但苏词的豪放多见于长调，用小令写重大题材，在当代诗人中毛泽东最具巨刃摩天之手段，小令境界尤为阔大，沈老的词受毛词的影响应是较大的。

书品准确地追蹑词境的情感运动，形成了寄慨遥深的苍凉境界。韩愈论文，强调唯陈言之务去，这是极为艰难的。从境界而言，各类艺术是相通的。沈老说：“艺术家贵在创新，不但要务去他人之陈言，还要务去自己的陈言。”超越古人不易，超越自我尤难，因为独特风格的形成，需通过长期的探索，风格形成之后易成定势、套板，不断地重复自我，这也是艺术的一种低俗之境。

沈老的思维变动不居，常变常新，渊深学养、精湛技法又为其创新提供取之不尽、用之无竭的源头活水。此作以行为主，时带草意，通篇而观，苍凉的美感特征较为突出。主体意象为五行四十二字，行款两行十八字，一清雄，一飘逸，一豪荡，一婉约，对比强烈，相映生辉。主体意象以遒劲妍逸的二王笔意为主，融入米黄的率真、铎山的恣肆，倾情而发，纵笔而书。细品前两行意象，字多独立，形断意连，字与字之间互相顾盼，生动而有情致，平正而又灵动，字势相殊，参差错落，有偃仰，有向背，有揖让，意态、大小、藏露、欹侧、妍媸，不计工拙，一任自然，诗人的情感仿佛山涧的清泉在淙淙流淌，而经过山石崖壁之冲激，溅起朵朵浪花，时而冰泉冷涩，幽咽难通，让读者油然想起先生在高邮经历的凄苦岁月，仿佛看到词人劳作时苦闷、困疲、无奈的神情。到第三行，情感的积贮如一潭碧水，随着潭口的溃决而飞泻直下，抒情高潮，跌宕起伏，字组相连增多，“事”“少”“郎”“州”等字变形夸张，奇诡硕大，带有飞白笔意的抒情线条，如瀑流飞泻，如骏骥奔驰，如长风吹拂，仿佛将积年的苦闷、感伤宣泄无余，让人看到词人挣脱精神锁链之后神采飞扬的情形，而行款萧疏清逸，与主体意象构成对比。品读此作，仿佛想到庖丁“提刀而立，为之四顾，为之踌躇满志”的风仪神采，书境强化了词境的情感表达。

细品笔法，线性的古拙清雄多得大篆与汉碑之神韵，结字雄秀疏荡，古朴自然，这与书家长年取法《石门颂》《开通褒斜道》《杨淮表记》是分不开的。他的取法汉碑不唯形体克隆，更多精神追蹑，兼以学养才情之融润，形成柔中有刚、雄俊爽畅的语言风格，观其结字，多得二王、杨凝式的萧散意味，有一种走走停停，有意无意，闲庭信步式的悠闲，沉着中见飞动，朴质中蕴隽美，藏而不塞，流走通灵，而当进入抒情高潮，意气风发，笔力雄健，冲突奔逸，一往无前，气势磅礴，激情飞溅。怀素的狂逸，王铎的激越，傅山的恣肆已糅合为一，纯任天然的艺术语言表达由抑郁、苦涩到宣泄的心迹历程。用墨深见匠心，全幅以淡墨为主，时见浓笔重墨，对比鲜明，抒情强烈。

《浣溪沙四首》是沈老带有史诗性质的重要作品，而《浣溪沙四首·之二》无疑又为书法中的佳品，诗书合一，风格鲜明，体现出强烈的时代感与浓郁的诗意。

（此文刊发于《书法导报》2016年9月14日第19版）

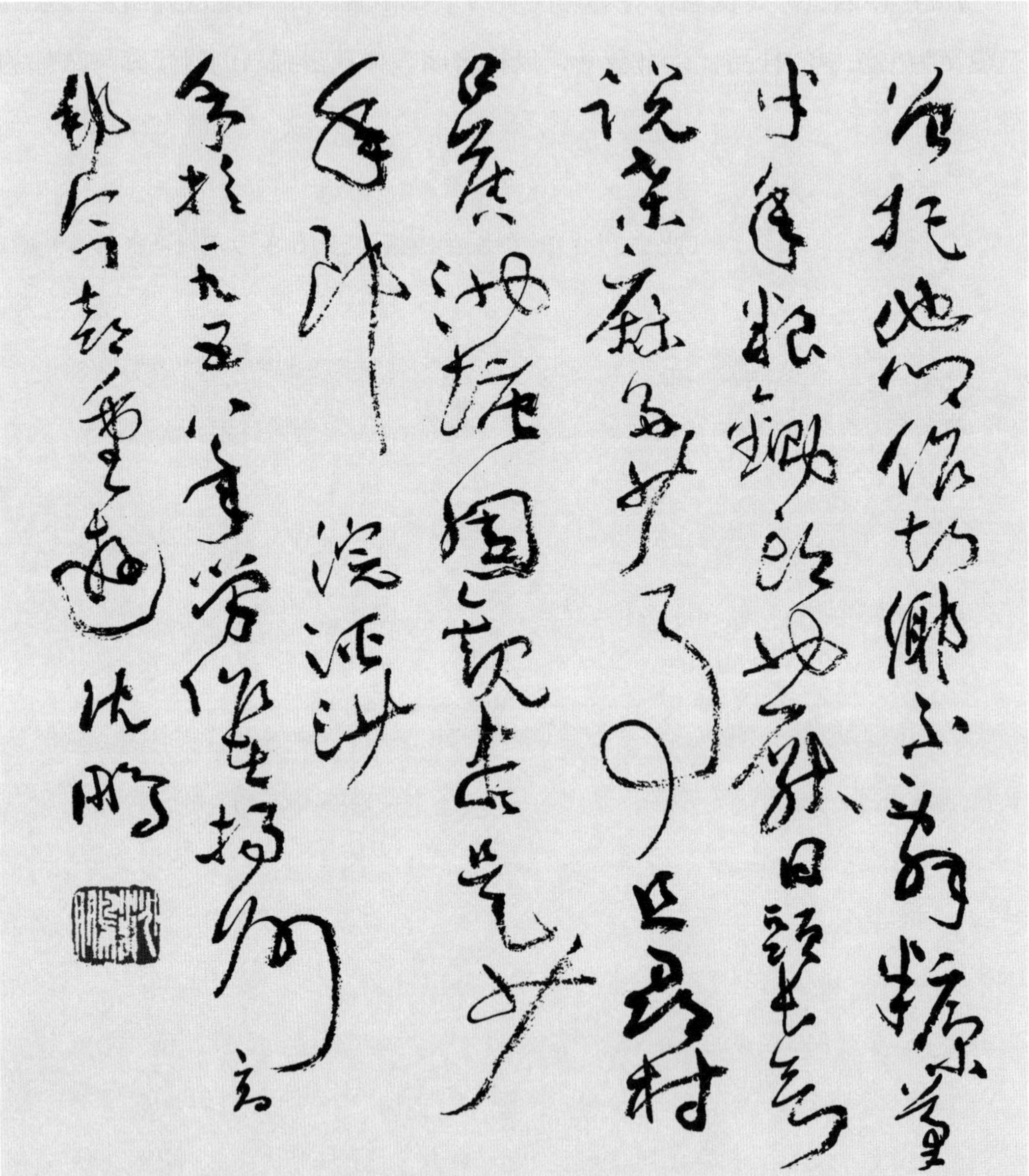

浓尽必枯　淡者屡深

——沈鹏自书诗《七律·斜照》行草中堂赏析

七律·斜照

煦阳斜照影深长，更远更行离故乡。

我已非吾何足道，身其余几敢彷徨。

儒生尽信经书典，雕篆也干名利场。

惟有打油千盏少，不沾滴酒亦清狂。

“人情怀旧乡，客鸟思故林”，此言不虚。故乡是我们成长的摇篮，是生命的种子生根发芽的地方，儿时的挚友，关山的黛色，独特的风习，给我们留下挥之不去的记忆。热爱故乡，热爱生长的土地，实际上是热爱父母，热爱生命，引而申之，也就是热爱国家与民族。爱故乡，重要的是爱故乡的文化。沈鹏先生的故乡在江苏江阴，位于江苏南部，地处长江三角洲太湖平原北端，东接张家港，南临无锡，西连常州，北对靖江，历代为江防要塞，为风光旖旎之区、人文荟萃之地。沈老在江阴生活的时间并不长，十七岁离开后，据诗中所记只有四次回过故乡，回乡虽少，然对这方热土眷恋情深，为故乡文化事业的发展竭尽心智，作出了力所能及的贡献。2011 年 4 月，在先生八秩大寿之际，故乡人民在沈老学习过的南菁中学修建了一座沈鹏艺术馆，沈老为了表达由衷感激之情，捐献了草书《般若波罗蜜多心经》、草书杜甫诗《观公孙大娘弟子舞剑器行》等精品力作31幅，还有历年所珍藏的康有为、齐白石、黄宾虹、郭沫若等大师的艺品45幅。沈鹏艺术馆成立大会结束之后，诗人感慨系之，赋此诗作。

《七律·斜照》一诗初见于《三馀再吟》，书品见于《三馀笺韵》。书品释文附“作者言”：“不能饮，甚至忌茶，但作诗自有灵感。‘煦阳斜照影深长，更远更行离故乡’，二〇一一年四月，余于江阴南菁中学沈鹏艺术馆成立大会上发言：人到老年，日照的身影越长，心离故乡越近，唐人诗：‘遥思故乡陌，桃李正酣酣’。”这段文字明确交代了诗作的缘起，更真切地表达了诗人当时的心情。诗题“斜照”，即夕照，傍晚时的太阳，夕阳虽美，但已接近日暮时分。诗题用“斜照”隐喻人生暮年，寄寓“夕阳无限好，只是近黄昏”的人生感慨。

这是一首寄慨遥深的七言律诗。首联点题，总写感喟：“煦阳斜照影深长，更远更行离故乡。”“煦阳”，温暖之阳光。夕阳接近傍晚时分，照在人和景物上面，就拉成长长的影子，反过来说，影子越长，说明夕阳越发接近落山的时候。诗人长年抱病，备历坎坷，年登耄耋仍精神矍铄，这创造了生命的奇迹。年事已高，陡生岁月催人之感是很自然的。中国人历来有“叶落归根”之说，而诗人深爱故乡，却又不得不离开。首联入题，微露感伤，而诗人胸次开阔，明白任何人不可能超越时空，情绪还是淡定的。颔联“我已非吾何足道，身其余几敢彷徨”，年虽迟暮，仍思奋起。“我已非吾”一语化用《庄子·田子方》语意：“虽忘乎故吾，吾有不忘者存。”又“宣云”：“故吾去而新吾又来……则时时有不忘者存焉。”“我已非吾”，意即现在的我，已非少年时代的我，春秋代序，物壮则老，这是自然规律。“身其余几”，感叹去日已多，来日已少，“敢”，岂敢，“彷徨”，徘徊不定貌。“敢彷徨”，珍惜有限的时间，不敢再有犹豫迟疑，为自己热爱的事业、肩负的重任继续努力，体现魏武“烈士暮年，壮心不已”的情怀。言情至此，由感伤渐入高昂，白首青云之志历历如见。

颈联“儒生尽信经书典，雕篆也干名利场”，感悟人生，悟道明理。这两句诗对当代艺坛的不良风气极具针砭意义，又是诗人数十载生涯的艺术总结，发皇耳目，启人心智。初晋耄耋，悟到了什么呢？主要有两方面：其一，打破教条。孟子说过："尽信书则不如无书"，这话是有道理的。读书要有理性思考，要与实际相结合，照搬照抄的东西，不仅无益，反而有害。对古人的智慧，我们要学习，但核心的核心是要化古为我，推陈出新，不能墨守成规，刻舟求剑。王国维论词："诗人对宇宙人生，须入乎其内，又须出乎其外。"为人为艺可以相通，学习是"入"，运用是"出"，入之不易，出之尤难，这个道理王国维说得明白，其实他自己就没有"出"，他为酬报清廷而自沉，说明走出思想的桎梏至为艰难。从书法而言，古人的遗产如汪洋大海，尽一生之力莫能穷其涯，关键在于选准"入"之点，找到"出"之途。其二，超于功利。这里的"雕篆"应为借代，泛指书画等艺术，只有超于功利方可入于高境。其实，任何艺术都源于生活，缘于实用，在实用的基础上产生审美功能，将审美功能强化、雅化、独立化，便成艺术。随着社会的发展，分工越来越细，生活水平越来越高，艺术也越来越成为一种商品，艺术完全脱离功利目的是不切实际的，沈老对"雕篆也干名利场"这种现象持有否定态度，并非反对艺术走向市场，而是强调要把握有度，不做金钱的奴隶。对于敢攀艺术高峰的人来说，只有超于功利，洗涤尘心，方能专心致志，灵机湛发，创造高境界的艺术佳品。

尾联"惟有打油千盏少，不沾滴酒亦清狂"，表明献身艺术、再攀高峰之志。艺术要打破教条，超于功利，方能独创，方入高境，这个道理，知之不难，为之实难。诗人一生的艺术实践，已臻知行合一的境界，年事已高，仍不懈追求。"打油"一词有两层意思：其一，揶揄自己的诗作为打油，这是自谦的说法。古代称滑稽通俗的诗为打油。其二，隐喻献身艺术，耽于创作。这句话很幽默，很不容易理解。古代点灯用油，打的油多，点的灯也多。诗人说要点灯千盏，肯定要打很多油才行，言外之意要创作很多诗书艺术佳品。这里的

“清狂”，应指陶醉于艺术意境。“不沾滴酒亦清狂”，艺术家饮酒而狂，实际上通过酒精的刺激触发灵感，如诗人李白，书家张旭、怀素。李白善饮，借酒壮胆表现傲骨，而诗人不饮酒也生几分傲气，实际上写自己陶醉于艺术意境之中，表现诗人的执着与自信。

诗人一生献身艺术，上下求索，为国家民族文化事业的发展作出了卓越贡献。故乡人民为嘉勉游子的杰出成就而建立艺术馆，此时此刻，诗人感触良多，从诗中可以读出先生对故乡的深情眷恋、由衷感激，更多的是为报答故乡人民的厚爱，虽至耄耋之年，仍壮心不已。诗人没有一丝丝志得意满之傲气，亦无“富贵不归故乡，如衣绣夜行”之俗气，更多的是精进不止、探索新知的精神，深悟为人为艺的幽微之理，为后继者指点迷津。此诗的特点大致有三：其一，善用比兴。比显而兴隐，严格地说是用兴。朱熹说：“兴者，先言他物以引起所咏之词也。”在旧体诗中的比兴手法，多为隐喻与象征。用“斜照”隐喻人生暮年，意象鲜活而又饱蕴深情。其二，用典无斧凿之痕。用典使语言简约，内蕴丰富，贵在贴切自然，沈老用典达到了这种效果。语言的至高之境是白描，但又不能都用白描，用典含而不露就达到了白描的效果。其三，风趣幽默。幽默是极高的智慧，用“打油”“清狂”等语形成幽默风格。总的说来，沈老的诗作多以本色示人，语言朴素而又简约，情感丰富而又幽微，诗味至淡至纯，淡而弥永，纯而丰腴。

诗作的意境淡雅幽邃，而物化为书境则不然，体现出郁勃苍深的美感特征。诗人热爱生命，热爱艺术，数十年艰苦探索，终于取得了卓越的成就，回首往昔，心潮澎湃，策励将来，只争朝夕。书家将丰富而难以言说的情感倾注于书品意象之中，意象郁勃，气韵苍深。书品为典雅的行书，以二王的清逸为基，融入鲁公的雄肆、米芾的真率、董赵的灵秀，天机自流，锦绣成篇。清纯的语言，诗化的意象，飞动的体势，构成一幅苍秀清远、静谧萧散的图卷。通观全篇，给人以墨气所射、四表无穷之感，沉着中见飞动，朴质中含隽秀，意象洒脱，骨气森然。布局规整，笔断意连，险仄中蕴平稳，变化中见统一，势脉不绝，一气呵成。整幅取纵势，以茂密为主，而时见牵丝引带，圆劲而修长的线条饱蕴灵气逸气，时而谨严，时而散淡，时而静谧，时而飞动，气势沉着痛快，意象变动不居，在“法”与“情”的合弦之中，遒媚并茂，自然中节，达到了一种气势雄健而又意韵萧散的和谐，仿佛把我们带入诗人故乡的山川景色之中，那青黛的山色，奔腾的河流，葱郁的红豆，婀娜的杨柳，如诗如画，交织一片，诗人深深陶醉在如诗的画卷之中。

为了抒情的需要，书家总是选择准确灵动的语言营构意象，技与法、意与象有机融合，朴素自然。从用笔而言，虽然仍以中锋为主，时施侧锋，但那拙朴雄强的篆籀古意似乎被清逸灵便的帖系风情所替代，虽然时现黄庭坚的长枪大戟，但这些线条似乎蕴含了更多的灵性与诗情，刚中见柔，雄中见雅，整幅充满着瑞霭氤氲的欢乐气息。用笔洗练，笔笔无法而又无一不合于法，笔笔随意而又无一不元气淋漓。结体如风行水上，纹理自然，攲侧藏露，大小妍媸，轻重浓淡，一笑横陈，以适意为度，颀长者如高木，低矮者如丛筱，硕大者如巨轮，秀微者如蝉翼，猛厉者如豪士，娟秀者如淑媛，无不自然幻化，无不风神潇洒。实中见空，疏中见密，藏而不塞，流走通灵，气之舒展在撇捺，筋之融结在扭转，行间之茂密在流贯，形势之错落在奇正，在此篇中得到了完美的体现。观整幅作品如赏江阴风光，一山一水，一石一木，一花一鸟，无不神采自然，姿态横生。

司空图品诗：“浓尽必枯，淡者屡深。”沈老的《七律·斜照》，的确淡中见雅，浅中见深，诗魂书骨达到了有机统一，是一曲抒发热爱故乡、热爱生命、热爱艺术的深情颂歌。花之淡者其香清，友之淡者其情厚，在我们为创造主体的一片素心深深打动之时，更为先生的热血豪情而心折不已。

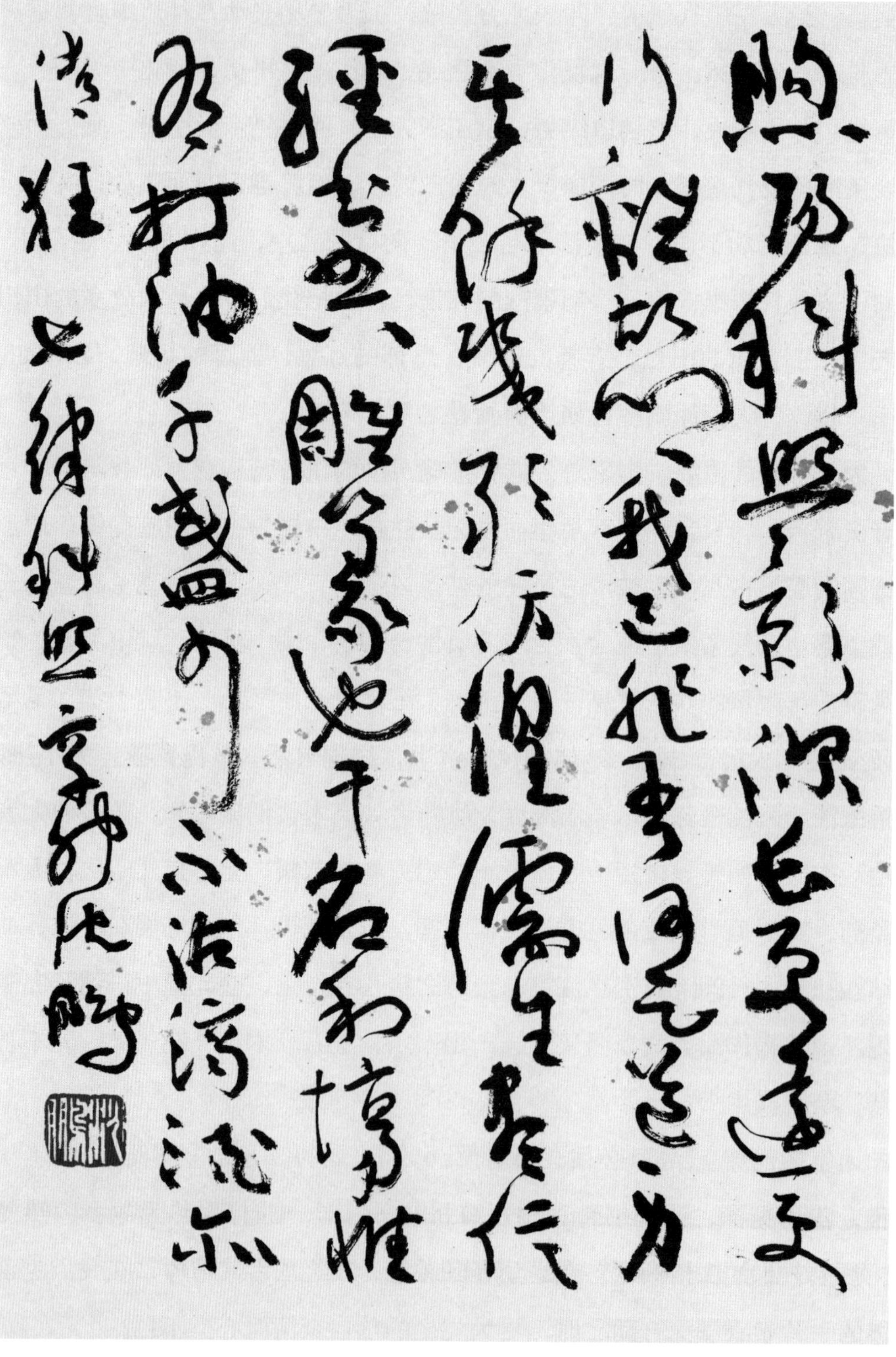

奇情异彩　动心骇目

——沈鹏自书诗《再游京西之一·埋笔》行草斗方赏析

再游京西之一·埋笔

秃笔曾来择地埋，祭坛作意护残骸。

衣沾晓露觅前迹，卓立红花一朵开。

真正的艺术大家往往出奇制胜。“尚奇”是人类最普遍最重要的心理特征。王羲之喜欢以兵法论书，其实尚奇是兵家的重要美学思想。《孙子兵法·兵势》：“凡战者，以正合，以奇胜。故善出奇者，无穷如天地，不竭如江海。”纵横家也明确强调尚奇的重要性。《鬼谷子·权篇》：“听贵聪，智贵明，语贵奇。”伟大的浪漫主义诗人李白，思飘象外，语近天仙，就是出奇制胜的典范。范德机论李白之诗：“如兵家之阵，方以为正，又复以为奇；方以为奇，忽复是正，出入变化，不可纪极。”其实李白真的懂兵法，对兵家、纵横家的理论作过深入研究。草书为书法之明珠，大草书家如诗坛之李白，沈鹏先生为卓越的大草书家，才思骏发，浩荡无涯，书境朗现出浪漫瑰奇的美感特征。沈老首先是学者、诗人，他的诗作多有奇思妙想，长篇歌行如《朝阳化石歌》《鱼化石》等佳构，想象飞腾，意象瑰丽；他的小诗如绝句，也往往平中见奇，浅中见幽，尺水兴波，思出意表，奇情异彩，动心骇目。试读沈老《再游京西之一·埋笔》（以下简称《埋笔》）一诗，便如管中窥豹，可见一斑。

此作的诗品初见于《三馀再吟》，书品见于《三馀笺韵》。书品释文附“作者言”：“余于二〇〇二年春宿京郊，随身带羊毫笔一支，年久敝残，遂就地掩埋，后此一年间得七言绝句《笔殡》二十首。诗友称：‘《笔殡》表达了一个有良知的知识分子面对每况愈下的当今世情的怨愤与不满’，‘感人至深，至切，至痛，读之不觉热血盈眶。’埋笔八年后之二〇一〇年，故地重游，挖掘残骸不复得矣。‘卓立红花一朵开’，想象使然，吾爱吾笔也。”这段文字详细交代此诗创作之缘起。常言“笔冢”，多指书家为艺术创作已付出艰辛之劳动。李肇《唐国史补》：“长沙僧怀素好草书，自言得草圣三昧，弃笔堆积，埋于山下号曰笔冢。”苏轼云：“笔成冢，墨成池，不及羲之即献之；笔秃千管，墨磨万锭，不作张芝作索靖。”（《题二王书》）大器成于坚韧，卓越出自艰辛，没有坚定意志，没有献身精神，就不可能攀登艺术之高峰。毛颖为书写工具，也是艺术家之挚友，虽残而不忍弃，视其为有生命、有亲情之物体而掩埋之，实为表达对艺术的敬畏之心，对自我劳动的珍视之意。沈老一生视艺术为生命，他终生病魔缠身，对艺术的热爱燃起了他的生命火焰，也成就了他的事业，故而对毛颖君一往深情。

“秃笔曾来择地埋”，起笔点题。笔为何要埋？因已写秃，不能再用，诗人一生以笔为友，写秃不用者，何止一支，而于此支爱之甚深，不忍随地丢弃，故择地而埋之。一个“择”字，可见庄重、严肃之神情；一个“曾”字，点明时间。择地埋笔，爱之何深；而数年之后又来挖掘，思之何切。诗人视笔为生命的一部分，方能如此珍视。“祭坛作意护残骸”，言其为笔冢之目的。“作意”，即着意，有意。将写秃之“笔骸”为冢祭奠，进一步表达对此君的珍爱之情。此笔非常笔，制作精良，性能佳妙，诗人用它创作了无数幅艺术佳品，说出了诗人心里要说的话，表达了诗人难以言说的情感，故如此依依不舍。笔不能用了，还设笔冢为祭坛以表追思，可见对艺术的热爱之深，献身之诚。“衣沾晓露觅前迹”，转句描写掘笔之情景。笔已瘗埋，时来祭奠，而今又冒霜露前来掘挖，可见思念之情难以自持了，不见此君不能心安。“衣沾晓露”表明掘笔的时间，也描写了当时的情景，自然令人想起陶潜明的诗句：“沾衣不足惜，但使愿无违”。诗人冒着清露前来掘笔，掘到了没有？没有。感伤了没有？没有。怅惘之情是有的，但油然而生欣慰之情，因为笔骸不见，它像梁祝化蝶一样“羽化”了，而看到了一种无形的绝美之花。“卓立红花一朵开”，此句为合，抒情高潮如奇峰突起，动心骇目。沈老的艺术创作尚奇，在此诗中体现突出：埋笔又掘，实为奇举；笔骸羽化，实为奇思；幻花卓立，实为奇景。这种梦幻中的“红花”象征什么呢？其一，毛颖精神之化身也。笔为挚友，为知己，“笔骸”已化而精神尚存，她化作红花激励诗人，安慰诗人。其二，艺术成果之隐喻也。血汗的付出，生命的凝结，必将结出丰硕之果。笔骸化为红花，丰硕成果之象征也。其三，献身精神之表达也。艺术家有献身精神，方能勤墨池笔冢之功，不畏艰难，敢攀高峰，红花之卓立鲜妍，献身精神之物化也。

《埋笔》实为一首论艺诗，诗人通过埋笔、祭奠、掘笔、赏花这些典型细节的描写，蕴含了丰富的言外之意。首先，兴趣是最好的老师。埋之又掘，源于爱笔，这种爱源于对艺术的浓厚兴趣。我当面请教过沈老：您热爱书法是不是受家学的影响？沈老说：有一点点，家里长辈有读书人，但少年时因病不能参加其他的体育锻炼，塾师张松庵先生的书画甚佳，受其影响，于是迷上了书法，这个兴趣至老而不衰。其次，告诉读者：对艺术要有痴迷精神，献身精神。痴迷艺术才会甘心为其辛勤付出，“好之者不如乐之者”，这是有道理的。艺术光有兴趣是远远不够的，要结为生死知己，全身心地投入。文房四宝，这都是无生命的物体，而对艺术痴迷者来说，这些物体仿佛都成了他的挚友亲人，笔写秃了，不忍随意丢弃，为冢深埋，时来祭奠，最终掘出再度相见，诗人与毛颖君已有丰富的情感交流，爱之深方思之切。又次，艺术创作贵在善悟。笔骸不见，为什么会幻化为红花呢？这种写法是有来历的。这种化幻为真的写法，很可能直接受到古代戏剧《梁祝》的影响，情之至深，可以惊天地泣鬼神。也可能受到鲁迅《药》的影响，《药》的结尾，华大妈和夏四奶奶上坟，看到夏瑜的坟上有花环，鲁迅后来论及此事，说这是表达一种希望，一种理想，诗人借用此种手法，表达对艺术的热爱之情。这个“红花”意象既勉励自己，又勉励广大书法爱好者：辛勤耕耘，必将收获丰硕的成果。艺术创作贵在想象，贵在妙悟，艺术最大的功用是拓展思维空间，艺术家的思维形式应该是灵动的、飞跃的、瑰奇的，想象之于艺术，如羽翼之于飞鸟，不能通过妙悟打开思维的空间，就很难有瑰美的艺术创造。“一朵红花卓立开”，给我们展示了一朵璀璨的思维之花。

《埋笔》一诗，以典型细节、典型意象遣意抒情，暗示幽微的主旨，实中见空，平中见奇，诗境清雅瑰奇，而书境与诗境和谐统一。书品准确追蹑载体的情感运动，融进创作主体在特定时空中的情感体验，恣情而发，纵意而书，读来如清风吹拂，意畅神飘。细品此作，书品为行草，全幅以行为主，略带草意，字多独立，偶有牵丝，形断意连，一气流贯。结字以二王的萧散妍逸为主，融入米黄的恣意率真，深蕴董赵的潇洒灵秀，字之藏露、欹侧、大小、揖让、妍媸，一任自然，情文流畅，境至象生。古人对书法的欣赏，常言不见字形，唯观神采。所谓神采，应为书品的物化形式所暗示的联想意象。深品此作，透过字形，我们仿佛走进春日的一片园林：但见山苍水秀，生机勃勃，朝霞散彩，气象万千。葱茏的佳木或大或小，或高或低，或青或紫，各挺其姿，各展其态，各显其美，各色的花朵竞相开放，或红如丹砂，或莹如冰雪，或绿如翡翠，青藤翠蔓，蒙络摇曳，清风吹来，清香阵阵，我们仿佛看到了艺坛的无边春色。

书品臻至抒情的自由，书品语汇高度个性化、写意化。不重复他人，也不重复自己，这是沈老艺术创作最突出的美感特征。细品《埋笔》的技法，如郢人运斤，心手双畅，不见斧凿之痕。全幅仍以圆笔中锋为主，时施侧锋方笔，线条沉实果断，朴厚灵动，高古雄强的笔意从篆籀古法中来。从线条的力感、气息、韵致而言，我们想到了《散氏盘》，想到了《曹全碑》《石门颂》。“来”“作”等字的主笔为垂露，如古木森森，拙朴清雄。“残”“骸”等字壮硕雄逸，如碧流中陡然掀起的浪花，如春林中独立枝头的异卉，独特的美感给人以心灵的震撼。多处虚灵的抒情长线，如飞鸟入林，如长虹饮涧，如清风出岫，仿佛把我们的逸情带向远方。结体纯任自然，平中见奇，拙中见巧，潇洒之姿让我们想到了逸少的《寒切帖》《初月帖》，灵诡之美让我们想到米芾的《苕溪诗》《蜀素帖》，其纵逸之神态犹如一叶扁舟置于江流之中，虽风起浪涌，而进退自如。

艺术尚奇，《埋笔》一诗，无论是诗境还是书境，都体现出瑰奇的美感特征。艺术尚奇，必须以才情之丰美、功力之深厚为前提，缺此而追奇逐巧，那艺品就不为奇美，而为奇丑。从《埋笔》一诗中可以读出书家对艺术的执着精神、献身精神之坚定，使读者得到启示：艺术不能浅尝辄止，必须沉入其中，结骨肉之亲，超功利之外，以深厚的功力为前提，追求艺术的奇情异彩，用智慧的汗水浇出高洁芬芳的艺术之花。

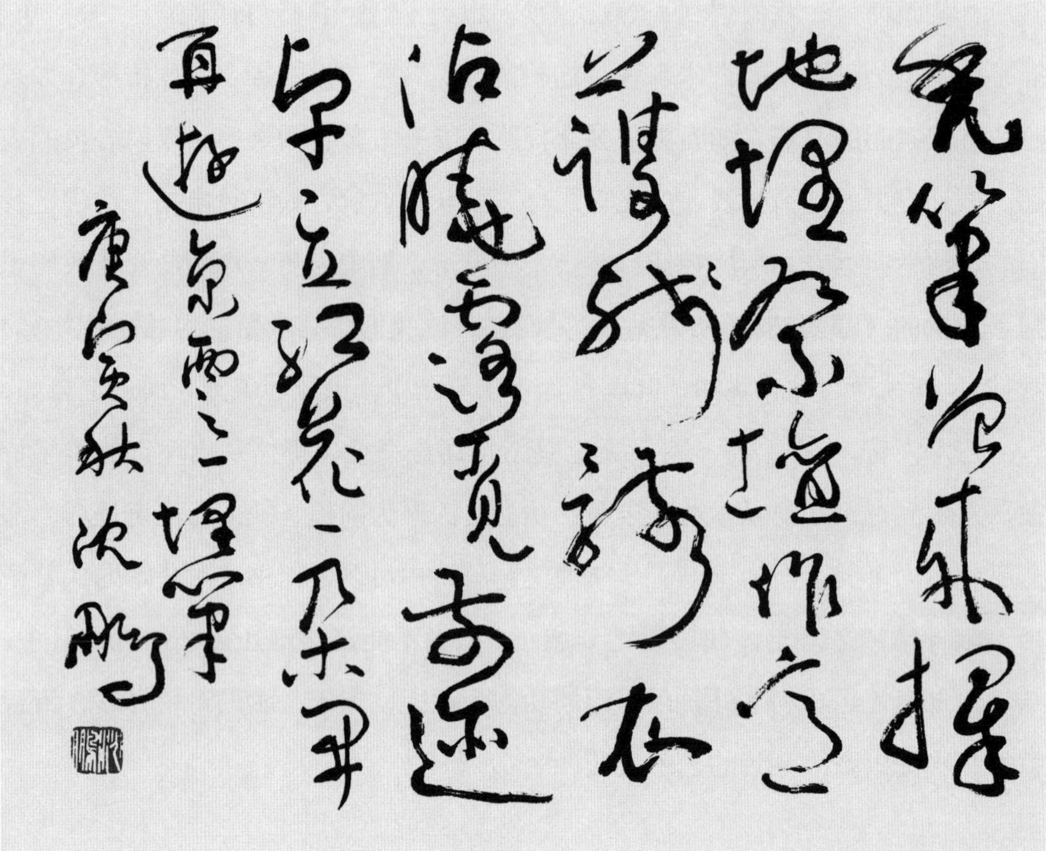

秋水芙蓉　倚风自笑

——沈鹏自书诗《雨夜读》行草条幅赏析

雨夜读

此地尘嚣远，萧然夜雨声。

一灯陪自读，百感警兼程。

絮落泥中定，篁抽节上生。

驿旁多野草，润我别离情。

印度佛教自东汉时传入中土，与魏晋玄学杂交，基因变异后产生中国化的佛教——禅宗。禅宗对中国人的心灵、对中国艺术意境的影响是巨大而深远的。自魏晋以来，以诗书画为代表的华夏艺术，往往以儒家的“气”、老庄的道、释家的禅为内核，以诗意为精魂，营构圆融自足的意境。严格地说，不懂中国哲学，就不懂中华艺术，更无法欣赏与创造清空幽渺、寄托无端的艺术意境。禅是人与自然的统一论者，修炼者一心祈求进入无欲无念、浑然一体的自由之境，在自觉观照中让非理性的思维自由飘忽、不停跳跃，只有生命的潜能被调动，心平如镜，万念不起，才算真正悟道。参禅与艺术意境的营构多有相通之处，禅境是艺术的灵境，所谓禅境大致是让欣赏者产生物我两忘以至物我为一的审美心态的艺术形象，近乎王国维所说的“以物观物”的“无物之境”。关于这一问题，笔者已有多篇论文作过系统论述。（请参看拙作《试论禅境的美感特征》，见《求索》1996年第4期；《略论齐己诗歌的禅境美》，见《中国韵文学刊》1995年第1期。）沈鹏先生是文化底蕴甚深、长期潜修的艺术家，他的论文《禅语西证》《平常心——赵朴初先生给我的启示》就论及了诗意的禅境，他特别欣赏李白“吾亦洗心者，忘机从尔游”这句诗所深蕴的禅机禅趣。进入古稀之年以来，沈老的诗书创作饶有禅意，草书《般若波罗蜜多心经》、五律《雨夜读》为代表性作品。

《雨夜读》一诗创作于2006年5月，诗人时年七十五岁，诗作见于《三馀再吟》，书品见于《三馀笺韵》。这里需要指出的是，书品释文标明创作时间为2012年某月，为误记，应依《三馀再吟》所记时间。书品释文附“作者言”：“前人论诗以无意中得之为上，此作在郊区细雨夜晚，独处斗室读书，具体时日环境全然失记。而诗之意境，有位诗长赞如读陈子昂《登幽州台歌》：‘前不见古人，后不见来者。念天地之悠悠，独怆然而涕下。’”这段文字准确地交代了创作的背景。而于那位诗长对此作的理解，笔者不敢苟同，因为这位先生尚未从禅意的角度来深品此作。记得笔者先师、著名唐诗研究专家羊春秋先生论及陈子昂时指出：“子昂之诗，慷慨悲凉，远绍风骚，近宗汉魏，尽割浮靡，一振古雅。”陈子昂的《登幽州台歌》为千古名作，思接古今，沉郁苍凉，近儒宗而远释老，似与无我之境相距较远，并无多少禅意可言。当然，诗无达诂，见仁见智亦为正常。禅境最本质的特征为幽寂清空，沈老此诗接近王维、齐己之诗境，朗现秋水芙蓉、倚风自笑的空寂境界。

诗题《雨夜读》为时空、情景之暗示，据《三馀再吟》所记为2006年5月，应为春末夏初之夜晚，根据诗中所描写之景物，应为暮春景色，北方的春天来得较迟，与诗歌意象较为切合。其实，真正进入禅境的诗作，意象的描写多为某种潜意识的暗示，时空物象不能拘泥。王维作画，画雪中芭蕉，雪中哪有芭蕉？这纯粹是一种意象的暗示，潜意识的流动而已。袁枚说过：“考据家不可与论诗。”信哉斯言。首联“此地尘嚣远，萧然夜雨声”，以动衬静，极言环境之幽寂。尘嚣，喧嚣之闹市。“远”，并非单指距离，更指心境，如陶潜诗云：“心远地自偏”。萧然，拟声词。诗人近乎是闭关修炼，潇潇雨声反衬了整个境界的宁静。高度入静，机缘触发，往往能唤起人的潜意识活动，这与释家的修炼有些联系。入静是释家常用的修炼手段之一，也是修炼的境界，“禅”字的涵义就是静思。《智度论十七》：“常乐涅槃从实智慧生，实智慧从一心禅定生。”思维入禅往往与艺术创作的疏瀹五脏、澡雪精神有相通之处。宋代画家米友仁说：“每静室僧趺，忘怀万虑，与碧虚寥郭同其流荡。”（卞永誉：《式古堂书画汇考》）

颔联“一灯陪自读，百感警兼程”，写夜读之感受。身处斗室，孤灯夜雨，尘心仿佛荡涤净尽，潜意识的云朵开始自由飘忽。这里的“百感”，诗人在《志在探索——〈三馀再吟〉馀话》一文中说得明白：“朦胧模糊之中，瞬间萌发叫做灵感的东西，诗句汩汩而出，不费斟酌，很少修改，潜意识的积累进入意识层面。”这近乎是开悟境界的具体描写，这种情景的出现，是长期修炼的结果。“一灯”与“百感”构成强烈对比，既写环境之孤寂，又写潜意识的不期而至。“兼程”，本义为不停地赶路，有惜时之意，此处是描写潜意识的自由跃现。一个“警”字，仿佛猛然省悟，暗示潜意识的出现不受理性制约，带有偶发性的特征。佛家强调明心见性，这个见性是长期修炼的结果，释家的坐禅或顿悟，艺术家运斤成风的技艺修炼，都有诱发禅悟的可能，《五灯会元》中记载那些禅师们，通过长年累月的修炼之后，因某种机缘触发，灵澈智慧偶然湛现，如闪电般照彻身心。百丈怀海的弟子香严禅师遍参大德，未能开悟，有一天他在除草扫地之时，抛掷的瓦砾击在竹上发出了声响，这使他忽然得悟（见铃木大拙《禅风禅骨》）。我想，这时的潇潇夜雨，很可能唤醒了诗人的潜意识。

颈联“絮落泥中定，篁抽节上生”进一步状绘潜意识的活动。一切景语皆情语，这里的景物描写应为禅意的具象表达。这里的“絮”可能是柳絮，也可能是其他的花朵，不必拘泥，诗人在静室中不能真切看到，完全是一种感知，诗人感觉它们在无声地飘落，这种情景很容易令人想起王维的诗境“人闲桂花落，夜静春山空。月出惊山鸟，时鸣春涧中”（《鸟鸣涧》）和“木末芙蓉花，山中发红萼。涧户寂无人，纷纷开且落”（《辛夷坞》）。王维在山中参禅悟道，物我交融为一，这里飘荡的飞絮落花，应为自由飘忽的潜意识云朵的象征。“篁”者，竹也，此处代竹笋。春末夏初，竹笋出土节节拔高，这种声音谁能听到？只有高度入静、潜意识活动频繁的艺术家才能感知到。这不是一般的以动衬静，以有声衬无声，纯粹是描写潜意识的活动，而近乎庄子所描写的境界：无听之以耳，而听之以心；无听之以心，而听之以气。可以“心”与“气”去听吗？不可听的，这完全是一种意识的感知。诗人的这种描述，让我们感受潜意识的自由跃现，生命之光的自由湛发。从文学的角度来考察，这种禅境又是极美的诗境，诗人让自然物象的本体涤尽尘土、独存孤迥地呈现在我们眼前，让客观物象本来的物性、固有的新鲜感占有我们的感官。“驿旁多野草，润我别离情”，尾联化用白居易的“欲送王孙去，萋萋满别情”而来，而其深层境界是描写诗人从自由飘忽的禅境中回到现实，感受到了一种特有的惬意，驿旁的小草也仿佛在殷勤致意，生命进入一片空明之境。这里的“离别”二字可以理解为与心垢的离别，因为从诗题和前文中的描写来看，并未与谁离别，可以理解为与潜意识活动的离别，这也是一种情景的暗示。

《雨夜读》作为静谧幽渺的禅诗，是诗人长期修炼的结果。沈老对中国文化造诣甚深，对庄禅哲学兴趣浓厚，长期的艺术实践，更使他由定发慧，在某一特定的场景获得了灵澈的智慧。禅趣不可学而能，但可养而致。诗人远离尘世的喧嚣，远离知性的干扰，用菩提之甘露洗涤心垢，长期的艺术实践使之进入目无全牛之境，而在某一瞬间跃现潜意识的活动，这是完全可能的，当然这也是可遇而不可求的。这种艺术意境要向读者诉说什么呢？实际上什么也没有诉说，而又似乎诉说了许许多多的灵性智慧、艺术真知。禅是迦叶的微笑，是观音的凝眸，是一种暗示，是一种无言之境。禅境的特点是静谧空灵，美在无言，仿佛觉破无始以来的迷妄，开显真实的知见，身心无一丝尘垢习染，孤迥地、光皎皎地、活泼泼地与天地冥合为一，这种至寂至幽的境界又充满着郁勃的生机，奔腾着生命的暖流，湛发着生命的冷光。表达禅意的语言往往是清丽自然的语言，禅宗重直觉，反理性，明心见性便天机自流。日本禅学大师铃木大拙用一首小诗描述禅诗的语言：“天然存娇姿，肌肤洁如玉。铅华无所施，奇哉一素女。”中国古代的诗歌名句往往入禅，就是这个道理。此诗全篇用赋，营构了富有灵性空间的审美意象。我们常说诗要用比兴，形成象征意象，境界含蓄幽微，其实以赋体遣意抒情，真正进入禅境，通过设置断层拓展联想空间，较比兴意象更清静，更幽微，更瑰奇。

诗作的意境为静谧清空、生意盎然，而物化成书境为俊爽清逸、淡远高华，与禅境尚空尚静的特点相通。诗境通过语言暗示，而书品则通过意象张显，这种幽微之旨的表达极为艰难。书家若不能养心于淡，游心于漠，艺进于道，这种境界的表达就不具可能性，沈老的综合素养为禅境的表达创造了有利条件。书品为条屏，多取纵势，唯意所之，唯情所至，没有刻意选择用何种书体来表达，完全听从特定时空中的情绪驱遣，心忘于物，手忘于笔，让洗涤了烟埃的艺术语言，为点，为线，为象，为意，大小参差，藏露揖让，虚实纵敛，欹侧妍媸，不受知性的干预，不着一丝尘垢，批隙导窾而进入灵的空间，灵心与逸气俱发，情愫与墨彩齐飞，读来如习习清风吹开我们的心扉，如淙淙清泉洗涤我们的心肺，不觉心凝形释，气爽神清。庄子说：“朴素而天下莫能与之争美。”品读此作，方能领会到绚烂之极归于平淡的真正含义。细品此作，书家还是用古朴的行草语言遣意抒情，以二王的《游目帖》《长风帖》为基，融进皇象简约、凝重、含蓄的章草笔意，又化入孙过庭《书谱》刚健婀娜之雅韵，糅合书家的丰美才情，营构潇洒出尘的书品意象，朗现幽鸟不鸣、白云时起的超逸之境。笔势情韵流畅自如，即其笔墨所未到，自有灵气空中流。使转婉畅，笔力清劲，墨象和雅，点画精到，如春日泛舟若耶溪，水皆缥碧，千丈见底，游鱼细石，直视无碍，如聆听一曲古筝，幽雅清新，沁人心脾，具有一种生命的活力，飞跃跳动于纸上，把我们的心带向遗世独立的宁静之境。

书法之美，美在意境，而意境之美，必以精湛的技法为前提。当今有些先生轻以禅书自许，其实禅境如天际惊鸿，飘渺难追。修炼不深，功夫未到，那些火气未消的艺品离禅境甚远。禅是综合素养的自然流露，是天机的自由湛发，而不可以粗率为禅，不可以乖戾为禅，以清浅为禅，禅的语言与天籁同工。细品此作技法，线条仍以圆劲的中锋为主，偶施方笔侧锋，线性的高古灵秀，可以追溯到《散氏盘》《虢季子白盘》的奇崛古朴、凝重遒美，其圆劲浑苍可寻觅到《阳泉使者舍熏炉铭》《永始二年乘舆鼎铭》等铭文的气息，结字以天趣为高，多皇象之简约，饶虔礼之潇洒，更富二王之灵和，挥臂独行，揖让有致，字字相续，顾盼生情，抱合有理，布白停匀，字形大小相近，却字字随势生形，神采奕奕，无藉因循，宁拘制则。情驰神纵，超逸优游，臻至古朴中见清逸、平淡中见奇崛的艺术境界。全幅用墨以浓墨重笔为主，时见枯笔飞白，在润含春雨的笔意中流贯着清气逸气，给人以超尘脱俗之感。

《雨夜读》诗书合一，静谧清空，无形画与有形诗妙合无痕，是表达禅风禅骨的典范之作，是修炼境界的艺术表达，用“秋水芙蓉，倚风自笑”八字来概括应该是准确的。沈老的禅境偏于高华，是艺术化的诗境，与释子们的孤寂清寒是有区别的。禅是一种暗示，难以言说，所谓不立文字，直指人心，重在修炼。其实不可言说是相对的，不是绝对的。六祖的《坛经》引用了不少佛教的经典说理，说明禅还是可以言说的，惠能并非不识不知的文盲，而是文化人。艺术的禅境，其突出特征是清空幽静，不落言筌，沈老的创作，对艺术境界的提升有莫大的启迪。

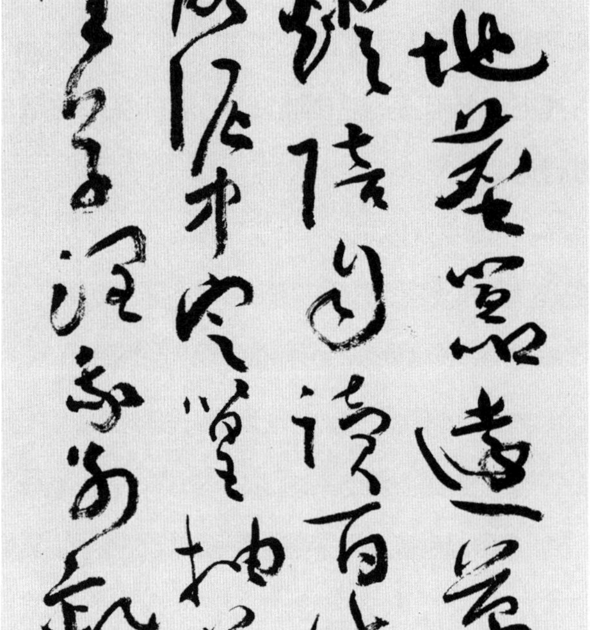

秀句清词颂国魂

——沈鹏自书诗《瞻仰孙中山先生故居》行草中堂赏析

瞻仰孙中山先生故居

水秀山青孕国魂，金风又送翠亨村。

零丁洋近叹文相，两岸源长仰哲人。

酸子树招同道友，甘泉井涌百年醇。

动心最是瞻遗墨，“天下为公”手泽存！

《瞻仰孙中山先生故居》一诗，创作于2011年秋天，诗人时年八十，诗与书品见于《三馀笺韵》。孙中山（1866～1925），生于广东香山县（今中山市）翠亨村的农民家庭，是中国近代民族民主主义革命的开拓者、中国民主革命伟大先行者、中华民国和中国国民党的缔造者。翠亨村位于中山市南节区南朗镇，原名蔡坑村，后因附近山林青翠，改名翠亨村。沈鹏先生于2011年秋天瞻仰孙中山故居，缅怀这位中国民主革命的伟大先驱，慨然赋诗，讴歌孙先生的不朽业绩，表达继承先烈遗志、早日实现两岸和平统一的强烈愿望。

这是一首工稳典雅的七言律诗。起笔入题，缅怀国魂：“水秀山青孕国魂，金风又送翠亨村。”以“水秀山青”四字概写故居景色，优美如画，诗人的喜悦之情溢于言表。“国魂”，国家之魂，民族之魂，孙中山有国父之誉，一个“孕”，点明地灵人杰、人杰地灵之关系，这么美丽的山水，才会诞生这么伟大的政治家。“金风”，秋风。首联点明时令、地点，含蓄地表达对孙先生的景仰之情。颔联“零丁洋近叹文相，两岸源长仰哲人”，概写孙先生的革命意志、崇高地位。“零丁洋”在今广东中山南，由零丁洋想到了南宋杰出的政治家、爱国诗人文天祥。文天祥在《过零丁洋》一诗中说：“惶恐滩头说惶恐，零丁洋里叹零丁。”文天祥是伟大的民族英雄，甘于鼎镬而不改民族气节，他在《扬子江》一诗中写道：“臣心一片磁针石，不指南方不肯休。”诗人将孙先生比文天祥，既赞其爱国赤忱，又仰其坚毅意志。孙先生为了实现“驱除鞑虏，恢复中华，创立民国，平均地权”的革命宗旨，实现民族、民权、民生的“三大主义”的伟大理想，进行了艰苦卓绝的斗争，多次流亡海外，历尽艰难，矢志不移，正因为有他和无数革命先驱的流血牺牲，二百六十七年的清朝统治和两千多年的君主专制制度才被推翻，其伟大功勋，将与天地同寿，与日月齐光。孙中山是国民党的缔造者，他确定了“联俄、联共、扶助工农”三大政策，促成了第一次国共合作，曾用一切办法来维护国共之间的团结，捍卫两党的革命联盟，他是国共两党共仰的先哲。

颔联“酸子树招同道友，甘泉井涌百年醇”，表达对民主革命先驱的深切缅怀。酸子树，是孙先生亲手种植的，他曾在酸子树下设宴招待朋友，如今诗人无疑睹物思人，缅怀先哲，这是化用《诗经·召南·甘棠》之意。据传周武王时，召伯巡行南国，曾憩甘棠树下，后人思其德，因作《甘棠》诗，诗中有这样的句子：“蔽芾甘棠，勿翦勿败，召伯所憩”。这里“酸子树”堪比甘棠之树，见树思人，象征孙先生的遗爱千秋。“甘泉井”，诗人自注“故居有井，百年不枯”，以井之清泉象征孙先生之德泽，他的品格、思想永如不竭之清泉泽惠后世。颈联以故居最具典型意义的两处景点来讴歌孙中山先生的光辉思想、伟大人格、丰功伟绩，激励人们继承遗烈，奋然前行。尾联：“动心最是瞻遗墨，‘天下为公’手泽存！”诗作将抒情推向高潮，给读者以心灵的震撼。“天下为公”是孙中山先生的遗墨，也是孙先生伟大人格、崇高思想的高度概括。孙先生的伟大在于无私，在于为劳苦大众服务。几千年的封建帝制，其思想就是立国为私，所谓“普天之下，莫非王土；率土之滨，莫非王臣”就可说明这一点。“天下为公”一词出于《礼记·礼运》：“大道之行也，天下为公，选贤与能，讲信修睦。”这是儒家所向往的理想社会。孙中山将这一思想发扬光大，指导实践，体现了无私的高风亮节。而今两岸同胞应当以国家民族的利益为重，促进深度交流，走向统一的美好明天就会到来。

《瞻仰孙中山先生故居》一诗，高度评价了孙先生的崇高思想与丰功伟绩，表达了诗人深切的缅怀之情，期望两岸同胞继承先哲的遗志，早日实现和平统一。这样丰富深刻的思想内容通过一首七律小诗来表达，其实难度是很大的。选材的典型性是这首诗的重要特色，诗人善于化用典故、抓住典型细节来表达浓郁的情感与丰富的思想。以文天祥比孙中山，极言孙先生的爱国之诚和一生经受的艰苦卓绝的斗争，突出了两位民族脊梁坚毅不拔的意志。通过酸子树、甘泉井两个景点的描写来讴歌孙先生的美德丰功，以及对后世的影响，勉励两岸同胞以民族大业为重，以广大人民群众的利益为重，实行两岸和平统一。七言律诗贵在华不伤质、整而能疏，沈老此诗就体现出这一美感特征。诗作由整到分，层层推进，卒章显志，余音绕梁。诗歌语言高度朴实，高度简约，以意美胜，以典雅胜。由那高大苍郁的酸子树，我们自然想到孙先生的伟岸形象；由那汩汩涌出的甘泉，自然想到孙先生的光辉思想。中间两联对仗自然，典故的化用构成言近旨远的比兴意象，拓展丰美的想象和联想的空间，而诗人对伟大先哲的热爱与景仰之情见于象外。

《瞻仰孙中山先生故居》一诗，艺术风格为清逸典雅，情感的表达含蓄内敛，而又丰富浓郁，体现“不着一字，尽得风流”的美感特征。而物化为书，甚为准确地表达了这种朴素而深挚的情感，也构成清逸典雅的艺术意境。书品为行草中堂，更适宜于表达庄严肃穆的情感，从意境而言，雄秀高华的特色比较突出。全篇以朴素的语言，高美的意象，飞动的体势，在我们眼前展现出一幅清气流贯的如诗画卷。书品语言仿佛用清泉洗过，无丝丝尘滓，朗现清纯的本色之美，线条浑朴苍劲，全幅以于右任的清雄为基，化入二王的清逸、米黄的率真、董赵的灵秀，饱蕴深情，纵意挥洒。沈老的书法语言极为丰富，对于体草书作过深入研究。于右任为孙先生的忠实追随者，缅怀孙先生，以于体笔意来表达自然亲切。书家采用笔断意连之法，整幅给人以节奏鲜明、气韵连贯之感，章法平实、婉约，抒情没有大起大落，观章见阵，气清意朗，笔意灵转，缠绕洒脱，法度谨严，劲妍相济，质厚与洒脱同在，凝练共清雅齐飞，以神融笔畅、情韵两胜及庄严、强健、拙朴、雄秀誉之，不为过也。观其意象，我们仿佛随书家走进了翠亨村，但见山坡之上，故居四周，苍松翠柏，巍然屹立，更仿佛滋沐到了那繁茂苍翠的酸子树洒下的一片阴凉，又仿佛看到翠亨村有碧流在淙淙流淌，清澈见底，激起朵朵浪花，观赏这一幅山苍水秀的画卷，自然想起“青山苍苍，江水泱泱，先生之风，山高水长”的诗意。

先生的书境高度诗化，拿起笔写出来的是字，而流出来的是魂，是一片赤诚的表达。艺术臻至抒情的自由极为艰难，这与运斤成风的技法是分不开的。技法不精，诗再美，文再佳，都不是书法，细品此作，略见端倪。观其用笔，圆劲浑厚之美无疑来自篆籀中锋，而那妍逸萧散的雅韵取神于二王、苏米，其造型结体的古朴苍劲、圆润浑厚，从于体草书中吸取了丰富的营养。抽象的线条，或粗或细，或重或轻，婉转翻覆，随态运奇，或如翎鸟举翅而不飞，或如走兽欲走而还停，潇潇洒洒，仪态万千，都描述着一种清雅的情调。结字多取纵势，如“青”“亨”“魂”“涌”等字，如苍松般颀长，如修篁般袅娜，如惊蛇般飞动；而“洋”“叹”“酸”“动”“瞻”等字，多取横势，又经过变形夸张或移位等手法的处理，雄逸、稳重、诡谲，强化了情感的抒发而又自然生动；

造型纳奇诡于平正，寓谨严于疏荡，收放兼施，挥洒自如，作品无丝毫剑拔弩张、刻意雕琢之意，行次、间距、呼应及单字结体皆十分纯熟，点画顾盼，左右呼应，趣味无穷，一丝不苟，笔笔到位，胸中有丰美难言之情感，而笔下多沉稳洒脱之态势。用墨浓淡适宜，燥润相间，与抒情深挚达到了一种高度的和谐。从整个境界而言，充实与空灵达到了有机的统一,一点一画皆有情趣，如庖丁之中肯綮，神行于虚，创造了一个素洁清纯、幽邃浩渺的艺术灵境。

秀句清词颂国魂。沈老的行草佳构《瞻仰孙中山先生故居》，诗书合一，辞翰双美，是对民主革命先驱孙中山先生的深情颂歌，情真意切而又朴素自然，读来如历其境，如见其人，激励两岸同胞更好地继承先烈遗志，为和平统一大业作出应有的贡献。

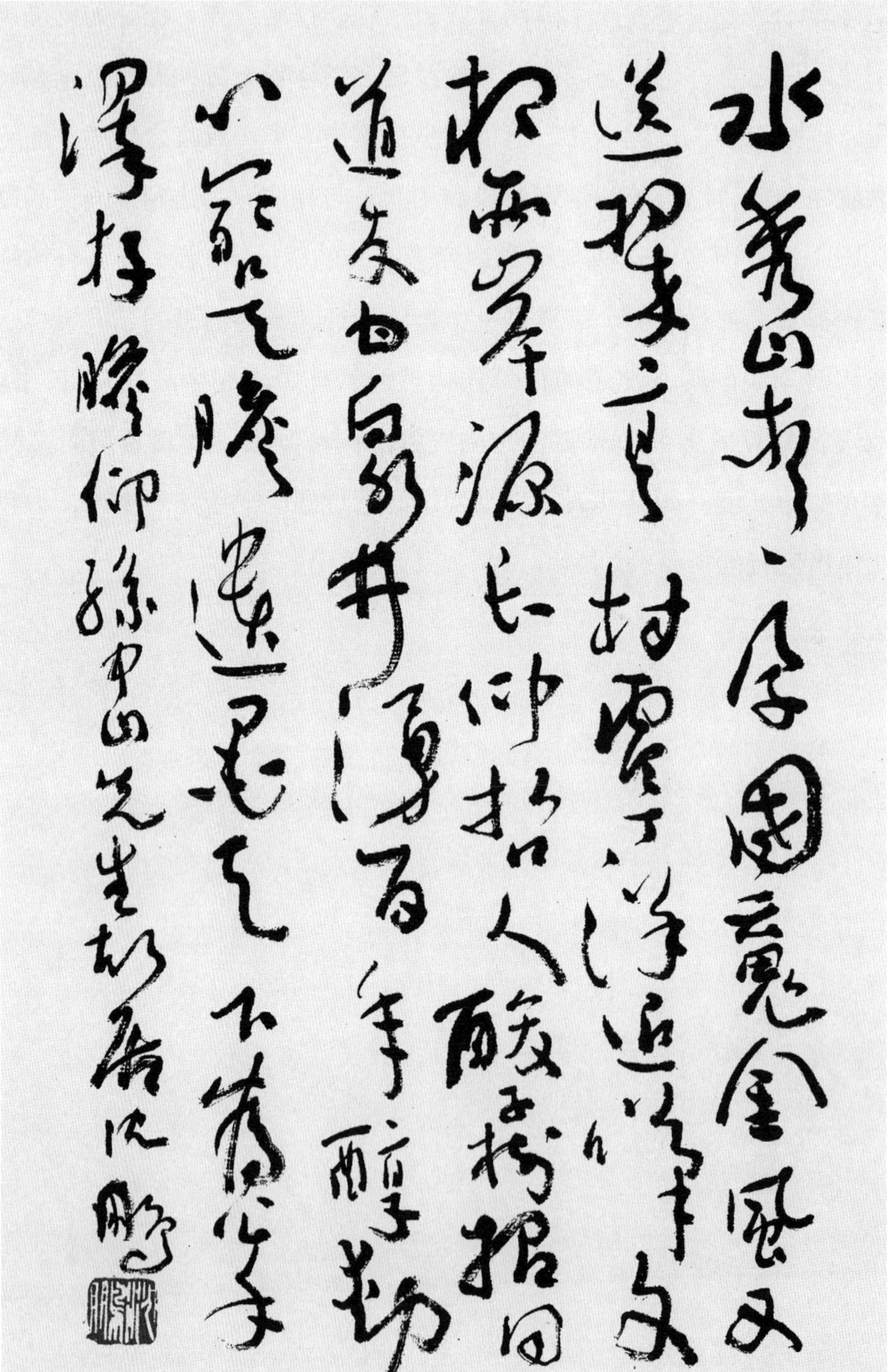

同根两岸共婵娟

——沈鹏自书诗《台湾日月潭》行草中堂赏析

台湾日月潭

浩天日月两跳丸，人境瑶池日月潭。
地底横流喷狱火，山间明镜泛兰船。
晨昏胞族劳工泪，风雨碉楼寇迹斑。
相问旅程何所寄，同根两岸共婵娟。

《台湾日月潭》一诗，作于2013年，书品见于《三馀笺韵》。沈鹏先生作为当代书坛领袖，著名学者、诗人、艺术活动家，热爱伟大时代，热爱中华民族，他的艺术创作真情流淌，意趣高雅，内容与形式妙合无痕，强烈的时代感与浓郁的诗意有机统一。他写下多首诗作，由衷吟唱两岸文化的源远流长、两岸同胞的骨肉深情，表达期盼两岸早日实现统一的强烈愿望。《台湾日月潭》是一首记游诗，写景抒情，辞微旨远。

日月潭是台湾岛最著名的风景区，位于西部的南投县，是台湾最大的天然湖泊，卧伏在玉山与阿里山之间，湖岸全长35千米，面积7.7平方千米，水深二三十米。水面比杭州西湖略大，水深却超过西湖十多倍。日月潭中有一个小岛，远看好像浮在水面上的一颗珠子，所以这个小岛叫做“珠子屿”，现在叫拉鲁岛。以这个岛为界，湖的北半部分圆圆的像太阳，湖的南半部分弯弯的像月牙，这就是日月潭名字的来源。日月潭潭面辽阔，海拔约760米，该潭除可泛舟游湖、悦目怡神外，其环湖胜景殊多，诸如涵碧楼、慈恩塔、玄奘寺、文武庙、德化社、山地文化村及孔雀园等。其地环湖皆山，湖水澄碧，湖中有岛，圆若明珠，形成“青山拥碧水，明潭抱绿珠”的美丽景观。清代诗人曾作霖这样描绘：“山中有水水中山，山自凌空水自闲。”日月潭凭着这“万山丛中，突现明潭”的奇景而成为宝岛的诸胜之冠，驰名五洲四海。

诗作起笔点题，概写壮美景色：“浩天日月两跳丸，人境瑶池日月潭。”首联扣住潭名，由天上的日月两个星球写到宝岛的美景日月潭，诗中“日月”二字的反复，将苍穹壮观与地面胜景构成对比，给人以鲜明的印象。首句运用负向夸张来描写太阳月亮，“浩天”，广袤的天宇。“跳丸”，语出韩愈《秋怀》诗句“忧愁费晷景，日月如跳丸”，原意喻时间之速逝，此处用夸张手法描写日月两颗星球的运动形态，的确着想奇特，体现了诗人牢笼宇内的胸怀。由此读者自然会联想到曹孟德的诗句“日月之行，若出其中；星汉灿烂，若出其里”，也会想到苏轼的名联“日月两轮天地眼，诗书万卷圣贤心”。第二句用“瑶池”二字状写日月潭景色之美。“瑶池”原指古代神话中神仙所居之地。《穆天子传》：“乙丑，天子觞西王母于瑶池之上，西王母为天子谣。”以“瑶池”之美描写日月潭，由衷抒发了对宝岛风光的热爱之情。颔联“地底横流喷狱火，山间明镜泛兰船”，追思形成之因，状写幽静之美。“地底横流”，指地壳中的岩浆在流动。“喷狱火”指火山爆火，诗人认为日月潭是由火山爆发形成的，为火山湖。“地底横流喷狱火”作比喻意象来理解也很恰当，台湾同胞反抗日寇统治、反抗国民党的白色恐怖，进行了血与火的斗争。“明镜”，喻潭之清、之静。关于日月潭形成的原因，有一个美丽的传说。话说大潭里有两条恶龙，吞下了太阳和月亮，导致人间昏暗，草木枯萎，当地有一对聪明勇敢的青年男女叫大尖哥和水社姐，决心消灭恶龙，找回太阳月亮。他们钻进龙洞偷听到恶龙最怕的是阿里山底下所埋的金斧头和金剪刀，于是历尽千辛万苦终于找到，以此斩杀恶龙，找回了太阳和月亮，这两位青年因吞食龙眼而化作高山，于是人们将二潭叫日月潭。这个传说表达了宝岛人民坚持正义、除暴安良的强烈愿望。诗人有丰富的科普知识，根据台湾的地理地貌特点，推测日月潭应为火山湖。“兰船”，船的美称，指游船。“兰船”由“木兰舟”一词转化而来，木兰舟本指用木兰树造的船。柳宗元《酬曹侍御过象县见寄》：“破额山前碧玉流，骚人遥驻木兰舟。”“木兰舟”后简称兰舟，多指装饰甚美的船。

颈联“晨昏胞族劳工泪，风雨碉楼寇迹斑”，由日月潭写到宝岛同胞、宝岛的历史文化。台湾宝岛能有今天的繁荣景象，是全体台胞辛勤劳动的结果。台湾宝岛在远古时代为蛮荒之地，开发发展经历了漫长的岁月。宝岛同胞的来源，有原住民，有广东、福建沿海一带乃至全国各地到台湾的打工者，还有解放战争时期涌入台湾的国民党军队人员及其眷属，都属于中华儿女，是他们共同劳动开发了宝岛。诗人特别提到了“劳工”，这些打工者最辛苦，流的血汗最多，贡献最大，诗人对他们既表由衷敬意，又表深切同情。碉楼是一种特殊的汉族民居建筑，因形状似碉堡而得名，既可以作民居使用，又可作碉堡御敌，在全国分布较广，根据人们不同的需要，其建筑风格、艺术追求也是不同的。东南沿海的碉楼主要用于防土匪，防倭寇，大陆与台湾的碉楼多有相似，在抗倭斗争中都发挥了重要作用，这也体现了文化的共同点。据沈老说，此处的碉楼还包括碉堡，日月潭附近还有残存的碉堡，为日本人所修，看到这些碉堡、碉楼，自然会追忆两岸同胞共御外侮的艰辛岁月。尾联“相问旅程何所寄？同根两岸共婵娟”，表达早日实现两岸和平统一的美好愿望。“婵娟”，代月亮。苏轼词云：“但愿人长久，千里共婵娟。”由圆月想到中华民族的团圆。诗句以自问自答的形式，明确地告诉读者：看到日月潭的美景，想起千百年来两岸同胞创造的悠久文化，油然而生两岸早日实现统一之强烈愿望。

《台湾日月潭》一诗，诗人饱蕴深情描绘了宝岛的壮美风光，那万顷碧波，万山秀色，如云画舫，苍古碉楼，如瑰美的画卷在我们面前浮现。白居易说：“诗者，根情，苗言，华声，实义。”诗的本质是抒情。诗人吟唱日月潭的如画景色，不单单是表达对自然风光的热爱之情，目击道存的审美感受，而想到更多的是一个民族应有强烈的凝聚意识，悠久的文化把骨肉亲情紧紧地凝结在一起，这种亲情是不因时空的关系而轻易隔断的，浸润于血脉之中的东西是永远隔不断的。台湾自古是中华民族的神圣领土，数十年的分裂，两岸同胞肠断心伤，梦绕魂牵，“九二共识”已成两岸关系的基石，历史的车轮不会倒转。两岸统一是必然趋势，若有螳螂想阻挡历史前进的车轮，就会被压得粉碎。诗作华不伤质，整而能疏，写景抒情，层次分明，曲终奏雅，卒章显志，语言朴素无华，清新流畅。

书品《台湾日月潭》为行草中堂。沈老的艺术创作，强调写自己的作品。艺术是一种诉说，写自己的作品，就是展示自己的心灵世界，与读者进行情感的交流。沈老说：“我写书法，写文章，写诗词，都觉得自己面对着熟悉的人，理解我的或者不甚理解或者不理解的，我都想说出我要说的心里话。”《台湾日月潭》一诗，以艺术的形式诉说了同胞骨肉的相依之情。艺术的高境体现在诗意与真情的表达，而这种表达方式，书法的意境美，体现在内容与形式的完美结合。沈老的艺术语言丰富、精湛，为意境的营构创造了条件。细品此作，书家依然以篆籀中锋施于行草，线性圆劲、浑厚、苍秀，他的行书是典型的篆意行书，碑意行书。用篆籀古法来写行书、行草，这个传统主要来自怀素、黄庭坚、傅山。篆籀中锋使线条更苍秀浑厚，圆劲沉实，表达的情感更含蓄，更深沉。此作的用笔上追篆籀高古之笔意，中取晋韵潇洒之韵致，近法黄鲁直、于右任清雄之风神，尽扫浮华，独存孤迥，行笔爽利而沉稳，厚重而凝练，笔法精到，骨肉停匀，或侧落衄行，或逆入裹锋，皆稳扎不可移易，经笔如正道直行，义无反顾，收笔为阵云遇风，往而却回。笔势往来，清晰可寻，纹丝不乱，虽未必预想字形，却已意在笔先。线条空灵圆转，清健静雅，字字若不经意，似有不用心不着力处，殊不知此乃书法进入炉火纯青之境的艺术表达。

此作以羲之《孔侍中帖》《远宦帖》为基，融入陆机《平复帖》、孙过庭《书谱》的笔意，从散淡率意的结体中、疾涩纵敛的节奏中、舒卷自如的章法中，既可读出领略壮美风光的欣然，又可读出骨肉分离的忧思，虽然整体上不乏晋韵超逸俊爽、妍逸流畅的审美共性，而以其顿折峻利、以方破圆的笔法与利落，短健、跳宕的鲜明节奏感，以及婉丽中微露方刚的气韵表达审美个性，深情抒遣眷恋宝岛的衷怀，曲折地表达切盼两岸同胞早日团聚的情愫。前人论书，最重结体，此作之结字以独立的草体为主，时施牵丝引带，主体意象56字，仅有6处连笔，特别注重内在气蕴的贯通。结字之大小、疏密、藏露、欹正、纵敛、妍媸，一任情感的抒发而自由跃现，泯灭斧凿之痕迹。“人”之稳重，“泛”之欹侧，“潭”之壮硕，“山”之秀微，“镜”之紧凑，“娟”之散逸，意态自若，风神潇洒。书法之美，美在意境，美在神采，透过书品意象，我们仿佛来到了日月潭边，但见青山环抱，佳木繁荫，藤萝摇曳，碧波荡漾，画舫轻摇，清风吹来，不禁心凝形释，意畅神飘，深深陶醉于如诗如画的山光水色之中，为多娇的江山而自豪。

“同根两岸共婵娟”，又是一年的中秋，登高望远，怀想依依。宝岛台湾是中华民族的神圣领土，台湾人民是我们的骨肉同胞，山高水远长相望，两地风光一样情，中华民族团圆的日子一定为期不远。

（此文刊发于《光明日报》2016年11月11日第16版）

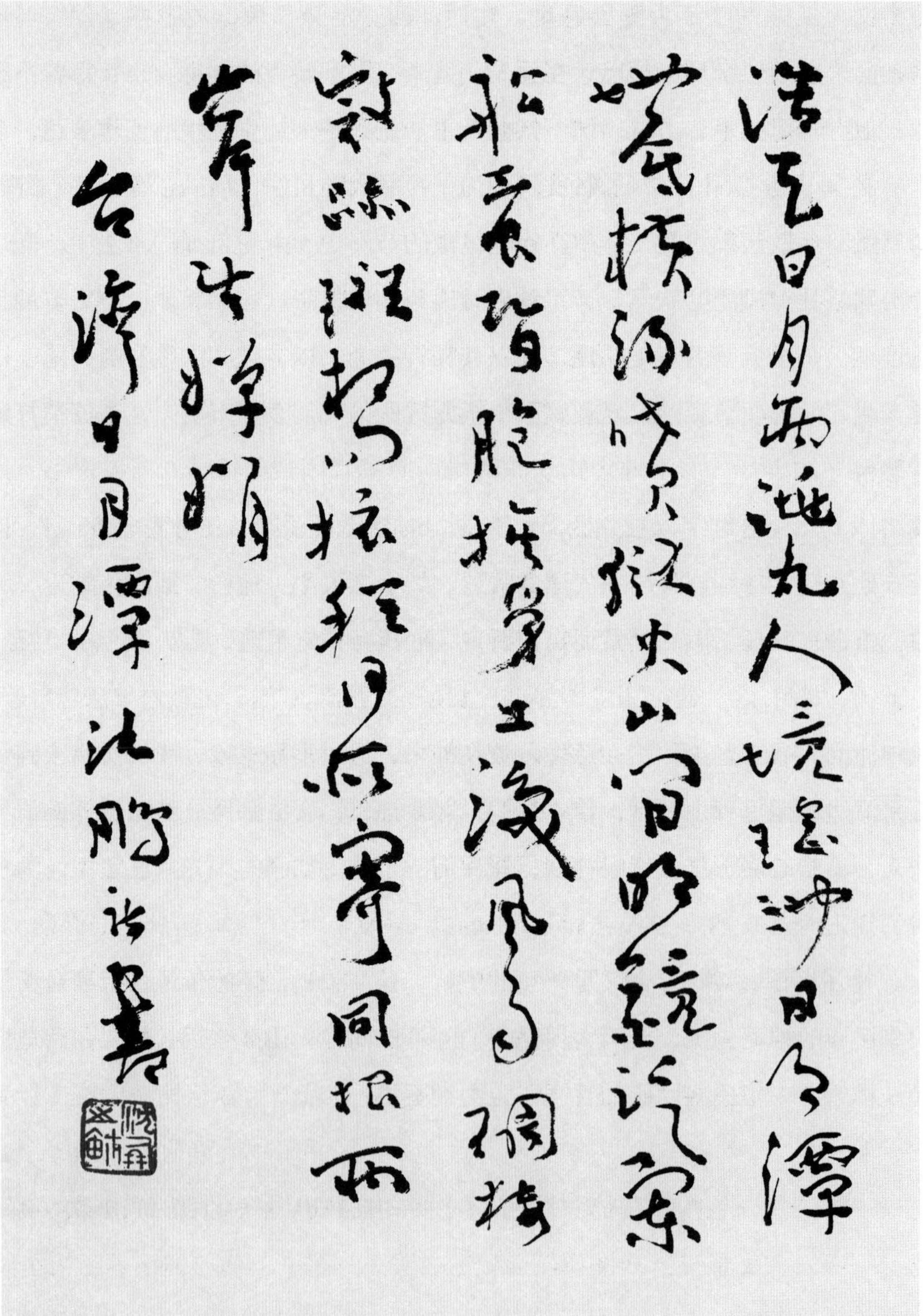
台湾日月潭 沈鹏诗书

一曲菱歌敌万金

——沈鹏自书诗《鸣蝉小憩纱窗》行草中堂赏析

鸣蝉小憩纱窗

窗拥绿纱闻好音，一蝉游冶偶光临。
缘何芳翅独流寓，岂有疏桐违素心？
身细难从语冰雪，声清且与乐焦琴。
忽惊异动人相扰，振翼冲飞不可寻。

《鸣蝉小憩纱窗》一诗，书品初见于《三馀再吟》。沈鹏先生写过不少境界圆融、寄意幽微的咏物诗，此作为其佳品之一。蝉，又名知了，属同翅目蝉科，该虫分布甚广，一般在海拔不超过 250 米的地方都有出现。幼虫在土中生活，将要羽化时，于黄昏或夜间钻出地面，爬到树上，然后抓紧树皮，蜕皮羽化。幼虫在土中生活若干年，吸食植物根部的汁液，蜕皮 5 次，羽化为成虫后，寿命长约 60 ～ 70 天。古人并不懂这些道理，他们认为蝉只饮露而不食，把它当作高洁的象征，咏之颂之，以此寄托理想抱负，或隐喻坎坷不幸之身世。唐代咏蝉“三绝”的诗，即虞世南的《蝉》、骆宾王的《在狱咏蝉》，李商隐《蝉》，无一不是诗人自我形象的艺术表达。沈老此诗化用古人诗意，构思新颖，别有寄托。

首联“窗拥绿纱闻好音，一蝉游冶偶光临”，写鸣蝉偶临，不胜惊喜。首句写蝉出现的地点和声音的优美，未见其形，先闻其声。蝉一般情况下都附着于树枝，很少飞到居住人家的纱窗上，这只鸣蝉的出现令人惊讶，可能是环境保护较好，动物已习惯傍人而居的缘故。诗人是先闻其声才发现这只可爱的小精灵的。蝉声在古人的笔下并非优美，而是凄清。刘禹锡《答白刑部闻新蝉》："一入凄凉耳，如闻断续弦。"柳永《雨霖铃》："寒蝉凄切。"古人写蝉，通过声音来烘托感伤的气氛，大致是闻者因时代灰暗、愁绪太多的缘故，声之感物，心亦摇焉，故蝉声成了凄清感伤的代名词。而诗人的心境颇佳，对这一小精灵又多好感，所以听来是"好音"。好音者，优美之声音也，其惊喜之情见于言外。第二句写鸣蝉之悠然自得，潇洒一游。"游冶"，即游衍，纵意游乐。《诗·大雅·板》："昊天曰旦，及尔游衍。"也可能是"冶游"一词的换位，冶游，即野游。《乐府诗集·子夜四时歌·春歌》："冶游步春露，艳觅同心郎。"

颔联"缘何芳翅独流寓，岂有疏桐违素心"，设想鸣蝉飞离故枝、小憩纱窗可能另有难言之苦衷。诗人运用拟人的手法展开联想，拓展境界。"芳翅"，指代鸣蝉，"流寓"，寄居他乡。《晋书·范宁传》："昔中原丧乱，流寓江左。"古人以蝉为高洁之物，往往闻蝉而愁，因此，鸣蝉又是愁苦者的象征，正如王国维所说"以我观物，故物皆着我之色彩"。唐代诗人雍裕之《早蝉》诗云："一声清溽暑，几处促流年。志士心偏苦，初闻独泫然。"诗人见鸣蝉来访，由其反常举动想象这一小精灵可能有不顺心的事。什么事呢？应与高洁人格相违的事，这样就与古人的咏蝉诗意联系在一起了。"疏桐"，化用虞世南诗意。虞诗云："垂緌饮清露，流响出疏桐。居高声自远，非是藉秋风。"(《蝉》)"疏桐"为高洁之木，离开此树有违鸣蝉的高洁之志。古人为何将鸣蝉与梧桐联系在一起呢？这是有原因的。其实秋蝉依附最多的是柳树，诗人为何单指疏桐呢？疏桐者，佳木也。这里的疏桐一般指梧桐，木中质地佳美者，古人常用以制琴，音色清丽。另外，别有寄托，《惠子相梁》："夫鹓鸰发于南海，而飞于北海，非梧桐不止，非练实不食。”鹓鸰即凤凰，凤凰爱梧桐，自然与高洁人格有关联了。诗人设想鸣蝉离开故枝实为不得已，为了保持自我高洁，只好寻觅新的寓所。颔联表达的情感很幽微，化用唐人诗意，曲折表达对高洁人格的赞美。

颈联“身细难从语冰雪，声清且与乐焦琴”，写鸣蝉的思维虽有局限性，但还是坚守自己的清高。“语冰”一词，见《庄子·秋水》：“北海若曰：‘井蛙不可以语于海者，拘于虚也；夏虫不可以语于冰者，笃于时也。’”所谓不可语冰，即见识、思维受到时空的限制，朝菌不知晦朔，蟪蛄不知春秋，眼界狭小，不明大道。蝉蛹化为成虫，最长寿命不超过三个月，生活在夏秋两季，不可能见到冬天的冰雪，没有亲见过、经历过的事情，道理自然不易明白，这是以蝉喻人，言其识见短浅。“焦琴”，即焦尾琴，东汉蔡邕曾用烧焦之桐木造琴，据说这种琴音色甚佳，后人又把这种琴叫焦桐。宋人胡宿《文恭集·长卿诗》：“已托焦桐传密意，更因残札寄遗忠。”此句写鸣蝉依恋梧桐，清凄之声与焦琴相通，坚守自己的清高。诗人从鸣蝉的叫声中，仿佛有一种心灵的共振，感悟到要永葆自己的一片素心。尾联“忽惊异动人相扰，振翼冲飞不可寻”，写鸣蝉惊飞，寻觅自由。鸣蝉喜欢自由，出现人的干扰，受惊飞走，归回故林，那是一片自由的所在，深化诗旨。

《鸣蝉小憩纱窗》是一首意象瑰奇、寄意幽微的小诗，诗人以朴素的语言、细腻的笔触描写鸣蝉的形象之美：它身材细小，翅膀华美，声音清纯，它以餐风饮露为生，识见虽不太远，而于人无所求，永葆自己的清高，向往自由，寻觅远离尘世喧嚣的那片乐土，鸣蝉多么聪慧，多么可爱！诗人吟唱这一小精灵，无疑深着主体之色彩，表达了诗人的人生理想：永葆高洁，追求自由。诗人以不可语冰来称鸣蝉，并无卑视之意，其实任何生命也不过是大自然中的一只鸣蝉而已，你身上不管有多少美的东西，不管你如何博学，而你依然是一只难以语冰的“夏虫”。因为许多知识、许多道理你是不知道的，“夏虫”不是耻辱，此乃人生之常态，只有意识到自己的“夏虫”特征，才会甘于寂寞，精进不止。鸣蝉向往树枝，小鸟向往蓝天，骏马向往草原，鱼儿向往大海，这就是自由的可贵，自由是诗人的最大心愿。2008 年 8 月 8 日，香港凤凰电视台记者采访沈老，他说过这样的话：“我从小的思想是向往自由的，但是我后来很长时期做了驯服工具，什么修养之类的书我反复地阅读，甚至于里头有些地方我能背，而且我确确实实是真心诚意去做。”此诗最大的特色是化用典故，用典不露斧凿之痕，寄意幽微。

《鸣蝉小憩纱窗》一诗，通过描绘鸣蝉这一象征性的艺术形象来抒情言理，若即若离，无脱无缚，意境为清新超旷，静谧空灵，而物化为书境为清新飘逸，虚静灵和。沈老的创作已达高度的个性化。沈老说：“个性化不是矫揉造作，个性化要求情感的高度纯化，艺术中的情感活动不能自动产生，书法家的情感冲破无意识的设防，由无意识上升进入创造。”（《书法，回归“心画”本体》）沈老的艺术创作高度地诗化，诗境不重复，书境也不重复，每一幅都是原创。沈老说：“艺术最忌讳重复。艺术的生命力就在于创新。”“艺术家在某一特定时刻、特定空间，有着特定的心境，所以，在这特定的情况下，他那根特殊的神经指挥着那样一个特殊的大脑，只能生产出那样一件特定的艺术品，想复制都不行。”《鸣蝉小憩纱窗》一诗，书家用艺术语言表达的是一种特殊心境，书品为行草中堂，而有较多的大草意蕴。开篇落笔并不放纵，第一二行均为独立的结体，而内在气韵贯通无碍，徐起缓行，如春风吹皱池水，微波荡漾。随着诗情的递进，从第三行开始笔速逐渐加快，增加了钩连牵引的笔势，转入写意，“身细难从”四字一笔相连，纵恣飞动，进入抒情高潮，至第四行“清”“琴”等字，以枯笔淡墨写出，激情飞溅。结字时见变形夸张，使人感觉那种幽情雅意如清泉涌沸，如白云飘忽。而“不可寻”三字收煞，如白乐天听琵琶演奏，一曲终了，“东船西舫悄无言，唯见江心秋月白”，将读者带入萧散清宁的境界。

此作从用笔的角度细品，深得王书之神髓，米字之遗韵，线条的内在骨力虽然暗含篆籀中锋的圆劲清苍、碑版的雄强力感，但更多的是帖系书风的潇洒灵便，妍逸清宁。那因势生形的结体，连绵飞动的字组，灵气畅流的章法，蕴含羲之《长风帖》、献之《鹅群帖》之风仪神采，即其笔墨所未到，自有灵气空中流，笔意丰富、深情内蕴的线条极富节奏感，书品的分合、扬抑、疾徐、纵敛清晰可辩，不是胸罗锦绣，涵咏万机，不能成此佳境。用笔提按、起止和运行，在点画形态上笔笔清晰，干净利落，与前贤所说的“善用笔者清劲，不善用笔者浓浊”的观点暗合。结字或俊朗，或苍润，或舒展，或秀逸，或妍媚，或朴拙，因势生形，随情成韵，一任自然，不计工拙。章法别具一格，说有行而内外参差，说无行而错落有序，疏则任之，使聚拢而密之，密则由之，于密处又以点画疏之，飞白笔意自由跃现。全篇犹如茂林中流经奇山怪渊之溪泉，时而击崖涌澜，时而灌潭回旋，时而落渊千丈，时而入川流淌。

齐纨未足时人贵，一曲菱歌敌万金。一切艺术以音乐为旨归。读沈老的《鸣蝉小憩纱窗》一诗，如聆一首清音独远的晨曲，心清气爽；又如品赏白石老人的一幅写意花鸟，意远神超，享此视觉盛宴，顿生超然物外之想。

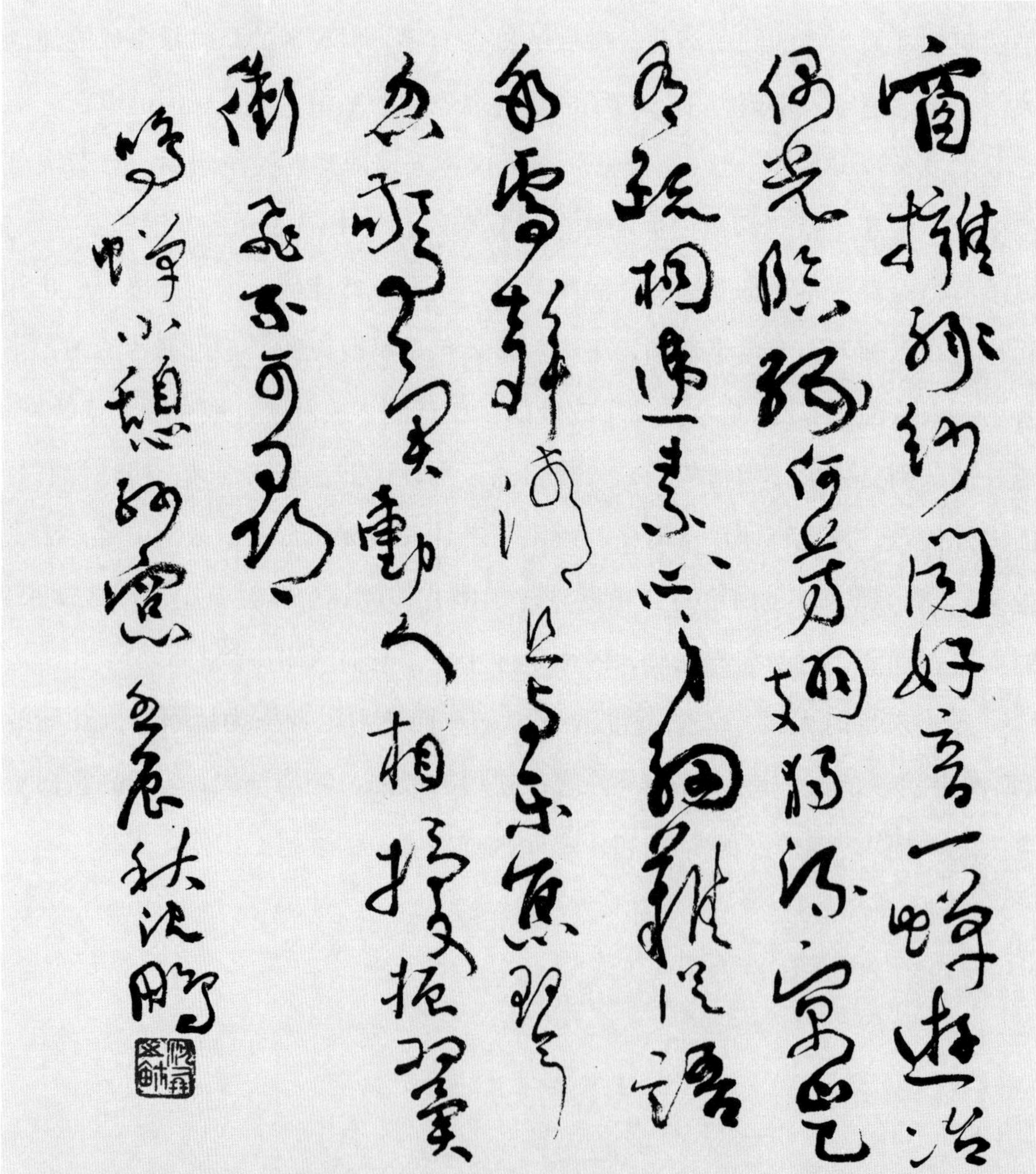

寓理于象　豪纵瑰奇

——沈鹏自书诗《喷泉》行草中堂赏析

喷　泉

银箭穿空飞彗星，地心引力落弧形。

工程自控循环路，还仗源头活水清。

书法作为最能表达民族精神的古老艺术，以线条为骨骼，以墨彩为血肉，以文化为精魂，其至高境界是诗意与真情的表达。技为书法之本体，离开了精湛的技法，再优美的诗文也不能视为书法，但艺术的高境是由形而下之技表达形而上之道，创作主体不是高雅的文化人，艺品很难臻至高华精绝之境界。艺术创作是需要能源的，艺术家不断拓宽知识视野，不断吸取智慧精华，方可能有崭新的高美的艺术创造。真正的艺术家是思想家、美学家，沈老的创作真正能体现思想的深度、审美的高度。其七绝《喷泉》，形象深刻地说明了要选择性学习、要吸收文化精华的道理。

《喷泉》一诗始见《三馀再吟》，原题为《晋中六首・之一》。此诗创作于2008年4月，诗人时年七十七岁，书品见于《三馀笺韵》，书品释文附有“作者言”：“诗友周笃文称：……此种无中生有的神变，是大家增进表现力之重要手段，这在鹏老诗中屡见不鲜，如《喷泉》……”书家引用此段文字，说明此诗深获读者的肯定，诗人也有舐犊之爱。喷泉为人造景观，诗人为其独特的魅力而惊诧不已，由此深悟为学为艺之理。绝句虽小，写好却是不容易的，必须以最小的容量蕴含最丰富的情感，语言要简约，格调要清雅，音韵要悠扬，意境要空灵，没有卓远的识见，没有良好的诗学修养，是很难写出佳品来的。此诗平中见奇，浅中见幽，思出意表，耐人回味。

首句起得突兀、清空。“银箭穿空飞彗星”，描写喷泉的形态。“银箭”状其形态：晶莹如银，飞射如箭。“银”字状其颜色，表达愉悦的情感。“箭”“穿”两字状其喷射之形态，极言力度之大，射程之高。“彗星”，俗名扫帚星，以曳长尾如彗，故名，这里描写喷泉回落时的形态，很像流星雨。起句描绘了喷泉的颜色、高度、形态，这是科学技术创造的奇观，表达了诗人的惊喜赞叹之情。次句为“承”，承得紧密，既描写喷泉回落时的形态，又分析形成的原因。“地心引力落弧形”，喷泉回落而形成弧形的花朵，甚为壮观。喷泉为何回落？从物理学的角度分析是地球引力的结果。地球引力是因地球本身质量而产生的吸摄力，这种引力能使任何物体在非真空状态下，以加速度的运动形式落到地球之上。诗作由景物描写转入理性思索，诗人的情感活动由惊异、喜悦渐入沉思。

第三句为转，拓开新境。“工程自控循环路”，分析形成的原理。作者写作此诗时，喷泉出现较少，射程高的尤为少见，晋中所见的喷泉，水柱大，射程高，诗人尤为惊叹。诗人作为艺术家，科普方面的知识甚为丰富，明白这是由工程自控系统的控制，通过对水的加压形成强大的力感喷射而形成的，所喷之水并非一次性使用，而是循环利用，这样既节约了资源，又可产生独特的美感。诗人善悟，由人造风景想到很多。第四句为合，关合紧密，启人心智。“还仗源头活水清”，这句为全诗之诗眼，景中寓理，发人深思。喷泉晶莹如银，飞射如箭，采用原料无疑是优质的自来水，这种水虽可循环利用，但不能有污染，否则所射不是“银箭”，而是黑箭，水质好是关键，“清”字准确照应起句的“银”字。这句诗无疑化用朱熹《观书有感·之一》中的诗句而来：“问渠那得清如许？为有源头活水来。”朱熹的诗是以水作喻，强调知识不断积累、不断更新的重要性，而沈诗更进一层：对所学知识必加选择，吸取知识中的精华，如此方能取得成功。这个“活水”意象内涵丰富，朱熹时代的活水没有污染，活水必为清水，今天水污染严重，活水不一定是清水，诗人强调一个“清”字，说明对知识的吸取，必须选择精华的东西，反之，杂而不纯，用处不大，不利于艺术创造。

这首咏物小诗的创作寓意甚深。诗人善于发现。沈老说：“生活中的诗意无处不在，重要的在于发现。”此诗说明了选择性吸收知识的重要性，给人以深刻的启示。诗人是艺术评论家，所悟之理与艺术创作有密切的联系。艺术创作贵在创新，贵在拓展思维空间，欲达此目的，光在技法上做文章是远远不够的，还在于修身，在于读书。当代书家多以竞技为能事，心性有些浮躁，不能静下心来读书，不太明白选择性学习的重要性。生也有涯而学问无涯，能选择性学习往往是成功的秘诀。比如，诗与书法密切相关，书法家加强文学修养极为重要。当代书家爱读诗、能写诗的先生少之又少，艺品境界不高，大多是缺文化、缺诗意的缘故。沈老指出：“书外功夫越多越好，要善于把书外功夫转化为书内功夫。”广博的文化基础、潜通的艺术素质是成功的基石。除了从文学，特别是从诗歌中获取灵源外，沈老特别强调艺术家要从自然科学中汲取营养。他说：“艺术家从科学著作中多获取一些求真的精神，以及关于人类终极命运的思考，将会是有益的，将会减少一些‘急功近利’。”(《理与情再探》)此诗可以理解为这种思想的形象表达。诗作取譬自然，寄托深远，寓理于象，耐人寻味。

书境诗化是沈老的艺术创作百变不穷、佳境叠现的秘诀。《喷泉》的诗境为伟岸瑰奇，又富理性色彩，而物化为书，则豪荡激越，英迈飘逸。书品以行为主，饶有草意，以浓墨重笔入纸，圆劲的线条，诡谲的结体，凌厉的气势，瑰伟飞动的书品意象仿佛无数支喷泉在陡然喷射，化作绚丽的流星雨，产生动心骇目之美感特征。雄强的笔力将线条激发得泼辣豪荡，“飞”“力”“自”等字，精气内敛，神采飞扬，仿佛可以读出挥洒的速度和激情，爽利劲健，力重千钧，放而凝练，收而遒逸。“箭”“水清”等字，纵恣而不粗率，飞白而不枯索，更增添了书境的氤氲之气。“引”“空”“返”等字取纵势，“落”“环”等字取横势，“源”字用枯笔写出，壮硕而清逸，朴茂而空灵，仿佛见到彗星散落的情景，“清”字收煞，顿若山安。通篇收放自如，纵敛有度，诗作偏于理性的思索，而书品偏于激情的宣泻，在咫尺之内仿佛飙风突至，激流汹涌。

细品笔法，以碑版的雄强为骨，以帖系的遒逸为神，取鲁公的雄健壮硕、米黄的拗峭率真、铎山的激越恣肆，糅入二王潇洒灵便之遗意，灵机湛发，锦绣成篇。细品此作，以中锋圆笔为主，侧锋方笔为辅，字态活泼灵动，以正带欹，筋丰骨秀，神采飞扬，豪纵中不失妍媚，激越中多蕴理性，提按顿挫，盘纡使转，似不经意而法度井然，点画秾纤间出，腾荡起伏，圆韧流畅，形迹生动。其章法参差错落，大小相间，气势流贯，激情飞溅，牵带连绵处虚实分明，字势极富变化而又十分自然。整幅一气呵成，在雄畅流丽中饶有跌宕起伏之节奏变化，体现出创作主体冥发妄中的深厚功力和闲逸郁勃的艺术情怀。

《喷泉》为一首抒情悟理的小诗，由寻常的景物而妙悟深刻的人生哲理、艺术哲理，由此我们可窥见诗人丰美的才情和灵澈的智慧。物化为书，以雄健壮硕、英迈恣肆的艺术语言遣意抒情，气势豪荡，激情澎湃，书品虽小，然足见创作主体汪洋恣肆的才情和运斤成风的艺术功力。

（此文刊发于《书法导报》2016 年 9 月 21 日第 19 版）

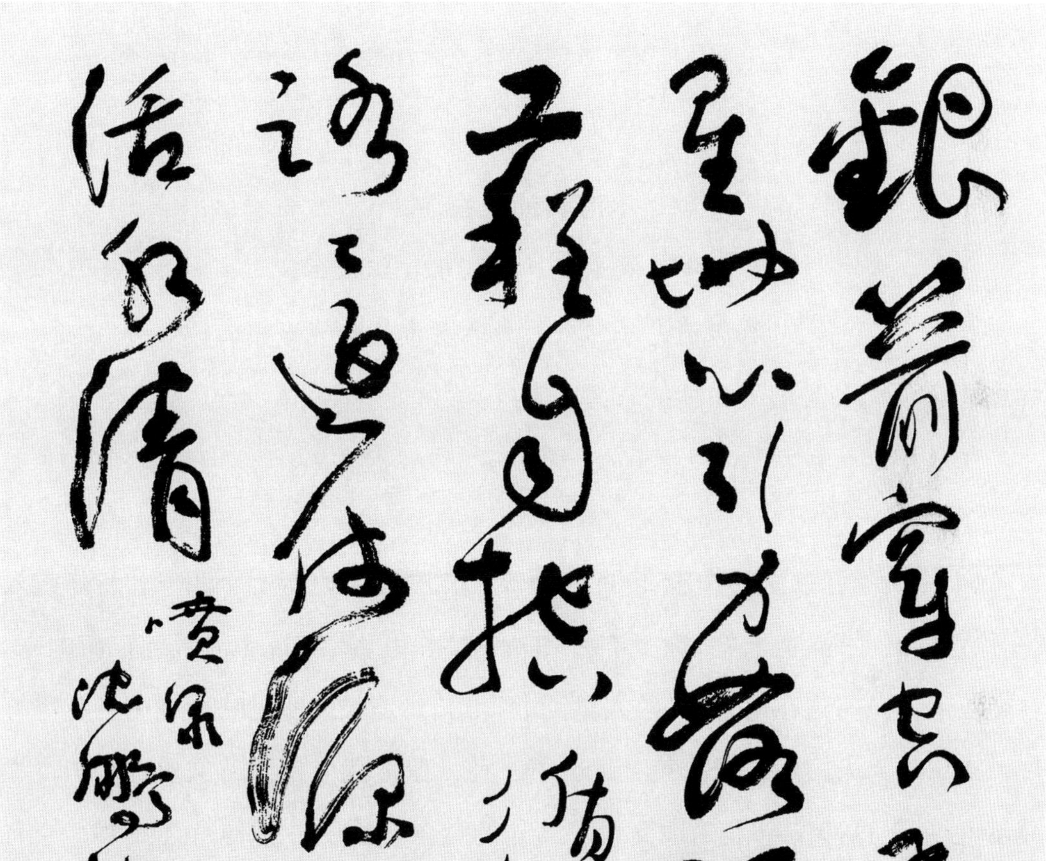

壮美风光入画中

——沈鹏自书诗《上海黄浦江夜游》行草中堂赏析

上海黄浦江夜游

十里洋场夜未央，楼船来往织梭忙。

骄阳消息寻何处，散入吴淞七彩光。

《上海黄浦江夜游》作于2005年夏天，沈鹏先生时年七十四岁。诗作收入《三馀再吟》，书品见于《三馀笺韵》。书品附“作者言”：“此上海黄浦夜游即兴。夕阳西下，光芒藏在何处？‘散入吴淞七彩光’，是眼前所见映于江中各色霓虹灯，或想象为太阳红、橙、黄、绿、青、蓝、紫七色光谱。诗文重理、法，趣亦不可少。”这段文字准确地交代了写作的背景与感受，诗作奇趣盎然，饶有画意，描绘了黄浦江夏夜的瑰奇景色，讴歌了壮丽多彩的盛世风光。

黄浦江位于长江下游支流，在上海市境内，旧称黄浦，别称黄歇浦、春申江，因旧时讹传为战国楚春申君黄歇疏浚而得名，它发源于太湖，东流经青浦区淀山湖，出湖后到闵行以东折向北流，在上海市中心白渡桥接纳吴淞江（苏州河），到吴淞口注入长江，全长114公里。黄浦江是一条多功能的河流，兼有饮用水源、航运、排洪排涝、纳污、渔业生产、旅游等多种利用价值。黄浦江之游是上海旅游中的传统节目，因为不仅在于黄浦江是上海的母亲河，为上海的象征和缩影，还在于黄浦江两岸荟萃了上海城市景观之精华，从这里你可以看到上海的过去、现在，更可以展望上海的灿烂明天。游览过程中可以看到横跨黄浦江两岸的杨浦大桥、南浦大桥和上海东方明珠广播电视塔，两座大桥，像两条巨龙横卧于黄浦江上，中间是东方明珠电视塔，正好构成一幅“二龙戏珠”的巨幅画卷，而黄浦江两岸一幢幢风格迥异、充满异域风情的万国建筑与浦东东岸一幢幢拔地而起、高耸云间的现代建筑相映成辉，壮丽耀目。黄浦江夜景是上海著名的十大景观之一,五色交辉，绚美瑰奇。

诗作首句“十里洋场夜未央”，点明游览的时间、地点。“十里”概言其风景线之长度；“洋场”，浦江两岸充满异国情调的建筑较多，自古有“洋场”之称。“夜未央”，夜已深，点明时间，语见曹丕《燕歌行》：“明月皎皎照我床，星汉西流夜未央”。夜色已深，游人如织，说明人们的游兴甚浓，从侧面反映了我们国家经济发展，人民生活安乐。诗人已届古稀高龄，夜色已深还在游览，依然像年轻人一样充满朝气，热爱时代，热爱生活，其开朗乐观的性格，陶醉美景的心情，亦见于言外。从空间来看，第一句写江岸所见，承句“楼船来往织梭忙”写江中景物。楼船，本义指有叠层的大船，多指战船，此处应指大的游船或货船，语见汉武帝《秋风辞》：“泛楼船兮济汾河，横中流兮扬素波”。船大且多，往来密集，说明此处为黄金水道，能行巨轮者水必深，也从侧面写出黄浦江的深度，“织梭忙”，言其百舸争流的景象。诗作描写黄浦江人头攒动，楼船穿梭，从夜景中我们可以窥见上海这一亚洲大都市的繁荣景象。

“骄阳消息寻何处”，转句自然过渡，由景物描写到夜色描写。五月的上海，春末夏初，正是骄阳如火的时候，白天过去了，那骄阳的光辉到哪里去了呢？这本是个不必问的问题，但诗人有意发问，这就是诗中常说的无理而妙，不必问而问，拓展思维，荡开一笔，勾起读者丰富的想象和联想，为诗境的升华埋下伏笔，诗人有意运用错觉、联想等形式拓展思维空间。第四句为合，升华意境，描写黄浦江夜色：“散入吴淞七彩光”。此句为全诗的点睛之笔，意思是说，白天的骄阳并未消失，原来散入到这里来了，成为一幅五色交辉的宏阔画卷，写出了诗人的赞叹、惊讶、狂喜等丰富情感。太阳在我们的肉眼看来是无色的，而从棱镜中看是多彩的，夜晚的霓虹灯射出万丈光芒，绚烂多彩，仿佛是在棱镜中看到的多彩阳光，这令人油然想起毛泽东的词句："赤橙黄绿青蓝紫，谁持彩练当空舞?"诗人想象奇妙，把黄浦江的夜色比作多彩的阳光。十里洋场，十里江流，人潮汹涌，舟楫如云，动静交错，五彩缤纷，这是多么壮丽瑰奇的黄浦江夜色图！这种夜景并非自然形成，而是人工造出来的，真是天工人可代，人工天不如！

这首小诗以简约、概括的语言准确地描写了黄浦江夜晚的壮美景色，特点是伟丽瑰奇。奇与美是联系在一起的，奇且美，方能极大地刺激读者的感官。十里洋场，十里海滩，千万盏霓虹灯一起照耀，自然产生一种巨丽的壮观景色。天地有大美而不言，大美才有震撼力、感染力。这种美又是一种动态的美，人潮涌动，江水奔流，百舸穿梭，人力与天工交融为一，比司马相如《子虚》《上林》大赋的境界更加壮阔，于宁静旷远中湛发勃勃生机。古人笔下的自然山水大多体现静态的美，朱元思所描写的富春江景色，水皆缥碧，千丈见底，急湍若箭，猛浪若奔，而山水的动还是把游者带入心灵的宁静，是一种禅意的表达。而黄浦江的夜景是人工景观，江岸沙滩，人潮舟楫，动中见静，静中见动，更多地体现人的力量，体现人的创造力，这种伟丽之美，是时代风情的折光，是诗人壮怀意气的抒发。对这种奇景奇趣的描写，体现了诗人的探索精神，表达了诗人对生活的热爱，对诗意江山的热爱，对时代的热爱。读这样的诗句，不觉心花今共江花放，意浪还随锦浪生。诗作化用前人诗意而别具心裁。诗人对黄浦江夜色的描写，化用白居易《大林寺桃花》的写法而来："人间四月芳菲尽，山寺桃花始盛开。常恨春归无觅处，不知转入此中来。"白居易在初夏时节的深山古寺中发现了盛开的桃花，终于寻觅到了春天的足迹，惊喜不已，流露出对春光的无限依恋之情，充满童心童趣。此作描写诗人的错觉，白天的骄阳不见了，原来它在夜晚化为七彩之光洒满吴淞江面，充满奇趣，真切地抒发诗人的狂喜之情，这种化用不着痕迹，无理而妙，彰显一片化机。

《上海黄浦江夜游》一诗为即兴之作，以极为简约的语言、淡雅的笔墨，描写黄浦江夜晚的景色，格调清新，意境伟丽，物化为书境为清逸自然，豪荡纵恣。沈老书法艺术最重要的特点是诗意的表达。海德格尔说过："一切艺术本质上都是诗。"沈老说："诗意重要，好的书法必定是有诗意的"，"书法中透露了浓厚的诗人气质，诗书从不同的方面实现相互融合"。书品表达了浓郁壮美的诗意。此作以晋韵为基，线条多蕴篆隶遗意，化入鲁公之雄杰，兼融王铎之激越，傅山之恣肆，征明之苍润，浩气内充，英华外发。品赏兹篇，但见笔锋飒飒，烟云满纸，书家意气，风驰电掣，淋漓酣畅，直抒性灵。全幅以断为主，开篇落笔，山奔海立，翰逸神飞，随手万变，长枪大戟，纵横驰骋，翻江倒海，一泻千里，抒情高潮，跌宕起伏，顿若山安，灵光四射。微而察之，点画顾盼，左右呼应，偃仰，向背，避就，朝揖，意态自然，高美朴茂。结字或重若巨轮，或轻若扁舟，或壮如古木，或秀如春柳，或逸如豪士，或妍若淑姝，质朴与洒脱并存，凝练共流丽兼擅，如天马脱缰，无往不利，轮扁运斤，有惊无险。精气贯注，天真浪漫，神奕气跃，激情飞溅。透过书品意象，仿佛看到黄浦江畔楼阁峥嵘，人流如织，黄浦江中楼船穿梭，锦浪千堆，构成一幅宏阔瑰奇、星辉云璨之壮美图卷，诗情画意，交织一片。

书家的语言与激情的抒发、诗意的表达忻合为一。庄子说"朴素而天下莫能与之争美"，信然。书家的语言既体现渊雅的丰富个性，又体现抒情的独特性。我们很难分辨线条语言来源的清晰度，只能依稀看到，此幅中虽有大篆笔意的高古，但拙朴之意已经淡化，既多晋韵的萧散妍逸，但其骨力仍然葆有汉代摩崖的雄强，其用笔清雄遒劲，圆活使转无不如意，诡谲豪放却不狂怪怒张，飘逸而不流滑，线条苍秀中见俊逸，狂肆中见清雅，纯熟的中锋使转不露圭角，始终保护点画线条的力感与厚度，笔下时留时放，时擒时纵，时开时合，流走畅达而又悠然容与。结体时聚时散，时大时小，时藏时露，随情感的运动而自由跃现。书家是善于用墨的高手，以丰富的墨色增强抒情的艺术效果，浓淡相间，枯润相济，尤其是浓墨重笔的运用强化了激情的表达。总的说来，穷变态于毫端，合情调于纸上，心手相应，不为法缚，在晓畅舒展的境界中，从视觉和心律上得到一种特殊的愉悦美感。

壮美风光入画中，《上海黄浦江夜游》是无形之画、有形之诗，是诗人心迹历程的真实记录，读来给人以美的震撼。

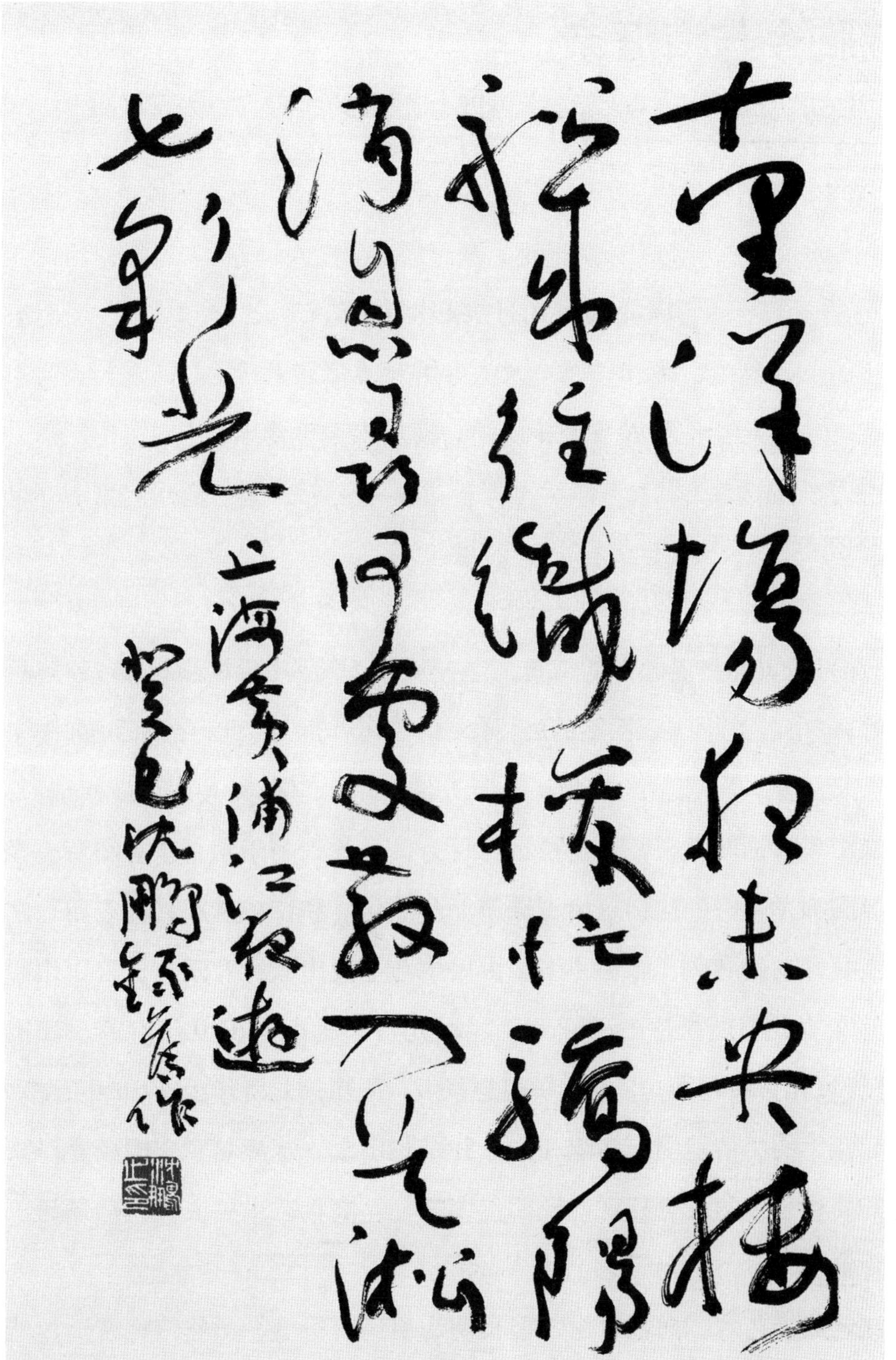

荡胸今与海涯亲

——沈鹏自书诗《珠海庚寅元日晨起即句》行草中堂赏析

珠海庚寅元日晨起即句二首·之一

醒来一觉已庚寅，异地春寒讶此身。

断续涛声催我早，荡胸今与海涯亲。

《珠海庚寅元日晨起即句二首·之一》（以下简称《即句》）一诗最早见于《三馀再吟》，书品见于《三馀笺韵》，释文附“作者言”：“此诗另有同韵一首：‘天降屈子又庚寅，默诵骚经惜此身。历数传奇多少事，美人香草最相亲。’二首作品被中华诗词网发布，点击量达三百万，共收到一千六百余首和诗。经精选出版《虎啸龙吟——沈鹏〈庚寅珠海元日绝句〉和诗精选》”。沈老所言之唱和集，由我好友贺迎辉、张驰主编，由民主与建设出版社有限责任公司出版，根据周笃文为此书所撰序言《五洲诗客颂元春》所记“2010年春节，沈鹏老将《珠海庚寅元日晨起即句》以手机信息发我”可知，此诗作于2010年春节无疑。一首迎新年的小诗能引众多唱和之作并结集出版，这应是新中国成立以来甚为罕见的高雅艺术的醉舞狂欢，说明传统文化、高雅艺术是人民大众最为喜爱的精神食粮。

沈老热爱艺术，向往自由，但长期为疾病所折磨，虽然特喜游历，然多受约束，致仕之前很少离开北京，之后足迹半天下，多有诗作记其游踪。2010

年在珠海欢度春节，诗人满怀喜悦之情创作此诗。“元日”古代多指农历正月初一。张衡《东京赋》：“于是孟春元日，群后房戾。”即句，口占也，诗体之一种。诗人在特殊场景心潮澎湃，思如泉涌，作诗不拟草稿，略加思索，口吐华章，即为口占。而口占佳妙者，非才思敏捷灵感触发，莫能为也，此作为口占体中难得一见之佳品。起句“醒来一觉已庚寅”，点明创作的时间、情景。起笔无任何描写铺叙，仅仅点明特殊时刻：在珠海度春节，一觉醒来，又入新年。诗人有睡眠障碍，在这个新的环境里还睡得很香，说明诗人初晋耄耋之年心情颇佳。岁月如流，霜雪盈颠，诗人自然会想起孔子的话：“逝者如斯夫，不舍昼夜!”意象中流露出一种淡淡的感伤，起句便为全诗奠定了欢乐之中略带苍凉的情调。“异地春寒讶此身”，写新年之感受。诗人离开北京，来到珠海，度过一年中最难忘的日子——春节，自然有惊讶之感。初春的珠海，天气比北京温暖，而诗人毕竟年事已高，身体单薄，仍不免感觉有些寒意，一个“讶”字，内蕴丰富：一为元日而讶，二为异地春光而讶，三为初晋耄耋之年而讶，可谓百感交织。诗句素淡中见惊喜，欢乐中带感伤，总体氛围充满喜气，充满自信，以平淡的笔墨为抒情高潮蓄势。夕阳是迟开的花，夕阳是陈年的酒，谁不热爱美好的金秋？从淡雅的诗句中可以读出诗人“老骥伏枥、志在千里”的壮志豪情。

“断续涛声催我早”，转句由室内转向室外，交代早醒之由，承上启下，关合紧密。时入新年，情致颇佳，澎湃的涛声催其早醒，触发了诗人的灵感。诗作运用反衬手法，通过海浪的动反衬环境的静，通过惊涛的有声，反衬整个境界的无声，同时又为尾句的观沧海埋下伏笔。诗句或描写，或叙述，思维的链条甚为紧密，几个动词用得准确，“醒”“讶”“催”“荡”，反映了诗人情绪的细微变化，步步推进，层层铺垫，将抒情高潮推向极致。合句“荡胸今与海涯亲”写晨起观海，胸次如洗。“荡胸”一词见杜甫《望岳》：“荡胸生层云，决眦入飞鸟。”所谓“荡胸”，即胸次如洗，浩气盈怀。“亲”字佳妙，主体胸次与壮观景色浑然为一。“荡胸今与海涯亲”为倒装句式，即“今与海涯亲而荡胸”，通过句式的倒装，强化了主体感受的表达。描写空间至此发生了变化，由室内到室外，由听涛声到观沧海，在我们面前展现一幅江海茫茫、雪浪千堆的壮美画卷，让人油然想起魏武的诗篇：“水何澹澹，山岛竦峙”，“秋风萧瑟，洪波涌起”。当年魏武东征，时在秋天，年五十二岁，有荡平四海之志，诗境沉郁苍凉。而诗人年登耄耋，为勇于开拓、勇于担当之艺坛主帅，为推进我国文化事业发展仍然满怀壮志豪情，其胸襟气度亦不同凡俗。临海观涛，实为言志，一切景语皆情语，登山则情满于山，观海则意溢于海，信然。而时代不同，心境有别，魏武之诗苍凉，沈老之诗豪纵。雄视骇瞩，养气畅神，莽然苍者与目谋，訇然砰者与耳谋，悠然空者与心谋，坚毅之情、超逸之志、浩然之气油然而生，涌动的神思仿佛化作精灵的海燕在凌空飞翔！

韩愈云：“夫和平之音淡薄，而愁思之声要妙；欢愉之辞难工，而穷苦之言易好也。”（《荆潭唱和诗序》）为何“愁思之声”“穷苦之言”更具审美价值呢？“欢愉之辞”真的不美吗？并不尽然，韩愈的话并非全对。艺术之美关键在一个“真”字，“和平之音”“欢愉之辞”难工，难在真意难言；“愁思之声”“穷苦之言”易好，好在感伤易吐。其实，艺术只要能表达真情、深情、雅情就是美的艺术。李白的《清平调》，白居易的《忆江南》，齐白石的《祖国万岁》等画作，不也是欢愉之辞吗？谁说不美？“难工”并非不能工，只是颇有难度。沈老的这首诗，虽有淡淡的感伤，但整体上为欢愉之辞，而无疑是壮美的诗章。美在哪里？美在真挚的情感，美在心物交融的描写，美在浩荡无涯的巨丽之境。君不见那茫茫大海，雪浪如山，鱼龙出没，海燕奋飞，看似纯客观的描写，用王国维的话说是“以物观物的无我之境”，而这一切的一切，无疑又是诗人壮怀逸气的物化与外化，心与物、主与客交织一片，读来油然产生“高浪如银屋，江风一发时。笔端降太白，才大语终奇”（钱起诗句）的审美感受，这种诗境出于一位八旬老者的笔下，逸气豪情与时代精神浑然为一，岂不奇哉，岂不壮哉！诗人常抱多病之躯，迟暮之年发此豪情壮采，大致是善于养气的缘故。孟子说“我善养吾浩然之气”，这种巨丽之境无疑是浩然之气的具象表达。从艺术手法而言，此诗成功地运用了反衬手法，以动衬静，以有声衬无声，又层层铺垫，层层蓄势，高潮突至，如乱石崩云、惊涛拍岸，给人以魂悸魄动之感。这首小诗受唐人绝句的影响较深。唐人以含蓄胜，以意象胜，多以景语作结，此诗以景作结，以巨丽豪纵的意象遣意抒怀，追蹑唐人意象，更显境界的清空浩渺。

《即句》以简约的语言，多层的意象，磅薄的气势抒遣怀抱，意境为豪纵瑰奇，而物化为书境准确地表达了这一美感特征。“势”是书法的重要审美范畴，书法的势是生命力感的定向运动，表现为一种审美潮流和逻辑趋向。张伯伟说：“由作者之生命力所驱遣全篇的气就是势。”（《禅与诗学》）这种力感势感来自圆劲苍浑的线条，来自英迈雄肆的意象，更来自壮气流贯的布局。书法的韵是诗意之美的具象表达，势与韵的和谐统一是艺术意境的最高体现，因而具有生动丰富的节奏、华彩鲜活的亮色。沈老的行草真切地表达了势韵合一的和谐之美，体现着飞动、流荡、雄肆的韵致。细品此作，那充满古意的浑厚线条，那饱蕴深情的意象，如长虹饮涧，如铁水奔流，如骏骥奔驰。整体意象有如珠海岸边观潮，其始起也，洪淋淋焉，若白鹭之下翔；其少进也，浩浩溰溰，如素车白马帷盖之张；其波涌而云乱，扰扰焉如三军之腾装，腾涛触天，高浪贯日，吞吐百川，泻泄万壑。书品境界以动衬静，俄而风平浪静，轻烟不流，海鸥掠空，银波闪烁，清气逸气油然而生，生命精神湛发出清纯的光芒。

《即句》豪纵瑰奇的书境，产生的因素是多元的。从主体而言，是书家生命精神的物化与外化，沈老身体单薄，能发浩荡之奇思，铸巨丽之伟构，是长于养气的缘故。先生从哲学、文学、美学、音乐中颐养浩然之气，调动生命潜能，真体内充，英华外发。从审美客体而言，是时代精神的写照，任何艺术家可以超越古人，超越自我，但不能超越时代，真正瑰美的艺术折射着时代之风云。从艺术本体而言，来自技法。此作取大篆浑厚高古之意韵，融入碑版拙朴雄强之力感，化入米黄挺劲率真之高致，融以学养，润以才情，一无依傍，纵意挥洒。全幅几乎纯用浑厚苍劲的篆籀中锋，甚少提按，着意空运。寓刚于柔，含蓄凝练，观其意象，时而如古木森森，苍劲挺拔，时而如春风杨柳，婀娜多姿，笔势若龙蛇飞动，舒卷自如，豪荡中见秀逸，拙朴中见高华。时而点画浓缩，用心简古，笔短意长，时而笔意拓展，如天马行空，豪放纵逸。全篇以实写虚，以动衬静，萧然淡远，着想奇特，形象之异，神态之奇，气势之纵，意韵之雅，已忻合为一。

《珠海庚寅元日晨起即句二首·之一》是沈鹏先生以生命意志、功力才情创造的壮美华章，用原句“荡胸今与海涯亲”来状其诗书之境，甚为贴切。沈老已晋耄耋之年生命力仍如此旺盛，仍有如此华彩与创造力，无疑是长期修炼创造的生命奇迹，我们衷心祝愿先生生命之树常青、艺术之花常开！

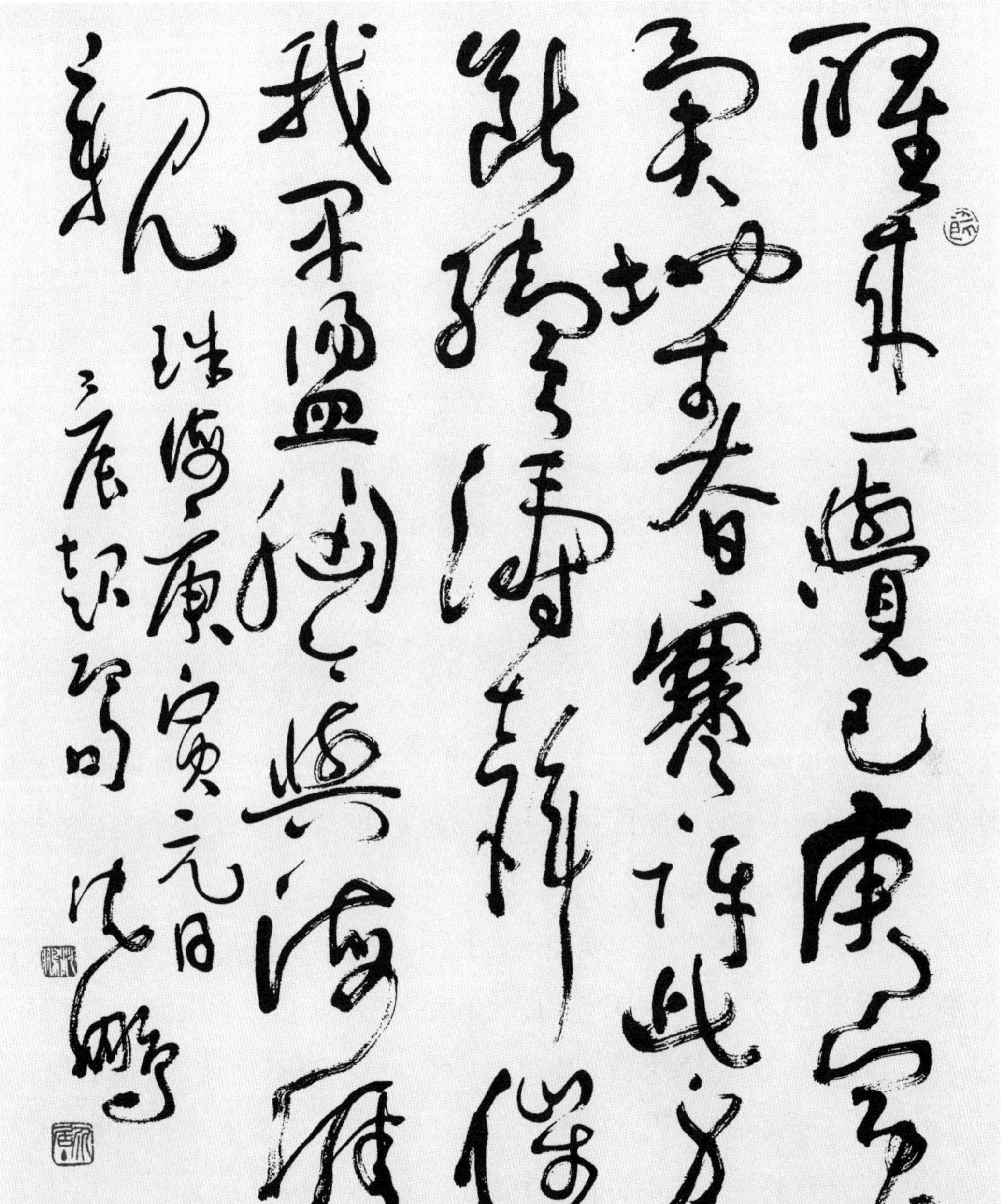

丰碑向背系民心

——沈鹏自书诗《题“周期率”》行草中堂赏析

黄炎培先生哲嗣方毅君嘱书大字周期率

窑洞机锋说到今，延安长夜晓星沉。

运毫纸上终于浅，鉴史躬行渐入深。

宝塔巍峨齐日月，丰碑向背系民心。

抽刀空断东流水，拒腐自强无敢侵。

关于反腐倡廉问题，习近平总书记重提毛泽东与黄炎培关于周期率的历史性对话，深具警示意义。2012年的一天，黄炎培哲嗣方毅先生将其所著《黄炎培与毛泽东周期率对话——忆父文集》一书特呈沈老，请题“周期率”三个大字，沈老书罢，慨然有作。《黄炎培先生哲嗣方毅君嘱书大字周期率》（以下简称《题“周期率”》），由人民美术出版社出版，书品见于《三馀笺韵》。“哲嗣”，即令嗣，旧称人之子。黄炎培（1878～1965），号楚南，字任之，笔名抱一，江苏川沙县（今属上海）人，1899年在松江府以第一名取中秀才。1901年入南洋公学，选修外文，受知于中文总教习蔡元培，1902年后又中江南乡试举人。之后在乡办校，入同盟会，曾任江苏教育司长。1931年创办《救国通讯》。1941年，与张澜等人发起组织建国民主政治同盟，曾任主席。1945年夏，为恢复陷于停顿中的国共和谈，黄与其他五名参政员一同飞赴延安，目睹解放区崭新气象与军民风貌，振奋不已，曾与毛泽东进行长达十几个小时的促膝长谈，返回重庆后由夫人姚维钧整理执笔，出版了《延安归来》一书，记述了至今被人们提起的“黄氏周期率”的历史性对话。黄炎培为徐特立的老师，徐特立为毛泽东的老师，黄与共产党的配合与徐特立有较多的关系。新中国成立以后，黄炎培破“不为官吏”的立身准则，欣然从政，历任中央人民政府委员、政务院副总理兼轻工业部部长，全国人大副委员长、全国政协副主席，中国民主建国会中央委员会主任委员等职。

据《黄炎培与毛泽东周期率对话——忆父文集》附录的《延安归来》记载，毛泽东与黄炎培关于历史周期率对话的核心内容大致如下。1945 年 7 月 4 日下午，毛泽东邀请黄炎培等人于窑洞作客，毛泽东问其延安考察之感想，黄炎培答道：“我生六十多年，耳闻的不说，所亲眼看到的，真所谓‘其兴也浡焉，其亡也忽焉’，一人，一家，一团体，一地方，乃至一国，不少单位都没有能跳出这周期率的支配力。大凡初时聚精会神，没有一事不用心，没有一人不卖力，也许那时艰难困苦，只有从万死中觅取一生。既而环境渐渐好转了，精神也就渐渐放下了。有的因为历时长久，自然地惰性发作，由少数演为多数，到风气养成，虽有大力，无法扭转，并且无法补救。也有因为区域一步步扩大了，它的扩大，有的出于自然发展，有的为功业欲所驱使，强求发展，到干部人才渐见竭蹶、艰于应付的时候，环境倒越加复杂起来了，控制力不免趋于薄弱了。一部历史，‘政怠宦成’的也有，‘人亡政息’的也有，‘求荣取辱’的也有。总之没有能跳出这周期率。”毛泽东回答：“我们已经找到新路，我们能跳出这周期率。这条新路，就是民主。只有让人民来监督政府，政府才不敢松懈。只有人人起来负责，才不会人亡政息。”黄接着说：“这话是对的。只有大政方针决之于公众，个人功业欲才不会发生。只有把每一地方的事，公之于每一地方的人，才能使地地得人，人人得事。用民主来打破这周期率，怕是有效的。”2012年12月，习近平总书记走访8个民主党派中央和全国工商联，座谈中称毛泽东与黄炎培关于历史周期率的对话，至今对中国共产党都有很好的鞭策和警示作用。沈老的诗作，同样有深刻的警示意义。

诗作起笔入题，追叙周期率对话产生的具体背景：“窑洞机锋说到今，延安长夜晓星沉。”“机锋”，本义为机警锋利，佛教禅宗用以比喻迅捷锐利、不落迹象、含意深刻的语句。苏轼《金山妙高台》：“机锋不可触，千偈如翻水。”此处指针对性强、寓意深刻的对话。毛泽东与黄炎培这段历史性的对话至今警醒国人，当时两位前哲推心置腹而谈，夜色已深而无倦意，可见领袖对拒腐防变的问题是高度重视的。创业难，守业更难，其实古人早就认识到了这一点，只是没有找到有效的解决办法而已。魏徵在《谏太宗十思疏》中说：“凡昔元首，承天景命，善始者实繁，克终者盖寡。岂取之易守之难乎？盖在殷忧必竭诚以待下，既得志则纵情以傲物。竭诚则吴越为一体，傲物则骨肉为行路。”魏徵的见解是深刻的，提出解决的办法是最高统治者以身作则搞“十思”，搞自我约束，居安思危，戒奢以俭，这样才能达到拒腐防变的目的。其实没有监督机制，单有领袖的表率作用是远远不够的，也是很困难的，“十思”虽好，李世民“思”了，但他的儿子孙子会“思”吗？没有纪律的约束，是不会“思”的，他们只会乐不思蜀。颔联“运毫纸上终于浅，鉴史躬行渐入深”，指出落实在行动上至为艰难，建立反腐机制至为重要。“运毫纸上”，写在纸上。“躬行”，亲自行动。任何事情言之甚易，为之甚难，更何况是巩固政权的军国大事。历史往往出现惊人的相似，为何亡国破家相连属，历史学家已把原因写得清清楚楚，而主政者为何一犯再犯呢？盖因缺少有效监督，言行很难为一之故也。诗人有很深的忧患意识，因为若无有效的监督机制，贪腐之徒不会收手，这些道理很清楚，周期率是很难跳出的。

颔联：“宝塔巍峨齐日月，丰碑向背系民心。”此句指出要继承老一辈革命家的光荣传统，巩固红色政权。宝塔山是延安的象征，延安为革命根据地，今天的胜利是无数先烈用鲜血换来的。陈毅诗云“断头今日意如何，创业艰难百战多”，的确如此。中国共产党为了夺取革命胜利，爬雪山，过草地，十四年抗战，三年解放战争，备历艰难，无数先烈付出了宝贵的生命。以毛泽东为代表的老一辈无产阶级革命家，他们的高尚人格、辉煌业绩永如日月齐辉，继承发扬是后来者的神圣职责。从拒腐防变、清廉自守而言，老一辈革命家起了表率作用，他们创立的优良传统是不朽的丰碑，只有在这丰碑的指引下前进，我们才能得民心，才能筑固政权，中华民族才会实现伟大复兴。这里的“向背”二字极富深意，得民心者得天下，一旦贪腐之风盛行，就有亡党亡国之可能。诗人作为人民的艺术家，为国家民族的未来而殷忧不已。尾联“抽刀空断东流水，拒腐自强无敢侵”，表达铁腕治腐、清廉党风的强烈愿望。这两句诗化用李白诗句“抽刀断水水更流，举杯消愁愁更愁”而来，大致可从两方面理解：其一，贪腐之风是可控的，以习近平同志为核心的党中央重拳出击，建立反腐机制，腐败是可控制住的，自己有些过多担心；其二，要认识反腐的艰巨性、长期性。要彻底扫荡污泥浊水，还须费尽移山心力。最后一句点明题旨：相信我们党能制住腐败，全国人民筑起新的精神长城，我们的国家民族充满了希望。

这是一首寓意深远、时代感强烈的诗作，诗人借为“周期率”题签一事生发无穷感慨，追叙我党领导中国人民经历的艰难岁月，追忆毛泽东与黄炎培的历史性对话，深刻指出：一个国家只有推进民主的进程，建立切实可行的监督机制，以重拳惩治腐败，政权才会巩固，经济才会发展，风气才会纯正，人民的生活水平也会随之提高。若有半点含糊，对贪腐之风等闲视之，先烈的鲜血可能白流，政权可能会得而复失。读此诗作，我们仿佛感受到诗人“总是夜长人不寐，心忧家国到天明”的心情。

《题“周期率”》一诗，情感深挚，语言朴素，风格为清雅深挚，而书境着意追蹑载体的情感运动，与诗作风格忻合为一。书品为行草中堂，以行为主，带有草意，主体意象为五行56字，映衬意象两行17字，通观全篇，意象清朗，节奏清新，境界清远，读来有清风扑面、清泉洗心之感。先生的艺术根植于传统，书法语言字字有来历，又字字深着主观之色彩，从意境来看，其清雅的韵致取神于羲之的《初月帖》《上虞帖》，其流畅之节奏、潇洒之丰神深得杨凝式《神仙起居法》之意绪，而瑰奇率真之美感特征又似乎多有米芾《群玉堂米帖》《读书帖》之神采。其实这只是一种意境的联想，是书家博采众芳、独铸英辞的心象写照。品读此作，但见创作主体深情内敛，翰逸神飞，清雄取势，灵和取象，全篇字多独立，意脉贯通，书品意象随着情感的变化而自然幻现，落尽铅华，不着尘滓。透过书品意象，神采之美摇人心旌：如出水的芙蓉清逸多姿，如迎风的杨柳婀娜起舞，如一股清泉涓涓流淌。诗情暗示书意，书意强化诗情，读其诗，品其书，那多有联想空间的审美意象，仿佛把我们带到了革命圣地延安，看到了红霞辉映的嵯峨宝塔，清清的延河水如素练飘向远方，又仿佛看到在极简陋的窑洞里，在清淡的油灯之下，两位哲人推心置腹、道古论今的情景，更使我们油然想起《易经》中“同心之言，其臭如兰”的名句。古人品书，不见字形，唯观神采，品读此作，多得象外之致，韵外之味。

细品此作，体现本体之美的书法语言已高度地抒情化、写意化，语言的精熟清纯确已臻至“清水出芙蓉，天然去雕饰”之境界。先生的用笔智巧兼优，心手双畅，翰不虚动，下必有由，一画之间，变起伏于峰杪，一点之内，殊衄挫于毫芒。他的用笔，对王羲之的数意兼融之说体会甚深：或横画似八分，而发如篆籀；或竖牵如深林之乔木，而屈折如钢钩；或转侧之势似飞鸟空坠；或棱侧之形如流水激来。沈老的行草书，坚守圆笔中锋为主、方笔侧锋为辅的用笔原则，着意追蹑书境的诗化。此作用笔仍以体现篆籀遗意的中锋为主，饶高古天真之逸韵，拙朴之意已淡化，深得帖系用笔的虚灵，笔锋在纵恣的挥洒中提按相间，变换角度，于英迈清雅中见神采飞扬。结体多带章草笔意，以端正为纲，以稳重为旨，虽不乏飞动之草意，而更多的是体现行押意境的清穆凝重，字字风神潇洒，个个华滋精灵，若行若藏，若忧若喜，若坐若卧，若来若往，首尾相接，左右呼应，苍润互补，劲妍相济，尽弃华彩的贵族气息，朗现清新的古雅风姿，婉转清逸，笔力精到，沉郁中见旷达，朴茂中见清奇。细品抒情长线，飞白笔意，感受到书家系念家国的忧思并未消除，而丰富深挚的情愫仿佛化作涓涓细流从书品意象中汩汩流出。布局平中见奇，整中见散，仿佛有清气祥云萦绕其间。

“丰碑向背系民心”，民者国之本也，本固而国势雄强。发扬老一辈革命家的优良传统，努力推进民主进程，建立监督机制，铁腕治腐，廉洁党风，对巩固政权、实现民族的伟大复兴意义重大。《题“周期率”》是一首情理交织、诗画交融的艺术佳品，浓郁的诗意与强烈的时代感达到了有机的统一，我们品读此作，深切地感受到了人民艺术家心系天下的赤子情怀，相信清风明月永驻人间。

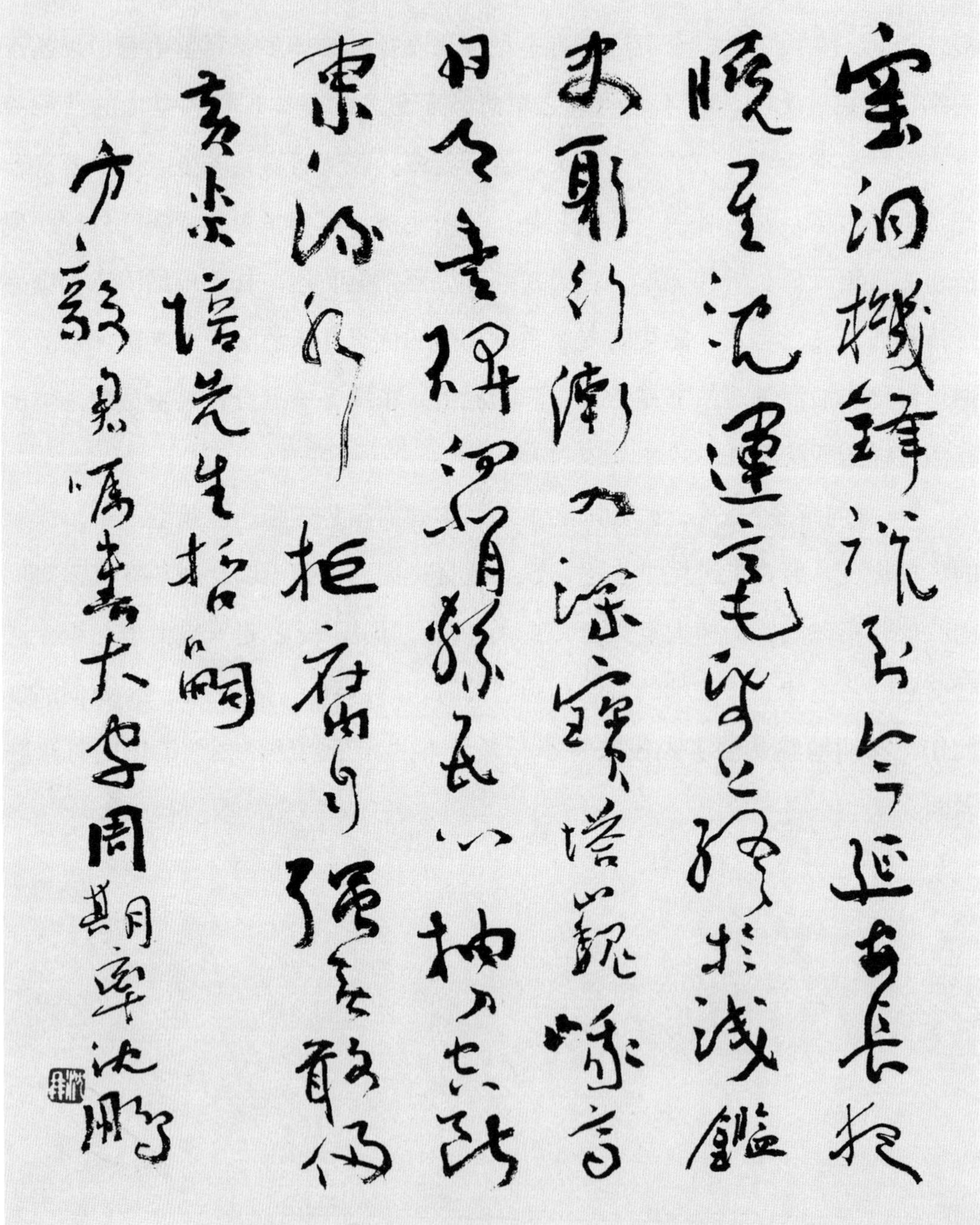

健笔清辞写逸情

——沈鹏自书诗《丁亥新秋偶成》行草中堂赏析

丁亥新秋偶成

叶落秋风至，仰天长一呼！

凭窗无远目，伏案可幽居。

暇日休窥（看）镜，忙时要读书。

夜来闻蟋蟀，能入我床无？

巴金说：“人不能光靠吃米活着。”的确，坚定的信念、顽强的意志、求知的精神是生命的支柱。要让这个支柱巍然屹立必须提供充足的能源，这个能源是什么？是文化。活到老，学到老，如能这样，我们的生活更充实，意志更坚强，创造更瑰奇。天地无穷，劳生有限，进入人生之秋，在晚霞中流连而感伤，这是很自然的事，而沈鹏先生更多的是旷达，更多的是精进不止。悲秋，这是古人常写的主题。宋玉云：“悲哉，秋之为气也！萧瑟兮，草木摇落而变衰。”（《九辩》）欧阳修笔下的秋景更为感伤：“盖夫秋之为状也：其色惨淡，烟霏云敛；其容清明，天高日晶；其气栗冽，砭人肌骨；其意萧条，山川寂寥。”（《秋声赋》）古人悲秋，大致身世之偃蹇、时代之灰暗、理想之幻灭映射于心境之故也。沈老作为书坛领袖，无论是艺术创作还是艺术活动，其贡献是卓越的，他不仅是仁者、诗者、艺者，更是智者。但先生的一生多有不幸，饱经磨难，尤其是长期受疾病的折磨，无法挣脱，然而他坚强乐观，而今年高耄耋，依然精神矍铄，真正创造了生命的奇迹。这种奇迹的创造是多因的，最重要的是什么？通过品读《丁亥新秋偶成》可以感知：那就是从文化中不断汲收营养。

此诗初见于《三馀再吟》，创作于2007年8月，诗人时年七十七岁。书品见于《三馀笺韵》。这是一首五言律诗，风格为淡远诙谐。

首联“叶落秋风至，仰天长一呼!”总写新秋感怀。一叶知秋，见微知著，由草木之零落而深感岁月之匆匆，不免伤怀。屈原《湘夫人》：“袅袅兮秋风，洞庭波兮木叶下。”《淮南子·说山训》：“见一叶落，而知岁之将暮；睹瓶中之冰，而知天下之寒。”悲秋之怀，年轻人和身体健康、生活顺畅的人是不易感受到的，有经历才有体验。月怕十五，年怕中秋，生命进入金秋之年，秋阳虽是灿丽的，但毕竟离冬天已近，诗人当时年近八秩，长抱多病之躯，感伤是自然的。“仰天长一呼”，仰首深深叹息。一个“长”字，极言感慨之深：回首往昔，历历在目；策马将来，只争朝夕。这里有追忆，有感伤，而更多地是有坦然，有坚定。颔联“凭窗无远目，伏案可幽居”，写生活之环境，达观之心态。诗人向往自由，写过这样的诗句：“忽听布谷三啼唤，恍听天仙一奏鸣”（《过闹市闻布谷声》）。他的心时常翱翔在故乡的山水田园之中，那是自由的天国，而此时此刻，身居闹市，不能远离尘世之喧嚣，登高纵目，楼外有楼，生活空间甚为狭小，仿佛如笼中之鹄，而诗人毫无怨尤，不能远游，则在斗室读书挥毫也其乐无穷。古人说大隐隐于朝，中隐隐于市，小隐隐于山，诗人要作中隐了。

颈联“暇日休窥（看）镜，忙时要读书”，描写当时心境：不为逝去的岁月而感伤，要从文化中寻取灵源。诗人认为，窥镜的举动人皆有之，但多看也没有太多的意义，“霜鬓”早有，诗人毫不在意，没有古人那么感伤。李白诗云：“不知明镜里，何处得秋霜。”薛稷《秋朝览镜》：“客心惊落木，夜坐听秋风。朝日看容鬓，生涯在镜中。”耄耋之年，满头飞雪，还是不窥为好。“暇日”是清闲时间，清闲时间也不愿意窥镜，那么事务繁杂之时更不愿意窥了，写出诗人超旷之神情。“忙时要读书”，在紧张之时仍不忘从文化中吸取营养，那么在闲暇之时更要发奋读书了。这两句诗写出了诗人的人生态度：保持乐观心态，从前哲那里吸取知识的营养。我想到百岁老人杨绛先生还在读书、写作。生命之树只有以知识的甘霖浇灌，才会枝繁叶茂，郁郁葱葱，结下一串串芬芳之果，这就是诗人养生的秘诀、为艺的秘诀。论及书法艺术，我想起了沈老的话：“中国书法如果失去了深广的哲学、美学底蕴，便失去了灵魂。”周俊杰的话也说得很好：“深知诗词于书家底蕴之重要，仅在形式上弄一些线条及结构上变化的玩意儿，是难以深入到中国文化的深层的。”尾联：“夜来闻蟋蟀，能入我床无？”化用《诗经·国风·豳风·七月》中的句子入诗：“七月在野，八月在宇，九月在户，十月蟋蟀入我床下。”《诗经》此句描写蟋蟀这个小精灵由秋至冬生活的空间，间接描写时光流逝之匆匆，诗人借此表达超旷的人生态度，在岁月的流逝中保持一份平静。

这是一首淡远幽邃、亦庄亦谐的小诗，而读来给人以回味无穷之感。“淡远”是此诗的主要特色。诗人以素淡的语言、轻松的笔调来抒写新秋感伤之怀，通过纵目、幽居、窥镜、读书、观蟋蟀等细节，描写闹市中的隐居生活，表达甘于寂寞、远离尘世、结缘文化的超旷情怀，实际上是以极为平淡的笔墨抒写“烈士暮年，壮心不已”的心态，让我们清楚地看到一位献身艺术、坚韧不拔的艺者形象。五律的语言要求简约、素洁、斩截，又能拓展出广阔的联想空间，诗人对此是把握得十分准确的。全诗无一词直接形容秋色之悲凉，秋风之萧瑟，秋气之肃杀，而生命之光华在岁月的风雨中逐渐黯淡这一客观事实还是看得很清楚的。诗歌贵淡，这是绚烂之极归于平淡的淡，司空图说“浓尽必枯，淡者屡深”，信然。此诗幽默的特征也显著，尾联化用《诗经》对蟋蟀的描写，表达诗人“物物而不物于物”，有待无待都可逍遥的心态，其超凡智慧令人景仰。

《丁亥新秋偶成》，从诗境而言为淡远诙谐，而物化为书境，是拙朴飘逸。沈老的书法每幅都有独特的意境，迥异于古人，迥异于今人，也迥异于自己。书法之美，美在神采，美在意境。王僧虔说：“书之妙道，神采为上，形质次之。”张怀瓘说：“深识书者，唯观神采，不见字形。”古人所说的神采与今人所说的意境相通，大致是书品以物化形式暗示给读者丰美的想象和联想。书法是抽象艺术，书法的抽象并非无象，而这种象是变动不居的、朦胧的，从以象达意、以象传情这一点而言，与绘画有较多的相通之处。品读此作，在我们面前仿佛展现出一幅瑰奇飘逸的画卷，纵逸的线条，古拙的结体，灵诡的意象，仿佛把我们带到晚霞明丽的秋天山野，但见霞晖片片，烟霭漫漫，秋风袅袅，梧叶纷纷，青苍者为松柏，赤灼者为红枫，袅娜者为修篁，簇拥者为丹桂，摇曳者为苍藤，迎风者为垂柳，时而麋鹿奔于左，时而灵猴戏于右，锦雉呼朋，白鹇引侣，山僧散圣，悠然自得。又如秋阳初照之郊野，但见一群须发如雪、貌若童颜的老者在打太极，时而伸拳，时而云手，时而马步，时而金鸡独立，时而玉女穿梭，时而白鹤亮翅，凝神静气，意态安详，商山四皓之风采依稀在目。

艺术要达到抒情的自由，是以精湛的技法为前提的，书法的秘密深藏于技法之中，而最高境界是泯灭技法之痕。沈老的艺术创作，个性鲜明，意境圆融，不同于古代的任何一家，更不容易找到今人的影子，是独特的“这一个”，泯灭技法，这是进入通会之境的标志。细观此作，用笔以圆笔中锋为主，时露侧锋，偶施飞白，这种圆劲苍古的中锋，依然从篆籀中来，从汉碑中来，这是沈老行草语言的本色之美，其线性的古意取神于《散氏盘》《虢季子白盘》，其结体以二王的萧散为基，较多融入汉代摩崖书的疏荡，还有米芾的诡谲、鲁直的挺劲。此作的妍逸萧散，依稀可以寻觅到逸少《初月帖》《寒切帖》，献之《鸭头丸》《中秋帖》之遗韵，亦深得米芾《苕溪诗》的隽秀清逸之美。通篇将妍雅飘逸寄寓于奇肆跌宕之中，天机独运，风骨超迈，以行为主，时露草意，愈写愈洒脱，愈写愈精神，行笔迅捷而带涩势，圆劲流畅而不飘浮。“至”“无远”等字，修长舒展，如游丝飘荡，如鸿鹄远举，如仙人浩歌，营构出超逸悠游的艺术境界。

《丁亥新秋偶成》淡远幽邃，拙朴飘逸，是创作主体用智慧谱写出的一首生命之歌，可以读出书家精进不止的精神，睿智旷达的人生态度。细品兹篇，我们明白，只有根植于深厚的文化土壤之中，方可能长出参天的大树。

（此文刊发于《书法导报》2016年9月28日第19版）

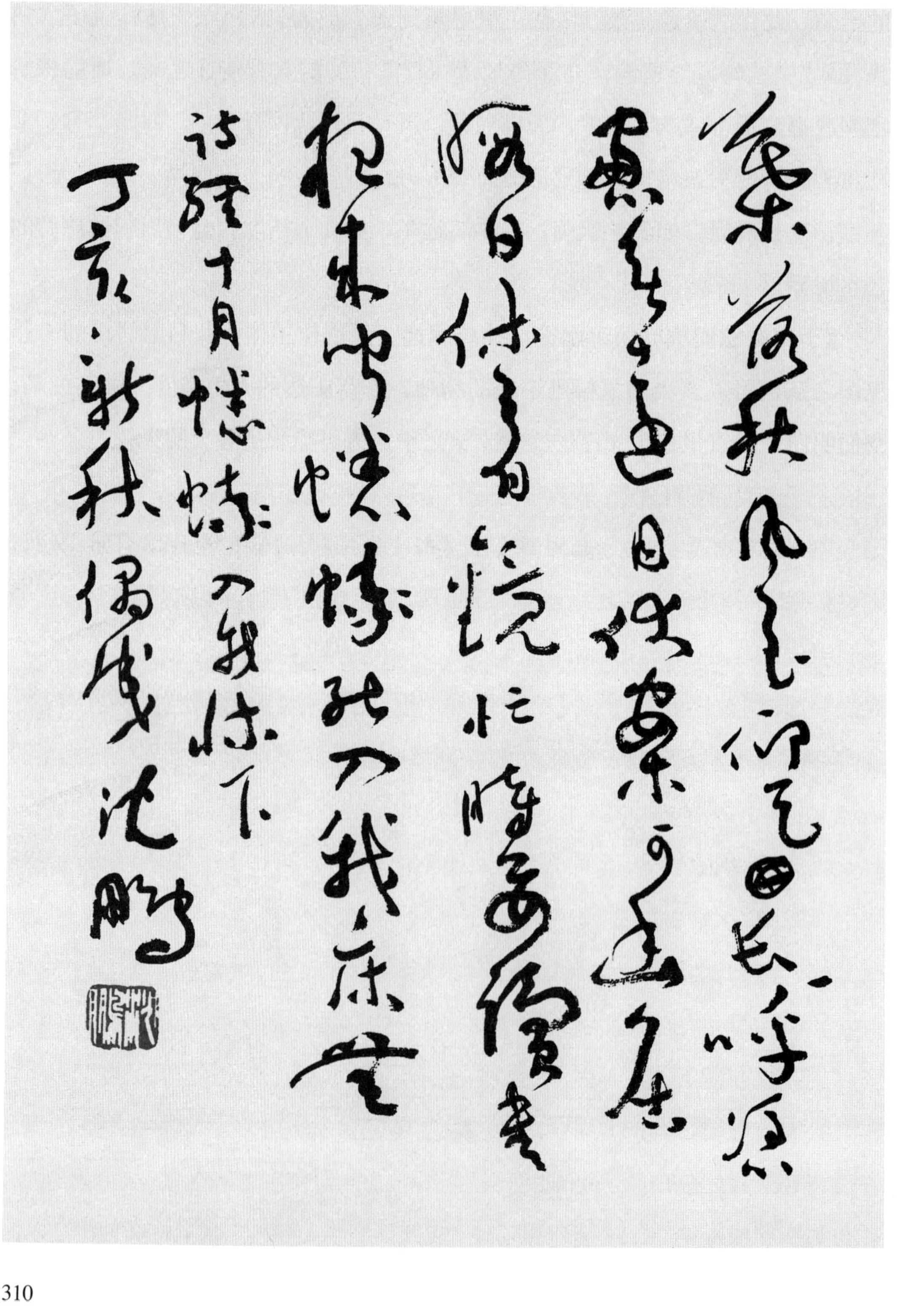
丁亥新秋偶成 沈鹏

烟埃化瑰玮　苦涩酿醇醪

——沈鹏自书诗《七律·溽暑》行草中堂赏析

七律·溽暑

溽暑阴霾六月天，甘霖点滴有无间。

小吞进口安眠药，不觉通宵淫雨篇。

帘静愧疏窗外客，心清暂享枕中仙。

邻翁谁与相呼饮？钻刺装修未肯闲。

西方有句名言：“艺术是苦涩的。”的确如此。这个苦涩有两方面的内涵，一方面指创作艰辛，一艺之成，当付毕生心血。贾岛诗云：“二句三年得，一吟双泪流。”不苦涩吗？王羲之、释怀素学书，墨池笔冢，兀兀穷年，不苦涩吗？另一方面指意境苍凉，苍凉是艺术的高境。《离骚》中描写诗人赴天国求美女，一次次求索，一次次失败，这个美女当然是明君的象征，而美人迟暮，报国无门，不苦涩吗？韩愈论张旭草书之境：“喜怒窘穷，忧悲愉佚，怨恨思慕，酣醉，无聊，不平，有动于心，必于草书焉发之。”（《送高闲上人序》）不苦涩吗？画境更不用说，中外写实主义的画风，意境往往沉郁苍凉，当代著名画家林凡，身世偃蹇，画作往往把读者带入凄清高华的艺术境界之中，够苦涩了。艺术的苦涩大多来自人生之坎坷，世味之辛酸。杜牧诗云：“尘世难逢开口笑，菊花须插满头归。”用坦然之心态、坚毅之意志对待生活，诗化生活，粪壤生佳菌，烦恼即醍醐，有这种转化能力的人，方是真正的智者，方是真正的艺术家，方是真正的灵魂工程师，沈鹏先生正是如此。《七律·溽暑》就是一首将人生的苦涩酿成美酒的小诗。

《七律·溽暑》书品见于《三馀笺韵》。书品释文附“作者言”：“余居室楼下，房主装修长达一年之久。整日电锯刺声不断，且将复式楼梯一次性打倒，如大地震然。杜甫诗：‘肯与邻翁相对饮，隔篱呼取尽余杯’，此等人情味荡然无存矣。”这段文字交代了此诗写作的背景。其实世人对沈老知之甚少，先生一辈子没过上几天顺畅的日子。可用林凡的两句诗来描写其境况：“三月洛阳无好雨，先生一世少春天。”沈老的不幸，最大的痛苦是疾病的折磨，又在风雨如晦的岁月中饱受煎熬。人生最大的敌人是自己，沈老幼年时得麻疹百日咳，未得到有效治疗，形成痼疾，长期病魔缠身，读中学时连稍微剧烈的体育运动也不能参加，1958 年下放到高邮劳动，差点出意外，二十来岁就有咯血症，靠吃安眠药维持睡眠，一吃就是六十年，在这样的环境中昂然奋起，成就卓越，何其艰难。先生献身于艺术，超然独处，奇迹般地达到了较好的养生效果。此诗写作时，诗人八十有一，多病之躯，繁杂之事，纷扰之苦，烦不胜烦，躲不堪躲，刺耳噪音，更似有夺命之虞。这首小诗所描写的人生的无奈，生活的苦涩，是未曾亲历的人所感受不到的，这从一个侧面反映了世风日下的现状。

诗作起笔点题：“溽暑阴霾六月天，甘霖点滴有无间。”总写夏日炎热，心之烦闷。“溽暑”是指盛夏湿热的气候。《礼记·月令·季夏之月》：“土润溽暑，大雨时行。”诗作以“溽暑”为题，不单写夏日难熬，而是暗示这一年多生活在水深火热之中，并且无处可逃。“阴霾”，本指空气中因悬浮着大量的烟尘等微粒而形成的混浊现象，此处暗喻环境之喧嚣，这里的六月应为阳历七月。甘霖，及时雨。方回《次韵金汉臣喜雨》：“甘霖三尺透，病体十分轻。”首联写环境炎热，空气潮湿，很少下雨，这样的气候对年登耄耋的老者来说，很难适应，而于体弱老者而言，更难煎熬了。白天欲卧难卧，欲宁不宁，只能默默地承受。夜晚靠服食药物而维持睡眠，此联的言外之意是诗人最需要安宁的环境。“小吞进口安眠药，不觉通宵淫雨篇”，颔联写服用药物以求睡眠。失眠极度痛苦，而诗人写得很轻松，用幽默来调侃自己。幽默往往是拿灰暗的人生开玩笑，骨子里还是难以言说的沉痛，靠吃安眠药维持睡觉，实为万不得已，内心是痛苦的。此联为流水对，暗示事情的因果联系，也反衬白天的纷扰难宁，唯有夜晚方有片刻清静。笔者失眠达四十年之久，晚上未能休息，白天精神不振，头顶往往有灼热感，安眠药吃也不行，不吃更不行。诗人用“小吞”二字描写服药，幽默中寓有无限感伤，这种痛苦，是常人无法想象到的。

颈联“帘静愧疏窗外客，心清暂享枕中仙”，写深居简出，以静其心。诗人渴望安宁，白天静帘疏客，晚上服用药物入眠，为了清静费尽心思，但清静了吗？没有，不仅没有得到，反而刺耳噪音如锥刺心。疏远故人，不得而已。诗句化用杜甫《客至》的诗意而来：“花径未曾缘客扫，蓬门今始为君开。”杜甫晚年贫病交加，闭门谢客，诗人也是年迈多病，深居简出，情形有些类似。诗人真的想疏远朋友们吗？非也，其实诗人的朋友遍天下，先生古道热肠、笃于友谊，因为身体违和不得不疏远客人。有一次故乡的朋友送了他一些螃蟹，诗人感激不已，写诗致谢：“常记儿时戏浴湖，席间鱼蟹不须沽。只今遥念长江水，数问终宜寄宿无？”（《致乡友之二》）他感激友人，还惦念着故乡的环境保护。而今因身体的缘故，虽疏远了朋友，但还有意想不到的烦心事儿出现，那就是刺耳的噪音。尾联“邻翁谁与相呼饮？钻刺装修未肯闲”写世风日下，人情荡然。我们常说远亲不如近邻，近邻堪为最好的亲戚和朋友，而现在没有这样的邻里关系了。不仅仅是“邻国相望，鸡犬之声相闻，至老死不相往来”，甚至还出现以邻为壑的现象。尾联还是化用杜甫的诗句而来：“肯与邻翁相对饮，隔篱呼取尽余杯。”有杯酒还邀邻居来喝，说明古人邻里的关爱之情多深，现在不同了，世风日下了，我干我的，与你无关，世情之冷漠，可想而知。

孔子说“诗可以怨”，这个“怨”字意蕴丰富，大多表达感伤之意绪，诗意的感伤往往容易扣动读者的心弦，沈老的诗歌创作，意境圆融，风格多样，部分作品表达了难以言说的忧患与感伤。诗作以《溽暑》为题，描写都市生活的一个场景，通过一件小事来反映世风日下、人情荡然之情形，的确是感伤的、深刻的。中华是礼仪之邦，是极富爱心的民族，有爱才有温暖，有爱才有诗意，这种只顾自我，不顾他人，甚至以邻为壑的行为说明了什么呢？说明道德风气的严重滑坡。上正下不歪，政治清明而风俗纯朴，而今罔顾他人利益的事比比皆是，民族的优良传统荡然无存，是道德滑坡所导致的。诗人无法改变现状，只能承受，在痛苦无奈之余，只能用幽默来和自己的命运开玩笑，倾吐人生之苦水，这体现了诗人的胸襟与修养。沈老是极富爱心的人，总为他人着想，噪音如此刺耳，而对从事装修工作的劳动者表示理解，因为他们为了谋生才不得不如此。试读题材相近的另一首：“一锤响彻百锤敲，天降斯人地动摇。欲探本源何处出，难分上下枉心焦。电钻施展紧箍咒，斗室重围画地牢。修缮民工多就业，住房易主赶新潮。”（《楼内装修》）从此诗中，也可以读出诗人的痛苦、诗人的善良。《溽暑》一诗采用衬托的手法，前三联写气候的湿热，诗人的多病，对清宁的向往，与尾联的钻刺噪音构成对比，写出当时的苦况无加。对比、用典也结合紧密，引用杜甫诗句构成古今对比，说明古代的邻里关系多好，而今的邻里多疏远。诗人善用幽默来排遣内心的苦痛，把无穷的痛苦通过幽默来淡化，既体现诗人的胸怀，更体现诗人的智慧。

《七律·溽暑》一诗的意境为苦涩悲凉，而物化为书境却是清雅萧散。诗书之境的和谐为沈老艺术创作最为重要的美感特征，这种和谐并非单指诗书意境的同一，沈老的不少作品诗书之境或忻合、或相衬、或相对，体现书法的抒情与思想载体既有多元的联系，又有相对的独立性。沈老诗云：“真情所寄斯为美，疑是穷途又一村。”书法的真情是什么？大致是通过线条墨法所营构的书法意象将思想载体以及特定时空中的主观情感表达出来的一种情绪体验。《七律·溽暑》表达的是苦涩悲凉、风趣幽默等复杂的情感，而书艺形成清雅萧散之境，仿佛暗示诗人从痛苦的情绪中走了出来，达到了一种解脱。书品以二王的《初月帖》《行穰帖》和献之的《中秋帖》为基，融入赵松雪的灵秀、董其昌的淡雅，化古为我，独抒性灵，通篇行气流畅，真情洋溢，笔致苍劲清穆，结体端秀萧散，点画起转妙合，承续默契，整体气势若山泉出谷，奔腾跳荡，不可遏止，完全没有造作的痕迹。布白造势，忽大忽小，或宽或窄，或松或紧，形成疏荡空灵之韵致。抒情意象仿佛在夏日傍晚时分，狂飙渐息，骤雨初歇，炎热、烦闷一扫而空，清风吹来，觉得格外凉爽，仰望天际，翻滚的黑云已经消失，时见吉祥的云朵在倏忽变化：为白马，为青牛，为豪士，为山僧，为黠孩，为好女，彩虹如带，柔静多姿。

沈老书境的诗化，与其抒情化、个性化的语言是分不开的。突破思维定势，开拓艺术新境，至为艰难。沈老的创作，诗书合一，象为情生，风格的独特性与多样性达到了有机的结合。沈老的行草，线条多从大篆金文和汉魏碑版中来，高古浑穆，苍劲英迈，而此作更多的是帖系的清雄灵秀，融进了较多的楷意。提笔婉而通，顿笔精而密，圆笔萧散超逸，方笔凝整沉着，方圆并用，不方不圆，亦方亦圆，或体方而用圆，或用方而体圆，侧之必收，勒之必涩，啄之必峻，努之必战。苍秀俊爽，风神洒落，时或以断为主，形断意连，时或笔势连绵，如飞瀑流泉，每于换笔处，煞锋翻毫，爽快利索，可以想见书家挥运之时心手双畅之神采。线条带有浓厚的抒情意味，从“静”“怜”等字的抒情长线中，感受到了书家在长期的精神苦痛之后终于释怀的意绪。结字以奇为正，正中见奇，大小参差，前呼后应，气贯意连，极富变化之妙，骨力寓于姿媚之中，自然中又蕴涵匠心。书家善用大草笔意作行草，意象规整而气势飞动，强化了行草的写意化、抒情化。此作于闪动腾挪之后归于平和，归于灵秀，字字英气逼人而不见躁动的火气。用墨浓淡适宜，从虚灵的飞白笔意中可以读出书家超逸的情怀。

烟埃化瑰玮，苦涩酿醇醪，可用这两句诗来概括《溽暑》的美感特征。这是一幅见个性、见才情、更见胸次的艺术佳构。我们在惊叹艺术家的丰美才情时，更为其坚韧的意志、超凡的智慧而心折不已。

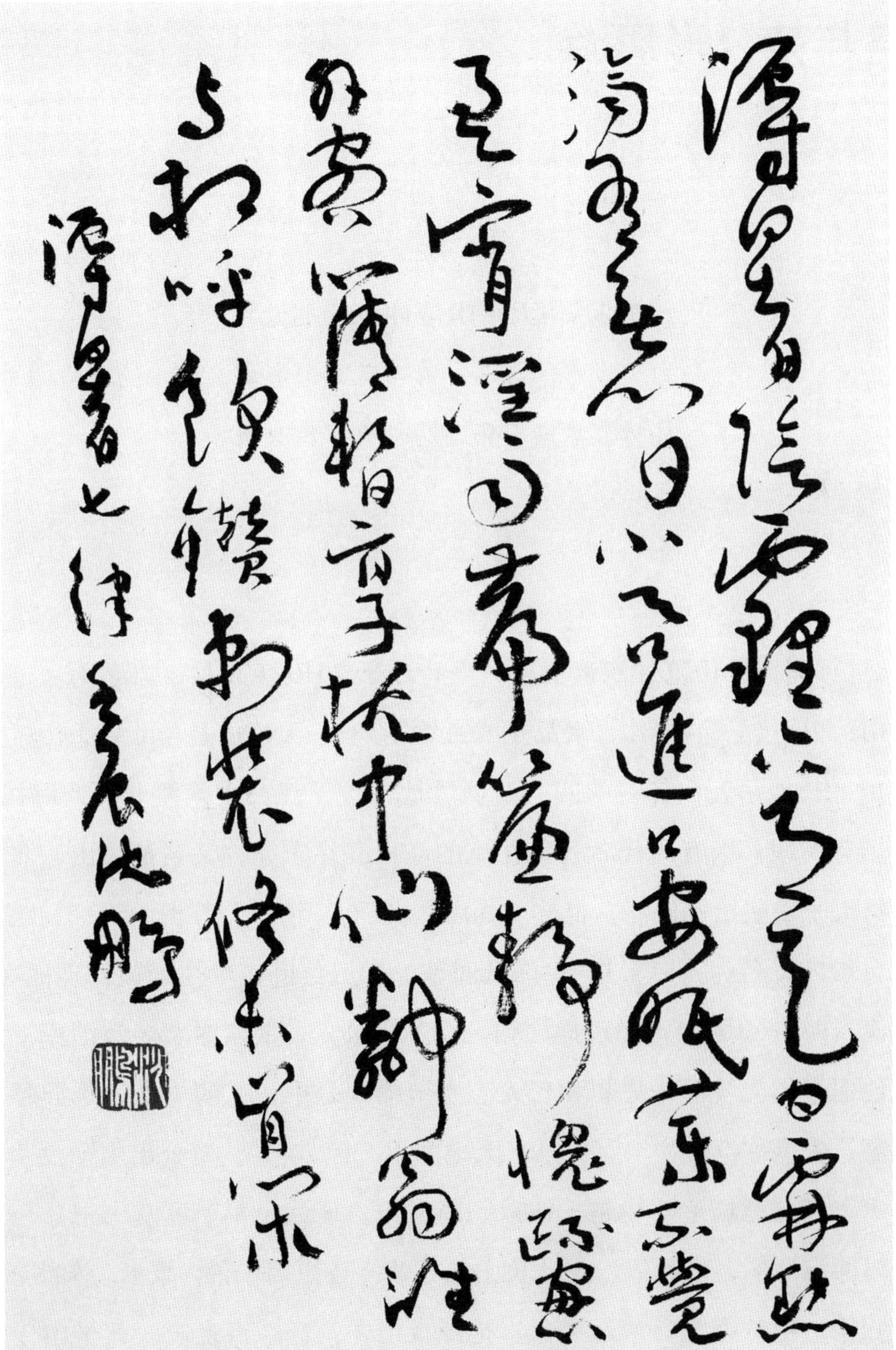

身与范公形影游

——沈鹏自书诗《过苏州天平山范仲淹读书处》行草中堂赏析

过苏州天平山范仲淹读书处

白云泉水问源头，身与范公形影游。

体味饔飧断齑粥，从知天下乐和忧。

《过苏州天平山范仲淹读书处》一诗作于2010年4月，原题为《过苏州天平山》，见《三馀再吟》，书品见《三馀笺韵》。天平山是与北京香山、南京栖霞山、长沙岳麓山齐名的四大赏枫胜地，位于江苏木渎西北面，海拔221米，山势高峻，因有一代名人范仲淹的高祖葬在东麓，又名范坟山，北宋皇帝曾将天平山赐给范仲淹，也称“赐山”。怪石、清泉、红枫为天平三绝，清泉出自岩穴，名为“白云泉”。深秋时节，碧云红叶，灿烂如霞，瑰丽夺目。范仲淹（989～1052），和包拯同朝，江苏吴县人，北宋时著名政治家、文学家，他倡导的先忧后乐思想和仁人志士节操，是中华文明史上闪烁异彩之精神财富，朱熹称范公为“有史以来天地间第一流人物”。范公出生于没落的官宦之家，其父范墉追随吴越王钱俶归降大宋，任武宁军节度掌书记，卒于任所，时仲淹两岁，母无依，改适长山朱文翰，遂更名朱说。既长，知其身世，辞母归宗，数载寒窗，博通经史，抱经世之才，怀兼济之志。天平山传为范仲淹苦读之处。沈老寻踪赋诗，表达了对范仲淹苦读精神之赞美与对其先忧后乐思想的景仰之情。

“白云泉水问源头”，起笔点题，写天平山景点白云泉。山无水则少灵性，水无山则少壮观，诗人觅泉水之源，实觅思想之源。一个“问”字，写其心仪已久，特意探访。天平山麓，于苍松翠柏之中，满山满谷多为嶙峋怪石，巍然耸立，犹如古代大臣上朝用的记事板——笏，故称此景为“万笏朝天”，常有清泉流淌于怪石之间。清泉之名自有来历，据说白居易于宝历元年（825 ~ 826）任苏州刺史，登天平山，见山泉清澈，筑坝为池，池水与白云相映，题名“白云泉”，并赋《白云泉》诗：“天平山上白云泉，云本无心水自闲。何必奔冲山下去，更添波浪向人间”。诗人写泉，实写山之灵性，写环境之静谧。承句“身与范公形影游”，睹物怀人，追思范公。范公在如此艰难的环境中苦读成才，志在兼济，千百年来，世人景仰。范公出身清寒，志向高远，少年时的苦读磨炼了他的坚强意志。此处僻远，与世隔绝，生活之清苦可想而知，而范公能茹苦若饴，修成正果，纵观古今中外的伟大人物，往往不唯有绝类离伦之才，更赖坚韧不拔之志。范公离我们已近千载，但诗人还仿佛看到了范公的身影，异代知音，心灵相通，对范公之刻苦精神、鸿鹄之志高度赞誉。

转句“体味饔飧断齑粥”，具体描写范公读书生活之苦，突出成才之艰难。诗作由叙而议，拓展诗境。范公在此苦读，既是知识的探索，更为意志之磨砺。“饔飧”，饔指早餐，飧指晚餐，语见《孟子·滕文公上》：“贤者与民并耕而食，饔飧而治”。齑粥，是指糅和了姜、蒜或韭菜等末的粥。范仲淹家寒，求学时日煮粥一釜，经夜遂凝，以刀划为四块，早晚取其二，断齑数茎而啖之。留守有子同学，归告其父，馈以佳肴，仲淹置之，既而悉败矣。同学讶曰：“大人闻汝清苦，遗以食物，何为不食？”仲淹云：“非不感厚意，盖食粥安已久，今遽亨盛馔，日后岂能复啖此粥乎？”范公拒佳肴而食齑粥，甘清苦而远奢逸，他的苦读，不仅使其学到了知识，更培养了坚毅不拔之意志。尾句“从知天下乐和忧”为合。“从知”，由此而知，承接起句“问”字之意脉，理清事理的因果联系，可见其坚毅之节、鸿鹄之志与数载寒窗的磨砺是分不开的。范仲淹在《岳阳楼记》中的名句“先天下之忧而忧，后天下之乐而乐”，深深激励士人昂然奋起，这种境界源于儒家“穷则独善其身，达则兼济天下”之思想，又源于他苦读生活的磨砺。人生的经历比从书本中求知更为重要，亲历世路之艰难，品味生活之酸楚，方容易产生恻隐之心、慈悲之怀，方会居安思危，戒奢以俭。这个读书处，当时偏僻而荒凉，正好成为范公砺志之砥石，为其辉煌的人生奠定了基础。

《过苏州天平山范仲淹读书处》，这首小诗从题材而言，为咏怀古迹，沈老的这类诗作，受杜甫、刘长卿、杜牧等诗的影响甚深，借古喻今，寄托无端，以平实的语言，典型的意象拓展出广阔的联想空间。诗人探访白云泉，实写读书处之高峻，环境之僻远，虚写范公坚韧之毅力，高远之志向，想象中与范公结伴漫游，表达对前哲高山安仰、清芬难揖之情感，同时也暗示了苦难是人生财富的道理。一个民族需要精神脊梁，范仲淹的奋斗精神，高远志向，千载之下仍熠熠生辉。缅怀范公，实际上是对千千万万民族脊梁的追思，我们的民族需要培养造就更多这样的英杰人物。以小诗写重大题材，寄意幽远，举重若轻，通过典型的景物、典型的细节遣意抒怀，情感丰富而又高度浓缩，读来的确有咫尺千里之感，不能不叹服诗人广阔的胸襟，渊深的学识。

《过苏州天平山范仲淹读书处》，诗境为朴素清雅，而物化为书品则为浓郁激越。书境诗化，百变不穷，是沈老书艺最为突出之美感特征。诗以暗示性的意象来抒写情灵，而书法通过有意味的形式来强化、物化纯真的情感，两者有相通之处。英国美学家贝尔在《艺术》一书中提出“有意味的形式”这一观念，沈老多次以此论书。书法的意味，大致是指活生生的流动的富有生命暗示和表现力量的美，沈老的创作就体现了这种意味。书体为行草，主体意象四行28字，映衬意象两行12字，二者的结体、大小没有多少变化，而抒情色彩浓郁激越。此作以大草笔意写行草，重接飞提，率意驰骋。书品语汇有异于其他行草作品，整体圆览，纵恣激越，萧散流丽，茂密中见空灵，拙朴中见飞动。援笔以浓墨重笔入纸，字多独立，形断意连，淋漓酣畅，意象飞动。品此书作，仿佛在春雨之中登上高峻的天平山，云遮雾绕，浑茫一片，白云泉顿成飞瀑，顺流直下，冲激危崖石壁，激起千万朵浪花，诗人的情感正如这些浪花飞溅。书品构图从绘画的经营位置中获得灵感，大量的留白使全幅灵气畅流，仿佛倾刻间瑞霭纷纭，白云缭绕，构成整个书境的氤氲气象，那伟岸的范公形象幻现在诗人面前，异代知己，相视而笑，谈天论地，雄辩滔滔，诗境内敛的情愫，顷刻之间化作浪花四溅的情感激流。

沈老书境百变不穷，仪态万方，与其丰富的语言、精湛的技法是密切相关的。书法是尚技的艺术，运斤成风的技法是书境诗化的前提。沈老精湛的功力与渊深的诗学修养为其艺术创作提供了最佳的条件，沈老不仅仅是功力深厚、才情丰美的艺术家，而且是极富理性思维的艺术家，他将形象与抽象两种思维打通为一，并行不悖。从技法方面来考察，此作抒情的本体线条不乏大篆笔意的古雅，而更多地引入了碑意的雄强，取二王妍逸之神韵，融入张旭的壮硕、米芾的诡谲、文征明的苍润，恣情任性，翰逸神飞。字字雄肆纵横而又尽态极妍，犹如银河溅天，湖珠泻地，天然织锦，妙趣横生。线条参以篆隶笔法，笔致苍浑朴茂，气势豪迈之中愈见潇洒纵横，更觉变化之神奇，神韵充沛，奇趣宛然。品读这浑厚端庄、五彩俱施的艺术杰作，可以领略到书家汪洋恣肆的才情，独铸英辞的灵性。结字率意纵恣，生机勃勃，呈现出流美婉转多种多样的姿态。此作以浓墨书之，字字以正面取势，大小参差，出奇制胜，流露出了强烈的个性，以纵恣豪荡的书风来抒发对前哲的景仰之情和向往自由的情感。

“身与范公形影游”，用诗中原句来状写沈老此作的诗书意境，应该是恰当的。此诗是范仲淹苦学精神和高尚人格的深情颂歌，同时又是一篇激情澎湃的多彩画卷，无形画与有形诗浑化为一，读来对这位民族脊梁的景仰之情油然而生，激励人们在前进的道路上不畏艰难而奋然前行。

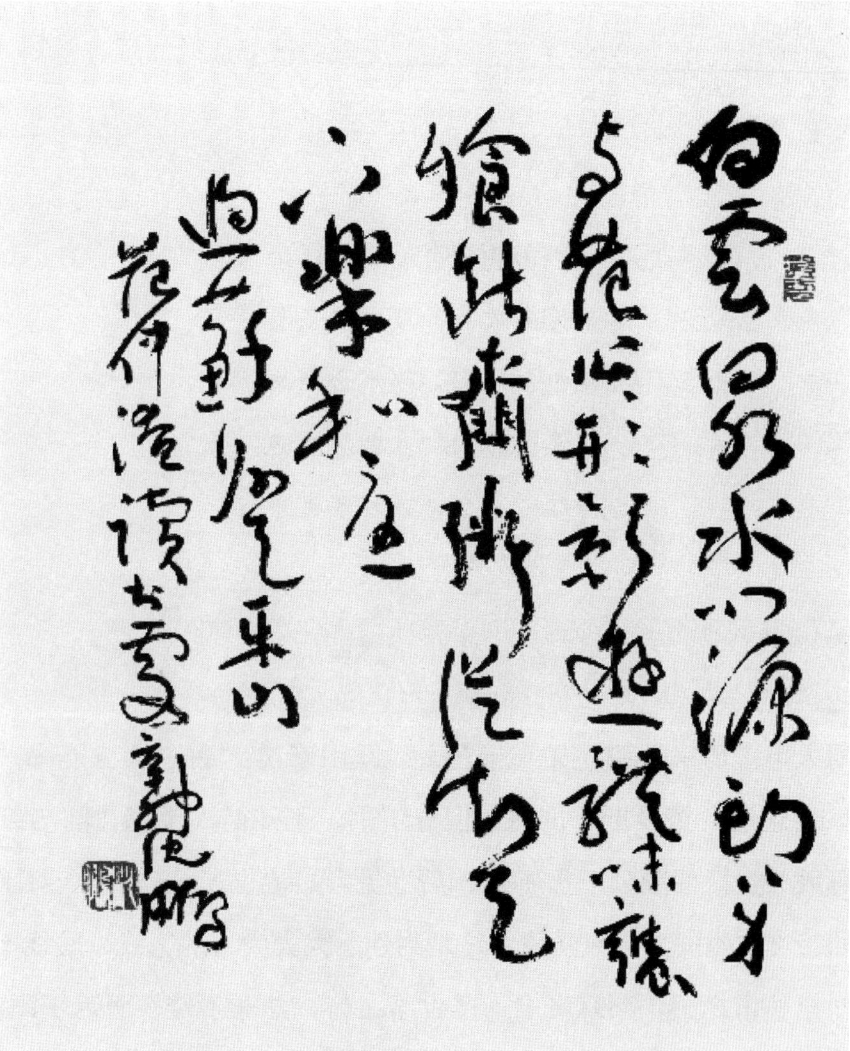

幽默诙谐　冷隽秀颖

——沈鹏自书诗《读和珅诗觉人性之复杂》行草中堂赏析

读和珅诗觉人性之复杂

雅说生民苦，颂歌皇圣恩。

诗才借伶俐，权术合斯文。

学佛慈悲相，入朝魑魅魂。

一编劳百态，万变不离根。

中国人审美历来强调人品高于艺品。欧阳修说："古之人皆能书，独其人之贤者，传遂远。然后世不推此，但务于书，不知前人工书，随与纸墨泯弃者，不可胜数也。使颜公书虽不佳，后世见者必宝也。"这种观点对不对？当然是对的。忠君爱国，清廉爱民，这是封建士大夫为人的底线，底线不保，遑论其他？李林甫之画，蔡京之书，严世蕃之诗，并非不佳，而近乎湮没无闻，这是必然的。艺术是精神的食粮，先恶其人，便失去了审美的心理基础，创作主体的德艺双馨，为审美者创造了良好的心理氛围。当然，艺术审美有独立性和复杂性，这个复杂性首先来自审美客体。历史上人格有负面评价的艺术家，并非从娘肚子里生下来就是坏人，在某一时段可能良知未泯，有较深的艺术造诣，对其艺术创作还应给予客观评价，至少可作反面教材使用，但不能渲染拔高，因为他们大节已亏，作为余事的艺术本已失去光泽，这是他们自己应负的责任。沈鹏先生论艺还是坚持人品高于艺品的观点，强调艺术家应该德艺双馨，以德养艺，同时也客观地看待古人，不搞因人废言，这个观点是正确的。《读和珅诗觉人性之复杂》一诗，对历史上的这位大贪官词多贬斥，指出其最大的性格特点是虚伪，认为和珅的诗虽不乏才情，不乏可读之处，而更多的是一种伪装，是一层画皮。

和珅（1750～1799），清朝中期权臣、商人。和珅初为官时，精明强干，为官清廉，通过李侍尧案巩固了自己的地位。乾隆对其宠信有加，将其幼女十公主嫁给和珅长子丰绅殷德，于是和珅成为皇亲国戚，又被封为一等忠襄公和文华殿大学士，曾任内阁首席大学士、领班军机大臣、吏部尚书等数十个重要职务，权力日大，私欲日炽，结党营私，聚敛钱财，谗毁良善，打击政敌。嘉庆四年（1799），嘉庆皇帝下旨将和珅革职下狱，所敛财富约值八亿两至十一亿两白银，拥有黄金、白银加上古玩珍宝，超过清朝政府十五年财政收入之总和，嘉庆赐其自尽。和珅亦喜书法，能吟咏。和珅的诗作，笔者尚未见有专集出版，沈老所读和珅诗集，由哪家出版社出版，尚不清楚。

《读和珅诗觉人性之复杂》为五言律诗，创作于2010年5月，诗品初见于《三馀再吟》，书品见《三馀笺韵》。诗作首联写出了和珅人格的矛盾性："雅说生民苦，颂歌皇圣恩。"和珅并非完全没有良知，但骨子里有谄媚的性格。"雅"者，常也。和珅也知道生民之艰难，也曾经做过清官，但他没有克制自己的私欲，千方百计谄媚乾隆，人性本恶的一面得以充分显露，巧言善媚，不敢匡君之过。颈联"诗才借伶俐，权术合斯文"，言和珅以小智歪才取信人主，才华成了迷惑皇帝的有力手段。和珅有没有才？当然是有的，乾隆并非弱智，和珅若无一定才情智慧，是不可能取信于乾隆的。中国历史上的奸臣，哪一个没有才情？他们哪一个没有一段光彩的历史？而不守为人臣子的底线，必然成为历史垃圾。"伶俐"，聪明，机灵。曾觌《海野词·鹊桥仙》："温柔伶俐总天然，没半掏、教人看破。”此处用于贬义，指出和珅的确有才，但非正才、大才，而是歪才、小才。“斯文”，本指儒者或文士。杜甫《壮游》：“斯文崔魏徒，以我似班扬。”这里的“斯文”应指和珅的小智歪才，他的这种才智没有用在正道，而成为取信皇帝的手段，成为骗术，这种才越多危害越大。诗作道出了和珅的性格特点：以才惑主，以智弄权。同时也告诉读者：有明主才有忠臣。

“学佛慈悲相，入朝魑魅魂”，颈联进一步写和珅性格的特点：虚伪。一旦虚伪可以无恶不作。佛教最本质的思想内涵是净化自我，慈悲为怀。慈悲之心是可贵的，人们常说：天有好生之德，地有化育之灵，佛有慈悲之怀，人有向善之心。一心向善才会少做或不做坏事，才会改过，才会体恤他人。但学佛也有“平日不烧香，到时抱佛脚”这种学法，这肯定是假学，为恶者自知罪孽深重，精神压力大，想通过学佛洗掉罪孽，减轻压力，这并非真正的从善。和珅就是这样的人，表面向佛，内心从恶，在官场照样贪赃枉法，陷害忠良。“魑魅”，山神，怪物，《左传·文公十八年》有“投诸四裔，以御魑魅”，此处指害人精。尾联：“一编劳百态，万变不离根。”这个“根”是什么？是虚伪贪婪的本性。尾联照应诗题，深刻指出和珅的诗虽然讲了一些冠冕堂皇的话，不乏真话、好话、漂亮话，仿佛良知未泯，但是他仍然改变不了骨子里虚伪贪婪的本性。他的诗歌不乏美感，而诗歌中的美丽文辞实为画皮，撕裂开来毕现魑魅之原形。沈老读了和珅之诗，感触良多：从人品而言，他无疑为巨奸，历史上罕见的大贪官；从诗作而言，其思想、才情似有可观之处，但实际上是一张画皮。和珅由清官变为贪官，由良吏变为权奸，主要因其虚伪贪婪的本性所致，但也不排除外在因素有一定的影响。假如监管得力，假如乾隆晚年不昏庸腐朽，和珅会变得如此坏吗？可能不会。

沈老的这首五律，指出对和珅不要为其所谓的真情文采所迷惑，应透过现象看本质。诗人历来提倡真善美，反对假丑恶，这对艺术家有警示意义。古人讲立德、立功、立言，立德是第一位的。和珅的诗到底写得怎样，笔者读得甚少，不敢妄评。我们试读其《绝命诗》来管中窥豹："夜色明如许，嗟予困不伸。百年原是梦，卅载枉劳神。室暗难挨暮，墙高不见春。星辰环冷月，缧绁泣孤臣。对景伤前事，怀才误此身。余生料无几，空负九重仁。"人们常说，鸟之将死，其鸣也哀；人之将死，其言也善。和珅将死，其词善不善？笔者认为其态可怜，其言未善。此诗是一首比较工稳的五排，描写了和珅绝命时的苦况和悔恨，情感较真挚，语言较流畅，意境较凄清，但没有真正认识到自我悲剧造成的根本原因，那就是虚伪与贪婪的本性，他好像还在责怪父母不该把他生得那么聪明，一生为才所误，这是错误的。如果单纯为才所误，与他同朝的刘墉难道没才？他就不贪，不做坏事。这说明和珅并无深刻反省之意，至死不悟。因此，沈老说他"万变不离根"，这个判断是正确的。对于和珅的诗，沈老基本持否定态度，对其才情，没作过多的贬斥，这一点是客观的。2016年6月6日下午，笔者拜访沈老，一起在京郊的小店就餐，无意中谈到康生的书法，沈老说："康生人品不好，但书法还是有功底的，他的章草写得不错"。求真，这是沈老为人为艺的最重要的性格特征。《读和珅诗觉人性之复杂》一诗，四联全用对仗，工稳典雅，语言犀利幽默，言理层层深入，是难得一见的五律佳品。

《读和珅诗觉人性之复杂》是一首典型的讽刺诗，诗作幽默犀利的风格特征很鲜明，而物化为书境则为冷隽秀颖。沈老写过多首反贪诗，风格大体相近。艺术的本质在于抒情。刘勰说："诗者，持也，持人情性。"诗歌的抒情通过联想意象的暗示，书法的抒情通过线条神采来表达，更直观，更强烈。张怀瓘说："或寄以骋纵横之志，或托以散郁结之怀，虽至贵不能掩其高，虽妙算不能量其力。"此作以行为主，时带草意，观其全篇，书品意象充满了对人间魑魅的激愤之情，仿佛有"横扫一切害人虫，全无敌"的气势。诗题直接与主体意象融合为一体，以浓墨重笔入纸，线条圆浑而挺劲，仿佛有满腔的激愤要尽情宣泄，笔力暗含，势不可遏。结字时重时轻，时大时小，时断时续，时藏时露，那沉实的中锋线条如长鞭，如绳索，如锁链，如利剑，掷向和珅那样的贪腐之徒，大有巨奸不除、民心不畅之意。整体意象有如猛烈的秋风扫荡一片寒林，但见风力所到，朽木尽倒，枯枝尽折，焦黄的败叶纷纷坠落。又如一股激流冲出山涧，那些枯枝败草，泥土沙砾，被激流冲刷得干干净净，仿佛看到书家有一种“玉宇澄清万里埃”的喜悦之情。透过书品意象，我们仿佛还看到一代权奸和珅披枷带锁、霜毛凌乱的丑态。书品纵恣而不怒张，清雄而不粗砺，体现出一种特有的理性之美。

纵观书品全篇，多清刚之气而无妍媚之姿，这与独特的技法是分不开的。沈老历来强调技法的重要性，书法艺术达到抒情自由的高境，与运斤成风的技法是分不开的。书家的技法与遣意抒情妙合无痕，诗中多蕴激愤之意绪，而通过物化、强化、雅化的书法语言予以准确表达。书品多用纤劲瘦硬的中锋，几乎看不到表达妍逸情感的侧锋，气势极为凌厉，那种力感仿佛如百钧弩发，高山滚石。线条雄强的力感、疏荡的气息多从碑版中来，依稀看到《乙瑛》《曹全》的影子，看到《开通褒斜道》《石门颂》的余绪，结体以鲁公的雄杰为主，化入黄鲁直的劲挺、傅山的纵恣，情随意迁，独铸新辞。沈老最为心折傅山，他的行草深得傅山的耿介忠烈之气，而此作的思想载体正好借用傅山的笔意来遣意抒情，体现出激水冲石、秋风扫叶的气势。用墨别具匠心，以枯劲之笔为主，显示出特有的力感气势。

诗如其人，书如其人，艺术的高境是高度的个性化、情景化。沈老此作就充分体现了鲜明的个性，从此作中可以读出艺术家的良知，那种疾恶如仇的品格。

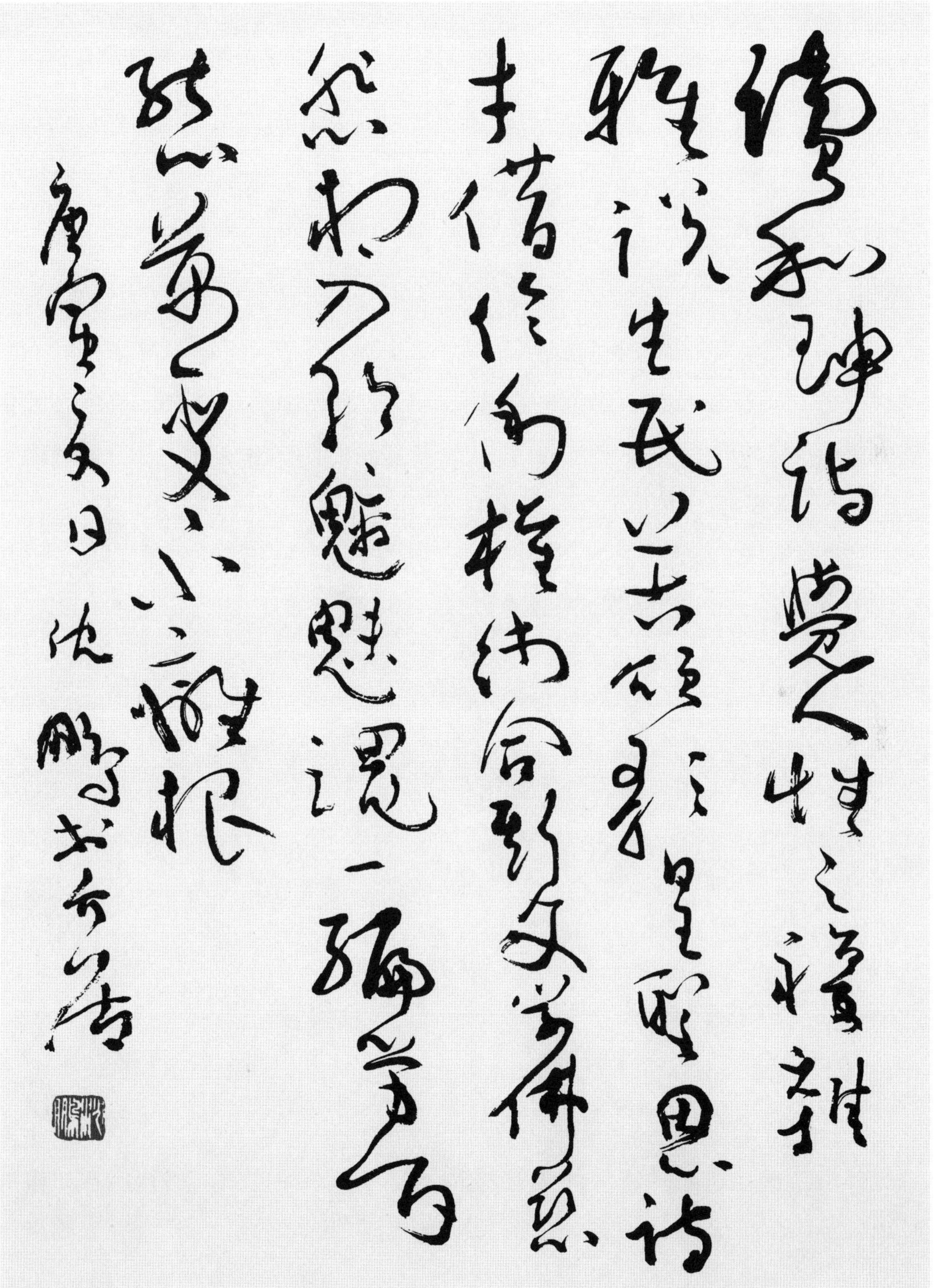

大草研究

月出东斗　好风相从

——沈鹏大草艺术略评

草书是天才的艺术，敢于选择大草者必有纵横天下、裂破古今的逸气雄才，吞吐大荒、捭阖风云的胸襟气度，否则不能在此王国掇拾一片木叶，采撷一朵娇容。华夏艺术的写意精神无疑以大草为冠冕。纵观中国的历史时空，大政治家、大思想家、大文学家、大画家可以列出一串串名字，而草书大家只不过张芝、张旭、怀素、黄庭坚、王铎数人而已。至清，帖学大坏，碑学大播，大草几为广陵散，直至民国中后期和新中国成立以后方出现于右任、毛泽东、林散之三位草书大家。当代涉草者甚众，而依书史高度观之，可比肩前哲者几稀。大草作为书艺皇冠之上的明珠，成功摘取何其艰难。而沈鹏先生为举世公认的书法大家，整体推进，诸体精妙，以险绝厚涩、雄秀高华之大草鹰扬天下，沈氏大草为壮美的时代风光增添了一道亮丽的人文风景线。

沈老的艺术创作，在中国书史上应有里程碑之意义。每有所作，将艺术家富于情感的心灵与思想家富于理性的思维密切结合，强烈的个性追求与历史传统、文化思潮接轨，打通古与今、碑与帖之悬隔，以一画通万画，古不违时，今不同弊，形成万怪惶惑、美不胜收的艺术意境，读来震人心魄，摇人心旌。关于沈老的艺术创作，当代名流方家多有言中肯綮之评价。赵朴初说：“大作不让明贤，至所欣佩。”启功说：“所作行草，无一旧时窠臼，艺贵创新，先生得之。”张海说：“他的书法同他的诗歌一样，充满了浓郁的诗情与画意，是从诗的高度把书法进行了提升，诗意是他书法的精魂。真情萦荡，诗意澎湃，情之所至，意妙神闲。书法与诗歌，是沈鹏先生给予我们这个时代最为珍贵的精神财富。”周俊杰慨言：“沈鹏草书吸收张旭的气势，怀素的狂放，黄庭坚的奇崛，林散之的苍涩，却又悄悄糅进了晋人的秀韵。”施明善认为：“诗书合璧，融赤子之心于使转运行之线条，寓诗意于书魂，从而呈现出或墨色滋润、或干练生气、或狂傲不羁、或内敛守望等万千气象，彰显出飘逸的神采和深邃的意境。”诸位先生对沈老艺术创作的卓越成就和普遍性特征作了恰当的评价。

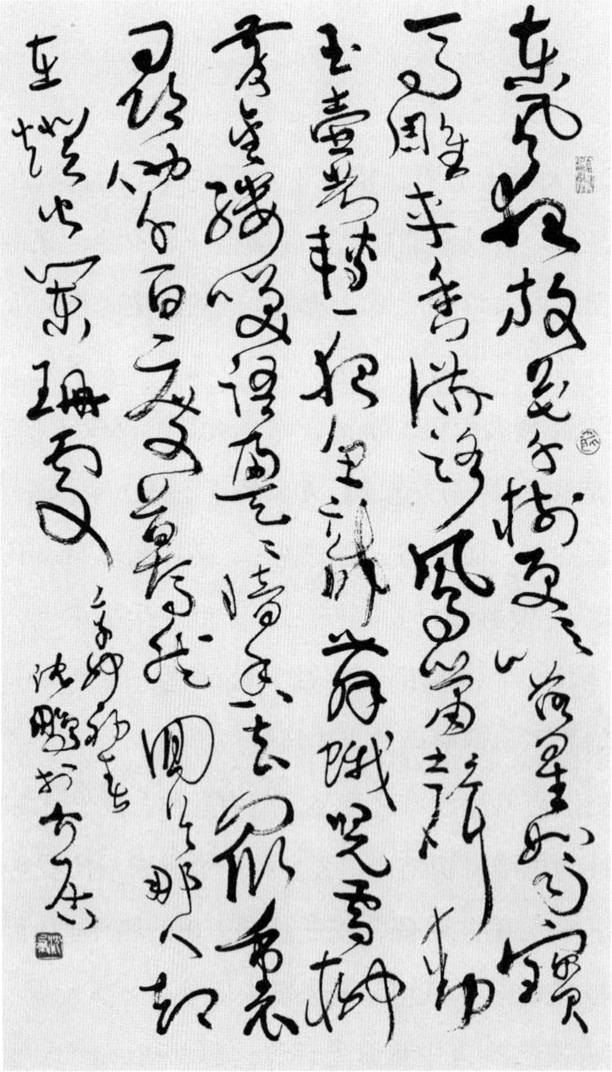

大草是沈老草书艺术中最为绚丽多彩的风光，大草意象是世间万物万象的遗形取神，是创作主体胸次、学养、才情、气度的艺术表达。沈氏大草笔致厚重，雄肆苍茫，畅中见涩，清空高华，灿若天文之布曜，蔚若锦绣之有章，郁若雷雾朝升，漂

若清风厉水，体现伟岸瑰奇的崇高之美。沈老是大书家，也是大诗人，他将心灵世界和隐秘情感一一物化在书品意象之中，心手交融，物我为一。草书之美，美在意境，书法意境是通过物化形象拓展出来的广阔的联想空间，能勾起读者丰美的想象和联想。品读沈氏大草，驰人想象，意境瑰奇，如诵屈原之赋：仿佛看到诗人在想象中转道昆仑，周流四方，涉流沙，遵赤水，经不周，指西极，听《九歌》，看舞《韶》，闻到南国芳草的幽香，欣赏那羲和驾日、凤鸟飞腾、九嶷缤纷、云旗逶迤的壮丽景色；品读沈氏大草，如歌太白之诗，语似天仙，思飘象外：风雨争飞，鱼龙百变，激电惊雷，珠宫贝阙，晨霞夕晖，雪霜冰霰，玉洁花葩，秋江晓月，毕效衽席，尽态极妍，仿佛夺造化之工，为天地之奇观。

时代精神的写照。任何艺术都是时代风光的投影。真正的美的艺术，往往打上深深的时代烙印。任何艺术家可以超越前人，超越自己，但不能超越时代。英国美学家赫伯特·里德说："从作品的线条中，我们便可窥探艺术家与他所处时代文化之间的关系。"（《艺术的真谛》）周俊杰说："没有历史感的艺术，其最大特点是浅薄，没有时代感则艺术难以被时代认可。"关于书法的时代感问题，尤其是狂草的时代感问题，沈老说得明白："我们的时代充满着快速的节奏，呼唤昂扬进取的精神，也决不排除视觉的冲击性。"（《进入狂草》）沈老的艺术创作，时代感甚为强烈，从其部分佳作中可以读出昂扬奋进的时代精神和苍深悲慨的"胡笳意味"。这种风格在他的自书诗《徐霞客歌》大草长卷和《杜甫〈观公孙大娘弟子舞剑器〉》大草八条屏中体现最为突出。《徐霞客歌》是震人心魄的鸿篇，为诗人缅怀少年时代起便为偶像的乡贤、明代杰出地理学家徐霞客而作，集叙事、议论、抒情为一，豪荡激越，浑穆苍深。大草长卷墨渖淋漓，神光离合，湛发一股清气、灵气、逸气、浩气，澎湃的激情与高华的韵致糅合为一，透过书品意象，仿佛看到一条巨龙在天宇飞翔。中华民族是龙的传人，在《易经》中有“时乘六龙以御天”的描写，品此杰构仿佛看到这个灵物翔于太空，薄日月，伏光景，神变化，过重溟，从三千以崛起，向九万而迅征，足萦虹霓，目耀日月，块视三山，杯观五湖，喷气则六合生云，振鳞则千里飞雪，其动也神应，其行也道俱，一鳞一爪，无不光华夺目，这难道不是我们民族精神、时代精神的真实写照？难道不是书家生命意志的具象表达？

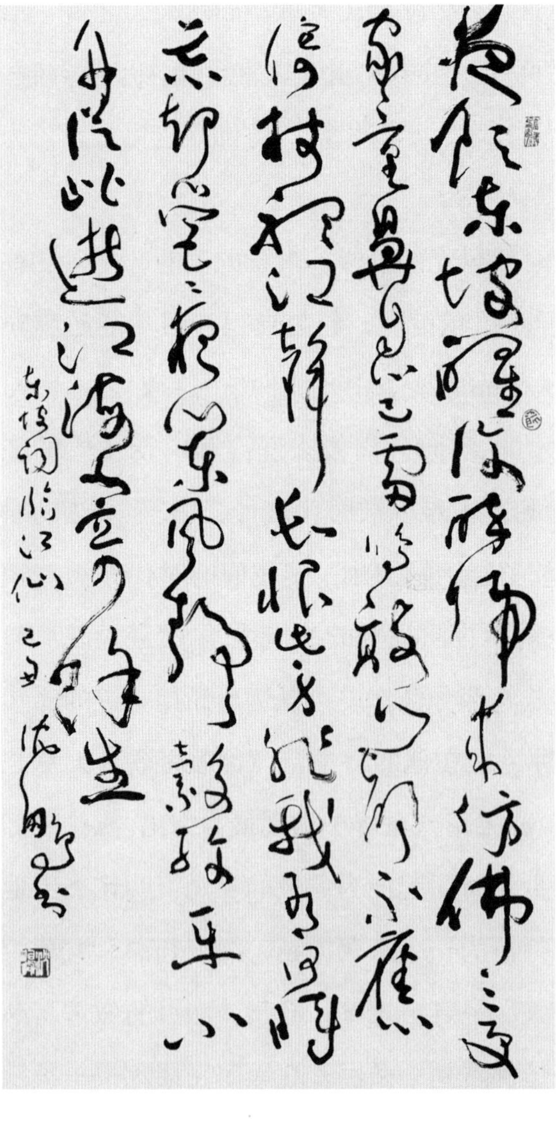

《杜甫〈观公孙大娘弟子舞剑器〉》大草八条屏为艺术杰构，此作的载体为一首描写舞蹈艺术的千古华章，诗人通过对公孙氏舞蹈意境的精彩描写，让人联想到大唐鼎盛时期国势强盛、欣欣向荣的景象。诗人又将盛世的辉煌与乱世的衰飒进行对比，极乐与极悲构成强烈反差，形成沉郁顿挫的艺术风格。书品意象能准确追蹑思想载体的情感运动，又融入特定时空中的主体意绪，诗书之境达到了高度和谐。从书品的豪纵气势、瑰玮神采中可以读出公孙舞剑“烁如羿射九日落，矫如群帝骖龙翔”的雄姿壮采，艺术地再现盛世风光的壮丽辉煌。由那飞动的气势、巨丽的意境，我们油然想到东方的雄狮猛然睡醒，中华的巨龙凌空高翔。此外，读其《岑参〈白雪歌送武判官归京〉》大草横幅、《杜甫〈望岳〉》大草横幅等佳构，意象瑰奇伟岸，上下连属，大小错落，笔画萦带，行间穿插，苍秀空灵，体现豪荡激越、雄肆苍茫的美感特征，无疑折射着昂扬奋进的时代精神。

沈老的书境朴茂中见清逸，豪荡中见苍深，深品这类鲲鹏击水、洪涛怒翻的艺术创作，在雄强的气势中往往蕴有一种难以言说的感伤，一种苍凉之美。沈老是一位深于体验的艺术家，他的人生经历极为丰富，无论是抗战的烽火、解放战争的硝烟，还是改革开放的温暖阳光，都化为艺术元素融入他的草书意境之中，形成一种特有的历史感、苍凉感。这种独特的美感，使我想起了美学家宗白华在《唐人诗歌中所表现的民族精神》一文中所说的“胡笳意味”。文学艺术是民族的表征，一切社会活动是留在纸上的影子，无论诗歌、小说、音乐、书法、绘画等都可以成为民族精神的载体。宗白华说：“在汉唐的诗歌里都有一种悲壮的胡笳意味和出塞从军的壮志，而事实上证明汉唐的民族势力极强。”所谓“胡笳意味”，笔者的理解应指苍凉意绪。的确，刘邦的《大风歌》，刘彻的《秋风辞》，唐代边塞诗中萧关陇水、朔风边月、黄沙白草、笳悲马鸣等群体意象，雄浑苍郁，读来大有拔剑起舞之感。沈老是颇具忧患意识的艺术家，他的诗书艺术蕴有丰富的文化内涵，徐霞客为科学献身的悲壮形象，公孙大娘苍劲雄健的健舞意境，准确表达了思想载体的丰富情感，融入了创作主体的复杂情愫，书品意象的豪荡气势，自然让我们想到刚健奋进的时代精神；而意象的苍郁之美，也可读出一种难以言说的感伤意绪。其实，雄浑豪荡的艺术意境，无论是诗歌、书法，还是音乐、绘画，在雄强的力感之中往往蕴有一种苍凉，因为崇高之美已将生命精神推向极致，故而容易产生感伤之怀，唤起人们对历史的追思，对生命的感喟。品读沈老气势飞动、意象苍郁的大草长卷，我们油然想到中华民族所经历的艰辛历程，想到我们民族被践踏、被蹂躏的凄苦岁月，我们清醒地认识到今天的盛世风光是无数先烈流血牺牲换来的。我们应明白今天不能忽视阳光下的阴影，居安思危，戒奢以俭，中华民族方能雄立于世界民族之林。

自由精神的讴歌。艺术是时代精神的折光，更是心灵之花的绽放，心灵的自由是艺术之花绽放的前提和条件。沈老的艺术创作表达了对自由之境的憧憬之情。几年前沈老接受凤凰电视台记者的采访，他说过这样的话："从小的思想我是向往自由的，但是后来很长时间我做了驯服工具，什么'修养'之类的书我反复地阅读，甚至于里头有些地方能背，而且我确确实实是真心诚意去做。"进入新时期以来，先生越来越深刻地认识到自由精神之可贵。"驯服工具论"是特殊时代的产物，在和平时代是不适用的，人性的工具化，不能给个体人格应有的尊严，生活就容易使人窒息，人的创造精神、生命潜能就无法调动。他在诗中表达了对自由精神的神往："忽闻布谷三啼唤，恍听天仙一奏鸣"，"海阔凭鱼跃，天高鹰与齐"。诗境中飞腾着空灵自由的想象和联想。关于沈老书境的无羁之美，周俊杰作了这样的描述："各种形式的创作表明他已进入了对多种形式、多种审美情趣跳跃性地自由把握的境界，他的崇尚创作的天马行空、无所顾忌、随意、猝发、冲击力、刺激性，在这里得到了充分的体现。"艺术的高境是自由精神的表达，这可从两个方面来考察。

其一，环境的影响。人是环境的产物，中国历史上艺术发展的高峰期如魏晋、唐宋，文禁相对宽松，艺术家可以自由畅达地遣意抒情，故留下了卓绝千古的艺术杰作。宗白华说："汉末魏晋六朝是中国政治上最混乱，社会上最苦痛的时代，然而却是精神上极为自由、极开放、最富于智慧、最浓于热情的一个时代。"这个时代二王父子的书法，陆恺之和陆探微的绘画，戴逵和戴颙的雕塑等等，无不光芒万丈，前无古人，这与时代精神有密切的联系。唐代经济高度繁荣，道教为皇室宗教，老庄思想渗透于治国理念之中，文禁相对宽松，故出现了李白的天仙之辞，张旭、怀素的狂逸书法。其二，哲学的影响。任何艺术无不归结到哲学、美学的本体之上，没有哲学、美学作支撑，这门艺术的美学大厦是不可能建立起来的。沈老说："中国书法如果失去了深广的哲学、美学底蕴，便失去了灵魂。"以诗书画为代表的华夏艺术，必须以儒家的"气"、老庄的道、释家的禅为内核，以诗意为精魂，方可臻至艺术之高境。大草的高境是进入庄禅境界，晋韵的内核来自魏晋的玄学思想，唐代是道教、佛教的繁荣时期，李白是真正的道徒，怀素本为一介释子，宋人喜欢谈禅，苏轼的诗书画艺术饶有禅意，黄庭坚喜欢以禅论书，这些大家的胸次、思想，体现的艺术风格，无疑与释道思想有密切的联系。庄子的思想是追求绝对的自由，冲决一切约束，独与天地精神往来，释家"色不异空，空不异色，色即是空，空即是色"的理念，追求绝对的空，化为艺术往往可入超轶绝尘的自由之境。

沈老热爱自由，他的创作"始于四十"，高峰期在改革开放之后，这种较好的社会环境对其艺术灵感的触发是有影响的。沈老对老庄哲学曾作深入的研究，对屈原、李白的自由精神情有独钟。吴川淮指出："沈鹏先生的书法创作，在这几十年中不断地丰富和圆满，是和他超脱于世俗的羁绊，超脱于名利，不为外物所束缚，恬淡于世，汲汲于对学问的钻研有关的。大巧若拙，用志不纷，凝神于书，妙契同尘。"（《沈鹏书法在当代的特殊意义》）沈老的创作的确彰显了清空潇洒的自由精神，在那宛若行云流水的字里行间，我们仿佛回到魏晋，重温那种性灵的洒脱和精神的自由，虚灵的文字仿佛穿过竹林的清风，让人的心境为之焕然，情浓处墨渖淋漓，意尽时空灵飘渺，沈老风格的高华之美，在表达自由精神的意境中朗现出来。最能体现自由精神的是其代表作《般若波罗蜜多心经》大草横幅，细品此作，那如游丝飘荡、如翠蔓摇曳的牵丝引带仿佛将我们的心带到春天的原野，让我们感受到春天的蓬勃生机；那长虹饮涧、明月入怀的抒情长线，仿佛把我们的心带向幽林之中，让我们在片刻之间成为姑射之仙；那随态运奇的书品意象仿佛把我们的心带向广袤的天宇，欣赏那白云卷舒、素娥起舞的景色，感觉天马行空的快意，泠然御风的超然。进入耄耋之年创作的《沈鹏草书张九龄感遇诗四首》大草长卷，以最抽象、最自由的艺术语言来状绘内心情感与载体的精神世界，追蹑诗人“岂伊地气暖，自有岁寒心”的高洁情怀，抒遣那“我今游冥冥，弋者何所慕”的超旷心性，心手双畅，神采飞扬，荡除世虑，罄露孤高。书品语言化帖融碑，多摄篆隶古法之意趣，充分发挥草书的艺术表现力和情感张力，那品诗悟境后的忘情书写，老笔纷披，点线飞动，气势连绵，风力遒劲，多变而又纯粹，古质而蕴新妍，将读者带入思接千载、心游万仞的自由之境。

丰美才情的湛发。草书是天才的艺术，此话并非虚言，徐悲鸿认为真正的艺术家必须具备“非同寻常的性情与勤奋”，这里的“性情”应指天赋才情，缺乏才情就不可能有瑰玮的艺术创造。沈老大草艺术最大的亮色是彰显出深厚的文化底蕴，体现出丰美的才情。沈老论艺重才情，尚天机。他说：“胸中坦无涯涘，翱翔物表，故其流于腕底者，纯以天机行之。”诗云：“独崇山谷轻流俗，偏爱襄阳任率真”“浮华散尽真淳现，剪碎西风未落花”。“才、学、识”这三者不仅仅适用于历史学家、文学家，于艺术家亦同样重要。汤显祖论艺术尚天机。他说：“天下文章所以有生气者，全在奇士。士奇则心灵，心灵则能飞动，能飞动则上下天地，来去古今，可以屈伸长短生灭如意，如意则可以无所不如。”（《玉茗堂文之五》）他所说的“奇士”，是指有天赋的人，有才情，才会有灵性，才会富于想象。沈老景仰傅山，他是研究傅山的专家。傅山论诗强调天机的重要性：“辋川诗全不事炉锤，纯任天机，淡处、静处、高处、简处、雄浑处，皆有不多之妙。……在理明义惬，天机适来，不刻而工。”（《霜红龛集》）这里的“天机”，应指良好的悟性，纯真的情感，绚烂之极归于平淡的艺术境界。这种天机的培养之法大致体现在两方面：从思维方面来看，是尚悟。悟性极为重要。袁枚说："鸟啼花落，皆与神通；人不能悟，付之飘风。"从语言方面来看，是振采，使语言的表达准确而优美，臻至大朴不雕之境。言之无文，行而不远，没有美的语言一切都无从谈起。虎豹之文必炳，珠玉之光必耀。袁枚说："美人当前，灿如朝阳；虽抱仙骨，亦由严妆。"（《续诗品》）袁枚所说的"振采"是指诗歌语言的准确优美，朴素自然，书法与此相通。

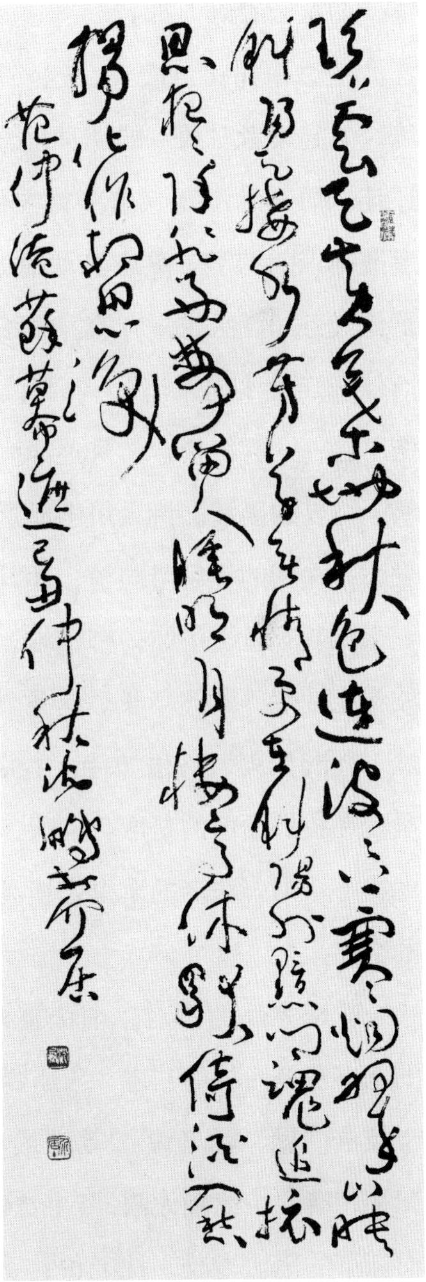

沈老最大的特色是以学砺笔，以文养墨。沈老热爱哲学、文学、历史等社会科学，涉足音乐、美术等极为广泛的艺术领域，从中外哲学家、思想家、艺术家那里汲取营养，将之化为潜意识渗透于书品意象之中，这是他的诗歌语言和书法语言丰富优美的内在原因。罗杨说："他在诗词中所寄托的精神追求，通过转化凝聚在书法线条的运动之中，此时，诗人心灵深处的微妙颤动，都通过敏感灵巧的手而流淌在书法里。"李建春说："我们从沈鹏先生大量的草书作品中看到的是诗意的美和象外的神韵，其书法激情四溢、点画纵横、天马行空，有类于漫步诗境。"沈老的丰美才情物化为书品意象，形成了艺术意境的瑰奇之美。读其杰构《范仲淹〈苏幕遮·碧云天〉》大草中堂，用写意手法追蹑载体的情感运动，气势纵逸，意象苍茫，一位漂泊异乡的游子形象朗然浮现在我们眼前。书家的主体意绪以移情方式重墨切入，使原本感伤的词境镀上一层沉郁的色彩。那纵恣的线条，如飞蓬飘荡，如落絮纷扬，如秋藤摇曳；那清苍的结体，如黄云卷舒，如野马奔逐，如寒林疏淡；那清空的布局，如衰草粘天，如江波浩渺，如夜色凄迷。这一切的一切，形成苍郁凝重、凄清幽邃的艺术意境，勾起读者对故乡的那种思念之情，真是剪不断，理还乱，千缠万绕，似断还连。而其《秦观〈踏莎行·郴州旅社〉》大草中堂，多用瘦劲苍涩的线条、形散神聚的结字、纵恣飞动的体势抒遣少游仕途坎坷、壮志难酬的悲凉心境，整体气势如江水拍岸奔流，滚滚滔滔，令人油然想起李煜的“问君能有几多愁，恰似一江春水向东流”，勾起读者这样的联想：仿佛看到词人在暮春景色中感伤不已——雾绕楼台，月迷津渡，春草凝烟，春花泣露，杜鹃的啼叫更增添了整个境界的凄清。诗人用书品意象描摹了秦观的心境，对一代英才的坎坷人生表达了深切的理解与同情。而其自书诗《嵊州至上虞途中》大草条幅，呈现另一番风貌：那线条如杨柳婀娜，纵逸欢畅；结字如佳丽翩跹，轻盈起舞；布局如春光灿烂，莺飞草长。这仿佛把我们置身于春天的山野：青松如盖，修篁如姝，杜鹃如火，鸟语如诗，春风吹来，把诗人心中的迷雾愁云吹得干干净净，呈现在我们面前的是丽日蓝天，花香鸟语，书家对生活的爱亦深蕴其中。世间无物不草书，沈老的草书之境高度诗化，变动不居，极大地拓展了想象与联想的空间。

轮扁之斤的挥运。书法重神采，重境界，这是以运斤成风的技法为前提的。书法是尚技的艺术，没有精湛的技法，最美的思想载体也与书艺无缘。关于技法问题，沈老说：“笔法最单纯也最丰富，最简单也最艰难，是起点也是归宿，有限中蕴藏无限。”“书法最原始的秘密深藏于笔法之中。”草书的笔法难，而狂草的笔法尤难。沈老说：“不仅写好楷书、行书不足以成为狂草的基本功，甚至写好一般草书要进入狂草也还要有一个质变过程。狂草有其自身的规律性，狂草要有更高的创造力，其主要特点也是难度之一，是要打破‘行’与‘列’的界限，在不损害字体规范化的前提下使字的结构变形，上下覆盖，左右通达，实现有限范围内的无穷变化。”（《进入狂草》）关于沈老大草的语言风格，吕金光说：“他是以怀素《大草千字文》为基础，弱化了唐大草的圆劲与外求势力，并糅入王铎大草之格局，在迟涩上与古人争锋。他大胆地汲取汉碑隶法，隶法的融入使其草书不仅具有了明清草书的厚度，而且具有较强的生涩感。”姜寿田说：“沈鹏草书的卓荦处在于：他以怀素《大草千字文》为基，避开了唐草一味圆劲和讲求外在势力，并糅以明清大草格局，尤其在笔法上吸取了倪元璐、傅山、蒲华的绵劲线条表现，在涩上与古人争锋。”目之于色，有同美焉，这些论述准确地概括出了沈氏大草最重要的语言特征。

沈老的大草具有艺术史的意义，传承了唐代大草的势脉，强调了草书的宏大叙事，推动了传统大草的复兴。他回避了唐代大草一味雄强使气、直过圆劲的泛化风格，强化了草书内在的节奏、张力和笔法的紧致，既大气张扬，又清空飘逸，在实际运用中，能营构变动不居的书法意象，使艺术语言呈现出丰富多彩的美感特征。其《辛弃疾〈青玉案·元夕·东风夜放花千树〉》大草中堂，挺劲浑苍的中锋导源于篆籀，古朴疏荡之气源于碑版，以怀素为基，摄韵于张旭，养气于徐渭，驰情于王铎，又得鲁直之拗峭、傅山之纵恣，复掠文征明之苍润、于右任之清雄，含英咀华，纳故吐新，意匠纵横，功穷造化。而其自书诗《〈古诗十九首〉长卷跋》大草中堂，体现生命精神的力感贯注全篇，摧刚为柔的线条使狂肆之气得到弱化，线性清逸流丽，飞白的偶露时施，形成意境的疏荡高华。用笔取神于傅山，圆劲清雄的线条淡化了旭素的火气，凭添了董赵的雅韵，枯笔淡墨的施用更增添了整个书境的清空潇洒。而其自书诗《读和珅诗颇觉人性之复杂》大草条幅，语言风格又是一番风貌：全幅以《书谱》为基，化入铁线篆之笔意，融进怀素的狂逸、傅山之纵恣，掠取吴说游丝草之神采，熔铸激愤、快慰、忧思等极为复杂的情感于一炉，清格独标，情至象生。用笔沉着稳健，虽细如游丝，而力透纸背。点画方中见圆，凝重茂密，其圆美流丽、意趣盎然的特征令人想起孙过庭和米芾，那如钢线、如屈铁的线条，令人想起仿佛用金针、用利刃、用绳索掷向和珅那样的奸佞之徒。

司空图用诗歌意象描绘雄秀高华的艺术意境："月出东斗，好风相从；太华夜碧，人闻清钟。"（《诗品》）用这样的诗句来描绘沈老大草的艺术境界应该是恰当的。沈氏大草从怀素《大草千字文》中来，融入汉碑《开通褒斜道》《石门颂》《杨淮表记》等摩崖笔意，增加了浑厚苍茫的涩势，长锋羊毫的使用，更增加了意象的险绝之美；而从整体境界而言，充满浓郁的诗意，多蕴老庄的无羁之气，体现出雄秀高华的艺术意境。书家用生命的汗水浇灌的这株艺术之花，将在历史的夜空中熠熠生辉。

（此文刊发于《书法导报》2017年5月30日第10版）

洒雪魂俱白　披涛骨欲仙

——沈鹏自书诗《徐霞客歌》大草长卷赏析

徐霞客歌

千古一奇人，明代徐霞客。
以身托山川，矢志许六合。
不为辕下驹，耻学裘马习。
应帖非为愿，河汉寄浪迹。
四大付八寰，穷年不停辙。
初泛太湖舟，复临洞庭碛。
攀览松、华、玄，俯窥瀛与渤。
齐州烟九点，潇湘通南域。
当其探粤西，炊断常数夕。
艰难迂盗匪，同行僧先卒。
结好木丽江，身入沐黔国。
江河溯源头，遍考“喀斯特”。
壮哉滇南行，修志留鸡足。
神驰昆仑巅，锐意穷星宿。
豪言铁铮铮，听之肠内热：
“吾荷一锸来，何处不埋骨？”
凿空汉张骞，唐有玄奘释。
元耶律楚材，御命向西适。

霞客一布衣，孤筇与木屐。
生而为科学，终为科学殁。
比之先行者，各自奋全力。
《游记》记壮游，开卷惊魂魄。
扪手摘星辰，涉足入幽窟。
笔录不厌详，目测细毫发。
“世间真文字”，秉笔无矫饰。
“世间大文字”，目遇不暇给。
“世间奇文字”，惊天动河岳！
我与江阴徐，有幸同里籍。
异代不同时，但恨不得识。
两登晴山堂，衷心趋拜谒。
人比梅花清，崇礼更崇德。
十万里有余，从兹发轫出。
汗漫触鸿蒙，风雨壮行色。
还看今寰球，五洲近咫尺。
缩地有方术，幽远定能测。
电子计光年，瞬间振兆赫。
天外更有天，河外远无极。
探险岂有穷？可贵在开辟。
人在宇宙中，如白驹过隙。
鹏抟乘扶摇，安能恋床席？
思虑胜飞马，行空跬步积。
勿为俗念累，当冲九霄翮。

风云举足间，开拓千秋业。

1993 年 7 月

中国书法最理想的表达形式是辞翰双美、诗书合一。拜读古今自书诗长卷，以苏轼《黄州寒食诗帖》为典范之作，载体为五古二首，书体为行押，清气流贯，俊逸苍凉，叙其在黄州的艰苦生活，抒写诗人的悲凉心境，富有强烈的艺术感染力。大草为书艺之明珠，大草书家如诗坛之李白，于近现代而言，书与诗偕、意与境合之大草长卷甚为少见，笔者以为沈鹏先生的《徐霞客歌》是精妙超轶的艺术杰构。诗作见于《三馀诗词选》，书品尚未付梓，笔者于 2016 年 10 月 20 日下午 5 时于沈老客厅所亲见，宽 80 厘米左右，长近十米。此品为 23 年前所作，书家时年六十二。沈老为著名诗人，各体雅正，而以五古为最，五古之中，以此作为至佳，全诗 86 句,430 言，于徐霞客之壮游经历、卓越贡献、艺术成就高度概括，结构谨严，文采绚烂，清光四射，浑然天成，风格为豪荡激越，浑穆苍深，言在耳目之内，情寄八方之表。品其书作，气势飞动，光焰璨然，意象诡谲，仙风扑面，情纵神驰，高华精绝。整体而观，此品堪为诗书双绝、盖代无伦者也。

徐霞客(1586 ~ 1641)，名弘祖，字振之，号霞客，明朝南宋直隶江阴(今江苏江阴市）人。明地理学家、旅行家、文学家，被称为“千古奇人”。徐霞客一生志在四方，足迹遍布 21 个省、市、自治区，达人之所未达，探人之所未探，所到之处，探幽寻秘，所见所思，笔之于书，经 30 年考察撰成的六十余万字的《徐霞客游记》，开辟了地理学上系统观察自然、描述自然的新方向，既是系统考察祖国地貌地质的地理名著，又是描绘华夏风景资源的旅游巨著，还是文字优美的文学杰作，在国内外具有深远的影响，《徐霞客游记》开篇之日（5 月 19 日）被定为中国旅游日。后世学者名流对徐霞客的贡献多予高度评价。毛泽东两次赞誉徐霞客，他说："明朝那个江苏人，写《徐霞客游记》的，那个人没有官气，他跑了那么多路，找出了金沙江是长江的发源。""我很想学徐霞客。"英国剑桥大学教授李约瑟指出："《徐霞客游记》读来并不像 17 世纪的学者所写的东西，倒像是 20 世纪的野外勘查家所写的考察记录。"

全诗 7 节，大致可分 6 个层次。第一层为第一节，共 10 句，写徐霞客为卓越旅行家，为千古奇人。首句总领全篇，点明徐氏为千古奇人，生活在明代，"奇"字贯穿全篇。"以身托山川，矢志许六合"，写其少年时立志游览名山大川。"六合"，上下和东西南北四方，泛指天下。"辕下驹"，在车辕上系着的小马，喻人观望畏缩不敢动作，语见《史记·魏其武安侯列传》："今日廷论，局趣效辕下驹，吾并斩若属矣"。"裘马习"，指奢靡豪华的习气，语出《论语·公治长》："子路曰：愿车马，衣轻裘，与朋友共，敝之而无憾。"徐霞客幼年时天资聪颖，记忆力强，他对"四书五经"和八股文兴趣不浓，不愿走读书求仕之路，即诗中所言"应帖非所愿"，却特别青睐历史、地理等书。他读的很多书当时被视为闲书、奇书。其族兄说他："性酷好奇书，客中未见书，即囊无遗钱，亦解衣市之，自背负而归，今充栋盈箱，几比四库。"所谓"四大"，佛家以地、水、火、风为"四大"，此处似指生命个体。所谓"八寰"，泛指荒远之地。他 19 岁时父亲病故，孝服期满，萌发外出游历的想法，而贤德的母亲也认为好男儿志在四方，不愿自己的儿子像篱笆圈着的小鸡、车辕上套着的小马一样，被束缚而没有见识和出息，对徐霞客的决定给予了极大的支持和鼓励。全诗扣住"奇人"二字着笔，写嗜好之奇，志向之远。

第二层为第二节，概写徐氏一生游历之广阔，经历之奇险，成果之丰硕。

诗作以点面结合的手法来叙写，前六句极言游历之广，连用太湖、洞庭、齐州、潇湘等9个地域名词，指代涉足之阔远，“瀛”与“渤”指代大海。徐霞客一生的游历大致分为三个阶段，第一阶段为万历四十一年（1613）之前，徐氏28岁，凭兴趣游览太湖、泰山等地。第二阶段为万历四十一年（1613）至崇祯六年（1633），历时20年，游览了浙、闽、黄山和北方的嵩山、五台、华山、恒山诸名山，到了海滨。第三阶段为崇祯九年（1636）51岁至崇祯十二年（1639），历时四年，游览了浙江、江苏、湖广、云贵等江南地区大山巨川。一生足迹所至相当于现代的江苏、浙江、山东、山西、陕西、河北、河南、安徽、江西、福建、广东、湖南、湖北、广西、贵州、云南、北京、天津、上海等二十一个省、市、自治区，遍及大半个中国。

最为可贵的是，在三十多年的旅行考察中，他主要是靠徒步跋涉，连骑马乘船都很少，还经常自己背着行李赶路。旅行极为艰难，在游历考察过程中，曾三次遇盗，四次断粮。51岁时到湘江遇到了强盗，同伴受伤，行李、旅费被洗劫一空，他跳水脱险。在游历粤西时，同行的静闻禅师染疾身亡，徐氏哀伤不已，曾写诗六首挽悼，其中有这样的句子：“可怜濒死人先别，未必浮生我独还”“黄菊泪分千里道，白茅魂断五花烟（《哭静闻禅侣》）”。在这样的境况中，他没有退缩，仍然勇往直前。此节所说的“木丽江”，是指丽江木氏土司，“沐黔国”，泛指云贵。诗中所称“鸡足”，是指鸡足山，雄踞于云贵高原宾川县境内西北隅。诗人称誉其游历之成果，最突出的提到了两点：一是找出了金沙江是长江的发源之地；二是考察岩溶地貌，对喀斯特洞穴的特征、类型及成因，作了详细的考察和科学的记录。仅在广西、贵州、云南三省区，他亲自探查过的洞穴便有二百七十多个，况且一般都有方向、高度、宽度和深度的具体记载，故李约瑟称其《徐霞客游记》是“世界上最早的一部记载石灰岩地貌的著作”。

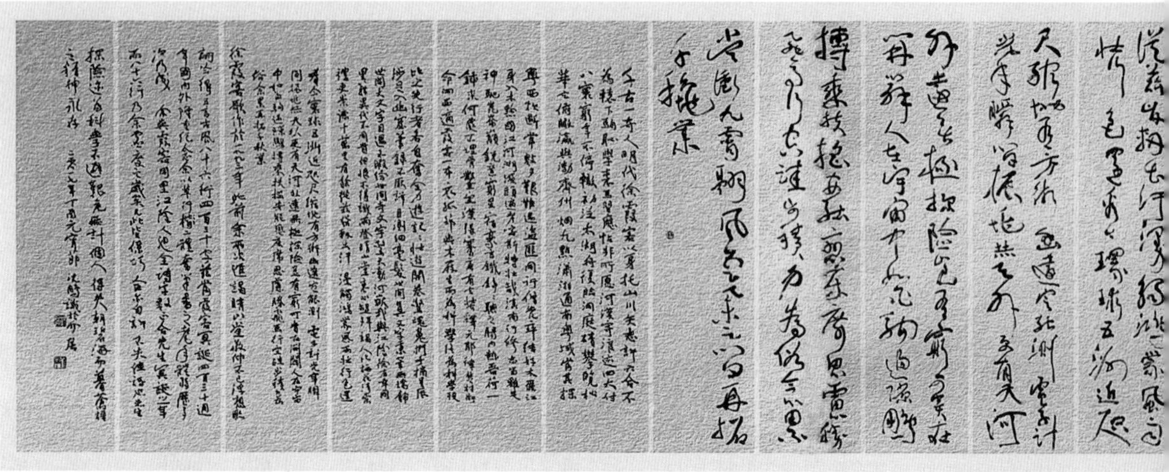

第三节为第三层，盛赞其献身精神、坚毅意志。大器成于坚忍，卓越出自艰辛，徐霞客的游历是极为艰辛的，经济上自掏腰包且不说，旅途中的困苦难以备述。他对科学研究有无所畏惧的精神，喜欢猎奇，可以说“闻奇必探，见险必载”，每每遇到古洞、名刹、温泉、奇峰、深林、幽谷等奇异景观，他将安危置之度外，只求一览“庐山真面目”。他在云南为了把一个岩洞看个明白，冒死攀登悬崖；在湖南茶陵时，独闯传说中神秘的麻叶洞；在广西融县真仙岩，为探看一个洞穴，竟从一条横卧的巨蟒身上跨过进到洞内。湘江遇盗，有人劝其返回，并资助返乡之路费。他说：“我带着一把铁锹来，什么地方不可以埋我的尸骨呢?”继续顽强地向前走去。在考察途中没有粮食了，他就用身上带的绸巾去换几竹筒米；没有旅费了，就用身上穿的夹衣、袜子等物去换几个钱。重重困难被踩在脚下，不达目的誓不罢休。诗人将徐霞客与出使西域的张骞、西天取经的玄奘、元代的耶律楚材相比并非虚言，这些人坚毅顽强，勇于探索，为我国文化事业作出了卓越贡献。张骞、玄奘的事迹人们清楚，而于耶律楚材（1190～1244）不太熟悉，他字晋卿，蒙古名吾图撒合里，契丹族人，蒙古帝国时期杰出的政治家、宰相，他辅佐成吉思汗，常晓以征伐、治国、安民之道，在成吉思汗征服西夏时，谏言禁止州郡官吏擅自征发杀戮，使贪暴之

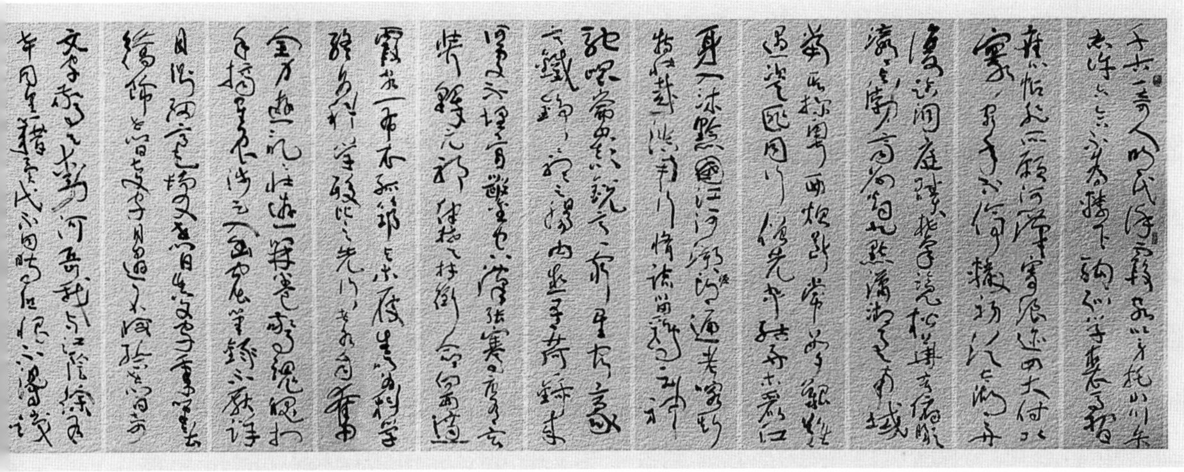

风稍敛。这三人的确伟大，但他们或多或少得到了官方的支持，而徐霞客为一介布衣，靠“孤筇”“木屐”旅游，更加艰难，他为科学献身的精神，令人肃然起敬，他与张骞等人同为不朽的丰碑。

第四层为第四节，高度评价《徐霞客游记》的艺术成就。此节为全诗抒情高潮，“《游记》记壮游，开卷惊魂魄”，概言《徐霞客游记》惊天地、泣鬼神的艺术感染力。诗人通过“扪手”“涉足”“笔录”“目测”四个典型细节的描写，写出了此书内容之丰富，来源之真实，方法之科学。此书记录了山水名胜、奇观异象及民情风俗、社会生活等丰富内容，在旅游学、地学、文学、文化、经济乃至动植物、生态、政治、社会等方面都具有重要的史料价值，无怪乎被人称为“明末社会的百科全书”。诗中连用三个排比句盛赞《游记》的史料价值与艺术价值。后人对《徐霞客游记》予以极高的评价。徐霞客的朋友、著名学者钱谦益说：“徐霞客先生游览诸记，此世间真文字、大文字、奇文字，不当令泯灭不传，仁兄当急为编次，谋得好事者授梓，不惟霞客精神不磨，天壤间亦不可无此书也。”“世间真文字，秉笔无矫饰”，艺术贵真，《游记》的真朴之美体现在写景记事悉从自然中来，从生活中来，具有浓厚的生活气息，同时又荡漾着一股清气，“湛摇松影雪千尺，冷浸梅花月一潭”（《狮林灵泉》），“雪中移竹月中栽，客与梅花同一醉”（《醉中漫歌》），铅华洗尽，彻入骨髓。“世间大文字，目遇不暇给”，这个“大”字可谓包罗万象，晖丽万有，还指境界之壮阔。试读《游太华山日记》中的有关描写：“时浮云已尽，丽日乘空，山岚重叠竞秀。怒流送舟，两岸浓桃艳李，泛光欲舞，出坐船头，不觉欲仙也！”寥寥数笔，便描绘了一幅壮丽瑰奇的山水图卷。“世间奇文字，惊天动河岳”，《游记》以景奇、文美著称，书中描绘了天地奇观，殊方异俗。《游黄山记》中描写登上天都峰所见之奇景：“独上天都，予至其前，则雾徙于后，予越其右，则雾出于左。”“山高风巨，雾气去来无定，下盼诸峰，时出为碧峤，时没为银海，再眺山下，则日光晶晶，别一区宇也。”这种瑰奇壮丽之景色，若非亲至，不可道也；若无超旷之胸次，无深厚之学养，亦不可道也。

第五节为第五层，表达对乡贤的由衷敬意。诗人与徐霞客同为江阴人民的骄傲，虽时代不同，而心灵相通。徐霞客终老为一介布衣，无任何名分，而他的贡献卓绝千古，“有幸同里籍”，寥寥五字由衷抒发对乡贤的高山景仰之情。徐霞客实为诗人自少年时代起至为崇拜的偶像，他立志像徐霞客一样坚韧顽强，创建不朽之功业。诗人 17 岁离开故乡，至今只有四次回乡，而有两次拜谒徐氏故居“晴山堂”，景仰之情莫可言达。景仰什么呢？是独立特行的徐霞客精神，这种精神包括了高洁人格、坚强意志、开拓意识。诗人说“人比梅花清，崇礼更崇德”，这化用了徐霞客的诗句“春随香草千年艳，人与梅花一样清”，“崇礼”为徐氏堂之号。徐霞客高洁的人格、坚毅的意志、卓越的才华，在历史的时空中永放夺目的光辉。徐霞客的万里壮游，从江阴发轫，是吴越文化养育了这位民族的骄子。想到徐氏，诗人为故乡这块文化沃土而骄傲；缅怀徐氏，实际上表达对中华文化的热烈赞美，表达继承优秀文化传统的强烈愿望。

第六层为六、七两节，写徐霞客留给后人的深刻启迪。第六节颂扬徐霞客的开拓精神，为第一小层。诗作通过对比来写，对一个人物的评价不能离开特定的历史背景，这样才比较客观，因为任何人不能超越时空，如果以今人的眼光来看待古人，那么关羽不足勇，诸葛不足智，沈括不足博也。诗人连用八句描写当代的科学发达，君不见今天涯咫尺，缩地有术，幽远可测，遥空能接，人类对自然的探索是无穷无尽的，今天的科学如此发达，离不开前贤的知识积累，而今人对宇宙奥秘的探索仍然是肤浅的。我们不能卑视古人，观今宜鉴古，无古不成今，徐霞客是伟大的，他以生命为代价，克服无数艰难险阻而去探索自然之奥秘，取得如此辉煌成就，生命潜能的发挥趋于极致，这种坚毅意志与开拓精神，千载之下仍熠熠生辉。第七节为第二小层，强调成就大业，必须抛却俗虑，追求理想。天地无穷，人生短促，生命的价值在于奉献，应弃燕雀之小志，慕鸿鹄以高翔。“鹏抟乘扶摇，安能恋床席?”《庄子·逍遥游》中描写鲲化为鹏，抟扶摇羊角而上九万里，鲲鹏的形象历来是宏大志向的象征，有大志才有目标，有目标才有动力，有动力才有勇气，有勇气方能履险如夷，可上九天揽月，可下五洋捉鳖，为时代、为历史谱写华光四射的壮美篇章。

《徐霞客歌》是震人心魄的五古鸿篇，集叙事、议论、抒情为一，豪荡激越，浑穆苍深。诗作高度概括了徐霞客献身旅游、献身科学的光辉一生，饱蕴深情讴歌了徐氏无畏的精神、坚毅的意志，准确鲜明地刻画了这一伟大旅行家的光辉形象：他志趣高远，品格高洁，意志坚强，才情丰美；他胸次开阔，勇于探索，善于总结，目光深远。通过与张骞、玄奘、耶律楚材的对比，更突出了徐霞客的坚毅顽强，使其形象更丰满、更伟岸。诗人认为，徐霞客精神激励后人最重要的有两点：坚毅不拔的开拓精神和高远宏大的志向，这是成就一番事业的基石。全诗波澜起伏而结构谨严，点面结合而重点突出。全诗紧扣“奇人”二字着笔，写其志趣之高远，经历之奇险，才华之丰美，成就之卓越，能放能收，舒卷自如。长诗叙事贵在凝练，诗作体现出高超的概括能力。第二节连用18句概括徐氏一生的旅游经历，历历可见而又惜墨如金，从中还插入粤西断炊、途中遇盗、同伴病卒等细节，烘托他的坚毅形象。以“江河溯源头，遍考‘喀斯特’”十字来写徐霞客的求实精神和卓越成就，给人留下深刻的印象。第四节写《游记》的艺术成就，激情澎湃，用墨如泼，用“真”“大”“奇”三字极言其成就雄视古今，处处打得通，又处处跳得起。此作感人至深的是强烈的抒情色彩，全诗以同乡后学的身份缅怀前贤，更能唤起读者的情感共鸣。诗人于徐氏的事迹历历可数，娓娓道来，可见景仰之久、之深。诗作在叙事中抒情：言其伟志，托身山川；言其足迹，遍及八寰；言其无畏，无险不探；言其执着，九死未悔。诗作于议论中抒情：功业之大，雄视古今；游记之美，动心骇目；影响之巨，激励后昆。全诗语言丰富朴素，简约圆润，声发灵台，语出肺腑，诗押仄韵，多用入声，节奏响亮，激情洋溢，整体上达到了一种和谐。

艺术的高境应表现在纯净瑰奇，整体和谐。吴冠中论艺强调艺术的魔力，强调异彩，笔者认为异彩的确重要，而多种异彩的有机统一岂不更具美的震撼力？辞翰双美，诗书合一，言之甚易，为之甚难，诗书双绝、光焰璨然，更是难上加难，而沈老的自书诗《徐霞客歌》大草长卷，理性与激情、凡胎与仙骨妙合无痕，无疑为高视鹰扬、美轮美奂之艺术杰构也。

书艺之美，美在气韵。《徐霞客歌》大草长卷墨沖淋漓，神光离合，湛发一股清气、灵气、逸气、浩气，澎湃的激情与高华的韵致糅合为一，寓目此作，闻之动心，味之无极，神飘意畅，热血沸腾。诗作以纵恣清逸的艺术语言追蹑载体的情感运动，物化豪荡激越、浑穆苍深的诗境，充分体现沈老大草艺术险绝厚涩、雄秀高华的美感特征。沈老的创作不为精品不肯示人，稍不如意，辄毁弃之，创作态度极为严肃。《徐霞客歌》定稿的书品有两种，一为小草手卷，长约两米，无讹误，无涂改，清气流贯，萧散飘逸，这卷小草疑为大草长卷的“粉本”，而长卷是养气闭关之后的心手双畅之作，为书家颇为满意的艺术精品。初品此作，以崭新高美的艺术形式，展开雄浑壮阔的图卷，用笔连绵缠绕，灵气氤氲，无往不复，如锥画沙。全篇气势奔放，意象伟岸，浩气充盈，神采飞扬，顿挫使转，刚柔相济，劲健清奇，骨气洞达，颓然天放，独抒性灵，脱尽窠臼，气韵生动。书法的气韵源于创作主体的心性修养，发为艺术，表现为灵性充盈的生命精神和魄荡魂销的美感力量。沈老笔下的线条是生命精神与才情灵气的统一体，仿佛兮若神仙来往，宛转兮似兽伏龙游，或转侧之势似飞鸟空坠，或棱侧之形如流水激来。书法艺术是生命之气、书卷之气的物化和外化，沈老是创造奇迹的卓越书家，让人想不到的是，先生长年疾病缠身，何以创作出如鲲鹏击水、洪涛怒翻的艺术杰构？盖善于养气之故也。孟子说："我知言，我善养吾浩然之气。"宋濂说："人能养气，则情深而文明，气盛而化神，当与天地同功也。"沈老出入经史百子，从中外思想家、文学家、艺术家那里吸收丰富营养，又远离尘世之喧嚣，调动潜能，疏瀹五脏，澡雪精神，故每有所作，天机湛发，锦绣成篇，潇洒流落，翰逸神飞，进入圆融自足、自由无羁之境，创造出囊括万殊、裁成一象的瑰玮华章。

书艺之美，美在神采。书法审美，言气韵，其着眼点在势，言神采，其着眼点在象，其实二者往往成为一个整体，势与象是构成意境的主体元素。古人认为，深识书者，唯观神采，不见字形。今人对书法的审美多纳入意境的美学范畴，书法的神采与意境大致相通。宗白华对以诗书画为代表的华夏艺术多有精辟的论述，认为美感的产生都是内在情感的艺术表达、心灵境界的具象显现。书法是抽象艺术，抽象并非无象，这种象具有模糊性、流动性、多层性的美感特征，并饱蕴艺术家的丰富情感。世间无物不草书，草书之象是世间万物万象的遗形取神，故变动不居而气象万千。在沈老的大草佳构中，气势之豪纵壮浪，意象之壮丽瑰玮，抒情之浓郁苍深，以《徐霞客歌》最为突出，体现了书家之胸次、气度、学养、才情的本色之美。品赏此作，那豪纵的气势，伟岸的意象，淋漓的墨色，使人精神昂奋，浮想联翩，远而望之，默而思之，仿佛看到一条巨龙在天宇飞翔。中华民族是龙的传人，在《周易·乾卦》中有“时乘六龙以御天”的描写，韩愈状绘过龙的形象，品此书作仿佛看到这个灵物翔于太空，薄日月，伏光景，神变化，过重溟，从三千以崛起，向九万而迅征，足萦虹霓，目耀日月，块视三山，杯观五湖，喷气则六合生云，振鳞则千里飞雪，其动也神应，其行也道俱，一鳞一爪，无不光华夺目。这难道不是我们民族精神、时代精神的真实写照？难道不是书家生命意志的具象表达？再品此作，眼前浮现伟大旅行家孤筇木屐、寻幽探险的伟大形象，仿佛看到徐霞客游太湖，过长江，渡黄河，餐泰岱之烟霞，掬太华之秀色，饮漓水之清流，眺瀛渤之沧波。读此长卷，又如品赏王希孟笔下的《千里江山图卷》：千山万壑，争雄竞秀，江河交错，烟波浩淼，山谷溪流，渔村野渡，宫殿庙宇，水榭长桥，耕者劳作，竖牧清歌，村姑采茗，散圣云游，一切的一切，无不幻现于楮素之中。

我思想的野马随仪态万方的书品意象而放纵奔驰，徐霞客身许六合，目收万象，品读沈老的大草长卷，其豪纵的气势、灵诡的意象触发了丰富的想象和联想，由大草长卷的巨龙意象我想到了黄河，徐霞客的毅魄精魂与名山大川化而为一。李白诗云：“黄河之水天上来，奔流到海不复回。”黄河日夜兼程地东流，仿佛如一条巨龙，翻千山，越万壑，冲决万物，咆哮奔腾，发出生铁撞击青铜的坚强劲响！涓涓细流，来自草原，蕴含草原深深的情意；涓涓细流，来自雪山，渗透雪山晶莹的纯洁，你看，千万条细流，自高原草丛流出，自平原湖泊流出，自山洞深岩流出，汇集为一，浩然东去，汹涌澎湃，九曲回肠，她品质浑厚，气贯长虹，无畏挫折，桀骜倔强，形成磅礴的气势！她有母性的博大，容纳万物，伟岸而瑰奇，激烈而安详，让我们聆听到激越的苍凉！由大草长卷的豪荡气势我想到了长江，徐霞客以卑小的生命探寻长江之源，因为母亲之河以无穷的魅力召唤他的灵魂。“月下飞天镜，云生结海楼”，长江的风光多么壮丽！长江有如一匹疾风烈马，从崇山峻岭扑来，奔腾的江水扬起浪花，登高壮观天地间，大江茫茫去不还，那“惊涛拍岸，卷起千堆雪”的气势谁敢撄其锋？江鸟掠过风起云涌的浪尖，穿越时空的雄壮，形成夸父的矫健，展示俊逸的神采！长江，长江，浩浩荡荡，直击天空，将伟丽的灵魂融入永恒与豪迈！诗人与徐霞客都是黄河长江哺育的骄子，他们的生命里蕴含着黄河长江的精魄，那无畏的意志，那深邃的思想，那瑰美的创造，都体现了这种精神。

书艺之美，美在技法。我将思想的野马缓缓收回，把目光凝视这瑰美的艺术图卷，凝神这庖丁之技的创造，为这艺术奇观而浩叹。高境界的艺术创作是生命精神的艺术表达，是时代风云的投影，是诗意真情的物化和外化。书法的诗意真情之表达是以精湛的技法为前提的。读《徐霞客歌》大草长卷，蛟腾凤起，鸾舞蛇惊，很难窥见技法之痕迹，探其渊源，略见端倪。兼融是沈老艺术语言的最大亮色，此作取怀素为基，浑厚圆劲的线条多从篆籀中锋而来，上追甲金之高古，汉碑之疏荡，中取晋韵之灵和，近法黄庭坚、傅山之率真与恣肆，又多融入文征明之苍润、于右任之清雄，熔以学养，润以才情，化古为我，独铸英辞。中观审视，仪态万方，时而谨严，时而疏荡，时而静谧，时而飞动，时而雪浪滔滔，时而碧波粼粼，时而乱石崩云，时而丘峦如黛，时而古木森森，时而杨柳依依，抒情高潮，跌宕起伏。微观细品，质朴劲健的点线为坠石苍藤，清雄俊逸的结体似古松虬龙，灵气贯通的布局如云蒸霞蔚，洋洋洒洒，巍然太极，浩气流转，瑰玮多姿。字体大小参差，布局疏密相兼，气势开张，雄浑自然，纵而不散，逸而能收，倚正相生，险中见稳，笔法刚健，苍劲灵秀。运笔如骤雨旋风，应手万变，而又不乏二王风行雨散、润色开花之韵致，中锋使转，回翔自若，游龙惊鸿，意态翩跹。细品灵性的线条，中规中距，丝毫不苟，字与字间，穿插自如，时见多蕴飞白笔意的抒情长线如长风之出谷，彩虹之饮涧，明月之入怀，强化了整个意境的清空之美，既有清雄豪纵之骨力，又饶飘飘欲仙之风神。

徐霞客诗云："洒雪魂俱向，披涛骨欲仙。"（《游桃花涧》）移用此句来描绘沈老《徐霞客歌》大草长卷的诗书境界，应该是恰当的，此作无疑是时代之鼓点，盛世之华章！"兴酣笔落摇五岳，诗成笑傲轻王侯"，品读《徐霞客歌》大草长卷，仿佛看到诗仙太白在嵩岳之巅、大河之畔对月豪吟！沈老以热血才情浇灌出了这一株璀璨夺目的艺术之花，丰姿绰约，高洁芬芳，在历史的时空中将散发浓郁的清香。

清空幽渺　万象在旁

——沈鹏书《般若波罗蜜多心经》大草横幅赏析

《般若波罗蜜多心经》（以下简称《心经》）大草横幅（见《沈鹏艺术馆书画藏品选》，江苏教育出版社出版）是沈鹏先生的重要作品，创作此品时书家七十七岁，正值综合素养、生命体验、技法淬砺均臻至高境界之时。书史上以《心经》为载体的名篇多为真楷行书，楷书有欧阳询，行书有八大山人，草书有吴镇，重要书家有九位，加上沈老，应是十位。书法的本质是抒情，大草的抒情尤为纯粹，情感的抒发必附丽于意象，意象的产生必源于思想载体。诗为语言艺术之精华，意象的典型性、情感的浓郁性最为突出，故而书法之载体多为文质兼美的诗文。书法大家进行创作也可选用非文学载体，而使用此类载体难度甚大，先要将之转化为诗，倾注特定时空中的情感体验，全方位调动综合素养，然后方可创作出高境界的艺品。就艺术境界而言，无论何种载体，高境的体现仍然是诗意与真情的表达，与思想载体仍有割舍不断的联系。《心经》为大乘佛教最重要的经典之一，以此为载体进行大草创作，如果没有超旷的主体胸次，没有渊深的佛学修养，没有游刃有余的技法，没有触发的灵感，要创作出梵我为一的艺术杰构是完全不可能的。沈老披兰佩芷，抱玉怀珠，妙悟百家，振衣千仞，心游于漠，艺进于道，故其创作运斤成风，妙造天然，静谧清旷，高华飞动，此作确已臻至大草的本体境界，即庄禅境界，纯粹境界。

《心经》全称为《般若波罗蜜多心经》。“般若”，即智慧，“波罗蜜多”，到彼岸。“心”，心体，“经”，道路，途径，经题之意为：以般若智慧认识自心性体而到达彼岸世界之途径。此经提出了大乘佛教的根本观点和根本理论，即“色不异空，空不异色；色即是空，空即是色”。这里的“色”泛指物质现象，也包括精神现象，“空”为空幻，真如本体，应为忘情忘我的修炼境界，为纯粹实在，并非虚无。在大乘佛教看来，千差万别之物质现象和精神现象，即所谓“色”，其本体、本性为空幻，故言“色不异空”；然而此种色相又为同一本性“空”的真如本体之显现，故言“空不异色”。《心经》中描述至高的修炼境界为“不生不灭，不垢不净，不增不减”，从美学角度来考察，这近乎艺术审美中物我两忘以至物我为一的境界。据佛教史云，释迦牟尼在灵鹫山说法，弟子舍利佛问观音菩萨，何以修至佛言之深妙法门，于是观音说此经典，由释迦牟尼堂弟阿难传诵。此经有八种汉译本，以玄奘所译流传最广，即今之所见《心经》。

欧阳中石说：“书法不是一门独立的艺术，应置身于中华文化之中。”佛教文化是中华文化的组成部分，《心经》是佛教文化的象征。书法的核心价值是传承、传播中华文化，沈老的艺术创作，追求诗意与真情的表达，书卷气浓郁，为传播中华文化贡献卓越。《心经》属非文学作品，书家以此为载体，营构什么意境，抒发什么情感呢？大致可以这样臆测：创作之前在书家的脑海里，《心经》已转化为禅诗，创作营构的是禅境，抒发的是禅意。所谓禅境，是艺术的灵境、老境，接近王国维所说的以物观物的无我之境。禅是什么？禅是空山中自开自落的幽花，禅是碧空中自由翱翔的灵鸟，禅是富春江千丈见底的清波，禅是水畔山涯的一抹斜晖，禅是秋夜碧天里的星星，禅是西风古道边的衰草，禅是迦叶的微笑，禅是观音的凝眸。禅无处不在，而能发现它、感受它、欣赏它，只有幽人雅士方有可能。沈老的修炼、学养已入禅。试读其《雨夜读》一诗："此地尘嚣远，萧然夜雨声。一灯陪自读，百感警兼程。絮落泥中定，篁抽节上生。驿旁多野草，润我别离情。"这是一首表达禅意的诗，清空幽邃之韵致直逼王维辋川绝句的境界。他的论文《禅语西证》《平常心——赵朴初先生给我的启示》就论及诗意的禅境，他特别欣赏李白"吾亦洗心者，忘机从尔游"两句诗所深蕴的禅机禅趣。沈老进入金秋之年的书法往往入禅，脱尽尘滓，独存孤迥，天机自流，灵气氤氲。从胸次、学养、技法等方面看，沈老已具备创作大草《心经》的条件。书之妙道，神采为上，形质次之，古人所说的神采与今人所言之意境大致相近。宗白华论张旭的草书时说："这些形象在他的书法里不是事物的刻画，而是情景交融的'意境'，像中国画，更像音乐，像舞蹈，像优美的建筑。"书法的意境大致是指由书法的线条、结体、布局等物化形式暗示给欣赏者的联想意象。欣赏大草《心经》，先赏意境，再品技法。

《心经》之美，美在幽邃。幽者，静也，深也；邃者，空也，远也。庄子说："夫虚静恬淡寂寞无为者，万物之本也。"（《庄子·天道》）清幽静谧是禅境最重要的美感特征。有"诗佛"之称的王维，诗作多臻清空幽邃之意境："月出惊山鸟，时鸣春涧中"（《鸟鸣涧》），"雨中山果落，灯下草虫鸣"（《秋夜独坐》），境界之幽寂仿佛可以听到血管里的血液在流动。宗白华论画，极言静谧之美。他说："艺术家在掘发世界静物的形、色、线、体时，无意地获得物里面潜隐的真、善、美，因而使画境浑深而圆融，令人体味不尽。"（《艺境》）书法是养心的艺术，草书创作必先散其怀抱，宁心静气。刘熙载《艺概·书概》说："欲作草书，必先释智遗形，以至于超鸿濛，混希夷，然后下笔。"他认为草书之境也归于幽静："正书居静以治动，草书居动以治静。"艺术的静境往往是修炼心境之折光，禅的本意是静思，释家的修炼是由戒入定，由定发慧，通过多种手段破除我执，顿悟真如。《智度论十七》："此常乐涅槃从实智慧生，实智慧从一心禅定生。"禅意映射于艺术意境之中自然是虚静的。品读大草《心经》，那飞动的线条，如游丝袅空，如鸷鸟冲霄，如惊蛇入草；络绎的意象如渴骥奔驰，如素娥起舞，如秋月临窗；淋漓的墨色晶莹如漆，苍秀如玉，飘缈如烟；书品乐象时而珠落玉盘，间关莺语，时而冰泉冷涩，凝结难通。这一切的一切，读来仿佛把我们带入"静坐云生衲，空山月照真"（齐己诗句）的意境之中，我们仿佛远离了闹市的喧嚣，荡尽了尘世的烟霭，来到深山古寺之中，看古木苍苍，芳草离离，祥云朵朵，听飞瀑訇訇，鸟语嘤嘤，梵呗声声，沐泠风习习，霞晖片片，烟雨霏霏，不禁嗒然丧我，世虑顿销，心灵深处的污垢洗涤得干干净净，仿佛看到了自己的前世今生，超逸之情化作白云飘荡，虹霓散彩。

《心经》之美，美在清旷。清者，纯也；旷者，远也。艺术的禅境是对时空的超越，艺品意象既暗示悠久的时间，仿佛于刹那间见终古，又暗示广袤的空间，仿佛于微尘中见大千。司空图《二十四诗品》所绘的艺术境界多为超越时空的画卷："海风碧云，夜清月明""白云初晴，幽鸟相逐"。这是多么幽邃而超旷的境界。萧衍描绘草书意境也暗示渺远的时空："若白水之游群鱼，藂林之挂腾猿，状众兽之逸原陆，飞鸟之戏晴天。"（《草书状》）艺术的最高功用是拓展思维空间，而草书又最具代表性。这种空间的拓展与释家的修炼有某些联系。佛法无边，弥纶天地，释家的所谓空观，是站在时空的制高点来回眸俯视现实人生，以无穷的宇宙、悠久的时间与渺小的生命构成强烈对比，以此卑视尘凡，净化自我，拓宽思维，荡尽愚痴。《无量寿经》中说："令三千大千世界众生，悉成缘觉，于百千劫，悉共计较。"《五灯会元》中有这样的记载："问：'佛法遍在一切处，教学人向甚么处驻足'？师曰：'大海从鱼跃，长空任鸟飞。'"这种观照方式、思维方式映射于艺术意境，自然清空旷远，浩瀚无垠。

品读《心经》，那如游丝飘荡、如翠蔓摇曳的牵丝引带仿佛把我们的心带到春天的原野，让我们感受到春天的蓬勃生机；那长虹饮涧、白云卷舒的抒情长线，仿佛把我们的心带向遥远的天际，让我们片刻之间成为姑射之仙；那如苍松迎风、如真人啸歌、如佳人凝望的瑰奇意象，或把我们带入黄山之巅，或把我们带入衡岳之麓，或把我们带入青枫浦畔，使我们胸次开阔，世虑顿销，神明清远。书品意象灵动多变，时而仿佛是万座大山中的一片幽林，但见佳木欣荣，芳草葳蕤，雾气缭绕，而山外有山天外有天；时而又如天空中看到的一片流云，变幻为奔马，为青牛，为仙姝，为罗汉，而展示的空间是浩瀚的天宇。深品《心经》的整体意象，仿佛把我们带入“天苍苍，野茫茫，风吹草低见牛羊”的广阔草原，天空辽阔，碧蓝如洗，但见秋草如茵，芒花如雪，牛羊如云，清清的溪水流向远方，清音独远的牧歌从远处飘来，还看到佳丽们翩翩起舞，擢纤腰以孤立，若卷旌之未扬，纡修袂而将举，似惊鸿之欲翔。品读大草《心经》，不禁志狭四裔，思出八表，有超然物外之想。

《心经》之美，美在高华。高华是艺术的至高之境，淡雅之极，飘逸之极，纯粹之极。中国的诗书画艺术，它的精神内核是源于儒释道哲学，没有深厚的文学、史学、哲学修养，谈不上有高境界的艺术创造，也不可能彻悟先贤那精深华妙之境界。司空图论诗，标举高华之境：“太华夜碧，人闻清钟”，“如将白云，清风与归”。(《诗品》) 唐代高僧寒山描绘过自已的修炼境界：“吾心似秋月，碧潭清皎洁。无物堪比伦，叫我如何说。”(《我心》) 宋元的画境多高华，晋韵以高华为尚。张怀瓘评献之：“有若风行雨散，润色开花，笔法体式之中，最为风流者也。”(《书议》) 此为高华之境的描述。这种境界的产生与释家的尚空哲学有密切联系。《心经》中“乃至无意识界，无无明，亦无无明尽”的描写，实际上追求绝对的空净。《维摩经》云：“如空中云，如水聚沫，如水上泡，如芭蕉坚。”《金刚经》云：“一切有为法，如梦幻泡影，如露亦如电。”释家通过长期的空观修炼，净化大脑，纯化思维，这种修炼心境映射于艺术意境，自然清纯之极，瑰奇之极，高华之极。品读大草《心经》，意象至纯至幽至静至雅，那灵性的线条，或高古，或狂逸，或灵秀，或清雄，从百家中来而又纯然为一，让我们仿佛看到清泠的禅意化作涓涓的细流从毫颖汩汩流出。结体或大或小，或欹或侧，或纵或敛，或妍或媸，象随意生，境随情现，那生命之气，书卷之气，清气灵气逸气，充溢于字里行间，和谐之至，清纯之至，空明之至，品赏这些意象，仿佛看到书家“孤光自照，肝胆皆冰雪”的情怀。从整体意象而言，品读《心经》，我们仿佛坐在飞机上，观赏那琼楼玉宇的景色：飘荡的白云，如棉、如素、如雪、如盐，为丘、为垤、为陇、为山、为溪、为渊、为江流、为原野。这种景色，令人油然想起《无量寿经》中对净土世界的描写，“种种色光，遍满佛国”，“柔软光洁，如兜罗绵”，“大地清净，更雨新华”。当然，任何艺术大师的艺术创作不可能完全臻至释家的理想境界，然得其沾溉，足可超凡脱俗。

《心经》之美，美在飞动。索靖论书：“草书之为状也，宛若银钩，漂若惊鸾，舒翼未发，若举复安。”(《草书状》）张怀瓘描写献之书境的飞动之美：大鹏抟风，长鲸喷浪，悬崖坠石，惊电遗光。宗白华说：“我们见到书法的妙境通于绘画，虚空中传出动荡，神明中透出幽深。”草书是生命精神的艺术表达，力感势感是构成书境之美的本体元素。在人民大会堂看到沈老的巨幅大草《毛泽东〈沁园春·雪〉》，意象飞动，气势磅礴，油然想起词中“山舞银蛇，原驰蜡象”的豪荡意境。书法的动态美、力度美与释家的修炼也有关系。释家通过空观净化大脑，可以调动生命的潜能，产生巨大的能量。日本佛学大师铃木大拙以极为形象的比喻来描述开悟之后生命精神焕发的情景：“一只普通的杂种狗，一种可怜的摇尾巴乞食并被街童无情踢打的动物，现在已变成吼叫声足以吓死一切胆小者的金尾狮。”(《禅风禅骨》）释家获得真如智慧的方式有多种，静坐参禅是常用方式，慧根深者不排除在体力劳动与艺术创作中悟道。六祖惠能在出家之前，主要工作是打柴，弘忍收之为徒，主要工作是舂米。根据铃木的观点，一种技艺的修炼到以神遇而不以目即之境，往往产生超异能量，如中国武术，高明的太极拳师看似柔若无骨，而湛发的力感所向无敌，故名“武术禅”。书法也是如此，心性的修炼，技法的淬砺，灵感的触发，思维往往进入自由无羁、圆融无碍的至高之境，那柔中寓刚的飞动之势如蛟龙盘游，蜿蜒轩翥，鸾凤翱翔，良骥腾骧。品读《心经》，感觉一种无形的不可遏止的力在湛发，鸿飞兽骇之姿，鸾舞蛇惊之态，绝岸颓峰之势，临危据槁之形，一一效于衽席。兹篇有异于书家的其他大草佳构，没有惊雷急电、暴雨狂风，没有长鹏击水、雪浪如山，而多有春花妍笑，修篁袅娜，百鸟鸣叫，灵猿腾于高木，山溜奔于幽涧，鸿鹄翔于远空，意象的飞动，反衬境界的宁静。深品《心经》，我们有如被带入无边的大海，夜色茫茫，海天一碧，月明星稀，海鸥时掠时起，出没烟波，长鲸休憩，惊涛不涌，而时见老鱼吹波，瘦蛟腾浪，“豚首、象鼻、芒须、针尾之俦，折甲、曲牙、逆鳞、反舌之属……掩沙涨，被草渚，浴雨排风，吹涝弄翮”，万类的动更衬托了夜阑的静，让我们感受到沧海之辽阔，时空之无穷，生命之渺小，一切一切的烦恼仿佛片刻之间荡然无存，尽化醍醐。

艺术的高境往往泯灭技法。像《心经》这样的艺术杰构，抒情已进入纯粹境界，技法无迹可寻。书法是尚技的艺术，泯灭技法之痕并非不重技法，而是技进于道。沈老特重技法。他说：“笔法最单纯也最丰富，最简单也最艰难，是起点也是归宿，有限中蕴无限，书法最原始的秘密深藏于笔法之中。”《心经》的境界源于语言的渊雅朴素，沈老书法语言的丰富性与独特性和谐统一。语言的渊雅至为可贵，沈老之书，无论是楷隶，还是行草、大草，都能随态运奇，变动不居。草书取法王铎、傅山、黄庭坚，遥接张旭、怀素，远绍篆籀碑版及汉代简牍与二王书风，英辞独铸，清格独标，奇诡变幻的字法，干湿浓淡的墨法，轻重、大小、穿插、欹正的章法，与元气淋漓的气势忻合为一，形成浑厚生涩、遒逸清雄的语言风格。沈老语言的独特性体现在用笔，这在大草《心经》中可窥一斑。他的用笔是篆籀古法入于大草。沈老心折傅山、黄庭坚。黄庭坚说："近时士大夫罕得古法，但弄笔缠绕，遂号为草书，不知与蝌蚪、篆隶同意，数百年来惟张长史、永州狂僧及余三人耳。"这种篆籀中锋，有别于"二王"帖学一派的以手札简牍为长的中锋用笔，帖系中锋是以"绞转"笔法为主的中锋，多用笔尖部位，而"篆籀中锋"是运用整个笔毫的中锋，因此，细品《心经》的用笔，沉稳圆活，浑厚爽健，如璞玉浑金，画沙漏壁，络壁虫网，折股金钗，偶施侧笔，时露飞白，更增添了整个书品的氤氲灵气。此作的用墨极为精到，浓欲其活，淡欲其华，润可取妍，渴能取险，白知守墨，丝丝苍渴白入黑，一片浑茫如云烟，使书品境界呈化机之妙。

清空幽渺，万象在旁。品读沈老的《心经》，独特的感受使我油然想起六祖惠能描述开悟后的情景："如是诸法在自性中，如天常清，日月常明，为浮云盖覆，上明下暗，忽遇风吹云散，上下俱明，万象皆现。"（《坛经》）此作含宏万汇，囊括万象，莹然而淡，渊然而深，悠然而远。大美无言，正如轮扁斫轮，精妙之处，只可意会，难以言传。大草的象是迷离的象、多层的象、变幻的象，笔者所言，纯为臆测，可能是，又可能不是。沈老常抱病躯，困于沉疴，而献身艺术，矢志不移，年登耋耋，孜孜以求，因而《心经》无疑是先生生命精神的具象表达，是渊深学养的具象表达，是执着精神的具象表达，《心经》不仅仅是艺术之峰巅，同时也是思想之峰巅。

（此文刊发于《书法导报》2016 年 7 月 13 日第 19 版）

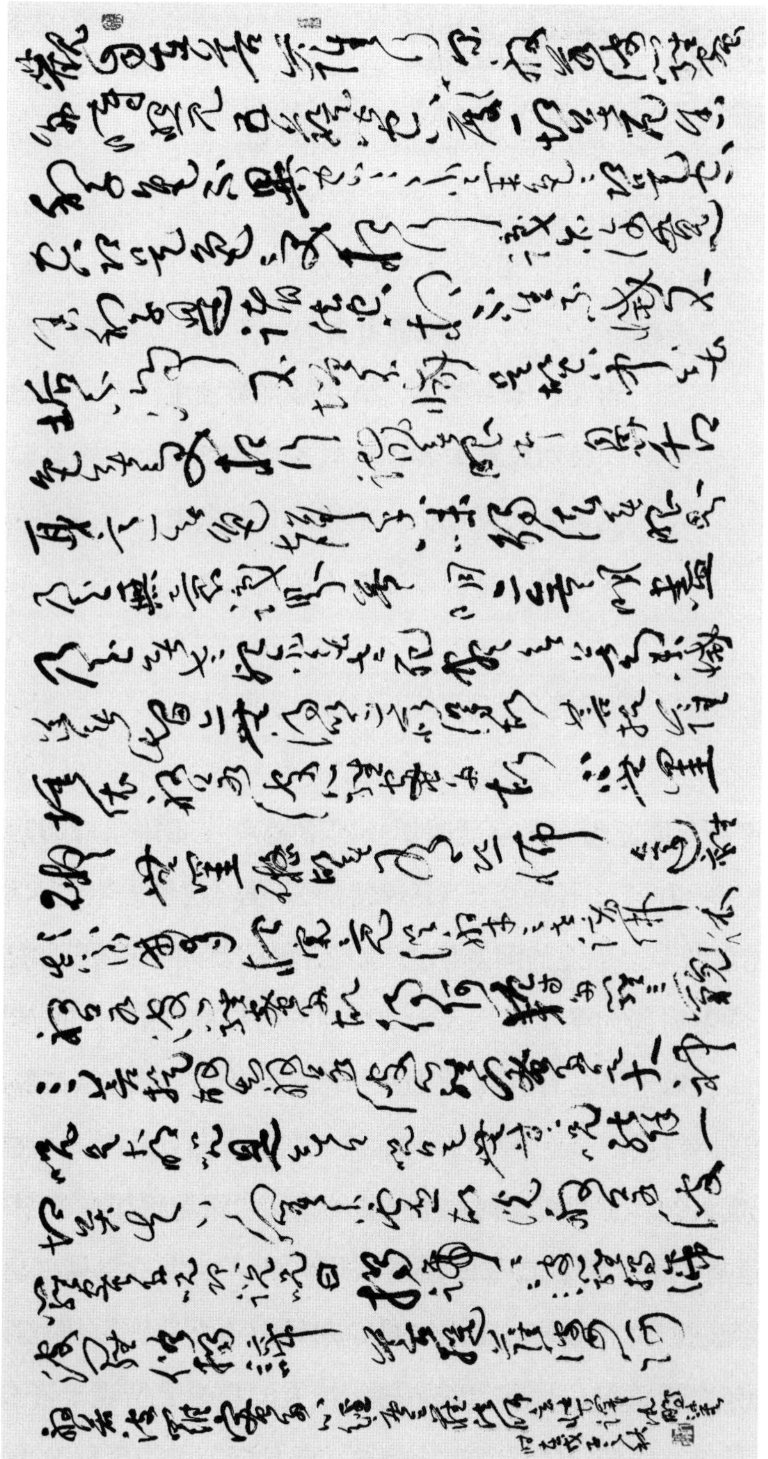

苍深淡远　寄慨幽微

——沈鹏自书诗《同学聚会》大草中堂赏析

同学聚会

相见犹如在梦中，乌丝皓发影重重。

一锤驯服磨工具，十载荒唐启玉龙。

大道青天难得出，少怀红日转成空。

驽骀垂老输馀力，不羡江湖弋钓翁。

《同学聚会》原题为《北京新闻学校同学聚会》，创作于2009年9月，诗品初见于《三馀再吟》，书品见于《三馀笺韵》。据《沈鹏先生艺术年表》所记：1949年，沈老以大学毕业的同等学力考入新华社新闻干训班，即当时的北京新闻学校，学习时间为半年。诗人于2009年9月与新闻学校的同学重聚，正好毕业六十年。六十年之后重聚，叙述往事，展望未来，感触良多，诗境朗现苍深淡远之美感特征。

诗作起笔入题，总写重聚时的欣喜与感慨。“相见犹如在梦中，乌丝皓发影重重。”语有出处，即杜甫《赠卫八处士》的“人生不相见，动如参与商”和李商隐《无题》的“相见时难别亦难，东风无力百花残”。同窗旧友，劳燕分飞，六十年之后重聚，真有梦幻之感，诗人的喜悦之情溢于言表。“皓发”，白发。昔日乌丝被岁月的风霜染成了白发，春日朝霞今为金秋晚照，令人油然想起孔子的话："逝者如斯夫，不舍昼夜！"岁月匆匆，感伤之情油然而生，"影重重"意即同窗往事、人生历程依稀仿佛，这三字为全诗奠定了凄清苍凉之基调。颔联"一锤驯服磨工具，十载荒唐启玉龙"，生涯回首，百感交织。"一锤"，一下子确定，有主观武断之意。"十载"指"文革"十年。颔联采用流水对，暗示其因果联系。"驯服"即"驯服工具论"，指一个人放弃独立之思想与思考之权利，沦为工具之用，含有诗人的贬斥之意，痛思正因如此，才有"十载荒唐"。"启"，开启。"玉龙"，本指瀑布，元好问《黄华峪十绝句之六》有"谁著天飘洒飞雨，半空翻转玉龙腰"，此处应喻十年"文革"的暴风骤雨。

颈联"大道青天难得出，少怀红日转成空"，写人生道路之坎坷，为壮志未酬而深深叹惋。李白诗云："大道如青天，我独不得出。"（《行路难三首·之二》）大道像天空一样宽阔，而我们个人的路却是艰难，极"左"路线的盛行对人才的发现培养极为不利，有时近乎扼杀，悲愤之情见于言外。"红日"，指崇高理想。青年人是早晨八九点钟的太阳，朝气蓬勃，满怀理想，从新闻学校毕业的同学，正值风华正茂之年，而因各种原因，有的人生道路坎坷，有的美好理想未能实现，追思往事，不胜感慨，这种心情，是亲历者的普遍心理。尾联"驽骀垂老输馀力，不羡江湖弋钓翁"，表达金秋之年的愿望，尽心尽力为社会贡献余热。"驽骀"，跑不快的马，诗人自谦。"弋钓翁"，指渔父，隐士。张志和《渔歌子》："青箬笠，绿蓑衣，斜风细雨不须归。"隐士们远离尘世，超然物外，诗人不做那样的隐士，诗人热爱时代，热爱国家民族，耄耋之年，仍自强不息，精进不止。

这是一首寄慨遥深的小诗，意境苍深幽渺。同学聚会本来是寻常的主题，但诗人抚今追昔，感慨万端，受杜甫沉郁顿挫诗风的影响甚深。杜甫经历"安史之乱"，迟暮多病，发之于诗，沉郁顿挫，慷慨悲凉，他的古风自不必说，而律诗如《阁夜》《秋兴八首》等杰作，凄清悲壮，意境深闳。沈老人生经历的苦痛虽不能和杜甫相比，然极“左”路线对社会的破坏也是极大的，亲历者也确有切肤之痛。人的创造精神赖乎自由精神的滋养，人性的驯服工具化必定导致思维的僵化、奴性化，哪来创造精神，更哪来社会的进步？诗作对历史的反思是深刻的，体现出强烈的时代感。此诗比兴手法的运用精熟，“工具”“玉龙”“大道”“红日”等意象富有象征意味，其旨远，其辞微，其韵雅。

书法的高境是象与意、象与情的有机统一，用沈老的话来说是“真情所寄斯为美，疑是穷途又一村”。书法的真情从两方面看：其一，思想载体所蕴含的情感，书法的抒情不可能离开思想载体；其二，特定时空中的情绪体验，书法可以借某些载体遣意抒怀，书法的抒情确有相对独立性。书法的象与意、象与情妙合无痕，言之甚易，为之甚难，综合素养与精湛技法有机统一，方有自由抒情之可能。《同学聚会》的诗意是苍深幽渺，而书品能准确地追蹑载体的情感运动，将无形之画化为有形之诗，准确地物化了这种诗境。细品书作，瘦劲苍涩的线条、形散神聚的结字、纵恣飞动的体势，书家以个性化的艺术语言来遣意抒情，令心有意会的读者油然而思特殊岁月的幕幕往事。从苍涩的线条中，从散淡的结体中，从似断实连、迷离仿佛的行气中，可以读出一种难以言说的感伤意绪。我们很少读到游丝袅空、长虹饮涧的抒情长线，大致是诗人的感伤情绪压抑得太久太深的缘故，还没有完全释怀，而从瘦劲挺秀的线条中又可读出诗人的坚毅顽强。

书家的技法已臻“和以天倪”之境，艺术语言素洁无尘，我们很难读出某家某法的痕迹，无一笔不精到，无一笔不灵秀，无一笔不自在，真正做到化古为我，情文流畅。理性的品读，可以发现语言风格与前贤的书风有某些联系。线条还是多蕴大篆笔意的中锋，纤劲跳脱，清雄壮浪，雄强的力感、疏荡的笔意还是脱胎于《石门颂》《杨淮表记》等摩崖书法，线性的狂逸取法于怀素，天真灵秀的逸趣应与居延汉简有些仿佛，那种“剪不断，理还乱”的带有荒率意绪的线条，应与徐渭有较多的联系，借用枯笔飞白来抒发感伤的情怀。沈老的书法特重结体，其结体高度地写意化、抒情化，情至象生，无一雷同。此作结体散淡古朴，藏巧于拙，藏奇于正，看似随意、疏阔、柔秀，而其内在精神凝聚，谨严，刚毅，如“相”“发”“怀”“羡”等字，散中见聚，雄中见秀，强化了复杂情感的表达。

苍深淡远，寄慨幽微，是《同学聚会》这一艺术佳品的意境特征。先生的创作，二者达到了和谐的统一，此作是难得一见的带有史诗色彩的艺术杰构，滋沐着诗意的清晖，闪耀着理性的灵光。

（此文刊发于《书法导报》2016年8月31日第19版）

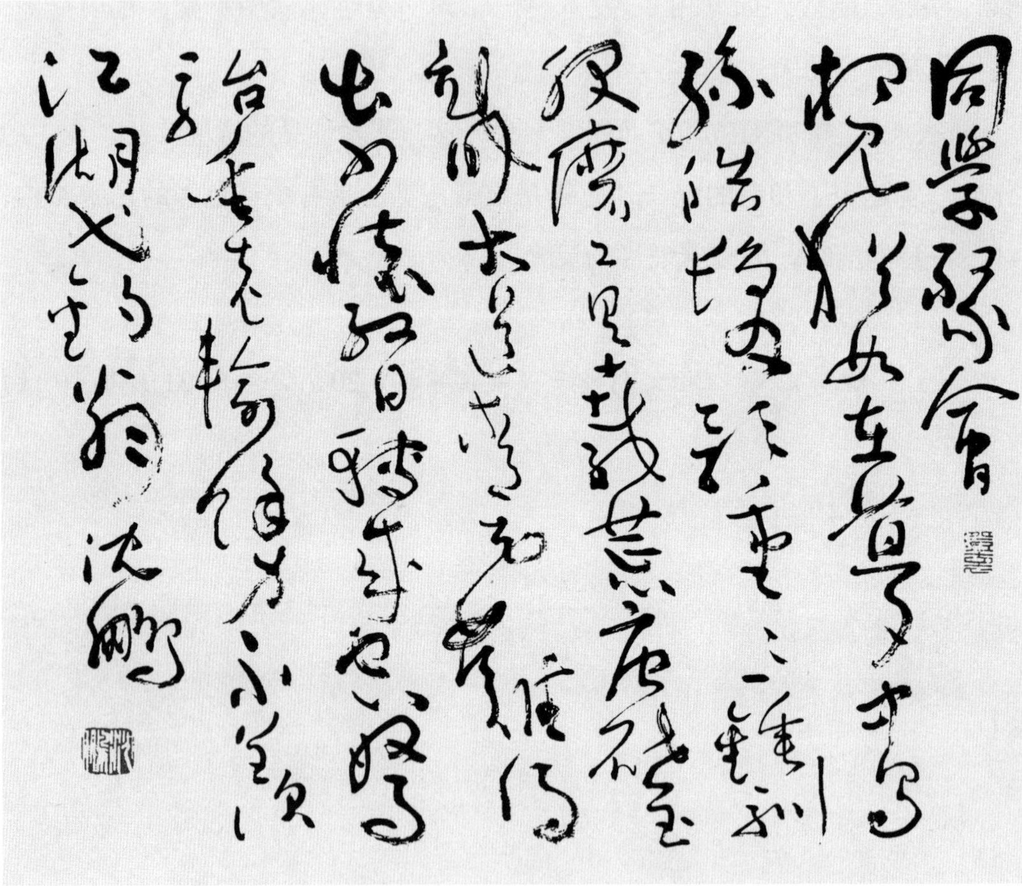

书圣陵前师本真

——沈鹏自书诗《乙丑清明祭王羲之墓》大草条幅赏析

乙丑清明祭王羲之墓

笔冢墨池惊鬼神，换鹅写扇性情人。

一千六百馀年后，书圣陵前师本真。

王羲之以萧散妍逸之书风饮誉百代。历代论王氏者，以李世民之评价为最高："所以详察古今，研精篆隶，尽善尽美，其惟王逸少乎！观其点曳之工，拆成之妙，烟霏露结，状若断而还连，凤翥龙蟠，势如斜而反直。玩之不觉为倦，览之莫识其端，心慕手追，此人而已。"王羲之已成中国书法史上不可逾越的高峰，如何取法王羲之，历代书评家多有精妙论述。沈鹏先生既是杰出书家，也是识见卓远的艺术评论家，他的诗作有大量论艺诗，比较集中地体现了沈老的美学理想。《乙丑清明祭王羲之墓》一诗，极为深刻而又形象地表达了如何学习王羲之的书学观点：不单形体克隆，尤重精神追蹑，学习他尚"本真"的艺术精神。

《乙丑清明祭王羲之墓》一诗，创作于2009年3月，原题为《越东行五首之一·祭王羲之墓》，收录于《三馀再吟》。此次越东行先生还写了一首诗，也与王羲之有关，即《金庭访右军旧迹》。今抄录如下："右军终老迹难寻，欲得鹅群探好音。窃恐延年伤药石，时风却道涤烦襟。"诗中指出王羲之享年不是太高的原因，大致为药石所误。王羲之的墓茔位于浙江嵊州市东金庭镇瀑布山，距城区 32 公里，史载王羲之卒葬于此，此景点现为该市重点文物保护单位，附近景点有书圣殿、金庭观、王羲之故居等。祭墓之诗，其书品见于《三馀笺韵》。

诗作起笔写王羲之功力之精湛，是艰辛付出的结果："笔冢墨池惊鬼神"。绍兴有墨池，相传为王羲之洗砚池。据曾巩《墨池记》所述，江西临川也有王羲之学书洗砚的墨池。洗墨成池，弃笔成冢，对艺术用功之深可以想见。"惊鬼神"，既指用功之深可惊天地，泣鬼神，又指艺术的震撼力亦臻此种境界。第二句"换鹅写扇性情人"为承。王羲之的性格体现出晋人的超逸潇洒。"换鹅"一事，出晋书本传，言羲之好鹅，山阴有一道士养好鹅，羲之往观，求购甚切，道士求写《道德经》一卷，羲之欣然写毕，笼鹅而归。"写扇"之事，相传羲之去一村庄，见有老妇拎一篮六角竹扇叫卖，竹扇简陋，买者甚少，夜色将临，老妪甚忧，于是羲之书其扇，各为五字，妪初有愠色，羲之谓妪："但言王右军书，以求百钱"。妪如其言，人竞买之，他日又持扇来，羲之笑而不答。从书经换鹅、写扇助妪这几件事来看，王羲之的性格有如下特征：超旷洒脱，乐善好施。艺术进入高境，创作主体的性格对书风影响甚大，故有字如其人之说。艺术是心灵之光的折射，创作主体胸无逸气，何来神化之境？羲之若有蓬心，又重利，以其书艺价值而论，百鹅千鹅，百扇千扇，何可抵其一片玉屑哉？而羲之不以利诱萦心，故品高自然格高。

第三句"一千六百馀年后"为转，转入议论，拓展诗境。此句以极为平实之语言写出羲之逝世时间之久，仍有丰富的言外之意：羲之辞世距今千载有余，而人们没有忘记他，还在深深悼念他，为什么？为其高尚的人格光华夺目，为其璀璨的艺术雄视百代，王羲之的躯体早已化为粪壤，而他登峰造极的艺术永放光辉。最后一句"书圣陵前师本真"点明题旨，点明学习王羲之为人为艺的精神。“本真”一词有极为丰富的美学内涵，从字面上看，“本”指本体，“真”指纯真、天真。结合全诗考察，这里的“本真”既指执着的精神，又指超然物外的品格、纯任自然的表达。书法是尚技的艺术，无墨池笔冢之功，无艰辛付出，永远与书艺无缘。在中国历史上，皇帝宰相爱好书法的人多的是，他们的地位够高了，名气够大了，而能流传者有几？技法上不去，境界上不去，就不是真正的书家，书艺就不能流传。艺术是人格精神的折光，不养浩然之气，不从渊深的传统文化中吸收营养，艺术创作就不可能进入超凡脱俗的境界。

这是一篇微型的书论，“师本真”之说体现了诗人对如何继承优秀文化传统的远见卓识。首先，深刻地论述了技与道的关系问题。任何艺术的前提是技法的淬砺。苏轼说：“笔成冢，墨成池，不及羲之即献之；笔秃千管，墨磨万锭，不作张芝作索靖。”（《题二王书》）扎实的基础功夫是成功的基石，不能静心淬砺技法，书法便成无源之水，无本之木。其次，“师本真”，强调了老老实实的治艺精神。艺术的高境是艺道双修，诗如其人，书如其人，人品不高，用墨无法，这个观点是永远不会过时的。超逸的气度，从善的良知，不完全排除有先天因素的影响，而后天的修养是主要的。羲之生活的时代是魏晋玄学极盛的时代，老庄清静无为的思想，名士们清谈超逸的处世态度，还包括当时服食“五石散”的风气，对羲之的影响是极大的。他的换鹅写扇，就是性格的真实流露。最后，书法的表达既是技法问题，又与人的气质有较大的关系，艺术贵在真情的表达，情真自然境高。沈老说：“书法本体价值，说到底在情感的美，情感的纯正无邪。”纯真的艺术是本色的艺术，本色的艺术才是真正的美的艺术，这是“本真”的最核心的内涵。诗作的取象具有高度的典型性、概括性：“墨池笔冢”写其刻苦，“换鹅写扇”言其超逸，“本真”二字概括羲之书艺的美感特征、艺术风格。诗作叙事抒情高度浓缩，虽为一首小小的七绝，而读来却有咫尺千里之感。

《乙丑清明祭王羲之墓》的诗境为平淡清雅，而物化为书境则为豪纵激越。思想载体通过概括性的用典、简约的叙述，情感的表达丰富而内敛，写出了祭奠时庄严肃穆的气氛，诗人对书圣高山景仰的神情也历历如见，而书品的抒情则化平实为浓郁，化内敛为纵恣，仿佛见到了王羲之情绪有些失控，激情有如喷泉般喷射。全幅的抒情语汇以王铎的激越为基，化入怀素的狂逸、鲁公的清雄、鲁直的跌宕、米南宫的奇诡、文徵明的苍润，出入百家，独标清格，一无依傍，纵情挥洒。纵观全篇，笔圆而势逸，气盛而力满，壮浪而舒展，潇洒而灵和，覆腕转蹙，悬管纵钩，有起伏连卷之形，有收揽吐纳之变，势逸不可止，纵狂不可遏，而收纵又能自如，寓恣肆于清雄，含苍倔于端整。主体意象虽寥寥二十八字，而整个书境有江水滔滔、骏马奔腾之势。羲之若九泉有知，读此书作，必然激情澎湃，感慨系之。

艺术的高境以精湛的技法为前提，技法为起点也为归点，书法的一切秘密深藏于技法之中。细品此作，用笔中侧兼施，方圆并用，书家一改平时以中锋为主、侧锋为辅的习惯，侧锋的大量引入，增加了整个书境的千般风流，万种仪态。其中锋仍以篆籀为主，又从王铎傅山的笔意中汲取营养，线性古朴而晓畅，体势飞动而清宁。微观细品，“惊”“人”等字能清楚地看出篆籀笔法，浑厚而苍劲，遒逸而洒脱。“笔”“余”“年”等字时用侧锋，雄中见秀，顿挫分明，笔力苍劲。偶以尖锋起笔，而锋藏处仍见伟丽苍润。结体或长或小，或欹或侧，或断或连，或妍或媸，一任自然，本色示人，“惊”“年”等字的变形夸张，强化了情感的表达。此作的墨色对比甚为强烈，浓墨重笔的使用，如黑漆，如重彩，如春雨，使情感的表达更加淋漓酣畅；而时施枯笔飞白，如彩霞，如轻烟，如秋风，增加了整个书品飘逸的韵致。

《乙丑清明祭王羲之墓》，既是一篇深挚浓郁的抒情祭文，又是一篇简约深刻的微型书论，是先生学习二王的艺术总结，又是先生对二王景仰之情的形象表达，对如何学习古人、如何继承发扬优秀的文化传统，均有深刻的启迪作用。

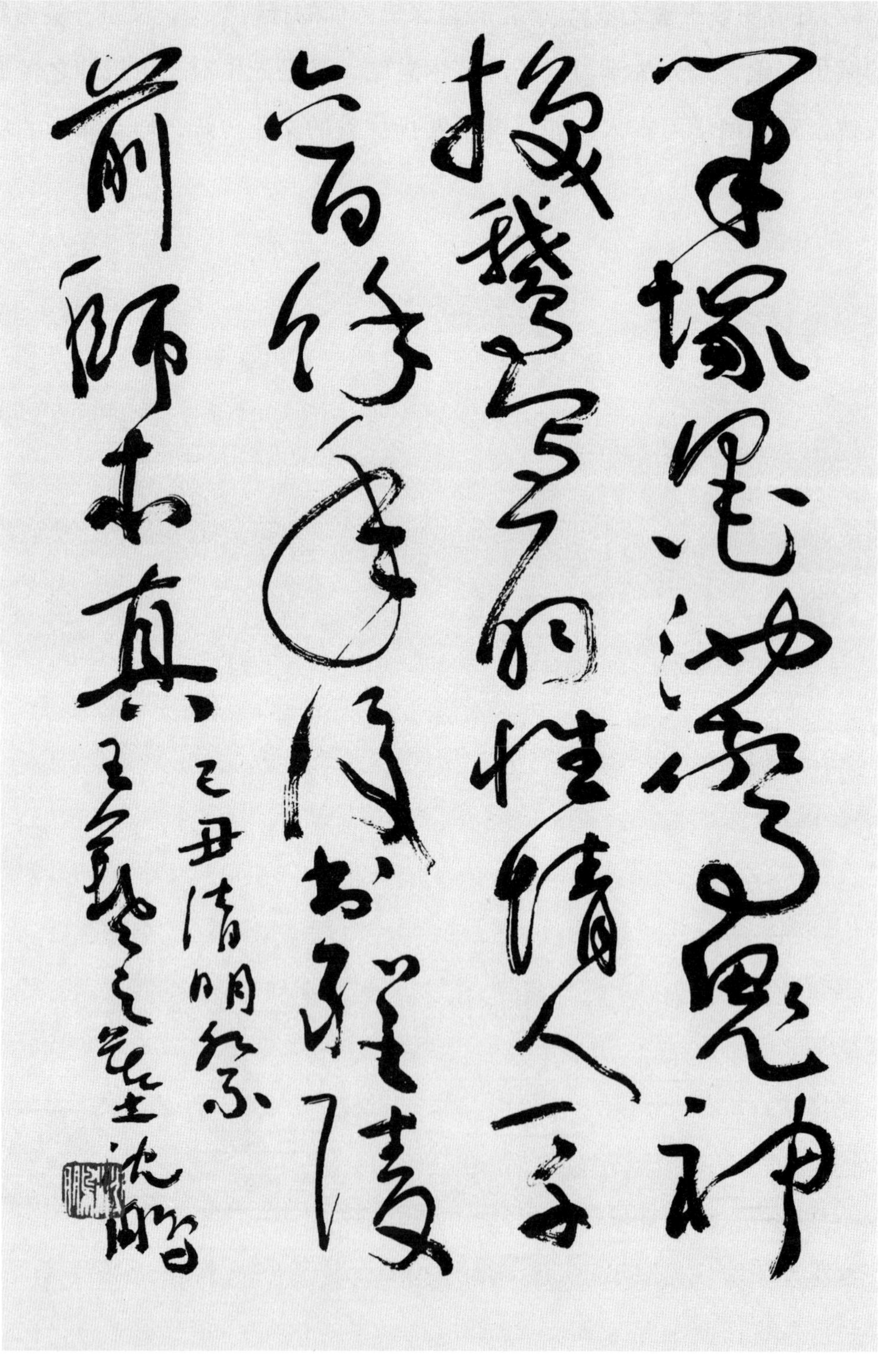

思接古今　清穆幽邃

——沈鹏自书诗《己丑寒山寺题壁》大草条幅赏析

己丑寒山寺题壁

钟声回荡夜迟迟，过往客船江月思。

阅尽古今无限事，寒山化育一身诗。

《己丑寒山寺题壁》原题为《寒山寺题壁》，创作于 2009 年 3 月，诗品初见于《三馀再吟》，书品见《三馀笺韵》。书品释文附“作者言”：“唐张继《寒山寺》‘月落乌啼霜满天……’家喻户晓，成为《寒山寺》最重要的象征。今余遵寒山寺方丈嘱题七绝，不能胶柱前人，又若完全摆脱，可能反而缺少历史感。”这段文字交代了创作的缘起以及与张继诗作的某些联系，此诗今已勒碑于寒山寺内，请沈鹏先生题诗的方丈应为秋爽法师。咏怀古迹是沈老诗作中的重要题材，而此诗为这类题材的代表作之一，营构了清穆幽邃的禅境，表达了对传统文化的热爱之情。

寒山寺位于苏州市姑苏区，始建于南朝萧梁天监年间（502 ~ 519），初名“妙利普明塔院”。寒山寺属禅宗中的临济宗，唐代贞观年间，当时的名僧寒山、希迁修道于此，加以扩建，更名为寒山寺，一千余年间遭受五次火毁，最后一次重建于清代光绪年间。此寺为中国十大名寺之一，而张继题写《枫桥夜泊》一诗，更让寒山寺名扬天下。张继此诗写于“安史之乱”以后，诗人途经此寺，写下这首羁旅之作。此诗描写了夜泊者对江南深秋夜景的观察与感受，通过对月落乌啼、江枫渔火等意象的描写，抒发了身处乱世、漂泊难归的羁旅之思与家国之忧。张继之作，诗画交融，意境苍凉，凄清感伤的风格深深摇撼着读者的心旌。

沈老此作化用张继诗意而自出机杼，体现清穆幽邃的艺术意境。起笔描写寒山寺的夜景："钟声回荡夜迟迟"。诗人没有直接描写寺庙景色，而是通过钟声来反衬夜色之深、之静，给人以先声夺人之感。钟声的描写从张继"夜半钟声到客船"的诗意化用而来。范成大在《吴郡志》中考证，吴中地区的僧寺，确有半夜鸣钟的习俗，谓之"定夜钟"。温庭筠诗："悠然旅思频回首，无复松窗半夜钟。"起笔写寒山寺的钟声，以有声衬无声，以动衬静，极言境界之幽谧。"迟迟"，本义和舒貌，《诗经・豳风・七月》有"春日迟迟，采蘩祁祁"，此处应写夜色之深。诗人为何从夜色入手？大致为两方面的理由：其一，照应张继诗意，张诗影响太大，不能完全摆脱；其二，营构清空静穆之意境。苏轼诗云："欲令诗语妙，无厌空且静。"尚静尚空是禅境的重要美感特征。审美需要心理距离，夜色容易产生距离感，容易使人产生丰富的想象和联想，仿佛让清冷的月光将人们的心垢洗涤得干干净净。释家往往在极静极幽的境界中悟道参禅，寒山的诗多写夜景，比如他以秋月喻禅心："我心如秋月，碧潭清皎洁。无物堪比伦，教我如何说"（《我心》）。沈老是妙悟禅理的艺术家，取境自然幽远。"过往客船江月思"，由写景过渡到写人，依然照应张继诗意，表达思接古今之情怀。"客船"，代客船中的人，既指诗人自己，也泛指游人。"江月"，仍为借代，代张继诗中"江枫渔火""月落乌啼"等意象。此刻，诗人想到了漂泊中的张继，想到了张继所见的寒山夜色，想到千百年来领略过寒山夜色的众多士子，览四海于须臾，观古今于一瞬，达到一种时空的超越。

"阅尽古今无限事"，此句为转，由对寺庙夜景的描写转入议论，思接古今。诗人将寒山寺拟人化，此寺仿佛是历史的见证者，见证了千百年来无数个张继式的士子在这里长思远慕的情景，也见证了风云变幻的历史，见证了中华文化在广泛的传播中在人们心灵深处所产生的影响。结句“寒山化育一身诗”，点明题旨，升华诗境。仍将“寒山寺”拟人化、符号化，表达对古老文化的景仰之情。张继在动乱之后途经寒山，无限感伤寄寓于江枫渔火、夜半钟声等意象之中。寒山已不是一座孤立的寺庙，而成了诗的渊薮，成了文化的发祥之地。的确，寒山寺与文化的勾连太多了。寒山就是一位大诗人，现存诗作三百余首，诗风清空淡远，凄冷幽邃。古往今来，以寒山寺为题材的诗作更是多得无法统计，这不是“化育一身诗”了吗？寒山寺是临济宗修炼者的重要寺庙，佛教文化是中华文化的三大源流之一，自唐代以来，以清空幽渺为主要特征的佛教美学思想对中国艺术产生了深远影响，使中国艺术的意境更加纯粹、幽邃，起到净化心灵的作用，张继笔下的寒山夜色，正体现出清空幽渺的禅意之美。

这是一首意象鲜活、境界清宁的怀古之作。诗人从清宁的寒山夜色切入，神思飞越，浮想联翩，想到了在乱世中漂泊的张继，想到无数身世偃蹇、忧愁难遣的士子，想到了风云变幻的历史，想到了中华文化的传播，有沉思，有感伤，有浩叹，有赞美。张继的诗境是凄清的、感伤的，我们仿佛看到一位在乱世中无家可归的漂泊者形象，感伤之意绪油然而生。而沈老的诗作是盛世风光的描写，诗人多悟禅意之微旨，诗中更多的是静谧安和，“一身诗”的意象给人以生意盎然、昂扬奋进之感，体现了鲜明的个性、强烈的时代感。细加品读，张继的诗更近楚骚，更多羁旅之愁、家国之思；而沈老的诗更近庄禅，体现心灵之宁静、智慧之灵澈，其诗旨与寒山寺这一佛教圣地有更多的情感联系。诗作成功地运用了反衬、借代、拟人、象征等手法，赋予寒山夜色更多更深的文化内涵，在鲜活的意象中深蕴更多的理性思考。

诗境要物化为书境是极为艰难的。诗以联想意象抒情，书以笔墨线条遣意，从抒情的含蓄性而言，诗歌强于书法，从抒情的浓郁性而言，书法强于诗歌，而沈老学养、才情、技法的有机统一，诗书之境的营构能妙合无痕，书品意象不仅能准确地追蹑思想载体的情感运动，而且强化了这种情感的表达，这种情感的抒发更具立体感、饱和感、鲜活感。

书品意象的营构别具匠心，主体意象为大草，映衬意象为行书，一豪纵，一清逸，一朴厚，一虚灵，抒情遣意，淋漓酣畅，对比强烈，相映生辉。全篇行文跌宕，动静交错，大开大合，大放大收，谨严中见疏荡，纵恣中见伟丽，气势飞动而意境幽邃，波澜起伏而秩序井然。书品的抒情方式成功地借用了文学创作中的反衬手法，以动衬静，以实衬虚。艺术家的激情随境而发，波澜起伏，一切都是随机性的，难以预料。援笔落纸便入抒情高潮，那豪纵的笔势、淋漓的墨色、飞动的意象，有如夏日骤雨将至，雷声轰鸣，狂飙突起，俄而浓云翻滚，雨泻如泼，但见风中劲松，迎风挺立，百尺修篁，颠狂起舞，长荆短栎，披离无状，时见山溜奔于幽涧，素练挂于高崖，而风消雨霁，云开月出，清风徐来，柔枝摇曳，我们的心仿佛通过暴雨狂风之洗礼，尘垢荡然无存，在清澈的月华中，在流淌的清流中归入静谧安和，感觉到万物依然还是那样自由自在，一切那样和谐，那样美妙，那样自然。整体境界通过纵恣壮浪的动把读者带入清宁安谧的静中，通过反衬的手法物化了诗境的幽寂之美。

书品已臻大草抒情的自由境界，浑然天成的技法很难寻找到取法某家的痕迹。微观细品，略见端倪。用笔多为圆笔中锋，其壮硕之笔意取神于张旭，其灵秀之线情得力于怀素，其纵恣之体势取法于铎山。用笔处处为屋漏，为锥沙，为折股，圆转自如，含蓄奔放，大篆笔意的高古自由、朴厚灵动，化为大草线条的遒逸晓畅、清雄俊秀，书品意象变化万千，其节奏之美、旋律之美，犹如在雄浑而瑰丽的交响乐中飞翔。那纤劲沉实而深蕴诗情的线条如古藤缠绕，如灵蛇飞动，如修篁婀袅，令人油然想起任华对怀素的描写：“怪石奔秋涧，寒藤挂古松”。此作的结字也具个性化、抒情化。“夜”“迟”“过”“事”“诗”等字重若巨轮，笔力千钧，如猛将挥戈，横扫千军；而“江”“古”“今”“限”“身”等字，轻如蝉翼，意态灵虚，如山僧野圣，风仪潇洒。此作的用墨最见灵情，大量的浓墨重笔，晶莹如漆，润如春雨，而时露的枯笔飞白，飘缈如烟，干裂秋风，墨色的对比强化了作品的抒情表达。

《己丑寒山寺题壁》是沈老的抒情力作，诗境的静谧幽邃与书境的豪荡纵逸构成强烈的对比，强化了情感的表达，读来不觉胸怀如洗，逸气横生。

（此文刊发于《中国书法报》2016 年 6 月 18 日第 2 版）

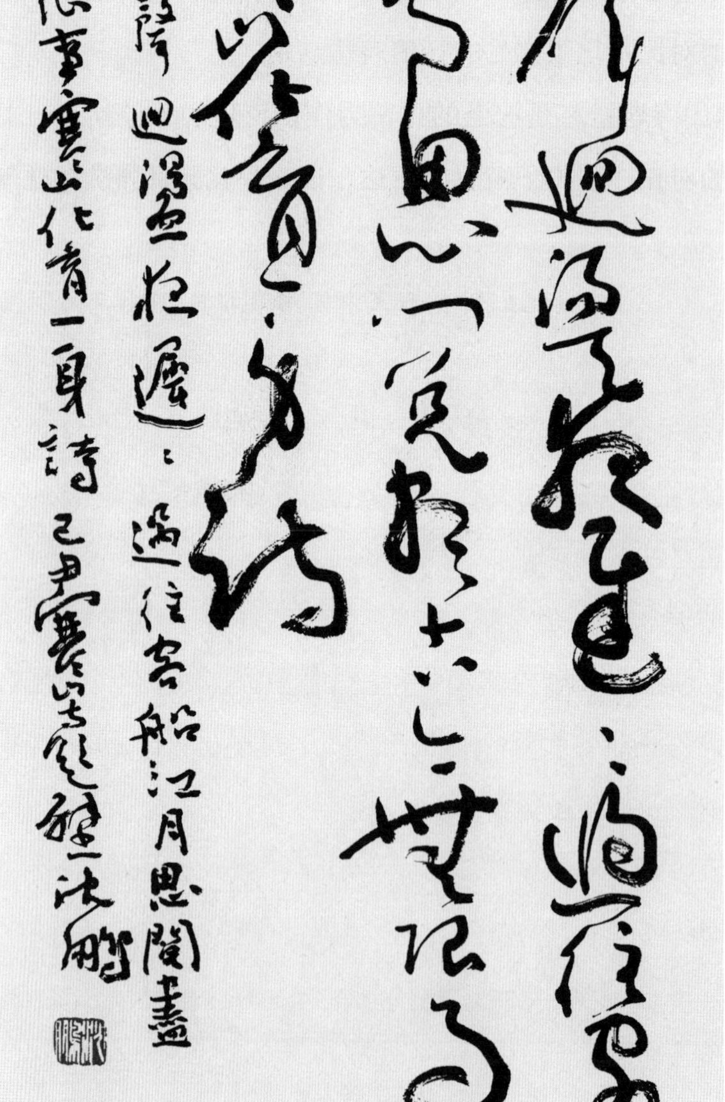

幽香永驻　秀色长妍

——沈鹏自书诗《南京李香君故居》大草中堂赏析

南京李香君故居

倚水香君旧阁厢，玉衾锦被沁馀芳。

只缘误识侯公子，扇溅桃花血未凉。

读鲁迅的短篇小说《祝福》，为主人公祥林嫂的悲剧命运而深深叹息。祥林嫂无姓无名，无夫无子无家，人生盛年的她沦为乞丐，在富人们的祝福声中凄然死去，她是被封建社会的“四条绳索”活活勒死的。封建时代女性长期处于被压迫、被损害、被践踏的地位，这是男权统治者占有欲的社会化、畸形化造成的，最高统治者的胡作非为，封建文化中的思想糟粕，毒化了社会风气，害苦了女性同胞。封建时代女性在肉体上遭受的摧残，若非亲见，不敢相信。记得五十年前，儿时的我见到外祖母穿的鞋子真的只有三寸长，她走路颤颤巍巍，看其脚瘦小而畸形，不知怎么回事，一问母亲才知是因裹脚造成的，可以想见她幼年时的痛苦。在封建社会，有人身自由的女性尚且如此，那些沦落风尘的女性更是苦不堪言，她们的身体成为别人赚钱的工具，没有尊严，没有家庭，没有爱情，没有立身之地，纵有绝代才华，仍被视为玩物，她们最值得同情。沈鹏先生是极富仁爱之心的艺术家，曾把目光投向这些最卑微的女性，创作了《南京李香君故居》一诗，表达了对香君丰美才华、高洁品格的赞美，对其悲惨身世的深切同情，对那黑暗时代的极为愤慨，该诗闪烁着人性美的光辉。

此作原题为《李香君故居》，作于1999年5月，初见于《三馀诗词选》，书品见于《三馀笺韵》。为了准确地理解诗意，关于李香君的身世有必要略加叙述。李香君（1624～1653），明末歌妓，又名李香，号“香扇坠”，原姓吴，苏州人，与董小宛、陈圆圆、柳如是等被称为“秦淮八艳”。香君本为官宦人家的子弟，其父为武官，东林党成员，被魏忠贤阉党治罪而家道败落，八岁随养母李贞丽漂泊异乡，改姓李，自幼跟人习艺，诗词书画，丝竹歌舞，无一不精，尤擅南曲，歌声甜润。用今天的话说，香君除天生丽质外，诗书画与音乐舞蹈样样精通，兼之品节如玉，性情刚烈，可以说是早慧的全能艺术家，故而深得四方游士之追慕。养母仗义豪爽，又知风雅，故媚香楼之客多为文人雅士与忠耿之臣。年十六与侯方域一见倾心，行梳拢之仪，侯氏无丰厚礼金送于鸨母，赖故人杨龙友资助而成，香君深察侯郎诚意，于是留之媚香楼。之后得知礼金实为阮大铖所送，阮氏曾阿附魏忠贤谄害忠良，香君鄙其品节，国仇家恨，郁积于胸，于是怒斥方域，凑钱还阮，劝方域爱重名节，远离污浊。

南明立，弘光皇帝重用阮奸，方域投史可法，阮大铖怂恿弘光宠臣田仰强娶香君为妾，香君不从，头撞栏杆，血溅侯郎所送之扇，杨龙友以血点绘桃花，清人孔尚任据此写成《桃花扇》一剧，藉以反映南明之兴替。香君伤愈不久，阮生一计，以皇命征之，于是香君入宫。清兵下南京，香君逃出皇宫，备历苦难，躲进栖霞山葆真庵为尼，方域多方寻觅而得之，于是复香君吴姓，以吴氏女为妾而归故乡商丘。历时八载，香君与公婆及方域元配和睦相处，鱼水情深，琴瑟和谐，后方域之父侯恂（曾任大明户部尚书）知其身世，盛怒，逐香君住于侯氏柴草园——打鸡园，香君肝肠摧折，悲泣莫胜，方域外归，复迎于家，于是终日寡欢，已有身孕，又患肺痨，抑郁而卒，时年三十。香君为一代美女、才女、奇女、烈女，生不逢时，香消玉殒。李香君故居陈列馆坐落于秦淮河畔来燕桥南端，夫子庙钞库街38号，该馆坐南朝北，三进两院，陈列有香君所用故物，被列为南京市级文物保护单位。诗人参观香君故居，追念其绝代才华与悲惨遭遇，感慨不已，因赋此诗。

诗作起笔“倚水香君旧阁厢”描写故居之情形。起句平淡，简约地描写故居概貌，仿佛有诗人的声声叹息。故居三进两院，面临美食街，背依秦淮河，青砖小瓦，马头墙，回廊挂落，花格窗，典型的江南民居风格。这样一个简陋的所在，想不到竟是一代爱国名媛李香君与才子侯方域的双栖之所。李香君是秦淮河畔一颗璀璨的明珠，数百年来，人们并未因其低贱的身世而卑视她，相反对这位风尘女子一洒同情之泪，缅怀不已。林语堂《为香君题诗》很有代表性：“香君一个娘子，血染桃花扇子。气义照耀千古，羞杀须眉汉子。”承句“玉奁锦被沁馀芳”描写旧居陈设。玉奁，泛指香君梳妆用过的镜匣一类的器物。“锦被”，指香君用过的被面。这里“玉”“锦”两个字，从表层来看，是写器物之精美，其实更多地蕴含了对香君风采才华、高洁人格之赞美。“沁馀芳”，三字为虚写，想象这些器物带有香君的气息，喻香君兰心蕙性，感伤之情见于言外。香君是最为绚丽的生命之花，可惜她不该生长在那样的时代、那样的地方，故而早早地凋谢在凄风苦雨之中。这些简约的描写，寄寓了作者对香君的深情赞美、无限同情，也对那些昏君奸臣、封建礼教表示了极大愤慨。

“只缘误识侯公子”，转句写香君悲剧命运具体造成的原因。“只缘”，只因为。“侯公子”，即侯方域（1618～1655），字朝宗，明朝归德府（今河南商丘）人，明末清初散文三大家之一，明末“四公子”之一，复社领袖。诗人认为香君悲剧命运的直接诱因是“误识”了侯公子，这话怎么理解呢？真是“误识”吗？非也。不明白真相吗？亦非也。诗人有意道其表象，含义另有暗示。《桃花扇》一剧使香君名扬千古，香君血溅栏杆的壮举，是表达对爱情的坚守，对邪恶的反抗，这种遭遇，与侯方域确有直接的联系。其实，对香君致命的打击是由侯父造成的，是封建礼教结下的恶果，香君虽风华绝代，而在这位尚书的心目中，认为娶她为媳，有辱门风。香君与侯公子并非误识，而属一见钟情。侯方域初次相访，既惊香君绝艳之容，更仰香君超轶之才。阁厢正墙所挂《寒江晓泛图》为香君的创作。画上题诗云："瑟瑟西风净远天，江山如画镜中悬。不知何处烟波叟，日出呼儿泛钓船。"方域赏画品诗，震撼不已。此诗大概是香君存世的唯一诗作。小小年纪画美书佳，而诗境又如此淡泊悠远，确为巾帼奇才。李、侯眷恋，实发灵台。香君为侯守节，侯郎亦自始至终未抛弃香君。生活在那样的时代，礼教森严，香君虽艳慧非凡，而身份为校书，为侯父所不容，这也是正常的。假若香君从了田仰，可能命运更惨，因此，香君识侯公子，应为不幸之中的大幸，她的悲剧是时代的悲剧。合句"扇溅桃花血未凉"高度赞美香君对爱情的贞忠。"血未凉"三字颇有深意，香君的芳姿早已消失，但其芳魂毅魄永远活在人们的心中。香君沦落风尘，按理说应与爱情无缘，而她如此坚守，如此刚烈，出污泥而不染，濯清涟而不妖，永如一朵素洁的莲花。

在漫长的封建社会，能享受一定人格尊严的普通女子尚且被践踏、被摧残，那些沦落风尘者的命运更是可想而知。唐代才女薛涛，胸藏锦绣，口吐华章，结交了不少上层士大夫，仍然被视为男人之玩物，得到的最高奖赏不过是"校书"的雅号而已。上帝创造了亚当夏娃，是阴阳两极构成整个人类社会之大厦，不知中国的封建制度何以厚此而薄彼？诗人对这位风尘女子投以深情的目光，赞美其玉颜之绝代，品节之芬芳，性情之刚烈，表达对生命本体的热爱，由此可以窥见诗人仁者的胸怀、智者的目光。诗作的语言极为简约，极为含蓄，由那静穆的旧阁，散发芬芳的玉奁、锦被，让我们想见香君闭月羞花的荷颜、抱玉怀珠的才情、披兰佩芷的品格！一个风尘女子仍有强烈的民族气节、雪洁冰清的情操、当时那些卖国求荣之徒、寡鲜廉耻之辈，与之相较，岂不感到无地自容？一个国家，一个民族，尊重人民，尊重文化，不忘贤哲，不丧失良知，永葆民族的基本美德，这个国家和民族才有希望。有人认为香君不过是一介校书，太低贱，太卑微，不干不净，才情也不足称道，这是极为错误的，是以封建卫道士的眼光来看待这位巾帼奇葩。香君是美的化身，美在她的绰约风姿，美在她的芬芳品格，美在她的卓越才华。香君太可惜了，作为封建社会的风尘女子，无法主宰自己的命运，孤立无援，她以生命为代价反抗邪恶，忠于爱情，爱国家，爱民族，讲气节，当今那些贪赃枉法之徒、蝇营狗苟之类，有何面目见秦淮河畔一校书之魂乎？

《南京李香君故居》一诗，诗境为凄恻悲凉，而物化为书境为激越清雅。风格即人，风格即情，诗书最大的共同点是抒情。钟嵘在《诗品·序》中说：“灵祇待之以致飨，幽微藉之以昭告，动天地，感鬼神，莫近于诗。”孙过庭在《书谱》中说：“情动形言，取会风骚之意；阳舒阴惨，本乎天地之情。”书法家书写自己的诗文，情感更真挚，语言更流畅。此作为大草中堂，书家以极朴素、极简约、极清雅的语言遣意抒情，他将对香君的赞赏、怜爱、哀惋等极为复杂的情愫倾注书品意象之中，书中有我，异彩纷呈。美学家宗白华认为，草书的意境之美与其他艺术相通，像中国画，更像音乐，像舞蹈，像优美的建筑。品读此作，透过那纵逸的线条、清雅的意象、飞动的体势，我们仿佛看到香君的玉颜，修眉联娟，丹唇外朗，皓质呈露，芳泽无加，仿佛看到香君的神采，神光离合，乍阴乍阳，竦轻躯以鹤立，若将飞而未翔，又仿佛看到香君的舞姿，翩若惊鸿，婉若游龙，荣曜秋菊，华茂春松，仿佛兮若轻云之蔽月，飘摇兮若流风之回雪。香君的确是美的化身。书法是抽象艺术，书法的象是典型化、写意化了的流动的多层的象，从那彩带飘空的长线中，从那佳人凝望的神采中，从那变幻超忽的旋律中，我们又仿佛听到香君那甜润的歌声在春林中回荡，在白云中缭绕，时而如黄鹂间关婉转，时而如冰泉幽咽难通，时而如雪莲含情独笑，时而如秋菊泣露凝霜。

艺术的高境在于抒情，情动于中而形于言，真挚之情并非概念之图解，而依赖于瑰美意象之自然流露，意象生于运斤成风之技法。精湛技法是抒情遣意最重要的前提和条件，艺术之审美，言其风格与神韵，而技法自然包蕴其中。前贤论书，最重要的在结体，而最大的难度在用笔。细品此作，线条清劲灵便，那种浑厚的生命力感还是来自大篆与碑版，融进了二王的潇洒与董赵的妍逸，又从怀素那里汲收了丰富的营养，线条既张显生命精神的力感气势，又饱蕴复杂深沉的情感因素。从整体感觉而言，有篆籀的天真，唐法的规矩，晋韵的风致，线条沉实遒逸，时轻时重，结字变形夸张，时大时小，墨色虚灵多变，时浓时淡，丰富的语言强化了丰美情感的准确表达。书家着意追蹑载体的情感运动，情文流畅，朴素自然，字与字、行与行互为照应，诗书合一，于清逸灵动的行笔中张显淡雅幽远之意，纵恣中见娟妙，朴茂中见虚和，一扫秾艳风华，抛弃红尘俗态，却嫌脂粉污颜色，淡扫蛾眉朝至尊，进入潇洒出尘、风神超逸之境界。

幽香永驻，秀色长妍。秦淮河畔那朵绝艳芬芳的生命之花，在岁月的风雨中早早凋谢了，但她永远开在人们的心中，湛发淡雅的幽香。沈老《南京李香君故居》一诗，深深唤醒了我们的情感记忆，我们惊异于她的绝艳，钦慕她的才情，更景仰她的刚烈，香君虽为被歧视、被损害、被践踏的风尘女子，但她的美永远如红荷般娇艳。

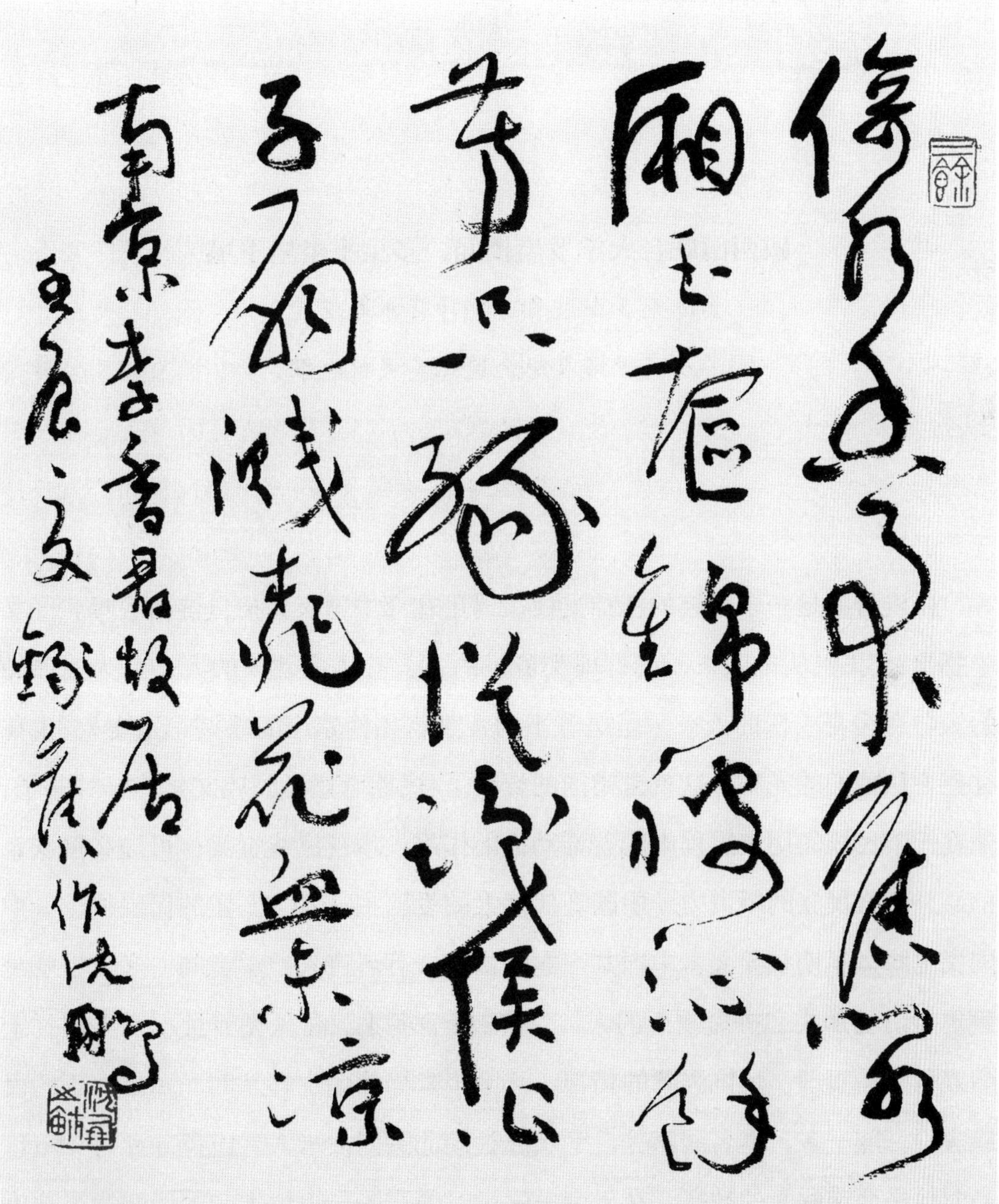

中华千古仰昆仑

——沈鹏自书诗《跋事略手稿》大草中堂赏析

跋西南联合大学罗庸撰闻一多生平事略手稿

墨迹无多血迹多，决冲死水起沉疴。

学人风骨诗人怒，追祀英灵继九歌。

民族脊梁是一个民族的精神支柱。鲁迅在《中国人失掉自信力了吗》一文中指出：“我们从古以来，就有埋头苦干的人，有拼命硬干的人，有为民请命的人，有舍身求法的人……虽是等于为帝王将相作家谱的所谓‘正史’，也往往掩不住他们的光耀，这就是中国的脊梁。”民族脊梁是民族文化养育的骄子，他在一个民族的历史进程中起着推动力的作用。珍视民族脊梁，可提高民族自信心，增强民族的凝聚力。中国现代伟大的爱国主义者、坚定的民主战士、中国民主同盟早期领导人、中国共产党的挚友、著名诗人、学者闻一多先生就是鲁迅所说的那类“拼命硬干的人”，他的博学多才、高风亮节且不说，那甘于鼎镬而坚持真理、反抗强暴的精神，几十年来仍熠熠生辉。闻一多是真正的民族脊梁。闻一多，本名闻家骅，字友三，湖北黄冈浠水人。1946 年 7 月 15 日，当时他是西南联大的教授，在云南大学举行的李公朴追悼大会上慷慨激昂地发表了《最后一次演讲》，当天下午在返家途中突遭国民党特务的伏击，身中十余弹，不幸遇难。沈鹏先生有多首诗作讴歌闻一多的浩然正气、英勇精神，此作为其重要的一篇。

《跋西南联合大学罗庸撰闻一多生平事略手稿》（以下简称《跋事略手稿》）一诗，诗作与书品均见于《三馀笺韵》。西南联合大学是在1937年7月7日卢沟桥事变发生之后，北京大学、清华大学、南开大学三校奉命迁湖南，组成“国立长沙临时大学”，因战争继续恶化，1938年更名为“国立西南联合大学”，迁往昆明。闻一多为清华大学中文系教授，随校南迁，任西南联大教授。罗庸（1900～1950），蒙古族，字膺中，号习坎，江苏江都人，为“扬州八怪”之一罗聘的后裔，著名古典文学研究专家和国学家，曾任西南联大教授，与闻一多交往甚深，撰有《闻一多生平事略》一书。沈老此诗为罗庸手稿的题跋，高度评价闻一多的斗争精神与卓越成就，同时也充分肯定此书的思想价值与艺术价值。

诗作起笔“墨迹无多血迹多”象征性地描写此书的思想内容。“墨迹无多”，大致是指此书为手稿，篇幅不是太长，记叙闻一多生平事迹较为简略，但有惊天地、泣鬼神的震撼力与感染力。这里的“血迹多”大致有两方面的含义。其一，此书真实地记录了闻一多英勇斗争的有关事迹，字字血，声声泪，体现了历史的真实性，饱蕴深情。闻一多首先是著名的诗人和学者，他在古文字学、音韵学、民俗学方面所下的功夫，其涉猎之广，研究之深，成果之丰，郭沫若叹为“不仅前无古人，恐怕还要后无来者”。郭老的这个评价是极高的，这样一位学者为民族的解放事业挺身而出，这是旷古少见的壮举，其精神至为可贵。其次，使人想起闻一多喋血昆明的惨状。闻一多是勇敢的民主战士，以敢言著称，当时民盟负责人、著名社会教育家李公朴被杀，在云南大学举行追悼会，主持人为闻一多的安全着想没安排他发言，而他拍案而起，慷慨激昂地发表演说，怒斥国民党，准备为真理而牺牲。他说：“前脚跨出大门，后脚就不准备再跨进大门”。可谓铁骨铮铮，大义凛然。诗人品读此作，眼前浮现闻一多的伟岸形象，也仿佛看到闻一多饮弹喋血、惨不忍睹的情景。起句两个“多”字，既巧妙地嵌进了英烈的名字，也通过对比、反复等手法讴歌了闻一多英勇无畏的斗争精神，高度赞美此书的思想价值、艺术价值。

承句“决冲死水起沉疴”一语双关，高度概括闻一多诗歌的思想价值、艺术成就。“决冲”一词极富力感，极有气势，形容闻一多的艺术创作、斗争精神产生巨大的能量，如洪流荡涤黑暗社会的污泥浊水。《死水》指闻一多的第二部诗集，以其中的一首诗作《死水》为其集名，隐喻当时的黑暗现实如死水一般。“沉疴”，重病，这是把旧中国比作沉疴难起的病人，闻一多宣传的先进思想和他的斗争精神就是救治这个病人的良药。这句诗也可以理解为：闻一多要让革命的洪水冲决黑暗社会的一潭死水，开出一剂起死回生的良药，疗救如患沉疴的病态社会。诗人用极为简约、形象的语言道出了闻一多斗争的目的。

转句“学人风骨诗人怒”赞美闻一多的崇高风范。闻一多既是学者，又是诗人，他的正义感与斗争精神是发自内心的，他是无所畏惧的民主斗士。闻一多天赋极高，少年时以颖慧称誉里邑，十三岁以鄂籍第一名考入北京清华留美预备学校（清华大学前身），在清华度过十年学子生涯。1922 年 7 月赴美留学，专攻美术，后来兴趣转向，主攻文学，在古典文学研究领域取得了卓越成就。1923 年出版的第一部诗集《红烛》，把反帝爱国的主题和唯美主义的形式典范地结合在一起，1928 年出版的《死水》，在颓废中表现出深沉的爱国主义激情，标志着他在新诗方面所取得的进步和成就。沈老称闻一多为“诗人怒”，既指闻一多是诗人，又将闻一多比作屈原，屈原忠君爱国，九死未悔，闻一多的爱国赤诚堪比屈原，他满怀忠愤，慷慨赴死。收句“追祀英灵继九歌”高度评价罗庸《闻一多生平事略手稿》的思想价值与艺术价值。《九歌》是《楚辞》中的篇名，原为汉族神话传说中的一种远古歌曲的名称，屈原放逐于楚国南郢之邑，沅湘之间，因俗人祭祀之礼，歌舞之乐，其辞鄙陋，而作九歌，上陈事神之情愫，下见己之冤结。《九歌》中最有名的一篇是《国殇》，是祭祀为国牺牲将士的挽歌，热烈歌颂他们的英雄气概和壮烈精神，其中“身既死兮神以灵，子魂魄兮为鬼雄”为千古名句。诗人把闻一多比作屈原，把罗庸的《闻一多生平事略手稿》比作《九歌》，无疑对此书予以高度评价。

此诗虽为一书的跋文，实际上是一首缅怀英烈的悲壮之歌。集诗人、学者、民主战士三者为一的闻一多先生，喋血昆明已有六十六个年头，但他的伟岸形象、学人风范、斗争精神还不时浮现在我们面前。罗庸的著作记载了真实的历史，描绘了英烈形象，抒发了真挚情感，唤起了诗人的追忆。列宁说过：“忘记过去就意味着背叛。”历史有警示作用，是不能忘记的。我们生活在繁荣富庶的和平年代，应知一个政权的建立是何其艰难。闻一多的勇气和力量，来自对国家民族的深深的爱，为了表达这种爱，敢于付出自己的生命，这是一种多么惊心动魄的伟大呀！这部著作记录了这段真实的历史，真实地描写了这位伟大人物的伟岸形象，对社会的贡献也是巨大的。以一首小诗反映一个重大事件，概括一部著作的思想内涵，非斫轮之手莫能为。此诗通过概括性的描写，刻画典型性形象，通过对比、夸张、用典等手法，将高度浓缩的情感深蕴在寥寥二十八字之中，震撼了读者的心灵。在旧体诗中，要在极小的空间里蕴含极为丰富的情感，用典是必要的，用典最重要的原则是贴切、易懂。沈老的诗歌创作，用典而不露斧凿之痕，达到了言近旨远的审美效果。

此作的诗境浓郁悲凉，仿佛把读者带入当年血雨腥风的白色恐怖之中，而物化为书境则为激越恣肆。书品为大草，诗题与主体意象融合为一，共 6 行 51 字，书家将悲愤、景仰、缅怀等极为丰富的情感倾注于书品意象之中，缘情而发，纵意而抒，恣肆浩放，一泻千里，时出遒劲，杂以流丽，沉痛切骨，天真灿然。唯情所之，唯意所至，激情之下，不计工拙，海雨惊涛，雷霆激电，落笔成象，动心骇目，写心写情，写意写志，抒发至正至刚的浩气，蕴含酣畅淋漓的情愫，体现勇往直前的精神。入纸以浓墨重笔，如群山奔赴，如山洪突泻，如铁骑驰骋，行笔意先笔后，变幻莫测，时而如万斛泉涌，不择地而出，时而如高山滚石，力重千钧，时而如游鳞跃津，逆势难触，时而谨严，时而疏荡，时而静谧，时而飞动。那书品意象彰显出来的磅礴气势，仿佛活现了当年反抗强暴的游行队伍浩浩荡荡，莫敢撄其锋，又仿佛幻现闻一多先生作最后一次讲演时的情景，怒发冲冠，指斥特务，激昂慷慨，雄辩滔滔。从那飘荡的长线中，从那激越的旋律中，我们又仿佛置身于斯人已矣、百身莫赎的哀惋意境而感伤不已。作品含蓄地告诉读者：英烈精神，光照百代。

艺术至高境已泯灭技法之痕。艺术家创作时以神遇而不以目即，官知止而神欲行，而对情感的品赏、境界的把握，还是要回到技法。泯灭技法实为精湛的技法。细品此作，线条的圆劲苍浑，源于篆籀；线条的萧散虚灵，源于晋韵；其壮硕之姿取神于张旭，狂逸之态游弋于怀素，凛然之气堪比鲁公，纵逸之仪仿佛徐渭。此作多处使用抒情长线，如苍藤摇曳，如素练飘荡，与黄鲁直的长枪大戟判然有别，但强烈的抒情意味又有某种联系。当然，这些只是感受，只是臆测，说明艺术家的语言笔笔有来历，同时又笔笔属于自己，深蕴创作主体的个性、修养与感情色彩。此作的结体值得深品。书品为大草，结字既有大草语言的简约流畅，但又融进了一些带有章草笔意、行书笔意的字体，清新自然，典雅瑰奇。书品意象的运动形式也变动不居：“跋”“联”“罗”等字平正，“庸”“人”“灵”等字攲侧，“撰”“无”“沉”等字取横势，“事”“多”“疴”等字取纵势，“学”“怒”“歌”等字壮硕如山，而“一多生平”“水”等字娟秀如茧，这样构成了强烈的对比，形成跌宕起伏，强化了情感的表达，整体上又达到了一种高度的和谐，形成了阴阳莫测的瑰奇意境。

中华千古仰昆仑。昆仑是民族脊梁的象征，是思想丰碑的象征。闻一多先生的伟大人格、学问才情、斗争精神，千载之下，世人共仰，他无愧为民族的脊梁。沈老景仰中华民族的英烈，通过艺术的形式呼唤民族精神的回归。闻一多先生是真正的伟大者，以鲜血凝成历史，以生命铸就丰碑，古往今来者有几？品读此作，我们感受到了一次心灵的洗礼，会心地懂得：热爱我们的生活，热爱我们的时代，热爱我们的民族！

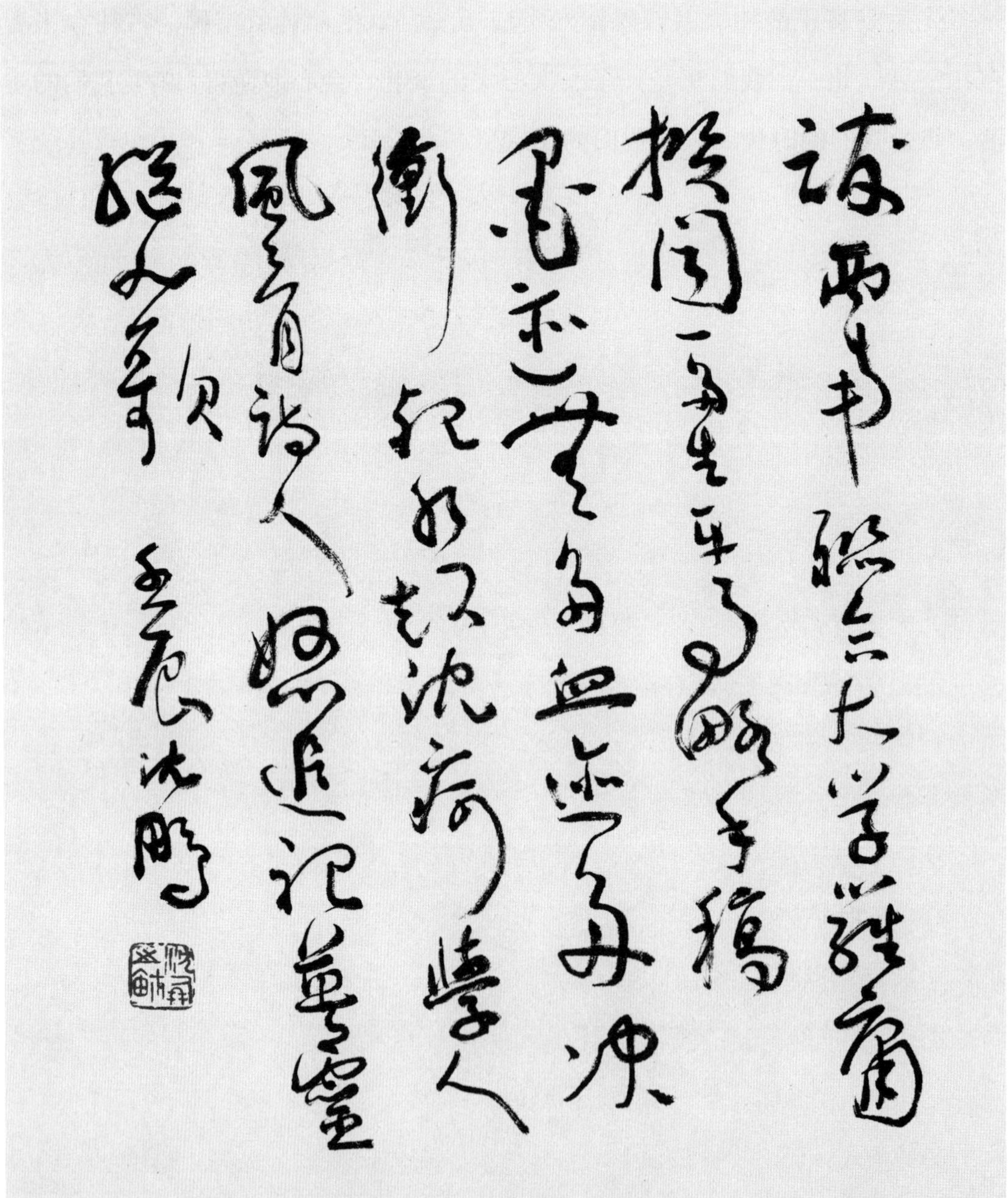

百丈飞流大写“人”

——沈鹏自书诗《黄山人字瀑》大草横幅赏析

黄山人字瀑

久雨初晴色色新，山光峦表逐层分。

路回忽听风雷吼，百丈飞流大写“人”。

人为万物之灵长，宇宙自从有了人，无穷无尽的美才被发现。一位哲人说过：“宇宙间可尊者唯我也，可畏者唯我也，可服者唯我也。”尊重生命，尊重个体的人格尊严，营造和谐自由的生存环境，无数前哲为此探索，为此奋斗，为此奉献。孔子以实现“大同”社会为人生理想，提出了“仁者爱人”这一美学命题，孟子的仁政学说体现了原始的人道主义精神，“不嗜杀人者能一之”“民为重，君为轻，社稷次之”，这些思想永放光芒。

推进民主进程，崇尚自由平等，这永远是人类进步的标志。美国以剥削黑人来进行资本积累，欧洲中世纪以虐杀科学家而强化神权统治，秦始皇以焚书坑儒来巩固专制政权，这些都是对生命的践踏，这些行为只有兽性，没有人性。2007 年江西靖安挖掘的一座东周大墓令世界震惊：47 位从 15 岁到 30 岁鲜活的女性，均为当时最优秀的纺织家，一同为徐国末代国君殉葬。考古发现表明，她们是服毒而死的。这些纺织女工的技艺高超到什么程度，简直是神话，马王堆汉墓的丝织品每平方厘米是 100 根纱，而东周墓里的丝织品每平方厘米是240根纱，在那个时代纺织技术达到这个水平，简直是不可思议，而这47位纺织家却要为国王殉葬，徐国活该灭亡。古代用人殉的例子甚多，而以良将殉君在《诗经·秦风·黄鸟》中有真实记录。奴隶社会、封建社会的统治者是尊重生命的，但他们尊重的只有自己，视他人如草芥。中国历史上大搞暴政、文字狱，动辄杀戮、流放，还有人性吗？没有！专制是可怕的，这是社会进步的最大障碍，人类真正实现民主自由还要走很远很远的路，而今品读沈鹏先生的《黄山人字瀑》一诗，不禁感慨系之。

《黄山人字瀑》为一首记游诗，创作于2014年，书品见《三馀笺韵》。黄山，位于安徽省黄山市，原名黟山，唐朝时更名黄山，取“黄帝之山”之意，是世界自然和文化双遗产、世界地质公园，中国十大名胜古迹之一。人字瀑、百丈泉、龙瀑并称为黄山三大名瀑。人字瀑古名飞雨泉，在紫石、朱砂两峰之间，清泉分左右两边沿壁下泻，形成“人”字形流下，故称人字瀑，瀑长50米。每当大雨季节，水量骤增，这巨大的“人”字，就变得丰满遒劲，宛若颜鲁公之楷书；而当久旱雨少，瀑流细小飘渺，瘦削苍劲，又如李阳冰之“铁线篆”。沈老的诗是借景抒情、借景言理，由奇特的自然景观联想到人类社会体现某些本质规律的道理。

诗作起笔“久雨初晴色色新”概写黄山雨后景色，暗写人字瀑形成的原因。诗人旅游的时间可能是春末夏初，这时正是黄山的多雨季节。“久雨初晴”是观赏黄山的极佳时段。“久雨”积水才多，瀑流才会巨大；“初晴”云雾消散，才有观赏条件。“色色新”三字写出黄山巍峨壮丽、气象万千的独特观景，既状草木葱茏之秀丽，又绘蓝天白云之妖娆。诗人观察的角度取仰视，视点在山麓。“新”字佳妙，既写出黄山大雨之后山苍树秀的勃勃生机，又写出领略壮美风光的喜悦之情。此诗饶有画意，创作传统的水墨山水，大多采用散点透视法，虽为仰视，所绘物象仍为意中之景。古代无飞机，远距离取景只能凭臆想，今天我们坐在飞机上看得清楚。人字瀑在两峰之间，危岩百丈，石挺岩腹，一源二流，形如“人”字，单凭目力，景色难见，故所状形色仍为意中之景。承句“山光峦表逐层分”，焦距由远而近，进一步写人字瀑周围的景物，画面逐渐呈现主体意象。雨中黄山，云缠雾绕，人字瀑再壮观也是看不到的，雨后初晴，要待雾气消散之后方能见其轮廓，背景描写越发清晰，人字瀑就越发看得清楚，诗作逐层铺垫，由远距离眺望逐渐移为近距离观赏，一个“分”字写出了景物的清晰度。诗人的描写富有层次感，细针密线，井然有序。

“路回忽听风雷吼”，转句甚妙，笔力千钧，侧面描写人字瀑之气势，由远眺移为正面仰视，点明主体意象。诗人状绘人字瀑没有平铺直叙地描写，而通过反复铺垫，烘托主体意象。袁枚云：“文似看山不喜平”。刘熙载说：“章法不难于续而难于断。”诗的结构更是如此，“曲径通幽处，禅房花木深”，此作在结构上就有“曲径通幽”之妙。转句荡开一笔，未见其形，先闻其声，强化读者的心理感受，为下文的抒情高潮再次蓄势。“路回忽听”写出诗人惊诧的神情，“风雷吼”三字极具力感气势，极写水流之大、水流之急，给人以魂悸魄动之感，只有瀑流如龙、声响如雷才产生这种听觉感受，让我们想象其壮观景色。合句“百丈飞流大写‘人’”直面主体意象，掀起抒情高潮，让一幅完整的巨幅画卷呈现在我们面前。你看！在百丈悬崖之间两条龙形巨流，奔腾直下，冲崖刷石，银光闪烁，雪珠飞溅，其磅礴气势仿佛把黄山摇撼！你听！那瀑流的喧訇之声，如战鼓，如惊雷，如海涛，惊天动地。“百丈飞流”字重千钧，“百丈”写其高度、长度，一个“飞”字，写其流速，写其气势，“大写‘人’”三字，写出瀑流独特的形状，照应诗题，大自然仿佛是创造艺术伟观的斫轮之手，用神奇的笔墨书写了一个饱蕴深情、饱含理性的“人”字形象。“人”字加引号，表特指，语意双关，既指瀑流形状，更表达对人格的尊重，对自由的憧憬，还暗示丰富的思想内涵，大自然以鬼斧神工之笔写出“人”字，仿佛在诉说人为宇宙灵长，要尊重生命，要维护个体人格尊严，要营构自由环境，调动个体的生命潜能。

这样一首记游诗，从表层来看，用大写意的手法描写天地奇观——黄山人字瀑。诗人采用烘云托月的手法层层铺垫。特殊的时段，久雨初晴，积雨甚多方可能形成巨大的瀑流。特殊的背景，在丽日蓝天之下，山中的雾气渐渐散去，山峦、危崖方能看得清楚。特殊的形态，罕见的巨幅“人”字。这是一幅多么有动有静、有声有色的山水图卷！天之湛蓝，山之嵯峨，草木之葱茏，瀑流之壮丽，声色俱奇的山水图卷给人以心灵的震撼。诗人既富激情又饶理性，由人字瀑想到很多：人是宇宙中最伟大的主宰，人类在漫长的历史长河中改造自我，创造文明，创造奇迹，然而回顾人类的历史，尊重过人吗？给每一个生命以平等尊严吗？尽可能为每一个生命提供过自由的生存空间吗？让每一个生命的潜能得到发挥吗？没有，远远没有！诗人热爱生命，向往自由，一切均在不言中。

此诗意象伟丽，风格豪荡，而物化为书品，与诗境忻合为一，气势豪纵，意境闳深。此作为沈老大草艺术的代表作之一，以怀素的狂逸为基，融入张旭的壮硕，大篆的苍古，汉碑的疏荡，王铎的激越，傅山的朴茂，化古为我，纵情挥斫。用笔如暴风骤雨，雷鸣电闪，鹰隼搏击，快马入阵，那饱蕴激情的意象如长鞭勒风，如狂飙出谷，如游龙翔空，力感气势、诗意激情，物化为豪荡激越的艺术意境。透过纵恣的线条、瑰玮的神采、飞动的体势，展现一幅有如瀑流飞泻、洪涛汹涌的壮美图卷，我们仿佛看到在嵯峨的黄山之上，一源二流的瀑布飞流直下，形如巨龙，激荡翻腾，这瀑流像千万匹猛兽在搏斗，在怒吼，互相扭打着翻滚而下，喷散着莹如冰雪的浪花，飞溅着似玉如银的水珠，闪烁着五彩缤纷的霞光，震人心魄，豁人胸次。品此书作，那豪纵的气势，那伟丽的景色，使我想起了陆游的诗句：“落涧泉奔舞玉虹，护丹松老卧苍龙”

(《故山》)。那浑苍的意象，表现出了书家的生命之气，浩然之气。

沈老的创作真正臻至意与境、艺与道的有机统一。细品此作，书家高视阔步，物我两忘，佳境叠现，点画不存得失之患，章法无为程式所累，如李白酒后狂歌，任其自然，翩然起舞，心闲气纵，无不如意。点画体态，俯仰有仪，笔势连贯缠绕，狂放不让古人，字字独立，爽爽有神，逸气贯注，圆融无碍。用笔宛转圆通，以中锋、圆笔为主，侧锋、方笔为辅，涵浑自如，有篆籀意，不借助线条粗细浓淡和字形大小斜正的强烈对比，大量运用富于弹性的弧形线条，在紧紧围绕通篇重心和气氛的前提下，让每个形态各异的字，自然妥帖地各安其位，各得其所。用笔处处如屋漏痕，如折钗股，如印印泥，圆融自如，含蓄奔放，结体严谨，纵逸伟丽。行文跌宕，动静交错，波澜起伏而又秩序井然，整体布局如高山稳实，飞动意象如玉龙翻滚。初读之，灵气氤氲，惊诧莫名；又读之，仿佛有云烟缭绕，狼奔豕突，点画披离，恣肆雄丽；再读之，便觉浩浩茫茫，神秘莫测，笔意纵横，气势恢宏，境界升腾，回旋进退，莫不中节，进入笔飞墨舞、惊风泣鬼之境界。

“百丈飞流大写‘人’”，可用此句概绘此作的诗境与书境。《黄山人字瀑》书画交融，艺品意象强化了激情的抒发，象与意、情与理交织一片，朗现出如霆如电、如崇山大川的壮美境界。

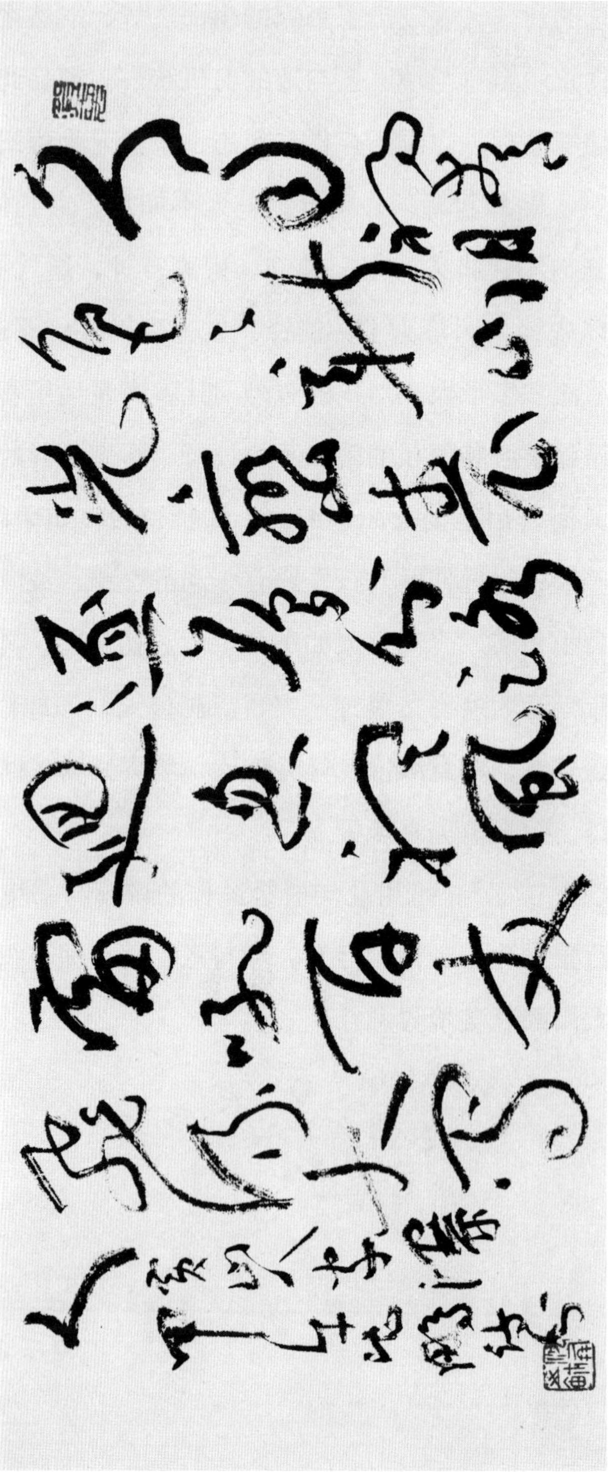

尖新含蓄　幽默犀利
——沈鹏自书诗《七律·秋蚊》大草条幅赏析

七律·秋蚊

不问前胸后背身，任他瘦骨与肥臀。

已难哄聚比轮困，少息时（伺）机叮寡人。

能敌老牌花露水，却遭新产灭瘟神。

秋风逐日吹凄厉，推进南窗候夜昏。

《七律·秋蚊》创作于2014年，书品见于《三馀笺韵》。笔者于2016年10月20日拜访沈鹏先生，他回忆了写作此诗的过程：一个秋天的下午，偕夫人在郊野散步，感觉秋蚊太多，挥之不去，甚为讨厌，偶有所感而赋此诗。蚊子为害人之物，历代咏蚊诗多有寄托，笔者认为沈老此作应为一首典型的咏物诗。咏物诗的特点大多运用象征手法描摹物象，绘其神态，含蓄而深刻地表达主观情感。艺术不能直说，只能委婉地说，通过意象的暗示来表达幽隐难言的情思。关于蚊子的描写，最早见《庄子·天运》："蚊虻噆肤，则通昔不寐矣。"晋人傅选在《蚊赋》中说："餐肤体以疗饥，妨农功于南亩，废女工于杼机。"一年之中，春夏秋三季都有蚊子，为何以秋蚊最为可怕呢？因为室内叮人的是雌蚊，它们吸血是为了在产卵期为后代提供更多的营养，秋季多雨，气温宜人，给蚊子大肆繁殖创造了机会，秋蚊凶狠，贪婪吮血，携带的病菌也就最多，因此有秋蚊比夏蚊更毒的说法。

诗作起笔入题，描写秋蚊无物不叮、无孔不入的丑态：“不问前胸后背身，任他瘦骨与肥臀。”从生物学的角度考察，雌蚊是称职的母亲，为了养育后代，拼命吸血。对人类而言则是典型的害虫，它们有强烈的吸血欲，嗡嗡地飞着，不分肥瘦，不分老幼，发现目标，蜂拥而上，真是可恶之极。首句写出了秋蚊贪婪凶狠的性格特点，无恻隐之心，无慈悲之意，看到的除了血液还是血液。秋蚊从来没有考虑自身的危险性，在人的背部叮咬可能看不到、打不到，而在人的眼皮底下叮咬，随时就有被打死的可能，秋蚊们在诱惑面前完全丧失了自我保护意识，这也体现了蚊子的一种本能。孟郊《咏蚊》诗有句嘲讽蚊子：“但将膏血求，岂觉性命轻？顾已宁自愧，饮人以偷生。”颔联“已难哄聚比轮困，少息时（伺）机叮寡人”，描写诗人自身被咬，体会到了秋蚊的厉害。“轮困”，高大貌。何晏《景福殿赋》：“爰有遐狄，镣质轮困。”秋蚊无论大小，为了吸血，伺机出击。“寡人”，诗人自指。秋蚊虽小，其数众多，攻击性强，它的形象正如范仲淹在《咏蚊》诗中的描写：“饱去樱桃重，饥来柳絮轻”。秋蚊也可悲，一心吸血，时常小命不保。单斗在《咏蚊诗》中说：“嗜肤凭利喙，反掌捐身躯。”可谓多行不义必自毙。

颈联“能敌老牌花露水，却遭新产灭瘟神”，写秋蚊的命运，虽有抗体，终遇克星。蚊子是招人心烦的，赵翼深有感触：“一蚊便搅一终夕，宵小原来不在多”。为防蚊子叮咬，古人家居多用蚊帐，比较绿色环保。室外驱蚊，记得少年时月下乘凉，往往用艾草等物烧一堆烟，效果还好。花露水是一种净化空气、抵御蚊虫的香水，唐代就有出现，当时叫蔷薇露。冯贽《云仙杂记·大雅之文》：“柳宗元得韩愈所寄诗，先以蔷薇露灌手，熏玉蕤香后发读。”现代花露水最早是1905年香港出产的“双妹牌”，牌名取自欧阳修《阮郎归·南园春半踏青时》中的句子：“花露重，草烟低，人家帘幕垂”。花露水用花露油作为主体香料，配有橙花油、玫瑰香叶油、酒精等成分，具有祛痱止痒、提神醒脑、防蚊虫叮咬等功能。老牌花露水质量上乘，而现代的秋蚊已有抗体，最好的花露水也无多少驱蚊效果。“灭瘟神”多指现代新产的灭蚊类药品或器具，效果颇佳。尾联“秋风逐日吹凄厉，捱进南窗候夜昏”，写秋蚊余孽在灭瘟神面前虽有收敛，而其本性未改，躲藏起来，伺机咬人。此句大致化用明人陈大成《咒蚊》的诗意而来：“白鸟向炎时，营营应苦饥。进身因暮夜，得志入帘帷。嘘吸吾方困，飞扬汝自嬉。西风一朝至，萧索竟安之。”尾联含蓄地告诉读者：秋蚊虽小，危害甚大，与这害虫的斗争也具有长期性、复杂性的特点。

《七律·秋蚊》一诗，以传神的笔触、幽默的风格，准确刻画了吸血秋蚊的形象，它们本性贪婪，不看位置，不看对象，只有一个目标：为了繁殖，拼命吸血。它们具有很强的适应能力，优质的老牌花露水也无可奈何，而今人们终于盼来了灭瘟神，秋蚊们的好运也到头了。但秋蚊的队伍庞大，虽受打击，而余孽甚多，且本性不改，它们还在等待时机，“当出手时就出手”，随时都有出来咬人的可能。这首咏蚊诗，诗人自云是写实性的描写，笔者认为艺术的审美在于联想，况且高境界的艺术创作往往是时代风云的投影，因而此诗作咏物诗来读是完全可以的，秋蚊的形象可以视为贪腐之徒的传神写照，那些中饱私囊的贪赃枉法之徒，不正是可恨的秋蚊吗？他们见利忘义，贪婪本性比秋蚊厉害百倍。诗作将传统的比兴手法进行了成功的运用。刘勰说：“比显而兴隐”。朱熹说：“比者，以彼物比此物也。”此诗应为典型的比，用幽默的语言讽刺贪腐之徒，生动而形象，准确而鲜明。从情感色彩而言，有厌恶，有欢欣，对中央铁腕反腐的举措高度肯定，热情支持，同时也有忧思：秋蚊如阵，扫清甚难，要打持久战。从中我们也可读出诗人较浓的忧患意识。秋蚊往往是暗室伤人，与贪腐之徒的确相似。张耒诗云：“江城落木已穷秋，病客初寒欲袭裘。暗室飞蚊犹扑面，不知天上火西流。”（《秋蚊》）反腐是两种势力的殊死搏斗，不以铁腕惩腐，反腐不能深入，执政党就会失去民心，民心之失，有亡党亡国之危险。诗作蕴含了对贪腐之徒的激愤之情，而抒情言理又含蓄自然，诗中两联对仗工稳，幽默诙谐。

《七律·秋蚊》一诗准确地刻画了“秋蚊”这一可憎形象，对贪腐之徒予以辛辣讽刺，表达了严惩贪腐、除恶务尽的强烈愿望，风格为尖新含蓄、幽默犀利，而物化为书境则激越凌厉、冷隽秀颖，与沈老的另一首反贪诗《读和珅诗觉人性之复杂》有异曲同工之妙。用书法意象状写“秋蚊”，表达严肃深刻的主题是极为艰难的。书家以《书谱》为基，化入铁线篆之笔意，融进怀素之狂逸，傅山之纵恣，掠取吴说游丝草之神采，熔铸激愤、快慰、忧思等极为复杂的情感，清格独标，情至象生。深知书者，唯观神采，不见字形，透过物化形式，品赏此作之联想意象，初读之，如深秋之烈风荡扫寒林，但见山崖之上，沟谷之中，枯枝尽折，黄叶纷飘，其推枯拉朽之势，令作恶之徒胆颤心寒，再读之，仿佛又见千万颗钢针掷向如阵的秋蚊，那些自鸣得意的腥秽之物纷纷坠落，蚊尸遍地，终读之，还仿佛看见千万把利刃、千万条绳索一齐飞向如秋蚊般的贪腐之徒，但见他们个个瘫倒在地，丑态百出。世间无物不草书，书法的象是流动的多层的朦胧意象，拓展出广阔的联想空间。莱辛说过：“凡是我们艺术作品里发见为美的东西，并不是直接由眼睛，而是由想象力通过眼睛去发见其为美的。”（《拉奥孔》）沈老的草书之境高度诗化，变动不居，极大地拓展了想象与联想的空间。从《七律·秋蚊》的书品意象中，我们可以读出诗人对妖氛迷雾的愤慨之情，又可读出浮云尽扫、玉宇澄清的由衷喜悦，还有“秋蚊如阵诚难扫，每临日暮又重来”的深切忧思，诗人的诉说，只可意会，难以言传。

此作为沈老大草佳品中的“这一个”，有不可复制、难以克隆的独特风神，这种独特的艺术魅力来自丰富而精湛的艺术语言。品细此作，线性多蕴大篆笔意，深得《吴王光鉴铭》《蔡侯盘铭》之神髓，笔画瘦硬匀细，体势修长秀逸，其凌厉的气势、诡谲的意象，取神于《书谱》与傅山，而朴中见雅的韵致与董其昌又有较多的联系。笔者臆测，这种书风受吴说的游丝草影响较大，沈老对吴说有深入的研究，吴说的游丝草颇负盛名，一笔一行，游丝连绵，有古篆柳叶体之意，而沈老取其意而未取其形，线性纤劲，柔中有骨，线条粗线匀均，时轻时重，富有节奏感，运笔流畅，行中有留，柔韧而刚劲，流走而老辣，曲外求直，入圆更方，虽气脉连贯，而字字分清，笔笔合法。结体多为独草，以意连、势连为主，或大或小，或重或轻，或藏或露，或正或欹，纯任自然，神采飞扬，刚健中寓婀娜，瘦劲中见清雅。结体的疏密、行气的断续、墨色的枯润等关系处理微妙，达到了变幻无穷的艺术境界。观其所作，笔致瘦劲遒逸，章法参差错落，通篇纵横起伏，给人以强烈的视觉冲击力和浓郁的艺术感染力。

消灭秋蚊，荡扫烟埃，山明水净，万象欣荣。秋蚊的形象是可憎的、奇丑的，而诗人抒发的情感是真切的、瑰美的，其无穷魅力大概就在此吧。

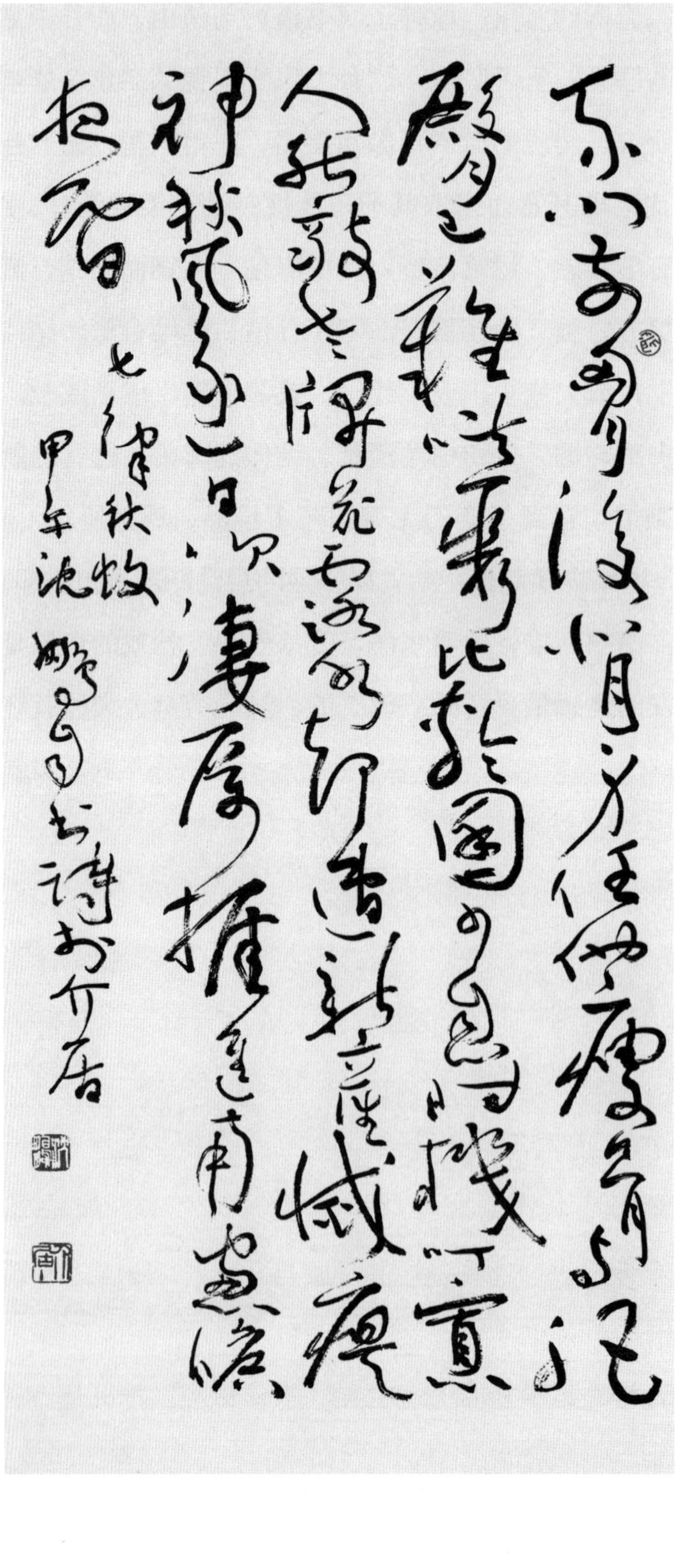

蛟腾凤起　鸾舞蛇惊

——沈鹏书《杜甫〈观公孙大娘弟子舞剑器行〉大草八条屏》赏析

观公孙大娘弟子舞剑器行

杜　甫

昔有佳人公孙氏，一舞剑器动四方。观者如山色沮丧，天地为之久低昂。
㸌如羿射九日落，矫如群帝骖龙翔。来如雷霆收震怒，罢如江海凝青光。
绛唇珠袖两寂寞，晚有弟子传芬芳。临颍美人在白帝，妙舞此曲神扬扬。
与余问答既有以，感时抚事增惋伤。先帝侍女八千人，公孙剑器初第一。
五十年间似反掌，风尘澒洞昏王室。梨园子弟散如烟，女乐馀姿映寒日。
金粟堆南木已拱，瞿塘石城草萧瑟。玳筵急管曲复终，乐极哀来月东出。
老夫不知其所往，足茧荒山转愁疾。

美学家宗白华说：“‘舞’是中国一切艺术境界的典型。”沈鹏先生书《杜甫〈观公孙大娘弟子舞剑器行〉》（以下简称《舞剑器行》）大草八条屏，为描写舞蹈意境之杰作。书品见于《沈鹏艺术馆·书画藏品选》，此书由江苏教育出版社出版，书家时年七十八。《〈舞剑器行〉大草八条屏》为沈老大草艺术代表作之一。代表作为艺术家的综合素养、生命精神、精湛技法、突发灵感诸多因素有机统一之作。关于代表作，沈老认为是确实存在的。他在 2016 年 5 月

8 日致笔者的手札中说："草书《心经》八年前所作，确为是我心目中具有代表性的，古代书画家都有代表作，今人草率，缺乏认真研究。"沈老的大草，各种风格都有代表性的作品，其大草《〈舞剑器行〉大草八条屏》与《心经》，一豪纵，一清逸，均为巅峰之作。此作着意追蹑载体的情感运动，融进特定时空中的主体情感，纵情而发，肆意而抒，元气淋漓，豪荡感激，堪为近现代以来中国书史上难得一见的壮美篇章。

杜甫此诗描写舞蹈意境，舞蹈为瞬间艺术，境界的状绘如捕风捉影，难度极大，而此作能状难写之景如在目前，含不尽之意出于言外，无愧为圣手妙笔。此诗有序，作于大历二年（767）十月十九日，于夔府别驾元持宅见临颍李十二娘舞剑器浑脱，浏漓顿挫，独出冠时，感而赋此，杜甫时年五十五。安史之乱爆发，杜甫在由鄜州投奔灵武的途中被胡兵俘虏，后逃出见肃宗，做了两年多的小官，语事有违上意，遭肃宗疏远贬斥，于是投剑南节度使严武至蜀中。严武死，杜甫无依无靠，儿女又多，流落异乡，境况甚惨。"剑器浑脱"为唐代流行之武舞。《明皇杂录》："上晓音律，安禄山献白玉箫管数百事，陈于梨园……时公孙大娘能为邻里曲及裴将军满堂势、西河剑器浑脱舞，妍妙皆冠绝于时。"杜甫观公孙氏舞剑器是开元三载（717）于郾城，时年六岁。公孙氏很可能是民间舞蹈家，后入皇宫，如果之前不在民间，则杜甫不可能见到，诗中称公孙氏为梨园八千侍女之冠，肯定后来入宫，李十二娘为公孙弟子，从时间上推算，应为再传弟子，亦为流落蜀中的宫女无疑。杜甫在夔州观李十二娘舞剑器，叹为精绝，身世相近，天涯沦落，感慨今昔，故有此作。唐代舞蹈有健舞与软舞（即武舞与文舞）两大类，"剑器""浑脱"均为健舞之名，为健舞者多着军服。司空图《剑器》诗："楼下公孙昔擅长，空教女子爱军装。"

此作以换韵方式将全诗分为两大层。起笔至 14 句为第一大层，追忆观赏公孙氏之舞剑器。可分三小层。第一小层为1～4句，极言公孙氏舞名之显赫。“昔有”二字，点明时间，“佳人”，言舞者之美。以“观者沮丧”“天地低昂”八字侧面烘托公孙氏之舞艺气势豪荡，意象险绝，未观其舞，先闻其名，有先声夺人之感。第二小层为5～8句，为第一个抒情高潮，用墨如泼，激情飞溅，以排比、博喻、通感等手法正面描写公孙舞艺的壮美意境。你看！舞者何其俊迈矫捷，手持火炬剑器等物，时而旋转，时而翻腾，时而俯伏，时而跃起，时而疾步，时而凝眸。那迷离的旋转意象，犹如火球一个一个从空而落，让人想到后羿射日。那轻举的神态，虚拟的造型，舒展的舞姿，令人油然想起夏侯玄赋中的描写：“又如东方之帝兮，腾龙驾而翱翔。”你听！剑器在空中呼呼作响，有如电闪雷鸣；一曲将终，声势收敛，舞场空阔，万籁无声，有如海涛顿息，青光无际。诗人以雄辞壮采描绘了一曲健舞由起始、高潮至收煞的全过程。这一小层从象、势、声、境四个方面描写公孙氏舞艺之精绝：“羿射九日”“帝骖龙翔”拟造型；“射日”“龙翔”又拟动势；“江海凝光”拟静势；“雷霆”拟声——鼓乐声，击剑声，呐喊声，交织一片。磅礴的气势，诡谲的意象，交混的声响，构成壮丽瑰奇的意境，这种意境不正是盛唐风光的投影么？从这些舞蹈意境中，可读出诗人慷慨激昂的心情。

从“绛唇珠袖两寂寞”至以下六句为第三小层，写李十二娘师承公孙，得其真传，翩然起舞，神采飞扬。这一小层也是侧面描写，以李十二娘的表演烘托公孙氏之舞技，我们应体会到诗人写作手法之高妙：诗题写李十二娘舞剑器，而无一笔正面描写，仅以“神扬扬”三字状其舞技之超凡，可谓惜墨如金，看似文不对题，实际上写公孙氏之笔墨亦写李十二娘，四个“如”字所绘舞蹈意境，亦可视为描写李氏舞技之境界，故无重复之必要。此段同时又为过渡段落，上承公孙氏之精彩表演，下启诗人之感事伤时，情感由激昂欢快转入凄苦悲凉。“绛唇珠袖两寂寞”一句，极富感伤色彩。“绛唇”，代公孙氏。珠袖，代舞艺。“两寂寞”指人舞俱亡，一代舞蹈大师消失了，而今看到她的高足也从皇宫流落民间，那群芳竞艳、高手如云的梨园在战火之后早已春草萋萋，盛唐的文明灰飞烟灭，公孙氏壮美绝技之消失，象征着大唐盛世一去不复返，诗人思盛世，怀先帝，念梨园，叹寂寞，岂不肠断心伤？

从“先帝侍女八千人”至末尾为第二大层，抒写俯仰今昔的无限感慨。可分两个小层。从 15 句至 20 句为第一小层，写战乱爆发，梨园寂寞，抒情进入第二个高潮，由极乐转入深深感伤。先帝侍女八千，公孙为舞者之冠，而五十年间，因战乱之故，一切繁华消失得干干净净，公孙绝技虽有李十二娘承其余绪，也只是寒日余晖，徒增感伤。安史之乱是谁导致的，无疑是昏聩的玄宗，这位风流天子拥有“八千侍女”，可见这位帝王何等荒淫，不能居安思危，戒奢以俭，耽于享乐，重用奸臣，于是导致叛乱发生，彻底断送盛唐之辉煌。第二小层由“金粟堆南木已拱”至末尾，至此抒情进入第三个高潮，极写诗人的景况：满目悲凉，贫病交加，给人以怆然泣下之感。帝国之大厦突然崩塌，盛唐之辉煌烟消云散，此时玄宗已死六年，那陵园上的树木已双手拱抱，而亲历盛世的诗人流落在草木萧条的白帝城，在观赏急管繁弦之后将要奔走异乡，投靠亲友，此时寒月东升，四顾茫茫，行不知所往，止不知所居，长满老茧的双足，拖着一个衰老久病的身躯，在冷月荒山之间踽踽独行。

此诗为七言歌行，以公孙大娘师徒和剑器舞为线条，描写诗人亲眼所见大唐王朝由盛而衰的演变过程，公孙氏的舞剑，浏漓顿挫，气势豪荡，那不正是大唐王朝的象征么？从那烁如射日、矫若龙翔的壮观意象中，可以读出大唐王朝曾经是何等豪迈，何等辉煌！而由于玄宗的昏庸而导致动乱，一切的一切化为乌有，只剩寒日的余晖，萧瑟的草木，凄清的月光！诗人热爱艺术，见剑器而伤往事，见李氏而思公孙，咏公孙而思先帝，思先帝而慨今衰！谁是这场悲剧的导演者？安史之乱何时平息？自己的人生之路还有多远？历史的教训给后人哪些启示？这一切的一切，诗人说不清，道不明，千载之下，仍发人深思。诗人悲己、悲家、悲国，无限感伤如万仞高山重重叠叠，如三峡急流滔滔无尽。就风格而言，此诗为七言歌行中沉郁悲壮的杰作，诗人将汉赋手法用于歌行，通过铺叙渲染，强化了情感的表达，观其意境，既有如霆如电、如决大川、如奔骐骥之豪壮，又有如沦如漾、如清风幽谷、如冷月寒霜之凄清，体现出一种苍郁之美。从艺术手法而言，可从两方面考察。一为设喻奇妙。无喻无文，无喻无诗，伟大的诗人往往是杰出的比喻大师，此作从象、势、声多方设喻状摹舞蹈，博喻、通感的运用更拓展出广阔的联想空间，让我们如历其境，如见其人，如闻其声。一为妙用衬托，既用正衬，也用反衬。以李十二娘衬公孙氏，这是正面烘托；以公孙舞艺的壮美、观赏时的极乐心情来衬托萧条景象，悲苦之情，这是反衬。衬托的运用强化了主体情感的抒发。

《〈舞剑器行〉大草八条屏》为饱蕴真情、深情、雅情的艺术杰构。杜甫为诗圣，《舞剑器行》是一篇悲壮的史诗，是一曲大唐盛世的挽歌，极乐与极悲构成强烈的对比，形成了沉郁顿挫、豪荡感激的艺术风格。书品意象能准确追蹑思想载体的情感运动，又融入特定时空中的主体情感，诗书之境达到了高度和谐。托尔斯泰说："人们用语言互相传达思想，而人们用艺术互相传达感情。"孙过庭论书："情动形言，取会风骚之意；阳舒阴惨，本乎天地之心。"沈老反复强调，书法的美来自抒情的深厚纯真。他说："书法本体价值，说到底在情感的美，情感的纯正无邪。"他进一步提出："发挥不出真性情的艺术，很难设想'形质'之美。"沈老的话与罗丹的名言"艺术就是感情"可以相通。这里涉及一个问题，书法家写自己的作品，情感的抒遣无疑更为真挚，更为流畅，而书写古人的名篇名作，怎样才能表达真情呢？品读此作给我们很好的启迪，这种情感的抒遣应从两方面体现。一方面准确把握原作的情绪体验。悲壮苍凉是《舞剑器行》的主旋律，书家的创作牢牢把握住了这个主旋律，从书品的豪纵气势、瑰玮神采中可以读出公孙舞艺的豪荡绚烂，盛世风光的壮丽辉煌，从其凄清哀婉、浑朴苍茫的意象中又可读出乱世的萧索冷落，诗人心境的凄清悲凉。沈老热爱艺术，书品意象不单纯描写健舞，似乎较多融进了软舞的描写。朱载堉曰："武舞则发扬蹈厉，所以示其勇也；文舞则谦恭揖让，所以著其仁也。"（《律品精义·外篇》）书家用准确丰富的艺术语言营构出书境的崇高之美，阳刚中见阴柔，豪纵中见婉约。另一方面，融进了诗人的主体情感，近乎是"借物抒情"，借杜诗之境抒自我之情，此作以雄肆苍茫为主调，又朗现婉转流丽之韵致，却又很少读到独鹤与飞、长虹饮涧的抒情逸笔，说明书品意象甚为准确地表达了诗人的感伤意绪，也融进了书家风雨人生的情感体验。

《〈舞剑器行〉大草八条屏》的书境壮丽瑰奇，绚烂多彩。初品此作，八条屏一分为二：一豪荡，一婉约；一浑穆，一清苍。书作起笔以浓墨重笔入纸，仿佛公孙氏挥舞双剑，飒然风起，那飞动的弧线、曲线，犹如利剑直之无前，举之无上，案之无下，运之无旁，抒情高潮，跌宕起伏。前四条屏意象轩翥，气势豪纵，后四条屏多用枯笔飞白，密丽中见舒展，浑穆中见苍凉，进入凄清婉约之境。从摹拟舞蹈意境而言，既可读出健舞发扬蹈厉、劲勇矫捷、洒脱朗畅之意志，又可读出软舞婉曲柔媚、温馨雅致、妙曼舒缓之神情。

草书近乎为纯粹的艺术，其美感特征与舞蹈相通，是无言的诗歌、有形的乐章、流动的图画、翱翔的雕塑，故张旭观公孙氏之舞而草书大进。草书意境迷离幽渺，又品此作，我们仿佛看到公孙氏剑绕身转，寒光闪烁，好像一群仙人乘龙飞翔，看到她忽而双眉颦蹙，哀愁无限，忽而笑颊粲然，欢乐无边，忽而侧身垂睫，娇羞宛转，忽而张目瞋视，叱咤风云，忽而回眸凝望，百媚齐生，忽而挺身屹立，紫电交辉。透过那杨柳迎风、罗衣飘摇的意象，我们仿佛看到公孙氏那凌波微步、妙态绝伦的舞姿，由刚转柔的曼妙神采：从容而舞，形舒意广，眉连娟以增绕，目流睇而横波，翩如兰苕迎风，婉如游龙轻举，低回芙蕖破浪，凌乱琼雪萦风。其始兴也，若俯若仰，若来若往，雍容惆怅，不可为象；其少进也，若翔若行，若竦若倾，指顾应声，罗衣从风；其纵意也，恣绝伦以妙态，怀悫素而洁清，修仪操以显志，独驰思乎杳冥。再品此作，刚柔相济，虚实相生，以健舞为主，软舞为辅，豪荡中见苍凉，幽雅中见崇高，杜诗意境，时代精神，身世之感，一一倾注于书品意象之中，当惊鸿游龙、霞飞烟合陡然消失，把我们的心灵带入“曲终人不见，江上数峰青”的宁静意境之中。

《〈舞剑器行〉大草八条屏》艺道为一，情与境偕，有法无法，无法有法。情感的抒遣，意境的表达，赖乎技法的运斤成风。书法以形而下之技表达形而上之道，技法若有一丝丝生涩僵硬，意境会荡然无存，故书法贵在泯灭痕迹，诗歌贵在百炼千锤。《〈舞剑器行〉八条屏》是书家之胸次、才情、技法、灵感浑然为一之作，严格地说为完美之建筑，一瓦一石，一梁一楯，与整体风格糅合为一。强而言之，略见端倪：挺劲浑苍的中锋导于篆籀，古朴疏荡之气源于碑版，以怀素为基，摄韵于张旭，养气于徐渭，驰情于王铎，又得鲁直之拗峭，傅山之纵恣，复掠文徵明之苍润，于右任之清雄，含英咀华，纳故吐新，意匠纵横，功穷造化。微观细品，笔圆而势逸，象奇而意幽，于整体遒劲之中，放纵而舒展，洒脱而灵和，纵心奔放，覆腕转蹙，寓刚于柔之笔，起伏连卷之形，收揽吐纳之变，云行雨施，变幻莫测，势逸不可止，气纵不可遏。视其结体，含阴而抱阳，外方而内圆，挥洒草意，偶兼行法，于法度之中而驰游刃之意，含疏荡之气而无束苇之形，变幻不居而不涉于狂怪，温文典雅而不流于矫饰，清雄秀逸，苍古有神，圆润可爱，古意盎然。用墨深得古人之匠心，浓墨干笔，春雨秋风，情随意遣，妙合自然，强化了浑穆苍茫意绪之表达。

蛟腾凤起，鸾舞蛇惊，诗情书境，妙合无痕，这是品赏沈老《〈舞剑器行〉八条屏》的整体感受。凝神书境，独特的美感犹如蔡小石读《拜石山房词》：始读之则万萼春深，百色妖露，积雪缟地，余霞绮天，一境也；再读之则烟涛澒洞，霜飙飞摇，骏马下坡，泳鳞出水，又一境也；卒读之，则皎皎明月，仙仙白云，鸿雁高翔，坠叶如雨，不知其何以冲然而澹，翛然而远也。

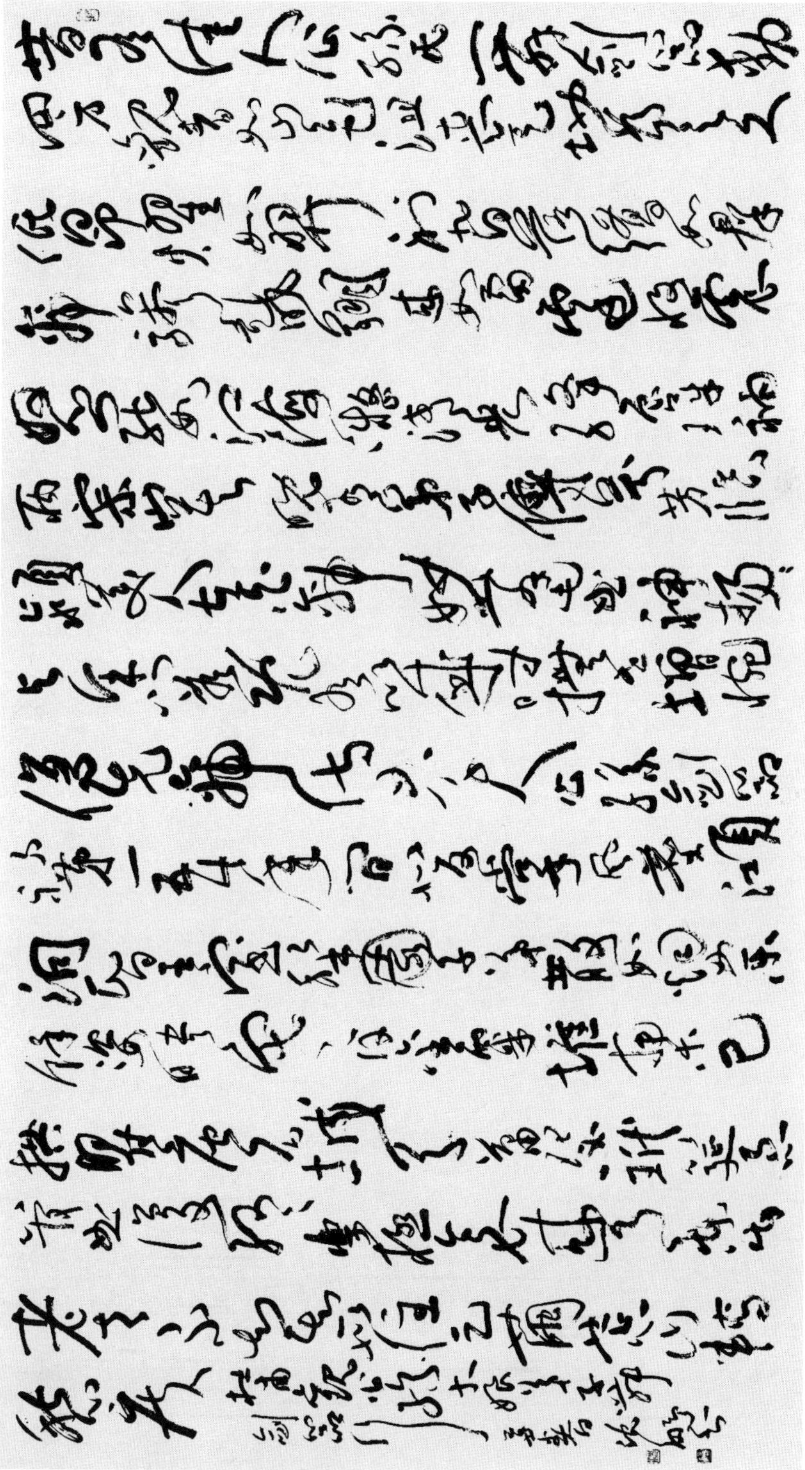

整体感悟

高山安可仰　徒此揖清芬

——感悟沈老之一

沈鹏先生是我崇敬的师长。我是2009年萌发念头要与沈老联系的。一天，一位诗友与我谈诗，对我说："你读过沈鹏先生的诗没有?"我说："读得较少，但知道沈老是大书家。"他说："沈老的诗情真意切，朴素自然，值得一读。"他告诉我买《三馀诗词选》。我是科盲，不会上网，托人到处买，没买到，突发奇想何不向沈老求书，便马上写了一封信，附上两篇研究李白诗歌的论文，冒冒失失寄到人民美术出版社。寄去之后，石沉大海，心想，自己是小老百姓，沈老那么忙，是无暇搭理的。但有一天突然收到一个包裹，包裹上的字是沈老亲笔，打开一看寄了五本书，都签了"力馀先生惠存　沈鹏"等字样，我简直惊呆了，激动不已，于是立即回信。有一天接到一个电话，一听是沈老，他询问了我的情况，我提出想评评他老人家的诗。沈老说："这是你的自由，但评我的文章要客观，不要拔高。"这句话我一直记入脑海。后来得知，沈老迟迟没有回复，是住了几个月的院，刚出院就为我寄书了。

亲聆先生之謦欬，读其诗文，品其书艺，感触良多。

感悟之一：坚韧顽强。大器成于坚忍，卓越出自艰辛，这是对沈老的准确描述。沈老今年八秩有五，身体单薄，但从其艺术人生中可以读出四个字：

“坚韧顽强”。人们知之甚少，沈老近乎残疾人，能取得如此卓越成就太不容易了。说沈老近乎残疾，不是缺少什么，而是长年抱病。他幼年时由外婆带着，染病未得到有效治疗，遂成痼疾。沈老在《自述杂诗》中说：“多病麻疹百日咳，香灰充药不求医。气虚闭目危朝夕，命近阎罗惜我微。”他从五六岁起，便浑身痛、头痛、吐血，肠胃也不好，二十余岁之前，每天早上醒后半小时起不了床，头晕，眼睛睁不开，浑身像受重刑，必须用热毛巾敷眼，多少年一直如此。他并非不爱运动，如打乒乓球、跳舞，但他的体格不好不能参加，否则病情加重。因此不得不转移爱好，在学习、工作之余把全部时间交给了写字、读书和写作，这就是他与病痛斗争的良方。他二十来岁要靠吃安眠药才能入睡，整整吃了六十年。我真不知道他这样的身体，艺术造诣如此之深，还做了那么多的工作，如此卓有成效，这奇迹是怎么创造出来的。他首先是编辑，经他主编或责编的书刊五百种以上，他对审稿校对是极为严格的。细读他的著作，极少发现错别字和标点使用不当。最近我写的一篇文章，沈老看了，告诉我“扬雄”的“扬”字，还是用提手旁的“扬”，不用“木”字旁的“杨”，真一丝不苟。他是著名文艺评论家，写了大量的学术论文，创作诗词一千余首。其实写诗比写文章更伤神，那是情感的燃烧。我严重失眠，不敢写诗，白天写了诗，整晚就不能睡觉。沈老写出这么多好诗来真不容易，书法是他的业余爱好，用功之深更不用说了。沈老的成功，非唯绝类离伦之才，更赖坚韧不拔之志。他长期与疾病斗争，乐观、幽默，有时与疾病开玩笑：“数九寒天异常暖，成群细菌不畏冬”（《辛巳病起》）。天寒地冻，照理说细菌们会减少一些，但身上的细菌还异常活跃，实际上说自己病得不轻。人生最大的敌人是自己，是疾病，与疾病斗争一辈子，多么艰难。人活在世上，如体育竞技必不可少，但体育比赛是有前提的：性别相同，年龄相近，都很健康。而沈老与别人的竞技不在同一个起点，是病人与健康人比，竟然大胜，这不是奇迹吗？是奇迹，也可见其艰辛之付出。

感悟之二：仁者爱人。沈老是真正的长者，他的仁爱是发自内心的。最近看电视的书画频道，有位搞草书的青年书家，家境清寒，属“北漂族”，他说有一段时间的生活费是沈老资助的，言及此事，泪水潸然。读其诗作，对亲人、朋友、学生、广大的劳苦大众一往深情。他深深地怀念母亲：“音容共与尧天在，养育能胜雨露恩”（《辛巳春扫母坟》），“墓前宿草春应发，枥下老驹宿未眠”（《念慈》）。他对爱侣殷秀珍女史怀有一种深深的感激之情，写过多首诗词表达这种相濡以沫的深情。试读《望江南·赠秀珍》二首：“斜阳好，天朗气温凉。已越横空穿海岳，还输热力送流光。雁影总成双。斜阳好，万物浴光凝。顾影徐长时足惜，行云漫渡景移情。日日看天青。”透过这些朴素的文字，我们仿佛看到一双爱侣在金色的秋光中相携相挽的情景。他深爱自己的故乡，十多岁离开，从诗中看来，只三次返乡，但每次看到故乡的村落、田畴、母校、乡亲，总是百感交织。在《返里吟》一诗中写道：“手捧家门土，含泪洒襟袍。”儿时的往事历历在目：“髫龄爱听乡贤事，白发今犹问险滩。”（《返故里·感事》）他对朋友一往情深，他与鲁迅的儿子周海婴是好朋友，闻其仙逝，感伤不已：“满座群英君席赊，何期背景走天涯！迅翁一语终身誓：不做空头文学家。”（《悼周海婴》）作为一介书生，能凭一己之力为社会做事，尽力去做，他的性格温和，而对腐败至为痛恨，对弱势群体的不幸深表同情。1998年6月，据报载某副专员下农村视察，遇三百人众伏地请愿，该员称这是“跪着的暴动”。沈老极为气愤，写了这样一首诗：“跪告罪甚甚暴动，身余半截驼峰肿。为官不识水能柔，一旦狂涛川决壅！”真正有良知的艺术家，是发自内心同情老百姓、爱护老百姓的。

感悟之三：谦和平易。沈老已入耄耋之年，仍自强不息，精进不止，不断创新，这与他的谦虚品格是密切相关的。先生总是登高自卑，以期自我超越。

《易经》中说："满招损，谦受益。"司马迁在《史记》中记叙魏国公子信陵君礼贤下士，亲自拜访隐士侯嬴。侯生年七十，是大梁守门人，侯生为了考验信陵君是否诚心，过闹市时故意去拜访他的一个杀猪的朋友，让信陵君立于市中久久等着，而看到信陵君言和而色夷，深为感动，助其终成大业。作为功成名就的政治家、思想家、艺术家，要发自内心地谦虚很不容易。以权势骄人，以财气骄人，以学问骄人，以技艺骄人，这是社会上常见的现象。艺术家如果有了这个"骄"字，就可能没有真正的朋友，艺术上也很难前进一厘米。记得少年时在乡下，本家亲戚当了生产队长，当了村干部，就满脸横肉，脸色发紫，喊他不搭理。南方书法界某位先生，因为他是省书协领导，那个傲气不得了，昂首望天，目无余子。这种傲气，作为个体书家没有什么关系，而作为书协领导就不合适，怎能团结同道、促进工作呢？人贵有傲骨，不可有傲气，艺术家有傲气，艺术境界无法提升。在中国历史上，狂傲者莫如李白，他自比姜尚、周公、孔子、诸葛亮、谢安等人，以大政治家自许，想做大官，其实李白不适宜从政，政治敏感性不强，从永王李璘就是明证。李白只能做诗人，但他对艺术并没有那么狂傲，一生低首屈原、曹植、谢朓、孟浩然等人，他的诗境很幽静，无躁气。其实，谦虚是高尚人格的折光，是一种很高的智慧，因为谦虚的人明白，任何人都只是宇宙中的一颗微埃，任何成就都不过是知识的大海边拾起的几只贝壳，何苦那么傲气呢？谦虚方能正确看待自己，方能精进不止。

沈老发自内心地谦虚。他说话轻声细语，仿佛讷讷于言。我乃一芥之微，而沈老打电话来，总是问我近来睡得好不好。他知道我长期失眠，严重神经官能症四十年了，有时连续几晚不能休息好，给我推荐一种叫"斯洛司"的安眠药，说是效果好，我托人多方去买，至今没有买到，到时打算请沈老惠赐一点点。沈老很幽默，问我的属相是什么。我说："属羊。"沈老说："我正好比你大两只'羊'。"说罢两人哈哈大笑。沈老不轻易改别人的文章，有不同意见，只提出来供你参考，希望你自己仔细斟酌。沈老在给我的第一封手札中说：“拙诗抒情言志，意欲求真，但从读万卷书、行万里路要求，相差尚远。”在第二封手札中说：“我在诗作中没有自觉意识到的感想情趣，被您摘出，深服您的慧眼。”那么由衷地谦和。他说，他的书法早年临帖功夫的确下得很深，因为老师要求严格，自己也高度投入，进入中年以后，务求博览，临帖尤重精神追蹑，这是每个人的学习方法不同。对我写的文章，鼓励说“不错”。他又说：“我的诗和书法还没有你说得那么好，写我的文章不要拔高，尽可能朴实。我不足的地方你写得太少。”我陈述自己的观点：艺术欣赏本来就是一种再创造，概括、挖掘、升华是必要的。的确，创作求真，审美也要求真，谀辞、游辞最为忌讳，动辄“大师”“巨匠”最为忌讳，是不是大师让后人说为好。我努力学习，听从教诲。沈老的诗，在当代艺术家中应该说是写得很好的，题材广泛，思想深刻，语言朴素，各体工稳。以五古最佳，其次是律诗、绝句、词，联语相对较少。他的格律是很工稳的，但也发现一个入声字作了平声，好像是“吨”字，这大概是无意。沈老的书法，语言丰富，个性鲜明，大草不让先贤，而周俊杰先生指出，沈老苦于应酬，早年的个别作品也难免“草率”，我认为也客观。

感悟之四：博学多闻。沈老的书艺，风格的鲜明性一望可知，而丰富性可谓百变不穷，异彩纷呈，充满灵气、清气、浩气、书卷气，这无疑是其渊深学养的物化和外化。沈老作为书坛领袖，在书法活动、书法理论、书法创作等方面均取得了卓越成就，但他首先是学者、诗人。书法作为一门独立的艺术，本身有很深的学问，它有独立的审美体系，与中华文化又有密切的联系。沈老说：“中国书法如果失去了深广的哲学、美学底蕴，便失去了灵魂。”沈老的艺术实践有典范意义，其知识的渊博令人瞠目结舌。沈老于文学、历史、哲学、音乐、绘画、雕塑、考古等极为广泛的领域均有较深的研究，尤为可贵的是对天文、地理、物理、化学、生物、地理等自然科学领域均有浓厚的兴趣。我在谈到沈老的一篇论书力作《傅山书学的原创精神》时，便指出沈老立论不是就书论书，而是从历史背景、文学、哲学、历史等多维度立论。包括沈老的诗歌创作，也不囿于某一题材，而是涉猎广博，甚至及于自然科学方面。凡此种种皆因沈老博学多闻，可融万物于笔下。

沈老为了强调书法审美的独立性、纯粹性，在一些特殊的场合说过一些书法载体与物化形式似可分离的话，比如“书写的诗文只是‘素材’”“书法的形式就是内容”等等，有的先生错误理解，认为沈老论书重技法，轻素养，这实际上是对沈老的误解与曲解。关于这个问题，笔者拟作专论细加探讨。沈老论书历来强调以文养墨，以学砺笔，强调将书外功化为无意识渗透于书法的物化形式之中，实际上对书家提出了甚高的要求，他的艺术实践也正好说明这一点。作为一门独立的艺术形式，沈老特别强调本体的技法含金量甚为重要，技法不上去，书法的美感是无源之水，无本之木。才情学问固然重要，但必须以技法精湛为前提，学富五车而线条粗劣则无美感可言，书法本体方面没有造诣，其他方面是教授也罢，学者也罢，权威也罢，都不能称之为书法家。以学问代技法，以观念代技法，以知名度代技法，甚至以官本位代技法，这都有欺骗消费者之嫌。沈老特别强调技法重要，这话不是针对初学者而言的，甚至不是针对一般的专业工作者而言的，而是针对那些已入堂奥的书家们而言的，这些书家已懂得学养的重要性，因而再次强调法技之重要，无疑是正确的。作为草书大家，一旦进入创作境界，有如列子泠然御风，不知其所止，又如九方皋相马，不辨牡牝骊黄，感受到意境的纯粹性，而境界的神与载体还是有联系的，沈老也可能有这种感受。其实，有的话是自谦之词。曹植说：“盖有南威之容，乃可以论于淑媛；有龙渊之利，乃可以议于断割。”自己在某些方面有很深的造诣，谦虚的人说来往往轻描淡写，其实仍很重要。假如华罗庚说“数学也不太难”，钱锺书说“做学问也容易”，这些话错了没有？没有错！能听吗？不能全听！要听的话，要理解言外之意，说的人不在乎，听的人应该在乎。为什么？你有华老的数学才华吗？你有钱老的学问吗？他们是站在极高境界来说这番轻松话的。有书家朋友和我说：“书法与学问无关。”“能不能写诗不重要。”我说：“您错了，书法不能离开文化，书法最高境界的较量不是技，而是文化。不能断章取义拿沈老的话来遮掩自己的浅薄。沈老是极重学问、极重才情的。当然，沈老的话改用其他的方式表达也是可以讨论的，但他的原意决非重技法，轻学养，而是二者并重。”当代很多先生对学问、对做诗提不起兴趣，请很好地体会周俊杰先生的一句话：“深知诗词于书家底蕴之重要，仅在形式上弄一些线条及结构上变化的玩意儿，是难以深入到中国文化之深层的”。

李白诗云：“高山安可仰，徒此揖清芬。”移赠沈老，甚为恰当。沈老是一部不易读完的书，钻之弥坚，仰之弥高，每聆謦欬，读其诗文，品其书艺，总是感触良多，艺术的高境永远是风光无限的。言之至此，我想起贾谊的话：“澹乎若深渊止之静，泛乎若不系之舟”。至此境界殊多不易。深切地感悟沈老，我们会想到很多，会更好地扬起理想的风帆，自强不息，迎来更美好的明天。

（此文刊发于《书法导报》2016年7月6日第19版）

诗为华夏艺术之魂

——感悟沈老之二

我们的时代需要充满诗意的精神产品，诗为华夏艺术之精魂，艺术境界的高雅往往来自于诗。中国自古就有易教诗教的传统，古往今来的政治家、思想家、艺术家往往乃诗人。春秋时代，外交场合往往通过赋诗来表达立场观点，《左传》中记叙赋诗有六十八条，这种赋诗既体现外交人员的文化修养，又表现一个时代的文明程度。唐代以诗取士，极大地促进了诗歌艺术的繁荣。中国的艺术无论是书法、绘画、音乐，还是戏剧、雕塑，诗意为其精魂。艺术有诗的浸润，意境幽深，能勾起读者丰美的想象和联想，大大地拓展我们的思维空间。充满诗意的艺术能提升人的思想境界，使思维洞达，气质高雅，培养人发现美、感悟美、创造美的能力。沈鹏先生的书法艺术是一首首抒情浓郁的有形之诗。沈老是大艺术家，但首先是学者、诗人，发表诗作一千余首。沈老《三馀笺韵》诗书合辑由人民美术出版社出版，尚未上市就已断销，足以说明人民群众对高雅艺术的需求如大旱之年望云霓。品读沈老的诗词艺术，不禁感慨系之。

沈老的艺术创作，对推进我国高雅艺术的发展有典范意义。沈老以险绝厚涩、雄秀高华的大草驰誉天下，当代真正能做到书与诗偕、意与境合的书法家，沈老堪称独步。沈老的书法语言能准确追蹑载体的情感运动，或豪荡，或俊逸，或幽邃，或稚拙，百变不穷，高华精绝，语言的丰富性与诗境的圆融性有机统一。沈老的诗，题材广泛，为情造文，声发灵台，语出肺腑。艺术贵真，真悲无声而哀，真怒未发而威，真亲未笑而和，真在于内，神动于外，一切假话、空话、套话与艺术无缘。沈老的诗是一片赤诚的表达，情真而语切，辞微而旨远。谚云："开口乳要吃得好。"意思是说为诗要得到名师指点，取法要高。沈老少年时代师从江阴最后一位举人章松庵先生，先天甚足。中学时代就办文学刊物，大学专攻文学与新闻，长期从事编辑出版工作，后天的营养更加丰富，综合素养之高为其诗歌创作提供了甚佳的条件。沈老的诗歌题材极为广泛，有对亲人的挚爱，对故乡的眷恋，对先哲的仰慕，对时贤的嘉勉，对多娇江山的吟唱，对中华文化的礼赞，对艺术的陶醉，对科学的探索。读沈老的诗，我们被带入极为广阔的生活视野之中。沈老的风格体现出多样性的美感特征。"大江容蜀水，北固卧吴烟"，"水天浩淼开宫阙，日月沉浮孕夏秋"，气象何其阔大。"关河回望远，岁月渐知深"，"勇者唯一死，碧血黄沙溅"，境界又何其悲壮苍凉。"窗含长绿山，绝顶孤鸟飞"，"情深远系天山雪，逸兴轻摹岸柳条"，风致何其清雅飘逸。"艺术真筌含隐痛，雾云诡谲谓谐和"，悟理何其灵澈幽渺。从瑰美的诗作中我们可以读出诗人的开阔胸次、高洁人格、渊浩学识。苏轼论诗："欲令诗语妙，无厌空且静。静故了群动，空故纳万境。"沈老的诗作多有清空幽静之境。试读《太湖泛舟归晚》："日落衔山去，杳然万籁暝。范公舟楫远，今夕满天星。"夜幕降临，繁星满天，平湖浩渺，扁舟一叶，天宇是如此幽邃、清宁，晚归的诗人体会到了远离尘世喧嚣的乐趣，寻觅到了心物为一的自由之境，此刻他想到了大业已成、飘然远去的范蠡。范公为旷代奇才、逸才，他将功成身退之哲学成功运用，其超凡智慧、高洁情怀令人心折不已。异代知音，心灵相通，长思远慕，百感交织。我将此诗抄给林凡，林先生击节叫好。其《徐霞客歌》《朝阳化石歌》等鸿篇巨制，气势恢宏，意象伟丽，文采绚烂，辞旨遥深，是浩然正气的物化和外化，是难得一见的壮美诗章。

艺术家的诗歌创作为其学养才情的综合表达，极具审美价值。沈老的诗从题材之广泛、时代感之强烈和语言之丰富、意境之幽深等多方面考察，成就卓越，堪为当代诗坛的重要收获，在当代诗歌史上应有一席地位。写诗难，写好诗尤难，当代艺坛浮躁之风颇盛，诗学造诣甚深者寥寥，艺术家不读诗，不懂诗，不赏诗，不为诗，缺少文化的浸润，纵技若庖丁，也难免空洞苍白。评艺术家的诗，须先看艺术再看诗，倘若艺术家把主要精力用在学问与诗上，而其艺品粗俗低劣，以学问与诗代技法，这是混淆审美标准，属欺诈行为，其诗再好，也不值得深入研究。一般说来，艺术家与专业诗人的诗不能等量齐观。专业诗家用功在诗，反映的生活面广阔得多，而艺术家用功在艺术，不可能花那么多时间与精力去写诗，但艺术家的诗，最见灵气与才情，吉光片羽，弥足珍贵。艺术家的创作工稳流畅，意象鲜活，从诗中见才情、见功力、见学问已属不易，而像沈老一样敢与专业诗家一较高下，这是特例，甚为罕见，但对沈老的评价我还是坚持书为第一，诗为第二。有人对王羲之的诗文评价过高，这也是不切实际的，王羲之光耀百代的还是书法，他能文善诗，大致是享年不是太高的缘故，传世的文学作品甚少，其《兰亭序》确为美文，而这类文章并不多。林凡先生认为，从文学成就而言，王羲之的散文不能代表那个时代的最高水平，不及陶潜、鲍照；王羲之的诗也不错，但与谢灵运、谢朓相比不在一个档次。但是王羲之的诗文又极为珍贵，这在于可以读出他良好的文化修养，说明他是高雅的文化人。因此，我认为艺术家的诗不完全看重作品本身的艺术价值，而可视为渊深学养的一种表达形式。

对当代艺术家的诗词创作，既要珍视，又要客观评价。沈老书美诗佳，但他从不以诗书双绝自许，总是登高自卑，精进不止，人格光芒的映照更使他的艺术熠熠生辉。对于当代人动辄以诗书画三绝或诗画双绝自许，我认为夸饰的成分过多。诗有很强的专业性，要把诗写好是极难的，穷一生之精力，不一定能写得出几句好诗。笔者读过当代书画家的大量诗作，真正文理晓畅、意境圆融者少之又少。在当代艺术家中，除景仰沈老外，笔者还甚为心折林凡、西中文两位先生，他们的诗也写得很不错。林凡为中国工笔画学会首任会长，品格高尚，学问渊博，献身艺术，遭世偃蹇，其画凄清淡远，大气精湛，其书法清隽遒逸，书卷气浓郁，其诗抒情浓郁，瑰奇幽雅，其联语尤为佳妙。对林凡的诗书画艺术，蔡若虹、沈老、周俊杰、言恭达等先生予以高度肯定。西中文为著名书家、书法评论家，餐英饮露，佩芷披兰，他的书法春风大雅，俊逸华滋，其文汪洋恣肆，浑浩流传，出版有诗集《玉衡集》，林凡认为西中文为当代之英才。而笔者对这三位先生，还是不敢轻许为“诗绝”，因为诗道幽渺，高境难臻，“诗绝”的说法有些过头了。

齐白石先生自称诗为第一，林散之先生的墓碑上刻着“诗人林散之”五个字，有人问我这怎么看。我认为齐、林二老还是卓越的书画大师，他们对诗的重视，旨在强调艺术创作的文化品位，强调继承优秀文化传统的重要性。笔者一芥之微，无意对两位大师滥发微辞，只是表达个人的见解。白石大师的画独辟蹊径，清新自然，在中国绘画史上无疑具有里程碑之意义。诗书画印佳妙，这毫无疑问。客观地说，白石大师的卓越成就绝对在画不在诗，如果离开了他的画，他的诗不能独立成家。他的诗清新晓畅，妙语如珠，内容多为论艺，形式多为绝句，但反映的生活面相对较窄，时代感并非强烈，诗歌语言并非极为丰富，更没有史诗般的作品。单就诗而言，能与鲁迅、郭沫若的旧体诗相比吗？不能比。能与柳亚子、苏曼殊相比吗？不能比。但放在诗书画印一个整体来看就非常不错了，能全方位看到他的学养才情。白石大师讲自己的诗为第一，实际上强调其书画的文化品位，说明大师高度重视优秀传统的继承。林散之先生为杰出的书家，他的枯笔中锋应为当代独步。林老耽于诗，以诗人自许，也葬在长江采石矶李白衣冠冢的旁边。林老也是高度重视艺术境界的诗化，重视优秀文化传统的继承。最近读到一篇文章，将林老的诗歌与李白并提，这种提法极为错误。林老的诗可以和李白并肩吗？不能，绝对不能！林老的主要贡献还是在书法，诗歌只能为其艺术创作文化含金量的佐证。我没有读到林老的全部诗作，读了几十首，大多为绝句，内容大多论书，是特殊的书论，文笔晓畅，格调清新，的确有较浓的诗意。客观地说，从反映生活的深度广度、从对各种诗体的驾驭能力、从风格的独特性与多样性等方面而言，作为诗人的林老与卓有成就的诗人相比还有较远的距离，更与“诗仙”李白相隔天渊。他能与李白安眠在一起，还是因为他卓绝古今的书法，这样方能双星并曜，光焰璨然。对今人的评价不能盲目拔高。

继承优秀文化传统，贵在有敢攀高峰的勇气。沈老长期困于病魔，“三馀”为诗，能有这样的成就，本身就是生命的奇迹。我们要学习沈老敢攀高峰、敢创奇迹的勇气。孟子认为真正的伟丈夫是富贵不能淫，贫贱不能移，威武不能屈，而于沈老还应加上一句：死神不能困。沈老不唯有大德、大智、大才，最可贵的还有大勇。我们的主体条件比沈老要好，为什么不能敢攀高峰呢？诚然，当代的艺术家要静下心来读诗写诗，真的很难，而对于有志弘扬民族文化的人来说，应迎难而上，敢攀高峰，敢创奇迹。试想想：古人从小读“四书五经”，从小用毛笔写字，那种文化的浸淫、艺术的修炼，今人能比吗？不能比的。现在小学生的书包沉甸甸，但盛的很少是传统文化，而是现代科学知识，他们要把主要的时间和精力用于学习这些知识。人到中年，要为生计奔走，能静下心来读诗写诗，确有困难。当今之世，除了有特殊环境、特殊天赋，要培养出与古人一比高下的书画艺术家的确困难重重，只有勇者、智者、强者才会为这一目标不懈奋斗。艺术家之间要进行较量，只有较量，方能推进艺术的繁荣与发展。较量什么呢？首先是技的较量，任何艺术技是本体；其次是意境的较量，有境界自成高格；又次是风格的独特性、鲜明性、多样性的较量，风格是成熟的标志；复次是文化的较量，文化是品位的体现；最后应为思维空间的较量，拓展出广阔的思维空间是智慧的结晶。沈老的书法与诗，文化含金量甚高，思维空间广阔，正因为如此，才体现出极高的审美价值。

对艺术要有敬畏之心，艺术家不能强而为诗，装潢面门。当代书坛不少先生在充实学养，艺术创作朝诗化的方向发展，这是十分可喜的现象，但笔者善意提醒，诗道幽渺，高境难臻，为诗是一种修炼，学习沈老关键是要有坚韧的意志、无惧的勇气，不能急于求成。写几句诗看似容易，现在大学专门研究古典文学的专家，能写几句通顺韵语者少之又少，更何况是艺术家，我们要有攻坚克难的信心和决心。写诗在于修养，在于功力，大量阅读，反复实践，虚心拜师，反复炼字、炼意，方有佳品产生之可能。我景仰周俊杰先生的谦虚精神，他名高天下，但总把写的诗请朋友们反复修改，真有贾岛“二句三年得，一吟双泪流”的苦吟精神。今人写的诗尽可能要入格入品，格律不协，文理欠通，何来高境？有一位先生写了一首打油讽刺当今的粗率之作：“报载诗词不见佳，位高名重掩疵瑕。难谐平仄少情韵，笑煞西方汉学家。”艺术家千万不能用诗来装潢门面，粗劣之作不可示人，藏拙是必要的，藏拙是一种修养，是对读者的尊重。我们提倡艺术家做诗人，但又不能以可否为诗做衡量艺品高低的唯一尺度。美学家宗白华说：“艺术家贵在胸中有诗。”此言甚好，胸中饶有诗意，把诗歌修养化作潜意识渗透于书画的物化形式之中也是可以的，万一不能写出好诗也没有太多的关系，不要把粗制滥造之作硬塞于艺品之中。笔者寡闻，很少读到王献之、怀素、米芾、仇英、邓石如的诗，但他们的作品仍然充满诗意与真情，不能否认他们的诗学修养。当代著名雕塑家钱绍武先生的雕塑仿佛是一首首立体的诗，但很少读到他的诗作。艺术的最高境界在天然，书法为高雅艺术，养心的艺术，着一丝尘土，便非佳品。

沈老是卓越的，他的艺术创作无疑具有里程碑之意义，他的艺术之花开在时代的春天，开在历史的时空，光华夺目，高洁芬芳。学习沈老，我们景仰他的丰美才情，但最重要的是学习他的冰雪情操、坚定意志、执着精神。客观地说，艺术高峰并不是人人都能攀登的，可贵的是我们要有敢于攀登的勇气和信心，这样方能创造出无愧前贤、无愧后人的精品力作，使优秀传统薪火传承，发扬光大！

（此文刊发于《书法导报》2016 年 7 月 13 日第 10 版）

谈谈艺术家的学问

——感悟沈老之三

一

2016年9月4日晚上8时45分，中方举办文艺晚会招待出席G20峰会的各国元首，舞台设在西湖之上，比水面低三厘米，第一个节目为交响乐演奏《春江花月夜》，景色如诗如画，似仙似幻，凝神静听，那珠圆玉润的充满诗意的乐音，如百鸟和鸣，如流水潺潺，如春风吹拂，如碧波荡漾，音乐意象异彩纷呈：时而月色空蒙，沙洲飞霰；时而芳甸无垠，银河万顷；时而渔歌唱晚，远濑鸣榜；时而欸乃归舟，江天浩渺。一曲终了，人们久久陶醉在美妙的音乐意境之中。这场晚会，既是艺术的盛宴，更是文化的盛宴，从《春江花月夜》《梁祝》《高山流水》等系列节目中，可以读出中华文化的博大精深，纯粹瑰奇。观罢演出，我想到一个问题：最高境界的艺术表达还是文化，还是思想。《春江花月夜》作为古典名曲，其意境与唐代张若虚《春江花月夜》一诗有较多的联系。诗境转化为音乐境界、舞蹈境界，需要什么呢？需要文化，需要学问。作为一位卓越的音乐家、舞蹈家、指挥家，仅仅拥有专业方面的修养是远远不够的，还必须对中华文化有深入的了解。以诗书画为代表的华夏艺术，它的根脉在文化，在诗意，艺术家需要文化的滋养，需要学问作支撑。

二

沈鹏先生为当代著名的书法家，其书法最重要的美感特征是书境诗化，百变不穷，这在中国书法史上是极为罕见的。韩愈论文，强调唯陈言之务去。沈老之书，务去古人之陈言，务去自我之陈言。观其意境，或豪荡，或苍郁，或超旷，或稚拙，或幽邃，或高华，言随意遣，仪态万方，摇人心旌，启人心智。这种书境的产生，与精湛的技法分不开，与丰美的才情分不开，与渊深的学养分不开。沈老是艺术家，首先是学者、诗人、艺术评论家。2016 年 8 月 9 日，笔者收看了沈老在《书画频道》关于书法与文化的讲座。先生深入浅出地阐述了书法与中华文化的关系问题，旁征博引，分析透彻。沈老在文史方面的修养甚深，对以《诗经》《楚辞》和唐诗宋词为代表的中国诗歌艺术如数家珍，他创作了一千余首工稳典雅、意境圆融的旧体诗词。单从诗中用典的情况来看，先生于文学、历史、哲学、绘画、音乐、戏剧、考古等领域，熟悉的程度令人瞠目结舌。关于沈老的书外功夫，周俊杰在《生活、艺术的强者——论沈鹏先生及其思想 · 书法创作》一文中指出："他从中外哲学家、史学家、美学家、艺术家那里吸取了广博的营养：老庄的睿智，屈子的想象，司马迁的博大，孙过庭的深邃，苏轼的机敏，林语堂的深刻，苏格拉底、柏拉图的辩难，亚里士多德的严密，莱辛的理智，康德到黑格尔的理性精神，弗洛伊德非理性方式的思维，从克罗齐到朗格的独特角度对艺术的切入。"周先生对沈老了解甚深，所言并非夸张。

大器成于坚忍，卓越出自艰辛，沈老的成就从艰苦中来，他坚毅的意志令人心折。沈老长年病魔缠身，笔者反复提到这一点，因为一个重症病人无论干什么都极为艰难，他的付出并非常人所能想象，先生以生命精神创造了人间奇迹。沈老并非天才，他意志坚毅，求知欲强烈，我们不妨读读他的《病中吊瓶输液》一诗："吊瓶何物苦张扬，哂尔权充滴漏忙。我有灵犀通六合，尔当捷足退三江。恼人春色慵睁眼，入梦诗情委断肠。愧对白衣频嘱咐，贪灯开卷又清狂”。面对疾病的折磨仍不忘读书，他的学问就是这样得来的。书法艺术以汉字为载体，传递的是文化，是思想，是诗意，如果没有学问作支撑，书法的美就是苍白的、浮浅的、低俗的。沈老论书，特重技法。技法是根本，无技法便为无源之水，无本之木。他说：“‘笔法’最单纯也最丰富，最简单也最艰难，是起点也是归宿，有限中蕴藏无限。”但书法又不能停留在技的层面，还必须有书外功夫。沈老指出：“书外功夫越多越好，努力把书外功夫转化为书内功夫。”“文史知识、绘画、音乐、舞蹈、诗词，看得或懂得越多越好。”特别值得学习的是，沈老对自然科学有浓厚的兴趣，近乎是科普迷，对物理、化学、生物、天文中的有关知识了解甚广，最近读到他关于引力波的长篇新诗，震撼不已。沈老说：“如果我们的艺术家能够多一点将艺术与天地万物相沟通的良好感觉，多一点对人文科学与自然科学共性的认识，我们的灵感可能大为增强。”（《理与情再探》）当然，沈老为书坛领袖，在一些特殊场合为了强调书法审美的纯粹性、独立性，也提出过这样的观点：“书法的形式可说即书法的全部。”（《书法，在比较中索解》）“书法的内容不是我们所写的‘素材’，而是线条运动的书法形式本身。”（《书学漫谈·授课实录·六》）沈老并非重技法，轻学养，而是从不同角度来审视书法，沈老的理论与实践也恰好证明了这一点：技法与学养并重。

三

在当代德艺双馨、学问渊浩的艺术家中，由沈老还想到两位先生，那就是我尊敬的师长林凡和周俊杰。由西湖晚会的节目油然想起林先生创作的《春江花月夜》那幅书品佳构，书家标明是第一百零九遍，为八尺横幅，书体为行草，252 字一气呵成，一字无讹。林凡作书喜用长锋羊毫，锋长不易驾驭，毫软不易使转，正因为难以驾驭，难以使转，控掌自如便能产生独特的奇险之美。品读此作，但见意象飞动，灵气畅流，朗现超旷静谧、朴茂高华的意境美。林凡化用《诗经》、楚辞、唐诗、宋词的意境入画，如天翠浮空，明霞秀野。林凡为沈老的挚友，沈老称他“在诗书画三绝的路上取得了令人瞩目的成就”，林凡诗书画三绝，这种说法，最早是由沈老提出来的。据笔者掌握的材料来看，沈老以诗书画三绝称许当代艺术家，唯有林凡，可见对人生知己的了解之深。笔者发现沈老与林凡有一共同特点：他们的书法创作多写自己的诗词，都认为书法的美感有相对独立性、纯粹性，都有手不释卷的求知精神。林凡的学问极为渊博，出版专著十余部。周俊杰为“中原书风”的骁将之一，胸次开阔，学识广博，才情丰美，精力过人，是当代真正将理论与创作打通的艺术家之一。周先生的书法语言极为丰富，风格豪荡纵恣，隽秀瑰奇，他又是大学问家，是当代书法美学的奠基人之一。沈老评其《书法美学论稿》：“将良好的理论素质与丰富的创作经验相结合，他那强烈的现实精神和历史意识注入文字，有生气，有活力，在探索过程中将理论越发推进深广和系统化。”2017 年河南美术出版社出版周先生的美学论著十二卷，应为当代艺坛之盛事。沈老、林凡、周俊杰三位先生，艺高天下，学识渊博，而又静若深渊，意态平和。

四

对艺术家的研究，还是先看艺术，再看学问，强调艺术第一，学问第二，实际上强调技的含金量、美的含金量、文化的含金量。美学家宗白华说：“艺术境界主于美。”不能保证美的纯粹性、独创性、丰富性，那么画的画、写的字就不是艺术了，著作再多而技法不精，只能视为学者，并非艺术家。艺术与学问之间的关系不能颠倒。我们对沈老、林凡等先生的学问关注研究，首先是因为他们的艺术创作具有里程碑的意义，并非孤立地看待他们的学问。艺术家可以学者化，但学者未必能艺术家化。严羽认为诗有别材，其实艺术也一样，艺有别材，非关理也，艺有别趣，非关书也，多读书，多穷理，最终还应落实在艺术境界的提升之上，艺术与学问之间不能成正比。沈老、林凡等先生的学问汪洋恣肆，而我认为他们的艺术还是第一位的，学问的渊博拓展了思维空间，深化了艺术意境，增加了文化含金量。如果孤立地看待艺术家的学问，研究国学、诗学、美术史、艺术设计的专家多的是，沈老、林凡在这方面的研究成果不一定能超越他们。对艺术家的学问，既要珍视，也要客观评价。艺术家的主要精力用于创作，是人，不是神，精力有限，很难占尽风情。目前书法界的学者对启功先生《诗文声律论稿》的学术价值评价过高，启老作为文史专家、文物鉴赏专家、书坛领袖，能写出这样有学术价值的专著殊多不易，而如果单从专业的角度看，此书与王力的诗律学、音韵学等专著相比，学术水平还有差距。术业有专攻，还是客观存在的。艺术与学问的关系颠倒来看，容易混淆审美标准，出现以学问代技法的现象，产生负面的导向作用。

五

艺术家做学问，应先将艺术当成一门学问来研究。就书法而言，用沈老的话来说，就是强化“书内功”的研究。艺术家对从事的艺术不作学问来研究，而把主要精力用在与之相邻的其他学问领域，这是舍本逐末的做法。书法家先研究书法，画家先研究绘画，这对境界的提升有直接联系。书法作为一门古老的艺术，书法的技法、书法史、书法审美、书法与文化已构成庞大体系。对于书法家来说，精于技法，方有立身之本；熟悉书法史，方能识见卓远；懂得书法审美，懂得书法与文化的联系，方能提升艺术境界。沈老的著作宏富，读其

《沈鹏谈艺录》《书法本体与多元》等宏著，识见卓远，材料翔实，角度新颖，论证严密，立足传统，融贯中西。按常理而言，理论与创作是统一的，事实上做到太难，曹植想做大政治家，他的个性和气质不合适，理论与实际不能统一，只能做辞赋家和诗人。

理论与创作还是有相对独立性的，据传王羲之说过“善书者不鉴，善鉴者不书”，说明理论与创作很难统一。李杜才高天下，并没有多少关于诗歌理论的专著。唐代的张彦远、张怀瓘，他们的著作有经典意义，而其书名画名不是太高。理论与创作有相对独立性，但艺术家还是有必要研究理论，在本专业方面有较深的学问功夫。能将理论与创作打通，自然是高手中的高手。据笔者所知，当代书坛除沈老外，周俊杰、陈振濂、邱振中、西中文、李刚田、沃兴华、姜寿田等先生，他们既是著名书家，又是著名书法评论家，将两者打通为一，旁及文学、哲学以及其他艺术门类，殊多不易。笔者认为，偏于理论的先生也应正确看待自己，言之虽易，为之实难，对艺术切莫滥发狂言。有一位先生论艺的著作近乎等身，而在《世界艺术》上发文大谈书法不是艺术，他本人以书画名家自许，而拜读其书画作品，书法应在三流以下，哪有资格来轻诋书法？以宗白华、朱光潜、李泽厚等先生之博学，对艺术多有卓见，而其书法很难入品，因此说得出并不意味着做得到。

六

艺术家做学问有选择的必要性。就书法而言，“书外功”的范围极广，为学只能量力而行，加以选择。沈老诗云：“银箭穿空飞彗星，地球引力落弧形。工程自控循环路，还仗源头活水清。”（《喷泉》）喷泉的水是循环利用，但这水应是优质自来水，此诗告诉我们选择性学习的重要性。苏轼、黄庭坚、郭沫若、启功，艺精学博，这与他们超凡的悟性、丰美的才情有必然联系，也与他们生活的时代、独特的环境有必然联系。时代不同很少有可比性，假若苏轼生活在现代，今天学英语，明天考电脑，尽管是天才，他的诗书画艺术也很难达到那样的高度，因此，看问题不能超越时空。现在我们要做的学问太多了，必须选择。作为一名书画艺术家，至少要对文字学、文学，尤其诗歌花时间作较深的研究。小学的功夫不深，书法的审美就失去了起点。诗乃语言之精华，诗的境界含蓄、圆融、幽深，具有图画美和音韵美，这与书法有直接的联系，是必须下功夫的。沈老说："诗、书、画、印结合决不应当停留在形式本身，'诗意'是这种形式至高无上的灵魂。"（《探索"诗意"》）诗书合一，辞翰双美，是华夏艺术的优良传统，当代书坛，笔者心折沈老、林凡、西中文三位先生，他们的艺境达到了这种和谐。而今画界的一些先生，技法佳妙，但不能题款，一是书不佳，二是不懂诗，题款或连用四个仄声，或连用四个平声，或文词不雅，艺术境界以整体为美，着一丝尘土，便非佳品。此外，对儒释道哲学也要有较多的了解。沈老说："中国书法如果失去了哲学、美学底蕴，便失去了灵魂。"虽不一定要做哲学家，而对儒家的典雅、道家的超逸、释家的空灵，完全一无所知，艺术创作不能上升到哲学、美学的层面，单纯在技法上玩花样，纵使昏天黑地地劳作，也不可能提升艺术境界。

七

艺术家做学问重在提升艺术境界。读沈老、林凡等先生的艺术创作，功力之精湛自不待言，最重要的是见胸次，见学养，见才情，学问已内化为一种诗意、一种书卷气、一种文化深蕴于艺术意境之中。读沈老的自书诗《武侯祠》隶书中堂，隶参篆势，奇姿耀目，古朴遒逸，浑穆苍茫，依稀看到武侯祠古木森森、廊庙庄严之景象，透过书品意象，对忠臣典范、智慧之神诸葛亮的景仰之情油然而生；读沈老的《般若波罗蜜多心经》大草横幅，援毫掣电，随手万变，鱼龙腾跃，风雨争飞，自然把我们带入清宁旷远、飞动空灵的庄禅境界之中；读沈老的自书诗《殇甲午海战》行草中堂，但见笔锋飒飒，烟起云飞，兵戈相斗，披离狼藉，仿佛看到一百二十年前的黄海之上，北洋水师与日寇舰队激战的情景，将士们浴血奋战，壮烈殉国，悲愤之情顿生。读林凡的工笔画《黄鸟交交》，主体意象描绘的是北邙山一类的古坟场，长满了稠密而杂乱的野草，墓庐的栅栏早已剥落腐朽，几只黄鸟在哀哀鸣叫，读此画作，我们自然会联想到《诗经·秦风·黄鸟》的意境，此诗是秦国人民为哀悼三位忠良被戮殉葬的挽歌，是对封建专制的血泪控诉，表达了对平等自由的热烈向往。这两位先生的创作，技法之精湛、情感之真挚、意境之圆融已妙合无痕，毫无概念之图解，知识之堆垛，试想想，若无学问根底，不仅很难进入高境界的创作，甚至连欣赏也有很大的困难。融会贯通为学问转化、境界提升的第一要务。高境界的艺术创作，是将文化作为一种审美基因渗透于艺术意境之中，化古为我，不是泥古缚我。学问可以拓展艺术之灵源，而又不能成为束缚思想的一堵高墙，一围篱笆，一条绳索，如果那样，做学问就没有意义了。

八

艺术家的学问重在提升人生境界。艺术境界是人生境界的艺术表达，艺术创作最大的审美功能是使心灵净化，人格升华。听沈老授课，讲得很轻松，很透彻，颇具亲和力，与沈老接触，那种睿智，那种儒雅，那种谦和，让人感受到什么是真正的高山，什么是真正的深渊。以儒释道哲学为代表的传统学问，重在修炼，重在改变主体的素质，参悟的功夫甚为重要。读得多、背得多、写得多，并不意味着你的修养自然好，艺术境界自然高。佛门的一些大德，有的一生只修一本《金刚经》。用学问指导自我的人生修炼极难，沈老堪为典范。艺术家要有学问，而不为学问所累不容易。真正有学问、有修养的艺术家，没有必要将学问当作一个包袱背着，甚至成为与人交流的一种障碍。视自己为鲲鹏，视别人为燕雀，看不到别人的优势而轻发微辞，这是不好的，何必这样呢？民国时的一位国学大师，学问做得好，庄子研究硕果丰盈，但那种狂傲也是到家了，贬斥闻一多先生，尤其贬斥沈从文先生，这很不好，一生也吃尽了苦头。笔者的一位先师，古典文学、佛学研究也是很深的，是《世说新语》的研究专家，惜其孤高太过，也为自己造成了极为不利的学术环境。对此，我想到一个问题：老庄哲学、佛学的精髓是什么？是无为，尚空。这些先生的学问做得如此深，怎么这点精义也没有消化呢？知识的海洋那么宽广，穷毕生之精力又能懂得多少呢？艺术是一种精神产品，是创作主体精神境界的物化外化，所做的学问不能改变自己，怎能化为艺术熏陶别人呢？与沈老、林凡、周俊杰等先生交流，感觉到没有因为学问浅薄而带来的压力，聆其教诲，如沐春风，感觉到他们的学问提升了人生境界。

九

艺术家对于艺术与学问须怀敬畏之心。沈老以治学严谨著称，读其论文，从不同角度论证观点，论据准确，分析透彻，逻辑严密。古人强调“例不十，法不立”，沈老严格遵守这一原则，他的论文，论据甚为翔实。从细微处可以读出先生治学之严谨，细读其著作，标点的使用甚为规范。引号、书名号的并列使用，我一般不加顿号，读朱光潜的《诗学》，有的加顿号，有的不加，沈老的一律加顿号。近体诗中一般不用引号和书名号，这样使联想更丰富，意境更空灵，而沈老的都加上，力求表达得准确。当然，这种准确也很难绝对，沈老的诗中也偶尔出现将入声字用作平声的情况，这是尝试。今年3月，沈老写了一首七律《寄江油李白纪念馆》，其中有这样的句子："危楼百尺浪漫语，蜀道高标世事难"。我给沈老提出"浪漫"的"漫"字不能作平声，诗中偶用拗句是可以的，沈老欣然接受。对艺术与学问而言，不管你的年齿多高，名气多大，地位多显赫，必须以严肃的态度对待，尽可能避免出现硬伤，尽可能向社会提供精致高雅的精神产品，不以粗劣之作示人，这是对读者、对消费者的一种尊重，更是对中华文化的尊重。当然，万一走神出错，同道之间、艺术家与读者之间可以坦诚交流，勉励提高，可以批评，切莫上纲上线说些过火的话。要知道搞创作科研，保证绝对正确实在不容易。笔者先师姜书阁教授，在清华读书时曾参拜陈寅恪与王国维，著作等身，在其文史宏著《百一集》中指出，近现代文史名家中，除鲁迅引证的材料没有错误之外，其他先生多有不免，其中包括郭沫若和钱锺书，因为这两位先生记忆力非凡，而多凭记忆使用材料，往往有错。上文提及的启老《诗文声律论稿》，三十多年前笔者细读此书时，发现引用王勃的《滕王阁序》错了三个字，曾冒失呈函启老。因此做学问的人要抱着平和的心态对待自己，对待别人，这有利于营构和谐的艺术氛围和学术环境。

弘扬中华文化的优秀传统，这是广大艺术家、广大学人的神圣职责。以学养艺，以文砺墨，澹乎若深渊之静，泛乎若不系之舟，沈老、林凡、周俊杰等前辈为我们做了榜样，我们学习沈老，除坚毅不拔的意志之外，更要多一些平和，多一些谦虚，这有利于艺术境界的提升。一艺之成，当付毕生心血，为艺艰辛，全社会应理解关爱艺术家，同道之间，更应关爱呵护，那么艺术的春天一定会到来。

（此文刊发于《书法导报》2017年4月5日第10版）

读沈老宏著感赋

蒋力余

膏壤生材笋翠微，
赖为梁栋立崔嵬。
千秋文府由心历，
万里书山独羽飞。
妙悟百家多智慧，
勤滋九畹尽芳菲。
霞辉姑射如花貌，
长伴松乔笑语归。

《沈鹏诗书研究》竣稿感赋

蒋力余

万户桃符又换新，冬阳和煦胜春温。
屠苏酒饮三杯醉，舐犊依依慰素心。
我为南国一柔枝，雨打风吹苦护持。
为爱三春风物好，争开娇朵报明时。
春暖京华锦树青，荆州得识起豪情。
衷怀一片凝毫楮，国粹弘扬荐赤诚。
草长莺飞三月时，万千红紫斗芳姿。
留连光景情难已，最赏幽香第一枝。
古国文华总梦萦，灵心初湛自南菁①。
路途修远勤求索，字字三馀② 血写成。
众妙兼收铸伟辞，观鱼濠上③ 悟新知。
天机活水由君取，笔底烟霞尽入诗。
真情织锦透灵犀，日月清辉百变奇。
韶乐千秋谐众耳，写心写志写天机④。

华夏文明代代传，艺中之艺谱新篇。
珠峰万仞风光好，赏月何须异域圆？
飞龙奋翼展新程，西国鸱枭不住鸣[⑤]。
共勉同胞凝热血，化为铁石筑长城！
关河回望路千重，忽见梅花别样红。
意气昂扬跨骏马，着鞭今又趁东风！

2017 年 1 月 3 日于
湘潭大学教师公寓畅神斋

自注：

① 南菁，沈鹏先生于 1943 年至 1947 年就读于江苏江阴南菁中学，开始发表文学作品。

② 三馀，沈鹏先生的诗集、诗书合集均有“三馀”二字。

③ 濠上，《庄子・秋水》记庄子与惠施游于濠梁之上，见鯈鱼出游从容，因辩论鱼之知乐与否。

④ 天机，林散之《论书》诗有“天机泼出一池水，点滴皆成屋漏痕”句。

⑤ 西国鸱枭不住鸣，最近西方某国某候任总统屡发甚不友好之言论。

附录：沈鹏先生艺术年表

沈鹏先生是著名书法家、诗人、美术评论家、编辑出版家，首批国务院有突出贡献的专家。

历任人民美术出版社副总编、编审委员会常务副主任、艺术顾问。

曾任中国文联副主席。历任中国书协副主席、代主席、主席，共二十年。

现任（2011 年——编者注）中国书法家协会名誉主席，全国政协委员，中央文史馆馆员，中国文联荣誉委员，北京大学、中国人民大学、中国艺术研究院中国书法院等兼职教授，中国国家画院院士，中国国家画院书法篆刻院院长，北京书法院名誉院长，中国国家画院沈鹏书法精英班、课题班导师，国家图书奖评委等多种社会兼职。

书法精行草，兼长隶、楷等多种书体，“不让明贤”（赵朴初语），“无一旧时窠臼”（启功语），作品遍及亚、欧、美各大洲，镌刻于名胜古迹；提出中国书法可持续发展的理念并组织中国书协制定《中国书法发展纲要（2001—2020年）》，促其实施；制定并实施书法教学十六字方针：“宏扬原创，尊重个性，书内书外，艺道并进。”

发表评论、散文、随笔百万字以上，创作诗歌逾千首，创刊并主编国家级美术专业刊物多种，主编或责编大量图书，其中有的获国家图书奖。

一贯热心参与全社会的公益事业。

沈鹏先生是集艺术思想、创作和评论于一身的当代文化艺术大家，以书法、诗词、文章著称于世。

1931 年

9 月 1 日（农历七月十九日）出生于江苏江阴，父亲沈雨祥，中学教师；母亲王咏霓，从教，做家务。

1936 年至 1937 年

就读城南小学（外祖父王逸旦捐资首创），始习字，多病，体弱。

1938 年至 1943 年

全家逃难至上海，入上海醒华小学、浦东中学。

1943 年至 1947 年

返回故乡，入江阴南菁中学（外叔祖王廷璋，字心农，曾任校长），课余师从章松庵（江阴举人）、曹竹筠、姚荧、李成蹊等学诗书画，临习《芥子园画谱》以及柳公权、王羲之字帖。作文《农业国必须实现工业化》获江阴第二名，英语演讲获全校第二名。与同学顾明远、薛钧陶创办进步文艺社团“曙光文艺社”，出版文学刊物《曙光》二十多期，任《曙光》总编，发表散文二十多篇。

1948 年

考入江西南昌国立中正大学（现江西师范大学）攻读文学，翻译英文小说《穷饿临门》，发表倾向进步的散文、论文约五篇。

1949 年

以大学毕业的同等学力考入新华社新闻干训班——北京新闻学校。

1950 年

任人民画报社资料室负责人、助编。

1951 年至 1965 年

历任人民美术出版社社长室秘书、秘书组长、总编室副主任等职。协助总编处理大量稿件。执笔“人美社 1955 年到 1967 年长远规划”。1957 年 12 月同殷秀珍结婚。1958 年至 1959 年下放江苏高邮农村劳动。1962 年以美术评论家身份加入中国美协，发表七十余篇艺术评论，散见于《人民日报》《光明日报》《美术》《文艺报》等报刊。沈鹏先生认为这一时期的文章受到极“左”的不良影响，但对于普及美术等方面有积极作用。

1966 年至 1978 年

曾到国务院石家庄干校劳动一年，任北京书学会常务理事、人民美术出版社总编室主任。

1979 年至 1981 年

任人民美术出版社副总编，创刊并主编《中国书画》，入选第四届全国文代会美术界代表，出席全国首届书法界代表大会，当选中国书协常务理事。参与主编中日合作《中国之旅》，访问日本。制定“人民美术出版社 10 年长远规划”。

1982 年至 1984 年

任编审。创刊并主编中国美术出版信息总汇《美术之友》，创刊《美术向导》并任主编，出版《沈鹏书杜甫诗二十三首》。率中国书协代表团访问新加坡。

1985 年至 1987 年

当选第二届中国书协副主席并任创作评审委员会主任，访问中国香港地区。赴瑞典讲学并主持中国展览公司举办的书法展。出版《书画论评》，主编《中国美术全集・书法篆刻编 4・宋金元书法》并获中国图书奖荣誉奖。以中国妇女书法代表团顾问身份访问日本，出席“1987 年中日兰亭书会”。

1988 年至 1990 年

主编《中国艺术》，当选第五届全国文代会主席团委员、中国文联委员、中国美协理论委员会副主任、全国第四届书法篆刻展览评委会主任。广东揭阳县榕城文化站展览厅举办“沈鹏书法作品欣赏会”。率团访问苏联，主编画册《苏联》。任人民美术出版社编审委员会常务副主任。主编画册《北京》。

1991 年

当选为中国书协第一副主席，享受国务院颁发的有突出贡献专家的奖励。主编画册《苏联》获 1991 年中国优秀美术图书奖铜奖。

1992 年

8 月起任中国书协代主席，直至 2000 年换届。访日并在新泻小木町业余美术展览馆举办书法展，在日本出版《沈鹏书法作品集》。书写“五四”运动烧赵家楼碑文。为人民大会堂书写巨幅作品毛主席词《沁园春·长沙》。

1993 年

当选第八届全国政协委员，率团访问中国澳门和香港地区。任国家图书奖艺术组评委。以后历任国家图书奖评委会副主任、艺术组评委主任共六届，主持编辑《中国历代绘画·故宫博物院藏画集》（一—八）并获 1993 年第一届国家图书奖。

1994 年

访问新加坡。率中国书协代表团访日。主编《中国书法名帖精华丛书》草书卷。

1995 年

访美，在休斯顿演讲，获休斯顿“荣誉市民”称号。出席汉城国际艺术作品展并作《探索“诗意”——书法本质的追求》的演讲。出版首部诗词选《三馀吟草》。

1996 年

率团访问马来西亚。任台北“中国美协”荣誉会长。创作巨幅草书《兰亭序》。当选中国文联副主席。出版《当代书法家精品集·沈鹏卷》。将江阴繁华地段的祖宅捐给江阴市并设立沈鹏书画创作基金。

1997 年

率中国文联书画家团赴河南采风。偕夫人殷秀珍教授访问中国香港、澳门地区，出版《沈鹏书画谈》。访问中国台湾，举办“沈鹏·张虎书法观摩”。

1998 年

任中国美术出版总社艺术顾问。率团访问法国，参与举办“巴黎现代中国书法大展”，作《探索书法的本体和多元》的学术演讲。出版《跨世纪精品系列·沈鹏专辑》明信片。多次提出书法可持续发展的理念。

1999 年

同夫人殷秀珍教授去美国探亲并讲学。获联合国 Academy“世界和平艺术大奖”。先后任北京大学、中央美术学院、首都师范大学、文化部中国艺术研究院等院校硕士生、博士生论文答辩委员、主席。

2000 年

率书画团巡展于泰国及中国香港、澳门等国家和地区。赴韩国举办“沈鹏·权昌伦书法展”，出版《韩中书艺两人集沈鹏·权昌伦》(韩国)。河南孟津设“沈鹏艺术陈列馆”。作为主要陪同人员随同全国政协主席李瑞环访问加拿大、秘鲁等国。偕夫人应邀到北戴河休假，受到党中央、国务院领导同志的接见。当选第四届中国书协主席，任期五年，正式提出书法可持续发展的理念。

2001 年

出版《三馀续吟》。访问中国澳门特别行政区，获中国书法艺术特别贡献奖。当选中国文联荣誉委员，任《中华人民共和国大典》主编之一。

2002 年

率团访日。江阴南菁中学设“沈鹏艺术陈列馆”。率团赴泰国及中国澳门特别行政区等国家和地区访问。任新加坡书学会研究院院士。任中央电视台、中国书协首届全国书法大赛组委会主任。

2003 年

按照书法可持续发展的理念，发起并主持制定《中国书法发展纲要（2001年—2020 年）》。任文化部中国文化艺术品鉴定委员会委员、新闻出版总署第六届国家图书奖评选委员会副主任委员、第二届全国优秀艺术图书奖评奖委员会主任评委。

率团赴韩国参加国际书艺学术大会。筹建中国书法馆。出版《沈鹏楷书千字文》。

2004 年

任北京诗词学会名誉会长、中国美术馆顾问、中国美术馆顾问委员会专家成员。被司法部、中央文明办等六部委授予“维护司法公正爱心大使”。在劳动人民文化宫西配殿举办“沈鹏先生书法艺术近作观摩展”。访问中国澳门特别行政区。《传统与“一画”》获第四届中国文联文艺评论奖一等奖。

2005 年

出版《沈鹏书古诗十九首》（长卷）。在全国政协会上作书面发言《推进中国书法艺术事业可持续发展》。出版《三馀诗词选》。草书作品搭载“神州 6 号”游太空。在中国美术馆举办“当代大家书法邀请展”，出版《中国美术馆当代大家书法邀请展作品集·沈鹏》。《溯源与循流》获第五届中国文联文艺评论奖特别奖。当选中国书协名誉主席。被续聘为新加坡书协第二届院士。

2006 年

偕夫人访日。中华诗词学会和中华文学基金会举办沈鹏诗词研讨会。获中国文联2006年“造型艺术成就奖”。获第二届中国书法兰亭奖“终身成就奖”。

2007年

在北京一五六中学设沈鹏书法艺术学校。开设中国国家画院沈鹏书法精英班。任中央文史馆馆员，出版《沈鹏书般若波罗蜜多心经》《沈鹏草书陶渊明文》。获2007年“书画中国”年度影响力人物称号。庆祝金婚。

2008年

获“中国十大魅力英才”称号。在中国人民大学设立沈鹏艺术馆（无偿捐赠书法作品三十五件）。汶川地震捐一百一十一万元。获“中国残奥委员会、中国聋人体育协会、中国特奥委员会爱心大使”称号。任电视连续剧《书圣王羲之》艺术总顾问。举办中国国家画院沈鹏书法课题班。获“黄宾虹美术贡献奖”、“卓有成就的美术史论家”称号。出版《屈原怀沙》。

2009年

举办“沈鹏·吴东民书画作品展”并出版作品集。在第十一届全国政协会议上，领先联名提案呼吁建立中国书法馆、联名提案呼吁改变《美术》教科书循环使用的做法。向天水启升中学捐款四十万元。举办“传承与原创——中国国家画院沈鹏工作室书法展”。出版线装编号《沈鹏书自作诗词百首》。发表《书法，在比较中索解》。举办“沈鹏·赵守镐书法艺术联展”并出版专集。获中华文学基金会“育才图书室”工程特殊贡献奖（历年捐款二百余万元）。

2010年

任中国国家画院书法篆刻院院长。向中国国家画院“沈鹏书法艺术基金”捐赠作品二十四件、捐款五百万元。被中国文学艺术基金会聘为年度爱心形象大使。偕夫人殷秀珍教授赴珠海、澳门特别行政区。提议向云南灾区捐赠书法力作，捐赠草书八条屏及巨幅作品一件，捐义款二百三十万元。向江西师范大学捐赠价值五十万元的《桃李鼎》。出版《沈鹏书画续谈》《中国人民大学沈鹏艺术馆藏品集》《沈鹏艺术馆书画藏品选》。游柬埔寨吴哥古迹。举办“藏风聚气汇京华——中国国家画院沈鹏工作室师生书法展”并出版作品集。获全国第三届华夏诗词奖荣誉奖。赴韩国出席第五届韩中书艺名家招待展。被推举为中国书协第六届名誉主席。

2011 年

《人民日报》刊登《沁园春·吴哥古窟》等十四首诗词及书法作品《沁园春·吴哥古窟》。中国书协在中国文联大楼举办“原创·艺术·诗意·人本”沈鹏书法艺术学术研讨会。发表论文《书法，回归“心画”本体》，作题为“求其友声”的发言。在“两会”小组会上发言，联名呼吁建立中国书法馆。沈鹏艺术馆在江苏江阴南菁中学隆重举行开馆仪式，发表讲话“桃李正酣”，并参加沈鹏书法艺术学校、江阴沈鹏文化艺术促进会揭牌仪式。同家人、亲朋去华西村、苏州寒山寺沈鹏诗书碑参观。在中国人民大学艺术学院讲“书法的节奏、韵律”。研究《三馀再吟》出版事宜。

（李果整理。2011 年以后情况未更新）

记录艺术人生的补充图片

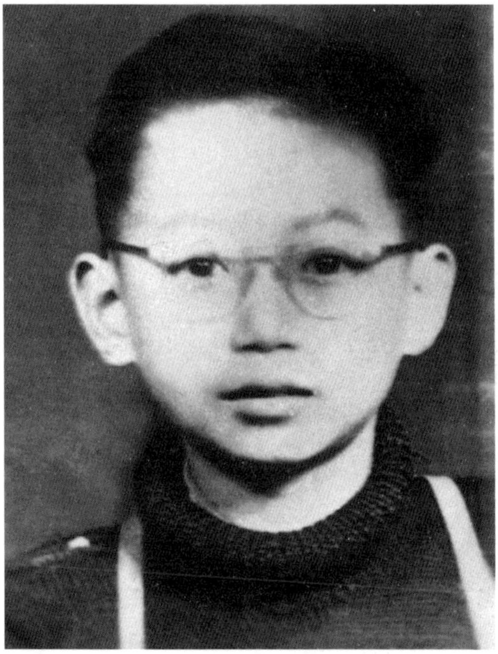

少年时代的沈鹏

青年时代的沈鹏

南菁中学同学三人行，自左至右：薛钧陶、沈鹏、顾明远

南菁中学曙光文艺社工作人员 1947 年合影

2002 年看望中学老师李成蹊先生

京剧艺术家袁世海到访沈府

在纽约大都会博物馆，向王己迁请教书法鉴定

为萧娴祝福

创办人民美术出版社《美术向导》，主持 100 期座谈会

连续六届担任国家图书奖评委、副主委

北京新闻学校老同学参观沈鹏书法展。自左至右：方辉盛、柯月霖、张瑶均、郑海天、沈鹏、吴天任、郭景露、孟宪谟、胡企林、张华堂

母校江阴南菁中学设立“沈鹏艺术陈列馆”，与高班学友、指挥家曹鹏合影

为母校江西师范大学书写校名，校长傅修延先生给沈鹏佩戴校徽

担任《美术之友》主编时在编辑工作会议上发言

2006 年接受记者采访

在牧民家

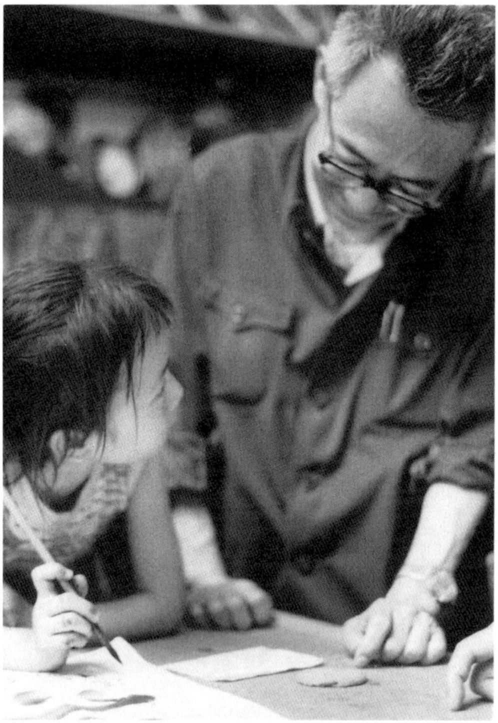

和小朋友在一起

旅游途中小憩

和夫人亲友在书斋

旅游途中

为青少年书法爱好者签名留念

为青少年讲解书法创作过程

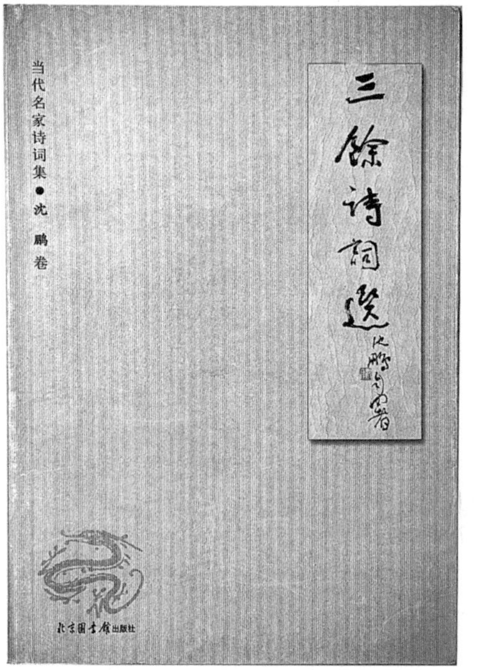

诗词集《三馀诗词选》

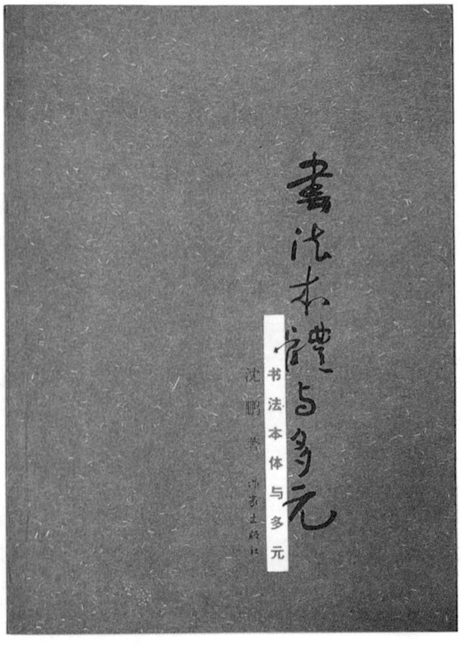

书学专著《书法本体与多元》

诗书作品集《三馀笺韵》

散文集《桃李正酣》

旅游途中

近影

跋

历时数载，尤其是去年的重点攻关，这部凝聚笔者心血的《沈鹏诗书研究》终于竣稿了，舐犊之爱，其乐何如！先父蒋本开先生酷爱诗文书艺，以九十五岁高龄辞世，我为沈老写的第一篇诗评，他读过几遍，多有嘉勉；先母薛玉珍女史辞世四十年了，每思慈颜，潸然泪下。子欲养而亲不待，谨以此书作为一瓣心花献给九泉之下的双亲，相信他们一定露出会心的微笑。

朱光潜先生说过，搞美学研究至少要爱好一门艺术，这话多有启示，因为艺术的境界是相通的。诗书画美学博大精深，穷一生之精力也只能在这丛林中拾起几片树叶。笔者少年时代起就对诗和书法钟爱有加。刚满六岁开始牧牛，整整十年，“文革”中无书可读，家中的唐诗宋词、《古文观止》之类，大多是在牧牛时背诵的。年轻时喜欢写诗，写新诗，也写旧体诗。写诗是激情的燃烧，因为我有四十年的失眠史，而今很少写诗了，但很爱诗。我曾花一个月的时间背诵《离骚》，对《李太白全集》细读过四遍，曾经撰写专论十六篇，我是中国李白研究会会员。我在 1977 年考上大学，学的是中文专业，中国文学史大致就是一部诗史，因而我与诗歌美学结缘甚早，也甚深。笔者的业师王子羲、羊春秋两位先生均是著名古典文学专家。羊先生曾任中国韵文学会会长。两位师长都是钱锺书先生之父钱基博先生的高足，承蒙垂爱，为我写的诗文作过精细的修改。还有姜书阁、周艾若（周扬长子）两位先生均为文史界海内名家，我有幸追陪多年，深受教益。我喜爱书法，惜乎用功甚浅，仅仅停留在爱好的层次。关于书画美学方面的知识，大多是从书本上得来的，追陪诗书画三绝艺术大家林凡先生二十余年，亲聆教诲，获益良多，这是我终生难以忘怀的。沈鹏先生是我敬爱的师长，研究他老人家，首先是向恩师学习。非常感谢周俊杰先生。他也是我景仰的师长，他惠赐的大部头专著，我曾系统地研读过，此书的部分文稿，周先生作了审阅。

我真正的身份是中学教师，研究诗书画美学是我的业余爱好，也是我的精神支柱。我多年担任高三语文教学和班主任，身体孱弱，然而长期超负荷工作。高考是国考，我不敢有半点马虎，颇为欣慰的是教学成绩颇佳，如果有人称我为语文教学专家，不胜荣幸。读大学时所患的神经衰弱至今未能痊愈，几晚不眠是习以为常的事，但诗书画美学是我的至爱，有一种力量鼓舞我奋然前行。虽被湘潭大学艺术学院聘为教授，但觉得自己的本来面目还是中学教师。艺术是一种诉说，从语文的角度对艺术进行深度透视，也是对艺术的一种解读。我不喜欢故作高深，力求用准确而优雅的语言解读艺术，既从哲学、美学、艺术的层面解读，又从语文的层面解读，这仅仅是一种尝试，沈老认为可行，我就心安了，诚恳地接受读者的批评。

能完成此书之写作，由衷感激我的恩师沈鹏先生。沈老是卓越的艺术大家，他首先是著名诗人，又为文艺评论界山斗。记得当初冒冒失失将两篇评诗的文章寄给沈老，心里忐忑不安，当听到沈老鼓励的话语时，一种幸福感油然而生，内心也安定了许多。感谢沈老惠赐了珍贵资料，他的鼓励给了我极大的力量。我清楚地记得沈老的谆谆教诲：“文章还是含蓄一些为好，要圆融，莫搞八股腔。”他一再嘱咐：“评我的文章不要拔高，准确客观是第一位的。靠别人吹起的泡沫会很快散去。当然，艺术境界主于美，艺术评论准确地表达艺术的美是必要的，尽是一些白开水，哪里是美评？我的艺术并不完美，不够的地方你也要写。”他还说过:“艺术贵在追求真善美，艺术评论也应该是对真善美的深层解读，总结出带有规律性的东西来，这样的美评才好。”这些教导成了我写作的指导思想，我努力去做，但不一定做到了。沈老是慈祥的长者，2016年6月6日第一次拜见，让我感觉仿佛是见到了久违的长辈一般亲切。沈老说话轻声细语，表达自己的观点时总是淡淡地说“我个人认为怎样怎样”，总觉得自己很不够，对晚辈充分体现出谦和与尊重。记得那天，先生在他家附近的明德酒楼设晚宴招待我和我爱人，他老人家总是不停地给我们夹菜，情景历历如昨。与沈老接触，感到格外的温暖舒心。记得我的老家有一株上千年的古树，绿阴如盖，四季常青，儿时最喜欢在树下嬉戏，在沈老面前，好像又回到那棵大树之下，轻松快乐，有如沐春风之感。

我深深地感激其他师长和朋友。我由衷感激张海先生，我们结为车笠之交十余年了，先生的坚毅、睿智、谦和给我留下了深刻的印象。张先生也是七十有六的老者，最近为筹建郑州大学书学院而旰食宵衣，他在百忙中审阅了此书的部分文稿，多有勉励。我无法用言辞表达自己的感激之情，在此特致谢意！被林凡先生誉为一代英才的西中文先生是我敬重的兄长，谦和儒雅，诗书评论无不佳妙，他对拙作细加审阅，多有鼓励，在此特致谢意！言恭达兄长为海内大家，他审阅了大部分文稿，对拙作多有嘉勉，深致谢意！王荣生、黄俊俭两位先生，对沈老极为崇敬，对此书之写作热情鼓励，由二位先生提携，此书中的二十多篇论文在《书法导报》得到刊发，产生了良好的反响，在此深致谢意！

此书之顺利出版，由衷感谢几位先生。国务院原副总理马凯先生对弘扬华夏民族的优良传统高度重视，对沈鹏先生的卓越贡献高度肯定，于拙作多有关注，深致谢意！年逾九秩的语文教育家、著名诗人、杂文家刘征先生为拙作题写书名，深致谢意！年登耄耋的著名诗人、中华诗词学会副会长兼秘书长周笃文教授为拙作的出版赋诗鼓励，由衷致谢！著名诗人、书法家、全国政协书画室副主任赵学敏先生待人一片赤诚，对拙作的修改提出了宝贵意见，并不避繁难，为拙作之出版劳心劳力，由衷致谢！人民出版社原社长黄书元先生热情鼓励，大力支持，一再强调要出版好、宣传好，为弘扬优秀文化传统作出贡献，深表谢意！责任编辑罗少强先生学问渊博，待人诚挚，为拙作的校勘与出版付出了大量的心血，表示由衷敬意与谢意！

我感激我的亲人。我的妻子莫芙青女士是我的精神支柱，长年含辛茹苦地照顾一个不理家务的病夫，她又是文章的第一读者，由衷感谢她的艰辛付出！女儿蒋鹰昊对我多有鼓励，侄子蒋正治博士、蒋国治博士后，都是青年俊才，对我关心有加，一并致谢！

拙作的部分文稿，沈老在万忙之余作过浏览，鼓励笔者独立思考。他说："你想怎么写就怎么写。"部分文稿可能没有细看，因此拙作只代表笔者的观点，不代表沈老的观点。任何艺术没有绝对的完美，要真正弘扬中华文化的优良传统极为艰难，沈老的探索取得了卓越的成就，而他多次谈到自己的不足，强调要以公正客观的态度对待别人，更要以这种态度对待自己。沈老的可贵，更多在于坚韧不拔的意志和上下求索的执着精神。

张静女士是沈老的秘书，为人热情，对我帮助良多，在此致谢！我少年时代的挚友、文化学者、书法家詹梅村先生，在百忙之中为我细校了文稿，多有郢正，深致谢意！湘潭市摄影家协会主席薛龙湘先生予我以很大支持，特致谢意！我的人生知己曾景祥、周小愚、夏家绥、薛丰、蒋隆平、黄君、贺迎辉等先生长期以来鼓励帮助我，在此一并致谢！

2017年元月初稿，2019年9月23日定稿于湘潭大学教师公寓畅神斋

特约策划：赵学敏
封面题签：刘 征
责任编辑：罗少强
特约编辑：叶敏娟
装帧设计：黄桂敏

图书在版编目（CIP）数据

沈鹏诗书研究 / 蒋力余 著．—北京：人民出版社，2020.4
ISBN 978－7－01－021651－5

I. ①沈… II. ①蒋… III. ①沈鹏－诗词研究②沈鹏－书法评论
IV. ① I207.23 ② J292.1

中国版本图书馆 CIP 数据核字（2020）第 000288 号

沈鹏诗书研究
SHENPENG SHISHU YANJIU
蒋力余 著

人民出版社 出版发行
（100706 北京市东城区隆福寺街 99 号）

北京盛通印刷股份有限公司印刷 新华书店经销

2020 年 4 月第 1 版 2020 年 4 月北京第 1 次印刷
开本：787 毫米 ×1092 毫米 1/16 印张：30.75
字数：440 千字 插页：18

ISBN 978－7－01－021651－5 定价：200.00 元

邮购地址 100706 北京市东城区隆福寺街 99 号
人民东方图书销售中心 电话（010）65250042 65289539